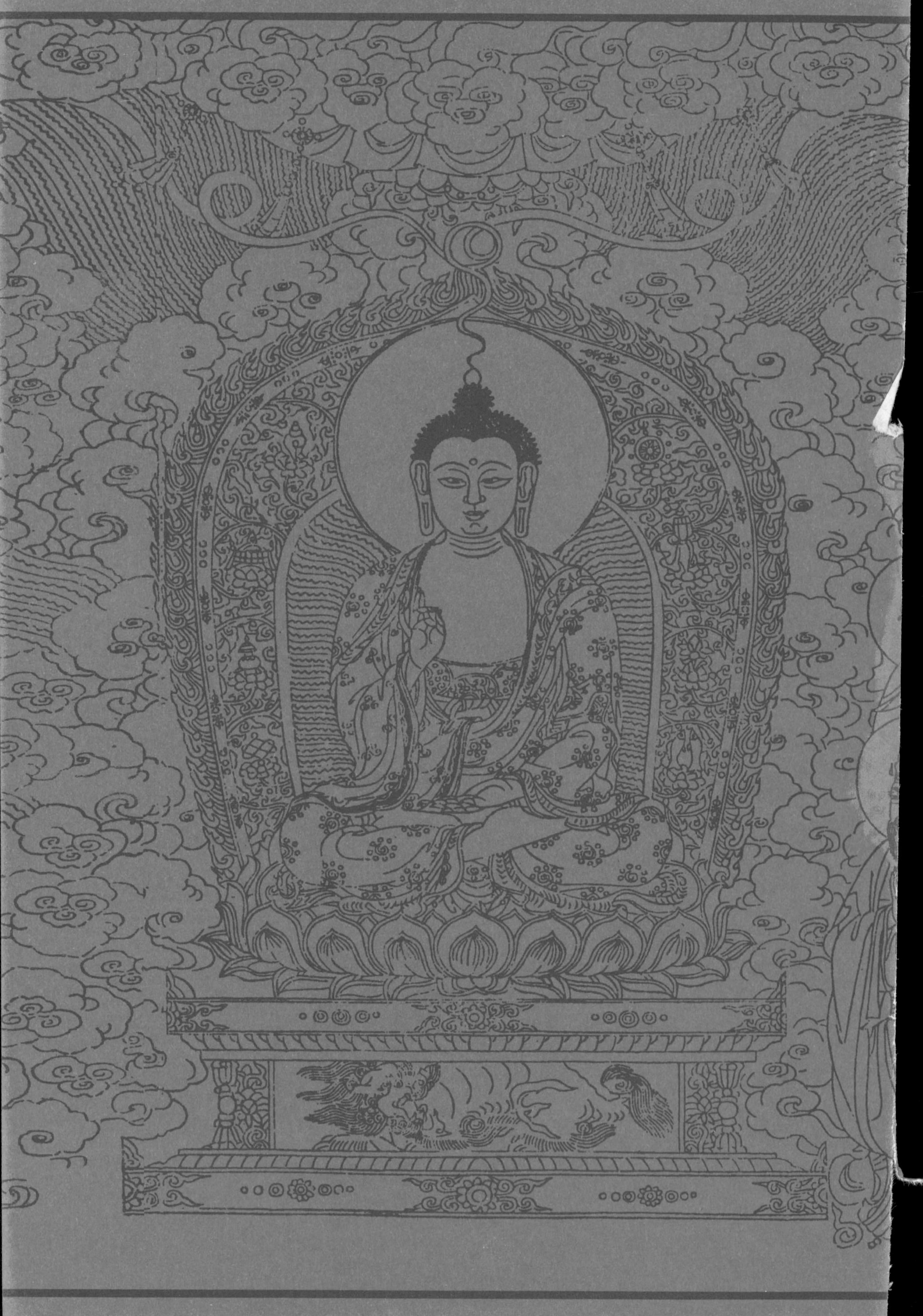

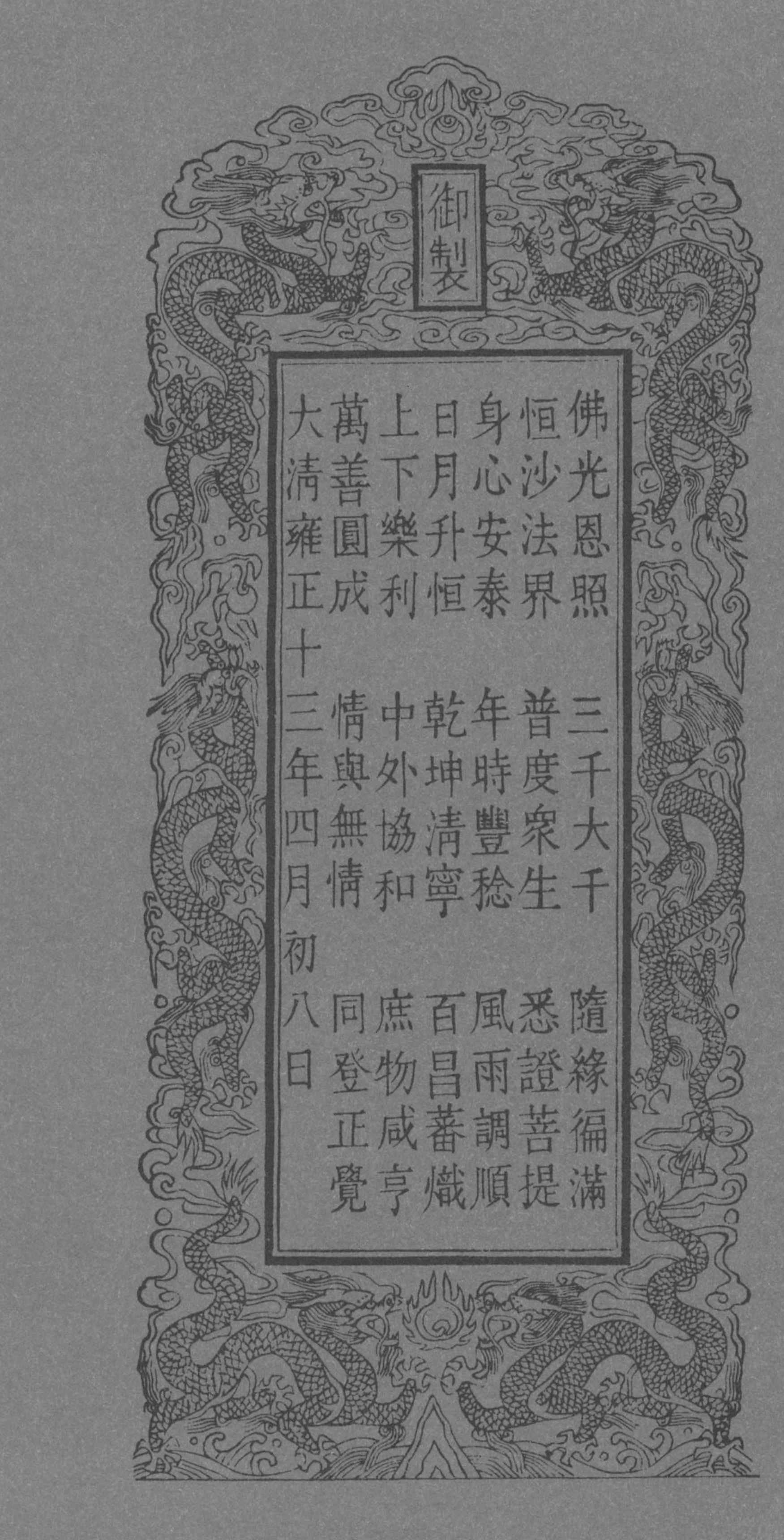

御製

佛光恩照　三千大千　隨緣徧滿
恒沙法界　普度衆生　悉證菩提
身心安泰　年時豐稔　風雨調順
日月升恒　乾坤清寧　百昌蕃熾
上下樂利　中外協和　庶物咸亨
萬善圓成　情與無情　同登正覺
大清雍正十三年四月初八日

第六四册　宋元入藏諸大小乘經（六）

佛說一切如來真實攝大乘現證三昧大教王經

宋西天三藏朝奉大夫試光祿卿傳法大師施護奉詔譯

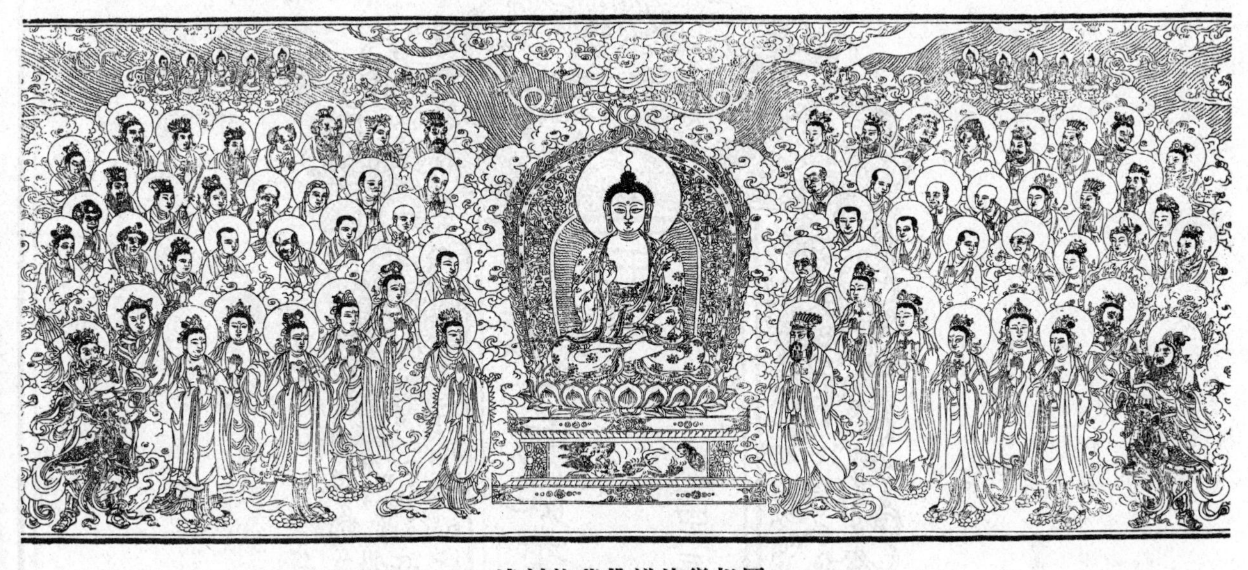

清刻龍藏佛說法變相圖

佛說一切如來眞實攝大乘現證三昧大教王經卷第二十 第二十一同卷

宋西天三藏朝奉大夫試光祿卿傳法大師施護等奉 詔譯

蓮華祕密印曼拏羅廣大儀軌分第十六之餘

復次此中先當教授最上悉地成辦印智頌曰

衆色觀自在大士 如應觀想即自身
由彼觀想大印門 即得最上悉地法
佛灌頂寶大三昧 住等引心堅固作
如應觀想即自身 獲得最勝悉地法
蓮華大士蓮華部 如應觀想即自身
勝悉地法自若成 即得堅固妙等引
不空自在成羯磨 自然成就所結印
所求成就依法儀 速得最上悉地法

此等大明曰

唵引鉢訥摩合二薩都引㫊悉䭾呼引一句

唵引没馱引毘尸引酤引㫊悉䭾鋡引一句

唵引達哩摩合二三摩引提囉㫊悉䭾呼引一句

唵引阿謨引祇引説噌引㫊悉䭾鋡引一句

次當教授義利成辦印智

如應觀想於自身　衆妙珍寶在口中

巧業自在大印成　所作一倍獲千倍

如應觀想於自身　取彼一分真金寶

勝大三昧堅固成　所作一倍獲千倍

如應觀想於自身　妙真珠寶在口中

觀自在尊即自身　所作一倍獲千倍

如應觀想於自身　一切珍寶徧所取

二手羯磨印契成　所作一倍獲千倍

此等大明曰

唵引鉢訥摩合二呬蘭尼野合二屹囉合二捺吽引弱一句

唵引鉢訥摩合二蘇嚩蘭拏合二鉢囉合二捺吽引弱一句

唵引鉢訥摩合二目訖多引二合鉢囉合二捺吽引弱一句

唵引鉢訥摩合二薩哩嚩合二囉怛那合二鉢囉合二捺吽引弱一句

次當教授敬愛印智

巧業自在大印契　如應觀想即自身

現前所執妙蓮華　即彼隨應得敬愛

赤色蓮華堅固持　是即大三昧印契

如應觀想於自身　得諸善愛者敬愛

如應觀想於自身　隨執蓮華亦復然

金剛觀視徧所觀　一切世間悉敬愛

羯磨印契依法用　所執蓮華依本儀
以彼二手動轉時　得諸善愛者敬愛

此等大明曰

唵引尾室吠引二合說囉鉢訥摩二合賀引一句

唵引三摩野鉢訥摩二合賀引一句

唵引踰引誐鉢訥摩二合賀引一句

唵引葛哩摩二合鉢訥摩二合賀引一句

次當教授降伏印智

巧業自在大印契　如應觀想即自身
現前蓮華若斷時　所降伏者刹那滅
堅固執持妙蓮華　勝三昧印即如是
若作堅固破壞時　所伏降者隨名壞
三摩地印妙相合　隨執蓮華亦復然
所執蓮華若斷時　彼降伏者隨名壞
羯磨印契依法用　所執蓮華如本儀
想現忿怒破壞時　彼降伏者命當壞

此等大明曰

唵引摩賀引鉢訥摩一二合砌引捺野摩引囉野呼引癹吒二半音

唵引三摩野鉢訥摩一二合颯怖引二合吒野那引舍野二囉吒半音癹吒三半音

唵引達哩摩二合鉢訥摩一二合砌引捺野尾那引舍野提哩二合吒半音癹吒二半音

唵引葛哩摩二合鉢訥摩一二合颯怖引二合吒野颯怖引二合吒野二吽引尾擔阿寫訖哩二合吒半音癹吒三半音

復次教授法三昧祕密印智

觀想蓮華善愛者　金剛杵在蓮華上
金剛蓮華勝合時　善愛清淨得成就
觀想蓮華善愛者　佛智實在蓮華上

佛大智冠善愛成　如應觀想法成就
觀想蓮華善愛者　自蓮華在蓮華上
蓮華蓮華勝合時　善愛清淨得成就
觀想蓮華善愛者　巧智杵在蓮華上
智杵蓮華勝合時　即得巧業成就法

此等大明曰

唵引嚩日囉二合鉢訥摩二合三踰引誐一㜸引達野紇哩二合引二

唵引没馱末骨吒三踰引誐一㜸引達野室哩二合引二

唵引鉢訥摩二合鉢訥摩二合三踰引誐一㜸引達野提引二

唵引尾説鉢訥摩二合三踰引誐一㜸引達野悉帝哩三合引一

復次教授如其所説蓮華部祕密大印

緊密諸指作合掌　二指金剛忿怒相
頭指如寶及如蓮　作金剛縛亦如是
二羽金剛縛相合　豎二中指起如牙
屈左頭指當如應　此名釋迦牟尼印
法金剛印安於心　旋轉還復置於頷
三摩地印安臍間　後當旋轉向頂上
次結金剛界主印　作蓮華相如塔形
中指相合依本儀　此名佛勝蓮華印
即此大指如金剛　頭指如劒如鉤相
此名蓮華執金剛　祕密印契依本教
即此當解二大指　又以頭指執頭指
妙愛印如纏繞形　彈指善哉亦如是
二羽堅作金剛縛　豎二大指入縛中
微屈頭指二如門　毘俱胝尊蓮華印
即此後當安於心　又作日輪光明相

即此作縛復如幢　後應展舒向頭指
二羽堅作金剛縛　屈彼二頭指上節
蓮華及劒執如應　頭指作縛蓮華合
二羽堅作金剛縛　右手大指入縛中
右大指起執杖相　諸指頭起蓮華印
即此諸指復微屈　小指蓮華二相合
右手當如執數珠　右大指與頭指合
二羽堅作金剛縛　小指蓮華二相合
竪二頭指蓮華眼　順次如應當旋轉
二羽堅作金剛縛　小指蓮華二相合
微屈頭指逼附中　二大指作甲冑相
即此大指二如牙　復竪大指入縛中
諸印次第我所宣　勝三昧印爲最上
二手齊作金剛縛　頭指蓮華二相合
復二大指結其中　此名祕密自在印

即此不改金剛縛　小指中指二相合
大指金剛二如門　頂冠中有如來像
即此不改金剛縛　大指蓮華二相合
作已還散於口門　三摩地印安兩脅
即此不改金剛縛　齊等相合向於口
堅密諸指如本儀　頭指金剛二相合
即此不改金剛縛　頭指蓮華二相合
鉤結大指二如應　屈二中指復相執
即此不改金剛縛　大指金剛二相合
二頭指如執劒鉤　二小指合蓮華相
即此復作纏繞相　頭指大指二相執
左頭指作起立時　堅固善作鉤召事
即此前縛齊作已　頭指大指二相合
依法彈指施善哉　蓮華歡喜大士印
即此不改金剛縛　以諸指頭面相合

二大指面相逼附　竪二頭指善安布
即此日輪相安心　蓮華幢相置頂上
旋轉笑相向口門　此即安立蓮華笑
臍掌當作金剛縛　依彼法金剛法用
小指大指如本儀　此名多羅尊三昧
即此不改金剛縛　二頭指執蓮華劍
掌心如輪亦復然　持誦印契亦如是
即此不改金剛縛　以二頭指而礫散
次復作縛向於心　此名祕密護印契
即此不改金剛縛　小指蓮華二相合
頭指堅密二微屈　開二大指如牙相
即彼如是拳法用　二大指面相逼附
蓮華祕密此大拳　最勝三昧善分別
如是等印餘諸印　蓮華嬉戲等應知
臍掌皆作金剛縛　此如是縛成諸印

復次教授蓮華法祕密印智
喝囉(二合一句引)　屹囉(二合一句引)
鉢囉(二合一句引)　賀(引)
薩囉(二合一句)　娑(引)
捺(引)　郝
誐(引)　嚩(引)
訖囉(二合一句)　馱(引)
嚩　囉(引)
沙吒囉(三合一句)　穆(一句)
所有羯磨諸印次第皆以二羽依法作拳

智曼拏羅廣大儀軌分第十七

爾時世尊復入一切如來法智三昧出生加持蓮華三摩地說此自部最上大明曰
唵(引)達哩摩(二合)三摩(引)提倪也(二合引)那(一)怛他(引)誐多吽(二引)

爾時金剛手菩薩摩訶薩説此自部出生最上大明曰

唵引嚩日囉合二達哩摩合二吽引一句

爾時金剛藏菩薩摩訶薩説此自部最上大明曰

唵引達哩摩合二囉怛那合二吽引一句

爾時金剛眼菩薩摩訶薩説此自部最上大明曰

唵引達哩摩合二達哩摩合二吽引一句

爾時金剛巧業菩薩摩訶薩説此自部最上大明曰

唵引葛哩摩合二達哩摩合二吽引一句

爾時聖觀自在菩薩摩訶薩説此自部法曼拏羅頌曰

我今次第當演説　最上法智曼拏羅
其相猶如金剛界　此説名爲法智壇
依大曼拏羅法用　當枰此諸曼拏羅
彼中徧畫如本儀　大智金剛如來像
彼尊左右諸分位　畫大薩埵如儀軌
及畫巧業主等尊　皆三摩地集會相

此等大明曰

唵引倪也引二合那没馱吽引一句

唵引倪也引二合那尾濕吠引二合説囉吽引一句

唵引倪也引二合那没馱末骨乇吽引一句

唵引倪也引二合那達哩彌引二合説囉吽引一句

唵引倪也引二合那引謨引契引説囉吽引一句

唵引倪也引二合那鉢訥摩合一没馱吽引一句

唵引倪也引二合那鉢訥摩合二囉引蒞吽引一句

唵引倪也引二合那鉢訥摩合二摩引囉吽引一句

唵引倪也引二合那鉢訥摩合二覩瑟致合二吽一句

唵引倪也引二合那鉢訥摩二合勃哩二合酤胝吽
引一句
唵引倪也引二合那鉢訥摩二合蘇引哩野二合吽
引一句
唵引倪也引二合那鉢訥摩二合賛捺囉二合吽一句
唵引倪也引二合那鉢訥摩二合摩賀引賀引娑
吽引一句
唵引倪也引二合那鉢訥摩二合多引囉吽引一句
唵引倪也引二合那鉢訥摩二合酤摩引囉吽一句
唵引倪也引二合那鉢訥摩二合那引囉引野拏
吽引一句
唵引倪也引二合那鉢訥摩二合娑引沙吽引一句
唵引倪也引二合那鉢訥摩二合涅哩二合帝曳二合
引説囉吽引一句
唵引倪也引二合那鉢訥摩二合犖叉吽引一句

唵引倪也引二合那鉢訥摩二合藥叉吽引一句
唵引倪也引二合那鉢訥摩二合毋瑟致二合吽一句
唵引倪也引二合那鉢訥摩二合邏引西引吽一句
唵引倪也引二合那鉢訥摩二合摩引梨引吽一句
唵引倪也引二合那鉢訥摩二合詣引帝引吽一句
唵引倪也引二合那鉢訥摩二合涅哩二合帝曳二合
引吽引一句
唵引倪也引二合那鉢訥摩二合度引閉引吽一句
唵引倪也引二合那鉢訥摩二合補瑟閉引二合吽
引一句
唵引倪也引二合那鉢訥摩二合禰引閉引吽一句
唵引倪也引二合那鉢訥摩二合巘提引吽引一句
唵引鉢訥摩二合倪也二合南引骨舍吽引一句
唵引鉢訥摩二合倪也引二合那引謨引伽播引
舍吽引一句

唵引鉢訥摩二合倪也二合引那颯怖二合引吒吽
引句一
唵引鉢訥摩二合倪也二合引那引吠引舍吽句一
此蓮華法曼拏羅中所有鉤召等廣大儀軌
依法作巳如前所說當引弟子入曼拏羅授
誓誡言汝不應以此三昧法輒爲人說無令
反招殃咎墮大地獄受諸苦惱
次當教授智出生法
觀自在尊相合故　觀想蓮華現於心
得彼蓮華三摩地　剎那速疾能發起
觀自在尊相合故　觀想蓮華現於額
彼慣習法堅固成　剎那即能空中行
觀自在尊三摩地　觀想蓮華現於舌
由彼速疾成就因　剎那即能騰空去
觀自在尊三摩地　觀想蓮華現於頂
由彼速疾成就因　剎那上踴而自在
此等大明曰
唵引鉢訥摩二合倪也二合引那紇哩二合捺野引
尾舍句一
唵引鉢訥摩二合倪也二合引那引毘始引酤引
尾舍句一
唵引鉢訥摩二合倪也二合引那尾捺踰二合引怛
摩引尾舍句一
唵引鉢訥摩二合倪也二合引那烏瑟膩二合引沙
引尾舍句一
若在虛空若餘方　蓮華影像當觀想
由此法儀成就因　剎那即得隱身法
若在虛空若餘方　蓮華影像當觀想
自身想成彼蓮華　剎那即得隱身法
若在虛空若餘方　蓮華影像當觀想

隨見隨取彼蓮華　速疾成就隱身法
若在虛空若餘方　蓮華影像當觀想
見已想取蓮華食　刹那即得隱身法

此等大明曰

唵引鉢訥摩二合引哥引舍引句一

唵引鉢訥摩二合囉他句一

唵引倪也二合引那鉢訥摩二合屹哩二合恨拏二合句一

唵引鄧訥摩二合羅娑引野那句一

觀想種種妙色相　衆色蓮華在於手
執已若結大印時　即得任持衆色相
觀想種種妙色相　蓮華影像周徧畫
注意觀想若如應　即得任持廣大色
所有種種妙色相　蓮華影像當觀想
若在虛空若餘方　隨欲色相皆獲得

觀想種種妙色相　所成蓮華大影像
乘彼蓮華空中行　隨欲色相速成就

此等大明曰

唵引鉢訥摩二合馱囉尾說嚕引波一鉢囉二合嚩哩多二合哥引尾舍二合二

唵引尾說鉢訥摩二合鉢囉二合嚩哩多二合野鉿句一

唵引三摩引提尾說鉢訥摩二合引尾舍句一

唵引尾說鉢訥摩二合引薩奴引得叱二合波句一

阿引哥引商尾說嚕引波引提底瑟姹二合鉿

所有三摩地大印　依法若能正一結
隨執蓮華授與時　彼即常施敬愛法
所有大智三昧印　依法若能正一結
隨應當執於蓮華　即得施諸敬愛法
三摩地印善如儀　依法若能正一結

隨應授彼智蓮華　而彼速施敬愛法
所有羯磨三昧印　依法若能正一結
隨欲授於敬愛時　刹那速得施蓮華
此等大明曰
唵引摩賀引鉢訥摩二合呼引一句
唵引三摩野鉢訥摩二合呼引一句
唵引倪也二合引那鉢訥摩二合呼引一句
唵引葛哩摩二合鉢訥摩二合呼引一句
復次教授智曼拏羅大印智法
依法曼拏羅法用　大印如儀作成就
我今揔略而敷宣　最勝三昧印相合
依法曼拏羅法用　蓮華位中安蓮華
法三昧拳二羽成　所作羯磨如儀軌
佛説一切如來真實攝大乘現證三昧大教王經卷第二十

音釋
磔陟革切張伸曰磔　軌居洧切法也　拏女加切　抨悲萌切
頜同顉

佛說一切如來眞實攝大乘現證三昧大教
王經卷第二十一
宋西天三藏朝奉大夫試光祿卿傳法大師施護等奉　詔譯
大曼拏羅廣大儀軌分第十八
爾時世尊復入一切如來法三昧出生加持
三摩地說此最上自心大明曰
唵引薩哩嚩合二怛他引誐多一葛哩摩引二合
屹哩合二吽引二
爾時金剛手菩薩摩訶薩說此自部羯磨出
生最上自心大明曰
唵引吽引彌句一
爾時金剛藏菩薩摩訶薩說此最上自心大
明曰
唵引囉怛那合二葛哩摩合二三摩曳引吽引一句
爾時金剛眼菩薩摩訶薩說此最上自心大
明曰
唵引鉢訥摩合二葛哩彌引二合吽引一句
爾時金剛巧業菩薩摩訶薩說此最上自心
大明曰
唵引尾說葛哩彌引二合吽引一句
爾時聖觀自在菩薩摩訶薩說此自部羯磨
曼拏羅頌曰
我今次第當演說　最上羯磨曼拏羅
其相猶如金剛界　蓮華羯磨故此說
依大曼拏羅法用　如次枰諸曼拏羅
於佛周帀諸分位　畫執蓮華爲幖幟
此等大明曰
唵引鉢訥摩合二部引哩尼吽引一句
唵引尾說葛哩彌引二合說哩吽引一句
唵引薩哩嚩合二怛他引誐帶引說哩也引二合

毘尸引哥一鉢訥摩二合尾禰曳引二合吽引二
唵引達哩摩二合葛哩彌引二合說哩一倪也二合
引那布引惹引三摩曳引吽引二
唵引阿謨引伽葛哩彌引二合說哩吽引一句
唵引鉢訥摩二合葛哩摩二合沒提引吽引一句
唵引鉢訥摩二合葛哩摩二合嚩日哩二合尼吽一句
唵引鉢訥摩二合哥引彌你一摩引囉拏布引
惹引葛哩摩二合三摩曳引吽引二
唵引鉢訥摩二合葛哩摩二合覩瑟致二合吽引一句
唵引鉢訥摩二合葛哩摩二合勃哩二合酤胝吽引
怛囉二合一句
唵引鉢訥摩二合葛哩摩二合蘇引哩曳引二合吽
引一句
唵引鉢訥摩二合葛哩摩二合特嚩二合吽引吽一句
唵引鉢訥摩二合葛哩摩二合賀引西引郝一句

唵引鉢訥摩二合葛哩摩二合多引哩引吽引一句
唵引鉢訥摩二合葛哩摩二合酤摩引哩吽引一句
唵引鉢訥摩二合葛哩摩二合那引囉引野尼吽
引一句
唵引鉢訥摩二合葛哩摩二合沒囉引二合吽彌二合
引吽引一句
唵引鉢訥摩二合葛哩摩二合涅哩二合怛曳引二合
說哩吽引一句
唵引鉢訥摩二合葛哩摩二合拏叉引三摩曳引
吽引一句
唵引摩賀引鉢囉二合賛尼伽引底你一鉢摩
二合能瑟吒囉引二合葛哩摩二合葛哩吽引二
唵引葛哩摩二合毋瑟致二合伽引怛野吽引一句
唵引囉底布引吽引吽引弱一句
唵引阿毘尸引哥布引吽引吽引呼引一句

唵引諳引多布引吩引吽引馱句一

唵引涅哩合二爹布引吩引吽引嚩句一

唵引度引波布引吩引吽引惡句一

唵引補瑟波合二布引吩引吽引怛囉二合一句

唵引阿引路引哥布引吩引吽引提句一

唵引巘馱布引吩引吽引鍐句一

唵引喝野屹哩二合引一吠引阿引那野吽引弱二

唵引阿謨引伽播引舍骨嚕引二合提引一閉拏

野吽引發吒半音二

唵引鉢訥摩合二商葛羅滿提引吽引發吒半音一句

唵引鉢訥摩合二健吒引吠引舍野吽引發吒半音一句

復次此曼拏羅中所有鉤召等法皆依廣大

儀軌作已如其所説引弟子入曼拏羅謂弟

子言善男子汝不應以此祕密法輙為人説

無令墮於大地獄中

然後為其教授智所出生懺悔智法

所有觀自在大印　妙等引心當觀想

依法懺悔諸罪愆　速得一切罪清淨

勝三昧耶印相合　觀自在尊三摩地

一切無間重罪愆　依法懺悔悉清淨

觀自在尊三摩地　妙等引心當觀想

依法懺悔諸罪愆　彼一切罪皆散壞

所有羯磨印次第　依法若能正一結

一切業障懺悔時　得一切業皆清淨

此等大明曰

唵引薩哩嚩合二播引波尾輸引達那一摩賀

引鉢訥摩二合二

唵引薩哩嚩引二合難多哩也合二尾輸引達哥

一摩賀引三摩野鉢訥彌引二合二
唵引薩哩嚩二合播引波鉢囉二合那引舍那一
達哩摩二合鉢訥摩二合二
唵引薩哩嚩二合葛哩摩二合引嚩囉拏尾輸引
達哥一葛哩摩二合鉢訥摩二合二

次當教授盡業障智法

所有觀自在大印　妙等引心當觀想
秫皾秫皾此稱時　一切業障皆清淨
當結羯磨三昧印　觀自在尊三摩地
没皾没皾此轉時　一切業障皆清淨
觀自在尊妙等至　觀想彼尊正法印
提提提提此說時　一切業障皆清淨
次當徧結羯磨印　觀自在尊三摩地
呬呬呬呬合稱時　一切業障皆清淨

此等大明曰

唵引播引波剎野鉢訥摩二合一句
唵引阿引嚩囉拏剎野鉢訥摩二合一句
唵引你引嚩囉拏剎野鉢訥摩二合一句
唵引葛哩摩二合剎野鉢訥摩二合一句

次當教授一切如來供養智法

所有觀自在大印　妙等引心依法結
唵唵唵唵此稱時　能轉一切供養事
當結最勝三昧印　觀自在尊三摩地
部哩部哩部哩部　稱已得諸佛供養
觀自在尊妙等至　淨法蓮華當觀想
係係係係合稱時　彼得一切佛供養
蓮華羯磨所成印　住等引心依法結
吠吠吠吠此稱時　彼得一切佛供養

此等大明曰

唵引唵引哥引囉摩賀引鉢訥摩二合一句

唵引部引哥引囉三摩野鉢訥摩二合一句

唵引係引哥引囉達哩摩二合鉢訥摩二合一句

唵引際引哥引囉葛哩摩二合鉢訥摩二合一句

次當教授成就智法

結彼觀自在大印　住等引心稱紇哩
紇哩紇哩紇哩字　即得觀自在成就
觀自在尊三摩地　結三昧印稱室哩
室哩室哩室哩字　稱已即得勝成就
觀想觀自在等至　妙等引心稱狄俱
狄俱狄俱狄俱字　蓮華忿怒得成就
彼羯磨印相合故　大蓮華成而善妙
悉悉悉悉合稱時　即得一切悉地法

此等大明曰

唵引係引悉䩲一句

唵引室哩二合悉䩲一句

唵引狄俱半音悉䩲一句

唵引悉悉䩲一句

次當教授羯磨祕密印智法

觀自在尊妙等至　一切善愛者愛樂
阿呼蘇珂此稱時　彼得一切佛供養
觀自在尊妙等至　一切善愛者喜愛
稱必哩曳必哩曳　彼得諸佛常愛樂
觀自在尊妙等至　一切善愛者悦樂
阿呼囉帝此稱時　彼常獲得妙樂事
觀自在尊妙等至　一切善愛者悦澤
蘇珂蘇珂此稱時　彼得快樂不散壞

此等大明曰

唵引薩哩嚩二合布引惹引鉢囉二合嚩哩多二合那鉢訥摩二合一句

唵引必哩二合底葛囉鉢訥摩二合呼引一句

唵引囉底鉢囉二合嚩哩多二合那鉢訥摩二合一句
唵引摩賀引蘇珂鉢訥摩二合捺哩二合荼欱一句

次當教授羯磨大印如教所說當緊密合掌成三昧印然後作金剛事業依曼拏羅法用於一切處以此印安布次當稱怛囉字即成蓮華部羯磨法印所有羯磨三昧法堅固作已彼羯磨印即得成就

爾時世尊復入金剛法三昧印加持三摩地說此自印大明曰

唵引嚩日囉二合達哩摩二合鉢訥摩二合吽引一句

爾時金剛手菩薩摩訶薩說此自印大明曰

唵引嚩日囉二合劍引一句

爾時金剛藏菩薩摩訶薩說此自印大明曰

唵引嚩日囉二合囉怛那二合末酤胝引吽引一句

爾時金剛眼菩薩摩訶薩說此自印大明曰

唵引達哩摩二合鉢訥彌二合引提引一句

爾時金剛巧業菩薩摩訶薩說此自印大明曰

唵引薩哩嚩二合目契吽引一句

爾時聖觀自在菩薩摩訶薩說此四印曼拏羅頌曰

我今次第當演說　最上四印曼拏羅
其相猶如金剛界　大曼拏羅等無異
四印曼拏羅中間　依法安布佛形像
彼尊周帀諸分位　當畫金剛蓮華等

此曼拏羅中所有鉤召等法悉依廣大儀軌作已如其所說引弟子入曼拏羅謂弟子言汝不應以此祕密法輒爲人說無令受於極大苦惱夭趣命終

然後教授智出生法

二手執持妙蓮華　一心徧取華妙香
以此妙香普供養　供已速得佛成就
寶冠中有佛形像　妙等引心安布已
爲起世間敬愛因　現高舉相而傾動
蓮華蓮華大影像　三摩地心所作已
如教安坐依法儀　意想殺害諸魔惡
四門徧設於蓮華　依法作已手中持
執已徧作警悟時　如教復作旋轉事
此等大明曰
唵(引)巘馱布(引)惹(引)屹囉(二合)娑(引)達野紇哩(二合引一句)
唵(引)鉢訥摩(二合)末酤吒怛他(引)誐多(一)嚩尸(引)酤嚕薩哩網(二合引二)路(引)計(引)説囉那毘尸(引)哥三摩野呼(引二)
唵(引)鉢訥摩(二合)鉢訥摩(二合一)摩(引)囉野薩哩嚩(二合)鉢囉(二合)爹哩體(二合引)三摩(引)地侃也(二合引)那吠(引)俱(半音二)
唵(引)尾説鉢訥摩(二合一)薩哩嚩(二合)葛哩摩(二合)葛嚕婆嚩(二)羅梨盧梨盧梨吽(引)發吒(半音三)
次當教授祕密印智法
隨彼愛樂一切事　此三昧能作成就
此印能令難成法　於刹那間得成就
此三昧大明曰
唵(引)娑(引)達野鉢訥摩(二合一)囉(引)誐三摩野惡(二)
次當教結此部大印等一切印相
爾時聖觀自在菩薩摩訶薩説此調伏一切世間大明曰
唵(引)薩哩嚩(二合)惹誐訥尾(二合)那野(一)摩賀(引)薩埵(引)誐蹉尸(引)竭囕(二合二)吠(引)説嚕(引)必

野合二三捺哩合二野三摩摩左薩哩嚩合二悉
馱野鉢囉合二野蹉紇哩二合四
說是大明已即說調伏一切世間曼拏羅頌
曰
我今次第當演說　調伏世間曼拏羅
依大曼拏羅法用　外曼拏羅應徧畫
彼中宮位安蓮華　亦然依法周徧畫
而諸蓮華悉開敷　是華復具種種色
此曼拏羅中所有諸法用引入儀軌等皆如
廣大儀軌所說
次當教授調伏一切世間智法
此曼拏羅徧畫已　當知善調伏世間
依法觀想大印成　持巧業尊等無異
次當教授調伏世間祕密印智法
所有衆色三摩地　妙等引心當觀想

蓮華金剛杵合時　曼拏羅法得成就
然後教授結彼大印等諸印相此中所有諸
成就法幢像法等皆依一印曼拏羅法用所
作成就儀軌
爾時一切如來又復雲集咸共稱讚聖觀自
在菩薩摩訶薩頌曰
金剛薩埵善哉者　金剛大寶復善哉
善哉金剛妙法門　善哉金剛勝羯磨
能善宣說此正法　無上金剛祕密乘
一切如來祕密門　大乘現證法中攝
一切義成就大曼拏羅廣大儀軌分第十九
爾時一切如來又復雲集咸共稱讚已得一
切如來灌頂寶者執金剛尊聖虛空藏菩薩
摩訶薩一百八名而伸勸請頌曰
虛空藏尊利有情　摩訶薩埵大光耀

大寶復爲妙勝寶　稽首歸命金剛寶
得灌頂者大寶主　廣大清淨大善妙
覺智大寶清淨身　稽首歸命寶中寶
虚空虚空所出生　一切虚空大虚空
即虚空界具諸願　稽首歸命諸勝願
寶中出生寶毫相　即佛毫相妙如來
一切上妙一切寶　稽首歸命寶所作
妙寶勝寶復寶勇　亦復爲諸如來寶
是大虚空最上寶　稽首歸命等虚空
殊妙莊嚴大嚴麗　衆莊嚴相妙嚴者
淨利清淨利有情　稽首歸命布施行
最上清淨妙法寶　如來復爲僧伽寶
大灌頂者利世間　稽首歸命第一義
布施廣施最上施　善捨勝捨能捨者
利諸有情普利已　稽首大利善利益

如意寶王大威光　布施波羅蜜多理
是即如來大勇猛　稽首歸命一切覺
是即如來大珍寶　是即如來大光明
是即如來大寶幢　稽首歸命大笑相
如來最上灌頂者　自灌頂者復大尊
世間勝妙世間尊　稽首歸命世間日
寶中極上復極上　衆寶莊嚴諸寶事
爲寶世間大世間　稽首歸命寶名稱
爲妙寶勇復寶越　摩尼金剛摩尼德
勝妙光明寶照耀　稽首歸命一切寶
大身寶杖寶自在　能滿一切誓願者
已得一切意樂圓　稽首歸命衆寶聚
盡有頂際大威力　能施諸願大誓願
一切具足大吉祥　稽首歸命金剛藏
已受諸佛灌頂者　汝寂靜尊百八名

若人稱讚及受持　彼得刹那滅諸罪
我今勸請汝寶主　善說自尊寶財藏
諸佛灌頂最上尊　真實出生祕密部
爾時聖虚空藏菩薩摩訶薩聞諸如來勸請語已即說一切如來灌頂三昧大明曰
唵引嚩日囉二合囉怛那二合吽引一句
爾時世尊大毘盧遮那如來說此摩尼寶三昧最上大明曰
唵引薩哩嚩二合怛他引誐多引舍引波哩布引囉拏一摩賀引囉怛那二合吽二引
爾時金剛手菩薩摩訶薩說此自部出生最上大明曰
唵引嚩日囉二合囉怛那二合吽引一句
爾時金剛藏菩薩摩訶薩說此自部最上大明曰
唵引摩尼吽引一句
爾時金剛眼菩薩摩訶薩說此自部出生最上大明曰
唵引鉢訥摩二合紇哩二合引一句
爾時金剛巧業菩薩摩訶薩說此自部最上大明曰
唵引尾說囉怛那二合吽引一句
爾時聖虚空藏菩薩摩訶薩即入一切如來灌頂寶三摩地如是入已周徧從彼如來心中出現金剛摩尼寶相廣大光明普徧照耀一切世界以一切如來灌頂法普爲一切有情作灌頂已復聚爲一體其光旋復入具德虚空藏菩薩摩訶薩心然後即從虚空藏菩薩摩訶薩心出現具德金剛手尊周徧具有熾盛光藏衆色金剛大摩尼寶灌頂寶等妙

莊嚴具莊嚴其身執大金剛淨摩尼寶幖幟
印契出現如是大菩薩身已廣爲一切世界
一切有情雨大珍寶等出生諸義利普令一
切悉歡喜已其所現身還復世尊大毘盧遮
那如來周帀金剛界大曼拏羅相應月輪中
依止而住說此頌曰

大哉一切正覺尊　一切真實珍寶藏
汝此金剛寶部中　出生世間諸義利

佛說一切如來真實攝大乘現證三昧大教
王經卷第二十一

音釋

磔 陟革切張伸曰磔　憕 猪孟切音倀

佛說一切如來真實攝大乘現證三昧大教王經卷第二十二第二十三同卷

宋西天三藏朝奉大夫試光祿卿傳法大師施護等奉詔譯

一切義成就大曼拏羅廣大儀軌分第十九之餘

爾時聖虛空藏菩薩摩訶薩從自部出生已，所有一切如來等一切勝願皆悉圓滿說此一切義成就大曼拏羅頌曰：

我今次第當演說　大曼拏羅勝無上
其相猶如金剛界　此名一切義成就
壇相四方與四門　及四樓閣而莊嚴
四線抨量依法儀　珠瓔繒綵廣嚴飾
其曼拏羅諸隅分　及諸門戶相合處
鈿金剛寶於其間　外曼拏羅抨如次
於壇中位依法作　金剛妙寶所成宮
八柱殊勝如本儀　隨教抨量而布設
五曼拏羅妙嚴麗　種種寶光熾盛照
周帀自印而圍繞　彼中依法安佛像

此等大明曰：

唵引沒馱囉怛那二合吽引一句

唵引嚩日囉二合摩尼吽引一句

唵引嚩日囉二合囉怛曩引二合酤囉吽引一句

唵引嚩日囉二合囉怛那二合鉢訥摩二合吽引一句

唵引嚩日囉二合囉怛那二合嚩哩沙二合吽引一句

金剛步出東漸布　成一切願曼拏羅
彼中應畫金剛藏　寶施願相當如教
彼尊周帀諸分位　畫諸寶印悉周徧
及畫大士依本儀　隨教所說如次第

此等大明曰：

唵引薩哩嚩引二合嘌他二合悉提鉢囉二合捺吽

引一句

唵引嚩日囉二合摩尼唧恨那二合引哥引舍誐哩娑二合一句娑誐鍐悉皾切身下同悉皾吽引二

唵引囉怛曩二合引酤舍引葛哩沙二合野一薩哩嚩二合引嘌湯二合引阿引那野尸引竭囕二合二薩哩嚩二合怛他引誐多薩爹摩耨三摩二合囉吽引三

唵引摩尼囉引誐嚩尸引酤引嚕引一薩哩嚩二合引嘌湯二合引阿引那野阿引哥引舍誐哩娑二合吽引二

唵引囉怛那二合目瑟致二合吽引一句

以金剛步而漸進　南布寶鬘曼拏羅
彼中依法當正畫　執持最上寶鬘尊
是尊周帀諸分位　如教所説依次第
畫諸大士悉莊嚴　各各執寶爲幖幟

此等大明曰

唵引囉怛那二合没哩二合瑟致二合怛囉二合一句

唵引薩哩嚩二合怛他引誐多引一毘尸引哥囉怛那二合摩引羅吽引二

唵引摩尼蘇引哩野二合吽引一句

唵引進多引摩尼特嚩二合惹一薩哩嚩二合引舍引波哩布引囉葛二阿引哥引舍誐哩娑二合吽引三

唵引囉怛那二合引吒賀引娑一喝娑喝娑吽引二

以金剛步西漸布　妙寶蓮華曼拏羅
彼中依法應徧畫　執持妙寶蓮華尊
是尊周帀諸分位　畫諸大士悉莊嚴
執寶幖幟隨本儀　如其所説依次第

此等大明曰

唵引囉怛那合二鉢訥摩合二吽引一句

唵引爹引誐三摩引提一倪也引二合那誐哩

娑合二吽引二

唵引囉怛那合二酤引舍引屹囉合二吽引一句

唵引摩尼作訖囉合二鉢囉合二嚩嘌多合二野吽

引一句

唵引囉怛那合二娑引沙吽引一句

以金剛步而漸進　北布寶雨曼拏羅

彼中依法畫本尊　當作雨諸寶雨相

是尊周帀諸分位　畫諸大士如本儀

諸寶幖幟各執持　及彼手印如次第

此等大明曰

唵引囉怛那合二没哩合二瑟致合二鉢囉合二嚩哩

沙合二野一薩哩嚩引二合嘌他合二三鉢努二婆

誐鎫摩尼喝娑多合二吽引三

唵引摩尼布引惹引三摩野吽引一句

唵引摩尼滿馱葛嚩左吽引一句

唵引摩尼能瑟吒囉引二合葛囉引羅摩賀引

藥叉一喝囉喝囉二薩哩嚩引二合嘌湯引二合

毘引沙引鉢野吽引三

唵引摩尼囉怛那合二滿馱三摩野吽引一句

以金剛步而漸進　布曼拏羅諸隅分

畫寶嬉戲等四尊　如教所説依次第

此等大明曰

唵引囉怛那合二囉底呼引一句

唵引囉怛那合二摩引梨引吽引一句

唵引囉怛那合二詣引帝引吽引一句

唵引囉怛那合二涅哩合二帝引吽引一句

以金剛步而漸進　布外曼拏羅最勝

於外曼拏羅四隅　畫香供養等四尊

此等大明曰
唵引度引波羅怛泥二合引一句
唵引補瑟波合二摩尼句一
唵引囉怛那引二合路引計句引一
唵引摩尼巘提句引一
所有曼拏羅四門　護門賢聖依法畫
彼彼賢聖一門中　鉤索鏁鈴大明曰
唵引薩哩嚩合二囉怛那引二合葛哩沙一二合阿
引哩野引二合嚕拏摩賀引薩埵二婆誐晚多
摩引哥引舍誐哩婆合二祖引捺野三引葛哩沙
二合野尸引竭嚩合二呼引弱四
唵引薩哩嚩合二囉怛那合二鉢囉合二吠引舍三
摩野一鉢囉合二吠舍野二薩哩嚩合二三摩煬
引摩賀引摩尼囉引惹酤羅三囉怛那合二播
引舍吽引四

唵引摩尼滿馱吽引鍐句一
唵引摩尼囉怛那引二合吠引舍惡句一
此大曼拏羅中所有本部寶阿闍梨如教所
説入曼拏羅依廣儀軌先爲已身作擁護已
然後當取寶加持瓶水與寶部弟子授於灌
頂令彼弟子結金剛寶三昧印授是大明曰
唵引嚩日囉合二摩尼三摩野鍐句一
次當隨取一色繒帛與弟子覆面勿令觀視
當引弟子入曼拏羅授是大明曰
唵引吽引鉢囉合二尾舍摩尼囉引惹酤羅句一
入已謂弟子言汝不應以此祕密法輙爲人
説無令汝當墮大地獄乃至於一切生中受
貧窮苦不得解脱作是言已顯示三昧復爲
彼説大乘現證三昧法門然後寶阿闍梨發
金剛語向空問言何處當有廣大伏藏云何

能得時彼具德虛空藏菩薩摩訶薩悉爲指說作是語時乃與弟子除去面帛普令觀視大曼拏羅次復爲說一切如來灌頂三昧乃至最後世尊如來來現其前行人即當隨力供養然後一切所作事業皆得成就

次當教授智印頌曰

所有金剛藏大印　妙等引心依法結
若處伏藏欲掘時　隨處即當見伏藏
若結最勝三昧印　隨於有彼伏藏處
是印相合逼附時　自然踊起彼伏藏
金剛藏尊三摩地　妙等引心當觀想
隨意知有伏藏處　是處即當伏藏住
若結羯磨所成印　住金剛藏三摩地
是印普徧警悟時　隨處即當見伏藏

此等大明曰

唵引摩賀引摩尼囉怛那引二合尾舍吽引一句

唵引摩尼囉怛那二合閉引拏野捺哩舍二合野吽引一句

唵引囉怛那二合三摩引提沒嚕引二合呬一句

唵引囉怛那引二合吠引舍捺哩舍二合野一句

大印依法而相合　是印於身作纏繞
隨彼所有寶藏處　當知自三昧所現
若結最勝三昧印　當作警悟明開示
隨彼所有伏藏處　大寶莊嚴悉皆得
若結三摩地印契　隨警悟已智自說
由說其處有伏藏　大寶莊嚴悉皆得
若結羯磨大印契　由作警悟三昧法
二手互相作縛時　隨處伏藏當出現

此等大明曰

唵引摩賀引囉怛那二合哥引野捺哩舍二合野

囉怛曩二合一句

唵引阿引哥引舍誐哩娑二合摩尼囉怛那二合

一塞普二合吒塞普二合吒二野怛囉二合你提三

唵引摩尼囉怛那二合伲也二合引那一莎野沒

嚕二合引呬四二

唵引布那三摩野滿馱一捺哩舍二合野莎二

依法若結於大印　隨起疑心獲亦然

由智如心了知時　是處伏藏自然有

隨起疑心於某處　即結勝三昧印縛

後當解此即縛時　隨處即有伏藏現

三摩地印依法結　隨起疑處決定得

由智出生了知時　隨處常有伏藏寶

疑處若有伏藏生　是處當結羯磨印

如教所說結印時　伏藏分明即出現

此等大明曰

唵引你提伲也二合引那引尾舍一句

唵引囉怛那二合三摩野捫左你提滿唐引一句

唵引達哩摩二合囉怛那二合沒嚕二合引呬四你馱

引曩一句

唵引薩哩嚩二合葛哩摩二合引尼塞怖二合引吒

野一捺哩舍二合野你馱引那滿度引得叱二合

波二

本部大印當相合　隨行尋求諸伏藏

若處依法警悟時　是處即有伏藏現

結彼勝三昧印契　隨行尋求諸伏藏

若處印契堅固時　是處即有伏藏現

結彼三摩地印契　隨行尋求諸伏藏

若處智所出生時　是處即有伏藏現

結彼羯磨所成印　隨行尋求諸伏藏

若處羯磨印動搖　是處即有伏藏現

此等大明曰

唵引摩賀引摩尼囉怛那二合波哩引叉引尾舍句一

唵引囉怛那二合三摩野禰哩二合棖捺哩舍二合野句一

唵引囉怛那二合波哩引叉引倪也二合引那引尾舍句一

唵引摩尼葛哩摩二合勃囉二合引摩野句一

次當教授祕密印智

蓮華金剛杵相合　隨行尋求諸伏藏
依法觀想大印時　普徧警悟得伏藏
結彼勝三昧印契　善愛者愛亦復然
若處印契堅固成　是處即有伏藏現
蓮華金剛杵相合　隨行尋求諸伏藏
依法觀想智印時　伏藏隨時當轉現
依法結彼羯磨印　蓮華金剛杵相合
若處彼印煥明時　隨處即有伏藏現

此等大明曰

唵引摩賀引摩尼三踰引誐引尾舍句一

唵引三摩野三踰引誐禰哩二合廚引彌引婆嚩句一

唵引你提倪也二合引那引尾舍引尾舍三踰引誐句一

唵引薩哩嚩二合葛哩摩二合塞怖二合引吒三踰引誐句一

然後教授大寶部中一切印智法

所謂先說彼大印智法

妙月曼拏羅中間　如所畫相順修習
依法觀想大印時　諸勝義利皆成就

次說一切大印所有功用

結佛印故得成佛　金剛藏印善成就
勝寶鉤印能普召　彼寶愛印常善愛
寶歡喜印常歡喜　由寶觀視攝大財
寶鬘印善作灌頂　寶日光印施威光
寶幢印隨所欲施　寶笑印能作義利
法寶印常施妙法　勝捨當獲最上利
寶劒印作大快利　寶輪印為增上主
妙寶語印成就門　能轉寶雨大財聚
寶供養印善供養　寶甲冑印堅固護
寶牙印取諸寶財　寶拳印作諸成就
次說此大曼拏羅中三昧印智法
彼金剛寶所成印　能施一切印灌頂
結大金剛寶印時　金剛寶事皆成就
二手金剛作羯磨　得執金剛尊大財
即此大指如金剛　安心能施諸珍寶

緊密頭指作寶縛　得觀自在尊施財
二手巧業大寶幢　能施金剛羯磨寶
竪二頭指復背屈　結二大指如金剛
此名金剛界勝寶　是印得成於佛寶
金剛寶印此所說　即彼金剛藏寶印
是印依法結中間　彼即得大金剛寶
二手寶金剛相合　竪二中指起如牙
是印依法結中間　悉得自他大灌頂
即此中指無名指　小指緊密依法作
此名觀自在心印　是印能施諸財寶
依彼金剛寶法用　頭指大指及小指
二中指等皆相合　竪無名指起如牙
二手竪作金剛縛　屈二頭指如寶形
舒大指面如本儀　安心能施諸成就
二手金剛縛相合　合二中指如寶形

此印名爲寶幖幟　彼能施大摩三寶
即此復作鉤法用　屈二頭指而相合
此印鉤召一切財　摩尼寶鉤亦如是
即此復作勇力勢　右頭指執左頭指
如箭召射依本儀　鉤召世間敬愛事
即此復作善哉相　頭指大指各相合
不改大指相合時　並諸指頭亦如是
又二大指内縛中　復以二頭指如眼
此印名爲寶觀視　觀已能集諸財利
即此大指面相合　成印當心而安置
此名諸義成就鬘　是印能施自灌頂
二手寶光相安心　是印能施大威光
豎無名指頂間安　此名廣大勝幢印
即此復作大笑相　依法嬉戲而旋轉
此印名爲大寶笑　笑相能攝諸財利

諸指頭如寶蓮相　三摩地法攝諸財
即此頭指内縛中　此印能施大財聚
齊二大指而向下　立二頭指如寶形
此寶鉤印攝諸財　勇伏世間大快利
結金剛縛最上輪　齊二大指入縛中
二頭指復如寶形　此名轉輪廣施印
即此諸指面相合　是印齊平而豎立
彼相合故語印成　依自教攝諸財利
大金剛寶印當結　是印能雨諸寶雨
諸指依法礫散時　四方普雨諸財寶
大金剛寶印當結　頂間應作旋舞相
如教所說供養時　以諸珍寶普供養
結一切義成就印　依法頸處而相合
此說名爲寶縛印　是即甲冑而善護
即此一切成就印　作吞啾相口處安

此說寶牙如本儀　作怖畏攝諸財利
二手堅作金剛拳　屈二頭指依法用
執二大指復如門　此寶拳印施成就
諸勝三昧供養印　悉依金剛界印法
如其所說寶法儀　此勝三昧印分別
二中指如寶形相　此當如彼善分別
所有一鉤等法儀　一切羯磨皆成就

復次宣說此大寶部諸法印智所謂

怛囉(二合一句)　屹囉(二合一句)
底哩(二合一句)　紇哩(二合引一句)
室哩(二合引一句)　翳
囉　郝
提(引)　提
訖哩(二合引)　嚩(引)
哩　荼(引)
藥　惡

今此部中當作寶拳以成一切羯磨印契

佛說一切如來真實攝大乘現證三昧大教王經卷第二十二

佛說一切如來真實攝大乘現證三昧大教王經卷第二十三

宋西天三藏朝奉大夫試光祿卿傳法大師施護等奉　詔譯

實祕密印曼拏羅廣大儀軌分第二十

爾時世尊復入一切如來灌頂揔持三昧出生寶加持三摩地說此自印大明曰

唵引嚩日囉二合囉怛那二合窣都二合引閉引吽引一句

爾時金剛手菩薩摩訶薩說此本部出生自印大明曰

唵引嚩日囉二合引毘尸引哥摩引羅引毘詵左三摩曳引吽引一句

爾時金剛藏菩薩摩訶薩說此自印大明曰

唵引嚩日囉二合囉怛那引二合毘尸引計引吽引一句

爾時金剛眼菩薩摩訶薩說此自印大明曰

唵引嚩日囉二合達哩摩引二合毘詵在鉿引一句

爾時金剛巧業菩薩摩訶薩說此自印大明曰

唵引囉怛那引二合毘尸引哥布引惹引三摩曳引吽引一句

爾時虛空藏菩薩摩訶薩說此自部三昧印曼拏羅頌曰

我今次第當演說　最上自印曼拏羅
其相猶如金剛界　此說名爲寶祕密
依大曼拏羅法用　如次抨諸曼拏羅
彼中應當依本儀　周徧悉畫於佛印
金剛界前復應畫　寶加趺坐相如儀
南方寶鬘西寶蓮　北畫寶及寶圍繞

此等大明曰

唵引怛囉二合引一句

唵引摩尼三摩曳引吽引一

唵引摩尼囉怛那引二合毘尸引哥摩引棃引

吽引一句

唵引摩尼囉怛那合二鉢訥彌合二吽引句

唵引摩尼囉怛那合二没哩合二瑟致合二三摩曳

引吽引一句

金剛步出東漸布　一切成就曼拏羅

中畫金剛寶如儀　及大金剛摩尼珠

於彼周帀諸分位　與寶相合畫諸印

依其次第如法儀　寶阿闍梨應徧畫

此等大明曰

唵引薩哩嚩引二合嘌他合二悉提鉢囉合二彌引一

摩賀引嚩日囉合二囉怛那二二合摩尼囉怛那

合二三摩曳引三摩尼薩哩嚩引二合哩湯引二合彌

引四娑引馱野馱引囉尼吽引五

唵引摩尼囉怛那引二合葛哩尸二合引一句

唵引摩尼囉怛那合二三摩煬引酤舍也引二合

葛哩沙合二野一摩尼酤覽弱二

唵引摩尼囉引誐三摩曳引吽引一句

唵引摩尼娑引哩提合二吽引一句

以金剛步而漸進　南布第二曼拏羅

彼中當畫於寶珠　及畫二眼而圓備

於彼周帀諸分位　如教所說依次第

畫寶幖幟悉具圓　周徧及畫於本印

此等大明曰

唵引嚩日囉合二摩尼囉怛那合二泥引怛囉合二

引那野一嚩尸引酤嚕薩哩嚩引二合嘌他合二

三鉢能二尸引竭覽合二禰哩合二瑟吒餤引三合

骨尸引吽引三

唵引嚩日囉二合摩尼囉怛那二合摩引羅引毘
詵左吽引一句
唵引摩尼囉怛那二合素引哩曳引二合入嚩二合
引羅野薩哩網一二合摩賀引帝引吤你吽二引
唵引摩尼賛捺囉二合特嚩二合惹引屹哩二合吽
引一句
唵引摩尼賀引西引賀娑吽引一句
以金剛步而漸進　西布第三曼拏羅
彼中應當依法儀　畫寶蓮華而周徧
於彼周帀諸分位　如教所說依次第
畫寶幖幟悉具圓　周徧及畫於本印
此等大明曰
唵引摩尼三摩引提鉢訥彌二合你吽引一句
唵引摩尼囉怛那二合爹引誐三摩曳引吽一句
唵引摩尼囉怛那二合三摩野酤引尸引吽一句

唵引摩尼三摩野作訖羅二合吽引一句
唵引摩尼婆引沙引屹哩二合吽引一句
以金剛步北漸布　第四最上曼拏羅
中畫寶雨相如儀　及金剛寶悉圓備
周帀復畫羯磨印　一一皆如教所說
畫寶幖幟依法儀　於諸分位如次第
此等大明曰
唵引囉怛那二合沒哩二合瑟致二合娑引馱野一
摩賀引摩尼吽二引
唵引摩賀引摩尼布引惹引三摩曳引涅哩
二合多惡一句
唵引摩尼囉怛那二合三摩野拏叉欣一句
唵引嚩日囉二合摩尼能瑟吒囉引三合葛囉引
羅一句賀囉賀囉吽二引
唵引摩尼三摩野毋瑟致二合吽引句

此寶祕密曼拏羅中所有法用如教所說依
法作已引本部弟子入曼拏羅謂弟子言若
有知異法者汝不應以此祕密法輙爲彼說
無令當受大貧窮苦命終之後墮地獄中
然後爲說寶三昧智所出生法
入金剛寶三摩地　想空中畫金剛寶
其寶復置自額間　想已定成自在者
當結勝三昧印契　想空中畫金剛寶
其寶復置灌頂處　想已即得寶灌頂
入大法寶三摩地　想空中畫金剛寶
於智寶處依法安　想已得成大法主
依法當結羯磨印　想空中畫金剛寶
其寶置自分位中　想已得成羯磨主
此等大明曰
摩賀引嚩日囉二合囉怛那引二合毘詵左鈐引一

三摩野囉怛那引二合毘詵左鈐引一句
達哩摩二合囉怛那引二合毘詵左鈐引一句
葛哩摩二合囉怛那引二合毘詵左鈐引一句
結彼大印當觀想　大金剛寶現心中
其寶想已如本儀　即得最上灌頂法
妙等引心當觀想　金剛寶在於額間
結寶金剛印如儀　隨處得成自在者
入金剛寶三摩地　想金剛寶在舌端
觀想諦心如本儀　即得灌頂法王位
妙等引心當觀想　金剛寶在於頂中
結彼羯磨印如儀　即成自在者事業
此等大明曰
唵引嚩日囉二合囉怛那二合紇哩二合捺野引毘
詵左呼引一句
唵引嚩日囉二合囉怛那引二合毘尸引哥怛囉

二合一句
唵引嚩日囉二合囉怛那二合俔也二合引那引毘
詵左鏝一句
唵引嚩日囉二合囉怛拏二合引瑟尼二合引沙引
提底瑟姹二合鈐引一句
依法想畫幢像已　自身即是金剛寶
如教觀想大印成　即得成就自在者
依法想畫幢像已　即是無上金剛寶
觀想薩埵金剛尊　即得衆三昧主宰
依法想畫幢像已　自身即是金剛寶
如教觀想法印成　決定得爲法中王
依法想畫幢像已　即是無上金剛寶
觀想羯磨印契成　即得羯磨勝主宰
此等大明曰
嚩日囉二合囉怛那二合民摩引提底瑟姹二合一句

嚩日囉二合民摩鉢囉二合底瑟姹二合一句
嚩日囉二合囉怛那二合民摩引尾舍一句
嚩日囉二合囉怛那二合民摩酤嚕一句
所有金寶或銀寶　觀想即成金剛寶
餘寶所成亦復然　想現於心得灌頂
所有金寶或餘寶　即是無上金剛寶
依法想現於額間　即得國王大財寶
所有金寶或餘寶　觀想即是金剛寶
依法想在於口中　想已即得語自在
所有金寶或餘寶　觀想即是金剛寶
依法想在於頂中　即得一切羯磨主
此等大明曰
唵引嚩日囉二合囉怛那二合紇哩二合捺野引娑
囉拏吽引一句
唵引嚩日囉二合囉怛那引二合毘尸引哥一摩

賀引嘌他合二鉢囉合二捺二

唵引嚩日囉合二囉怛那合二嚩引左塞鉢合二底

句一

唵引嚩日囉合二囉怛那合二摩賀引葛哩摩合二

鉢底句一

次説寶部三昧祕密印智法

依法想大金剛寶　彼寶即是出生門

入已當得大印成　觀想如應獲成就

最勝三昧寶印契　勝三昧即出生門

彼印結已得法成　於一切處獲灌頂

依法結大金剛寶　法印觀想亦如應

彼寶即是出生門　想已當得勝成就

羯磨寶印依法結　彼印即是出生門

如教結已即得成　無上羯磨勝印契

此等大明曰

唵引摩賀引悉提句一

唵引三摩野引毘尸引哥悉提句一

唵引達哩摩合二悉提句一

唵引葛哩摩合二悉提句一

次説結此曼拏羅中所有大印

頭指作寶金剛牙　中指無名及小指

相合舒展依本儀　安頂上得勝成就

二羽相合金剛縛　以二頭指相鉤結

大指無名如金剛　眉間旋轉得灌頂

依彼寶金剛法用　頭指上節合如門

即以此印旋轉時　當得最上灌頂法

依彼法金剛法用　即以大指及頭指

相結旋向於額間　即得大法妙灌頂

羯磨金剛二羽合　額間依法作旋轉

即成一切灌頂鬘　安已當得大灌頂

寶出生印勝三昧　從金剛界所出生
結如寶相安額間　安已即得大灌頂
以二大指相鉤結　次二頭指而相合
頭指復作如寶門　成印得大金剛寶
二羽相合金剛縛　次復徧舒其寶拳
以一中指如寶形　即得寶鬘灌頂法
二羽相合金剛縛　以二中指如寶形
頭指無名指悉開　作蓮華相得成就
復二中指如寶形　自餘諸指皆上起
觀想寶印法如然　即得善妙眷屬聚
二羽相合金剛縛　中指大指二相合
無名小指二各竪　安口成印當得寶
即此頭指如金剛　便以頭指作鉤相
頭指執頭指箭形　後復齊掌施歡喜
又二中指如寶形　二頭指作微屈相

二無名指内如門　復以二大指内覆
即此日輪順旋轉　舒臂還置於頂上
成寶瓔珞勝旛幢　後復相合笑處散
二羽相合金剛縛　大指無名指面仰
此印想成蓮華形　復二中指如寶相
即此小指施願相　成印金剛劍法用
是印還作金剛輪　即此後於口邊散
寶金剛牙頭指作　自餘諸指悉展舒
是印當於頂間安　即能雨諸珍寶雨
即此金剛寶法用　寶相安心而善護
頭指如執寶牙形　中指相合爲拳相
復次摠說三昧印智法
此如是等諸大印　悉以金剛縛相合
祕密祕密次第成　四倍成就即當得
金剛祕密如教說　非時不應結印契

我今復說法印門　其印次第當如是

怛賴(二合一句)　屹賴(二合一句)

哈　顯

屹哩野(三合一句)　屹馱(二合一句)

特吠(二合一句)　呬曳(二合一句)

特賴(二合一句)　馱曳(二合一句)

訖賴(二合一句)　吠(武每切上同)

吉野(二合一句)　賴(轉舌呼)

曳(重呼)　昧

所有此部祕密供養諸所用印皆以勝拳依法而作

智曼拏羅廣大儀軌分第二十一

爾時世尊復入一切如來灌頂智三昧出生加持三摩地說此自部最上大明曰

唵(引)薩哩嚩(二合)怛他(引)誐多(引)毘尸(引)哥倪也(二合引)弩(引)怛摩吽(引一句)

爾時金剛手菩薩摩訶薩說此自部最上大明曰

唵(引)嚩日囉(二合)囉怛那(二合引)毘尸(引)哥三摩野吽(引一句)

爾時金剛藏菩薩摩訶薩說此自部最上大明曰

唵(引)摩尼囉怛那(二合引)毘尸(引)哥倪也(二合引)那吽(引句)

爾時金剛眼菩薩摩訶薩說此自部最上大明曰

唵(引)達哩摩(二合引)毘尸(引)哥倪也(二合引)那吽(引一句)

爾時金剛巧業菩薩摩訶薩說此自部最上大明曰

唵引薩哩嚩引二合毘尸引哥倪也引二合泥引
吽引一句
爾時虛空藏菩薩摩訶薩說此自部智曼拏
羅頌曰
我今次第當演說　最上自智曼拏羅
其相猶如金剛界　此說名爲自寶智
依大曼拏羅法用　如次抨諸曼拏羅
畫心幖幟隨本儀　法曼拏羅勝作用
此曼拏羅中智大明曰
唵引薩哩嚩引二合喋他二合悉提摩尼倪也二合
引那吽引一句
唵引摩尼倪也引二合那吽引一句
唵引摩尼倪也引二合曩引酤舍句一
唵引摩尼倪也引二合那囉引誐句一
唵引摩尼倪也引二合那覩瑟致二合一句

唵引摩尼倪也引二合那捺哩二合瑟致二合一句
唵引摩尼倪也引二合那引毘尸引哥句一
唵引摩尼倪也引二合那素引哩也二合一句引
唵引摩尼倪也引二合那特嚩二合惹句一
唵引摩尼倪也引二合那引吒賀引娑句
唵引摩尼倪也引一合那鉢訥摩二合吽引一句
唵引摩尼倪也引二合那爹引誐句一
唵引摩尼倪也引二合那酤引舍句一
唵引摩尼倪也引二合那作訖囉二合一句
唵引摩尼倪也引二合那娑引沙句一
唵引摩尼倪也引二合那嚩哩沙二合吽引一句
唵引摩尼倪也引二合那涅哩二合多布引惹引
三摩野句一
唵引摩尼倪也引二合那犖叉句一
唵引摩尼倪也引二合那藥叉句一

唵引摩尼俔也引二合　那毋瑟致二合一句
此曼拏羅中所有法用皆如廣大儀軌所說
依法作巳當引弟子入曼拏羅謂弟子言世
間諸有不知法者汝不應以此祕密法輙爲
彼說無令反招殃咎速趣命終
次爲教授寶部法智所出生法
住三摩地依法畫　金剛藏尊幢像等
所求義利觀想成　即得本尊言與寶
住三摩地依法畫　金剛藏尊幢像等
所求義利觀想成　即得本尊言與與
住三摩地依法畫　金剛藏尊幢像等
等至想求正法門　得本尊言與法智
住三摩地依法畫　金剛藏尊幢像等
等至想求衆羯磨　得本尊言與事業
此等大明曰

唵引禰引呬薩哩嚩引二合　嘌湯二合一　娑誐鍐
嚩日囉二合誐哩婆二
唵引禰引呬薩哩嚩二合囉怛曩引二合一　娑誐鍐
嚩日囉二合誐哩婆二合二
唵引禰引呬薩達哩摩二合一　娑誐鍐嚩日囉
二合薩怛薩二合埵二
唵引禰引呬薩怛葛二合哩摩二合一　娑誐鍐嚩
日囉二合誐哩婆二
若在虛空若餘方　妙等引心當觀想
彼虛空藏大士尊　所求義利得圓具
若在虛空若餘方　妙等引心當觀想
彼虛空藏大士尊　所求妙寶得出生
若在虛空若餘方　妙等引心當觀想
彼虛空藏大士尊　所求正法得具足
若在虛空若餘方　妙等引心當觀想

彼虛空藏大士尊　所求羯磨藏成就
此等大明曰
唵引倪也引二合那誐哩婆合二禰引呬薩哩嚩
引二合嘌湯二合一句
唵引倪也引二合那誐哩婆合二禰引呬囉怛那
二合引一句
唵引倪也引二合那誐哩婆合二禰引呬薩哩嚩
二合達哩鉿二合引一句
唵引倪也引二合那誐哩婆合二禰引呬薩哩嚩
二合葛哩鉿二合引一句
於心想畫金剛藏　妙等引心而諦觀
若或心有動搖時　即得本尊施財寶
於頷想畫金剛藏　亦然依法而諦觀
若或頭有動搖時　即得本尊與灌頂
口中想現金剛藏　亦然依法而諦觀

若或口想作鬧時　得本尊施語成就
頂中想現金剛藏　依法安布而諦觀
若或頂有光現時　即得騰空而行往
此等大明曰
唵引紇哩合二那野誐哩婆合二禰引呬達曩一句
唵引囉怛那引二合毘尸引哥誐哩婆引二合毘
詵左一句
唵引嚩引屹誐合二哩婆合二悉馱一切身一句
唵引囉怛那合二誐哩部引二合瑟膩引二合沙引
哥引商蘖蹉一句
所有金剛藏大印　妙等引心當觀想
願施我求成就門　即得伊梨寶成就
虛空藏尊三昧印　妙等引心依法結
願施我求灌頂門　即得彌梨寶灌頂
金剛藏尊三摩地　妙等引心當觀想

願施我求正法門　即得唧梨寶正法
虛空藏勝羯磨印　妙等引心依法結
願施我求衆珍寶　即得枳梨寶成就
此等大明曰
唵引伊梨句一
唵引彌梨句一
唵引唧梨句一
唵引枳梨句一
次說寶智祕密印智法
蓮華金剛杵相合　觀想即是金剛藏
若在虛空若餘方　常得最上成就法
蓮華金剛杵相合　觀想即是金剛藏
彩畫嚴麗想如儀　即得本尊施灌頂
蓮華金剛杵相合　觀想即是金剛藏
彼所愛者善愛成　一切世間皆敬愛

蓮華金剛杵相合　觀想即是金剛藏
如塵影像滿虛空　決定得諸成就法
此等大明曰
阿引哥引舍玉呬也合二倪也引二合那娑引達野吽引一句
唧怛囉合二玉呬也合二倪也引二合那引毘詵左吽引一句
必哩合二夜引耨三窨哩合三底倪也引二合那玉呬也一二合薩哩嚩合二路引崗囉引摩野吽二引薩哩嚩合二玉呬也合二倪也引二合那三薩哩嚩合二悉提孕合二彌鉢囉合二野蹉吽四引
然後應當如教所說結彼大印即彼如是作成就事後結金剛寶印依金剛智大曼拏羅諸有法用應當如教一一安布
次說此中法印次第所謂

薩囉

誐娑

囉帝引

計引賀引

達帝引

係引娑引

葛哰

爍薩

所有此部諸羯磨印如教次第隨處安布

佛說一切如來真實攝大乘現證三昧大教王經卷第二十三

音釋

奓丁邪切 蘖魚傑切 頟同額

佛說一切如來眞實攝大乘現證三昧大教王經卷第二十四第二十五同卷

宋西天三藏朝奉大夫試光祿卿傳法大師施護等奉　詔譯

羯磨曼拏羅廣大儀軌分第二十二

爾時世尊復入一切如來灌頂羯磨三昧出生加持三摩地說此自部最上大明曰

唵引薩哩嚩二合怛他引誐多葛哩摩二合毘尸引計引吽引一句

爾時金剛手菩薩摩訶薩說此自部羯磨出生最上大明曰

唵引嚩日囉二合吽引哥引囉引毘尸引計引吽引一句

爾時金剛藏菩薩摩訶薩說此自部最上大明曰

唵引薩哩嚩引二合哥引舍薩摩多引毘尸引哥囉怛泥引二合吽引一句

爾時金剛眼菩薩摩訶薩說此自部出生最上大明曰

唵引達哩摩二合毘尸引哥囉怛泥二合引一句

爾時金剛巧業菩薩摩訶薩說此自部最上大明曰

唵引尾說引毘尸引計引一句

爾時虛空藏菩薩摩訶薩說此自部羯磨曼拏羅頌曰

我今次第當演說　最上羯磨曼拏羅
其相猶如金剛界　此說名爲寶事業
依大曼拏羅法用　如次抨諸曼拏羅
於其中間依法儀　應當安布佛形像
復當依諸大士法　周帀悉畫寶大士
彼等所畫依法儀　所有大明如是稱

唵引囉怛那二合布引惹引屹哩野三合薩哩嚩二合引嘌他二合悉提一嚩日囉二合囉怛那二合引毘尸引計引吽引二

唵引嚩日囉二合摩尼馱引囉尼三摩曳引吽引一句

唵引摩尼囉怛那二合引葛哩尸二合引一葛哩摩二合三摩曳引吽引二

唵引摩尼囉怛那二合囉引誐囉底一葛哩摩二合布引吽引鉢囉二合嚩嘌多二合野二

唵引摩尼囉怛那二合娑引度布引惹引三摩曳引一句

唵引摩賀引摩尼囉怛那二合涅哩二合瑟吒野三合葛哩尸二合引一句

唵引摩尼囉怛那二合摩引囉布引吽引一句

唵引摩尼囉怛那二合蘇引哩也二合引路引哥布引吽引一句

唵引摩尼囉怛那二合特嚩二合惹鉢多引哥引布引吽引一句

唵引摩尼囉怛那二合引吒賀引娑布引吽句

唵引鉢訥摩二合摩尼三摩引提三摩曳引吽引一句

唵引薩哩嚩二合爹引誐引耨悉蜜哩三合底一三摩引提葛哩摩二合葛哩吽引二

唵引摩尼囉怛那二合的剎拏二合三摩曳引親那親那吽引一句

唵引摩尼囉怛那二合作訖囉二合三摩曳引吽引一句

唵引摩尼囉怛那二合婆引尸引嚩捺嚩捺吽引一句

唵引摩尼囉怛那二合嚩哩沙三合尼吽引一句

唵引摩尼囉怛那合二葛哩摩合二尼吽引一句
唵引摩尼囉怛那合二葛嚩際引犖叉鈐引一句
唵引摩尼囉怛那合二能瑟致哩引三合一珂引那
珂引那吽引二
唵引摩尼囉怛那合二葛哩摩合二毋瑟致合二吽
引一句
唵引摩尼囉怛那合二邏引西引布引惹曳引
呼引一句
唵引摩尼囉怛那合二摩引羅引毘尸引計引
布引惹野句一
唵引摩尼囉怛那合二詣引帝引布引惹野句一
唵引摩尼囉怛那合二涅哩合二帝引布惹野句一
唵引摩尼囉怛那合二度引閉引布引惹野句一
唵引摩尼囉怛那合二補瑟閉合二布引惹野句一
唵引摩尼囉怛那合二禰引閉引布引惹野句一

唵引摩尼囉怛那合二巘提引布引惹野句一
唵引摩尼囉怛那引二合酤舍野引二合葛哩沙
合二野弱句一
唵引摩尼囉怛那合二播引尸引吽引一句
唵引摩尼囉怛那合二塞怖引二合胝引鍐句一
唵引摩尼囉怛那引二合吠引舍惡句一

此曼拏羅中所有法用皆依廣大儀軌作巳依法當引本部弟子入曼拏羅入巳謂言汝不應以此祕密法輒爲人説無令建立業障深厚速趣命終然後教授寶羯磨智頌曰

所有金剛藏大印　妙等引心依法結
此印普作諸供養　即得一切佛敬愛
所有最勝三昧印　三摩地心正一結
供養一切佛世尊　即得自部寶灌頂
金剛藏尊三摩地　妙等引心當觀想

供養一切佛世尊　調伏世間爲最上
金剛藏尊三摩地　當結羯磨所成印
供養一切佛世尊　刹那獲得諸義利
此等大明曰
唵引囉怛那二合布引惹引嚩引尸引酤嚕一句
唵引囉怛那二合布引惹引三摩野引毘詵左一句
唵引囉怛那二合布引惹引達哩摩二合那引舍
野鉢鼎一句
唵引囉怛那二合布引惹引葛哩摩二合薩哩嚩
二合引嘌湯二合彌引捺捺二合
次説祕密印羯磨智法
蓮華金剛杵相合　金剛藏尊三摩地
供養一切佛世尊　得諸世間悉敬愛
然後如其所説即得最上大印智成就次説
三昧印智法
以大金剛寶相合　於諸分位當安布
金剛事業法相應　如教所説依次第
次説此部法印智
埵　[口*弱]
誐　度
怛那二合一句　[口*弱]
覩　娑
哩摩二合一句　刹拏二合一句
覩　沙
哩摩二合一句　叉
叉　提
當以二羽作金剛寶即成此部諸羯磨印
一切如來真實攝一切儀軌隨應方便廣大
教理分第二十三之一

爾時世尊復入寶印三摩地說此自部最上
大明曰
唵引嚩日囉二合囉怛泥引二合怛覽二合引一句
爾時金剛手菩薩摩訶薩說此自印大明曰
唵引嚩日囉二合摩引梨引吽引一句
爾時金剛藏菩薩摩訶薩說此自印大明曰
唵引摩尼囉怛泥引二合吽引一句
爾時金剛眼菩薩摩訶薩說此自印大明曰
唵引達哩摩二合囉怛泥引二合吽引一句
爾時金剛巧業菩薩摩訶薩說此自印大明
曰
唵引尾說沒哩二合瑟致二合一句
爾時虛空藏菩薩摩訶薩說自寶部四印曼
拏羅頌曰
我今次第當演說　最上四印曼拏羅
依前四印壇法儀　如次分別此壇相
然後如教所說入曼拏羅謂弟子言汝慎勿
應輒說此法等
次爲教授智出生法
以大金剛寶相合　住金剛寶三摩地
成印安置於額間　即得一切成就法
此大明曰
唵引嚩日囉二合囉怛那二合薩哩嚩二合引毘尸
引哥一薩哩嚩二合悉馱踰引彌引鉢囉二合野
蹉二囉囉囉羅吽引怛囉二合三
次爲說示祕密印法
世間所愛善愛者　若男若女亦復然
相合成印在額間　即得祕密法成就
此成就大明曰
唵引嚩日囉二合囉怛那二合薩契尾鼗引切身達

囉怛網一二合鉢囉二合野蹉尸引竭覽二合阿毘
詵左引呬四一訶訶訶訶怛囉二合三
然後如教所說教授結彼四種印契亦然作
彼四種成就

爾時虛空藏菩薩摩訶薩復說此一切義成
就大明曰

唵引嚩日囉二合摩尼達囉　薩哩嚩引二合嘌
他二合悉亭彌引鉢囉二合野蹉呼引二婆誐鍐嚩
日囉二合囉怛那二合吽引三

次說此曼拏羅頌曰

我今復次當演說　大曼拏羅勝無上
依一切義成就壇　如前法用周徧畫

次說祕密智印智法

所有色等五欲境　不捨離故受諸樂
以此奉獻佛世尊　即得成就諸儀軌

所有四種印智法即以如是幢像等及大士
印契左月曼拏羅中依法畫已當作所求成
就事業

爾時一切如來又復雲集咸共稱讚虛空藏
菩薩摩訶薩說是頌曰

金剛薩埵善哉者　金剛大寶復善哉
善哉金剛妙法門　善哉金剛勝羯磨
能善宣說此正法　無上金剛祕密乘
一切如來祕密門　大乘現證法中攝

爾時金剛手菩薩摩訶薩宣說諸部大真實
法廣大教理此中先當通說大印最上成就
教理頌曰

所有如來大印契　成就周徧等空界
諸佛影像安立成　從心中入而廣大
若有於此現生中　欲求最上寂靜法

除成佛事外復無　彼成就法能過上

次説如來部諸印最上成就教理

大印頌曰

大印依法而相合　此即大士尊所説

一切教跡我悉隨　大士法用而觀想

若有於此現生中　欲求菩薩勝善果

已身辨事外復無　彼成就法能過上

三昧印最上成就教理

如執金剛成就法　我此亦然作觀想

成佛菩薩外復無　彼成就法能過上

法印最上成就教理

所有自性清淨語　此即一切法所説

得成佛事外復無　彼成就法能過上

羯磨印最上成就教理

諸種一切處清淨　一切事業亦清淨

成佛菩薩外復無　彼成就法能過上

復次金剛手菩薩摩訶薩宣説本部最上成就教理先説大印最上成就教理

佛智爲利諸有情　設諸成就方便法

依法觀想大印成　於現生中得成佛

三昧印最上成就教理

如執金剛成就法　我此亦然作觀想

大印方便依法成　刹那得成菩薩位

法印最上成就教理

一切法本無文字　是中戲論無所有

此説即是勝法門　觀想得成菩薩位

羯磨印最上成就教理

隨有所作諸事業　是中若淨若非淨

悉以奉獻佛世尊　刹那得成菩薩位

復次金剛手菩薩摩訶薩宣説蓮華部最上

成就教理先説大印最上成就教理
貪法本來性清淨　外事畢竟無所有
此中離貪法亦無　是即大乘中成就
三昧印最上成就教理
慣習事謂大慈心　堅固三摩地法用
廣大如教説相應　刹那得成菩薩位
法印最上成就教理
貪法自性本清淨　此教最初作是説
貪波羅蜜得圓成　刹那獲成菩薩位
羯磨印最上成就教理
所有一切見與聞　若覺若知亦復然
我及一切諸有情　常令普盡苦邊際
復次金剛手菩薩摩訶薩宣説寶部最上成
就教理先説大印最上成就教理
由一切佛灌頂我　是故得成金剛藏
而此觀想徧無性　刹那得成菩薩位
三昧印最上成就教理
一切有情令得此　隨諸意願悉圓滿
虚空藏尊等無差　刹那得成菩薩位
法印最上成就教理
先當己身棄捨已　然復歡喜施珍財
説法成印語莊嚴　現生得成菩薩位
羯磨印最上成就教理
若欲利益諸貧者　出生財寶爲最上
勤求菩薩外復無　彼成就法能過上
如上是爲諸部諸印得佛菩薩最上成就廣
大教理
復次金剛手菩薩摩訶薩宣説諸部三昧成
就教理謂先通説一切如來三昧成就教理
若與貪染相合故　即彼貪染自清淨

乃是諸佛大印門　此說名爲智三昧
如來部三昧成就教理
若不捨離諸欲貪　即是三昧大妙理
此如來部清淨門　諸佛尚不敢違越
金剛部三昧成就教理
諸佛本無忿怒心　利有情故現忿怒
此大金剛部法門　三昧無敢違越者
蓮華部三昧成就教理
以彼自性清淨智　若欲作事隨應作
此大蓮華部法門　三昧無有違越者
寶部三昧成就教理
所有若少若多性　隨所樂欲法亦然
不空事業日常行　此即是爲施三昧
如上是爲諸部三昧教理
復次金剛手菩薩摩訶薩宣說諸部法成就

教理謂先通說一切如來法成就教理
此中佛無法可說　無說已即法爾字
乃爲佛法大印門　是即大智最上法
如來部法成就教理
貪染清淨無復上　是中常施諸法樂
此如來部妙法門　羯磨成就最上作
金剛部法成就教理
諸佛教勑清淨義　救度有情利亦然
無忿怒中忿恚生　破諸魔惡得成就
蓮華部法成就教理
蓮華處染而無染　貪性亦然無所著
此說若知外事無　設作諸罪亦無染
寶部法成就教理
平等布施無有法　真實所行說亦然
此寶部法外復無　彼成就法能過上

如上是爲諸部法成就教理

佛説一切如來真實攝大乘現證三昧大教王經卷第二十四

佛說一切如來眞實攝大乘現證三昧大教王經卷第二十五

宋西天三藏朝奉大夫試光祿卿傳法大師施護等奉 詔譯

一切如來眞實攝一切儀軌隨應方便廣大教理分第二十三之二

復次金剛手菩薩摩訶薩宣說諸部羯磨成就教理謂先通說如來羯磨成就教理頌曰

一切有情悉成佛　或成菩薩亦復然
如教所說依法儀　能施羯磨勝成就

如來部羯磨成就教理

布以四種勝供養　四種相應法亦然
隨其四時作法儀　當作羯磨成就事

金剛部羯磨成就教理

爲欲破滅惡有情　隨不善法亦應作
此金剛部羯磨儀　能與一切勝成就

蓮華部羯磨成就教理

諸有怖者施無畏　如教所說法亦然
此蓮華部羯磨儀　能施一切佛成就

寶部羯磨成就教理

依法施彼寶灌頂　圓滿一切勝意願
諸佛諸有情亦然　成就一切羯磨事

如上是爲諸部羯磨成就教理

復次金剛手菩薩摩訶薩宣說諸部法性智成就教理謂先通說如來法性智成就教理

金剛薩埵三摩地　諸佛法性於中住
即以是智成佛尊　此外無別佛可得

如來部法性智成就教理

依前觀想於大印　能成一切成就事
此即如來部法門　施彼法性勝成就

金剛部法性智成就教理

三昧勝印依法結　能成一切羯磨事
依彼大印本法儀　即得金剛勝成就
蓮華部法性智成就教理
所有法印本法用　如其法儀轉法印
而此成就妙法門　是即法性金剛法
寶部法性智成就教理
依彼羯磨印法用　羯磨金剛杵安心
如是觀想法性成　即得一切勝羯磨
如上是爲諸部法性智成就教理
復次金剛手菩薩摩訶薩宣説諸部智印成就教理謂先通説如來智印成就教理
金剛薩埵三摩地　淨月金剛勝法用
隨諸色相現應知　亦然世間隨相現
淨中淨勝智應知　是相潔白而明亮
涂中涂現忿怒身　隨諸色相彼身現

如來部智印成就教理
依法大印而相合　月曼拏羅妙光明
隨其自事若了知　亦然悉知世間意
金剛部智印成就教理
若在虛空若餘方　隨現忿怒曼拏羅
若如是相有所觀　彼如是意悉明了
蓮華部智印成就教理
微妙文字成行列　想現虛空分位中
隨諸色相次第知　彼如是相從心現
寶部智印成就教理
應徧觀察諸世間　若如是相有對礙
彼如是相亦然觀　而世間心悉明了
此如是心相合故　是中有去亦有來
若所作中有動搖　隨所見相亦然現
所有別別諸有情　以等至心普觀想

彼彼所見亦復然　而一切心悉覺了
此佛所説執金剛法門
如上是爲諸部智印成就教理
復次金剛手菩薩摩訶薩宣説諸部成就智
教理謂先通説如來成就智教理
大士加持勝法用　想已身即佛影像
此如是智若相應　即得最上佛成就
如來部成就智教理
若在虛空若餘方　現黃白光曼拏羅
中有自印大士身　歷然煥明而可見
金剛部成就智教理
若如是相諸影像　是中黑色隨應觀
金剛部勝成就門　速得所欲皆如意
蓮華部成就智教理
即彼虛空妙青色　是中隨見蓮華相
此大蓮華部印明　成就出生如是法
寶部成就智教理
若在虛空若餘方　即彼虛空淨無垢
漸廣出現光明鬘　見已速得成就法
金剛薩埵等大士　月曼拏羅妙光明
隨方如應現聖身　成就時起白色相
如上是爲諸部成就智教理
復次金剛手菩薩摩訶薩宣説諸部神通智
成就教理謂先通説如來神通智成就教理
金剛薩埵三摩地　想現如來一切身
觀想一切菩薩等　出現諸身亦復然
如來部神通智成就教理
金剛薩埵大印契　妙等引心依法結
依此法作成就時　即獲五種神通事
所謂天眼智通等

大印依法而相合　是中發生於眼識
隨彼所有觀察時　一切極遠尚能見
此佛所説金剛薩埵法門
大印依法而相合　是中發生於耳識
彼一切事隨所思　一切極遠能聞聽
此佛所説金剛薩埵法門
大印依法而相合　是中發生於意識
隨諸有情若觀時　悉能了知彼心意
大印依法而相合　是中若自若他人
能觀彼相知彼心　過去生事皆發現
此佛所説金剛手法門
大印依法而相合　隨所樂起神通事
是中若處若諸方　妙等引心悉能現
此佛所説大菩提心法門
金剛部神通智成就教理
所有降三世勝印　妙等引心依法結
依此法作成就時　即獲五種神通事
現彼忿怒一切事　如教所説依次第
天眼智等法相應　刹那成就諸神通
此佛所説金剛薩埵法門
蓮華部神通智成就教理
調伏世間最上印　妙等引心而相念
依此法作成就時　即獲五種神通事
隨其所説貪染法　如教次第亦復然
天眼智等法相應　即能成諸神通事
此佛所説觀自在法門
寶部神通智成就教理
彼一切義成就印　妙等引心依法結
依此法作成就時　即獲五種神通事
徧作一切佛供養　如教次第亦復然

天眼智等法相應　能見五種神通事
此佛所説虚空藏法門
如上是爲諸部神通智成就教理
復次金剛手菩薩摩訶薩宣説諸部真實誓誠成就教理謂先通説如來真實誓誠成就教理
如應真實隨轉已　依教當作誓誠語
斯大真實善護儀　由此速得成佛果
此佛所説覺智法門
如來部真實誓誠成就教理
今此誓誠三昧法　從如來部所出生
金剛真實善護門　由此速得勝成就
此佛所説執金剛法門
金剛部真實誓誠成就教理
執金剛者迅誓誠　作已無敢有違越

真實三昧善護門　隨所欲得勝成就
此佛所説執金剛法門
蓮華部真實誓誠成就教理
正法誓誠所作已　大蓮華部勝最上
真實三昧善護門　隨所欲得勝成就
此佛所説法金剛法門
寶部真實誓誠成就教理
諸佛供養善誓誠　作已無敢有違越
最上真實善護門　由斯獲得大灌頂
此佛所説佛供養法門
如上是爲諸部真實誓誠成就教理
復次金剛手菩薩摩訶薩宣説諸部三昧真實成就教理謂先通説如來三昧真實成就教理
誦三昧耶薩怛鍐　本部中出一切印

依法自結堅固成　所作法無不成者
此佛所說大三昧真實法門
如來部三昧真實成就教理
誦蘇囉多薩怛鍐　一切印契皆成就
由自所結成就故　是即大士真實語
此佛所說大三昧真實法門
金剛部三昧真實成就教理
依法一稱吽字時　一切印契如次第
是中自他印契門　自結亦復令他結
蓮華部三昧真實成就教理
薩哩嚩秫馱穪時　是中若自若他人
出生門等合相應　於一切處不捨離
寶部三昧真實成就教理
唵字如是作成就　一切印契如次第
一切世間勝亦然　自然成此勝供養

如上是爲諸部三昧真實成就教理
復次金剛手菩薩摩訶薩宣說諸部印成就教理謂先通說如來印成就教理
佛印依法而相合　應當思念於如來
速疾能成悉地門　諸佛菩提常安住
如來部印成就教理
金剛薩埵大印契　依法結已當觀想
想在金剛薩埵前　速疾得彼勝悉地
金剛部印成就教理
結彼勝三昧印契　金剛薩埵二摩地
中想金剛薩埵尊　獲得二倍成就法
蓮華部印成就教理
結彼法所成印契　觀自在尊三摩地
中想觀自在聖尊　獲得二倍成就法
寶部印成就教理

依法羯磨印相合　金剛藏尊三摩地
中想金剛藏聖尊　獲得二倍成就法
如上是爲諸部印成就教理
復次金剛手菩薩摩訶薩宣説諸部一切成就法用教理謂先通説如來一切成就法用教理
自身當住於佛前　應作念佛三昧觀
徧結一切印契成　刹那得彼成就法
此佛所説覺智法門
如來部一切成就法用教理
若作一切印成就　隨我所欲此觀想
金剛持誦法相應　能成一切勝悉地
此佛所説金剛薩埵法門
金剛部一切成就法用教理
金剛影像即自身　妙等引心當觀想
一切印契結若成　刹那即得成就法
此佛所説一切如來堅固法門
蓮華部一切成就法用教理
蓮華影像即自身　依法自身當觀想
諸智莊嚴成就門　此大蓮華部法用
此佛所説觀自在法門
寶部一切成就法用教理
依法觀想於自身　現摩尼寶𦦨光聚
諸供養成悉地門　此大寶部勝法用
此佛所説虚空藏法門
如上是爲諸部一切成就法用教理

佛説一切如來真實攝大乘現證三昧大教王經卷第二十五

音釋

嘌音栗 吽人者切 鍐忙范切 頟鄂格切與額同額也 幁猪孟切開張畫繒也

佛說一切如來眞實攝大乘現證三昧大教王經卷第二十六 第二十七同卷

宋西天三藏朝奉大夫試光祿卿傳法大師 施護等奉 詔譯

一切如來眞實攝一切儀軌隨應方便廣大教理分第二十三之三

復次金剛手菩薩摩訶薩宣說諸部如來加持成就教理謂先通說一切如來加持成就教理頌曰

金剛界主勝印契　妙等引心依法結
心頷喉及頂間安　安已得佛加持力
此佛所說覺智法門
如來部加持成就教理
薩埵金剛堅固印　金剛薩埵三摩地
心頷喉頂安亦然　安已即得加持力
金剛部加持成就教理
金剛降三世印契　妙等引心依法結
心頷喉及頂間安　刹那普得加持力
此佛所說金剛尊法門
蓮華部加持成就教理
金剛蓮華堅固印　觀自在尊三摩地
心頷喉及頂間安　即得本尊加持法
此佛所說觀自在法門
寶部加持成就教理
結大金剛寶印契　金剛藏尊三摩地
心頷喉及頂間安　即得本尊加持法
此佛所說金剛藏法門
如上是爲諸部加持成就教理

復次金剛手菩薩摩訶薩宣說諸部灌頂印成就教理謂先通說一切如來灌頂印成就教理

寶金剛印二相合　依法安置於額間
此金剛寶所作成　即得本部佛灌頂
此佛所説覺智法門
如來部灌頂印成就教理
所有金剛界主等　現前最上佛印契
周徧四面四印儀　隨處繫鬘作灌頂
金剛部灌頂印成就教理
當作金剛灌頂鬘　依法相合置於額
由彼寶鬘灌頂因　即得金剛灌頂法
蓮華部灌頂印成就教理
法金剛印二相合　依教當於頂上安
由此諸佛灌頂因　即得觀自在灌頂
此佛所説觀自在法
寶部灌頂印成就教理
應結金剛寶牙印　依法安置於額間
由此諸佛灌頂因　即得供養勝灌頂
如上是爲諸部灌頂印成就教理
復次金剛手菩薩摩訶薩宣説諸部三摩地成就教理謂先通説一切如來三摩地成就教理
所有一切諸佛相　謂等引心結印契
依法持誦諸呪明　如應速得勝悉地
此佛所説覺智法門
如來部三摩地成就教理
彼三摩地金剛法　薩埵加持理相應
持誦心印諸呪明　速得所作皆成就
此佛所説覺智三摩地法門
金剛部三摩地成就教理
貪性出生彼智法　我此忿怒應觀想
持誦心印諸呪明　速得所作皆成就

此佛所說執金剛法門
蓮華部三摩地成就教理
慈心廣大相應行　於心等處作成就
觀自在尊本部中　持誦悉得施成就
此佛所說觀自在法門
寶部三摩地成就教理
所有諸欲三摩地　妙等引心當觀想
持誦心印諸呪明　一切所向得成就
此佛所說虛空藏法門
如上是爲諸部三摩地成就教理
復次金剛手菩薩摩訶薩宣說諸部供養印成就教理謂先通說一切如來供養印成就教理
如前香等諸供養　妙等引心善作已
然後所求成就門　隨意皆得悉地法

如來部供養印成就教理
祕密供養四種法　此說供養祕密門
或已身等奉獻時　隨作供養皆成就
此佛所說金剛薩埵法門
金剛部供養印成就教理
忿怒金剛大供養　此說忿怒祕密法
以忿怒拳徧作時　我本部法速成就
此佛所說執金剛法門
蓮華部供養印成就教理
甚深廣大諸經中　宣說祕密方便法
奉獻語意供養時　速得本部法成就
此佛所說金剛眼法門
寶部供養印成就教理
傘蓋幢旛諸樂具　尊重恭敬大供養
得寶部中成就時　或復得彼諸布施

此佛所説金剛藏法門

本尊加持等和合　金剛薩埵獲無異

四種神通勝智門　金剛巧業彼成就

此佛所説金剛薩埵法門

如上是爲諸部供養印成就教理

復次金剛手菩薩摩訶薩宣説諸部神通智成就教理謂先通説一切如來神通智成就教理

三摩地即身中佛　自神通即善逝尊

於彼善能覺了時　而菩提果得成就

如來部神通智成就教理

所有天眼等神通　妙等引心當觀想

五種神通自然生　得成金剛薩埵尊

此佛所説金剛薩埵法門

金剛部神通智成就教理

忿怒智通出生已　妙等引心作成就

五種神通自然生　即得最上成就法

此佛所説執金剛法門

蓮華部神通智成就教理

貪法神通出生已　妙等引心當觀想

五種神通自然生　即得清淨法成就

此佛所説金剛眼法門

寶部神通智成就教理

供養智通出生已　妙等引心當觀想

五種神通自然生　即得任持諸悉地

此佛所説執金剛法門

如上是爲諸部神通智成就教理

復次金剛手菩薩摩訶薩宣説諸部大菩提智成就教理謂先通説一切如來大菩提智成就教理

金剛薩埵三摩地　隨念本部佛聖尊
此佛菩提大智門　如應觀想得成就
此佛所説覺智法門
如來部大菩提智成就教理
金剛薩埵三摩地　所有大印當觀想
此佛菩提大智門　如應觀想得成就
此佛所説大菩提薩埵法門
金剛部大菩提智成就教理
大忿怒王三摩地　當結三昧耶勝印
此佛菩提大智門　如應觀想得成就
此佛所説執金剛法門
蓮華部大菩提智成就教理
觀自在尊三摩地　作羯磨印當持誦
此佛菩提大智門　如應觀想得成就
此佛所説觀自在法門

寶部大菩提智成就教理
金剛藏尊三摩地　羯磨印契善所作
此佛菩提大智門　如應觀想得成就
如上是爲諸部大菩提智成就教理
復次金剛手菩薩摩訶薩宣説諸部隨愛樂成就教理謂先通説一切如來隨愛樂成就教理
一切義利徧所作　即自求佛菩提者
念佛三昧法若成　即得一切佛愛樂
此佛所説金剛愛樂法門
如來部隨愛樂成就教理
隨諸境界所成已　金剛薩埵作成就
眞實警悟法無虚　速得所愛皆成就
此佛所説金剛薩埵法門
金剛部隨愛樂成就教理

如佛教勑作大利　普爲調伏諸惡者
清淨忿恚諸有情　此即金剛隨愛樂
此佛所説降三世法門
蓮華部隨愛樂成就教理
貪法乃爲觀照慈　悲心即是正法語
一切無畏施有情　即得諸佛隨愛樂
此佛所説金剛眼法門
寶部隨愛樂成就教理
如應廣施灌頂法　及施諸妙珍財藏
彼等得佛利相應　此即諸佛隨愛樂
此佛所説虚空藏法門
如上是爲諸部隨愛樂成就教理
復次金剛手菩薩摩訶薩宣説諸部敬愛成就教理謂先通説一切如來敬愛成就教理
應知貪性勿厭離　即清淨樂施亦然

利諸有情法相應　此即諸佛敬愛理
此佛所説覺智法門
如來部敬愛成就教理
已身妙樂欲順行　稱蘇囉多薩怛鍐
金剛薩埵成就門　真實警悟作敬愛
此佛所説普賢法門
金剛部敬愛成就教理
佛爲清淨諸有情　普令有情得無畏
由於佛教作護持　殺諸魔惡令敬愛
此佛所説降三世法門
蓮華部敬愛成就教理
觀察貪性本清淨　譬彼蓮華正開敷
此中若染若愛時　如應調伏作敬愛
此佛所説觀自在法門
寶部敬愛成就教理

爲求諸佛灌頂故　日日以大金剛寶
安置頂間作法成　即得諸佛敬愛理
此佛所説虚空藏法門
如上是爲諸部敬愛成就教理
復次金剛手菩薩摩訶薩宣説諸部破惡成就教理謂先通説一切如來破惡成就教理
不見有情有所利　亦非佛性可清淨
身口意業所作中　當得破惡法成就
此佛所説如實法門
如來部破惡成就教理
以無所得一切成　由無瞋恚忿怒生
此大金剛摧擊時　速得破惡法成就
此佛所説金剛手法門
金剛部破惡成就教理
無惡可制無忿怒　亦無有情可調伏
以已苦法皆施他　即降三世破諸惡
此佛所説降三世法門
蓮華部破惡成就教理
法中無悲亦無慈　無惡有情可清淨
於己違背語言中　自得破惡法成就
此佛所説觀自在法門
寶部破惡成就教理
自本無財可能捨　他財不取亦不求
一切有情貧亦然　自得破惡法成就
此佛所説圓滿一切願法門
無所有法得相應　我於諸佛不和合
彼爲救拔利益故　速疾施我勝成就
此佛所説聖普賢法門
如上是爲諸部破惡成就教理
復次金剛手菩薩摩訶薩宣説諸部加護印

成就教理謂先通說一切如來加護印成就
教理
常不捨離諸有情　我常供養於諸佛
歸命諸佛常所尊　最上希有此加護
如來部加護印成就教理
金剛薩埵勝名號　一稱中間能攝受
此加護爲廣大門　刹那常得施成就
此佛所說執金剛法門
金剛部加護印成就教理
不以喜心誦呪明　我即三界中最勝
信奉降三世聖尊　此與自他爲加護
此佛所說降三世法門
蓮華部加護印成就教理
所有貪清淨大慈　常施一切無所畏
觀自在名稱誦時　最上希有此加護
此佛所說法金剛法門
寳部加護印成就教理
晝日所作無虛過　隨其力修方便行
常施佛及諸有情　最上希有此加護
此佛所說金剛護法門
如上是爲諸部加護印成就教理
爾時金剛手菩薩摩訶薩前白佛言世尊我
向所說一切如來諸部最上成就教理願佛
攝受令諸有情於一切教中證法自在速疾
成就阿耨多羅三藐三菩提果爾時世尊讚
金剛手菩薩摩訶薩言善哉善哉金剛手汝
善宣說如上法門我今爲汝加持攝受即時
一切如來又復雲集咸共稱讚金剛手菩薩
摩訶薩頌曰
金剛薩埵善哉者　金剛大寳復善哉

善哉金剛妙法門　善哉金剛勝羯磨
能善宣說此正法　無上金剛祕密乘
一切如來祕密門　大乘現證法中攝

佛說一切如來真實攝大乘現證三昧大教王經卷第二十六

音釋

喉胡鉤切　鬘莫班切　埵都果切　忿撫吻切

佛説一切如來眞實攝大乘現證三昧大教王經卷第二十七

宋西天三藏朝奉大夫試光禄卿傳法大師 施護等奉 詔譯

一切如來眞實攝諸部儀軌祕密法用廣大教理分第二十四

復次金剛手菩薩摩訶薩宣説諸部最上成就祕密教理謂先通説一切如來最上成就祕密教理頌曰

佛大菩提三摩地　妙等引心當觀想
得彼菩提妙樂門　作是思惟覺成就

此佛所説一切如來法門

如來部最上成就祕密教理

薩埵金剛印安心　我善愛者極愛樂
捺哩攞娑嚩稱時　即得一切佛成就
令此祕密相應法　不成就者自業因
玉呬娑哩野稱時　即得極上樂成就

此佛所説金剛薩埵法門

金剛部最上成就祕密教理

若處隨起忿怒心　即結降三世印契
此中祕密忿怒成　一切佛尚生怖畏

此佛所説一切如來降三世法門

蓮華部最上成就祕密教理

三摩地印相合故　如應觀察金剛拳
自他善愛者悉同　得彼愛樂法成就

此佛所説蓮華愛法門

寶部最上成就祕密教理

蓮華金剛杵相合　此説即爲最上樂
復當以自出生門　獻一切佛速成就

此佛所説寶愛法門

如上是爲諸部最上成就祕密教理

復次金剛手菩薩摩訶薩宣說諸部三昧成就祕密教理謂先通說一切如來三昧成就祕密教理

誦三摩耶薩怛鍐　一切善愛者愛樂
不捨利益有情心　常於諸佛起敬愛

此佛所說毘盧遮那法門

如來部三昧成就祕密教理

貪性應知勿捨離　一切善愛者敬愛
金剛祕密三昧門　此即加護法成就

此佛所說毘盧遮那法門

金剛部三昧成就祕密教理

雖破世間所愛法　身語意業悉愛樂
降三世法成就門　此三昧能施成就

蓮華部三昧成就祕密教理

貪清淨故我清淨　非外計法清淨同
令此清淨三昧門　即得善護法成就

此佛所說觀自在法門

寶部三昧成就祕密教理

金剛寶印如前結　即金剛藏三摩地
爲令攝伏惡有情　此三昧法得成就

此佛所說執金剛法門

如上是爲諸部三昧成就祕密教理

復次金剛手菩薩摩訶薩宣說諸部法成就祕密教理謂先通說一切如來法成就祕密教理

諸法自性本清淨　妙等引心當觀想
於一切事徧所行　即得菩提智成就

此佛所說金剛界法門

如來部法成就祕密教理

一切有情隨愛樂　亦不捨離諸境界

愛與非愛清淨門　此祕密法得成就
此佛所說金剛祕密法門
金剛部法成就祕密教理
鼻端想現吽字法　一切惡者能破壞
微妙金剛三摩地　即得如應法成就
此佛所說法吽字法門
蓮華部法成就祕密教理
微妙金剛勝法用　一切善愛者敬愛
獲得一切成就門　入金剛法三摩地
寶部法成就祕密教理
蓮華金剛杵相合　即能圓滿諸意願
或餘愛者或明妃　悉得最上成就法
如上是爲諸部法成就祕密教理
復次金剛手菩薩摩訶薩宣說諸部羯磨成就祕密教理謂先通說一切如來羯磨成就祕密教理
金剛薩埵三摩地　修者常念於諸佛
隨應入彼愛者身　使彼善愛者敬愛
如來部羯磨成就祕密教理
金剛薩埵三摩地　入彼出生門亦然
入已增廣於彼身　究盡一切皆敬愛
此佛所說金剛愛法門
金剛部羯磨成就祕密教理
金剛降三世勝印　妙等引心依法結
作忿怒入出生門　於彼復生摧破意
此佛所說金剛三昧成就祕密法門
蓮華部羯磨成就祕密教理
結法羯磨所成印　金剛蓮華三摩地
依法入彼出生門　入已諸愛者善護
此佛所說金剛蓮華法門

寶部羯磨成就祕密教理
羯磨金剛寶印結　住金剛寶三摩地
入諸愛者出生門　刹那能作警悟事
此佛所説金剛寶法門
如上是爲諸部羯磨成就祕密教理
復次金剛手菩薩摩訶薩宣説諸部曼拏羅
輪清淨成就祕密教理謂先通説一切如來
曼拏羅輪清淨成就祕密教理
清淨法輪普徧相　依法作外曼拏羅
明妃印衆圍繞成　於彼中間安佛像
是中入已依祕密　刹那於彼佛像前
啓白聖尊我所求　明妃成就常施我
如是所説祕密法　即一切部印理趣
祕密成就悉能成　是爲諸佛無等理
此佛所説覺智法門

如來部一切曼拏羅清淨成就祕密教理
依法徧畫曼拏羅　其相猶如金剛界
此如來部勝法儀　即一切部勝理趣
悉提迦摩速稱誦　此曼拏羅當入已
稱三摩耶薩埵呼　金剛薩埵初成就
依法誦此心明句　一切悉地皆能成
眞實警悟法相應　速得悦樂法成就
此佛所説金剛薩埵法門
金剛部一切曼拏羅清淨成就祕密教理
所有降三世勝相　攝彼一切金剛部
一切曼拏羅法儀　智者應當依法畫
彼中入已速稱言　我求祕密成就法
是法貪性所出生　如是一切皆成就
此佛所説降三世法門
蓮華部曼拏羅清淨成就祕密教理

調伏世間勝法儀　一切蓮華部中用
智者畫此曼拏羅　彼中入已作是語
應言貪法大蓮華　聖尊施我速成就
如是言已法相應　諸曼拏羅皆成就
此佛所説觀自在法門
寶部曼拏羅清淨成就祕密教理
一切義成勝法用　依此當畫曼拏羅
是爲大寶部相應　彼中入已作是語
悉䩭悉䩭大薩埵　具德一切法成就
一切現愛悉地門　意樂最上皆成就
如是稱説祕密語　諸曼拏羅入中已
得大悉地法圓成　祕密供養勝無上
從是已後自成就　一切所作常得成
若此祕密法速成　眞實警悟亦成就
此佛所説金剛薩埵教門

如上是爲諸部曼拏羅清淨成就祕密教理
復次金剛手菩薩摩訶薩宣説諸部諸印祕
密成就教理謂先通説一切如來印祕密成
就教理
如來廣大極微妙　隨所愛樂施諸樂
眞實隨轉如實言　生毀謗者不成就
如來部大印祕密成就教理
當結本部大印契　如其所説依次第
而此眞實祕密門　從金剛語所宣説
金剛薩埵即我是　金剛明妃住我心
一切身分相合時　勇起金剛高舉相
金剛高舉大明妃　眞實警悟隨愛樂
一切身中堅固成　如其所説速成就
此佛所説金剛高舉法門
金剛部三昧印祕密成就教理

悉鞞悉鞞等三昧　三摩踰欣我愛樂
今此警悟速疾門　隨其所樂皆成就
此佛所說金剛三昧法門
蓮華部法印祕密成就教理
没鞞没鞞大薩埵　本部善愛者愛樂
今此警悟速疾門　隨其所樂隨成就
此佛所說法金剛法門
寶部羯磨印祕密成就教理
善愛者作衆羯磨　本部金剛我成就
今此警悟速疾門　隨其所樂隨成就
此佛所說虚空藏法門
如上是爲諸部諸印祕密成就教理
復次金剛手菩薩摩訶薩宣說諸部三昧祕密成就教理謂先通說一切如來三昧祕密成就教理

爲利益諸外見者　故佛隱覆善愛法
但當依法畫印成　此了知已即成就
此佛所說一切如來三昧法門
如來部三昧祕密成就教理
善知一切有情意　常施一切有情樂
與諸有情爲父尊　即佛勝欲勝三昧
此佛所說一切如來法門
今此一切佛世尊　最上祕密未曾有
若清淨信能了知　諸難成者亦成就
此佛所說執金剛法門
金剛部三昧祕密成就教理
貪清淨中離著者　邪外非見執我者
最勝三昧破彼心　此了知已得成就
此佛所說執金剛法門
蓮華部三昧祕密成就教理

大種出生於一切　是中何等説清淨
諸邪外者破相時　決定祕密得成就
此佛所説金剛眼法門
寶部三昧祕密成就教理
寶中善愛寶和合　是寶祕密而聚集
此善愛寶無上門　如應觀察得成就
此佛所説智積法門
如上是爲諸部三昧祕密成就教理
復次金剛手菩薩摩訶薩宣説諸部供養祕密成就教理謂先通説一切如來供養祕密成就教理
諸善愛者衆圍繞　作諸適悦妙愛事
奉獻供養佛世尊　即得供養法成就
此佛所説覺智法門
如來部供養祕密成就教理
作妙樂事懈息已　彼勝樂從樂事生
四處禮敬供養時　奉獻諸佛速成就
此佛所説堅固法門
金剛部供養祕密成就教理
結降三世三昧印　善愛和合妙樂生
以彼和合妙樂因　奉獻諸佛得成就
此佛所説金剛降三世法門
蓮華部供養祕密成就教理
想我即成觀自在　於所愛相善觀察
以彼觀察勝樂因　奉獻諸佛速成就
此佛所説蓮華眼法門
寶部供養祕密成就教理
羯磨印契結成已　諸莊嚴具以嚴身
善愛和合供養時　廣大奉獻得成就
此佛所説金剛寶法門

如上是爲諸部供養祕密成就教理

復次金剛手菩薩摩訶薩宣說諸部勝祕密供養成就教理謂先通說一切如來勝祕密供養成就教理

他所善愛祕密法　是中無有能知者
依法觀想於佛身　即得供養法成就

此佛所說覺智法門

如來部勝祕密供養成就教理

相合金剛嬉戲法　次繫金剛妙寶鬘
作彼金剛大歌音　金剛旋舞爲供養
諸欲妙樂勝灌頂　歌舞樂中生勝樂
此外無別有法門　祕密供養爲上者

金剛部勝祕密供養成就教理

如教所說諸法儀　勝供養爲密供養
觀想降三世聖尊　即得供養法成就

此佛所說金剛祕密法門

蓮華部勝祕密供養成就教理

如教所說祕密法　大法印契妙供養
調伏世間印契成　即得供養法成就

此佛所說觀自在法門

寶部勝祕密供養成就教理

如教所說祕密法　羯磨印契妙供養
一切義成法相應　即得供養法成就

此佛所說金剛藏法門

如上是爲諸部勝祕密供養成就教理

復次金剛手菩薩摩訶薩宣說諸部開覺眞實甚深祕密成就教理謂先通說一切如來開覺眞實甚深祕密成就教理

從三摩地智出生　所應成佛依次第
薩埵愛樂法相應　由斯速得無上法

此佛所說覺智法門
如來部開覺真實甚深祕密成就教理
薩埵無始亦無終　斯乃虛空出生相
一切皆是普賢身　妙欲一切世間主
所有一切有情心　彼堅固性即薩埵
相合金剛等無殊　決定同成金剛性
建立薩埵法已成　復成金剛薩埵尊
即此具德大士身　金剛薩埵是如來
最初覺了自心已　成佛菩提如教說
即彼所成佛世尊　出生一切如來部
此佛所說無始無終薩埵法門
由是便成如來部　即此說爲金剛部
淨蓮華部成亦然　此復說名大寶部
此佛所說一切如來輪法門
如上是爲諸部開覺真實甚深祕密成就教理
復次金剛手菩薩摩訶薩宣說諸部印契幖幟執持成就祕密教理謂先通說一切如來幖幟執持成就祕密教理
即此具德薩埵尊　金剛薩埵心中住
相合三摩地法門　是爲成佛菩提者
此佛所說覺智法門
如來部幖幟執持成就祕密教理
金剛杵善覺了性　勝鉤乃表攝持法
箭射厭離妙智門　善哉是爲歡喜相
妙寶以爲莊嚴具　日輪是持光明相
寶幢即表建立門　笑相說爲大悅樂
蓮華表貪清淨法　利劒斷彼煩惱冤
大輪境界法爲因　語即妙談持誦相
衆妙金剛巧業性　甲冑善護不破壞

利牙極惡可怖形　拳縛以表印法用
如佛世尊法常住　金剛薩埵徧所行
金剛杵等幖幟門　亦然觀想此成就
此佛所說一切如來幖幟法門
如上是爲諸部印契幖幟執持成就祕密教理
復次金剛手菩薩摩訶薩宣說諸部印縛出生成就祕密教理謂先通說一切如來印縛出生成就祕密教理
盤結金剛加趺相　二手當作金剛縛
金剛薩埵三摩地　依法速疾得成佛
此佛所說覺智法門
如來部印縛出生成就祕密教理
譬如世間王印契　印已即成王教令
大士祕密諸印門　普印有情皆順伏
所有身語心金剛　影像祕密勝法用
即諸大士大印門　此了知已得成就
此佛所說普賢法門
金剛部印縛出生成就祕密教理
如彼極勝三昧印　隨其何等應結者
悉無過越此法門　亦然一切如來法
佛及金剛薩埵等　最勝印契三昧縛
乃至盡壽不應違　此了知已得成就
此佛所說金剛三昧法門
蓮華部印縛出生成就祕密教理
彼一切佛金剛語　依法不應有違越
是中若知此縛門　知已即得法成就
此佛所說法金剛法門
寶部印縛出生成就祕密教理
金剛教令大羯磨　是中不應有違越

而此教令羯磨門　此了知已得成就
此佛所說堅固法門
如上是爲諸部印縛出生成就祕密教理
爾時具德金剛手菩薩摩訶薩前白佛言世尊我此所說諸部法門唯願世尊加持攝受
即時一切如來又復雲集咸共稱讚一切如來增上主宰金剛手菩薩摩訶薩頌曰
金剛薩埵善哉者　金剛大寶復善哉
善哉金剛妙法門　善哉金剛勝羯磨
能善宣說此正法　無上金剛祕密乘
一切如來祕密門　大乘現證法中攝
一切如來眞實攝一切儀軌最上祕密廣大教理分第二十五之一
爾時金剛手菩薩摩訶薩宣說諸部最上法成就教理謂先通說一切如來最上法成就教理
所有佛法三摩地　妙等引心當觀想
念佛三昧法相應　即得無上法成就
此佛所說諸如來法門
如來部最上法成就教理
金剛薩埵三摩地　妙等引心當觀想
貪性隨念法相應　即得最上法成就
此佛所說一切如來三摩地法門
金剛部最上法成就教理
於降三世勝相前　依法觀想亦復然
由金剛手力所成　即得降三世成就
此佛所說金剛薩埵法門
蓮華部最上法成就教理
調伏世間法聖尊　於前觀想亦如是
諸相具足妙莊嚴　徧作一切調伏事

此佛所説法金剛法門

寶部最上法成就教理

一切義利成就相　於前觀想亦復然

諸相具足法圓成　即得具足勝財寶

此佛所説金剛手法門

如上是爲諸部最上法成就教理

佛説一切如來眞實攝大乘現證三昧大教王經卷第二十七

佛說一切如來真實攝大乘現證三昧大教王經卷第二十八

宋西天三藏朝奉大夫試光禄卿傳法大師施護等奉　詔譯

一切如來真實攝一切儀軌最上祕密廣大教理分第二十五之餘

復次金剛手菩薩摩訶薩宣說諸部法三昧成就教理謂先通說一切如來法三昧成就教理頌曰

念佛三昧法成已　此說金剛中金剛
微妙金剛法相應　即得最上佛成就

此佛所說覺智法門

如來部法三昧成就教理

金剛薩埵三摩地　觀想微妙金剛性
得成金剛薩埵尊　金剛薩埵故此說

此佛所說金剛薩埵法門

金剛部法三昧成就教理

於降三世勝相前　隨念彼尊亦復然
吽吽吽吽此稱時　即得無上法成就

此佛所說降三世法門

蓮華部法三昧成就教理

所有調伏世間相　觀想微妙金剛性
秫䩭秫䩭此稱時　即得最上法成就

此佛所說法金剛法門

寶部法三昧成就教理

一切義成就勝相　觀想微妙金剛性
悉䩭悉䩭此稱時　最上義利得成就

此佛所說法寶法門

如上是爲諸部法三昧成就教理

復次金剛手菩薩摩訶薩宣說諸部妙法智成就教理謂先通說一切如來妙法智成就

教理
妙法本來無文字　三摩地智所出生
而彼諸法諸相門　此說是爲無生相
如是祕密印法用　智者彼中應觀想
一切文字智莊嚴　刹那得成善逝果
此佛所說一切如來妙德法門
如來部妙法智成就教理
欲知諸如來真實　應當淨信此深經
若持若讀信生時　得彼無上法成就
此佛所說金剛薩埵法門
金剛部妙法智成就教理
爲利罪業有情故　如佛教勑善施作
破惡祕密法成時　諸惡有情徧調伏
此佛所說金剛部法門
蓮華部妙法智成就教理

本來自性皆清淨　此說乃爲第一義
是中觀想法無初　速得諸法性成就
此佛所說觀自在法門
寶部妙法智成就教理
廣施有情諸財利　普令圓滿諸意願
此爲寶部施法門　觀想速得勝成就
此佛所說法寶法門
如上是爲諸部妙法智成就教理
復次金剛手菩薩摩訶薩宣說諸部三摩地羯磨成就教理謂先通說一切如來三摩地羯磨成就教理
諸佛三摩地羯磨　是即成佛菩提者
此中諦意觀想時　即得最上法成就
此佛所說覺智法門
如來部三摩地羯磨成就教理

金剛薩埵三摩地　是即廣大勝事業
巧施作利諸有情　此中觀想得成就
此佛所說金剛法門
金剛部三摩地羯磨成就教理
普爲清淨罪業故　乃作能摧諸罪者
起諸有情破惡門　生淨信者得成就
此佛所說金剛出生法門
蓮華部三摩地羯磨成就教理
自先清淨一切罪　廣爲一切作淨已
然後起諸羯磨門　此中觀想得成就
此佛所說蓮華法門
寶部三摩地羯磨成就教理
諸貧匱者諸所求　悉令意願皆圓滿
我施一切諸義成　此中成就無疑惑
此佛所說金剛寶幢法門

如上是爲諸部三摩地羯磨成就教理
復次金剛手菩薩摩訶薩宣說諸部微妙智成就教理謂先通說一切如來微妙智成就教理
微妙金剛法常住　一切修習依法用
是中諸相悉具圓　即得五種神通法
此佛所說覺智法門
如來部微妙智成就教理
非阿闍梨非弟子　或復別異諸學者
不應開示密印門　及此祕密成就法
此佛所說執金剛法門
金剛部微妙智成就教理
微妙金剛勝法用　鼻端吽字法相應
金剛忿怒等持門　一切所作皆成就
此佛所說金剛法門

蓮華部微妙智成就教理
微妙金剛勝法用　作金剛視法相合
廣大蓮華等持門　即得妙愛法成就
此佛所說蓮華妙愛法門
寶部微妙智成就教理
微妙金剛勝法用　作光明視極微妙
金剛大寶等持門　得成召集諸財者
此佛所說金剛手法門
如上是爲諸部微妙智成就教理
復次金剛手菩薩摩訶薩宣說諸部眼智成就教理謂先通說一切如來眼智成就教理
若印契若三摩地　二種成就法相應
其猶空界淨無瑕　衆星煥曜而觀察
智者於彼善了知　我此觀察即佛眼
從是已後佛世尊　一切儀軌得成就

此佛所說覺智法門
如來部眼智成就教理
彼一切相無所有　若情若器亦復然
而彼影像隨生時　即於虛空界中見
世間若來若去相　金剛眼觀悉清淨
此了知已供養時　即得無上法成就
此佛所說金剛薩埵法門
金剛部眼智成就教理
智眼乃於空中見　左右順次而旋轉
速疾於其虛空中　還見如雲而動散
見已彼無動散相　智印元從金剛生
彼等諸印持結時　即得智印眼成就
此佛所說金剛法門
蓮華部眼智成就教理
所有黑白及赤黄　見是四色光輪相

由彼秘密加持因　即得金剛眼成就
此佛所說觀自在法門
寶部眼智成就教理
虛空中如寶形相　如彼金等衆珍寶
由於空中觀見時　即得虛空眼成就
此佛所說金剛藏法門
如上是爲諸部眼智成就教理
復次金剛手菩薩摩訶薩宣說諸部最上羯磨成就教理謂先通說一切如來最上羯磨成就教理
羯磨曼拏羅法用　供養一切佛聖尊
妙愛快樂勝報圓　相應即得佛成就
此佛所說覺智法門
如來部最上羯磨成就教理
祕密供養徧所作　我此妙愛當觀想
得彼最上法圓成　獲金剛愛勝威德
此佛所說勝欲法門
金剛部最上羯磨成就教理
祕密供養徧所作　我此忿怒當觀想
得彼最上法圓成　得與降三世無異
此佛所說金剛手法門
蓮華部最上羯磨成就教理
當知欲染皆清淨　諦意觀想法相應
即此相應自相門　以供養佛得成就
此佛所說觀自在法門
寶部最上羯磨成就教理
金剛高舉相相合　頂禮心生於戰悚
復常歸命最上尊　即得勝妙灌頂法
此佛所說金剛灌頂寶法門
如上是爲諸部最上羯磨成就教理

復次金剛手菩薩摩訶薩宣說諸部羯磨三昧祕密成就教理謂先通說一切如來羯磨三昧祕密成就教理

欲等一切勝妙樂　此常安住我心中
快哉利益有情門　離染應知隨宜說
今此羯磨三昧法　即彼如來三摩地
觀想供養佛世尊　即得最上法成就

此佛所說覺智法門

如來部羯磨三昧祕密成就教理

我次妙欲普賢性　常施一切有情樂
金剛薩埵等持門　即得供養法成就

此佛所說妙欲法門

金剛部羯磨三昧祕密成就教理

我此普賢忿怒法　爲諸有情作利益
金剛降三世法儀　即得供養法成就

此佛所說金剛手法門

蓮華部羯磨三昧祕密成就教理

我此普賢妙愛性　自獲一切勝妙樂
調伏世間妙相門　即得供養法成就

此佛所說金剛愛法門

寶部羯磨三昧祕密成就教理

我此普賢自在性　施諸有情大財利
一切義成妙相門　即得供養法成就

此佛所說一切義成就法門

如上是爲諸部羯磨三昧祕密成就教理

復次金剛手菩薩摩訶薩宣說諸部羯磨法性最上成就教理謂先通說一切如來羯磨法性最上成就教理

自三摩地被甲印　從右起至於正面
然後繫鬘頂間安　究竟常得善加護

此佛所説覺智法門
如來部羯磨法性成就教理
依法當於地中畫　善愛相及出生門
想其善愛者調柔　然後令彼生敬愛
此佛所説金剛手法門
金剛部羯磨法性成就教理
當以右手頭指甲　地中畫一夜叉像
次想打擊彼眼門　此能鉤召善愛者
蓮華部羯磨法性成就教理
二手執持妙蓮華　觀察貪性本清淨
金剛觀視善愛者　得彼現前生敬愛
此佛所説法金剛法門
寶部羯磨法性成就教理
住金剛寶三摩地　二手執持金剛寶
寶吽字法若相應　能破一切善愛者

如上是爲諸部羯磨法性成就教理
復次金剛手菩薩摩訶薩宣説諸部施作事業成就教理謂先通説一切如來施作事業成就教理
供養羯磨法相應　隨所有事當觀想
即以彼印表相門　智者依法求成就
此佛所説覺智法門
如來部施作事業成就教理
祕密供養法相應　金剛薩埵三摩地
隨所有事依法儀　速得祕密語成就
此佛所説執金剛法門
金剛部施作事業成就教理
本部祕密大供養　忿怒三摩地作已
智者隨事觀想時　速得所作法成就
此佛所説金剛忿怒法門

蓮華部施作事業成就教理
住觀自在三摩地　意中想作供養已
智者隨事觀想時　得彼一切事成就
此佛所説蓮華法門
寶部施作事業成就教理
住金剛藏三摩地　香等供養施作已
智者隨事觀想時　刹那得彼諸成就
此佛所説金剛藏法門
如上是爲諸部施作事業成就教理
復次金剛手菩薩摩訶薩宣説諸部觀想印契加持相應成就教理謂先通説一切如來加持相應成就教理
微妙金剛勝法用　佛相應住等引心
最上悉地得成時　是爲佛印成就者
此佛所説金剛手如來法門

如來部薩埵加持相應成就教理
大哉薩埵一切身　一切普集我身住
我即薩埵此加持　如應觀想我成就
此佛所説一切如來大乘現證三昧金剛薩埵法門
金剛部金剛加持相應成就教理
如其薩埵印亦然　即如其印我亦然
如是觀想法相應　當求一切印成就
此佛所説執金剛法門
蓮華部法加持相應成就教理
妙法印契諸法用　微妙金剛當觀想
一切皆是語印門　即大薩埵三摩地
此佛所説觀自在法門
寶部羯磨加持相應成就教理
彼一切佛灌頂法　供養三昧勝成就

金剛羯磨求所成　如應作此佛觀想
此佛所説金剛羯磨法門
如上是爲諸部觀想印契加持相應成就教理

爾時世尊一切如來又復雲集咸共稱讚具德一切如來轉輪金剛手菩薩摩訶薩頌曰

金剛薩埵善哉者　金剛大寶復善哉
善哉金剛妙法門　善哉金剛勝羯磨
能善宣説此正法　無上金剛祕密乘
一切如來祕密門　大乘現證法中攝

一切如來真實攝一切儀軌勝上教理分第二十六之一

爾時金剛手菩薩摩訶薩即説頌曰

諸惡見者離貪者　此祕密法不相應
以其利諸有情因　我於此法故宣説

復次金剛手菩薩摩訶薩宣説諸部作用成就儀軌謂先所説如來部作用成就儀軌

此中根本心作用成就儀軌者行人先當入大曼拏羅普觀視已次應依法以香華燈塗結彼彼印作供養事然後以金剛語起首持誦其持誦儀者謂應隨處依法而住期滿四月日日四時如教所説以香華等作諸供養後以一切如來大乘現證三昧一百八名誦念稱讚一切如來依彼四種禮敬法儀結四佛印向於四方禮四如來奉獻已身承事供養稱念如是四大明曰

唵引薩哩嚩二合怛他誐多一布引儒仁祖切波
薩他引二合那引野二阿怛摩二合喃你哩野二合
引怛夜引彌三薩哩嚩二合怛他引誐多嚩日
囉二合薩埵引提底瑟姹二合莎蛤引四

唵引薩哩嚩合二怛他引誐多一布引惹引毘尸引迦引野二阿怛摩引二合喃你哩野二合引怛夜引彌三薩哩嚩合二怛他引誐多嚩日囉合二囉怛那引二合毘詵左囉引四

唵引薩哩嚩合二怛他引誐多一布引惹引鉢囉合嚩栗多合二那引野二阿怛摩引二合喃你哩野引二合怛夜引彌三薩哩嚩合二怛他引誐多嚩日囉合二達哩摩合二鉢囉合二嚩栗多合二野幹引四

唵引薩哩嚩合二怛他引誐多一布引惹引羯哩摩合二尼引阿引怛摩合二喃你哩野引二合怛夜引彌三薩哩嚩合二怛他引誐多嚩日囉合二羯哩摩合二酤引嚕引幹引四

然後隨諸所欲諸飲食等隨意受用無所捨離但為求於自心成就當於自身佛影像前諦意觀想隨其所欲以金剛語持誦心明滿八百徧如應所求速得成就

此佛所說金剛薩埵法門

若欲求彼最上悉地法者行人依法安布幢像中畫世尊如來聖相次當依彼四大士曼拏羅法用隨所愛樂色相莊嚴畫四大士安處月輪其幢四隅畫本部賢聖如是畫已行人當於彼幢像前廣設供養如教所說至心持誦滿四月已然後竟夜持誦至明旦時即得一切如來真實等最上悉地之法

此佛所說執金剛法門

若欲求彼印成就者行人於幢像前當結一切如來薩埵金剛印隨其意樂所求成就當如教說不解是印以金剛語持誦大明滿百千徧然後竟夜至心持誦若疲倦時暫當止

息如本法儀旋復持誦乃至最後熾盛光現警悟發起語言表示然後行人開前印縛即得隨欲色相隱身自在一切事業皆悉能作於一切印成結中間如其所說一切成就

此佛所說執金剛法門

若欲求三摩地成就者先應觀想微妙金剛後若三摩地門有所愛樂即以相應心明修習先行期滿四月然後竟夜端直加趺正心攝斂寂靜而住至明旦時即得如來等一切三摩地成就現前圓滿然後隨所樂法皆得成就

此佛所說金剛薩埵法門

若欲求羯磨成就者亦然依法持誦一月志求成就然當最後竟夜持誦即得一切羯磨成就

次當宣說諸成就事業

諸有行人依法若誦大明一徧即於自他州城聚落悉能衛護

若欲作諸幖幟警悟成就者行人當結甲冑印契以牛頭栴檀香塗衆幖幟或復不塗亦能成就所謂金剛杵鉤箭手相寶日輪幢齒行列蓮華螺輪舌相羯磨杵甲冑牙拳印等如是諸幖幟相依法所作悉能警悟

若欲加持物像成就者應當依法取孔雀尾作拂以金剛杵破中成簇色線纏縛行人結彼薩埵金剛印執所成拂誦本大明依法加持乃至得一切如來印契警悟於彼拂中見種種相從是已後彼孔雀拂於行人身中依法出現一切色相又復若以此孔雀拂加持一徧動摇於身即能出現一切色相又復此

拂能現世間一切所應如幻事業又復此佛能現一切佛菩薩像乃至十方一切佛刹所有一切如來幷其衆會降魔軍等佛神通業諸變化事皆悉能現乃至佛身端嚴諸相具足亦悉能現

又復若欲得敬愛成就者行人當結一切如來薩埵印依法持誦乃至彼印熾盛光現即法成就從是巳後結前印時即得一切如來來現其前作敬愛事況餘法耶

又復若欲求彼世間最上成就者行人應當依法持誦期滿一月誦八千徧然後結印竟夜持誦乃至彼印熾盛光現即法成就從是巳後若結前印即得世間最上持明成就

此佛所説執金剛法門

如上是爲如來部作用成就儀軌

佛説一切如來眞實攝大乘現證三昧大教王經卷第二十八

佛説一切如來眞實攝大乘現證三昧大教王經卷第二十九

宋西天三藏朝奉大夫試光禄卿傳法大師施護等奉　詔譯

一切如來眞實攝一切儀軌勝上教理分第二十六之二

復次宣説金剛部作用成就儀軌

所謂行人依法修習先行成已然後隨其意樂所求成就即當持誦滿一洛叉數滿足已竟夜持誦至明旦時得法成就於一切有情所應攝受所應調伏皆悉能作

此佛所説執金剛法門

又若欲作成就法者依法畫幢如教安置作供養已行人一切所欲如意受用然後隨其意樂所求成就即當依法日日以金剛語持誦大明期限一月滿八千徧過一月已於幢像前復設供養行人當結降三世大印依法竟夜持誦大明乃至彼印自然出於吽字之聲至明旦時大自在等諸天主衆及彼眷屬來現其前時持明者白言汝天來此如我所言願施我作隨我所求使令成就天等告言隨汝所欲我悉施汝從是已後行人即成普盡三界主宰隨其所欲於須臾頃能令普盡三界皆悉動摇復爲一聚悉能成壞於三界中微妙樂具悉能受用一切所作皆得自在所有一切天主妙愛者等諸妙愛者亦悉隨意是中無有作嬈惱者時持明者若稱吽字即彼一切極惡天等皆悉墮落然後持明者壽滿百千劫

此佛所説執金剛法門

復次若欲求印成就者如教所説依法持誦

滿一月後行人當結金剛降三世三昧印竟夜持誦至明旦時得印成就從是巳後如教所說隨結印時同稱吽字行人即能虛空中行現衆色相及能隱身起幻化事能作一切警悟鉤召敬愛事業能令一切生大歡喜現前能取一切珍寶能現廣大熾盛威光雨大寶雨發大笑相普能清淨一切有情能作一切若斷若破復能如應轉易時分隨其所宜能啓一切真實談論能轉一切事能善作加護能制能禁能怖能殺又能印持一切有情能爲戲樂能作一切施灌頂者能令諸身自起歌詠能令旋舞呼召引入能令一切鏁縛而住諸如是等一切事業皆悉能作

此佛所說執金剛法門

若欲求微妙智成就者行人當依金剛降三世三摩地發起以爲先行次應依彼持誦法儀持誦一月志求成就過一月後即依如是三摩地法竟夜持誦至明旦時得成五智通於一切有情所應攝受所應調伏皆悉能作

此佛所說執金剛法門

若欲求羯磨成就者亦然依法持誦一月當求成就過一月後竟夜持誦至明旦時即得一切羯磨成就從是巳後作羯磨時持誦一徧隨其意願彼加護等一切羯磨皆悉能作

此佛所說執金剛法門

如上是爲金剛部作用成就儀軌

復次宣說蓮華部作用成就儀軌

所謂行人依法持誦滿百千徧先行成巳然後依法當求成就次應如教安置幨像當畫具德調伏一切世間大士聖相於其四面依

四印曼拏羅法儀畫四大士四隅當畫四賢聖相於幢像前依法持誦過一月後竟夜持誦至明旦時調伏一切世間大士來現其前隨行人所欲得諸願成就

此佛所說法金剛法門

若欲求印成就者行人當結法金剛印如法金剛儀持誦八千徧日日四時持誦滿已然後竟夜結印持誦至明旦時得印成就從是已後凡結印時如其所說即能調伏一切世間

此佛所說觀自在法門

若欲求三摩地成就者行人應當依法持誦滿一月已然後竟夜隨所愛樂三摩地門依彼法儀至心持誦至明旦時即得一切三摩地現前成就

此佛所說法金剛法門

若欲求羯磨成就者亦然依法持誦一月過一月後竟夜持誦即能成就一切羯磨

此佛所說法金剛法門

如上是爲蓮華部作用成就儀軌

復次宣說寶部作用成就儀軌

所謂行人先當敬禮四方一切如來次應持誦滿百千徧然後依法安置幢像依四印曼拏羅法用畫具德一切義成就大士聖相設諸供養持誦一月過一月後竟夜持誦至明旦時彼具德一切如來灌頂寶虛空藏菩薩摩訶薩來現其前爲施灌頂行人得灌頂已即成三千大千世界持明轉輪主宰

此佛所說金剛寶法門

若欲求印成就者行人當依羯磨金剛法用

結金剛寶印如教所說當求成就即得一切意願羯磨印成就

若欲求寶智成就者行人依法如其次第於金剛寶生三摩地中觀想虛空本無自性是中云何能生於寶即此衆寶又復云何菩薩身生日日四時於此三摩地門如應觀想持誦一月過一月後即依如是三摩地法竟夜持誦至明旦時一切如來悉現其前隨所樂欲施妙灌頂

此佛所說虛空藏法門

若欲求羯磨成就者亦然依法持誦一月過一月後竟夜持誦至明旦時具德虛空藏菩薩摩訶薩施彼行人一切義成就然後一切事業皆悉能作

此佛所說執金剛法門

如上是爲寶部作用成就儀軌

復次宣說諸部作用一切儀軌此中先說一切心明作用儀軌

行人當作是言隨所意樂根本心明即一切成就如是言已隨其所樂持誦心明依法當作彼成就事然後隨應即得成就

一切印作用儀軌

行人當作是言一切印契我所愛樂成就如是言已即結三昧印如所愛樂隨其力能依法持誦然後如教即得成就

一切呪句作用儀軌

行人當作是言離戲論語當成悉地我於一切如來成就法中依法持誦如是言已隨所愛樂持誦呪句當得成就

一切大明作用儀軌

行人當作是言此諸有情具無明暗願得一切如來大明現證淨戒所成如是言已隨所愛樂持誦大明依法所求當得成就

此佛所説聖執金剛法門

諸有行人應當先以一切心明印契呪句及諸大明隨其所樂修習爲因然後依彼金剛持誦法儀隨應有情即以心明印契呪句大明依法持誦若自若他當求本尊一切成就

此佛所説金剛薩埵法門

如上是爲諸部作用一切儀軌

復次宣説諸部通用廣大成就儀軌如來部通用成就有其四種所謂義利圓滿成就神通成就持明成就大成就等此中義利圓滿成就者行人若疑有伏藏處即於是處依法結印以自三摩地法作金剛視觀察彼處若見金剛相動應知是處即有伏藏行人乃結金剛開發三昧印依法啓掘不久獲得隨所樂取

此佛所説金剛薩埵法門

神通成就者行人欲作法時當如是言所有諸印當求金剛神通成就如是言已依法所作此神通成就有其四種所謂水上行坐等神通出現如來等色相神通如其意樂隨即隱身神通於虚空中行千由旬上下出没去來自在神通此能於諸方千由旬量如其所樂隨意而行旋轉還來又能過千由旬一切有情意願悉知一切身相眼悉能見一切音聲語言耳悉能聞又於諸方過千由旬隨其意樂一切妙愛者身悉能舉來一切金寶摩尼眞珠等悉能攝集畢竟無有能爲障者行

人於彼金剛杵中尚能隱身況餘萬夫力不敵耶又復行人常得無病常受諸欲樂常具少年殊妙色相彼一切如來及金剛薩埵見已乃作供養獲得無上金剛成就當得壽命滿四千歲

此佛所說一切如來金剛成就法門

持明成就者行人但求印契成就依法所作當得金剛持明成就由成金剛持明轉輪王故即得諸欲隨意受用一刹那間能於千佛刹中旋轉還復受諸快樂顏容少麗同十六歲髮髻如螺紺青旋潤由得一切如來及金剛薩埵大金剛持明成就故即得住壽大劫

此佛所說一切如來持明法門

大成就者行人依法以自印契心明當求成就由得自印大士色相成就故一刹那間能於十方一切世界現衆色相作衆事業彼一切如來及金剛薩埵見已乃作供養即於普盡無餘諸有情界作利益已還復本處又能於一切世界所有一切適悅快樂一切相具隨意受用得與金剛薩埵大菩薩等無有異當得壽命滿一大劫

此佛所說一切如來大成就法門

復次金剛部通用成就者有其四種所謂降三世成就一切灌頂成就一切悅樂法成就最上成就等此中降三世成就者行人當結降三世印左足想踏大自在天作成就事乃至彼天出聲號叫然後行人當稱吽字稱吽字時所有大自在天等一切三界增上主宰并其眷屬皆悉來集住行人前作敬愛事能與行人爲其指使從是已後行人即成一切

三界增上主宰金剛持明者能起空中及於三界自在遊行旋轉還復所有極惡天等一切有情以吽字法悉能調伏如一切如來金剛降三世相普盡三界一切悉依教令而轉彼一切如來及金剛薩埵見已敬愛壽命千歲

此佛所說降三世法門

一切灌頂成就者當作印成就謂結一切如來灌頂寶印先作自身灌頂已然後求彼四種灌頂成就其四種者所謂金剛灌頂寶灌頂法灌頂羯磨灌頂若得金剛灌頂已即成一切如來執金剛者若得寶灌頂已即成衆寶增上主宰若得法灌頂已即成法王若得羯磨灌頂已當得世出世間一切羯磨成就

此佛所說一切如來灌頂法門

一切悅樂法成就者謂以秘密供養常作供養一切如來即得一切如來一切適悅快樂成就

此佛所說一切如來悅樂法門

最上成就者所謂得成執金剛尊

此佛所說執金剛法門

復次蓮華部通用成就法者有其四種所謂隨愛樂成就敬愛成就加護成就蓮華成就等此中隨愛樂成就者如教所說應當觀想本部觀自在尊隨起思念已亦然能令一切蓮華妙愛已能令一切如來隨生愛樂又於有情悉生敬愛又若住三摩地廣布慈心即能普爲一切世間容作加護又若安住本尊蓮華三摩地手執蓮華已當求成就事即得妙色如觀自在尊諸相具足壽命四千歲

此佛所説一切如來蓮華法門
復次寶部通用成就法者有其四種所謂一
切如來灌頂成就大威光成就滿諸願成就
寶成就等此中謂以自灌頂法奉獻諸如來
施燈光明圓滿布施波羅蜜多隨力作彼寶
成就事此等四種成就法用悉應常時供養
一切如來不久當得所求成就
此佛所説一切如來妙寶法門
如上是爲諸部通用廣大成就儀軌
復次宣説一切儀軌中方便成就教理是即
大士根本無性法門此中先説心明方便成
就教理頌曰
如爲調伏世間故　隨彼所應得成就
此中方便印爲因　能施廣大諸成就
印契方便成就教理
離貪調伏於世間　印契成就從貪生
方便修習彼如應　能作一切成就事
呪句方便成就教理
世間若實有動亂　呪句成就無所得
由離戲論方便成　乃作最上諸成就
大明方便成就教理
此中若著無明相　大明成就無所有
由其方便廣大門　能施廣大諸成就
如上是爲一切儀軌中方便成就教理
復次宣説一切儀軌中福成就教理是即一
切如來法門此中先説心明福成就教理
四種供養依法作　由是獲得大福聚
供養諸佛勝福門　此中成就無疑惑
印契福成就教理
秘密三昧爲加護　由是獲得大福聚

以此三眛加護因　彼非福門亦成就
呪句福成就教理
彼一切佛最初說　如應獲得大福聚
法施平等此爲因　彼非福門速成就
大明福成就教理
布施諸福中最上　由是獲得大福聚
圓滿施波羅蜜多　速疾如應得成佛
如上是爲一切儀軌中福成就教理
復次宣說一切儀軌中慧成就教理此中先
說心明慧成就教理
法中無文字可入　一切文字悉了知
自語門及他語門　觀想如應得成就
此佛所說妙吉祥大菩薩法門
印契慧成就教理
慧以決擇立其名　此即三摩地所說

彼中印契成就門　觀想刹那得成就
此佛所說勝慧法門
呪句慧成就教理
慧聲隨向立其名　即三摩地戲論語
彼中觀想成就門　如應呪句得成就
此佛所說金剛慧法門
大明慧成就教理
大明呪句二差別　是中差別無所有
正慧觀想此相應　決定速疾得成就
此佛所說一切如來智慧法門
如上是爲一切儀軌中慧成就教理
復次宣說一切儀軌中行成就教理
是即金剛手法門此中先說心明行成就教
理
若作一切供養事　即能增長於勝行

彼衆善法乃隨增　當得成就法圓滿
印契行成就教理
徧入多種秘密輪　布設多種曼拏羅
諸印供養勝行門　增長廣大成就事
呪句行成就教理
依隨喜等勝法用　誦念正法亦復然
廣施多種供養門　決定呪句得成就
大明行成就教理
智明善斷無明性　布施波羅蜜多理
由此勝行圓滿因　速疾依法得成就
如上是爲一切儀軌中行成就教理
爾時金剛手菩薩摩訶薩復説諸部幖幟眞實出生智成就教理此中云何金剛出生頌曰
即此具德大士尊　一切心從自心生
而彼身語心金剛　堅固薩埵自然生
諸大士中勝大士　金剛成就從心出
金剛薩埵此立名　於彼金剛杵中住
即此如是智相應　是爲諸佛無二理
從自心出巧業門　由斯衆相皆成就
一切世界微塵數　如是一切佛聖尊
彼等所有諸佛身　皆從金剛薩埵出
即此復生諸大士　及彼所有諸幖幟
彼等大士幖幟門　一切同生此理趣
此法若有聽聞者　能生淨信或受持
觀想常生歡喜心　速疾如應得成就
此佛所説金剛薩埵法門
如上是爲諸部幖幟眞實出生智成就教理
復次金剛手菩薩摩訶薩宣説諸部一切儀軌中出生大智成就教理此中先説一切如

來儀軌中出生大智成就教理
諸佛無分別大智　是智所生法常住
無分別後起智門　此分別説無分別
如來部儀軌中出生大智成就教理
由無分別我分別　此分別已分別生
金剛薩埵大士尊　説彼分別爲方便
金剛部儀軌中出生大智成就教理
譬如布設諸畫像　依畫法儀作成就
而彼所設作用門　我此所説離分別
蓮華部儀軌中出生大智成就教理
貪性分別所出生　是性蓮華中安處
此即長時住亦然　如理出生諸成就
寶部儀軌中出生大智成就教理
此寶本無分別性　而彼威光自高顯
如是成就微妙門　雖所出生無分別
此佛所説金剛寶法門
如上是爲諸部一切儀軌中出生大智成就教理
復次宣説一切儀軌中心明出生智教理
隨意所樂諸法用　即當隨意求成就
等持成就住於心　此説是爲心明法
印契出生智教理
不可違越及破壞　謂王最上印教令
大士幖幟衆相門　此説亦然如王印
呪句出生智教理
不可違越及破壞　如是秘密呪法門
呪巳秘密法能成　是故此説爲呪句
大明出生智教理
最上語明成就理　彼能破壞於無明
明智解了法圓成　大明由斯而建立

此佛所説執金剛法門
如上是爲一切儀軌中心明等出生智教理
復次宣説一切儀軌中勝智出生教理此中
先説心明勝智出生教理
智者持誦心明已　若自若他法如應
過未現在三世中　一切得聞及得見
印契勝智出生教理
諦意一結於印契　如教所説依法作
作已觀察於世間　一切應知如上説
呪句勝智出生教理
依法一誦於呪句　從自舌中所宣説
過未現在三世中　彼諸眞實法成就
此佛所説觀自在法門
大明勝智出生教理
依法一誦於大明　諦意相應而解了
過未現在三世中　彼金剛語如所得
如上是爲一切儀軌中勝智出生教理

佛説一切如來眞實攝大乘現證三昧大教王經卷第二十九

佛說一切如來真實攝大乘現證三昧大教王經卷第三十

宋西天三藏朝奉大夫試光祿卿傳法大師施護等奉　詔譯

一切如來真實攝一切儀軌勝上教理分第二十六之三

復次宣說諸部通用秘密身語心金剛印成就教理此中先說如來部秘密身印成就教理頌曰

隨處依法而安坐　作加趺相求成就
如其所畫順修習　即得大士法成就

此佛所說金剛薩埵法門金剛部秘密身印成就教理

金剛步相依法作　如其所畫順修習
求成就起忿怒時　此中成就無疑惑

此佛所說金剛降三世法門蓮華部秘密身印成就教理

當作金剛加趺相　二手結彼金剛縛
三摩地身依法成　當作蓮華出生法

此佛所說蓮華薩埵法門寶部秘密身印成就教理

行人或住或安坐　或復隨處而經行
以金剛寶灌頂門　作成就事無疑惑

此佛所說金剛藏法門如來部秘密語印成就教理

依法不動於舌端　復以唇齒二相合
以金剛語微出聲　持誦能作諸成就

此佛所說金剛語法門金剛部秘密語印成就教理

作雲雷吼稱吽字　震發威怒甚深語
忿怒破壞大金剛　此即忿怒語成就

此佛所説金剛降三世法門蓮華部秘密語印成就教理

當止微細出入息　發微妙語極煥明

一切依此持誦時　成就三摩地智藏

此佛所説一切如來三摩地智藏法門寶部秘密語印成就教理

發彼極妙煥明語　復常敬禮最上尊

如應持誦依法儀　一切所作速成就

此佛所説一切如來供養廣大羯磨法門如來部秘密心印成就教理

世尊常以妙欲法　普施一切有情樂

金剛薩埵廣大身　此中觀想速成就

此佛所説妙欲法門金剛部秘密心印成就教理

爲利一切有情故　設彼調伏諸惡法

令於佛教作護持　乃説忿怒成就事

此佛所説一切如來金剛降三世法門蓮華部秘密心印成就教理

如其蓮華本無染　彼依止處即妙愛

我此妙愛淨亦然　即得妙愛法成就

此佛所説蓮華妙愛法門寶部秘密心印成就教理

何等隨順諸有情　謂令成就一切事

雨衆寶雨悉周圓　如應一切速成就

此佛所説虚空藏法門如來部秘密金剛印成就教理

行人或住或安坐　或復隨處而經行

左手結印依法儀　一切所作皆成就

此佛所説一切如來秘密金剛手法門金剛部秘密金剛印成就教理

行人隨處依法住　隨處如應諸所作
金剛忿怒指印成　以衣蓋覆作成就

此佛所説一切如來金剛忿怒王法門蓮華部秘密金剛印成就教理

蓮華拳印左手結　復當蓋覆其手印
隨處成結法相應　速得蓮華法成就

此佛所説觀自在法門寶部秘密金剛印成就教理

左手當結寶雨印　是印復當以蓋覆
隨處所作依本儀　如應即得寶成就

此佛所説虛空藏法門如上是爲諸部通用秘密身語心金剛印成就教理復次宣説諸部通用秘密金剛薩埵印

依彼大印勝法用　本尊薩埵三摩地
作金剛視金剛語　速得最上成就法

此佛所説一切如來金剛薩埵法門爾時具德金剛手菩薩摩訶薩白一切如來言世尊如來我此法儀唯願如來加持所行時一切如來即復雲集咸共稱讚金剛手菩薩摩訶薩頌曰

金剛薩埵善哉者　金剛大寶復善哉
善哉金剛妙法門　善哉金剛勝羯磨
能善宣説此正法　無上金剛秘密乘
一切如來秘密門　大乘現證法中攝

爾時金剛手菩薩摩訶薩即從座起以一百八名稱讚勸請一切如來頌曰

大金剛界大薩埵　利益有情最上主
具大智慧釋迦主　稽首歸命金剛身
勇猛出生眞實利　作有情因大理趣
大士勝利勝業成　歸命薩埵中薩埵

具諸佛法廣大法　善轉一切法輪者
大語最上極妙明　稽首歸命大真實
作大羯磨大加護　一切羯磨成就者
大勇最上大行尊　歸命薩埵正因主
已得一切波羅蜜　智一切智知覺者
一切有情大方便　稽首歸命大勝慧
具大悲心勝最上　已運悲心悲主宰
廣施一切大慈心　稽首歸命諸善作
釋迦師子大能仁　能中能者寂默尊
通達世俗大調伏　稽首歸命勝軌法
平等已達大法界　清淨法界大如來
金剛尊復廣大尊　稽首歸命勇猛聚
爲大光明大照曜　廣大精進大勝力
大勇最極勝勇猛　歸命威勇寂靜王
大梵世尊自然生　釋迦無畏大寂默
具一切身淨牟尼　稽首歸命法中王
無身現身最上身　圓滿三身修身者
具一切身廣大身　稽首歸命金剛身
無語現語最上語　圓滿三語宣語者
具一切語妙大語　稽首歸命金剛語
無心現心最上心　圓滿三心心現者
具一切心大金剛　稽首歸命金剛心
無金剛現彼金剛　最上金剛三金剛
清淨廣大衆金剛　歸命金剛中金剛
勝出三有徧觀察　善逝主宰最勝者
爲三界中大法王　稽首歸命大徧照
如來一百八名號　若有聞者一稱揚
或讀或誦發至誠　彼人當得成佛果
我今勸請佛聖尊　爲諸有情作利益
從大悲心所出生　廣大法輪此應轉

爾時世尊大毗盧遮那如來聞彼一切如來增上主宰金剛手菩薩摩訶薩勸請語已即白一切如來言唯願如來攝受所行時一切如來即復雲集説此頌曰

為利一切有情故　一切世界一切處
所應調伏衆相門　此大法輪隨宜轉

説是頌時所有一切佛刹一切世界普徧一切方處一切有情悉見一切如微塵量曼拏羅中世尊釋迦牟尼如來各住其前轉妙法輪爾時金剛手菩薩摩訶薩即説頌曰

為利一切有情故　一切世界一切處
所應調伏衆相門　大金剛輪隨宜轉

説是頌時所有一切佛刹一切世界普徧一切方處一切有情悉見一切如微塵量曼拏羅中世尊金剛界如來各住其前轉金剛界等一切金剛輪爾時降三世菩薩摩訶薩説此頌曰

為利一切有情故　一切世界一切處
所應調伏衆相門　大忿怒輪隨宜轉

説是頌時所有一切佛刹一切世界普徧一切方處一切有情悉見一切如微塵量曼拏羅中世尊降三世如來各住其前轉一切如來大忿怒輪爾時聖觀自在菩薩摩訶薩説此頌曰

為利一切有情故　一切世界一切處
所應調伏衆相門　淨蓮華輪隨宜轉

説是頌時所有一切佛刹一切世界普徧一切方處一切有情悉見一切如微塵量曼拏羅中世尊法王如來各住其前轉蓮華輪爾時聖虛空藏菩薩摩訶薩説此頌曰

爲利一切有情故　一切世界一切處
所應調伏衆相門　大妙寶輪隨宜轉
說是頌時一切佛刹中所住一切有情若細若大一切方面皆悉見彼一切如來在須彌山頂金剛摩尼寶峯大樓閣中處于一切如來師子座上轉金剛界等一切法輪爾時金剛手菩薩摩訶薩說此頌曰
聖尊爲利有情故　自身所行大方便
最勝現降於人間　大金剛輪隨宜轉
爾時世尊大毗盧遮那如來復白一切如來言世尊如來願復雲集攝受所行是時一切如來等即復雲集從世尊大毗盧遮那如來心入時世尊大毗盧遮那如來以一切如來身語心金剛身悉開覺已告金剛手菩薩摩訶薩言善男子我此心中一切如來及彼一切金剛部曼拏羅皆悉從我心中而入汝今亦然從我心入爾時金剛手菩薩摩訶薩如佛言教隨了知已說此頌曰
爲利一切有情故　徧一切處我所行
一切諸佛入心中　於身語心金剛住
說是頌時普徧一切世界極微塵量等一切佛刹彼彼現住一切如來一一如來悉現充滿一切世界極微塵量廣大身相皆從世尊大毗盧遮那如來心入時金剛手菩薩摩訶薩同彼一切如來及世尊大毗盧遮那如來混一切身轉一切語攝一切心種子相續一切身分一切分位一切相好一切毛孔出生極微塵量一切曼拏羅乃至一切金剛教等從心入已如理而住爾時世尊現成正覺其未久間以一切如來身語心金剛於一切如

來身自開覺已從須彌山頂詣菩提場到已即於菩提樹下隨順世間轉其化事執吉祥草説此頌曰

大哉最上自利已　廣利有情一切教
所應調伏勤勇因　破彼邪外非見者
世間所有不調伏　一切暗冥諸惡見
智光清淨大利圓　此中如應得成佛

説是頌時欲界諸天不了世尊此眞實語即作是言今此沙門何故乃能爲求菩提作是難事捍伏疲勞忍受諸苦爾時世尊即於是處敷草坐已告彼天言汝天聖者依我所行宜應施我大菩提果時欲界諸天亦復不能解佛所説即時俱詣帝釋天主所到已於天主前具陳上事是時帝釋天主即與欲界諸天主衆共詣色界天主大梵天王所復陳上事相與言議時大梵天王與欲界色界諸天主衆幷一切三界增上主宰大自在天共議斯事是時大自在天即告普盡三界增上主宰那羅延天等一切天主言汝天聖者當知如來應供正等正覺隨順世間轉其化事現成阿耨多羅三藐三菩提果勿謂人趣及天趣攝是故當知雖復生天天中所成畢竟不能證成佛果彼善所行我等宜應同往供養時大自在天等諸天主衆尋即共詣大菩提場世尊如來所坐之處到已頭面禮世尊足前白佛言世尊如佛教勅我等依行唯願世尊悲愍攝受復請世尊起於草座受我所獻微妙勝座於其座上證成阿耨多羅三藐三菩提果爾時世尊告諸天主言汝天聖者依我所行即當施我阿耨多羅三藐三菩提果

諸天王白佛言世尊非我所能施佛菩提若我有其力能我等豈不自證佛菩提果爾時世尊爲令了知如是義故即說頌曰

當知非色非無色　非實非虚亦非淨
此佛菩提大智門　實開覺已得成佛

彼諸天主等於須臾間默然而住是時世尊從草座起復告諸天主言諸天聖者汝能開曉此佛智不諸天主等白佛言世尊我等不能開曉佛智爾時世尊處于勝座復說頌曰

淨意如應所開覺　大菩提心堅固生
如理觀想於佛身　金剛薩埵堅固作

時諸天主等俱白佛言如佛教勅我如是行言已即時悉離佛會爾時世尊於其晝夜隨順世間轉諸化事降伏魔軍成阿耨多羅三藐三菩提果已於普盡無餘諸有情界廣爲利樂一切有情諸所作成普攝皆於自心而住即以一百八名讚歎金剛手菩薩摩訶薩頌曰

金剛薩埵大薩埵　無上大乘大主宰
廣大清淨大光明　稽首歸命大尊勝
聖金剛王大金剛　金剛一切諸如來
廣大精進大勇尊　稽首歸命大方便
金剛妙愛大清淨　一切悦樂大妙樂
無始無終勝樂門　稽首歸命廣大欲
金剛善哉大歡喜　如理作善勝喜悦
廣大歡喜大喜王　稽首歸命極勝喜
金剛妙寶大自在　自部灌頂大主宰
具一切寶大善明　稽首歸命勝莊嚴
金剛威光大光曜　廣大光明大明照
具大熾盛勝光明　稽首歸命佛光相

金剛寶幢大高顯　爲大勝幢施財者
具大寶杖虛空幢　稽首歸命施幢相
作金剛笑大笑相　具大慶悅大喜者
最勝喜樂喜迅行　稽首歸命大法喜
金剛勝法大妙法　具一切法善淨者
爲諸佛法勝法門　稽首歸命妙愛法
即大智劒金剛利　大慧復爲智慧者
爲大利器斷罪門　稽首歸命佛利劒
金剛表刹廣大輪　爲諸佛輪大伏藏
一切吉祥勝法門　稽首歸命法輪因
金剛妙語大語聚　離戲論語大文字
無文字中大誦持　稽首歸命佛眞語
金剛羯磨妙勝業　善作事業大羯磨
祕密供養大供養　稽首歸命佛供養
金剛加護大勝鎧　最上甲胄大堅固
廣大眞實大護門　稽首歸命覺精進
金剛呑伏大忿怒　警怖一切邪惡者
一切佛大方便門　稽首歸命勝牙相
大金剛拳大印契　大三昧縛勝縛者
勝妙印契大智拳　歸命金剛勝拳相
瞻禮恭敬及供養　彼諸如來常所作
無始無終法門中　大菩提心汝所說
汝爲諸佛勝依止　即諸菩薩大勇猛
於彼過去未來生　爲佛菩提最勝因
歸命金剛大薩埵　歸命金剛大妙寶
歸命金剛正法門　歸命金剛勝羯磨
我所稱讚汝勝名　金剛自性故頂禮
所生福聚施有情　願當得佛菩提果
若人正心而稱念　最上一百八名號
或但一稱發至誠　是人當得諸佛果

此佛所説覺智法門爾時一切如來異口同音讃歎金剛手菩薩摩訶薩頌曰

金剛薩埵善哉者　金剛大寶復善哉

善哉金剛妙法門　善哉金剛勝羯磨

能善宣説此正法　無上金剛祕密乘

一切如來祕密門　大乘現證法中攝

佛説此經已一切如來幷諸菩薩摩訶薩衆聞佛世尊及金剛手菩薩摩訶薩所説皆大歡喜信受奉行

佛説一切如來真實攝大乘現證三昧大教王經卷第三十

此經一部梵本四千頌譯成三十卷總二十六分自第一分至第五分終並大乘現證三昧攝第六分至第十四分終並金剛三昧攝第十五分至第十八分終並法三昧攝第十九分至第二十二分終並羯磨三昧攝自下四分並諸部祕密教理所攝起

音釋

鎧（可亥切甲也）

一切如來大祕密王未曾有最上微妙大曼拏羅經

宋西天三藏朝散大夫試鴻臚少卿明教大師天息災奉 詔譯

清刻龍藏佛說法變相圖

一切如來大祕密王未曾有最上微妙大曼拏羅經卷第一

宋西天三藏朝散大夫試鴻臚少卿明教大師天息災奉　詔譯

相應行曼拏羅儀則品第一

如是我聞一時世尊在忉利天大善法堂是時乃有無數最上天人及龍夜叉羅刹乾闥婆阿脩羅迦樓羅緊曩羅摩睺羅伽必里多大力阿波娑摩囉拏吉儞部多吠多拏相應相母鬼等是等耽於生死欲斷輪迴圍遶世尊求吉祥法亦復樂求無盡金剛界廣大智成就法是時復有無數爲利三界作變化相清淨智大菩薩其名曰智金剛菩薩智鉤菩薩智欲菩薩智密菩薩灌頂吉祥菩薩大威神吉祥菩薩幢吉祥菩薩念吉祥菩薩法音菩薩智慧猛菩薩因猛菩薩口猛菩薩變化

業菩薩變化界菩薩變化夜叉菩薩變化祕密菩薩如是等菩薩摩訶薩皆悉證得法智祕密三昧復有四族母其名曰圓智三昧金剛母寶智三昧金剛母法智三昧金剛母羯磨智三昧金剛母復有四大神通菩薩其名曰金剛婆叉神通菩薩金剛妙入神通菩薩金剛不動光神通菩薩金剛喜神通菩薩復有八大祕密化身顯供養菩薩其名曰金剛樂菩薩金剛色菩薩金剛妙音菩薩金剛愛菩薩金剛薩寫菩薩金剛頻羅菩薩金剛最上莊嚴菩薩金剛妙香菩薩復有十九大力自在藥叉大忿怒明王等其名曰左無畏大忿怒明王無能勝大忿怒明王能成就大忿怒明王最上蓮華明大忿怒明王馬首大忿怒明王蓮華軍茶利大忿怒明王淨光大忿怒明王甘露軍茶利大忿怒明王大力大忿怒明王普光大忿怒明王呬嚕迦大忿怒明王嚕左迦大忿怒明王無邊大忿怒明王金剛不動大忿怒明王多囉大忿怒明王祖那大忿怒明王白繖蓋大忿怒明王最上明大忿怒明王六面大忿怒明王復有十六大女形明王等其名曰多羅大明王無能勝大明王孔雀大明王金剛鉤大明王大稱大明王顰眉大明王摩摩枳大明王金剛鎖大明王金剛拳大明王白色大明王寶髻大明王金剛行步大明王金剛身大明王金剛香大明王持世大明王復有四相應相女形大明王復有六十四大金剛拏吉你復有四大地天其名曰不動大地天黃面大地天黑白色大地天紅面大地天如是等大地天能成就一

切事能施一切欲能安住一切法復有八大瘧者其名曰金剛口大瘧者黄面大瘧者醜面大瘧者紅身大瘧者多面大瘧者三髻大瘧者食血大瘧者赤黄大瘧者如是等大瘧者常侵害有情令彼有情失於色力或奪其命如是等天及彼天主持明天持明天主乃至龍及龍主乾闥婆乾闥婆主緊曩羅緊曩羅主乃至所有惡心者極惡心者乃至善者極善者如是等衆皆來集會爾時世尊觀察是會諸大衆已入毗盧遮那一切金剛曼拏羅莊嚴三摩地已即於眉間心間臍中放大光明照一切世界而彼光明照一切世界已還復來入金剛相應之心爾時金剛手菩薩於大衆中整衣肅容從座而起手擲金剛詣於佛所稽首佛足重伸敬禮禮已合掌而説讚儀有幾種於阿闍梨奉獻何物又復奉獻諸佛如來賢甁大小之量當有幾種甁項甁口當云何作又復云何作灌頂法隨法當何所用又云何名祕密曼拏羅世尊我今一一請問如是之事爲欲利樂一切有情唯願慈悲廣爲開説説是語已還復本座爾時世尊告金剛手言善哉善哉汝金剛手得大無畏具大悲愍而於我前能發是問宜應諦聽當爲汝説時金剛手瞻仰專注受教而住佛言金剛手地種廣大各各有相大略言之而有四種隨其四姓而分別之四姓者所謂刹帝利婆羅門毗舍首陁此者爲四擇地之法隨其香味或以顏色亦有四種第一刹帝利姓求赤色地第二婆羅門姓求白色地第三毗舍求深黄地第四首陁求黒色地又以香氣

而擇其地刹帝利地雜蓮華香婆羅門地青蓮華香毗舍之地女觸之香首陁之地雌黄之香又以其味而分别之刹帝利地其味如鐵復有甘味婆羅門地其味辛辣言我今歸命毗盧遮那最上無畏能説灌頂大陀羅尼成就調伏欲令有情覺悟不生不滅無相之智能破輪迴生死大怖如是讃已重白佛言大悲世尊我今有疑欲當請問願賜哀愍而爲解説世尊金剛阿闍梨作曼拏羅云何擇地地有幾種云何作淨云何作橛云何能破諸惡障難云何解除諸相禁縛乃至諸龍云何降伏又持誦作法云何護摩乃至火法當云何作又一切曼拏羅當有幾種當開幾門門有幾種其相云何又復外曼拏羅當有何義内曼拏羅復有何義中間輪相其義云何曼拏羅界云何擘畫云何絣線所作本尊及彼賢聖身量云何樓閣寶座當高幾許至於印契其相云何又粉曼拏羅當云何作粉有幾種下粉次第何是先後又阿闍梨攝受弟子法則云何弟子修行先修何法又持誦之人所作先行法則云何又復弟子入曼拏羅次第云何所奉本尊諸有明契云何傳受獻食出生毗舍之地其味唯甜首陁之地其味苦辣如是之地當一心專注分别揀擇得是地已結界釘橛作橛之法隨曼拏羅儀亦有四種若爲息災用有乳木爲橛若爲增益用吉祥木及室利沙木爲橛若爲降伏用佉你囉木爲橛若爲調伏用鐵爲橛又復若隨祖那忿怒明王眞言用息災法橛若用蓮華最上明王眞言當用增益法橛若隨大力明王

眞言用降伏及調伏法橛又復若爲辟除一切惡及驚怖障難者當用普光印及槌印及彼眞言若爲禁縛極惡之者當用金剛羯磨及金剛鎖印眞言等此印及眞言若不爲極惡不得輒用若於極惡者用此法後須却解放若解放後仍須與彼出生食祭之又復若於三種火壇作法時或弟子作先行法時或作曼拏羅護摩時所有禁縛調伏諸障難者以增益一切成就明眞言及以香華等爲彼出生用作祭祀佛言金剛手作曼拏羅者有四種門所爲東南西北此爲四種金剛手言其門入者得何果報佛言金剛手曼拏羅有外有内及與中間作曼拏羅者作九分量此九分者是最上曼拏羅正壁四門於此四門所作所求果報各異若爲求大地主求劒成就求入修羅宮乃至安樂及解脫智者可於東門持誦作法若爲求聖藥成就及豐富財穀乃至安樂吉祥息諸災沴者可於南門持誦作法若爲求一切人愛重子孫隆盛財穀豐富息災安樂者可於西門持誦作法若爲降伏怨家及調伏一切極惡之者或作勇猛之事擁護持誦之人可於北門持誦作法復次金剛手若依眞言儀軌修相應行隨所信樂於各各門入悉能成就若復信樂修相應儀軌一向專注究於文義求無我法者入於東門復次金剛手白世尊言外曼拏羅當云何名佛言金剛手外曼拏羅名如彼大寺中有殿塔必有垣墻以爲外護外曼拏羅亦復如是佛言金剛手又如智果當勤擁護方可得成外曼拏羅亦復如是又如子實包在瓤

殼瓢殼在外子實在內內曼拏羅亦復如是又於中心當安子輪輪相所表顯眞實義或安迦字表羯磨義囉字表智義又金剛手白佛言世尊內外已說云何是中佛言以曼拏羅正分三分一分是外一分是內一分是中金剛手白言作曼拏羅絣線云何佛言作上中下絣之佛言金剛手先以智慧智方便相應三昧觀想自身化爲如來此觀成已後以定印等引如如來金剛風虛空令一切地界有金剛風徧滿又復觀彼風輪地上有金剛明王無字印又復觀想四寶金剛山上有吽字名徧現最上大金剛寶峯其上有大寶殿以金剛寶柱寶鈴寶衣幢旛瓔珞種種莊嚴而彼殿中有蓮華寶色如來於中而住此名三昧曼拏羅作是觀想一一了知已復自在

行四金剛步結大惡忿怒明王印及誦眞言作金剛拳無畏行步如舞作如是觀察然後用印眞言莊嚴曼拏羅中間安相獻香華等金剛手若有行人能如是發心一一不失者乃是行如來眞言之教者當以我威力灌頂法而與灌頂彼行人如爲一切有情三時迴向無上智智果者應作相應相思惟一切有情本尊應當如是一一了知又金剛阿闍梨及修行同行乃至弟子亦須如是解了然後加持地結界作金剛地復以吉祥妙音讚歎訖先於西北方至心以金剛最上明而爲供養次於東北方用金剛仗而爲供養次於東南方用金剛火而爲供養次於西南方用金剛劒而作供養如是供養已然後阿闍梨將弟子令執線相隨自西北方壁畫量度次東

北方次東南方次西南方如是壁畫量度定已然後復自西北起首順行絣線作界道作四方相分三重作内外中如是定已請金剛阿闍梨作種種供養於西北方持誦人左邊先結龜印安於地上然阿闍梨自西北方起首右膝著地右手下粉先下白粉次赤粉次黄粉次緑粉最後黑粉此下粉次第恒以爲式下粉不得蓋著界道所下粉亦不得麤細下不匀或復曲戾所下粉先有缺處更添補令全又金剛手白世尊言用粉五色當何所表復有何義佛言譬如白色故舊之衣欲染愛樂之色必先以水洗濯令淨既洗淨已白色純粹然後染成所愛樂色令持誦人及與弟子先有惡業之垢當以曼拏羅法水洗淨後用深智義色染成所愛樂色其白赤黄緑四色之粉能滅所犯大梵行罪黑者表摩摩枳菩薩之義其内曼拏羅中心當以純白一色畫輪相其外曼拏羅所有門及四角當安置閼伽瓶其瓶中當滿盛五寶五藥五穀等金剛手言閼伽之瓶爲有幾種其量云何佛言金剛手閼伽之瓶當有七種所謂金瓶銀瓶銅瓶玻瓈瓶鐵瓶木瓶瓦瓶如是等瓶是爲七種金剛手若爲息災增益及灌頂法可用金瓶玻瓈瓶瓦瓶若爲降伏調伏及作阿脩羅法可用銅瓶若作諸忿怒法可用銀鐵及木等復次金剛手彼閼伽瓶高二十指腹闊十六指項高五指口廣八指此等之量爲最上曼拏羅用其瓶色若爲息災法用白色瓶若增益法用黄色瓶若敬愛法用赤色瓶若降伏法用極黑色瓶所有繫瓶繒帛一隨

缾色又降伏法缾其項膷細乃是吉祥金剛手復白佛言云何爲弟子作灌頂法灌頂曼拏羅其量云何佛言金剛手先於大曼拏羅西北方如内曼拏羅大小量畫灌頂曼拏羅中間畫界或三重或七重四面畫門於門中各畫本方天王乃至四隅上下亦畫本位天王如天降下勢各各執持天華妙鬘等又用四閼伽缾其缾先以眞言一一加持訖安於四角然於曼拏羅中心畫師子座畫畢便以多乳木所出之香及種種華乃至上妙食等而爲供養若於此曼拏羅所受灌頂者令生所有一切輕重之罪悉得消滅復次金剛手言曼拏羅中諸賢聖身量及色云何乃至其座高低云何佛言金剛手曼拏羅賢聖而有四種所謂幖幟或鑄或畫或復木彫其量大小應曼拏羅門隨彼所造當令圓滿法印具足圓光嚴飾所造本尊倍令殊勝又於東方安阿閦佛身淺青色南方安寶生佛身淺黄色西方安無量壽佛身純紅色北方安不空成就佛身大緑寶色是諸如來各各坐於隨方寶座至於頭冠髮髻種種莊嚴如諸如來無不具足又於中方作三界道以純白色而作心輪輪中畫毗盧印又阿閦如來作觸地印寶生如來作施願印無量壽如來作定印不空成就如來作施無畏印印與眞言同用又樓閣賢聖於金剛曼拏羅外别安曼拏羅廣闊十尺莊嚴具足諸賢聖座與佛座稍卑安排本族賢聖又本族母又護世及諸天主等座高低如曼拏羅又夜摩天王及彼天賢聖座高四指復次金剛手如是作曼拏羅已

其阿闍梨當須至心奉獻華鬘瓔珞及金剛鈴拂乃至妙香閼伽等其閼伽瓶當正造八所或十六所並須依法滿盛香水又用好酥然燈斯爲最上若或爲成就法者當以白芥子油然燈若爲中下事者可用常油然燈復次金剛手言以華供養者隨各各法而有幾種乃至塗香燒香等物吉與不吉而有幾種佛言彼摩里迦華無憂華摩俱羅華惹帝華瞻波迦華喻體迦華軍那華你摩里迦華恒誐羅華迦俱婆華如是諸華皆是吉祥可徧於三族而用供養又瞻波迦華無憂華奔曩誐華如是等華可供養最上曼拏羅又俱吒惹華悉致迦華黄金華尸里舍華建尼迦囉華俱毋那華優鉢羅華如是諸華常供養大蓮華族又優鉢羅華怛誐羅華曲華迦難舲

華波吒羅華白蓮華及種種蓮華妙香華妙解脱華調伏華新末里迦華如是等華可用供養祕密曼拏羅如上諸華並是吉祥華可依法供養又阿俱羅華迦囉尾囉華此等華者佛不許用非吉祥故又有諸華若是不臭𣜨及無剌亦未有人毀折者可隨力隨分而作供養此爲中等可供養陁羅尼曼拏羅忿怒曼拏羅又復有諸香等於供養義亦有分別所謂白檀麝香覩嚕瑟迦香乳香烏尸覽香室哩吠瑟吒迦香舲尸香毋瑟吒香吉薩羅香如是諸香擣篩爲粖用沙糖和是爲和香此香可用供養最上曼拏羅又白檀香龍腦香沉香麝香供養不虗恭俱摩香如是等香可用供養中等曼拏羅又復以安息香牛角駝毛及鼠狼皮等爲屑用摩你木汁和合爲

香如是等香可爲調伏法用又復赤檀香及黒藥黒毛及苦辣香如是諸香可於調伏曼拏羅用若是隨力隨分得諸妙香者可用供養吒羅尼曼拏羅最上忿怒曼拏羅等又復以種種飲食奉獻曼拏羅賢聖等所謂酥乳蜜酪及諸漿飲及餅糖餅油餅糖食乳粥及以種種蔬菜等而爲奉獻又復獻食當用諸器所謂金器銀器銅器瓦器或以樹葉或以荷葉或鉢羅樹葉如上諸器及葉但以未觸爲最清淨是爲最上又復作息災增益曼拏羅出生供養及阿闍梨自食者但只三白而爲最上三白者乳酪秔米飯等或別三白色食亦得或爲獻中等曼拏羅諸賢聖即加甜味食器用銅及葉若爲調伏等事曼拏羅復加苦辣之味其阿闍梨所食不越三白又復諸曼拏羅一一皆須外有幢旛瓔珞妙香華鬘塗香燒香燈燭閼伽水等而爲供養又復阿闍梨者於如上諸曼拏羅相應諸儀則法一一了知而於本尊眞言印契甚深義理而能解了又復被精進甲冑執猛利器仗乘不退車堅修三密於三界中有大威力受於人天最上供養如是阿闍梨常修等引爲諸弟子或作灌頂或作護摩起曼拏羅而作利益

復次金剛手言凡息災增益等作護摩事云何造爐云何印契佛言金剛手諸護摩爐若廣說者有五百種今隨法說者略有四種一息災爐二增益爐三敬愛爐四降伏爐乃至諸成就法及調伏法亦不離此四種之法第一息災爐者其狀圓如蓮華相第二增益爐者其狀四方縱廣正等第三三角第四如半

月眞言印契各各隨法復次金剛手息災爐者其色白爐緣如蓮華相增益爐者其色如黃金作金剛緣降伏爐者赤黑色及如火燄色敬愛爐者如半月唯赤色諸護摩爐隨爐各有印契息災增益用蓮華印敬愛用鉤印調伏用根本印如上諸印隨安護摩爐中其護摩爐高一肘深十二指下廣拳指一肘中心起一小臺縱廣八指高二指上面安印息災增益法火天位臺高四指縱廣十二指中心作蓮華相高二指於此蓮華上坐火天其火天身色如乳色髮髻具足頭冠莊嚴二手結定印著白衣眼中出光及入嚩羅字來入火中蓮華上坐光燄熾盛有百千重復次金剛手作先行法護摩爐以五色粉塗飾作爐及以五蓮華而爲莊嚴其爐外四面周迴安各方本尊印或忿怒明王眞言等

大忿怒明王眞言曰

唵引努瑟吒二合嚩日羅二合骨嚕二合馱賀曩賀曩吽發吒

大忿怒印

以左手按心舒三指以大指捻小指右手亦如是於心前相交如金剛杵此印作先行法爲最上法或用發遣一切禁縛以前右手作印與入嚩羅眞言同用

入嚩羅眞言曰

唵引入嚩二合羅吽發吒

復次持誦行人作羯磨火請召火天可用菩提木烏曇鉢木尼俱陀木多乳樹木爲柴當令濕潤不得乾枯用燒火作請召法

召火天印

以右手平仰屈大指入掌中屈頭指第二節
成印
召火天眞言
唵引阿誐曩二合曳引曀呬曳引二合呬扇引帝
孕二合彌俱嚕護多引舍曩引野娑嚩引二合賀
以此印及眞言請召火天入前火中蓮華中
持誦人觀想火天身如雪色右手持數珠左
手持淨瓶作慈悲相面有三目頭戴寶冠髮
髻莊嚴種種具足若是他族作曼拏羅用者
一切成就當用各各本族心眞言安蓮華中
於後邊蓮華中安白象最上明王印右邊蓮
華中安金剛棍左邊安蓮華其色如乳汁於
一切處護摩同用更以閼伽水及香華等奉
獻火天
金剛母酥尼儀則阿闍梨手執護摩杓滿杓
作護摩
護摩眞言
唵引吽誐哩二合恨拏二合誐哩二合恨拏二合護多
引娑曩引野悉地孕二合彌鉢囉二合野蹉娑嚩
引二合賀
金剛母酥尼執杓印
以右手執杓頭指作拳按於爐上又以二手
作寶縛二小指相交其餘指如羯磨金剛杵
印成作此印誦前眞言滿杓作護摩供養火
天已發遣移本位在爐内一邊
復次作護摩隨所作法念本尊名號爲先法
然後至心供養依法以滿杓三獻作護摩復
獻金剛棍等眞言及印如是作已然後以本
所爲事或爲息災或爲增益起曼拏羅作種
種法供養賢聖得滿願已然後發遣請諸賢

聖各還本位

一切如來大祕密王未曾有最上微妙大曼拏羅經卷第一

音釋

曼拏羅梵語也此云壇拏女加切　繖蘇簡切蓋也　瘧逆約切　擘音伯　絣必耕切以繩直物也　釘橛釘丁定切橛其月切杙也　瓟㱿瓟如羊切爪學也㱿克角切皮也　閼伽梵語也此云水閼於葛切　⿰月肅丑恭切圓直也　鬘謨還切　幖幟幖卑遙切幟尺志切　⿰牟含牟含切　麝神夜切獸如小麋臍有香者　蚛音仲　⿰口癹匹活切

一切如來大祕密王未曾有最上微妙大曼拏羅經卷第二 第三同卷

宋西天三藏朝散大夫試鴻臚少卿明教大師天息災奉 詔譯

灌頂品第二

爾時金剛手菩薩白佛言世尊我自知殊勝福德圓滿於微妙曼拏羅義今已得之復次何人可攝受而爲弟子又弟子所生何國而可攝受於四大姓刹帝利婆羅門毗舍首陀如是四姓可攝受者何姓爲上佛言金剛手阿彌陀佛毗盧遮那佛乃是三界中祕密法主大阿闍梨無相無性不生不滅雖住祕密無祕密相後阿闍梨亦須如是分明了知若了知已乃是住三摩地金剛蓮華主具大悲心有大力者金剛手彼弟子生處國土方所我今說之若刹帝利或婆羅門等種姓之人生舍衛國摩伽陀國支那國三摩怛吒國佉你也國囉荼國你鉢羅國祖尼邪國阿邪多國俱薩羅國具尼迦國摩羅邪國捺羅尾拏國如是諸國所生之者皆可攝受又若無如上中國人者彼師子國人及一切國人亦可攝受又吉囉多國人亦得攝受緣彼國中曾生最上牟尼如上諸國若刹帝利及婆羅門種姓生者若依阿闍梨禀受修行爲行人者必獲圓滿又阿闍梨者顏貌熈怡端正圓滿有慈悲心清淨心信實無僞降伏諸根少貪少欲具大辯才復有深智所言善軟亦復清爽性不慳悋好於布施無妬無畏遠離我慢常樂供養大阿闍梨及衆賢聖復能演說眞如之法常行眞言之行不稱已美恒讚他德於諸悉地所作所修一切圓滿於諸弟子亦

奉獻阿闍梨及曼拏羅賢聖時阿闍梨作金剛薩埵相應之言弟子受此祕密之法時阿闍梨爲念證明伽陀時彼明衆爲作此證今其甲依法奉獻此金銀珍寶及象馬等爲求其事爲供養曼拏羅時阿闍梨别作灌頂曼拏羅令弟子於曼拏羅中師子座上跏趺而坐自結金剛合掌印安於當心而住時阿闍梨復以本尊明王眞言加持第一閼伽瓶安置曼拏羅中然後復誦本族尊心眞言加持而與灌頂更以前印安頂上及安頸上而與灌頂又阿闍梨復稱弟子名我今以此明與其甲願一切曼拏羅賢聖哀愍納受弟子復以意所求事自稱告於賢聖其阿闍梨復結本尊根本印加持弟子額及心又與灌頂又結本族尊四印安頂上更誦眞言而與灌頂不嫌毁又於弟子無所希望以大悲心告於賢聖令諸弟子依相應行得入一切曼拏羅復令弟子依於儀軌因果相應而得解脱又以眞言印契眞如之法傳付弟子弟子白言阿闍梨此眞言印契眞如之法云何而得阿闍梨言善哉善哉佛子諦聽佛説此眞言從眞如圓滿智慧方便流出於三界中作化身佛現精進力勉諭示教於初中後其義深善以此三摩地依金剛蓮華行教金剛薩埵等我釋迦族爲悲愍一切有情作大德阿闍梨今於此族中得成就眞言陁羅尼一百或三百隨所愛樂依眞如相應力而得成就可以書寫傳付弟子持誦修行利樂有情令不斷絶弟子得阿闍梨傳付教授已禮阿闍梨足當以金銀珍寶及象馬等至於自身皆虔心

阿闍梨言汝今後所有一切世間灌頂之法汝已悉得又復以金剛拳儀則授金剛杵與灌頂弟子令常受持先以所授金剛杵安弟子心上與灌頂又安額次安頂而與灌頂如是灌頂已其阿闍梨告弟子言善男子汝已於一切如來及一切執金剛處而得灌頂汝已殊勝是眞出世間如得阿耨多羅三藐三菩提復次以金剛杵付弟子而令受持阿闍梨言汝受此金剛杵汝是入金剛三昧者此成一切如來最上金剛杵汝恒受持當得最上金剛之智持金剛眞言曰

唵引薩里嚩二合怛他引誐多悉地嚩日囉二合

阿闍梨授與弟子祕密三昧者發廣大心不得慳悋何以故爲欲令一切有情獲大智圓滿故又復若有衆生於阿闍梨妄加毀謗者汝當擁護若有於法生愛樂者可以金剛祕密三昧及祕密曼拏羅印而付授之又阿闍梨告弟子言汝具菩提心於祕密王至心護持復次弟子如前得受隨緣種種灌頂已更可與五佛灌頂之法而與灌頂其灌頂儀者先須於灌頂曼拏羅所備辦香華燈塗及以旛蓋種種供養之具又一切儀式不得少闕然後令弟子預潔身心方入曼拏羅其阿闍梨爲弟子作諸法事然後結本尊印誦本尊眞言與弟子灌頂初中方毗盧遮那佛印以二大指二小指磔開餘指皆相著少屈成印安弟子頂誦本尊眞言與灌頂眞言曰

唵引薩里嚩二合怛他引誐多達里彌引二合濕嚩二合囉伊難薩里嚩二合怛他引多怛吠二合曩引鼻詵左郝

東方阿閦佛結金剛薩埵印以二手相叉作拳豎二中指相著如針成印安弟子額上即誦眞言與灌頂眞言曰

唵引薩里嚩合二怛他引誐多惹拏合二曩引鼻瑟計拏引鼻詵左吽

南方寶生佛印用前金剛薩埵印屈二中指如寶安弟子右耳上誦本尊眞言與灌頂眞言曰

唵引薩里嚩合二怛他引誐多引鼻瑟迦囉怛曩合二鼻詵左怛覽合二

西方觀自在佛印用前金剛薩埵印屈二中指如蓮華葉成印安弟子頂後誦本尊眞言與灌頂眞言曰

唵引薩里嚩合二怛他引誐多引達里摩引二合鼻瑟計拏引鼻詵左呬里合二

北方不空成就佛印用前金剛薩埵印豎二小指二中指相著如針成印安弟子左耳上誦本尊眞言與灌頂眞言曰

唵引薩里嚩合二怛他引誐多引鼻瑟計摩賀引尾濕嚩合二嚩日囉引二合鼻詵左惡

次更與授五佛髻鬘灌頂如是得灌頂已如同於一切智智親授灌頂從此與名得稱爲天上人或稱爲阿闍梨悉受世間最上勝妙供養自在快樂

阿闍梨品第三

復次金剛手菩薩白世尊言世尊凡阿闍梨所有供養曼拏羅賢聖金銀摩尼一切財物乃至所施象馬之類其阿闍梨受得之後當何所用願大牟尼爲我開說佛言金剛手阿闍梨應有一切所施供養之物彼阿闍梨受

已當分三分第一分奉於三寶第二分施與婆羅門外道尼乾子等第三分又分作二半分半分與阿闍梨同學半分阿闍梨自用又前三寶之分亦分爲三分一佛二法三僧如是分已各各受用佛分者得造佛像及塔廟等其法分者可用書寫如來一切經法僧分者可造種種飲食供於衆僧阿闍梨若能如是分別次第互不侵損者彼一切曼拏羅賢聖悉皆歡喜一切所求皆得成就若阿闍梨分分之後或復有人爲其知事心住慳悋侵於三寶不依阿闍梨所有指教者以因果故命終之後當墮叫喚地獄後生人間以其餘業生於犬中復次金剛手白世尊言一切智智一切有情恒在心念惟願爲我說於一切最上眞言之行云何大阿闍梨知息災增益及敬愛調伏等法乃至持誦之人修相應觀想及曼拏羅護摩之法者彼阿闍梨住智慧輪滅一切罪者佛言金剛手若阿闍梨於眞言中修行者具大悲心慇念一切婆羅門外道尼乾等以眞實言勸諭開發令信甚深祕密之法而於同學亦不謗毀堅持五戒復行甚深十波羅蜜圓滿大智又復阿闍梨能救度有情能與除滅一切罪障又自遠離殺生及彼妄語自不飲酒亦不勸他何以故以彼飲酒是爲一切過失根本若阿闍梨行不眞實妄稱有德又復執好俗間典籍文字歌詠又後讃歎我執人執有情阿闍梨若如是者決定墮於地獄惡趣又金剛手白言若阿闍梨受行世法恒取快樂恒食酒肉葷辛之味彼阿闍梨云何度弟子入曼拏羅云何度弟

子免輪迴之難云何可得眞言悉地我今疑惑其事云何佛言金剛手無有阿闍梨受行世法恒取快樂樂食酒肉葷辛之味者若有阿闍梨樂修相應之行者乃眞得名阿闍梨金剛手汝聽菩薩之行我今說之菩薩行者奉持戒法行菩薩道深信堅固志樂相應住無分別無礙之法不行妄語殺生飲酒戲樂我人見等如是奉戒無有過失此爲阿闍梨所行菩薩之行若阿闍梨於一切事有所闕者是於戒行而闕於智金剛手菩薩白世尊言云何名智佛言金剛手對三界名智金剛手白言世尊云何名爲三界佛言金剛手心即是三界金剛手白言云何名心佛言心者本無色相不可取捨由無色相徧行諸根由行諸根遂著境界譬如獮猴遭於罥𦊓心被境縛亦復如是金剛手復白佛言三界者云何說佛言金剛手三界者所謂貪界瞋界癡界金剛手彼若無心即無貪若無貪即無瞋若無瞋即無癡復次金剛手菩薩心無色相徧入六根根境相緣便成貪著金剛手心行眼根見於違順於順起愛於逆生瞋以心生瞋故即癡暗現前不能分別是可非可無慚無愧不怖不懼由是之故造種種罪惡業熾盛墮泥犁中金剛手若有著貪瞋癡心垢過失被黑暗業種種纏縛此非菩薩阿闍梨行若阿闍梨行於菩薩相應之行如玻胝寶清淨無垢自性寂靜智慧圓滿如空中月無所障礙然後發菩提心堅固不退以禪定印印於諸根令彼諸根微妙無垢使菩提分圓滿具足然後用法甘露水而常溉灌以妙解脫

風吹令增長復以住禪定印如息不出觀自心上有大蓮華華上有滿月輪白光四照復觀三昧印印於中心以此三昧印等攝持三業不令散亂但少時間默然而住然後却以真言及印而警覺之既覺悟已復放光明爲圓滿一切智智佛言所觀月輪三昧印心想善界即是本尊如來種子之智復次衆生之心住十八界身如彼蓮華華有香氣又金剛手如人以華熏土或熏他物華雖不見香氣即存亦復如是金剛手真言種子依彼相應如解脱性直至盡輪迴際種子不斷以智方便成種種相又種子香攝受觀想阿闍梨身一向不退能使阿闍梨攝受一切有情行於救度乃至於晝夜分亦不失時金剛手菩薩白世尊言云何名時佛言金剛手時有二種

云何爲二佛言一内二外金剛手言云何名爲内外佛言金剛手我今爲汝説於外時外時者以一晝夜分分爲八大時以二小時爲一大時以四大時爲一晝倍此爲一晝夜爲八時又金剛手以日月出没時及星出没時乃是持誦行人作息災增益法時當得一切意願成就若於此時發精進心行利樂者一切魔障不敢侵近若是作忿怒法者可用日午時及夜半時若用餘時者不獲意願金剛手菩薩白佛言世尊外時已説内時云何佛言金剛手内時者此所謂合於微妙祕密第一之説即以菩提心相解脱之智爲於有情説彼真言法成就息災增益愛敬調伏等事於二時中能成就二種法所謂相應成就法及曼拏羅護摩法得此成就如瑠璃寶應現

色像一切無隱悉皆成就亦復如是金剛手又以五息法盡彼餘時一者日息二者月息三者惹羅息四者毋祖吒息五者妙香息先想日月二息行於身中周流上下如燈照室黑暗除已快樂現前如是照已住於腹中又想第三惹羅之息如物流注向臍輪中或復左右旋轉又想臍輪生一根本出生金剛蓮華開敷圓滿又想第四毋祖吒息如彼王身無目冥然住蓮華中然想有王印在前復想日月之息行左右邊及彼上下日住於上月住於下月光流波如注甘露第五想妙香息自頂下循行於額面達於眉鬢乃至於眼及旋頸項周遊不斷平正而住金剛手息者有情之命五者假名分别用此持心竟此時分或復為一切有情以真言法圓滿成就金剛界蓮華之心竟其時分無障無礙又或了知一切妙法無相無用圓滿一切有情菩提之心用此住心竟其時分或作息災增益敬愛調伏妙曼拏羅竟於時分金剛手如是内時種種諸法我今説已汝今依行若復依行如是時者自然安住樂生智慧若愛樂智慧自然得一切法平等得法平等已得身安住得身安住已得智安住以安住智知菩提心住處知菩提心住處已復得一切法殊勝之智以彼殊勝之智知於過去現在未來之事金剛手菩薩知彼智發生已當須知彼眼界相應之法所為赤白等色長短麤細之相金剛手以如是智慧智發生耳界得聞音聲所聞音聲如其義理了解能盡金剛手如是乃至鼻舌身意等法以智慧智觀察了解皆悉能

盡金剛手阿闍梨得智慧智便能了知賢聖第一之義知彼賢聖第一義已以智慧智方便信解得生眞如之智知彼眞如智已乃得諸相具足亦復得三十七道品圓滿得知有情智慧智生金剛手菩薩此阿闍梨如我於三界中爲如來具一切智智三摩地令諸有情得生於智亦復如是復次金剛手阿闍梨及諸行人持菩薩戒或比丘戒要須遠離身邪行過唯於自夫自妻雖行世法猶如服藥所得三摩地智亦復能令有情得住正道其阿闍梨具三界三摩地得知有情智慧智生亦復能令有情智慧智生金剛手菩薩白佛言世尊云何名三摩地智慧智方便有情等佛言金剛手菩薩三摩地智方便有情等者乃是有情於諸根四大及與身口意一向平等不動是等有情生彼三摩地復次金剛手彼智慧智方便最能發生有情大祕密觀想遠離種種相信解如實眞如妙三摩地復得自身行於正道佛言金剛手從我眞如心智慧智方便三摩地生出金剛薩埵菩薩金剛王菩薩金剛愛菩薩金剛善哉菩薩又於福德聚三摩地出生金剛寶菩薩金剛光菩薩金剛幢菩薩金剛笑菩薩又復於智慧門三摩地出生金剛法菩薩金剛利菩薩金剛因菩薩金剛語菩薩又於大精進三摩地出生金剛業菩薩金剛護菩薩金剛牙菩薩金剛拳菩薩又於適悅心三摩地出生金剛戲菩薩金剛鬘菩薩金剛歌菩薩金剛舞菩薩又於眞如熏等三摩地出生金剛香菩薩金剛華菩薩金剛燈菩薩金剛塗香菩薩又於金

剛智三摩地出生金剛鉤菩薩金剛索菩薩金剛鎖菩薩金剛鈴菩薩又復於六波羅蜜智慧三摩地起變化相圓滿菩提行出生大慈菩薩佛眼菩薩無能勝菩薩白毫相菩薩孔雀明王菩薩大隨求菩薩又復有三摩地出生大平等智慧力及護世菩薩所謂觀自在菩薩金剛手菩薩慈氏菩薩虛空藏菩薩普賢菩薩文殊師利菩薩除蓋障菩薩地藏菩薩又復有觀自在菩薩部以無數神通作變化相菩薩馬首大明王及天人阿脩羅等於大苦難中救度一切有情者所謂白菩薩大白菩薩摩摩吉菩薩嚩眉菩薩舍嚩里菩薩摩里支菩薩聖祖拏菩薩摩秫嚩底菩薩寶鬘菩薩大光菩薩最勝菩薩及最勝行菩薩又復有金剛部從金剛手菩薩心中出生如執金剛王此等菩薩能施成就所謂摩摩吉菩薩金剛拳菩薩嚩囉呬菩薩金剛鎖菩薩金剛努底菩薩金剛巘馱里菩薩金剛彌佉羅菩薩復有彌佉羅菩薩金剛少尼菩薩金剛波舍菩薩金剛速菩薩金剛秫羅菩薩金剛光燄口菩薩金剛光明菩薩金剛鉤菩薩金剛最勝莊嚴菩薩復有三祕密生大力甘露軍吒利等大忿怒明王此等明王於三族中平等又復有從金剛蓮華部生或從三摩地生或從智慧中生者作敬愛調伏法等最上明王所謂不動尊忿怒大明王無能勝忿怒大明王等復次金剛手菩薩此菩薩等於三摩地或於智慧或以方便利益有情猶如如來出於三界金剛手持金剛阿闍梨或比丘或優婆塞等當遠離五罪信行三密以

三摩地起智慧方便教化有情令生信解復入大難海中救度有情以智方便示於正道安住有情使彼有情不行邪道金剛手若復阿闍梨行於世間樂行世法種種戲樂及食諸辛酒肉之味雖行世法而不能染何以故彼阿闍梨於三界中以智涂身故世法而不能涂金剛手譬如三界中諸有情等雖行世法具種種信解依三摩地能於世間爲諸有情而作利益復次金剛手非有阿闍梨修行持戒修相應行者不能令有情安住無上之智金剛手言如是如是阿闍梨修行持戒當得無上之智金剛手别解脱戒經法設有比丘發大勤力修行而自不能得阿耨多羅三藐三菩提何况令他有情得無上菩提佛言金剛手譬如有人及蚊蝱等盡其力分以手足擊須彌山終不能損金剛手若依别解脱戒修行比丘終不能得無上之智復次金剛手若有比丘或俗人奉行祕密教爲阿闍梨能令一切有情生正等正覺種子者其比丘比丘尼優婆塞優婆夷尊重恭敬供養云何金剛手如我如來在三界中汝如是供養

一切如來大祕密王未曾有最上微妙大曼拏羅經卷第二

一切如來大祕密王未曾有最上微妙大曼拏羅經卷第三

宋西天三藏朝散大夫試鴻臚少卿明教大師天息災奉 詔譯

護摩法品第四

爾時觀自在菩薩摩訶薩知彼大衆心之所念乃爲毗盧遮那如來作禮禮已復禮世尊釋迦牟尼佛足作禮旋遶伸其恭敬合十指掌瞻仰世尊作如是言世尊云何息災增益敬愛調伏等作護摩法云何火法及爐儀則又云何眞言成就劍成就及入脩羅窟乃至眼藥等成就之法云何息災增益敬愛調伏成就之法護摩爐數云何護摩爐賢聖之數云何護摩杓大小尺寸之量云何護摩爐隨法各各之相云何諸護摩中成就火燄相及顏色香氣等又護摩法所用何物云何出食供養時觀自在菩薩以大自在智爲悲愍有情而作是說爾時在會天龍夜叉緊曩羅必里多毗舍左阿鉢娑摩羅羅刹等異口同音讚言善哉善哉聖觀自在菩薩汝大悲愍爲欲利樂一切有情請問此義爾時世尊如師子王示大無畏相觀察是會諸大衆已告觀自在菩薩言善哉善哉汝爲悲愍一切有情欲利樂故問於如來眞言成就護摩之法一切儀則汝當諦聽爲汝宣說時觀自在菩薩承如來勑一心聽受爾時世尊以梵音聲爲一切有情說微妙言如降甘雨潤澤一切使諸有情各各受潤佛言一切息災增益敬愛降伏護摩之法及以護摩中一切賢聖之數乃至所用之物大小杓等及彼火燄色聲香等乃至火頂一切吉不吉相一切眞言法成

就不成就相我今分別觀自在彼護摩爐數有五百悉能成就一切事業若息災法其護摩爐作圓相如食盤及如蓮華相或作吉祥果相或如槌相若爲息災及增益者作六角或四方或如吉祥果或如金剛杵或如寶相若爲敬愛及降伏者其爐如輪如鉤或如三頂或如槌相若爲調伏及殺怨者當作三角及如三股叉若爲星曜臨照者可用白色息災爐若爲擁護地天用黃白色或深黃色增益爐若爲敬愛用赤白色爐若爲降伏以風天爲本尊當用淡黑有煙赤黑色爐若爲調伏以忿怒燄曼德迦明王爲本尊若於爐內四維及彼中間安燄曼德迦明王得一切成就觀自在菩薩白言護摩爐其量云何用何莊嚴用何印相其本尊位及與界道云何擘畫佛言其護摩爐量高一肘廣闊一肘或半肘此爲定量不得增減其息災爐中安蓮華其增益爐中安金剛鬘其敬愛降伏爐中作風輪上安華鬘其調伏爐中作臺安印高四指廣闊亦四指或八指廣闊亦等其爐裏面分五亭以半亭作界道若護摩爐大小一肘量其外面脣闊四指高二指若闊八指高四指作界道於界內作隨法本尊位亦隨法作光燄又於界道外作脣緣道高一指界道內本尊位隨界道或八指高或四指高皆方亭其本尊身量亦高八指或四指然此本尊身顏色及印相皆觀想現前坐於本位若爲作息災法觀想頂相寶瓶寶輪及八葉蓮華等印安於本位若作增益法觀想金剛吉相果羯磨杵及幢蓋劒等印相安於本位若作敬

愛降伏法即觀想金剛鉤金剛弓箭等印安於本位若於怨家作極惡調伏法即觀想金剛羯磨杵及槍戟叉等印安於本位其護摩爐亦有四門門中各有事相東門内安五股金剛杵印南門安寳印光燄四照西門安鉤印北門安槍或安輪或安羯磨杵等印如上息災增益及敬愛降伏乃至成藥成黄丹法成劒入脩羅窟等諸成就護摩等法一切各用本所成就相應行相眞言法護摩儀則及護摩爐等復次阿闍梨欲作息災增益敬愛降伏等一切護摩者宜預先備辦種種護摩所用之物皆悉了畢然阿闍梨於爐外相應方位寂靜安坐觀想護摩爐内縱廣十二指指作安本尊位若作息災增益法先觀本尊位上有毗盧遮那如來頂戴寳冠髮髻下垂

於金剛蓮華上結跏趺坐作入三摩地相種種莊嚴一切殊妙於本尊左右邊想佛母般若波羅蜜多菩薩及無能勝菩薩觀音菩薩佛眼菩薩又於爐内左右想安二淨光天子一名妙眼二名妙臂著白赤衣手執白華顏貌端嚴熙怡之相其誦人想自身并眷屬於爐外左右跪膝手執金剛蓮華而爲供養此唯息災法儀若爲增益復於本尊左邊想有地天從地涌出現半身相其身白色手持寳罌儀容圓滿背月輪光頭有寳冠髮髻嚴好又復想佛母金剛界菩薩成佛母祖那菩薩於如來毫相而出又復想最勝佛頂明王身作艶色其面貌或作大青色或黄色如華開敷手執金剛杵有大力勢光明晃耀於本位上坐師子寳座復想佛母祖那有八臂莊嚴

在右邊而坐次祖那右邊想宿吉祥菩薩想彼菩薩執閼伽瓶與持誦行人灌頂復想左邊有佛母金剛界菩薩四臂身如寶華色光淨圓滿持金剛杵有大力勢其次左邊有持世菩薩右手持寶作施願左手執寶幢次左想有淨光天子一手持閼伽瓶一手持寶輪又於本尊後想有帝釋及輪王坐蓮華師子之座種種莊嚴手持金剛杵及蓮華等身有光明如大火聚具大威力自在無比其貌端嚴面有三目能於一切施與無畏若有阿闍黎依如上儀爲人作增益護摩者彼人獲富貴吉祥永無退敗後當證得眞如菩提又復觀想彼欲天一切莊嚴身如紅蓮華色坐紅蓮華有二臂手執弓箭坐於本位又兩邊有女形明王能施成就右邊名金剛欲左邊名

金剛鉤色相端嚴如紅蓮華有二臂或手執金剛杵或時執箭威德自在目視於箭又復想火天如金剛薩埵安於爐内次以其族内外眷屬或以其名或以眞言與其本尊同作護摩令得成就又想大力金剛光菩薩在於本位其相大惡身艶色其面如鐵色目赤作大瞋相所著衣亦作青色莊嚴具足光燄熾盛如處刧火手執三股又或執金剛杵右邊有一神二臂身赤黑色其眼如煙色莊嚴具足其聲妙好左手持髑髏滿盛其血右手執劒徧有光燄左邊想有燄曼德迦明王現大惡相色如黑雲有六面作大醜相面有三目狗牙上出莊嚴具足乘水牛之座手中各各執大猛惡器仗此燄曼德迦明王從大無畏妙吉祥心中化出又相於護摩爐兩邊安琰

魔王身皆黑色二臂現大惡相如燄曼德迦如是護摩法賢聖儀則若有阿闍梨及持誦行人能如是依法修行者得一切天人阿脩羅及世間一切恭敬供養能爲是等作大吉祥滅一切罪復次護摩所用柴其柴須濕潤所謂吉神果木迦俱婆木阿摩囉木奔曩誐木曩誐計婆囉木户里沙木囉努迦木閣浮木誐里婆里木阿里迦木如上諸木爲增益法用又優曇鉢羅木菩提樹木尼俱陀木鉢羅叉木舍彌木乳木白檀木如上諸木爲息災法用又盎俱羅木佉你囉木嚩毋迦木酸棗木石榴木如上諸木並須有刺不乾枯者爲降伏法用又以如上之木各各依法爲杓隨本法用所作護摩速得成就復次觀自在菩薩白佛言世尊我今已聞護摩之儀其護摩杓未知儀則唯願爲我分別解說大小長短深淺麤細乃至色相及安印契法則云何佛言善男子護摩之杓大約四等四等之義我今說之所造杓時分上中下又將中等分爲上下若爲增益用最上等若爲息災用中上等若爲敬愛降伏用中下等若爲怨家作極惡法及忿怒法者用最下等若依此法皆悉成就復次善男子我今一一分别造護摩杓大小儀則大杓頭廣闊四指深二指作師面相中安印柄長二十四指麤六指作團圓相低脣半指安柄觜長八指初四指闊漸鋭如錐此是中上等於增益用復次杓頭方四指深二指作虎面相安印柄長二十指麤五指低脣半指安柄觜長七指初闊四指漸鋭如錐此是中次等作息災用復次杓頭廣闊

四指深二指如蛇頭相中安印低脣半指安柄柄麤四指作團圓相嘴長六指初闊四指漸銳如錐此第三等作敬愛降伏法用復次最上法杓頭廣闊八指深四指內作鳳嘴相低脣半指安柄柄長三十二指麤細可執嘴長十二指初闊次細漸銳如錐其杓頭四緣刻羯磨金剛杵微細殊妙而爲莊嚴於一切法皆悉成就復次作護摩時所有火燄相及香氣聲音分其好惡善男子其火燄或如繖蓋或如閼伽瓶或如象耳或如金剛杵或如幢旛或如鈎等乃至如菩提樹如蓮華敷如吉祥果如是之相皆是吉祥成就之相次說火燄之色或白如新酥或如金色或如大青寶色又復護摩所有香氣如最上蓮華香軍那華香優鉢羅華香沉香檀香若作如是香

氣是最上吉祥復說火聲其聲如雲雷或如天鼓火炎右旋斯爲大吉祥相若是煙多難著炎赤黑色左旋復如槍如蛇頭及如有牙炎頂破散或如驢脣及作惡聲又如屍臭如是之相皆爲不吉若爲調伏此却是吉必見成就若爲敬愛降伏其燄或赤或黃黑及如鉤相或如醉香或如華香或如鉢吒羅香者其阿闍梨誦人等以圓滿音頻念吽字者其法決定當得成就復次息災法中火天護摩法所用物等烏曇鉢木菩提木尼俱陁木阿末羅木馬鞭草脂麻兜羅綿稻穀華等搵酥蜜作護摩者爲最上吉祥復次爲增益作火天護摩法者用吉祥果吉祥木葉及蓮華有圓滿吉祥相復以團食脂麻秔米并白華蜜酪等和合復用白檀松栢及羯磨俱婆木阿

里迦木波羅舍木檜木等如是諸木者必獲最上吉祥復次爲降伏敬愛作火天護摩法者當用鹽及白芥子諸有刺木濕潤者必獲最上如願成就復次爲調伏作火天護摩法者當用阿俱羅木佉你羅木蘗里木曼陀羅木沒里賀帝木白檀木栢木以如是等諸苦澁木及藥物等者必得如願成就復次有諸護摩觀想火天身手顏色各各不同法所有增益法觀彼火天如憍尸迦身深黃色手執金剛杵住本天宮作自在相又復息災護摩法觀彼火天身白色著白天衣手持閼伽瓶自在而住又復敬愛降伏護摩法觀彼火天身作赤色左手放光住風天位又復調伏護摩法觀彼火天身黑及如煙等色住在天宮復有法觀想火天有四面四臂有大力勢手執輪槍弓箭及鉤等此爲一切護摩成就法

爾時觀自在菩薩摩訶薩讚世尊言善哉善哉如來於三界中爲最上離欲三密之主大自在牟尼三界之尊我今歸依我今歸命如是讚已禮佛而退復坐一面

一切如來大祕密王未曾有最上微妙大曼拏羅經卷第三

音釋

吒（丑亞切）　佉（丘加切）　頸（居影切頭莖也）　磔（知禹切張也）　詵（疏臻切）　罥（吉掾切罥弶）　弶（其向切）　秫（食律切）　巘（語蹇切）　罌（音鸎瓮也）　靘（疾正切粉白黛緑也）　盎（於浪切）　鋭（于芮切細小也）　錐（朱惟切鑽也）　槍（千祥切矟也）　揾（烏運切）

一切如來大祕密王未曾有最上微妙大曼拏羅經卷第四 第五同卷

宋西天三藏朝散大夫試鴻臚少卿明教大師天息災奉　詔譯

先法攝受弟子品第五

爾時金剛手菩薩摩訶薩於大衆中即從座起遶佛三帀合十指掌而白佛言世尊阿闍梨云何攝受弟子入曼拏羅復云何而作先法佛言金剛手阿闍梨攝受弟子入曼拏羅者其弟子將入曼拏羅當預潔淨身心若內若外使令相應其阿闍梨方可引弟子至曼拏羅所令面北或面東跪坐手執白華當依本尊儀則以明王眞言加持水與弟子灑淨復用甘露軍吒利眞言及印與作擁護令弟子發無上菩提心

甘露軍吒利眞言曰

唵引阿蜜里二合帝引入嚩二合羅入嚩二合羅吽發吒句一

甘露軍吒利印以二手相叉作拳豎二中指相著如針以頭指附中指第三節屈二大指入掌成印以眞言及印加持擁護訖令弟子自發菩提心願願云我今爲一切有情起不退心行菩薩行若我成佛誓度一切有情咸登佛果其阿闍梨復爲弟子發大悲心與弟子說於菩薩不退地法令弟子志求次爲弟子說佛所得功德如是說已然後與受三歸竟令弟子入三昧以線作結誦金剛羯磨眞言而作擁護眞言曰

唵引嚩日囉引二合蜜里二合多摩賀引尾呈也二合鉢囉二合底誐里二合恨拏二合娑嚩二合賀句一

作擁護已令弟子直至得阿耨多羅三藐三

菩提不復退轉
又復結金剛羯磨印用右手大小指相捻直舒餘指成印以此印復作擁護及與真言同用真言曰
唵引阿蜜里二合帝洛叉洛叉摩引吽喽吒一句
誦此真言以前印印弟子心上臂上頸上頂上而為擁護又於十四日早辰食時亦如是坐已復與灑淨令塗香已手執白華作金剛合掌復與受三歸并五戒法已令安坐然後阿闍梨自結毗盧印入無相定想一切莊嚴之具頭冠瓔珞種種而自莊嚴已便想自身為毗盧遮那如來放青赤黃白緑等光明普照一切復於彼毗盧遮那佛右邊想蓮華如摩尼相其蓮華上有寶生如來其如來身如日色亦放光明照於弟子其光至弟子左耳上住復想不空成就如來於弟子左耳中出現大風輪吹弟子身破壞復變成火聚作大燒然散如灰塵不見形像喻如般若波羅蜜多無相無色復次想無量壽佛如來於眉間毫相中出光光中有明名甘露大明王色相如毗盧遮那佛身真金色手持髑髏中盛黃色甘露之水灑前灰塵令其止息塵相息已其塵聚作團又想阿閦如來心中出無量數相隨色光入彼灰塵之團如是想已總成真實爾時世尊毗盧遮那如來舒右手指前五色光并真珠等七寶甘露之水浮彼灰塵之團現作如來五色之相即時又復變化一切弟子本形作是觀想已復念真言云
唵引阿蜜里二合多摩引隷你嚩日囉二合愈世嚩里嚩娑嚩引二合賀一句

以此真言安前所變化身弟子如是安已然後阿闍梨復以金剛利真言加持齒木及白華等以右手大指與頭指捻華齒木等授與弟子弟子作金剛合掌受齒木華等復以大惡忿怒明王真言加持線作結繫弟子右臂以爲擁護真言曰

唵引努瑟吒二合嚩日羅二合骨嚕二合馱賀曩賀曩薩里嚩二合波引半怛羅二合吒吽發句一

復誦真言曰

唵引嚩日羅二合酥囉洛叉洛叉伊鈴引吽發吒句一

又真言曰

唵引嚩日羅二合底訖叉拏二合佉那佉那郝句一

金剛手彼阿闍梨觀想一切如來以大神通變化作菩薩衆住虛空中各各放光照於弟子復觀弟子運身徧禮彼一切如來及菩薩衆乃至諸明王等一切印契又復弟子於十方一切佛菩薩等祈求攝受并及懺悔其弟子想自身立於寶生蓮華羯磨部佛菩薩等面前而作是言願我自從無始已來至於今日從無明根生煩惱枝葉成身口意不善之業願從今日得智慧風吹法性火燒彼無始已來至於今日因於三業所作之罪一切都盡無有遺餘如是重重作是懺已復乞金剛手蓮華羯磨部十方一切佛菩薩等乃至一切印契真言明王及衆賢聖皆攝受我又我今歸命十方一切諸佛圓滿涅槃遺身舍利願攝受我又復我今對金剛蓮華羯磨部一切諸佛一切印契真言明王賢聖等捨於自身及一切莊嚴之具願垂納受又願一切最

上大悲一切成就之師而垂攝受願我所有迴向金剛手蓮華羯磨部一切諸佛一切印契眞言明王及衆賢聖如是善根令我於世間出世間所有邪見皆悉除去一切正見皆得現前所有世間出世間一切有情悉皆能發如是善意者願得圓滿亦得諸佛菩薩一切賢聖之所攝受復作是念我佛世尊一切大悲普賢之心乃是我身口意金剛本元而此本元體淨無垢如太虛空我以是心趣求最上菩提願如三世諸佛得成正覺復爲一切有情持三種戒及衆善法於此戒行堅牢受持復於最上三寶而恒歸命至於佛一切祕密之法印相及鈴杵等我一心受持所有阿闍梨於大金剛族一日六時迴施四衆專注不忘於大寶族恒常住彼最上適悅三昧於大蓮華族所有三乘微妙顯教密教恒樂受持於大羯磨族成大菩提一切戒法誓取圓滿恒樂依法以一切最上供養而獻諸佛及衆賢聖復作是念云我今所發無上菩提之心持一切戒正爲利樂一切有情使未度者令得度未解脫者得解脫未安者令得安已安者得住寂靜而此正道最上吉祥於不空乘當得圓滿是等有情圓滿果已往彼彼處成佛菩提恒以如是菩提之心而修利他之行阿闍梨以如是儀則攝受弟子以爲先法復次阿闍梨再以甘露軍吒利眞言及印而作擁護其阿闍梨攝受弟子已將欲更以擁護之法而擁護者可令弟子於常修行作觀想壇外令面東坐受以齒木作淨已然後阿闍梨結甘露軍吒利印以二手互相附豎

二中指相著如針以二頭指附二中指第三節以二大指入二中指中間成印

甘露軍吒利眞言曰

唵引阿蜜里二合帝引賀曩賀曩吽洛刹發一句

其阿闍梨與弟子等於此時俱只不離曼拏羅所或至夜止宿亦可只在曼拏羅東面地上敷吉祥草眠卧卧時以頭向南面向曼拏羅本尊止宿至晨旦以金剛眞言加持其地及加持香水於曼拏羅所而爲灑淨其阿闍梨復須著新白衣從東北方誦眞言塗拭曼拏羅所眞言曰

唵引嚩日囉二合羯里摩二合囉憾尾囉洛叉脚酥誐多引怛摩二合惹你鼻俱引尸計引曩嚩娑怛里二合引拏摩尼嚩日囉二合囉引誐引地波三摩引里惹二合夜引彌薩里嚩引二合誐囉引薩里嚩二合尾近努二合扇多曳吽賀囉二合護引呬曩嗘吒

阿闍梨以此眞言塗拭曼拏羅已虔心奉獻香華等而爲供養以所求事告白諸聖賢至心禮拜禮已復更以種種歸命讚歎而讚於佛阿闍梨復云今願一切諸佛正徧知者乃至菩薩及諸聖賢忿怒明王等願爲證明我今依眞言教與諸佛子而作灌頂得灌頂已當令一切有情得無上智復得諸佛菩薩之所攝受作是語已於前所加持地中復以白檀香同爲塗飾作曼拏羅其阿闍梨手持鈴杵起勇猛心作忿怒相擲杵震鈴以瞋目瞻視曼拏羅地或如師子作威怒相行曼拏羅所或現微笑容作舞蹈相行曼拏羅所而作瞻現復自東北方起首徧四方四維各於本

天位安本天主復稱吽字并念呬字內外瞻顴而作分別其阿闍梨手擲金剛杵自北方面南東邊作金剛步次行南方作金剛寶步西方作金剛蓮華步次北方作金剛羯磨步如是以各各方作本方本族行步及念真言而作分布常求諸佛聖賢而作覆護又或暫出曼拏羅時常以堅固勇猛心不散亂於少時頃却入曼拏羅已便須端坐冥心復作觀想觀於諸佛初想東方佛位而作黑色次想南方佛位而作紅色次西方黃色或如華或如寶色次北方如大綠色其阿闍梨住曼拏羅所修行之者常以此儀而為安住復次阿闍梨或為息災增益作曼拏羅分布聖位亦作金剛步先作觀想於中方想作白色於東方想作青色南方想作金色西方想作紅色北方想如黑雲色乃至作忿怒法亦作金剛步其阿闍梨及持誦人或作曼拏羅當隨法光觀想聖賢方位顏色已然作金剛步行於四方而作加持又復先於中方面向中方作智金剛行步此金剛步名最上步復次阿闍梨或持誦人以勇猛精進心手擲金剛杵自在右旋遶曼拏羅所復以微妙梵音說金剛歌讚曰

嚩日囉(二合)薩怛嚩(二合)僧屹囉(二合)賀嚩囉(二合)囉怛曩(二合)麼努多覽嚩囉(二合)達麼誐(引)野乃嚩囉(二合)羯磨迦嚕(引)婆嚩

復次金剛手我今演說密中秘密微妙最上諸金剛步相分金剛手其金剛步者或以左足跟蹋右足指或以右足跟蹋左足指此名金剛步或行速疾者此名吠舍佉步復次金

剛手若於曼拏羅東方作金剛步者先以左足跟蹋右足指次右足跟蹋左足指次第行步左旋者此名智金剛步又復若於曼拏羅南方先於右足前安左足然以右足跟蹋左足指如是互相繞速移速起如彼浮漚者此名寶金剛步又復若於曼拏羅西面先以左足跟蹋右足指於左邊畫地安足前復以右足跟蹋左足指於右邊畫地安足前此名金剛蓮華步復次先依甘露軍吒利立西北方以吠舍佉步行至東北方以精進心繞曼拏羅直至西南方隨彼方面以種種讚歎供養復還本方位此名羯磨金剛步又復若於諸曼拏羅所初首作金剛步者須念金剛步真言

金剛步真言曰

唵引䞘囉合二惹拏合二曩訖囉合二斛吽發一句

當以如是儀攝受弟子

一切如來大祕密王未曾有最上微妙大曼拏羅經卷第四

一切如來大祕密王未曾有最上微妙大曼拏羅經卷第五

宋西天三藏朝散大夫試鴻臚少卿明教大師天息災奉　詔譯

鈴杵相分出生儀則品第六

爾時金剛手菩薩從衆會中起如師子王示其威德於彼大衆周徧觀察已於世尊前不近不遠瞻仰而住乃爲未來諸有情等而作是言世尊末法之時有比丘比丘尼優婆塞優婆夷等修眞言行者云何了知曼拏羅賢聖之位及彼眞言印相乃至大相應法及各各眞如之智又復弟子入曼拏羅云何得福云何得眞言成就云何阿闍梨而得解脫爾時世尊告金剛手菩薩言我今爲於有情以大悲心說密中之密最上微妙眞如之智賢聖色相眞言悉地一切解脫金剛手若得眞言成就一切解脫者自然當得一切諸佛諸大菩薩所得正道金剛手譬如轉輪聖王於人世中最爲第一彼眞如智賢聖色相乃至菩薩祕密明王諸忿怒明王於三界中而爲最勝亦復如是又復阿闍梨識五智之體解種種之相於種種相而能深信現大無畏於三摩地能生金剛蓮華界佛及生種種賢聖又能破壞一切魔王并諸眷屬能成息災增益等法復能成就入脩羅宮及成就聖藥眼藥牛黄長年藥乃至劒輪數珠賢瓶如意寶幢三股叉等如是諸法彼阿闍梨及持誦人若能一一了知者獲得廣大利益復次金剛手諸曼拏羅中隨法賢聖所有色相種種不同金剛手彼息災增益最上成就法等曼拏羅中佛及賢聖我今說之金剛手中方賢聖

者佛三界尊毗盧遮那如來白色如滿月相頂戴寶冠著紅衣最上微妙一切莊嚴於金剛師子座上作金剛跏趺之坐東方阿閦如來大青寶色其面圓滿猶如秋月相好具足著妙青衣光明無數照於一切種種莊嚴左手作金剛拳安胜上右手作觸地印面東坐象座一切莊嚴南方寶生智自在佛身如日色面如滿月頂戴寶冠著黄白色衣面向南坐左手作金剛拳安胜上右手作施願印乘一切普徧智蓮華王寶馬之座西方無量光如來身黄金色面如滿月作入三摩地相髮髻嚴好頭冠莊嚴身著紅衣背月輪光迴面向西坐忿怒明王座北方不空成就如來身緑色面如滿月光明晃耀現微笑容髮髻嚴好頭冠殊妙著青色衣種種莊嚴左手作金剛拳安胜上右手作說法相坐大寶蓮華金翅鳥王座有五義見怖金剛手白言世尊云何名五義見怖佛言金剛手我今說彼五義之道所謂二諦及生滅無常五蘊等法是爲五義金剛手如是諸法若有阿闍梨及諸行人依法修行佛威德故令諸行人於如是之見皆能省覺不執不住悉能安住金剛眞實妙三摩地諸佛境界金剛手汝今諦聽所有如來金剛蓮華界大乘眞如心於三界中出生種種三摩地色所謂金剛薩埵菩薩而作月色金剛王菩薩黄色金剛愛菩薩紅色金剛善哉菩薩青色一切有情見者歡喜又復福德聚金剛寶菩薩如日紅色金剛光菩薩如淡紅色或淺黄色金剛幢菩薩金剛笑菩薩俱淺青色又復智慧門金剛法菩薩黄色

得大無畏相金剛利菩薩紅色如童子相金剛因菩薩作淺青色金剛語菩薩黑色又復大精進金剛業菩薩翡翠色有大力勢金剛護菩薩黃色金剛藥叉菩薩赤黑色口出利牙作大忿怒相金剛拳菩薩大綠色又適悅心金剛戲菩薩翡翠色金剛鬘菩薩紅色常樂受持祕密之鬘金剛歌菩薩黃色作祕密相金剛舞菩薩淺青色又復真如熏金剛香菩薩淺青色金剛華菩薩紅黃色金剛燈菩薩紅色如大光明破諸黑暗如一切智智之力金剛塗香菩薩淺青色又復有堅固智金剛鉤菩薩如大青色有大力勢金剛索菩薩紅色如曼度迦華金剛鎖菩薩黃赤色如童子相金剛鈴菩薩有大光明能迷惡者又復各各盡隨方主菩薩身隨方色與金剛鉤等相向坐佛子隨衆生心所有信樂現於神通又復真如體能生一切法化有情身作轉輪王復於金剛蓮華界三摩地作變化相現種種形或現善相示於無畏或現極惡示於忿怒復有縛日囉吽迦羅大忿怒明王身翡翠色作顰眉相此明王於三界中最勝復有大樂欲明王如牛乳色手持金剛蓮華貌如欲界天復有金剛欲自在明王紅黑色住下方作幻化相手持金剛示大忿怒相眼目脩廣清淨無垢復有金剛大笑明王紅色復有大力最上金剛索明王身綠色此等明王常護諸佛菩提道場復有十七佛頂輪王所謂圓滿如來一切智智大力輪王身黃色復有無垢佛頂輪王身亦黃色或如深朱色復有大白無垢佛頂輪王身如雪色復有最上智未

皆有佛頂輪王身大青寶色復有蓮華薩埵三摩地化身佛頂輪王具大悲心現種種力當令種種衆生皆生信樂復有蓮華大自在佛頂輪王身如白曼度迦華色復有三界最勝大力不空蓮華佛頂輪王身黃色降伏大地蓮華佛頂輪王身黃色降伏大地蓮華佛頂輪王身如月色蓮華吽迦囉佛頂輪王赤黑色蓮華開敷大相應佛頂輪王黃金色世間最上蓮華佛頂輪王黃白色蓮華大笑佛頂輪王淺紅黑色大忿怒蓮華佛頂輪王如蓮華色蓮華薩埵大白佛頂輪王如金色十二面蓮華佛頂輪王黃白色大忿怒大白蓮華佛頂輪王蓮華色最上自在相應蓮華佛頂輪王秋月色如是諸大輪王等所有三摩地變化種種色相隨彼諸曼拏羅持誦護摩成就之法自性正色及彼眞言印相所有持誦之人若能依法持誦修行一切成就復次金剛手菩薩白佛言世尊此法於末世時云何受持佛言金剛手菩薩若有此比丘比丘尼優婆塞優婆夷爲一切有情行眞言教作大利益及求福報者當須受持頂戴及戴臂上或絡腋中金剛手彼人當得阿閦如來寶幢如來無量光如來不空成就如來加持覆護猶如世人愛護其子

復次金剛手菩薩白佛言世尊云何名金剛杵彼杵上下中間云何分別唯願世尊以大智自在而爲開說佛告金剛手菩薩言諦聽金剛杵者以三印印之金剛手我今說五股杵上五股表毗盧遮那佛阿閦佛寶生佛無量光佛不空成就佛下五股者表四波羅蜜

所謂金剛波羅蜜等中表清淨菩薩變化身忿怒明王金剛手彼阿闍梨及彼持誦人若有依法受持復發勇猛精進之心想自身如金剛薩埵當得一切佛最上微妙法界最上勇猛智清淨法金剛手菩薩復言佛今已說金剛杵相分所有隨佛隨法秘密眞言乃至別相微妙金剛杵及一切眞言等調伏藥叉羅刹并破壞一切極惡之者一切法等唯願如來以自在智慧方便演說佛言金剛手金剛杵有隨部種種之相若復五股作圓相令股不相著其中股比餘股長半指節其杵上下正分三分兩頭并中是名三分此金剛智慧自在菩薩金剛杵或如寶形及圓相頭稍磔開此寶部金剛杵或如蓮華相寶莊此是蓮華部金剛杵或如優鉢羅華形有四面作十二股於蓮華中出股頭不相著此名羯磨金剛杵或有三股亦是羯磨金剛杵若復堅牢圓相作五股頭相著其股作三稜相此是如來最上金剛杵若復作九股上下猛炎相此是忿怒金剛杵若復獨股即是微妙心金剛杵又復降伏藥叉羅刹用金剛劒亦於調伏法而得成就又復屈如中指中節此名金剛叉又有微妙秘密金剛鈴亦分三亭或分七亭其金剛鈴上有三界道其上面杵或九股是忿怒變化明王鈴或是七股亦是金剛忿怒明王鈴若上面五股杵是五部金又鈴有獨鍠者有多鍠者若或鈴聲清響遠近樂聞用獨鍠者於佛所說眞言而得成就若二鍠者得降龍法成就若三鍠者得降藥叉法成就若四鍠者於天人法得成就若五鍠者

於阿脩羅法得成就若六韻者於諸聖人法中得成就若七韻者當於調伏他呪而得成就復次說韻之形相亦有分別若韻如金剛杵相者此是金剛部金剛手法中之相若韻如寶相者此是金剛寶部之相若韻如蓮華者此是金剛蓮華部之相若韻如金剛羯磨杵圍圓相者及如輪者此是羯磨部之相可於一切羯磨法中使用若降拏枳你及阿脩羅者乃至作大忿怒法者亦可用此羯磨鈐

金剛手菩薩復白佛言世尊作一切曼拏羅時及作一切護摩法彼諸最勝護世及諸宿曜乃至羅刹諸龍鬼等云何而爲彼等作供養又作供養時所用眞言云何佛言金剛手彼一切護世及宿曜羅刹等若作曼拏羅及護摩時當隨力分求諸香華燈塗而爲供養每作供養當須自東北方起首作供養復誦眞言曰

曩莫室戰(二合)拏嚩日囉(二合)播(引)拏曳(引)烏紛瑟摩(二合)骨嚕(二合)馱摩賀(引)摩羅賀曩賀曩尾日林(二合)娑阿曩野阿曩野薩里嚩(二合)努瑟吒(二合)喃(引)吽發吒娑嚩(二合)賀

此眞言若爲種種曼拏羅及護摩中供養者當依如是儀則亦可於一切處通用復有呪食作供養先念請召一切眞言曰

奄(引)祢(引)縛曩(引)誐羅刹娑(引)部多僧伽(引)悉馱尾你也(二合)馱囉室唧(二合)布單曩羯吒布單曩嚕閉尼部多吠多(引)拏囐馱里嚩(二合)(引)阿酥囉緊曩囉(引)阿鉢娑摩(二合)(引)嚕烏娑多(二合)囉迦娑毋多(引)室唧(二合)(引)嚩那(引)囉計(引)娑賀賽(引)怛也(二合)僧契(引)室嚕怛嚩(二合)左帝

引阿引里炎二合覩娑里吠二合伊賀部訖多二合
迦引摩引阿誐蹉他阿誐蹉他麽里沙二合引
酥鉢囉拏仡囉二合賀囉叉娑引室左二合曳計
引唧部昌引你嚩散底祢尾也二合引彌引撓
引舍摩二合捨你引左嚩你引左扇底曳引酥
摩不里二合瑟致二合引囉尾曼拏隷引左仡囉
引二合彌引數薩里嚩二合數喃那曩嚩你引數
娑鱗酥薩里嚩二合引酥左娑誐彌引數嚩引
閉多拏引計引數左波羅末二合隷引數曳引
俱波嚩引播也二合引酥左曩惹里引數囉怛
曩二合引羅曳引左訖里二合多引地嚩引娑引
曩里引數薩里吠二合數戍怛也二合引羅曳引
祢引嚩仡里二合四引嚩散帝尾賀引囉制引
怛也二合引娑嚩二合怛也二合引舍囉二合彌引數
囉他也二合酥吠引體數左左怛嚩里引數曳

引阿娑嚩二合舍引羅引誐祭二合滿祢里引阿
奏迦沒里刹引數摩賀引鉢體引數祢尾二合
閉數左曳引嚩散帝紇里二合瑟吒二合摩曩娑
引娑怛二合他引度波補瑟葦二合引仡里二合恨
赦二合覩朋去聲惹敢二合覩閉挽覩薩里吠二合伊
難左羯里磨二合娑賀楞俱嚕他閉挽覩曳引
薩里嚩二合你娑引左囉引赦引

誦此真言請召已然將所供養物香華食等復以大力明王真言及印而加持之彼諸賢聖等方敢就食大力明王真言曰

唵引嚩日囉二合引骨嚕二合馱摩賀引摩羅惹
致羅楞昌引那囉烏芻瑟摩二合骨嚕二合馱賀
曩那賀鉢左尾特鍐二合娑野烏蹉引那野吽
誐里二合恨拏二合誐里二合恨拏二合誐里二合恨拏
二合播野部惹部惹部惹波野部惹波野伊鉿

引薩里縛二合努瑟吒二合薩怛縛引二合吽吽吽嘇吒嘇吒嘇吒娑嚩二合賀

大力明王印以二手作拳以二大指小指相著合竪成印誦此真言百徧結印加持所供養香華食等令彼一切天龍夜叉羅刹等得食如上勝妙供養之食得供養已與彼阿闍梨所作曼拏羅及一切所求皆悉如願種種所作悉皆成就

造塔功德品第七

復次金剛手菩薩白佛言世尊於未來世有諸衆生或刹帝利婆羅門乃至信心善男子善女人等是中若有爲求法故或求福壽或自發心或隨他發心造於塔廟所造佛塔及於佛像乃至供養儀則云何佛告金剛手菩薩言金剛手造塔像儀者而有三種第一金銀銅鑄成第二白檀木雕成第三香泥印成將欲造於塔像者先選求殊勝吉祥清淨之地得是地已相度可用方停不定多少掘深至膝去諸瓦礫灰炭及與毛骨一切不祥之類然却於異處求清淨之土填築用吉祥木爲杵築實當須平正勿令塵坌先以大明王真言而加持之大明真言曰

唵引曩摩悉怛里野四合特嚩二合努誐哆引喃引薩里嚩二合怛他引誐多引喃引怛你也二合他引唵引酥刹彌引二合酥刹彌引二合努誐帝引扇引帝引扇引帝引難引帝引難引帝引你囉引俱隷引野輸引野輸引嚩底帝引祖引帝祖嚩底薩里嚩二合沒馱引地瑟姹二合曩地瑟恥二合帝引娑嚩引二合賀

金剛手此大明乃是過去諸佛之所受持我

今宣說此明名一切如來藏若加持地者於此地上所作功德於一切有情能滅一切重罪能盡一切惡業若諸有情得遇此明速證無上菩提復次金剛手若諸有情欲以泥印脫作佛像者先想二手中有阿字得字現已復見字有光明晃耀若得如是已方可取泥入手作團復念加持作團眞言曰

唵引阿囉祖引尾囉祖引娑嚩引二合賀句一

復念眞言曰

唵引訖嚕合二囉嚩日囉合二誐里鼻合二娑嚩合二引賀句一

念此眞言已將泥團入印中入印已復念入印眞言曰

唵引涅里合二荼去聲嚩酥地引娑嚩引二合賀句一

將泥入印已想此泥決定便能成就佛之相好作是念已又想二手中前想成者阿字變成月輪又想月輪變成日輪復想唵字變成毗盧遮那佛處中而坐作入三摩地相此想成已念所作成就眞言曰

唵引達里摩合二馱引覩誐里鼻引二合娑嚩合二引賀句一

念此眞言已復念出印眞言曰

唵引達里摩合二馱引覩嚩日囉合二娑嚩引二合賀句一

念此眞言出印已又想野字變成大蓮華座復想彼座有種種上妙珍寶及以金銀而嚴飾之又想殊妙繖蓋而覆其上作是想已復念莊嚴眞言曰

唵引祢尾也合二囉娑嚩日囉合二娑嚩合二賀句一

如是莊嚴已然復安置所作佛像復念安像

眞言曰

唵引酥鉢囉合二底瑟恥合二多嚩日嚕引二合訥婆合二嚩引野娑嚩引二合賀句一

如是安置已然後逐日燒香獻華而爲供養當用俱嚕吒華迦俱囉華俱母那華若無此華者但隨力隨時所得諸華亦可供養所獻香當求恭俱摩香白檀香龍腦香等若無如上香者即用隨所得者好香而爲供養

獻香眞言曰

唵引摩賀引彌引伽娑頗合二囉拏尸羅度閉引娑嚩引二合賀句一

獻華眞言曰

唵引薩里嚩合二囉嚩日嚕引二合娑嚩引二合賀

獻華鬘眞言曰

唵引祢尾也合二俱酥摩麽引羅引嚩日嚕合二引娑嚩引二合賀句

獻燈眞言曰

唵引達里麽引二合路引迦鉢囉合二祢波引野娑嚩引二合賀句一

以如是勝妙寶蓋寶座一切珍寶乃至上妙香華華鬘種種供養已復念迴向眞言曰

唵引薩里嚩合二薩怛嚩合二紇里合二那野誐里鼻引二合娑嚩引二合賀句一

佛告金剛手菩薩言若諸有情以眞實心欲造佛塔供養者所獲果報我今略說金剛手若諸有情以眞實心造佛塔如阿摩勒果或高四指或高一肘或高佛尺量一尺如上大小當得大福金剛手譬如滿閻浮提一切有情所有珍寶及種種樂具若有善男子善女人以如是等珍寶及種種樂具行檀波羅蜜

悉皆布施三寶及一切有情如是施已所獲福報其數無量金剛手彼所造塔或如阿摩勒果其福勝彼何況如四指及一肘或佛一尺量金剛手若能如是造於佛塔如造一切如來法界之藏金剛手若如是塔者不得以足蹈泥若是蹈泥者逐招重罪不獲善報何以故以彼心不敬重故金剛手譬如有人身患重病不求眞言威德之力亦復不求善友妙藥醫治之力當自用意往屍多林中作火壇法欲除病苦而作禳災以無智故心住無明而於火中却得屍起不吉之相彼人修塔心不專志失於恭敬却獲罪報亦復如是造塔泥者當用手和用諸香水如前印佛儀則眞言加持其泥造塔成已當結金剛族忿怒明王印及金剛族百字明加持而作擁護安住然後復以左手作金剛拳右手持佛入塔中想如金剛薩埵菩薩持佛入塔亦得金剛薩埵擁護安住已復結夜摩天印而作護門夜摩天印以二手作金剛拳以二中指頭相拄成印作是印護門已次作發遣前來初起首造於塔像或有觀想現前或復自來隨喜乃至所請召來一切諸佛賢聖及彼天龍鬼神旣有請來須却發遣奉請各還本位結發遣印及念眞言發遣印以二手作金剛拳相對少開二頭指豎如針以二大指相顛倒成印發遣眞言

唵(引)娑嚩(二合)娑(引)嚩秣馱嚩日囉(二合)阿賀左阿賀左尾娑里惹(二合)曳唵(引)唵(引)盎盎誐蹉誐蹉達里摩(二合)馱(引)覩誐里鼻(引二合)娑嚩(二合)(引)賀

以此真言及印請諸賢聖及一切天龍鬼神各還本位作是發遣已又想前來種種所作皆爲利益恐於一切蛸飛蝡動微細有情有所傷害或於儀軌有所闕失何以故居凡夫位不能觀察諸微細故若有如是之過若不懺悔慮却招罪當用虔至專注一心念懺悔真言曰

唵引阿迦引舍馱引覩誐里鼻引二合娑縛二合賀引一句

如是作懺悔已復起大慈悲心迴向一切有情皆得無上福果此後任意以諸香華上妙供具及隨力隨時而作供養復次金剛手菩薩我今復說造佛菩薩及衆賢聖等量功德金剛手若復有人造一尺量三摩地化身菩薩一千身功德果報不如造一化身如來像乃至佛塔功德亦復如是若復有人能造化身如來像化身菩薩像乃至諸化身賢聖之像所得功德無量無邊得大富貴所求成就復次金剛手若復有人發精進心行於布施專注不二於初中後不生退屈造百千佛以至圓滿此人所獲果報當生上族感身端正復得無病長壽後獲宿命之智復次金剛手菩薩白佛言世尊若諸有情欲畫佛像及書經法乃至作大供養其法云何爾時世尊告金剛手言若有善男子善女人若自爲求增益善果畫於佛像及書經法者當選畫畫之人諸根具足相貌圓滿於諸有情心無殺害亦不謗毀者如是之人畫於佛像及書經法者彼善男子善女人所獲功德殊勝無比爾時金剛手菩薩復白佛言世尊若善男子善

女人得知如是正法種種儀則者其人云何佛言金剛手若有善男子善女人得知如是正法種種儀則者是人眞是功德之主彼人如是依法作已復行布施及依法作護摩者所作所求一切成就爾時金剛手菩薩問佛世尊如是說已從座而起合掌向佛作是讚言善哉善哉快說如是微妙法要我今得聞願爲未來一切有情流傳演說如是讚已歡喜旋繞作禮而退

一切如來大祕密王未曾有最上微妙大曼拏羅經卷第五

音釋

捻尼輒切指捻也　蹋達合切踐也　股公土切　髀部禮切股也　翡翠翡父沸切翡翠赤羽雀也　稜盧登切柧也　韹音皇　鍐忘敢切　坌房吻切塵塴也　蜎縈圓切蟲行貌　蠕音軟蟲動也

出生一切如來法眼徧照大力明王經
宋西天中印度摩伽陀國三藏賜紫沙門法護奉詔譯

清刻龍藏佛說法變相圖

出生一切如來法眼徧照大力明王經 上下同卷

宋西天中印度摩伽陀國三藏賜紫沙門法護奉 詔譯

如是我聞一時世尊在摩訶毋質隣那山於大寶樓閣中為眾說法是時一切諸佛稱揚讚歎金剛手菩薩摩訶薩於是彼眾俱來會坐彼於世尊普徧焰鬘蓮華座最初東邊而坐佛以右手安慰眾生次佛右邊四臂大力明王左手向佛頂禮右手執拂左上手執金剛索右上手持金剛棒彼眼如朱髮如熾火如焰上聳次金剛手并諸眷屬次右邊降三世明王左邊甘露軍拏利形如半月奮迅威猛形容慘惡赤色如朱此大恐怖金剛能破一切煩惱堅執本心次聖降三世明王聖摩麼計甘露軍拏利金剛鉤金剛索於其門裏復有二忿怒金剛左持金剛鎚右執金剛棒

次佛左邊觀自在菩薩幷諸眷屬次佛右邊
聖白衣觀自在菩薩及多羅菩薩毗俱胝菩
薩左邊馬頭明王次摩賀大白大吉祥菩薩
如是等百千菩薩摩訶薩又復東方日月天
等提頭賴吒天王帝釋天主東南方焰摩及
火天幷諸大仙南方閻謨那羅延西南方羅
叉主西方水天龍主西北方風天北方俱尾
羅東北方伊捨曩帝釋天主那羅延天娑訶
世主大梵天王魔醯首羅諸天子衆如是等
無量無數清淨諸天及諸天人各各以自眷
屬圍遶在如來前恭敬合掌瞻仰尊顏爾時
世尊告金剛手秘密主言秘密主若有持此
大教明王經爲說呪曰

曩謨引囉怛曩二合怛囉二合夜引野曩莫入聲室
戰二合拏嚩日囉二合播引拏伊摩賀引藥叉細
曩引鉢多伊唵引枳離枳離嚩日囉二合計離
枳邏引野娑嚩二合賀引唵引奄嘌馱曩三合野
娑嚩二合賀引囉囉引去聲吒野娑嚩二合賀引作
芻沙野娑嚩二合賀引烏誐囉引二合野娑嚩二合
賀引遏底洛二合誐囉引二合野娑嚩二合賀引洛
葛膽二合娑去聲野娑嚩二合賀引嚩日囉二合喝塞
多二合野娑嚩二合賀引播引設喝塞多二合野娑
嚩二合賀引渴登誐二合喝塞多引二合野娑嚩二合
賀引波囉秫喝塞多引二合野娑嚩二合賀引達
耨嘌馱二合囉引野娑嚩二合賀引毋娑羅喝塞
多引二合野娑嚩二合賀引作迦囉二合喝塞多二合
野娑嚩二合賀引底哩二合輸攞喝塞多引二合野
娑嚩二合賀引紇哩二合那夜引野娑嚩二合賀引
嗚波紇哩二合那夜引野娑嚩二合賀引贊拏計
離枳攞引野娑嚩二合賀引縛無可切引攞計離枳

攞野娑嚩合一賀引囉怛曩合二計離枳攞引野
娑嚩合二賀引麽蹬誐野娑嚩合二賀引虞嚩嘌
馱合二曩野娑嚩合二賀引摩賀引嚩攞引野娑
嚩合二賀引惹致攞引野娑嚩合二賀引羅謨那
攞去聲引野娑嚩合二賀引嗚龘澁麽合二骨嚕合二
引馱引野娑嚩合一賀引硯誐野娑嚩合二賀引
焰母曩引野娑嚩合二賀引焰魔洛乞叉合二娑
引野娑嚩合二賀引摩賀引贊拏引野娑嚩合二
賀引惹攞馱囉引野娑嚩合二賀引波嘌嚩合二
哆囉引惹引野娑嚩合二賀引波嘌嚩合二哆馱
囉野娑嚩合二賀引嚩日囉合二難去聲拏引野娑
嚩合二賀引摩賀引譬引囉嚩引野娑嚩合二賀
引割登屮切莖割吒譬引囉嚩引野娑嚩合二賀
引旦惹曩引野娑嚩合二賀引嚩日囉合二餉割
囉野娑嚩合二賀引嚩日囉合二訥婆合二攞引野

娑嚩合二賀引嚩日覽合二那誐引二合攞引野娑
嚩合二賀引捺囉合一泯拏野娑嚩合二賀引阿蜜
哩合二哆野娑嚩合二賀引怛波馱囉引野娑嚩
合二賀引怛補引馱囉引野娑嚩合二賀引鴦烏剛
切虞施野娑嚩合二賀引阿目佉引野娑嚩合二
賀引嗚瑟膩合二沙囉引野娑嚩合二賀引悉尾
合二怛哆嚩闌拏合野娑嚩合二賀引寫引娑嚩
闌拏合二野娑嚩合三賀引攞摩引曳引娑嚩合二
賀引麽蹬引誐喝塞哆引二合野娑嚩合二賀引
虞引嚩嘌馱合二曩喝塞哆合二野娑嚩合二賀引
麽引囉尾迦囉拏野娑嚩合二賀引薩嘌波合二
銘引佉攞引野娑嚩合二賀引嚩日囉合二枳攞
引野娑嚩合二賀引阿婆野喝塞哆合二野娑嚩
合二賀引惡嚩日囉合二喝塞哆合二野娑嚩合二賀
引入嚩合二攞鉢囉合二牓迦囉引野娑嚩合二賀

(引)末底悉體(二合)囉嚩日囉(二合引)野娑嚩(二合)賀
(引)鶱(烏剛切)矩囉(引)野娑嚩(二合)賀(引)鉢囉(二合)牓
矩囉(引)野娑嚩(二合)賀(引)嚩日囉(二合)尾娜囉拏
(引)野娑嚩(二合)賀(引)嚩日囉(二合)母瑟吒(二合)曳(引)
娑嚩(二合)賀(引)銘伽尾那(引)囉拏(引)野娑嚩(二合)
賀(引)嚩乞叉(二合)薩膽(二合)婆(去聲)曩(引)野娑嚩(二合)
賀(引)鶱(准上)麌瑟咤(二合)囉(引)惹野娑嚩(二合)賀(引)
難(上聲)拏囉(引)惹野娑嚩(二合)賀(引)渴陵誐(二合)囉
惹野娑嚩(二合)賀(引)歌嚩左囉(引)惹野娑嚩(二合)
賀(引)唵(引)地(入聲)阿(引)曩謨(引)囉怛曩(二合)怛囉
(二合)夜(引)野曩莫(入聲)室戰(二合)拏嚩日囉(二合)播(引)
拏曳(引)摩賀(引)藥叉細曩(引)鉢哆曳怛你也
(二合)他(引)虎虜虎底瑟咤(二合)底瑟咤(二合)滿馱滿
馱賀曩賀曩那賀那賀(引)鉢左鉢左阿蜜哩
(二合)帝吽(引)發(普末切下同)吒(半音)娑嚩(二合)賀(引)唵(引)

阿蜜哩(二合)帝(引)吽(引)發吒你哩(二合)哆囉(引)瑟
吒囉(二合)野娑嚩(二合)賀(引)尾嚕(引)茶(去聲)迦野娑
嚩(二合)賀(引)尾嚕博叉(引)野娑嚩(二合)賀(引)矩味
囉(引)野娑嚩(二合)賀(引)印捺囉(二合)野娑嚩(二合)賀
(引)讚捺囉(二合)野娑嚩(二合)賀(引)過你底也(二合引)
野娑嚩(二合)賀(引)阿銀曩(二合)曳(引)娑嚩(二合)賀(引)
薩嘌嚩(二合)摩賀(引)嘌始(二合)毗野(二合)娑嚩(二合)賀
(引)焰麽(引)野娑嚩(二合)賀(引)無配(二合引)瑟磐(二合)
味(异音)娑嚩(二合)賀(引)洛乞叉(二合)娑(引)地鉢哆曳
娑嚩(二合)賀(引)曩(引)誐(引)地鉢哆曳(引)娑嚩(二合)
賀(引)嚩(引)野味(引)娑嚩(二合)賀(引)達曩(引)地鉢
哆曳(引)娑嚩(二合)賀(引)伊灑曩(引)野娑嚩(二合)賀
(引)魔醯濕嚩(二合)囉(引)野娑嚩(二合)賀(引)設訖囉
(二合)野娑嚩(二合)賀(引)嚩(引)素你(引)嚩(引)野娑嚩
(二合)賀(引)摩賀(引)没囉(二合)憾麽(二合)妳(引)娑嚩(二合)

賀引必哩二合體味引娑嚩二合賀引娑囉娑嚩
二合諦引娑嚩二合賀引塢麽引你味引娑嚩二合
賀引
如是此明呪應於曼拏羅中安置大力明王
然後作觀密作護持次當歸命頂禮一切佛
法僧獨覺長老舍利弗聲聞衆等歸命大牟
尼慈氏等一切大菩薩衆頂禮正徧知覺者
歸命持金剛并諸眷屬復說眞言曰
怛你也二合他引唵引母寧摩賀引母寧摩賀
引母寧枳離枳離枳離引尾計迦乇迦乇三
麽三麽扇哆扇哆難去聲哆難去聲哆地囉地囉
摩賀引銘引伽耨喋馱二合囉賀引哩賀哩矩
胝矩胝親去聲那親去聲那頻去聲那頻那薩喋嚩
二合耨瑟乇引二合喃引麌母麌母賀囉㮈囉二合
獰曳計唧麽麽引稱已名奚帝始拏薩喋嚩二合設

羯囉二合獰引那末底那末底那摩扼那麽扼
他他他他左左左左鉢左鉢左鉢左鉢左吽
引吽引吽引吽引醯引醯引醯引醯引濕嚩
二合哩摩賀引濕嚩二合哩摩蹬霓讚拏離虎虎
虎虎懦護懦護懦護喝怛入聲鉢囉二合底野二合
喋體二合曩入聲麽麽薩喋嚩二合薩怛嚩二合喃引
洛乞叉二合洛乞叉二合唧離唧離唧離唧離底
瑟咤二合他底瑟咤二合他底瑟咤二合他底瑟咤
二合他麽引底羯㘓二合末他吽引吽引吽引吽
引醯引醯引醯引醯引㗶乇半音㗶乇㗶乇㗶
乇演你曩底瑟咤二合他滿馱喝塞哆二合播引
那目佉佗哩二合嚩引作芻紇哩二合那野嚩引
佐引薩喋嚩二合麽麽賀囉賀囉惹攞惹攞惹
攞惹攞没度没度没度没度滿馱滿馱滿馱
滿馱寧引攞寧引攞寧引攞寧攞寧引椤引

誐縛日囉二合馱囉三麽二合囉三麽二合囉紇哩
二合那閻麽賀引麽楞曩引莫俱胝俱胝俱胝
寧薩嘌嚩二合怖哆寧嚩日囉二合麽引離寧嚩
日囉二合馱囉嚩日囉二合吒重呼賀寫左嘌左二合
左嘌左二合難上聲哆難上聲哆滿哆滿哆羯囉羯
囉羯囉枳哩枳哩枳哩矩嚕矩嚕矩嚕
矩嚕護囉護囉護囉護囉三麽二合囉麽賀引
薩怛嚩二合吽引吽引吽引吽引醯引醯引醯
引醯引發吒發吒發吒發吒贊拏贊拏贊拏
贊拏摩賀引贊拏虎嚕虎嚕虎嚕虎嚕母嚕
母嚕母嚕母嚕仡哩二合很拏二合仡哩二合很拏
二合仡哩二合很拏二合仡哩二合很拏二合嚩日囉二合
播引抳賀曩賀曩賀曩賀曩麽麽薩嘌嚩二合
薩怛嚩二合喃引左洛乞叉二合洛乞叉二合薩嘌
嚩二合設咄嚕二合姥引嘌馱曩三合怛砮野發吒

矩嚕矩嚕矩嚕矩嚕嚩日囉二合播引抳羯嘌
麽二合麽引底羯闌二合麽他三去聲麽野麽引帝
三去聲麽曳嚩地扇底怛他引誐覩嚩引尾你
都婆尾扇底伊鉿引都滿怛囉二合演娜寧耨
迦賀囉賀囉賀囉發吒發吒發吒發吒
怛波底怛波底怛波底怛波底鉢左底鉢左
底鉢左底鉢左底播引左底三麽二合囉嚩日
囉二合播引抳紇哩二合那盈怛他引誐哆引地
瑟吒二合曩去聲彌離彌離彌離彌離護護護護
野你左引怛婆誐嚩七肯切伊能去聲紇哩三合那
野末底羯囕二合誐引盈怛他引誐哆鉢嚕二合
引割帶引二合崩左頻囉引難上聲哆嘌野二合三
去聲鉢囉二合欲骨都引二合婆味引盈捺哩補二合
捺哩補二合捺哩補二合捺哩補二合曩謨引嚩日
囉二合馱囉引野薩波黎嚩囉引去聲野悉馱𨉖

都滿怛囉合二播那引寧娑嚩合二賀引曩謨引嚩日囉合二陁囉引野摩賀引帝引惹野娑嚩合二賀引唵引吽引發吒娑嚩合二賀引

此明王常以威德密爲護持一切所作悉皆成就爾時釋迦如來應正等覺即於是時普放焰鬘清淨光明徧照三千大千世界燒諸魔王一切宮殿熾焰周帀爲一火聚燒盪無餘是時魔王以自業力而不肯伏是諸魔王及諸魔衆轉生毒害各各忿怒手持利劒弓箭刀輪種種器仗時金剛手秘密主如佛所現過於東方二十一恒河沙等世界一切魔王悉盡降伏身赤眼碧四牙外出顰眉努目髮豎如朱有大威德右手持棒左手持金剛龍爲莊嚴虎皮爲衣如是南西北方亦復二十一恒河沙等世界皆悉現身而降伏之爾時無數俱胝那庾多百千萬毒害魔王爲塢麤瑟麽合二大力明王攝伏恐怖戰慄心慌迷悶四肢無力無所覺知身命不顧魔王自業五種繫縛時金剛手秘密主作是事已即時夜魔天衆兜率天化樂天他化自在天衆各持種種塗香燒香及衆妙華幢旛繒蓋往詣釋迦如來之所供養右遶佛已退坐一面是時金剛手菩薩爲諸如來稱揚讚歎已如來大智於最勝大教法中演出一切所求隨意自在無量威德勇猛大力真言爲欲利益安樂天上人間一切衆生即說呪曰

唵引嚩日囉合二骨嚕引二合馱麽賀引末攞賀曩那賀鉢左末他尾迦囉尾馱鍐無肯切二合下娑野惹胝攞攞毫引那囉塢麤瑟麽合二骨嚕合二引馱吽引發吒詳娑嚩合二賀引

是時金剛手菩薩摩訶薩白佛言世尊若有善男子善女人聞此正法受持讀誦廣爲他説慇懃精進尊重供養彼得一切曼拏羅中灌頂得此眞言即能攝伏破壞一切呪術爾時金剛手秘密主復白佛言世尊佛説此大力明王心陀羅尼若有人受持即得彼藥叉藥叉衆洛乞叉二合蘇引洛乞叉二合蘇衆禁辦拏禁辦拏衆誐嚕拏誐嚕拏衆各發誓願而爲護持復有龍王乾闥婆畢舍遮塢納麽二合一那拏枳寧薩赧身物切薩奚攞俱波三麽二合囉羯吒布怛曩味怛拏如是等一切惡名恐怖之衆及諸眷屬不能爲害爾時世尊讚金剛手菩薩秘密主言善哉善哉汝以大悲爲諸衆生廣興佛事時金剛手秘密主白佛言世尊若有受持讀誦此經典者憶持不忘廣爲他説彼人即得遠離輪迴見者歡喜供養禮拜

時金剛手復説無量勇猛力眞言即説呪曰

唵引吽引吽引吽引吽引發發發屋訖囉二合輸攞播引抳吽引吽引吽引發發發發唵引蘇濟引二合底寧寧演切曩引那吽引吽引吽引吽引唵引唵引唵引唵引發發發發曩謨引麽賀引嚩攞引野娑嚩二合賀引唵引引薩膽二合怕野薩膽二合怕野努囉引佐引攃入嚩二合攞入嚩二合攞薩嘌嚩二合攃瑟吒上聲二合瑟吒引二合寧嚩引囉野麽麽薩嘌嚩二合薩怛嚩二合喃引左洛乞叉二合洛乞叉二合娑嚩二合賀引唵引阿難去聲哆尾惹移引摩賀引讚拏吽引發吒娑嚩二合賀引唵引嚩日囉二合地哩二合迦半音吽引發吒娑嚩二合賀唵引室哩室哩室囉麽引離寧室哩室哩室哩室寧室哩室寧

室哩室寧室哩室寧吽引發吒娑嚩二合賀唵
引薩嘌嚩二合怛麼二合引惹嚩日囉二合鉢引設
曩莫入聲鉢囉二合尾瑟吒二合薩嘌嚩二合擣瑟吒
二合引薩瞻二合怕野吽引吽引吽引發吒
發吒發吒發吒唵引蘇嚕蘇嚕塢麤澁麼二合
骨嚕二合馱適佉引賀囉賀囉吽引發吒曩謨
引囉怛曩二合怛囉二合夜引野曩莫室戰二合拏
嚩日囉二合播引拏曳引摩賀引藥叉細曩引
鉢哆曳唵引嚩日囉二合骨嚕二合引馱摩賀引
贊拏賀曩那賀鉢左末他尾特鍐二合娑野伊
醯引奚娑去聲誐鍐賀曩賀曩賀娑賀娑那賀
那賀鉢左鉢左尾特鍐二合娑野尾特嚩上聲二合
引娑野你引嚩乃引演切身引捺囉二合補吥帝
引薩嘌嚩引二合怛麼二合吥哆薩嘌嚩引二合怛
麼二合惹摩賀引帝惹蘇嚕蘇嚕補嚕補嚕虎

嚕虎嚕枯嚕枯嚕骨嚕挽二合骨嚕挽二合摩賀
引骨嚕挽二合姑曩知姑曩知室寧室寧枳寧
枳寧契寧契寧珂珂珂引嗘珂引谿苦嚕苦
嚕蘇嚕蘇嚕矩嚕矩嚕咄吒咄吒都吒都吒
都囉都囉賀曩賀曩布引哆引地鉢底阿素
囉補囉尾特嚩二合娑曩迦囉塢麤澁麼二合骨
嚕二合引馱摩賀引嚩攞達麼達麼迦囉迦囉
枳哩枳哩矩嚕矩嚕吽引發吒上淅蘇嚕蘇嚕
吽引發吒賀曩賀曩吽引發吒那賀那賀吽
引發吒紇哩曳二合引吽引發發發娑嚩二合
賀唵引嚩日囉二合骨嚕二合馱摩賀引嚩攞陀
囉陀囉陀引囉野陀囉野吽引發吒唵引嚩
日囉二合骨嚕二合馱摩賀引摩賀引嚩攞臬賀
囉臬賀囉滿馱滿馱吽引發吒唵引嚩日囉
二合骨嚕二合馱摩賀引嚩攞迦囉迦囉親去聲那

親(去聲)那吽(引)發吒唵(引)嚩日囉(合二)骨嚕(合二)馱摩賀(引)嚩攞殑珂殑珂曩(引)舍野曩(引)舍野薩嘌嚩(合二)枳離尾(合二)霜(引)吽(引)發吒唵(引)嚩日囉(合二)骨嚕(合二)馱摩賀(引)嚩攞馱迦馱迦惹攞惹攞吽(引)發吒唵(引)嚩日囉(合二)骨嚕(合二)馱摩賀(引)嚩攞阿(引)迦嘌灑(合二)野阿(引)迦嘌灑(合二)野吽(引)發吒(半音)唵(引)嚩日囉(合二)骨嚕(引二合)馱薩膽(合二)怕野薩膽(合二)怕野謨(引)賀野謨(引)賀野吽發吒唵(引)嚩日囉(合二)骨嚕(合二)馱摩賀(引)嚩攞入嚩(合二)攞入嚩(合二)攞鉢囉(合二)入嚩(合二)攞鉢囉(合二)入嚩(合二)攞你(寧逸切)畢夜(合二)你(准上)畢夜(合二)你波野你波野吽(引)發吒唵(引)嚩日囉(合一)骨嚕(合二)馱摩賀(引)麽攞怛吒怛吒怛(引)拏野怛(引)拏野吽(引)發吒唵(引)嚩日囉(合二)骨嚕(合二)馱摩賀(引)嚩攞賀曩賀曩陀囉野陀囉野鉢吒鉢吒播(引)吒野播(引)吒野謨(引)賀野謨(引)賀野吽(引)發吒唵(引)孫怕寧孫怕寧吽(引)仡哩(合二)賀拏(合二)仡哩(合二)佷拏(合二)吽(引)仡哩(合二)佷拏(合二)播野斛(入聲)婆誐挽尾你也(合二)囉惹吽(引)發吒娑嚩(合二)賀(引)

是諸六十二持金剛者於一切時容爲護持若有受持讀誦此陀羅尼者乃至天火彼能制伏死者復穌能敵寃魔所求子息亦皆得之能列其地以一掬水用陀羅尼呪能解一切蛇蠍等毒懷娠者悉得安隱離諸苦惱一切所作皆得成就一切眞言亦得成就此經若能受持者得大安樂是時伊舍曩步多主無數俱胝天衆以自圍遶是諸衆等彼曼拏羅中起頂禮金剛手菩薩足白金剛手菩薩言聖者今爲我等說此大力不空成就無量

勇猛力陀羅尼我等愛樂乃至梵王帝釋天阿脩羅恭敬禮拜藥叉洛乞叉(合二)吠怛拏迦吒布怛曩塢曩歷(合二)悉令恐怖或打或殺調伏彼衆門闞鍵鑠隳壞無餘是曼拏羅主能辦一切種種事業是時彼諸衆等稱揚讚歎步多主言善哉善哉步多主汝能爲諸衆生問於如來持金剛者爾時世尊金剛手以金剛杵自在輪擲時彼金剛速疾降彼金剛蓮華中住即入瑜伽觀一切曼拏羅衆見大忿怒面色威恐毒蛇徧身若欲攝伏破彼曼拏羅中一切魔衆當入此三摩地所謂入一切衆生大悲三摩地光焰普照三摩地見法愛樂三摩地現一切魔王國土三摩地印相三摩地現一切衆生國土三摩地不動三摩地法愛三摩地一切法現前三摩地大力三摩地入如是等三摩地將欲入時有無數俱胝那庾多百千魔王自生恐怖自見大力明王繫縛其身彼即高聲大哭猶如劫火來燒自身命不云遠彼即往詣金剛手菩薩所告金剛手菩薩摩訶薩言聖者願見哀愍救護於我世尊我極大苦大力明王繫縛於我鞭笞楚切命在須臾願垂救護爾時金剛手菩薩從彼三摩地起告曼拏羅中一切四衆等作如是言此勝大福大威德大忿怒如是如是世尊此是大福是大威德是大忿怒

出生一切如來法眼徧照大力明王經卷上

出生一切如來法眼徧照大力明王經卷下

宋西天中印度摩伽陀國三藏賜紫沙門法護奉詔譯

爾時金剛手菩薩摩訶薩顧搋曼拏羅衆目如師子威德自在爲伊舍曩天步多主説大力明王曼拏羅法告言聖者若有入此大忿怒曼拏羅中者即能成就一切事業命無中夭遠離一切惡病纏身不生魔界一切衆生見者歡喜復能遠離一切冤家於後一切眞言教法悉得成就復能成就一切忿怒得一切灌頂中福故吉祥莊嚴是時先安布此大忿怒曼拏羅念此經一萬徧得善境界得覩此曼拏羅教主印可然後方學此眞言壇法先須八日不食歸命三寶發大慈悲菩提心故依時作法成就事故闕閉冤家死者還活此忿怒大威德能令大業魔王歸依三寶佛法僧衆況復一切惡魔鬼魅而不殄滅此大力明王若有受持之者即能降伏一切冤魔一切藥叉洛乞叉(合二)畢哩(合二)哆羯吒布怛曩拏倪寧娑穀(鉢切)薩嗘攞迦波三麽(合二)囉離如是等一切怕怖一切枷鏁一切中夭一切迷惑一切疫病禁繫貧窮此正法若有讀誦受持復得一切財寶無所乏少若天旱時於七晝夜中讀誦此大力明王即降大雨若不降雨令彼天衆破壞殄滅羯哩(合二)瑟拏(合二)龍王設羯囉(合三)龍王阿難多龍王如是等龍王衆令降大雨若不降時亦令彼死又復此經如前依法於四方河岸海岸池潭四邊舍利塔前以金剛手大菩薩以赤栴檀迦囉尾囉華紅蓮華阿底目羯哆(合二)華繒綵幢旛皆以赤色香水滿缾如法依時精勤念誦得大福聚

又復或以樺皮書此大力明王眞言安於旌旗之上或以頂戴即得入陣無傷相敵得勝弓箭槍刀如華被體見者歡喜而生愛敬爾時魔王遶佛三帀退坐一面白佛言世尊云何名大力佛告魔王如來名大力法藏名大力法名大力法眼名大力大乘名大力金剛手名大力爾時魔王讃金剛手秘密主言善哉善哉秘密主我從今向去不敢惱亂一切修行之者誓歸三寳佛法僧衆願爲優婆塞常持淨戒願天解脫爲我安樂我爲法衆擁護受持大力明王及諸衆生爾時世尊告魔王言業種此經若有受持讀誦即得遠離地獄餓鬼畜生閻羅王界種種苦惱當得生天經二十千劫常爲天主下生閻浮後爲金輪王王四天下於未來世復得阿耨多羅三藐三菩提此大力明王乃至清淨不清淨食與不食淨戒不淨戒俱無障礙但持此眞言所求皆得何況依法淨戒無所不從爾時尊者須菩提與自衆俱來在會坐從座而起白佛言世尊云何受持此大力明王心陀羅尼而得解脫佛言須菩提汝問金剛手秘密主故時須菩提即白金剛手言秘密主云何受持此大力明王心所得何果金剛手言得倉庫盈滿名衣上服金銀珍寳象馬牛羊所求施與須菩提言有如是等廣大果報金剛手言須菩提如是如是乃至盡衆生煩惱果報故爲住功德果故至阿耨多羅三藐三菩提功德道故須菩提言善哉善哉金剛手以秘密相種種莊嚴有大智力灌頂辯才得無相施大戒大智慧大福大力大威德大功德頂此

大力明王經得十方諸佛同來灌頂金剛手此經威德爲諸如來摩頂授記得大安樂此陀羅尼或於山間石壁曠野陂湖江河池潭受持讀誦遠離一切怖畏爾時金剛手菩薩摩訶薩白世尊言此經若有持者復爲他說壽命百歲無諸横苦金剛手復白世尊言此正法得福如是當何名之復云何受持佛言金剛手此經名出生一切如故亦名法徧照故亦名法眼故亦名一切義成就故亦名一切如來法雲故亦名盡一切業障總持故亦名成就一切明王故亦名般若波羅蜜多故亦名一切如來最初法界故亦名大力明王故金剛手若有聞此正法能受持讀誦書寫供養如供養過去未來現在諸佛世尊全身舍利塔故金剛手言善哉善哉佛說如是甚深微妙正法功德變化莊嚴我當受持佛言金剛手若有善男子善女人受持此正法者彼諸業障如河岸樹速疾破壞應以塗香燒香及衆妙華種種幢旛等而作供養即獲廣大無量無邊福德藏故離諸障難若受持讀誦解說此經之地彼諸天龍阿脩羅乾闥婆等一切人天常以守護供養一切魔王不敢違越此大力明王心若常憶念即得八千菩薩及諸如來諸大神仙天人龍王阿脩羅乾闥婆等稱揚讚歎于時釋迦牟尼如來復告金剛手言若有輕慢生髙舉心者當墮八大地獄金剛手若有受持讀誦爲他解說供養恭敬尊重讚歎即得無量無邊伏藏故若聞一字一句即得究竟不退菩薩道時金剛手言如來之法極大甚深微妙難測不可量不

可思不可議時諸衆生心自迷惑而不能了佛言金剛手此經爲一切衆生説爲勸誘一切衆生故爲欲安樂一切衆生故爲增益一切衆生故爲令一切衆生得灌頂故爲一切衆生離諸貧窮滅諸業障得大吉祥故爲令一切衆生得阿耨多羅三藐三菩提故時八千菩薩聞是説已遶佛三帀合掌恭敬讚言善哉善哉釋迦牟尼如來善説此法彼諸菩薩爲釋迦牟尼如來名故復作是言如是如是世尊此實善説爾時世尊告金剛手言秘密主我説此大力威德法門攝諸魔王眷屬皆悉來集一切障難更不復作一切所求皆得圓滿乃至阿耨多羅三藐三菩提爾時世尊復説此陀羅尼即説呪曰

曩謨(引)囉怛曩(合二)怛囉(合二)夜(引)野曩莫(入聲)室戰(合二)拏嚩日囉(引二合)播(引)拏曳魔賀(引)藥叉細(引)曩(引)跋路曳怛你也(合二)他(引)唵(引)賀曩賀曩嚩日囉(合二)那賀那賀嚩日囉(合二)末他末他嚩日囉(合二)入嚩(合二)囉入嚩(合二)囉嚩日囉(合二)鉢囉(合二)入嚩(合二)攞鉢囉(合二)入嚩(合二)攞嚩日囉(合二)蘇嚕蘇嚕毋嚕毋嚕割鬪割⿰齒來(陟皆切)惹曳(引)尾惹曳(引)阿吠帝(引)阿波羅(引)吠帝(引)摩(引)囉賽(引)頓野(合二)鉢囉(合二)摩嘌那(合二)寧(引)曳婆嚩(合二)賀(引)娑誐嚩(七可切引)曩(引)賀(引)嚩日囉(合二)播(引)捉(入聲)虞醯野(合二)割地鉢底薩嘌嚩(合二)尾佷曩(合二)尾曩(引)野迦(引)喃(引)怛嘌惹(合二)怛嘌惹(合二)滿馱滿馱尾特嚩(合二)娑曩迦囉阿悉馱(引)喃(引)悉弟迦囉迦囉悉馱(引)喃(引)阿尾曩(引)舍迦囉薩嘌嚩(合二)没馱冐地薩怛嚩(合二)喃(引)麽(引)尾舍迦囉薩嘌味(合二)祢(引)嚩(引)曩

引誐過誐蹉摩賀引麽攞嚩日囉合二骨嚕合二引馱囉引惹鉢囉合二怕引徵引曩麽麽稱名薩嘌嚩合二薩怛嚩引二合喃引佐洛乞叉合二洛乞叉合二娑嚩合二悉釘合二婆拋覩

佛告金剛手菩薩摩訶薩一切魔王并諸眷屬聞此大力威德法時各各心生恐怖悚慄慞惶如來以此大力忿怒明王威德力故常用護持一切衆生作大安樂息諸災難憐愍饒益毀諸惡毒破壞蠱魅爲發大乘心者演說妙法者於佛法僧令得久住爾時文殊師利法王子從座而起偏袒右肩右膝著地合掌向佛白佛言世尊云何佛說一切緣行爲無常相佛告文殊師利汝今諦聽一切緣行如乾闥婆城無有實相如電光如浮雲如霧如舍宅風中燭水上漚芭蕉心如諸畫相如空中華如夢幻影響如安樂輪迴如一切瀑河如一切海波如是如是此一切衆生從緣所生而不能知不能見不能思惟不能解了唯佛能知如是見如是思惟如是解了何以故一切緣行即空相故即眞實空故畢竟空故即三空故空空應如是解何以故即大空故即如來空故如是如是知如是見如是思惟如是解了菩薩摩訶薩得如是相故佛復告文殊師利法王子言若菩薩摩訶薩行檀波羅蜜多羼提波羅蜜多精進波羅蜜多禪波羅蜜多般若波羅蜜多亦應如是相而解了故爾時觀自在菩薩摩訶薩白佛言世尊云何經名出生如來相佛語觀自在此經若如來滅後廣作佛事是故此經名生如來相若此經滅後佛法隨滅名生如來相此經若

任佛法亦住是故名生如來相何以故此經一切菩薩恒時奉事禮敬故以是義故名生如來相是時觀自在菩薩摩訶薩復白佛言世尊此經若有受持讀誦爲他解說我即爲彼而來護持佛言此經威德能令一切菩薩摩訶薩及諸天人皆悉來集是諸菩薩同時讃言善哉善哉世尊我等樂聞當爲說之佛言此金剛手大力秘密心能施一切衆生安樂故爾時金剛秘密主白佛言世尊此經云何名最初法界相佛言善男子諦聽此經一切如來出生已經三十二日坐大目眞隣陀山入大力三摩地說之故名最初法界相此經一切衆生初發心即住菩提道故名最初法界相此經威德能令無量無邊菩薩摩訶薩得一切現前三摩地名最初法界相又此

經威德能令無量無邊衆生得聲聞道故名最初法界相金剛手若有受持讀誦爲他解說一切如來皆如一子遠離輪迴命終之後至涅槃道故金剛手言諸佛大悲心常救度一切衆生令離輪迴脫諸苦難常說牟尼大智慧法滌盪衆生煩惱穢種佛言善哉善哉秘密主若有受持讀誦爲他解說供養恭敬自書若使人書諦觀思惟常時憶念是人即得俱胝三摩地復見俱胝如來并諸菩薩一切眷屬應以廣大供養尊重恭敬衣服卧具飲食湯藥一切所須皆悉奉施得大安樂是善男子所種善根得阿耨多羅三藐三菩提故皆是得聞彼諸如來應正等覺所說妙法憶持不忘復得金剛手菩薩威德力故此大力威德忿怒王常以護持成就安樂一切衆

生爾時世尊說是經已十方來會金剛手菩薩觀自在菩薩文殊師利金剛藏等一切悲智菩薩摩訶薩尊者須菩提諸大聲聞及諸衆生一切世間天人龍王阿脩羅乾闥婆等聞佛所說歡喜而退

大力明王心真言

怛你也二合他引唵引嚩日囉二合胃嚕二合馱摩賀引麽攞賀曩那賀鉢左末他尾枳囉尼特嚩二合娑野惹徵攞耄引那羅塢龘澀麽二合胃嚕二合馱吽引發吒遏阿引去聲鵮烏剛切惡入聲鈴引醯引娑嚩二合賀

出生一切如來法眼徧照大力明王經卷下

音釋

慘七感切毒也　鎚直垂切　耄莫報切　蹬唐亘切　麌元俱切　殑其陵切　餉式亮切　訥奴骨切　胮匹絳切　妳女蟹切　塢於五切　獰泥耕切　醯馨夷切　仡魚乙切　紇胡結下沒二切　姹滿補切　軡年含切　謎莫計切　盪大浪切　慌呼廣切　辦披辦切　枲想里切　掬居六切　歘許竭切　娠失人切孕也　鍵巨偃切　隳翾規切　笞丑知切　殄徒典切絕也　樺胡化切木名　賽蘇代切　顊乃挺切　垠魚巾切　悚荀勇切懼也　蠱魅蠱果五切蠱毒也魅明祕切厭魅也　瀑蒲報切與暴同　羼提梵語也此云忍辱羼初限切　抛普交切與抛同

金剛頂一切如來眞實攝大乘現證大教王經
唐特進試鴻臚卿三藏沙門大廣智不空奉　詔譯

清刻龍藏佛說法變相圖

金剛頂一切如來眞實攝大乘現證大敎王經卷上

唐特進試鴻臚卿三藏沙門大廣智不空奉 詔譯

金剛界大曼荼羅廣大儀軌品之一

如是我聞一時婆伽梵成就一切如來金剛加持殊勝三昧耶智得一切如來寶冠三界法王灌頂證一切如來一切智智瑜伽自在能作一切如來一切印平等種種事業於無盡無餘一切衆生界一切意願作業皆悉成就大悲毗盧遮那常恒住三世一切身口心金剛如來一切如來遊戲處住阿迦尼吒天王宮中大摩尼殿種種間錯鈴鐸繒旛微風搖激珠鬘瓔珞半滿月等而爲莊嚴與九十俱胝菩薩衆俱所謂金剛手菩薩摩訶薩聖觀自在菩薩摩訶薩曼殊室利童眞菩薩摩

訶薩虛空藏菩薩摩訶薩金剛拳菩薩摩訶薩纔發心轉法輪菩薩摩訶薩虛空庫菩薩摩訶薩摧一切魔力菩薩摩訶薩如是等菩薩摩訶薩而爲上首與恒河沙等數如來猶如胡麻示現滿於閻浮提於阿迦尼吒天亦復如是彼無量數如來身從一一身現無量阿僧祇佛刹於彼佛刹還説此法理趣時婆伽梵大毗盧遮那如來常住一切虛空一切如來身口心金剛一切如來互相涉入一切金剛界覺悟智薩埵一切虛空界微塵金剛加持所生智藏一切如來無邊故大金剛智灌頂寶一切虛空舒徧眞如智爲現證三菩提一切如來自身性清淨故自性清淨一切法徧一切虛空能現一切色智盡無餘調伏有情界行最勝一切如來不空作教令故一切平等無上巧智一切如來大菩提堅固薩埵一切如來鉤召三昧耶一切如來隨染智自在一切如來善哉一切如來灌頂寶一切如來日輪圓光一切如來思惟王摩尼寶幢一切如來大笑一切如來大清淨法一切如來般若智一切如來輪一切如來秘密語一切如來不空種種事業一切如來大精進妙堅固甲冑一切如來徧守護金剛藥叉一切如來身口心金剛印智

普賢妙不空　摩羅極喜王　虛藏大妙光
寶幢大微笑　能觀大自在　曼殊一切壇
無言種種業　精進怒堅持　金剛鉤箭喜
寶日幢播笑　蓮劍妙輪語　羯磨甲怖持
無始無終寂　暴怒大安忍　藥叉羅刹曼
威猛大富貴　鄔摩天世主　毗紐勝大寂

世護虛空地　三世及三界　大種善人益
諸設縛祖父　流轉涅槃常　正流轉大火
覺清淨大乘　三有常恒者　降三世食樂
主宰諸能調　堅主妙地勝　智彼岸理趣
解脫覺有情　行一切如來　覺利益佛心
諸菩提無上　徧照最勝王　自然總持念
大薩埵大印　等持佛作業　一切佛為身
薩埵常益覺　大根本大黑　大染欲大樂
大方便大勝　諸勝宮自在

婆伽梵大菩提心普賢大菩薩住一切如來心時一切如來滿此佛世界猶如胡麻爾時一切如來雲集於一切義成就菩薩摩訶薩坐菩提場往詣示現受用身咸作是言善男子云何證無上正等菩提不知一切如來真實忍諸苦行時一切義成就菩薩摩訶薩由一切如來警覺即從阿娑頗那伽三摩地起禮一切如來白言世尊如來教示我云何修行云何是真實如是說已一切如來異口同音告彼菩薩言善男子當住觀察自心三摩地以自性成就真言自恣而誦

唵(引一)質多鉢囉(合一)底(丁以切)微騰迦嚕弭(二)

時菩薩白一切如來言世尊如來我徧知已我見自心形如月輪一切如來咸告言善男子心自性光明猶如徧修功用隨作隨獲亦如素衣染色隨染隨成時一切如來為令自性光明心智豐盛故復勑彼菩薩言

唵(引一)菩提質多(二)畝怛波(二合)娜夜弭(三)

以此性成就真言令發菩提心時彼菩薩復從一切如來承旨發菩提心已作是言如彼月輪形我亦如月輪形見一切如來告言汝

已發一切如來普賢心獲得齊等金剛堅固善住此一切如來普賢發心於自心月輪思惟金剛形以此真言

唵引一底瑟姹二合嚩日囉二合二

菩薩白言世尊如來我見月輪中金剛一切如來咸告言令堅固一切如來普賢心金剛心以此真言

唵引一嚩日囉二合引怛麼俱引唅二

所有徧滿一切虛空界一切如來身口心金剛界以一切如來加持悉入於薩埵金剛則一切如來於一切義成就菩薩摩訶薩以金剛名號金剛界金剛界灌頂時金剛界菩薩摩訶薩白彼一切如來言世尊如來我見一切如來爲自身一切如來復告言是故摩訶薩一切薩埵金剛具一切形成就觀自身佛形以此自性成就真言隨意而誦

唵引一也他薩嚩怛他誐多二薩怛二合他唅三

作是言已金剛界菩薩摩訶薩現證自身如來盡禮一切如來已白言惟願世尊諸如來加持於我令此現證菩提堅固作是語已一切如來入金剛界如來彼薩埵金剛中時世尊金剛界如來當彼刹那頃現證等覺一切如來平等智入一切如來平等智三昧耶證一切如來法平等智自性清淨則成一切如來平等自性光明智藏如來應供正徧知時一切如來復從一切如來薩埵金剛出以虛空藏大摩尼寶灌頂發生觀自在法智安立一切如來毗首羯磨由此往詣須彌盧頂金剛摩尼寶峯樓閣至已金剛界如來以一切如來加持於一切如來師子座一切面安立

時不動如來寶生如來觀自在王如來不空成就如來一切如來以一切如來加持自身婆伽梵釋迦牟尼如來一切平等善通達故一切方等觀察四方而住爾時世尊毗盧遮那如來不久現證等覺一切如來普賢心獲得一切如來虛空發生大摩尼寶灌頂得一切如來觀自在法智彼岸一切如來毗首羯磨不空無礙教圓滿事業圓滿意樂一切如來性於自身加持即入一切如來普賢摩訶菩提薩埵三昧耶出生薩埵加持金剛三摩地一切如來大乘現證三昧耶名一切如來心從自心出

嚩日囉(二合)薩怛嚩(二合一句同下)

纔出一切如來心即彼婆伽梵普賢為衆多月輪普淨一切有情大菩提心於諸佛所周圍而住從彼衆多月輪出一切如來智金剛即入婆伽梵毗盧遮那如來心由普賢堅牢故從金剛薩埵三摩地由一切如來加持合為一體量盡虛空徧滿成五峯光明一切如來身口心出生金剛形從一切如來心出住佛掌中復從金剛出金剛形種種色相舒徧照曜一切世界從彼金剛光明門出一切世界微塵等如來身徧周法界究竟一切虛空徧一切世界雲海徧證一切如來平等智神境通發一切如來大菩提心成辦普賢種種行承事一切如來往詣大菩提場摧諸魔軍證成一切如來平等大菩提轉正法輪乃至拔濟一切利益安樂盡無餘有情界成就一切如來智最勝神境通悉地等示現一切如來神通遊戲普賢故金剛薩埵三摩地妙堅

牢故聚爲一體生普賢摩訶菩提薩埵身住
世尊毗盧遮那佛心而説唱陀南
奇哉我普賢　堅薩埵自然　從堅固無身
獲得薩埵身
時普賢大菩提薩埵身從世尊心下一切如
來前依月輪而住復請教令時婆伽梵入一
切如來智三昧耶㗚金剛三摩地受用一切
如來戒定慧解脱解脱知見轉正法輪利益
有情大方便力精進大智三昧耶無盡無餘
拔濟有情界一切主宰安樂悦意故乃至得
一切如來平等智神境通無上大乘現證最
勝悉地果故一切如來成就金剛授與彼普
賢摩訶菩提薩埵一切如來轉輪王灌頂以
一切佛身寶冠繒綵灌頂已授與雙手則一
切如來以金剛名號金剛手金剛手灌頂時

金剛手菩薩摩訶薩左慢右舞弄跋折羅則
彼金剛安自心持增進勢説此唱陀南
此是一切佛　成金剛無上　授與我手掌
金剛加金剛
爾時世尊復入不空王大菩薩三昧耶所生
薩埵加持名金剛三摩地名一切如來鉤召
三昧耶一切如來心從自心出
嚩日囉(二合)邏(引)惹(一句)
從一切如來心纔出已則彼婆伽梵金剛手
爲一切如來大鉤出已入世尊毗盧遮那心
聚爲一體生金剛大鉤形住佛掌中從金剛
大鉤形出現一切世界微塵等如來身召請
一切如來等作一切佛神通遊戲妙不空王
故金剛薩埵三摩地極堅牢故聚爲一體生
不空王大菩薩身住毗盧遮那佛心説此唱

陀南
奇哉不空王　金剛所生鉤　由徧一切佛
爲成就鉤召
時不空王大菩薩身從佛心下依一切如來
右月輪而住復請教令時婆伽梵入一切如
來鉤召三昧耶名金剛三摩地受一切如來
鉤召三昧耶盡無餘有情界一切鉤召一切
安樂悅意故乃至一切如來集會加持最勝
悉地故則彼金剛鉤授與不空王大菩薩雙
手一切如來以金剛名號金剛鉤召金剛鉤
召灌頂時金剛鉤召菩薩摩訶薩以金剛鉤
召一切如來說此嗢陀南
非是一切佛　無上金剛智　成諸佛利益
最上能鉤召
爾時婆伽梵復入摩羅大菩薩三昧耶出生
薩埵加持名金剛三摩地一切如來隨染三
昧耶名一切如來心從自心出
縛日囉(二合)邏誐(一句)
從一切如來心纔出已即彼婆伽梵持金剛
爲一切如來華器仗出已入世尊毗盧遮那
佛心聚爲一體生大金剛箭形住佛掌中從
彼金剛箭形出一切世界微塵等如來身作
一切如來隨染等作一切佛神通遊戲極殺
故金剛薩埵三摩地極堅牢故聚爲一體生
摩羅大菩薩身住世尊毗盧遮那佛心說此
嗢陀南
奇哉自性淨　隨染欲自然　離欲清淨故
以染而調伏
時彼摩羅大菩薩身從世尊心下依一切如
來左月輪而住復請教令時世尊入一切如

來隨涤加持名金剛三摩地受一切如來能殺三昧耶盡無餘有情界隨涤一切安樂悅意故乃至得一切如來摩羅業最勝悉地果故則彼金剛箭授與摩羅大菩薩雙手則一切如來以金剛名號金剛弓金剛弓灌頂時金剛弓菩薩摩訶薩以金剛箭殺一切如來說此嗢陀南

此是一切佛　涤智無瑕穢　以涤害猒離

能施諸安樂

爾時婆伽梵復入極喜王大菩薩三昧耶所生薩埵加持名金剛三摩地一切如來極喜三昧耶名一切如來心從自心出

嚩日囉(二合)娑度(一句)

從一切如來心纔出已則彼婆伽梵持金剛爲一切如來善哉相入世尊毗盧遮那佛心聚爲一體生大歡喜形住佛掌中從彼歡喜形出一切世界微塵等如來身作一切如來善哉相作一切佛神通遊戲極喜故金剛薩埵三摩地極堅牢故聚爲一體生歡喜王大菩薩身住世尊毗盧遮那佛心說此嗢陀南

奇哉我善哉　諸一切勝智　所離分別者

能生究竟喜

時歡喜王大菩薩身從世尊心下依一切如來後月輪而住復請教令時世尊入一切如來等喜加持名金剛三摩地已受一切如來極喜智金剛三昧耶盡無餘有情界受一切等喜一切安樂悅意故乃至得一切如來無上喜味最勝悉地果故則彼金剛喜授彼歡喜王大菩薩摩訶薩雙手則一切如來以金剛名號金剛喜金剛喜灌頂時金剛喜菩薩

摩訶薩歡金剛喜善哉相歡悦一切如來説
此嗢陀南
此是一切佛　能轉善哉相　作諸喜金剛
妙喜令增長
大菩提心一切如來鉤召三昧耶一切如來
隨淥智大歡喜如是一切如來大三昧耶薩
埵爾時婆伽梵復入虚空藏大菩薩三昧耶
所生寶加持名金剛三摩地一切如來灌頂
三昧耶名一切如來心從自心出
嚩日囉二合囉怛曩二合一句
從一切如來心纔出已一切虚空平等性智
善通達故金剛薩埵三摩地極堅牢故聚爲
一體則彼婆伽梵持金剛爲一切虚空光明
出已以一切虚空光明照曜一切有情界成
一切虚空界以一切如來加持一切虚空界

入世尊毗盧遮那佛心善修習故金剛薩埵
三摩地一切虚空界胎臓所成一切世界徧
滿等量出生大金剛寶形住佛掌中從彼金
剛寶形出一切世界微塵等如來身出生巳
作一切如來灌頂等於一切世界作一切如
來神通遊戲虚空界胎臓妙出生故金剛薩
埵三摩地極堅牢故聚爲一體生虚空藏大
菩薩身住世尊毗盧遮那佛心説此嗢陀南
奇哉妙灌頂　無上金剛寶　由佛無所著
名爲三界主
時彼虚生藏大菩薩身從世尊心下依一切
如來前月輪而住復請教令時世尊入一切
如來大摩尼寶名金剛三摩地受一切如來
圓滿意樂三昧耶盡無餘有情界獲一切義
利受一切安樂悦意故乃至得一切如來利

益最勝榮盛悉地故受彼金剛摩尼與彼虛空藏大菩薩摩訶薩金剛寶轉輪王授與金剛寶牙灌頂安於雙手則一切如來以金剛名號金剛藏金剛藏灌頂時金剛藏菩薩摩訶薩以金剛摩尼安自灌頂處說此嗢陀南

此是一切佛　灌頂有情界　授與我手掌
寶安於寶中

爾時婆伽梵復入大威光大菩薩三昧耶出生寶加持名金剛三摩地一切如來光三昧耶名一切如來心從自心出

嚩日囉(二合)帝惹(一句)

從一切如來心纔出已即彼婆伽梵金剛手爲衆多大日輪出已入世尊毗盧遮那佛心聚爲一體生大金剛日形住佛掌中從彼金剛日輪出一切世界微塵等如來身放一切如來光明等作一切佛神通遊戲極大威光故金剛薩埵三摩地極堅牢故聚爲一體生大威光菩薩摩訶薩身住世尊毗盧遮那佛心說此嗢陀南

奇哉無比光　照曜有情界　能淨清淨者
諸佛救世者

時彼無垢大威光菩薩身從世尊心下依一切如來右月輪而住復請教令時世尊入一切如來圓光加持名金剛三摩地受一切如來光三昧耶盡無餘有情界無比光一切安樂悅意故乃至得一切如來自光明最勝悉地故金剛日授與大威光菩薩摩訶薩雙手則一切如來以金剛名號金剛光金剛光灌頂時金剛光菩薩摩訶薩以彼金剛日照曜一切如來說此嗢陀南

此是一切佛　能壞無智暗　設微塵數日
此光超於彼
爾時婆伽梵復入寶幢大菩薩三昧耶出生寶加持名金剛三摩地一切如來滿意願三昧耶名一切如來心從自心出
嚩日囉(二合)計都(一句)
從一切如來心纔出已即從婆伽梵持金剛爲種種色幢旛莊嚴形出已入世尊毗盧遮那佛心聚爲一體生金剛幢形住佛掌中從彼金剛幢形出一切世界微塵等如來身建一切如來寶幢等作一切佛神通遊戲大寶幢故金剛薩埵三摩地極堅牢故聚爲一體生寶幢大菩薩身住世尊毗盧遮那佛心說此嗢陀南
奇哉無比幢　一切益成就　一切意滿者
令滿一切願
時彼寶幢大菩薩身從世尊心下依一切如來左月輪而住復請教令時世尊入一切如來建立加持名金剛三摩地受一切如來思惟王摩尼幢能建三昧耶盡無餘有情界令一切意願圓滿一切安樂悅意故乃至得一切如來大利益最勝悉地果故則彼金剛幢授彼寶幢菩薩摩訶薩雙手則一切如來以金剛名號金剛幢金剛幢灌頂時彼金剛幢菩薩摩訶薩以金剛幢安立一切如來於檀波羅蜜說此嗢陀南
此是一切佛　能滿諸意欲　名思惟寶幢
是檀度理趣
爾時婆伽梵復入常喜悅大菩薩三昧耶出生寶加持名金剛三摩地一切如來喜悅三

昧耶名一切如來心從自心出
嚩日羅(二合)賀娑(一句)
從一切如來心纔出已即彼婆伽梵持金剛為一切如來微笑出已入世尊毗盧遮那佛心聚爲一體生金剛笑形住佛掌中從金剛笑形出一切世界微塵等如來身作一切如來奇特等作一切佛神通遊戲常喜悅根故金剛薩埵三摩地極堅牢故聚爲一體生常喜悅根大菩薩身住世尊毗盧遮那佛心說此嗢陀南
奇哉我大笑　諸勝大奇特　安立佛利益
常住妙等引
時彼常喜悅根大菩薩身從世尊心下依一切如來後月輪而住復請教令時世尊入一切如來奇特加持名金剛三摩地受一切如來出現三昧耶盡無餘有情界一切根無上安樂悅意故乃至得一切如來根清淨智神境通果故則彼金剛微笑授與彼常喜悅根大菩薩摩訶薩雙手則一切如來以金剛名號金剛喜金剛喜灌頂時金剛喜菩薩摩訶薩以金剛微笑悅一切如來說此嗢陀南
此是一切佛　奇哉示出現　能作大喜悅
他師不能知
大灌頂尋圓光有情大利大笑如是一切如來大灌頂薩埵爾時婆伽梵復入觀自在大菩薩三昧耶出生法加持名金剛三摩地一切如來法三昧耶名一切如來心從自心出
嚩日囉(二合)達摩(一句)
從一切如來心纔出已即彼婆伽梵持金剛自性清淨一切法平等智善通達故金剛薩

埵三摩地爲正法光明出已以彼正法光明照曜一切世界成爲法界盡法界入世尊毗盧遮那佛心聚爲一體量徧虛空法界生大蓮華形住佛掌中從彼金剛蓮華形出一切世界微塵等如來身一切如來三摩地智神境通等作一切佛神通遊戲於一切世界妙觀自在故金剛薩埵三摩地極堅牢故聚爲一體生觀自在大菩薩身住世尊毗盧遮那佛心說此嗢陀南

奇哉我勝義　本清淨自然　諸法如筏喻
清淨而可得

時彼觀自在大菩薩身從世尊心下依一切如來前月輪而住復請教令時世尊入一切如來三摩地智三昧耶出生名金剛三摩地能淨一切如來盡無餘有情界我清淨一切安樂悅意故乃至得一切如來法智神境通果故則彼金剛蓮華授與觀自在菩薩摩訶薩正法轉輪王授與一切如來法身灌頂灌於雙手則一切如來以金剛名號金剛眼金剛眼灌頂時金剛眼菩薩摩訶薩則彼金剛蓮華如開敷蓮華勢觀察貪染清淨無染著自性觀已說此嗢陀南

此是一切佛　覺悟欲真實　授與我手掌
法安立於法

爾時婆伽梵復入曼殊室利大菩薩三昧耶出生法加持名金剛三摩地一切如來大智慧三昧耶名一切如來心從自心出

縛日囉（二合）底乞灑拏（三合一句）

從一切如來心纔出已即彼婆伽梵持金剛爲衆多慧劒出已入世尊毗盧遮那佛心聚

爲一體生金剛劒形住佛掌中則從彼金剛劒形出一切世界微塵等如來身一切如來智慧等作一切佛神通遊戲妙吉祥故金剛薩埵三摩地極堅牢故聚爲一體生曼殊室利大菩薩身住世尊毗盧遮那佛心說此嗢陀南

奇哉一切佛　我名微妙音　由慧無色故

音聲而可得

時彼曼殊室利大菩薩身從世尊心下依一切如來右月輪而住復請教令時世尊入一切如來智慧三昧耶名金剛三摩地斷一切如來結使三昧耶盡無餘有情界斷一切苦受一切安樂悅意故乃至得一切如來隨順音聲慧圓滿成就故則彼金剛劒授與曼殊室利大菩薩摩訶薩雙手則一切如來以金剛名號金剛慧金剛慧灌頂時金剛慧菩薩摩訶薩以金剛劒揮斫說此嗢陀南

此是一切佛　智慧度理趣　能斷諸怨敵

罪諸罪最勝

爾時婆伽梵復入纔發心轉法輪菩薩摩訶薩三昧耶出生法加持名金剛三摩地一切如來輪三昧耶名一切如來心從自心出

縛日囉(二合)係都(一句)

從一切如來心纔出已彼婆伽梵持金剛成金剛界大曼荼羅爲一切如來大曼荼羅出已入世尊毗盧遮那佛心聚爲一體生金剛輪形住佛掌中從彼金剛輪形出一切世界微塵等如來身纔發心轉法輪故金剛薩埵三摩地極堅牢故聚爲一體生纔發心轉法輪菩薩摩訶薩身住世尊毗盧遮那佛心說

此嗢陀南

奇哉金剛輪　我金剛勝持　由纔發心故

能轉妙法輪

時彼纔發心轉法輪大菩薩身從世尊心下依一切如來左月輪而住復請教令時世尊入一切如來輪名金剛三摩地一切如來大曼荼羅三昧耶盡無餘有情界令入得不退轉法輪受一切安樂悦意故乃至轉一切如來正法輪最勝悉地故則彼金剛輪授與纔發心轉法輪大菩薩摩訶薩雙手則一切如來以金剛名號金剛場金剛場灌頂時彼金剛場菩薩摩訶薩以彼金剛輪令一切如來安立不退轉説此嗢陀南

此是一切佛　能淨一切法　是則不退轉

亦名菩提場

爾時婆伽梵復入無言大菩薩摩訶薩三昧耶出生法加持名金剛三摩地一切如來念誦三昧耶名一切如來心從自心出

縛日囉(二合)婆沙(一句)

從一切如來心纔出已即彼婆伽梵金剛手爲一切如來法文字出已入世尊毗盧遮那佛心聚爲一體生金剛念誦形住佛掌中從彼金剛念誦形出一切世界微塵等如來身一切如來法性等作一切佛神通遊戲妙語言故金剛薩埵三摩地極堅牢故聚爲一體生無言大菩薩身住世尊毗盧遮那佛心説此嗢陀南

奇哉自然密　我名秘密語　所説微妙法

遠離諸戲論

時彼無言大菩薩身從世尊心下依一切如

來後月輪而住復請教令時世尊入一切如
來三昧耶盡無餘有情界令語成就受一切
安樂悅意故乃至得一切如來語秘密體性
最勝悉地故則彼金剛念誦授與無言大菩
薩摩訶薩雙手則一切如來以金剛名號金
剛語金剛語灌頂時金剛語菩薩摩訶薩以
彼金剛念誦共一切如來談論說此嗢陀南

此是一切佛　名金剛念誦　於一切如來
真言速成就　金剛法智性　一切如來智
慧大輪轉智　一切如來語　輪轉戲論智
此是一切如來大智薩埵

金剛頂一切如來真實攝大乘現證大教王
經卷上

音釋

鐸達各切 弭緜婢切 嗢陀南梵語也此云自說嗢烏骨切

金剛頂一切如來真實攝大乘現證大教王
經卷中

唐持進試鴻臚卿三藏沙門大廣智不空奉　詔譯

大曼茶羅廣大儀軌品之二

爾時婆伽梵復入一切如來毗首羯磨大菩薩三昧耶出生羯磨加持名金剛三摩地一切如來羯磨三昧耶名一切如來心從自心出

縛日囉二合羯磨一句

從一切如來心纔出已一切如來羯磨平等智善通達故金剛薩埵三摩地即彼婆伽梵持金剛爲一切如來羯磨光明出已以彼一切如來羯磨光明照曜一切有情界爲一切如來羯磨界其盡一切如來羯磨界入世尊毗盧遮那佛心聚爲一體量徧一切虛空界則一切如來羯磨界故生羯磨金剛形住佛掌中則從羯磨金剛形出一切世界微塵等如來身於一切世界一切如來羯磨等作一切佛神通遊戲作一切如來無邊事業故金剛薩埵三摩地極堅牢故聚爲一體生一切如來毗首羯磨大菩薩摩訶薩身住世尊毗盧遮那佛心說此嗢陀南

奇諸佛不空　我一切業多　無功作佛益
能轉金剛業

爾時毗首羯磨大菩薩身從世尊心下依一切如來前月輪而住復請教令時世尊入一切如來不空金剛三昧耶名金剛三摩地轉一切供養等無量不空一切業軌儀廣大三昧耶盡無餘有情界作一切悉地受一切安樂悅意故乃至成就一切如來金剛羯磨性

智神境通果故則彼羯磨金剛授與一切如來金剛羯磨大菩薩為一切如來羯磨轉輪王以一切如來灌頂授與雙手則一切如來以金剛名號金剛毗首金剛毗首灌頂時彼金剛毗首菩薩摩訶薩則安立羯磨金剛於自心令安一切如來羯磨平等處說此嗢陀南

此是一切佛　作種種勝業　授於我掌中
以業安於業

爾時婆伽梵復入難敵精進大菩薩摩訶薩三昧耶出生羯磨加持名金剛三摩地一切如來守護三昧耶名一切如來心從自心出

縛日羅(二合)咯乞沙(二合一句)

從一切如來心纔出已即彼婆伽梵金剛手為衆多堅固甲冑出已入世尊毗盧遮那佛心聚為一體生大金剛甲冑形住佛掌中從彼金剛甲冑形出一切世界微塵等如來身一切如來守護儀軌廣大事業等作一切佛神通遊戲難敵精進故金剛薩埵三摩地極堅牢故聚為一體生難敵精進大菩薩身住世尊毗盧遮那佛心說此嗢陀南

奇哉精進甲　我固堅固者　由堅固無身
作金剛勝身

時彼難敵精進大菩薩身從世尊心下依一切如來右月輪而住復請敕令時世尊入一切如來堅固名金剛三摩地一切如來精進波羅蜜三昧耶救護盡無餘有情界受一切安樂悅意故乃至得一切如來金剛身成就果故則金剛甲冑授與難敵精進大菩薩雙手則一切如來以金剛名號金剛慈友金剛

慈友灌頂時彼金剛慈友菩薩摩訶薩以金剛甲冑被一切如來說此嗢陀南

此是一切佛　最勝慈甲冑　堅精進大護　名爲大慈友

爾時婆伽梵復入摧一切魔大菩薩摩訶薩三昧耶出生羯磨加持名金剛三摩地一切如來方便三昧耶名一切如來心從自心出

嚩日囉藥乞灑二合一句二合

從一切如來心纔出已即彼婆伽梵持金剛爲衆多大牙器仗出已入世尊毗盧遮那佛心聚爲一體生金剛牙形住佛掌中從彼金剛牙形出一切世界微塵等如來身作一切降伏暴怒等爲一切佛神通遊戲一切魔善摧伏如金剛薩埵三摩地極堅牢故聚爲一體生摧一切魔大菩薩身住世尊毗盧遮那佛心說此嗢陀南

奇哉大方便　諸佛之悲愍　由有形寂靜　示作異怒形

時彼摧一切魔大菩薩身從世尊心下依一切如來左月輪而住復請敎令時世尊入一切如來極怒金剛三摩地一切如來調伏難調盡無餘有情界施無畏受一切安樂悅意故乃至得一切如來大方便智神境通最勝悉地果故則彼金剛牙器仗授與彼摧一切魔大菩薩雙手則一切如來以金剛名號金剛暴怒金剛暴怒灌頂時彼金剛暴怒菩薩摩訶薩以彼金剛牙器仗安自口中恐怖一切如來說此嗢陀南

此是一切佛　調伏諸難調　金剛牙器仗　方便悲愍者

爾時婆伽梵復入一切如來拳大菩薩摩訶薩三昧耶出生羯磨加持名金剛三摩地一切如來身口心金剛縛三昧耶名一切如來心從自心出

縛日囉(二合)散地(引一)

從一切如來心纔出已即彼婆伽梵持金剛爲一切如來一切印縛出已入世尊毗盧遮那佛心聚爲一體生金剛縛形住佛掌中從彼金剛縛形出一切世界微塵等如來身出已於一切世界一切如來印縛智等作一切佛神通遊戲一切如來拳善縛故金剛薩埵三摩地極堅牢故聚爲一體生一切如來拳大菩薩身住世尊毗盧遮那佛心說此嗢陀南

奇哉妙堅縛　我堅三昧耶　成諸意樂故
解脫者爲縛

時彼一切如來拳大菩薩身從世尊心下依一切如來後月輪而住復請教令世尊入一切如來三昧耶名金剛三摩地一切如來印三昧耶盡無餘有情界令一切如來聖天現驗一切悉地受一切安樂悅意故乃至得一切如來一切智智印主宰最勝悉地果故則彼金剛縛授與一切如來金剛拳大菩薩摩訶薩雙手則彼一切如來以金剛名號金剛拳金剛拳灌頂時彼金剛拳菩薩摩訶薩以彼金剛縛縛一切如來說此嗢陀南

此是一切佛　印縛大堅固　速成諸印故
不越三昧耶

一切如來供養廣大儀軌業一切如來大精進堅固甲冑一切如來大方便一切如來一

切印縛智如是一切如來大羯磨薩埵爾時
不動如來成就世尊毗盧遮那一切如來智
巳印一切如來智故入金剛波羅蜜三昧耶
所生金剛加持名金剛三摩地一切如來金
剛三昧耶名一切如來印從自心出
薩怛嚩(二合)嚩日哩(二合一句)
從一切如來心纔出巳出金剛光明從彼金
剛光明門即彼婆伽梵持金剛爲一切世界
微塵等如來身印一切如來智復聚爲一體
等一切世界量生大金剛形依世尊毗盧遮
那佛前月輪而住說此嗢陀南
奇哉一切佛　薩埵金剛堅　由堅無身故
獲得金剛身
爾時世尊寶生如來印世尊毗盧遮那一切
如來智故入寶波羅蜜三昧耶所生寶金剛
加持名金剛三摩地金剛三昧耶名自印從
自心出
囉怛曩(二合)嚩日哩(二合一句)
從一切如來心纔出巳出寶光明從彼寶光
明即彼婆伽梵持金剛爲一切世界微塵等
如來身印一切如來智復聚爲一體等一切
世界量生大金剛寶形依世尊毗盧遮那右
月輪而住說此嗢陀南
奇哉一切佛　我名寶金剛　於一切印衆
堅灌頂理趣
爾時世尊觀自在王如來印世尊毗盧遮那
一切如來智故入法波羅蜜三昧耶所生金
剛加持名金剛三摩地法三昧耶名自印從
自心出
達摩嚩日哩(二合一句)

從一切如來心纔出已出蓮華光明從彼蓮華光明即彼婆伽梵持金剛爲一切世界微塵等如來身印一切如來智復聚爲一體等一切世界量生大金剛蓮華形依世尊毗盧遮那佛後月輪而住說此嗢陀南

奇哉一切佛　法金剛我淨　由自性清淨
令貪染無垢

爾時世尊不空成就如來印毗盧遮那一切如來智故入一切波羅蜜三昧耶所生金剛加持名金剛三摩地一切三昧耶名自印從自心出

羯磨嚩日哩二合一句

從一切如來心纔出已出一切羯磨光明從彼一切如來羯磨光明即從婆伽梵持金剛爲一切世界微塵等如來身徧印一切如來智復聚爲一體等一切世界量面向一切處生大羯磨金剛形依世尊毗盧遮那佛左月輪而住說此嗢陀南

奇哉一切佛　我多業金剛　由一成一切佛界善作業

一切如來智三昧耶大灌頂金剛法性一切供養如是一切如來大波羅蜜

爾時世尊毗盧遮那佛復入一切如來適悅供養三昧耶所生名金剛三摩地一切如來族大天女從自心出

嚩日囉二合一句囉西

從一切如來心纔出已出金剛印從彼金剛印門則彼婆伽梵持金剛爲一切世界微塵等如來身復聚爲一體爲金剛嬉戲大天女如金剛薩埵一切身性種種形色威儀一切

莊嚴具攝一切如來族金剛薩埵女依世尊不動如來曼荼羅左邊月輪而住說此嗢陀南

奇哉無有比　諸佛中供養　由貪染供養
能轉諸供養

爾時世尊毗盧遮那復入一切如來寶髻灌頂三昧耶所生名金剛三摩地一切如來族大天女從自心出

縛日囉(合二)摩犁(一句)

從一切如來心纔出已出大寶印從彼大寶印則彼婆伽梵持金剛為一切世界微塵等如來身復聚為一體為金剛鬘大天女依世尊寶生如來曼荼羅左邊月輪而住說此嗢陀南

奇哉我無比　稱為寶供養　於三界王勝
教勑受供養

爾時世尊毗盧遮那復入一切如來歌詠供養三昧耶所生名金剛三摩地一切如來族大天女從自心出

縛日囉(合二)霓(愳以切)帝(合一)

從一切如來心纔出已出一切如來法印從彼一切如來法印則彼婆伽梵持金剛為一切世界微塵等如來身復聚為一體為金剛歌詠大天女依世尊觀自在王如來左邊月輪而住說此嗢陀南

奇哉成歌詠　我供諸見者　由此供喜故
諸法如響應

爾時世尊毗盧遮那復入一切如來舞供養所生名金剛三摩地一切如來族大天女從自心出

縛日囉(二合)你哩(二合)帝曵(句一)

從一切如來心纔出已出一切如來舞廣大儀從彼出一切如來舞供養儀則彼婆伽梵持金剛爲一切世界微塵等如來身復聚爲一體爲金剛舞大天女依世尊不空成就如來左邊月輪而住說此嗢陀南

奇哉廣供養　作諸供養故　由金剛舞儀
安立佛供養

一切如來無上安樂悅意三昧耶故一切如來鬘一切如來諷詠一切如來無上作供養業如是一切如來秘密供養爾時世尊不動如來奉答毗盧遮那如來供養故入一切如來能悅懌三昧耶所生名金剛三摩地一切如來如婢使從自心出

縛日囉(二合)杜閉(二合)(一句)

從一切如來心纔出已則彼婆伽梵持金剛爲種種儀燒香供養雲海嚴飾舒徧一切金剛界出已從彼燒香供養雲海出一切世界微塵等如來身復聚爲一體爲金剛燒香天女身依世尊金剛摩尼寶峯樓閣隅左邊月輪而住說此嗢陀南

奇哉大供養　悅懌具端嚴　由薩埵徧入
速疾證菩提

爾時世尊寶生如來奉答毗盧遮那如來供養故入寶莊嚴供養三昧耶所生名金剛三摩地一切如來承旨大天女從自心出

縛日囉(二合)補澀閉(二合)(一句)

從一切如來心纔出已即彼婆伽梵持金剛爲一切華供養嚴飾舒徧一切虛空界出已從彼一切華供養嚴飾出一切世界微塵等

如來身出已復聚爲一體爲金剛華天女形
依如來金剛摩尼寶峯樓閣隅左邊月輪而
住說此嗢陀南
奇哉華供養　能作諸莊嚴　由如來寶性
速疾獲供養
爾時世尊觀自在王如來奉答世尊毗盧遮
那供養故入一切如來光明供養三昧耶所
生名金剛三摩地一切如來女使從自心出
縛日囉二合路計一句
從一切如來心纔出已即彼婆伽梵持金剛
出一切光明界供養嚴飾舒徧盡法界從彼
一切光明界莊嚴具出一切世界微塵等如
來身出已復聚爲一體爲金剛光明天女身
依世尊金剛摩足寶峯樓閣隅左邊月輪而
住說此嗢陀南

奇哉我廣大　供養燈端嚴　由速具光明
獲一切佛眼
爾時世尊不空成就如來奉答毗盧遮那如
來供養故入一切如來塗香供養三昧耶所
生名金剛三摩地一切如來婢使從自心出
縛日囉二合巘題一句
從一切如來心纔出已則彼婆伽梵持金剛
出一切塗香供養嚴飾舒徧一切法界從彼
一切塗香供養嚴飾出一切世界微塵等如
來身出已復聚爲一體爲金剛塗香天女身
依世尊金剛摩尼寶峯樓閣隅左邊月輪而
住說此嗢陀南
奇塗香供養　我微妙悅意　由如來香故
授與一切身
一切如來智徧入大菩提肢分三昧耶一切

如來光明戒定慧解脱解脱知見塗香如是一切如來受教令安爾時世尊毗盧遮那如來復入一切如來三昧耶鉤三昧耶所生薩埵名金剛三摩地一切如來一切印衆生從自心出

䌫日囉合二矩賒句一

從一切如來心纔出已則彼婆伽梵持金剛出一切如來一切印衆從彼一切如來一切印衆出一切世界微塵等如來身復聚爲一體爲金剛鉤大菩薩身依世尊金剛摩尼寶峯樓閣金剛門中月輪而住鉤召一切如來三昧耶説此嗢陀南

奇哉一切佛　鉤誓我堅固　由我徧鉤召

集諸曼荼羅

爾時世尊復入一切如來三昧耶引入摩訶薩埵三昧耶所生名金剛三摩地一切如來印入承旨從自心出

䌫日囉合二播賒句一

從一切如來心纔出已則彼婆伽梵持金剛出一切如來三昧耶引入印主從彼一切如來三昧耶引入印衆出一切世界微塵等如來身復聚爲一體爲金剛索大菩薩身依世尊金剛摩尼寶峯樓閣寶門間月輪而住引入一切如來説此嗢陀南

奇哉一切佛　我堅金剛索　設入諸微塵

我復引入此

爾時世尊復入一切如來三昧耶鎖大薩埵三昧耶所生名金剛三摩地一切如來三昧耶縛一切如來使從自心出

䌫日囉合二薩普合二吒句一

從一切如來心纔出已則彼婆伽梵持金剛出一切如來三昧耶縛爲印衆從彼一切如來三昧耶縛印衆出已出一切世界微塵等如來身復聚爲一體爲金剛鎖大菩薩身依世尊金剛摩尼寶峯樓閣法門中月輪而住說此嗢陀南

奇哉一切佛　大堅金剛鎖　令諸縛脫者
有情利故縛

爾時世尊復入一切如來徧入大菩薩三昧耶所生名金剛三摩地一切如來一切印僮僕從自心出

縛日囉二合吠捨一句

從一切如來心纔出已則彼婆伽梵持金剛爲一切如來印主出已從彼一切如來印主出一切世界微塵等如來身復聚爲一體爲金剛徧入大菩薩身依世尊金剛摩尼寶峯樓閣羯磨門中月輪而住說此嗢陀南

奇哉一切佛　我堅金剛入　爲一切主宰
亦即爲僮僕

一切如來三昧耶鉤召引入縛調伏如是一切如來教令爾時世尊爲一切如來召集故作金剛彈指相說此一切如來召集加持心

縛日囉二合三摩惹一句

由刹那攞縛須臾頃一切如來如彈指頃相驚覺已徧一切世界雲海中一切世界微塵等如來幷菩薩集會曼荼羅集已往詣金剛摩尼寶峯樓閣世界毗盧遮那如來至已頂禮一切如來足心

唵引一薩嚩怛佗孽多二播那滿娜曩迦嚕彌

由此性成就眞言隨意念誦禮一切如來已

說此嗢陀南

奇哉大普賢　菩薩之敬儀　是如來輪壇
影現於如來

時十方一切世界集會如來說已由一切如來加持一切菩薩集會曼荼羅入毗盧遮那佛心從彼一切如來心各各自菩薩衆曼荼羅出已依世尊毗盧遮那佛金剛摩尼寶峯樓閣周圍作壇三摩地而住說此嗢陀南

奇哉一切佛　廣大無始生　由一切塵數
獲得佛一性

爾時婆伽梵一切如來復作集會令金剛界大曼荼羅加持故得盡無餘有情界拔濟一切利益安樂故乃至一切如來平等智神境通三菩提最勝成就故奉請婆伽梵一切如來主宰金剛薩埵無始無終大持金剛以此

一百八讚而請

金剛勇大心　金剛諸如來　普賢金剛初
我禮金剛手　金剛王妙覺　金剛鉤如來
不空王金剛　我禮金剛召　金剛染大樂
金剛箭能伏　魔欲大金剛　我禮金剛弓
金剛善薩埵　金剛戲大適　歡喜王金剛
我禮金剛喜　金剛寶金剛　金剛空大寶
寶藏金剛豐　我禮金剛藏　金剛威大焰
金剛日佛光　金剛光大威　我禮金剛光
金剛幢善利　金剛播妙喜　寶幢大金剛
我禮金剛剎　金剛笑大笑　金剛笑大奇
愛喜金剛勝　我禮金剛愛　金剛法善利
金剛蓮妙淨　世貴金剛眼　我禮金剛眼
金剛利大樂　金剛劒大器　妙吉金剛深
我禮金剛慧　金剛因大場　金剛輪理趣

能轉金剛起　我禮金剛場　金剛說妙明
金剛誦妙成　無言金剛成　我禮金剛語
金剛業教令　金剛廣不空　業金剛徧行
我禮金剛巧　金剛護大勇　金剛甲大堅
難敵妙精進　我禮金剛勤　金剛盡方便
金剛牙大怖　摧魔金剛峻　我禮金剛忿
金剛令威嚴　金剛能縛解　金剛拳勝誓
我禮金剛拳　若有持此名　百八寂靜讚
金剛名灌頂　彼亦獲如是　若有以此名
讚大持金剛　正意歌詠者　彼如持金剛
我等以此名　一百八名讚　願大乘現證
徧流大理趣　我等請汝尊　願說最勝儀
一切佛大輪　勝大曼荼羅
尒時婆伽梵大持金剛聞一切如來請語入
一切如來三昧耶所生加持金剛三摩地說

金剛界大曼荼羅
次當我徧說　勝大曼荼羅　猶如金剛界
名爲金剛界　如教應安坐　於曼荼羅中
大薩埵大印　思惟應加持　住印則當起
顧視於諸方　倨傲而按行　誦金剛薩埵
以新線善合　應量以端嚴　以線智應絣
隨力曼荼羅　四方應四門　四剎而嚴飾
四線而交絡　繒綵鬘莊嚴　隅分一切處
門戶於合處　鈿飾金剛寶　應拼外輪壇
彼中如輪形　應入於中宮　金剛線徧拼
八柱而莊嚴　於金剛勝柱　應飾五輪壇
於中曼荼羅　安立佛形像　佛一切周圍
曼荼羅於中　四勝三昧耶　次第而圖畫
金剛進而步　於四曼荼羅　阿閦毗等四
安立一切佛　應作不動壇　薺金剛持等

金剛藏等滿　寶生曼荼羅　金剛眼淨等
無量壽輪壇　應畫不空成　金剛巧等壇
安立於輪隅　應畫金剛女　外壇於隅角
應畫佛供養　門中一切處　守護門四衆
安立於外壇　應畫摩訶薩　即勝三昧耶
結印如儀則　金剛師入已　摧印而徧入
此諸徧入心　請勑如本教　自身加持等
作已稱自名　應以金剛成　薩埵金剛鉤
金剛師則結　召集作彈指　應請一切佛
刹那頃諸佛　并金剛薩埵　應滿一切壇
集會曼荼羅　則速疾大印　觀金剛薩埵
一徧稱百八　由結集則喜　如來皆堅固
金剛薩自成　慈友而安住　諸門一切處
鉤等而作業　以大羯磨印　安住三昧耶
以印三昧耶　薩埵金剛等　應成大薩埵
誦弱吽鑁斛　則佛等一切　召集大薩埵
鉤召引入已　縛以令調伏　則以密供養
令喜大威德　應自有情利　願作一切成
如是諸壇中　金剛師事業

金剛頂一切如來眞實攝大乘現證大教王經卷中

音釋

冑（直又切兜鍪也）懌（夷益切喜悅也）巘（語蹇切）孽（魚列切）絣（補耕切以繩直物也）鈿（堂線切以寶飾物也）拼（與絣同）

金剛頂一切如來眞實攝大乘現證大教王經卷下

唐特進試鴻臚卿三藏沙門大廣智不空奉　詔譯

大曼荼羅廣大儀軌品之三

次當廣說金剛弟子入金剛大曼荼羅儀軌於中我先說令入盡無餘有情界拔濟利益安樂最勝悉地因果故入此大曼荼羅是器非器不應揀擇何以故世尊或有有情作大罪者彼入此金剛界大曼荼羅見已入已離一切惡趣世尊或有有情諸利飲食貪欲染著憎惡三昧耶爲先行等如是等類隨意愛樂入已則得滿一切意願世尊或有有情愛樂歌舞嬉戲飲食翫具由不曉晤一切如來大乘現證法性故入餘天族曼荼羅於滿一切意願攝受無上能生愛樂歡喜一切如來族曼荼羅禁戒怖畏不入爲彼入惡趣壇路門應入此金剛界大曼荼羅爲令一切適悅最勝悉地安樂悅意受用故能轉一切惡趣現前道故世尊復有住正法有情爲一切衆生求一切如來戒定慧最勝悉地方便佛菩提故久修禪定解脫地等勞倦彼等入此金剛界大曼荼羅纔入已以一切如來果尚不難何況餘悉地類次當且先以四禮禮一切如來全身舒臂金剛合掌以心臆著地禮東方眞言曰

唵(引一)薩嚩怛他孽多(二)布儒(開口唇呼)(角)跛薩佗(二合)曩耶(引)怛麽(二合)南你嚟耶(二合)多夜彌(三)薩嚩怛佗孽多(四)嚩日囉(二合)薩怛嚩(二合)地瑟姹薩嚩鈐(五)

即前金剛合掌住心以額禮南方眞言曰

唵引一薩嚩怛他蘗多二布惹引毗㘑迦耶引
怛麽南涅哩夜二合多夜彌三薩嚩怛他蘗多
四嚩日囉二合囉怛曩二合毗詵遮鉿五
即前金剛合掌安於頭以口著地禮西方眞
言曰
唵引一薩嚩怛他蘗多二布惹鉢囉二合韈栗多
二合那夜引怛麽二合南涅哩夜二合多夜弭三薩
嚩怛他蘗多四嚩囉二合達摩鉢囉二合韈嘌多
二合夜鉿五
即前金剛合掌當心以頂著地禮北方眞言
曰
唵引一薩嚩怛他蘗多二布惹羯磨寧輕呼阿怛
麽二合南涅哩夜二合多夜弭三薩嚩怛他蘗多
四嚩日囉二合羯磨句路鉿五
則以緋繒角絡披以緋帛覆面令弟子結薩
埵金剛印以此心
三摩耶薩怛鍐二合一句
則以二中指令持華鬘以此心眞言令入三
摩耶吽
入已作是言
阿你也二合薩怛鍐三合薩嚩怛他蘗多句犁鉢
囉尾瑟姹二合一薩路二合娜悍諦二嚩日囉二合
枳孃二合曩母怛跛二合那以使也二合弭三曳那
枳孃二合泥曩怛鍐二合四薩嚩怛他蘗多悉地
囉避鉢囉鉢旦嘶五金吉淫切布曩囉你也引
悉馱藥六囉惹娜遮怛嚩耶七涅哩瑟吒摩
訶曼拏羅寫八嚩羯哆尾闍麽提三摩諭九
尾也剃你滓丁撰切十
金剛阿闍黎自應結薩埵金剛印及安弟子
頂作是言此是三眛耶金剛摧汝頂不應說

加持誓水一徧令弟子飲誓水真言曰

嚩日囉(二合)薩怛嚩(二合)薩嚩延諦(一)佉耶紇㗚那曳(二)娑麽嚩悉體(汀以切)哆(三)揑(泥逸切)避佉也(二合)薩怛乞叉(二合)喃(四)夜耶佉也佉沒嚕耶佉(五)難那(去聲)闍嚩日路(二合)娜迦㘑(六)

則告弟子自今已後汝覩娑路我如金剛手我所應言汝當如是作汝不應輕慢於我勿令汝招災禍死已當墮地獄作是語已惟願一切如來加持願金剛薩埵徧入金剛阿闍黎應結薩埵金剛印作是言

阿衍怛三摩欲(開口呼)嚩日嚕(二合)(一)嚩日囉(二合)薩怛嚩(二合)(二)弭底　薩蜜哩(三合)躭阿尾捨野都(三)諦曳嚩嚩日囉(二合)枳孃曩摩弩怛藍(四)嚩日囉(一合)吠奢惡(五)

則結忿怒拳摧薩埵金剛印隨意金剛語誦大乘現證百字真言則阿尾捨纔阿尾捨已則發生微妙智由此知佗心悟佗心於一切事知三世其心則得堅固於一切如來教中悉除一切苦惱離一切惡趣於一切有情無沮壞一切如來加持一切悉地現前得未曾有生喜悅安樂悅意由此安樂等或成就三摩地或陀羅尼門或一切意願皆得滿足乃至成就一切如來體性則結彼印以解於弟子心誦此心真言

底瑟姹嚩日囉(二合)涅哩濁銘婆嚩(一)捨涅嚩覩銘婆嚩(一)吃㗚(二合)娜閻銘地底瑟姹(三)薩嚩悉朕(第注切)遮銘鉢囉(二合)也車(四)吽呵呵呵呵斛(五)

則以其華鬘令弟子擲於大曼荼羅以此心真言

鉢囉底車嚩日囉二合斛引一句
隨華落處則彼尊成就則取彼華鬘繫彼弟
子頭上以此心真言
唵引一鉢囉二合底佗哩二合紇孥二合怛嚩二合二弭
鍐薩怛嚩摩訶麽攞三
由此則大薩埵攝受速得成就成入已則解
面以此心真言
唵引一嚩日囉二合薩怛嚩二合薩嚩延帝你耶二
灼乞芻二合引娜伽吒三曩怛鉢路烏娜伽吒
野底丁以切四薩嚩乞芻二合嚩日囉二合灼乞芻囉
拏多路五
則誦見真言
係嚩日囉二合波捨一句
則令弟子次第而視大曼荼羅纔見已一切
如來加持護念則金剛薩埵住彼弟子心則

見種種光相遊戲神通由見曼荼羅由如來
加持故或見婆伽梵大持金剛示現本形或
見如來從此已後一切義利一切意所樂事
一切悉地乃至獲得持金剛及如來示大曼
荼羅已則以金剛加持香水缾灌弟子頂以
此心真言
嚩日囉二合引毗詵遮一句
則隨以一印繫鬘以自幖幟安於二手掌中
誦心真言
阿你也二合毗色羯哆二合薩怛嚩三合麽斯沒
伐二嚩日囉二合毗飾羯哆二合三伊難帝薩嚩
勃馱怛鑁二合吃哩二合紇孥二合四嚩日囉二合蘇
悉馱曳五唵引六嚩日囉二合地波底怛嚩七麽
毗詵遮彌八底瑟姹嚩日囉二合三摩耶薩鑁
二合九

則以金剛名灌以此心真言

唵一引嚩日囉二合薩怛嚩二合左麽毗詵遮弭二

嚩日囉二合曩摩毗篩羯哆三二合係嚩日囉二合

麽麽四

金剛某甲若與弟子授名號應加係用呼之已廣說入一切曼荼羅儀則問弟子言汝愛樂出生悉地智邪神通悉地智邪持明悉地智邪乃至一切如來智最勝悉地智邪隨彼所樂應說之則教義利悉地成辦印智

金剛形住藏　當於心中觀　觀已住於地
則當見伏藏　金剛形觀已　空中而徧觀
若見隨墮處　彼則是伏藏　金剛形於舌
智者應是觀　自言此處有　語已成真實
金剛形一切　應當觀自身　徧入落於彼
其處是伏藏

彼等心真言

嚩日囉二合儞地一囉怛曩二合儞地二達麽儞地三羯麽儞地四

次應教金剛悉地成辦印智

金剛入生已　水成金剛形　由觀速成就
於水上遊行　復生金剛入　身色如自形
修習於如是　自然如佛形　徧入於自身
自身觀如空　隨樂修習已　則得安達怛
金剛入自已　觀自如金剛　乃至踊上昇
則得虛空行

如是等真言曰

嚩日囉二合惹攞一嚩日囉二合嚕波二嚩日囉二合引迦奢三嚩日囉二合麽唅四

次則教金剛持明悉地成辦印智

應觀月形像　上踊於虛空　手攀於金剛

得金剛持明　升於月輪上　應觀金剛寶
淨身者隨欲　刹那成騰空　升於月輪已
手持金剛蓮　應觀金剛眼　則得持明位
住於月輪中　應觀業金剛　速獲金剛巧
則得諸持明
如是等真言曰
縛日囉二合達落一囉怛曩二合達落二播娜磨二合達落三羯磨達落四
次則教一切如來最勝悉地成辦印智
住諸金剛定　思於虛空界　隨樂金剛身
刹那成騰空　住諸淨等持　修習於最勝
獲得五神通　速疾智成就　觀金剛薩埵
徧於一切空　速念堅固已　則為持金剛
一切成佛形　觀想於虛空　由諸佛等持
則得成正覺

如是等真言曰
縛日囉二合縛日囉一二合述馱述馱二薩怛縛二合薩怛縛三二合沒馱沒馱四
如上是一切悉地智成辦
次當令弟子持祕密堪忍法初旦誦誓心真言
唵一引縛日囉二合薩怛縛二二合薩縛延諦你耶三二合吃唎二合那曳四平聲薩摩縛悉體汀以切哆捏泥逸切避你也五怛乞叉儞夜耶六你也你沒嚕耶你難那去聲闍
則告如是言汝不應越此誓心真言勿令汝招災禍夭壽以此身墮地獄則應教祕密印智
生金剛入已　等引而手指　微細金剛掌
山石尚敬愛

次是金剛指印

入金剛儀已　金剛縛掌擊　以微細掌法
山石尚徧入　以如上入儀　金剛縛舒展
勝拍應等摧　刹那壞百族　微細徧入儀
諸指以等引　金剛縛爲解　能棄勝諸苦

次當説祕密成就

於婆伽身入　女人或丈夫　一切想入已
彼身令徧舒

如是等心真言曰

縛日囉(二合)縛苫(一)縛日囉(二合)尾捨(二)縛日囉(二合)訶那(三)縛日囉(二合)訶囉(四)

即應授與心真言已教自本尊四智印以此儀則告弟子言汝愼於餘人未知此一印不應指示何以故彼有情不見大曼荼羅輙結彼等皆不成就則生疑惑招災禍速死墮於無間大地獄墮於惡趣

次當説一切如來薩埵成就大印智

從心智應發　應觀金剛日　觀自爲佛形
應誦金剛界　由此纔成就　獲智壽力年
得一切徧行　佛體尚不難

此是一切如來現證菩提印

次當説結金剛薩埵成就大印

倨傲擲擲杵　等持金剛慢　身口心金剛
成金剛薩埵　由此徧行印　諸欲生安樂
通壽力勝色　如金剛薩埵　以三金剛儀
如盡順修習　慓幟印相應　成就大薩埵
我今説諸教　能成及所成　成就者大業
我今次第説　每日先依時　及自加持等
作以成如初　然後應隨意

次當廣説大印成就儀則

徧入金剛已　大印如儀則　身前當應結
思惟大薩埵　見彼智薩埵　應觀於自身
鉤召引入縛　令喜作成就
如是等眞言曰
縛日羅(一合)薩怛縛(二合)噁(一句)
此是金剛徧入心
縛日囉(二合)薩怛縛(二合)涅哩舍野(二合一句)
此是大薩埵觀念心
弱吽鍐斛(引一句)
此是大薩埵鉤召引入縛令喜心
誦三昧耶薩怛鍐　徧入背後而月輪
於中應觀而薩埵　我三昧耶薩怛鍐
隨彼薩埵印　修習觀自身　金剛語以成
能成就諸印　誦弱吽鍐斛　身中入諸佛
應作善思惟　令大印成就　我今說事業

金剛業無上　由觀佛成就　速獲佛自性
成薩埵金剛　爲諸佛主宰　由結寶金剛
爲諸寶主宰　成就法金剛　則能持佛法
由業金剛印　則爲金剛業　成金剛薩埵
由結薩埵印　能召持金剛　金剛召相應
金剛染大印　能染一切佛　令喜一切佛
由金剛善哉　奉施佛灌頂　由寶印儀則
速爲金剛光　由金剛光儀　持習金剛幢
則滿一切願　由金剛笑儀　共諸佛戲笑
持金剛法尸　由金剛法儀　得諸佛勝慧
由金剛利儀　持習金剛輪　則能轉法輪
成就佛語言　由金剛語儀　速獲金剛業
由作金剛業　擐服金剛甲　獲得金剛身
成金剛藥叉　如金剛藥叉　一切印成就
由結金剛拳　以金剛嬉戲　獲大金剛悅

由結金剛鬘　從佛獲灌頂　金剛歌相應
獲得金剛歌　由結金剛舞　則供養諸佛
悅懌皆一切　由金剛燒香　金剛華相應
令敬諸群品　由金剛燈印　供養故獲眼
能除一切苦　由金剛香儀　由金剛鉤召
能作諸勝業　能一切引入　由金剛索儀
金剛鎖相應　堪任一切縛　由金剛入儀
能成諸徧入
次當說一切如來金剛三昧耶智印
堅固結合掌　諸指互交結　名爲金剛掌
極結金剛縛　諸三昧耶印　皆生金剛縛
我今說結儀　金剛結無上　堅薩埵金剛
中指堅如牙　大中如寶形　中指而反屈
餘指如蓮蘂　中指於交合　頭指附中指
名爲第五佛

我今徧說如來族三昧耶勝印
由結作成就　二手如月形　中指如金剛
餘指面不著　金剛薩埵印　頭鉤勝指交
由如彈指勢　金剛薩埵四　此爲衆印等
寶金剛頭指　面合而反屈　中無名小指
舒展旋當心　無名指如幢　及與小指合
復住於笑處　則名彼等印　竪齊二大指
頭指屈如蓮　則彼金剛劍　中合屈上節
則彼齊無名　小指交如輪　則解大指縛
舒展從口起　小大指面合　集會業金剛
則彼齊頭指　住心而舒展　曲頭指如牙
小指亦復然　大指小指間　頭指屈其上
於心齊大指　展臂名爲鬘　勝掌從口散
作舞頂上合　金剛縛下施　自掌而上獻
齊頭指相逼　舒展如塗勢　由一頭指屈

二頭指結縛　大頭端如鎖　如金剛拳合
我今說能成　金剛成最勝　自印住於心
薩埵金剛定　次說作事業　金剛業無上
金剛界等印　由集會如來　壇師於弟子
剎那成加持　結薩埵金剛　則成持金剛
纔結金剛鉤　能召一切佛　欲金剛儀故
尚染等覺者　由金剛歡喜　善哉聲皆喜
由結寶金剛　從佛獲灌頂　由結金剛日
如佛得圓光　持金剛幢已　則滿一切願
金剛笑儀故　共諸佛等笑　持法金剛印
等同法金剛　徧持金剛劍　得慧救世者
持習金剛輪　則能轉法輪　由金剛語故
金剛語成就　徧持業金剛　等同金剛業
堅作金剛護　成身如金剛　金剛牙勝印
能摧諸惡魔　堅結金剛拳　順伏諸契印

由戲得喜悅　由鬘得莊嚴　由語語威肅
得供由舞故　焚香滋澤世　由華色端嚴
由燈世清淨　由香獲妙香　金剛鉤召得
金剛索得入　金剛鎖能縛　金剛鈴徧入
我今說法印
嚩日囉惹南通佛　能作堅固金剛界
次復我今當徧說　法印勝契如本儀
誦三昧耶薩怛鑁　一切印契為主宰
誦阿娜耶娑嚩已　即能鉤召一切佛
阿斛蘇佉稱誦已　染愛一切諸佛等
娑度娑度是語已　皆已善哉令歡喜
蘇摩訶怛鍐誦已　則獲一切佛灌頂
嚕褒你庾多語已　則獲正法威德光
誦過佗鉢囉波底　能滿一切殊勝願
呵呵吽㲯作是笑　獲得如來微妙笑

薩嚩迦哩是誦已　能淨非法皆清淨
薅佉掣那誦持已　能斷一切苦受業
没馱冐地是言已　於曼荼羅為主宰
鉢囉底捨那誦已　共頂諸佛談語論
蘇嚩始怛鑁誦已　徧行一切而自在
你娑也怛鑁語已　刹那則得無所畏
誦捨怛嚕薄乞叉　能啖一切惡敵者
薩嚩悉地是誦已　獲得一切妙悉地
摩訶羅底得適悅　嚕波輪陛亦復然
室嚕怛羅爍佉得樂　薩嚩布哲得供養
鉢囉訶攞你你悅　頗攞誐弭獲得果
素帝惹仡哩得光　素獻蕩儗得妙香
阿夜呬弱成鉤召　阿呬吽吽能引入
係薩普吒鑁大將　健吒惡噁令震動
我今說法印　成就令清淨　於舌觀金剛

能作諸事業　次說羯磨印　應結金剛拳
等引而兩分　成二金剛印　次則說結縛
持作金剛指　右手安於左　此印名覺勝
能與佛菩提　不動佛觸地　寶生施願印
無量壽勝定　不空施無畏　次今當徧說
羯磨印次第　金剛薩埵等　能轉金剛業
左慢右摑擲　安住持鉤勢　相應如射法
善哉於心住　灌頂二金剛　於心示日形
右肘住左拳　二掌反於口　右遶右開勢
左心劒殺害　旋轉如火輪　金剛二口散
金剛舞旋轉　兩頰住於頂　甲冑小指牙
二拳而相合　應以金剛鬘　頂禮意戰悚
繫鬘口下寫　旋轉金剛舞　以金剛拳儀
應獻燒香等　一切佛供養　分別供養印
小指互相鉤　頭指如大鉤　如索二如鎖

手背而相逼　我今說成就　金剛業作等
應羯磨金剛　於心而修習　次說羯磨印
金剛業種種　由結智拳故　能徧入佛智
由結阿閦眦　獲得無傾動　由結寶生印
能攝受於他　由結法輪印　則能轉法輪
由無畏勝速　施有情無畏　堅作金剛鬘
金剛薩埵樂　由金剛鉤召　剎那進諸佛
金剛箭令染　尚能金剛妻　金剛喜諸佛
咸施善哉聲　結大金剛寶　從師受灌頂
徧持金剛日　得如金剛日　堅金剛幢旛
則得雨寶雨　徧持金剛笑　速佛平等笑
徧持金剛華　則見金剛法　堅結金剛劒
能斷一切苦　徧持金剛輪　能轉於法輪
所有諸佛語　成以金剛語　金剛舞供養
尚令佛順伏　由持金剛甲　獲金剛堅實
徧持金剛牙　尚能壞金剛　金剛拳能奪
獲得印成就　金剛喜得悅　金剛鬘妙色
金剛語妙語　金剛舞令順　以香意悅懌
以華奪一切　燈供大熾盛　金剛香妙香
金剛鉤能召　金剛索能引　金剛鎖令縛
金剛磬令動

我今廣說一切印都結儀則先當金剛縛摧拍自心誦心真言曰

縛日囉(二合)滿馱怛囉(二合)吒(一句)

則一切印縛於自身口心金剛得自在即結金剛徧入三昧耶印誦此心真言

噁

則成徧阿尾捨如親友加持則三昧耶印想念大薩埵誦此心金剛真言

摩訶三昧耶薩怛無(無毛切一)咯(二)

由此眞言一切印皆得成就此是一切印成就廣儀則我説都廣儀則初結自印結已自印薩埵觀自身以此心眞言

三摩庾唅 句一

則自印薩埵觀自身已以此眞言加持

三麽耶薩怛嚩 一二合 地瑟姹薩嚩唅 二

則然後應成就此是成就儀則次説初欲求義利成就以此眞言

過佗悉地 句一

由此眞言隨意得金剛成就次説金剛悉地成就以此心眞言

嚩日囉 二合 悉地 句一

次説持明成就以此心眞言

嚩日囉 二合 尾你也 二合 達囉 句一

由此隨意即得持明成就欲求最勝成就以自印眞言當求成就我今説一切都自身口心金剛中令作如金剛儀軌若印加持緩慢若意欲解則以此心眞言令作堅固眞言

唵 引 嚩日囉 二合 薩怛嚩 二合 三摩耶麽弩跛 引 攞耶 二 嚩日囉 二合 薩怛嚩 二合 怛尾怒跛底瑟姹 三二合 捏哩 二合 濁寐婆嚩 四 蘇覩使庾寐婆嚩 五 阿弩囉羯都 二合 寐婆嚩 六 蘇布使庾寐婆嚩 七 薩嚩悉朕寐鉢囉也車 八 薩嚩羯麽素者寐質多 九 室哩藥矩嚕 十 吽呵呵呵呵斛 十一 婆誐梵 十二 薩嚩怛佗孽多嚩日囉摩弭 十三 閟遮嚩日囉 二合 婆嚩 十四 摩訶三摩耶薩怛嚩 二合 噁 十五

由此眞言設作無間罪謗一切如來及方廣大乘正法一切惡作尚得成就一切如來印者由金剛薩埵堅固體故現生速疾隨樂得

一切最勝成就乃至獲得如來最勝悉地婆伽梵一切如來金剛薩埵作如是說我今都說一切印解脫儀則

從彼彼出生所有一切印於彼彼當解由此心真言

嚩日囉(二合)穆(一句)

從自心起金剛寶印安於灌頂處以勝指自灌頂分手纏頭繫髮

次結甲冑以此心真言

唵(引一)嚩日囉(二合)囉怛曩(二合)毗訖者給(二)薩嚩母捺囉(二合)銘捺哩(二合)穉短嚕(三)嚩日囉(二合)迦嚩制那鍐

被甲已以齊掌拍令歡喜以此心真言

嚩日囉(二合)覩使耶斛(引一句)

由此心真言　解縛得歡喜　獲得金剛體

如金剛薩埵

一徧誦金剛薩埵　隨意愛樂住安樂
纔誦皆得速成就　如金剛手之所說

婆伽梵普賢作如是說

金剛薩埵等薩埵　一切成就作事業
隨意念誦於此中　於諸事業速成就
真言心印及諸明　隨樂修習諸理趣
於教所說及自作　皆得成就徧一切

次說四種祕密供養應作以此金剛歌詠真言

唵(引)嚩日囉(二合)薩怛嚩(二合)僧蘖囉(二合)賀(一)嚩日囉(二合)囉怛曩(二合)麽努怛嚂(二合二)嚩日囉(二合)達摩誐耶奈(引三)嚩日囉(二合)羯摩迦嚕婆嚩(四)

於曼荼羅中以此金剛讚詠而歌以金剛舞以二手掌及供養華等作供養於外曼荼羅

金剛香等供養已安於本處一切隨力而供養啓白一切如來隨意香等供養已入曼荼羅者隨力以獻大曼荼羅一切滋味飲食安樂等一切資具令充足受用應受與一切如來成就金剛禁戒

此是一切佛體性　任於金剛薩埵手
汝今應當而受持　金剛薩埵堅固禁

唵引一薩縛怛佗孽多悉地二嚩日囉二合三摩耶底瑟姹二合三翳沙怛鑁二合馱囉夜弭四嚩日囉二合薩怛嚩二合呬呬呬呬吽五

則各各復告言勿得說於餘人則誦誓心真言先已入者啓白一切如來結薩埵金剛印從下向上解以此真言曰

唵引一訖哩二合都嚩薩縛薩怛嚩二合喋佗悉地捺多二也佗弩誐孽車馱梵二合三沒馱微灑閻四補那囉誐曩也都五嚩日囉二合薩怛嚩二合穆六

如是於一切曼荼羅三昧耶勝印而作解

金剛頂一切如來真實攝大乘現證大教王經卷下

音釋

晤五故切明也　跛補火切　驪所責切　詵疏臻切　坼恥格切　幖幟幖甲遥切幟昌志切並旗之類也　搊擲搊初尤切擲直隻切　擐胡慣切貫也　襃博毛切　耨乃豆奴沃二切　掣敕列切　啖徒濫切食也　頰古協切面旁也　閦初六切

阿唎多羅陀羅尼阿嚕力經

唐特進試鴻臚卿三藏沙門大廣智不空奉　詔譯

清刻龍藏佛說法變相圖

阿唎多羅陀羅尼阿嚕力經

唐特進試鴻臚卿三藏沙門大廣智不空奉　詔譯

如是我聞一時婆伽梵在悉羅跋城給孤獨園與無量菩薩衆俱爾時觀自在菩薩於大衆中從座而起正衣服已偏袒右肩右膝著地合掌恭敬頂禮佛足而白佛言世尊我今欲說能成一切三世勝法惟願世尊慈悲聽許爾時世尊讚言善哉善哉摩訶薩埵爲大利益一切有情故欲說如是祕密法藏我今聽許任爲廣說爾時觀自在菩薩即說真言曰

唵阿嚕力迦(半音)娑嚩(二合引)訶(引)

爾時觀自在菩薩說此真言已而白佛言世尊此真言是一切蓮華部心我今說是悉地法則若每日晨朝於我像前作曼荼羅散種

種華誦八千徧復不與人語更誦多少漸爲强記若依此法能滿六月即大聰明凡所聞言皆領不忘若清淨洗浴而於佛前造三圓壇一佛二法第三爲僧各作如法供養華香若手執香鑪燒香獻已誦滿八千徧應墮地獄四重五逆一切重罪無不消滅必不疑也若滿六月每誦一千五百徧所求悉地皆得成就

又法淨洗浴已坐三稜草座誦三十五萬徧一切悉地無有不獲仍離自身一切病必無橫疾若於觀自在菩薩前連誦一萬所求善願皆得成就

又法白月八日或十五日清淨洗浴誦八千徧能離一切世界橫難及諸魔障皆悉消滅

又從白月一日至十五日受八戒日誦一萬能離一切毗那野迦所障㝵難

又正月一日起首至十五日於佛前淨治曼荼羅以香華供養誦滿三萬五千徧能得悉地一切所求

又於晨朝香湯洗浴誦三千五百徧能令一切人所敬愛凡所求事皆得隨意

又先於佛前誦一萬徧然從一日起首乃至十四日誦十萬徧遠離一切惡障

又若有善男女等於佛前及觀自在等諸菩薩前作曼荼羅以塗香燒香華燈供養誦三千五百徧捨身必生觀自在菩薩足下又先造十萬塔於一一塔前誦一萬徧如法供養者所求悉地皆得捨身已任意往生極樂世界

又以蟻封泥作十萬小塔一一塔前誦三千

五百徧所求悉地最上最勝心所念處皆得
其人先造四重五逆大罪依此無不滅命終
任意往生極樂國土
又以前泥於佛前作曼荼羅燒沉水香别取
好華每一誦一擲佛足日三時乃至七日能
滅一切決定墮地獄罪仍獲一切所求悉地
又不問日月好惡但取中夜香湯洗浴著新
淨衣誦三千五百徧一切惡夢悉得消滅心
所求事夢中皆說一一分明必不錯謬
又於我前作曼荼羅如牛皮或方或圓二肘
三肘作之然牛酥燈八盞每一萬徧乃至一
月每日如前不與人語一月已即讀佛大乘
經得成不忘極大聰明仍見觀自在恒聞說
法
又欲得見觀自在菩薩者於舍利塔中誦二
十五萬徧然作大供養然牛酥燈坐三稜草
一夜誦眞言乃至中夜聖者即現其身行人
見已即從座起供養恭敬爾時菩薩即爲說
法得聞法已此人常不離聖者得不退菩薩
地乃至成佛
又於直向海泉水岸聚沙造一俱胝塔每塔
前誦多少有難滅重罪應墮地獄悉滅無餘
仍見聖者命終生極樂國土乃至成佛
又每日造一百塔乃至六月日日持誦者於
其國土一切災難消滅
又若造俱胝塔誦一俱胝徧即見觀自在聽
聞說法此人隨所行處有人見者即得解脫
一切苦海
又不語造衆多塔誦三十五萬徧即得悉地
隨所言說恒爲法音無不稱意

又每日造三千五百塔一一塔前各誦七徧以此功德迴施一切受苦有情如是願言應墮惡道受苦業者皆悉消滅如是此人凡所見者如僕隷恭敬命終生安樂國

又於塔中限十五日無數密誦以此功德迴施一切衆生者此人所求大願皆得成就

又先受八戒不語誦一俱胝得禪地悉地

又如法於聖者足前誦一切悉地皆得

又恒起悲心以檀香磨塗一圓壇如荷葉乃至一洛叉一一壇前誦三千五百徧如是巳讀大乘經即得聰明智慧心所欲誦多少皆得自在

又不語於本尊前誦三十五萬徧即得聰明最上最勝

又不語起大慈悲食大麥飯或唯食菜或乞飲食了别誦十五萬徧心所求願皆得成就唯除婬慾若如法供養聖者巳含香誦一萬徧隨所行處見聞皆喜

又早起淨浴著新淨衣誦千徧者忽有飢儉無飯食時此人在處恒爲豐足

又半夜晨朝掬水散身隨分誦多少得離一切怖畏

又加持齒木千徧然嚼用即得辯才令一切人敬念

又加持好華先自嗅隨與前人悉珍敬隨意

又能端坐誦隨分多少常得安樂

又於寢處端坐誦八千徧隨求何事所願皆得唯除色欲

又凡誦八千徧能護自他

又取未墮地瞿摩夷和水作泥於佛法僧及

本尊前磨作壇以有香氣之華散上然牛酥燈東坐誦一萬徧已便於其處三稜草上眠心所求事皆具說之一不謬忘

又白月一日如前取瞿摩夷作壇以有香之華散上然三盞燈誦三千五百徧明早得四箇迦利沙半那

又於舍利塔中或佛前以檀香末磨作四小壇各置酥燈誦三千五百徧隨爲何人除厄難及惡事皆得消滅

又承取瞿摩夷先和水塗地即爲佛法僧及本尊以白檀香水作四小圓壇於上散華日誦一萬乃至七日已即得種種衣服

又以香華供養本尊然四盞酥燈誦萬徧第二十一日如上

又於直入海河泉水岸上面西安本尊像以瞿摩夷塗地供養香華行人面東誦三十五萬徧從此已後此國土風雨順時五穀成熟更誦一萬徧燒涅摩落華於此境界惡猛風雨停息（獻殘華也）

又隨在何國忽起厄難將本尊於城門前如法安置禮拜供養種種香華飲食災厄即息

又以獻聖者殘華加持八千徧蓋於彼極壯熱病人頭亦以和酥薰其病者即猛熱即得除愈

又於像前然酥燈加持八千徧取其燈煙點於眼中能除一切眼病

又於國內忽然起死災於諸城門中畫我像奉獻水中所生諸華即於半夜取杉迷夜樹葉（以枸杞代）搵酥護摩乃至十五日一切死災停息

又若種種毒蟲災起先於本尊前如法供養往好泉水無烏阿處入水及臍取左置蘇末那華一千葉每華加持一徧一投泉中乃至華盡一切毒蟲災滅

又若起半夜誦萬徧必無惡夢

又於午時入向海泉水中誦萬徧一切惡夢消滅

又加持手掌八百徧以摩熱病者身卧於淨處即愈

我今説畫像之法取淨氈未曾割截童女織者最上中畫阿彌陀如來長六搩手作説法印於蓮華臺結跏趺坐身純金色作白焰光佛右畫觀自在菩薩左畫大勢至菩薩皆純金色作白焰光二菩薩右手各執白拂左手各執蓮華大勢至身稍小於觀自在皆種種寶莊嚴其身著寶瓔珞手釧皆衣白衣髮並上結不得披下於自在之右畫聖者半拏羅婆悉你菩薩白衣觀自在母也髮亦上結寶冠種種寶衣以爲莊嚴著白色衣天衣爲黑左手持棒或持羂索右手執於般若梵夾於大勢至近下應畫行人手執華冠或紅蓮青蓮瞻佛尊顏佛座正下爲蓮華池中畫寶蓮蓮之右廂畫難陀龍王左畫跋難陀龍王皆立而半身出水各出一手棒佛座托蓮華面貌忻悦以寶嚴身身作赤色池之左右各爲天女身服寶衣二手執華仰奉如來佛後應畫如意寶樹樹上掛種種寶衣及諸珍寶乃至音樂作舞歌鳴當於樹上畫諸天等以手散華雨佛上畫像畢於淨處面西安置每受八戒於一切有情起大慈悲猛發菩提心至誠供養

每於佛前自作小塔亦讀般若經或白月八日或十四日布施衆僧隨力多少如不能辦乃至極少一升炒許於此像前塗香末香燒香種種飲食如法供養及獻華燈播蓋音樂自常心念阿彌陀佛誦其真言三十五萬徧即得悉地已後任運心念皆成

我今復說刻像法取一白檀木中央刻阿彌陀佛右觀自在左大勢至各執白拂衣裳瓔珞等並如法唯除池等於此像前造護摩鑪鑪中先下五穀及五寶以阿說佗木然火以酥蜜乳酪及種種華相和安金銀及銅器中誦二千五百徧便作護摩從白月一日起首乃至七日每日如是作二千五百徧護摩者隨求何事必稱本願而得悉地已後任所作法皆得自在

又以苾婆木然火粳米三甜護摩二千五百徧囉闍以下悅順

又如上以波羅娑木然火粳米酪護摩二千五百徧國內敬重隨口即順財寶任求

又以阿拔唎(二合)末迦木(牛膝也)然火油麻三甜護摩一切輸馱羅深敬順

又以阿輸迦木(無憂木也)如上用三甜護摩乃至七日囉惹隨意

又以囉闍伐唎(二合)枳沙(二合此云王樹即婆羅門皂莢)如上用阿輸伐馱木(以夜合代)三甜護摩七日亦如前

又以乳汁木如上亦以是木護摩至二十一日一切重病皆遠離於一生中更不復發

又以波羅賒木如上用五穀及酥護摩乃至三月五穀豐熟足(已上皆日二千五百徧也)

又以烏曇跋羅木如上用大麥酥日三時護

摩三千五百乃至一月得上乳牛

又波羅賒木如上用赤大豆煑爲羮白粳米酥蜜日三時護摩三千五百得財寶庫盈所用無盡

又伽陀羅木如上用尾𧔍歷果護摩三千五百乃至七日得蘇伐唎二合那千兩

又波羅賒木如上亦以是木三甜護摩三千五百隨所念人應時而至珍重供養

又烏曇跋羅如上以粳米飯酥護摩三千五百即財寶五穀隨意無窮

又波羅賒木如上以黄黍米穀油麻大麥及酥護摩三千五百囉惹隨意所求

又以乳木如上粳米酥護摩三千五百即得辯才無礙人中獨勝

又阿摩羅如上以阿輸鉢多二合三甜護摩乃至七日日八千徧隨念即至如僕隸見主

又波羅賒木如上以大麥三甜護摩日三千五百乃至三七日隨念多少人如前

又以上木如上以粳米飯三甜日護摩三千五百乃至一月即婆羅門隨念而至不違所使

又阿波末唎迦木如上以油麻大麥和酥護摩三千五百乃至三七日得一切剎底利貴人來珍敬如意上牝牸

又伽陀羅木如上以黄黍米油麻和酥護摩三千五百毗舍種姓人如前

又烏曇跋羅木如上大麥三甜准上數得輸多羅姓人如前

又阿輸迦木如上以波羅賒木三甜准上數乃至七日囉惹珍敬隨意

又婆羅門皂莢木如上以波羅賒木和三甜准上數乃至七日王子等隨念至而珍敬

又阿輸伐馱木如上油麻粳米和酥酪准上五穀任意無窮

又閃彌木(以枸杞代)如上准用阿輸伐馱木(以夜合代)准上乃至二十一日遠離一切橫災重病

又波羅賒木如上油麻和酥准上乃至三月得五穀無量

又波羅賒木如上以粳米赤小豆蔓菁黍米穀大麥三甜相和日時准上得珍寶無數無盡

又波勒乞沙木如上以波羅賒木和三甜准上乃至三七日得衣裳隨意無盡

又苾唎(二合)波木如上以茴香葉和粳米三甜日三時准上乃至一月得莊田三所

又迦唎(二合)尼迦囉木(牡丹代)如上畔多(二合)那安(二合)藥和酥日三時准上乃至一月無量蘇拔羅那

又以波羅賒木如上以伽陀羅木和蜜酪准上乃至三七日得名馬

又阿輸伐馱木如上以波羅賒木和三甜日三時時別准上乃至一月得富貴果

又波羅賒木如上以三甜和安息香准上乃至三七日得莊田

又苾利婆木如上以白芥子和酥日三時准上凡三七日即得身與門徒遠離重病

又微那地迦多迦木如上以茴香草和酥蜜准上時數凡七日離一切惡障難消滅

又波勒乞沙木如上以烏曇跋羅木果子和三甜日三時准上凡一月得名莊百八所

又波羅賒木如上以蓮華子和三甜日三時准上隨所求皆如意
又杉摩（二合）也木如上以波羅娑果子和三甜日三時准上凡一月隨所求願皆悉圓滿
又秣多木如上以石榴果子日三時和三甜准上凡一月得二十所田園
又悉利娑（二合夜合也）木如上以犢子糞日三時准上凡一月得百上牛
又過迦木如上以種種穀和三甜日三時准上凡一月隨所求事皆得如意（但言准上即日三千五百徧有用三時即時別三千五百徧）
我今更說別畫像法令童子受八戒纖氎廣狹大小或二三肘去毛髮護淨香熏更作種種香水淨洗之取最上畫人先受八戒畫時以帛掩口鼻勿令觸正中畫阿彌陀如來或坐蓮臺或師子座結跏而坐作說法印右自在左勢至執拂嚴身等如上像法但佛及菩薩等上各畫白傘蓋以種種寶網莊嚴於蓋正上畫作明仙持諸寶華散而供養華如雨足亦作種種音樂奉獻畫訖安於舍利塔內或於舍利缾前半夜晨朝如法持誦足俱胝徧即得悉地於眞言王最上斫訖羅囉惹
又波羅賒木然火以輸悉波羅（三合）拏藥和三甜護摩二千五百乃至七日囉惹巳下珍敬
又阿師伐多（二合）木如上沉香三甜日時准上凡一月貴人自來珍敬
又過迦木如上以白檀木折切三指時數准上凡一月囉惹珍敬
又伽陀羅木如上以眞蘇合香准上時數月大官如上

又伐利(合二)馱木如上安息香和薰陸以三甜准上時數月諸近臣敬順所求

又波羅賒木如上以蓮華三甜護摩一萬得大官

又伽陀羅木如上以安息香爲丸如山棗和三甜護摩三洛叉半得最大如上

又迦利(合二)毗羅木如上以三甜二洛叉半亦然如上

又於本尊前不與人語誦一俱胝即如上

又於此像前然千盞燈用千蓮華千拘勿陀華更取水中生華隨得一類五百莖已上是三色華各加持八百徧供養其像畢即得如上又於像前每日誦二千五百徧如是滿六月如上最尊

又阿利(合二)迦木然火以荷葉搵三甜日三時各二千五百凡六月如上

又波羅賒木如上青蓮華和三甜日二千五百凡三月得輔相之位

又阿輸迦木如上以萬蓮萬徧獲最大官位

又秣馱木如上以瞿摩夷和三甜日二千五百如上

又紫檀木如上以迦毗羅華和三甜日如上數凡一月即阿地底羯羅訶不發

又波羅賒木如上以闍智娑末(合二)那華日三時如上數一月已即應迦利迦(合二)羯囉(合二)訶不發

又伽陀羅木如上用摩哩(合二)迦華日三時如上數月布羅羯囉訶不得發

又秣馱木如上用波跢羅(合二)華和三甜如上時數月即伐利(合二)訶悉(合二)伐底羯羅訶不得

發又阿伐哩(合二)摩哩(合二)迦木如上用由底迦(二合)華三甜如上時數月即輸迦囉(合二)羯囉訶不得發

又波勒乞沙木如上用多迦羅(合二)華三甜日如上數凡三七日一切羯囉訶一切拏吃沙(二合)多囉皆不得發

爾時觀自在菩薩重白佛言我今更說別畫像法取無毛髮不割截氈治護如前畫人受八戒中央觀自在菩薩左手執紅蓮華右手直下與餓鬼水髮上結身著白衣如前珍寶瓔珞莊嚴天衣為異於蓮華上結跏趺坐左廂畫大勢至菩薩右廂畫普賢菩薩各執白拂畫已於舍利塔內安置面應向西隨得香華任為大小供養中間不斷誦一俱胝行人所有橫死及惡障難皆除或為現說辟除之法

又此像前用闍智婆末(合二)那華各加持一徧供養已便於像前卧三稜草上即於夢中見聖者一切所求一切行事一一具說

又用一俱胝迦利(合二)毗囉如法供養得大官位所處分有大威力(梵本不誦真言准上法各一一徧應不失也)

又以闍智婆末那華一俱胝供養得見聖者聽聞說法仍離諸毒所害之難凡一切毒皆不著身命終生極樂國土

又於三七日用勿利(合二)迦華二十五莖供養

又用拘勿陀華二千五百供養即獲上將位

又以餘地迦華萬枚葉乃至七日得大官位親附國王

又用屈利(合二)跛迦華二千五百葉如是三七日得最上職命

又日用二千五百葉遏迦華供養如是一月亦如上又得主情

又於夜中以闍智娑末那華二千五百葉供養其像於捔勝所必勝

又至初夜分於像前取瓦杯椀滿盛種種穀用闍智娑末那華覆蓋之加持二千五百徧如是三時誦初中後夜至平明時淨漱口已先加持楊枝八千徧然嚼嚼已取杯椀中穀口含即得辯才一切論議之處皆勝

又於像前以瓦杯椀滿盛胡椒於初夜中加持八千至平明時以香水洗其椒更加持一千即含之隨所言語一切人皆敬不敢違

又法於此像前瓦杯椀盛牛黃取有香氣華蓋之至夜分加持千徧至明時先洗漱取淨水加持八百徧以洗牛黃點自額上一切人見敬發善心

又於像前以瓦杯椀盛娑多(二合)布娑婆及伐唎(二合)孕迦以有香之華蓋之於夜三時各加持二千五百徧平明取塗身上所至之處皆得發善忽有瞋人見即歡喜

又像前用那迦(二合)計薩(二合龍華蘂中有)及菖蒲根伐唎(二合)孕迦悉利(二合)弊娑多迦(二合)多揭已上五味相和盛椀中以有香之華蓋之至夜分中加持二千五百徧至平明時別遣童女純著白衣於淨滑石上研其藥即取塗身自上及下見行人者如前

又於像前取鬱金沉香白檀香龍腦四物和置瓦杯椀中以闍智娑末那華蓋之至夜分中加持二千五百徧至平明取塗身上即准前

又像前以嘻利二合駄囉二合鬱金根及摩拏多二合
室羅雌黃也牛黃三物安椀中至夜分中加持
二千五百平明取點額見皆敬愛
我今更説別畫像法取不割截無毛髮氎如
前治淨或木板平淨治於中央畫觀自在菩
薩坐蓮華臺以七寶嚴身或衣纈衣或白衣
左邊畫作羂索及畫怛跢迦悉二合地右邊畫
作須彌盧山山根畫大海水遶之菩薩上畫
作彩雲雲中畫諸仙天雨種種華而以供養
畫已於直入海名泉岸上面向西安之如前
誦一俱胝即得一切明仙中囉惹若更誦三
俱胝即成一切明仙中斫羯囉囉惹
又於前但誦三洛叉半得成尊位誦一洛叉
得大將位
又於前日日誦二千五百每日得四枚迦利
沙半那
又於前白月十二或十三日受八戒齋誦萬
徧得近習大官
又十字街中然四蓋燈以乳酪飲食供養誦
二千五百徧已即於比近樹下寢夜夢中有
藥叉女來白言尊者有何要事遣我何所作
行人應報言作母或姊妹等是女即隨處分
又先受八戒於阿師伐二合駄樹下張像誦三
洛叉半然獻香華乳酪粳米飯果子等布列
訖作無限念誦不得停歇爾時有藥叉鬼如
一婆羅門來白行人言今遣我欲作何事行
人報言爲我使者即奉受使從此已後每於
日西來取進止即應令作事業若行人不如
法者反爲所瞋乃至致損如不伏處分者即
爲降伏法凡役使者以降伏法使之

又張像安於毗棃勒樹下於前用葱滓猫兒糞糠油麻黑豆黄炒末已五物和燒誦萬徧即一鬼來行人不得驚怖向云汝爲我使者縱令作一切難事苦事必不敢違

又張像於阿脩羅窟門前如法誦一俱胝即阿脩羅女出請行人入入已於阿脩羅王中得自在位壽一劫見慈氏下生

我今更説刻雕像法或用金銀或用香木已六指量刻觀自在像左手執蓮華右手施無畏刻畢安舍利塔中於前先持二洛叉半然取阿輸迦樹枝作小篋子取麻那多合二悉囉合二及取素伐利合二盎你合二隨得一色安篋子中於像前如法供養結界護身作無限念誦乃至篋子中出聲出聲已即其藥點於眼中即身淨壽一劫於諸明仙中得囉惹自在

又先覓黄牛有犢子者取此牛酥亦取其乳於銅器中盛用嘻利合二多囉安闍那摩那多合二尸羅及用金末鍮石末銅末六物相和擣篩便丸之於銅器中盛加持是藥乃至火出即出一丸安口中便身淨吐出乃見壽萬年一切事皆得自在除婬慾命終生極樂國土

又以金銀或好鐵如法作刀或輪或瓔珞等寶具或復作鉢以是物等置阿師伐馱樹葉上作無限念誦乃至其物動摇見動已手執之即成明仙壽命一劫即見聖者於彼聞法已便得解脱

又以牛黄安闍那合二共多利合二嚕訶相和爲丸口含於像前無限念誦乃至像眼睛動摇即得人中自在眼亦明淨

又先於像前誦三洛叉供養十萬莖蓮華然

更誦一俱胝即於念誦處眠夢中得見阿彌陀佛及菩薩衆聽説法音得不退地菩薩位

我今更説捏塑像法以淨黄泥作觀自在像若一肘二肘像法如前於像前作圓鑪鑪前以種種香作小圓壇子未墮地瞿摩夷作彼人形持利刀割此糞人一片一投火中護摩乃至形盡如是日三時至一月隨念何人即得珍敬如僕隸見主

又以一切諸香作人形然阿輸迦木火男從右脚女從左脚以利刀片片割護摩如上時月一切人見聞者皆得如意

又以黄黍米糠作人形用波羅多迦木然火割護摩日時月如上即一切鬼神隨得應念珍重供養仍與一切財寶五穀等所索不違

又以油麻滓作人形然婆羅門皂莢木火餘如上三七日已一切羅乞沙(二合)娑隨念珍重

又粳米作人形然秣馱木餘如上三七日准前又生酥作人形然阿師伐木餘如上一月已一切准前

又以粳米飯和酥作人形然波羅賒木如上一月已一切天准前

又酪和飯作人形然阿輸迦木如上一月一切迦嚕拏如上

又黄黍穀和作人形然伽陀羅木如上一月一切乾闥婆如上

又豌豆酪蜜和作人形然杉摩夜木如一一月摩醯首羅并眷屬如上

又油麻滓或油麻和蕎麥麵作人形一如上一切猛惡損害神等皆降伏不違敎命

我今更説餘法於舍利塔誦二千五百徧得

成伐嚕二合尸婆如上所說法者皆得具作成也

又但心誦不出音能滅一切前身中所作一切惡業罪障出聲誦滅現在一切罪障即見好相

又直入海泉水中至腰下誦二洛叉半即聖者現說一切功德諸善法門

又如上以闍智素勿利二合那華二十五萬莖一誦一投泉中即聖者爲說滅諸罪障法門

又以日日供養聖者心念二十一徧一切罪障悉滅無餘

又心念誦觀想心作塔形乃至八百徧此人命終生極樂國土

又造一肘塔塔前誦八百徧一切罪障消滅命終如上

又食前食後若坐若卧若行若住但心念誦即得菩薩不退地位臨終親見聖者

又若不能造塔但心念塔於前各誦萬徧已亦以心念種種供養者一切應墮地獄重罪悉滅無餘

又若爲利益一切衆生故念誦一切善法隨身而集

我今更說餘法若於塔前或於山頭大設供養於觀自在菩薩自受八戒食大麥飯及乳食誦三洛叉半即成浮利婆二合尸婆法

又正月一日或二月十五日受八戒供養聖者誦八千徧即悉地後所作事皆得自在

又若正月一日供養聖者燒沉香以有香之華八千葉每葉一誦一投打菩薩心上乃至

華盡一夜念誦得見聖者若不得見即得五百兩素伐囉那

又以牛酥八千徧護摩七日已珍敬

又摩那羅樹枝作小篋子以種種寶莊嚴其篋以娑羅門皂莢木然火取摩羅那木八百徧護摩隨喚何人無遠近即到

又以阿輸迦木長六指作骨摘子上山頂喫大麥乳食加持三洛叉然自白月十五日三日不食以阿輸伐多樹葉蓋骨摘子更誦多少乃至其處有一仙女來已行人即起問訊便乞所願或作姊妹毋妻等是仙女必不敢違常爲供承十二人分及與金釘仍延命千歲

又月蝕之時用上牛酥盛於淨器取阿輸波多樹葉蓋之加持不絕比至月生如故已現三種相所謂沸煙火焰若沸服之壽五百歲日行五百里於不現形仙中爲尊若煙出服之即隱形去地二十四指日行千由旬壽千歲火出而服得大神力明仙壽三劫

又以紅蓮華和三甜護摩一萬從此火中吉祥天現姝妙殊特手執蓮華隨所求願即與或與爲毋姊妹等事亦與金釘

又受八戒用大麥食及和乳喫坐三稜草席誦八千徧一切飢渴乏苦皆消滅

又入水至齊誦一俱胝能見地中一切伏藏亦開一切阿修羅門能破一切日月宫殿任爲降伏或任追召一切那識亦能令死活一切諸毒無不消滅亦能作扇底迦亦能取伏藏亦能攝取一切衆生亦能令本無男女者而有男女

又誦八百徧能護己身擁勝之處而不墮負又於王宫之内如上護身一切寃家惡人所皆獲勝

又塔前誦六洛叉然以不割截白氎蓋覆像作無限不間誦比至氎上火出已行人得將三千人乘空能作種種不思議事

我今更說別法准前像上加持摩訶稅閉合二馱像作白檀色珍寶瓔珞種種如法莊嚴其髮上結不得披下天衣白色畫已設大供養如法誦三洛叉得悉地

我今更說別事法先受八戒或於淨處或泉水邊造一舍利塔中安十二因緣偈晨造一塔持誦八千日中亦然得一切明仙中輪王恒與聖者同住亦向西方見阿彌陀佛延壽一劫無量明仙前後圍遶大梵天王自來供養隨意自在

又阿伐利合二末羅合二迦木然火亦以此木和三甜護摩八千即與眷屬隨意珍敬

又阿娑安戰那藥摩那多合二悉羅藥及取自身血女人身血波利合二摩羅華已上藥皆等分擣篩爲末三日不食直入海泉水中至齊立手執上藥作無間斷念誦比至火焰出此藥一切天龍藥叉囉乞沙娑等八部鬼神皆來使喚亦能令誑亦能得一切眞言悉地及諸刀仗器具皆令誑惑乃至過去未來被誑何況現在

又獻聖者萎蓮華和已血及上酥先像前作小壇子設大供養取遏迦木然火用其藥護摩如是三度隨念何人任意所使如僕人見主仍得一百鋌金必不敢違

又任然雜木柴以墓中土護摩隨念何人稱其名爲之八千徧即得隨意敬重
又以赤芥子油并取芥根莖及華和自身血用遏迦木然火護摩其藥隨念何人稱其名如上若加持其七徧其人火急即至
又先受八戒誦八千徧已令好手畫人亦受八戒先教持誦阿唎多囉眞言畫作弊羅娑像像前安四枚阿悉伐(三合)樹葉取象牙及豌豆又以摩那多(二合)悉羅藥或取三兩或取八兩已上三味安前葉上又用三葉蓋其藥或用八日十五日或月蝕時加持其藥中無間念誦比現三相隨得上中下悉地
我今更別說法先受八戒以爲乞食日時香湯洗浴著新淨衣發大菩提心斷除貪愛於一切有情起慈悲心或於塔中或於佛前誦三洛叉然淨氎上畫觀自在菩薩手執蓮華於蓮華上立應爲黑色以寶莊嚴髮結向上以細白氎博著二肩畫已安舍利塔中三日不食像前設大供養用體悉(二合)多木和酥蜜護摩二萬四千即像放光或地動或聞鼓聲或燈焰漸長或華動若見如是相即知以悉地能滅一切諸惡已蒙本尊恒爲護持所求大願皆得自在此人所在見者愛敬
又以阿師伐(二合)馱樹葉著蘇嚕(二合)馱安闍那於像前加持不間息比現三相得三悉地
又日三時香湯洗浴及換淨衣乞食而食如法供養誦三洛叉然或二十三日或二十九日以烏油麻和三甜護摩八千得一千迦利沙半那
又口含菖蒲根無限念誦比現三相得三悉

地煖聰明煙隱身火乘空次第應知

又以紫檀木長六指或十二指作齒木先持三洛叉即白月十五日像前無間念誦比三相現得三悉地

又正月一日受八戒日三洗浴誦一洛叉然畫阿唎馱羅像色如檀木坐蓮華以種種寶莊嚴髮上結左手執蓮右手把果著白天衣戴華冠以慈悲顏看行者畫已安舍利塔中以白蓮華護摩一洛叉即得一切明仙中王常與聖者同住亦能遊行極樂世界亦能降伏大梵天王從座而下亦得爲四天下主隨所念至皆得自在亦得親見一切諸佛延壽一劫

又欲得速悉地乞食日時洗浴香湯如法洗已誦五十洛叉必得悉地心所求事皆圓滿

又以白牙作筒子以金裝其表於內盛摩那多(二合)悉羅(雄黃)藥安像前無限念誦加持此藥筒子比現三相得三悉地

又先像前誦十六洛叉即安像舍利塔中以白氎覆作無間誦比像火然得將千餘人乘空又不語於像前坐三稜草誦十六洛叉白月取烏曇婆羅木護摩八千能療一切病無不愈

又入水至齊誦一洛叉能見一切地中伏藏能破一切阿脩羅宮能縛一切火神能結界能召諸龍能令已死者更生亦能作舍安(二合)馱亦能作烏闍阿(二合)多那(二合)亦能攝喚亦能令諸毒消除凡毒惡有情皆得降伏亦能與彼生男女加持八千一切戰陣皆勝亦能令外賊降伏

又以多唎(二合)路訶(三金即金銀銅)長六指許作蓮華日三時香湯洗浴不與一切人語於塔中誦五洛叉然供養三日不食持其蓮華無間斷誦比華火然得將三千人乘空得往生極樂國土與一切聖者等一切菩薩同住

又食大麥食日三浴三換衣誦一俱胝得心中悉地

又畫觀自在像如前法右廂如畫阿唎多嚟菩薩立於蓮臺上身色如檀木以寶莊嚴髮向上結戴蓮華冠著白天衣合掌恭敬作禮自在狀畫已設大供養誦三洛叉得心中一切悉地

爾時觀自在菩薩摩訶薩說此微妙祕密甚深法已於是會中大菩薩衆天龍八部一切金剛聞是法已皆大歡喜禮佛而退

阿唎多羅陀羅尼阿嚕力經

音釋

稜盧登切觚也　肘陟酉切二尺爲肘　嚼疾雀切齧也　嗅許救切以鼻擸氣也　杉師銜切　搵烏困切以手按物也　搩陟華切張伸也　釧樞絹切臂鐶也　羂規縣切網也　闍時遮切　閃失冉切　研倪堅切䃺也　纈奚結切文繒也　滓壯仕切穢也　鍮他侯切銅似金曰鍮　擣都老切舂也　捏塑捏乃結切捻聚也塑蘇故切延土象物也　豌烏丸切豆名　蕎渠嬌切麥名　擿直炙切與擲同　蝕實職切虧也　沸方未切涌出貌　姝春朱切柔好也　鋌待鼎切金銀鋌也　療力照切冶也　齎前西切與擠同

佛說瑜伽大教王經
宋西天三藏朝散大夫試光祿卿明教大師法賢奉　詔譯

清刻龍藏佛說法變相圖

佛說瑜伽大教王經卷第一

宋西天三藏朝散大夫試光祿卿明教大師法賢奉　詔譯

序品第一

如是我聞一時世尊大徧照金剛如來在淨光天大樓閣中彼之樓閣衆寶莊嚴清淨嚴飾金剛寶柱金剛鈴鐸微風吹動出微妙音復有種種殊妙供養以金剛輪寶等而爲莊嚴此是徧照如來種種變化所成乃至如來大智所生諸佛所謂阿閦佛大寶生佛無量壽佛不空成就佛等復次於四面門出生諸菩薩衆及諸賢聖忿怒明王及唧吒唧致訥多訥帝緊羯囉緊羯哩等無數眷屬彼佛安住三摩地常不捨大智大慈大悲發大精進救度衆生於彼會中復有無數天龍夜叉乾闥婆阿脩羅迦樓羅緊那羅摩睺羅伽人非

人等無數眷屬圍遶世尊大徧照金剛如來爾時世尊於會衆中顧視金剛手大菩薩已放大光明普照衆會其光復還入於佛身爾時金剛手菩薩摩訶薩從座而起偏袒右肩踊躍歡喜瞻仰尊顏擲金剛杵右膝著地合掌恭敬作禮世尊而白佛言何因何緣放大光明諸佛如來若無因緣非放光明今見此光我等衆會悉皆驚怪唯願世尊作師子吼爲我等故而與宣說爾時世尊受金剛手菩薩請已入大三摩地其名大智變化瑜伽大教王於一切教中最上最尊所作之法不難成就此金剛智大樂方便一切眞實藏善作最勝智慧方便大樂金剛大變化金剛三摩地爾時世尊從三摩地出已說瑜伽大教王經三昧曼拏羅及種種法所謂幢像法觀想法持誦法作忿怒儀顧視法三摩地法鉤召法禁伏法打諸惡魔法期尅法病患法熱惱法成事法究竟法灌頂法阿闍黎儀相法攝受弟子法如是種種祕密教法我今解說汝等一切至心諦聽爾時彼一切如來及諸菩薩乃至衆會受教而聽爾時世尊而說偈曰

先須親近阿闍黎　所作諸法皆能成
若不親近阿闍黎　所作諸法不可就
我今說彼闍黎德　汝諸菩薩及衆會
應當至心而聽受　尊重律儀大智慧
忍辱淳直無懈怠　善解密句及相應
粉壇儀式法則等　能了眞實十種義
施諸衆生常無畏　恒樂大乘祕密法
悉能了知諸外教　持戒修行具律儀
通達甚深大乘法　能攝祕密眞實義

若能具足前儀法　是故名爲阿闍黎
若無慈悲行利益　亦無正信心懈怠
破戒散亂不律儀　見聞教法而誹謗
如是愚惡無善根　不堪行法爲師教
若具如前儀相法　當爲弟子親教師
此可粉壇爲闍黎　一切教法令指授
所説密句皆能成　弟子具德亦如是
常樂禪定微妙法　恭敬孝順阿闍黎
恒以供養諸賢聖　云何承事阿闍黎
如見諸佛等無異　常持金剛阿闍黎
當是寶生大如來　如是闍黎大智海
出如意珠施大財　常讚闍黎大功德
勿見過失及謗毀　如是尊重得法成
違法輕慢終不就　若人驀踏於師影
彼人壞塔罪無異　所作所求皆不成
諸佛賢聖皆不許　勿令毀謗阿闍黎
乃至夢中亦不得　若有愚癡謗闍黎
常被諸魔來驚怖　如是惡業愚癡人
智者宜應常遠離　所説地獄阿鼻等
墮彼地獄無出期　謗阿闍黎獲此果
是故至心求菩提　供養承事阿闍黎
恭敬尊重常孝順　能施難思最上果

曼拏羅品第二

爾時世尊大徧照金剛如來顧視衆會已入大瑜伽智變化最上祕密金剛三摩地從定出已佛告金剛手大菩薩汝今諦聽金剛手此瑜伽大教王經大曼拏羅王一切曼拏羅中最上最尊其名大智光明藏金剛能成曼拏羅若復有人於此曼拏羅中受灌頂者彼人當受一切曼拏羅中灌頂法佛告金剛手

菩薩若復有人見此曼拏羅中五色粉彼人得恭敬供養一切如來若復有人入此曼拏羅中彼人如入諸佛剎中得一切如來授成佛記時阿闍黎先用結界法依法儀則擁護已身及用一切莊嚴之具嚴飾其身然後作忿怒顧視本身忿怒明王右手擲金剛杵左手執金剛鈴振動作金剛步旋遶而行曼拏羅地口誦吽字然後告言我今發遣一切諸魔乃至天人阿修羅等言已復想本身如忿怒明王即誦此真言曰

阿波娑蘭覩跋晚多一曳引枳唧禰引嚩引酥囉二藥叉囉引叉娑三必隸二合多必舍引左四阿波三摩引二合囉部引多五拏引枳你引烏娑多引二合囉迦六摩賀羅哥七摩賀里迦引八摩賀引哩提二合迦引訥左囉九鉢哩沙二合那引誐嚕拏緊那囉十緊布嚕沙滿怛囉悉馱引十一阿怛囉二合必哩二合體尾引鉢囉二合禰引世引十二阿目迦引左引哩曳二合拏十三阿目迦室捨寫十四三冐地波哩布蘭拏一合阿哩湯二合十五薩哩嚩二合薩埵十六阿努怛囉儞也二合曩邏婆呬引都十七阿目迦曼拏羅囉引惹引曩十八摩引里詰多摩夜二合彌底十九怛禰引嚩引訥嚩一合日囉二合達囉引倪也二合率嚕二合埵引二十尸竭囉彌引嚩引波訖囉二合摩多二十一踰引曩鉢訖囉二合摩底二十二怛寫嚩日囉二合播引尼二十三鉢囉二合入嚩二合里多二十四酤必多吽哥引囉嚩那曩二十五阿引禰引鉢多二合鉢囉二合必帝二合曩二十六摩賀引倪也引二合曩嚩日哩二合拏二十七謀引哩馱曩三合設多馱引二十八尾羯哩引欲哩底二十九

時阿闍黎誦此真言三徧已如前作金剛步旋遶而行結界發遣諸魔成金剛地然後行如左舞踏勢及右舞踏勢每舍阿曼拏羅勢平足立勢龜步勢金剛縛日嚕咄羯哩沙拏勢翹足舞勢旋網舞勢師子步勢師子變身勢金剛鑠勢金剛索勢金剛忿怒勢金剛鉤勢金剛舞勢金剛陪囉嚩勢金剛吠多梨步勢金剛骨朶勢撥覩哩目珂地瑟吒那步金剛軍拏梨步幻化步金剛塞怖吒步大力鉤步金剛牙步金剛笑步金剛鈴步復作持劒勢持金剛勢持輪勢持杵勢持旛勢持索勢持蓮華勢持杖勢作無畏勢持鉤勢持牌勢持槍勢持弓勢挽弓勢射箭勢持頻尼波羅旋遶而行勢施願勢持爍訖帝勢持羯諾野勢頂禮勢入定勢金剛坐勢蓮華坐勢結跏趺坐勢無畏坐勢賢坐勢蹲坐勢戲坐勢現前勢背向勢時阿闍黎作如是一一行步坐勢已用無邊無能勝明王乃至大力明王等即依法作橛打曼拏羅地圍結界十方如是作已復想曼拏羅地即成金剛地徧滿熾盛如是觀想已時阿闍黎即稱已名同誦吽字如是微妙字於一切教中最上最尊然後以本真言依法祈請地天真言曰

怛網(二合)禰(引)尾娑(引)叱部多(引)悉(一)薩哩嚩(二合)没馱(引)努多(引)以曩(二合引)左哩也(二合)那野尾試(引)尸(引)數(三)部(引)彌播(引)囉彌多(引)蘇左(四)薩哩嚩(二合)悉提鉢囉(二合)没哩(二合)馱(引切身)哩湯(二合)(五)曼拏蘭左隷(引)珂夜(引)藐憾(六)

時阿闍黎誦此真言三徧已運至誠心復請召諸佛如來真言曰

三滿多引訶蘭覩給引没馱一迦引嚕拏呬
多際怛薩二部引彌引波哩佗囉合二賀迦引
哩也引二合三薩補怛賴合二薩賀阿引誐摩四
時阿闍黎誦此眞言三徧已於曼拏羅地中
間以塗香作圓相曼拏羅作此曼拏羅時當
誦大輪明王眞言然後請召諸佛賢聖獻大
種種殊妙供養祈求諸佛而作歡喜時阿闍
黎出曼拏羅外於十方出生然後弟子經宿
入於曼拏羅中依法作擁護以香水灌頂復
用塗香塗於心中想已心中羯磨杵右手繫
擁護線與齒木指牙地鋪吉祥草加持已安
座而坐時阿闍黎與弟子受三歸依懺悔罪
障迴向發願乃至弟子以身命布施發大菩
提心即說三歸伽陀曰

我今歸敬於三寶　我佛曠劫超三有
妙法能除煩惱根　獲成聖衆離欲尊
我昔所作諸罪業　今對三寶至誠懺
迴施功德利群生　誓願求證菩提果

時受法弟子誦此伽陀滿三徧已阿闍黎復
爲弟子隨力隨意開導說法令彼至誠發大
菩提心然後如前依法作於供養發送賢聖
時弟子於曼拏羅地右脇而卧於其夢中必
見境像第二日阿闍黎用鮮淨五色線絣曼
拏羅時阿闍黎觀想其線即眞法界性徧照
自性王如來即一切如來藏法界清淨故離
諸塵垢能淨衆生界所用五色粉即五如來
觀想已阿闍黎先下粉然後令弟子同作第
一結界地第二與弟子受三歸第三令弟子
入曼拏羅第四作發送法其曼拏羅有三品
法上品千肘量中品五百肘下品五肘乃至

二肘一肘其相四方作四門四樓中心作八輻輪安置徧照如來東方安阿閦佛南方安寶生佛西方安無量壽佛北方安不空成就佛復次於輪四隅安四親近菩薩東北隅安佛眼菩薩東南隅安摩摩枳菩薩西南隅安白衣菩薩西北隅安多羅菩薩復次於第二重曼拏羅安四菩薩東方安薩埵金剛菩薩南方寶金剛菩薩西方法金剛菩薩北方羯磨金剛菩薩復次於曼拏羅四隅安四菩薩東北隅安尊那菩薩東南隅安寶光菩薩西南隅安顰眉菩薩西北隅安金剛鏁菩薩復次於第三重曼拏羅安十六大菩薩東方位安四菩薩慈氏菩薩妙吉祥菩薩香象菩薩智幢菩薩南方位安四菩薩賢護菩薩海意菩薩無盡意菩薩辯積菩薩復次西方位安四菩薩得大勢至菩薩滅一切罪障菩薩破諸憂闇菩薩熾盛光菩薩復次北方位安四菩薩月光菩薩甘露光菩薩虛空藏菩薩除蓋障菩薩復次於曼拏羅東門安炎髮得迦明王南門安鉢囉研得迦明王西門安鉢訥髮得迦明王北門安尾覲難得迦明王復次於其四隅安四明王東北隅安不動尊明王東南隅安吒枳明王西南隅安你羅難拏明王西北隅安大力明王復次於外曼拏羅外四隅中各安置一金剛杵内第一輪用白粉畫第二重曼拏羅用黄白青三色粉畫第三重曼拏羅用五色粉如是作大曼拏羅已然後爲弟子受灌頂法復次別作二重曼拏羅四方作四門中心畫八葉蓮華於彼蓮華内東位安金剛杵南位安寶西位安蓮華北位

安劒如是作曼拏羅已阿闍黎即自沐浴潔淨齋戒種種莊嚴於身時用閼伽瓶盛滿香水插諸華果枝葉以鮮淨衣蓋閼伽瓶阿闍黎依法加持其瓶入五寶五藥五穀香水充滿第一閼伽瓶名最勝瓶即是本尊餘有四瓶是即四親近菩薩及諸護門明王亦各有閼伽瓶若不隨諸賢聖位安置瓶者只置五瓶當用一切成就眞言加持閼伽瓶以閼伽水灑淨諸衆生然後獻香華燈塗及種種飲食出生供養復次於曼拏羅四隅各安一閼伽瓶第一最勝瓶安置曼拏羅心中時阿闍黎以金剛鉤本印及誦眞言請召諸佛如來入於曼拏羅時阿闍黎復想獻座諸佛如來於曼拏羅內各處本位而坐復次想曼拏羅外以金剛橛釘之而成結界即用閼伽水香華等供養各結本印時阿闍黎讚歎諸賢聖振金剛鈴獻種種音樂已勞謝諸佛賢聖告言我今求一切成就法言已令弟子入曼拏羅內時阿闍黎即誦五如來祕密眞言安置弟子身分五處眞言曰

唵(引一)吽(人際切)曩喻(人)俱(半音二)

唵(引一)嚩日囉(合二)特哩(合二)俱(半音二)

唵(引一)囉怛曩(合二)特哩(合二)俱(半音二)

唵(引一)阿嚕力俱(半音二)

唵(引一)鉢囉(合二)倪也(合二)特哩(合二)俱(半音二)

如是眞言等各結本印安彼弟子五處以作甲冑時阿闍黎以帛覆弟子面引至壇前誦此伽陀曰

壹難覩曼拏明娑(引)嚂(一)嚩日囉(合一)倪也(合二)那寫鉢囉(引二)(合)鉢曩(二)鉢囉(合二)吠(引)始覩摩

夜引室賖三薩哩嚩二合怛他引誐旦補囕四
誦此伽陀已時令弟子結薩埵金剛印拋華
於曼拏羅中誦此眞言曰
唵一引鉢囉二合帝引嗟嚩日囉二合呼二
誦此眞言已與去除覆面帛復誦此伽陀曰
壹難怛怛曼拏羅鉢舍一室囉二合馱引昧遨
那味引那左二沒馱晚舍酤路半那三引毋捺
囉二合滿怛嚩二合怛設那左二合旦四三半帝引
薩哩嚩二合悉提引曩五三摩夜引杌嚕引二合
娑尾設底六嚩日囉二合鉢訥摩引二合屹囉合一
邏里旦七引滿底哩引二合沙嚩引二合囉引達曩
酤嚕八阿泥那紇哩二合那曳引那栧舍嚩日
囉二合鉢旦底九
誦伽陀已令弟子拋華華落之處當爲本尊
以香華燈塗衣服幢旛傘蓋仰塵等殊妙供
養復用微妙音樂吉祥偈讚時阿闍黎先用
最勝閼伽瓶與弟子灌頂銷除塵垢後與四
親近閼伽瓶灌頂已復誦吉祥偈讚告弟子
言

我今振鈴諸佛前　諸佛徧滿如芥子
諸佛受持閼伽瓶　施汝灌頂妙法門
心曼拏羅眞實智　如是觀想無相法
汝今頂受此法門　永出塵勞生死界

時阿闍黎誦此吉祥讚已示於弟子設邏哥
輪螺金剛杵經法乃至金銀等物皆爲除彼
蓋障若無設邏哥等物當結嚕必尼印示與
弟子然後與三昧法三昧眞言曰
阿鞑切身鉢囉二合勃哩二合底怛網二合嚩哆一喻
引尾帝引哩馱二合悉體二合毗薩那二引薩達哩
摩二合冐提唧旦左三阿引左引哩也二合摩嚩

摩顊(切身)那(引四)嚩日囉(二合)婆(引)底哩(二合)數遨囉藐(五)訥瑟鴿(二合)昧帝哩(一合)尾囉(引)誐多(引六)鉢囉(二合)那(引)摩也必帝(引)嚩蹉(七)那迦(引)哩也(二合)昧羯那(引)左那(八)伊帝(引)那訖哩(二合)帝(引)那吠沒馱(引九)那囉哥杌嚕(引)(二合)播(引)多(引)野帝帝(十)

時阿闍黎誦此三昧真言已勸化弟子令施財寶以報師恩或金銀瑠璃摩尼真珠珊瑚琥珀乃至身命等復說頌曰

弟子應當行孝順　報阿闍黎令歡喜
師若歡喜法得成　此外世間無有尊

時弟子聞此頌已從座而起供養諸佛及阿闍黎然後阿闍黎依法作護摩其護摩供養物持誦觀想法依息災增益等儀供養諸佛賢聖然後發送聖賢及三世諸佛已收彼壇中五色粉棄擲江河中於彼曼拏羅地以瞿摩夷塗之曼拏羅所用之物盡施阿闍黎弟子不得受若有受者當破三昧唯阿闍黎隨意受用

真言品第三

爾時世尊大徧照金剛如來復入轉真言輪金剛三摩地從此三摩地出已告金剛手大菩薩言汝今諦聽今此真言精妙字為汝演至心受持時金剛手菩薩合掌向佛而白佛言世尊善說善逝善說為利益一切衆生故爾時世尊即說大徧照金剛如來根本真言曰

唵(引)阿(引)(引一)

復說阿閦如來真言曰

唵(引)吽(引)(引一)

寶生如來眞言曰

唵引怛囕二合句一

無量壽如來眞言曰

唵引紇唎二合句一

不空成就如來眞言曰

唵引亢引句一

佛眼菩薩眞言曰

唵引誐誐那路左你引吽引句一

摩摩枳菩薩眞言曰

唵引枳哩枳哩摩引摩計吽引句一

白衣菩薩眞言曰

唵引羯致引尾羯致引一你羯致引羯鵮羯致引二羯嚕吒尾哩曳二合引娑嚩二合引賀引三

多羅菩薩眞言曰

唵引多引哩引咄多引哩引一咄哩引娑嚩引二合賀引二

薩埵金剛菩薩眞言曰

唵引薩埵嚩日哩二合吽引句一

寶金剛菩薩眞言曰

唵引囉怛曩二合嚩日哩二合引吽引句一

法金剛菩薩眞言曰

唵引達哩摩二合嚩日哩二合引吽引句一

羯磨金剛菩薩眞言曰

唵引羯哩摩二合嚩日哩二合引吽引句一

尊那菩薩眞言曰

唵引左隷祖隷一尊禰引娑嚩二合引賀引二

寶光菩薩眞言曰

唵引囉怛努二合勒計引一囉怛曩二合入嚩二合引里你引娑嚩二合引賀引二

顰眉菩薩眞言曰

唵引勃哩二合酤致引勃陵二合引一句

金剛鏁菩薩眞言曰

唵引嚩日囉二合室哩一合朅里一引吽引癹吒半音

娑嚩引二合賀二引

慈氏菩薩眞言曰

唵引昧引一句

妙吉祥菩薩眞言曰

唵引蒙

普賢菩薩眞言曰

唵引三滿多跋捺囉二合吽引一句

香象菩薩眞言曰

唵引巘馱賀悉帝二合你引吽引一句

智幢菩薩眞言曰

唵引倪也二合引那計引覩一倪也二合引那摩

底吽二引

賢護菩薩眞言曰

唵引跋捺囉二合嚩底一跋捺囉二合播引羅吽二引

海意菩薩眞言曰

唵引娑引誐哩一引摩賀引娑引誐哩引吽二引

無盡意菩薩眞言曰

唵引惡叉曳一引吽吽二引惡叉野羯哩摩二合引

嚩囉拏三尾輸達你引娑嚩二合引賀四引

辯積菩薩眞言曰

唵引鉢囉二合底婆引你一引鉢囉二合底婆引那

酤致引吽二引

得大勢至菩薩眞言曰

唵引娑他二合引弭一引摩賀引娑他二合引弭二引

娑他二合引摩嚩底娑嚩二合引賀三引

除一切罪障菩薩眞言曰

唵引薩哩嚩引二合播引野惹呬一引薩哩嚩二合
二引播引野輸引馱你引吽二引
破一切憂闇菩薩眞言曰
唵引薩哩嚩引二合輸引哥怛護一你哩伽二合
引怛那末底吽二引
熾盛光菩薩眞言曰
唵引惹引里你一引摩賀引惹引里你引吽二引
善財菩薩眞言曰
唵引酥達那室哩引二合野吽句引一
月光菩薩眞言曰
唵引贊捺哩引二合酥贊捺哩引二一合贊捺囉二合
咩引嚩嚕吉帝娑嚩引二合賀二引
甘露光菩薩眞言曰
唵引阿弭多鉢囉二合毗一引阿弭多末底吽二引
虛空藏菩薩眞言曰

唵引誐誐你一引誐誐那嚩囉嚕左你引吽二引
除蓋障菩薩眞言曰
唵引薩哩嚩引三合你引嚩囉拏尾瑟剛二合鼻
尼吽句引一
復說炎鬘得迦明王眞言曰
唵引炎鬘引得迦吽句引一
鉢囉二合研得迦明王眞言曰
唵引鉢囉二合研得迦吽句引一
鉢訥鬘得迦明王眞言曰
唵引鉢訥鬘得迦吽句引一
尾覲難得迦明王眞言曰
唵引阿密哩二合多軍拏里一合尾覲難引二合
得迦吽二引
不動尊明王眞言曰
唵引阿左羅吽引賀

吒枳明王真言曰

唵引吒枳吽引𪘲仁作切

你羅難拏明王真言曰

唵引你引羅難拏一摩賀引難拏吽引二

大力明王真言曰

唵引骨嚕馱那吽引𪘲同上一句

如是等諸大菩薩及大明王精妙字真言安曼拏羅中如是所說無數俱胝精妙字等從三摩地生時阿闍黎依法觀想已用金剛鉤印請召諸佛如來用金剛印請召諸菩薩及諸賢聖用結輪印請召諸明王用結索印請召諸唧唧吒致用結鉤印請召訥多訥帝等

此是瑜伽大教三請召儀則

佛說瑜伽大教王經卷第一

音釋

憕陟孟切開張畫繒也 驀莫白切踰越也 詰契吉切 翹祈堯切舉也 拶子末切 蹲徂尊切踞也 橛其月切木段也 揩丘皆切摩也 䩞切 毗民切 闕伽梵語也此云水閼於曷切 杌五忽切 屹魚乞切 鴿苦咸切

佛説瑜伽大教王經卷第二

宋西天三藏朝散大夫試光禄卿明教大師法賢奉　詔譯

三摩地品第四

爾時世尊大徧照金剛如來入大智力變化圓滿三摩地從定出已告金剛手大菩薩言汝今諦聽我今爲汝説一切眞言祕密三摩地法所爲持明者於曼拏羅畢竟了知粉畫佛像等依法觀想當得畢竟大智不難證得無上菩提何況所求成就之法今説三摩地法於本身想出唵字變成大智以慧開引大智變成大徧照如來身眞金色有其三面善相圓滿頂戴寶冠垂於髮髻身有六臂二手結禪定印左第二手持般若經第三手持弓右第二手持輪第三手持箭身光熾盛天人悉怖化佛如雲復攝化佛入徧照佛身時阿闍黎念微妙字觀想眞理

復次説三摩地法復想口中阿字阿字變成無量壽佛其身白色六臂三面面各三目頂戴寶冠冠有徧照如來而垂髮髻一切莊嚴二手開蓮華右第二手持金剛杵第三手持數珠左第二手持般若經第三手執軍持光明熾盛徧身普照變化金剛杵諸魔驚怖迷悶躃地如是阿闍黎觀想口金剛非久證菩提此名一切相最上廣大法藏三摩地

復説三摩地法時阿闍黎想自本心而爲月輪月輪變成吽字吽字變成阿閦佛身翡翠色八臂三面面各三目頂戴寶冠色相妙善一切莊嚴右第一手持金剛杵第二手持利劒第三手持鉤第四手持箭左第一手持鈴第二手持般若經第三手持羂索第四手

持弓如是想阿閦佛徧滿虛空時阿闍黎若常以金剛定心觀想不久證大菩提此名超老死大心圓滿力金剛無邊三摩地

復說三摩地法時阿闍黎觀想怛嚩(二合)字變爲大智大智化成寶生佛身現赤色四臂三面面各三目善相圓滿頂戴寶冠身嚴衆寶結跏趺坐二手結禪定印右第二手持金剛杵左第二手持如意寶徧滿虛空悉現寶生如來降大寶雨及化諸菩薩此名寶生大智金剛三摩地

復說三摩地法時阿闍黎觀想亢字即變爲大智大智化爲不空成就佛身現綠色四臂二手結禪定印右第二手持利劒左第二手持鈎變化諸佛如雨滿空悉作一切成就法放大光明與智海無異如是觀想虛空藏大牟尼彼人與虛空等離一切有爲法此名虛空性大智金剛三摩地如是說五如來三摩地法已

復說四親近菩薩觀想法時阿闍黎觀想朗字變爲大智大智化成佛眼菩薩身眞金色一切莊嚴八臂三面面各三目善相圓滿右第一手作施願印第二手作無畏印第三手持金剛杵第四手持箭左第一手持羂索頭指竪立作期剋印第二手持寶樹枝第三手持數珠第四手持弓放赤色光明化佛如雲如是觀想大智金剛諸天驚怖悉皆合掌作禮如是觀想佛眼菩薩以菩提分力而爲莊嚴此名佛眼變化大智金剛三摩地

復說三摩地法時阿闍黎觀想鋡字變爲大智大智化成摩摩枳菩薩身如優鉢羅華

色六臂三面面各三目放赤色光明右第一手作無畏印第二手持金剛杵第三手持箭左第一手作期剋印第二手持羂索第三手持弓變化諸佛如雨滿空如是觀想三身大力金剛從於無相而現有相此名幻生大智力甚深三摩地

復說三摩地法時阿闍黎觀想邦字變爲大智大智化成白衣菩薩身現白色六臂三面面各三目一切莊嚴右第一手作無畏印第二手持金剛杵第三手持箭左第一手持蓮華第二手持數珠第三手持弓結跏趺坐觀想蓮華化佛如雲滿虛空界如是觀想此三摩地是人當得最上菩提此名蓮華神通最勝佛智金剛三摩地

復說三摩地法時阿闍黎觀想當丁江切字變爲大智大智化成多羅菩薩諸相圓滿身現緑色六臂三面面各三目結跏趺坐放赤色光徧滿熾盛變化諸佛徧滿虛空觀想菩薩爲一切衆生之母右第一手作無畏印第二手持金剛杵第三手持箭左第一手作期剋印第二手持優鉢羅華第三手持弓此名降伏一切衆生大樂智金剛三摩地

復說三摩地法時阿闍黎觀想四親近菩薩所謂薩埵金剛菩薩寶金剛菩薩法金剛菩薩羯磨金剛菩薩如前想已不久證大菩提此名四聖諦歡喜三摩地

復說三摩地法時阿闍黎觀想尊字變成大智大智化成尊那菩薩七俱胝如來三身讚說此菩薩眞言成九字亦成九分法成九大菩薩身如秋月色衆寶莊嚴諸相圓滿能

度一切賢聖此菩薩二十六臂三面面各三目正面善相微笑右面大青色作忿怒相利牙初月舌如閃電左面黃色皺脣此菩薩或坐或立如戲舞勢二手結本印安於心中右第二手作無畏印第三手持劒第四手持寶瓔珞第五手持海甘界第六手持箭第七手持鉞斧第八手持寶棒第九手持骨椂第十手持鉤第十一手持金剛杵第十二手作期剋印第十三手持數珠左第二手持如意寶幢第三手持蓮華第四手執軍持第五手持羂索第六手持弓第七手持爍吉帝第八手持輪第九手持螺第十手作期剋印第十一手持賢瓶第十二手持頻尼波羅第十三手持般若經坐蓮華座徧身光明著阿蹉哥衣徧袒掛絡腋及種種衣服莊嚴變化諸佛徧滿虛空如是尊那菩薩具大神通力諸天魔等見之驚怖悉皆向前合掌頂禮如是阿闍黎若常觀想持此真言彼人不久證大菩提若入此三摩地剎那之間能除一切罪何況別成就法此名無邊勝大智尊那大力金剛最勝三摩地

復說三摩地法時阿闍黎觀想嚂字變成大智大智化成寶光菩薩身真金色結跏趺坐六臂三面面各三目諸相圓滿面顏微笑衆寶莊嚴二手持寶寶放光明右第二手作無畏印第三手持箭左第二手作期剋諸惡印第三手持弓身有赤色光明化佛如雲徧滿虛空如是觀想此菩薩最上妙法藏能除諸惡不久成菩提此名寶雲佛智光照三摩地

復説三摩地法時阿闍黎觀想勃零(二合)字變成大智大智化成顰眉菩薩能度諸怖畏身如秋月色六臂三面面各三目現喜怒相光明熾盛右第一手持金剛杵第二手持寶杖第三手持箭左第一手持羂索及作期剋印第二手執軍持第三手持弓化佛如雲如是行住坐卧恒作觀想能除一切怖畏必得菩提此名能除一切怖畏大智金剛三摩地

復説三摩地法時阿闍黎觀想吽字變成大智大智化成金剛鏁菩薩此即諸佛母能降惡衆生身現緑色六臂三面面各三目作微笑相衆寶莊嚴右第一手持金剛杵第二手持金剛鏁第三手持箭左第一手作期剋印第二手持羂索第三手持弓化佛如雲如是觀想金剛鏁菩薩彼人不久證大菩提何況別成就法此名金剛鏁解脱大智金剛三摩地

復説三摩地法時阿闍黎觀想眛字變成大智大智化成慈氏菩薩四臂三面面各三目於蓮華上結跏趺坐二手結説法印右第二手作施願印爲利衆生故左第二手持龍華枝變化諸佛及化菩薩如雲滿空如是觀想所獲功德如前無異此名慈氏力大智最勝三摩地

復説三摩地法時阿闍黎觀想蒙字變成大智大智化成妙吉祥菩薩作童子相具大辯才智慧第一善説妙法三面面各三目頭有三髻頂戴阿閦佛於蓮華上結跏趺坐以種種華嚴飾其身諸相圓滿而作微笑身有六臂右第一手作施願印第二手持劒第三

手持箭左第一手持般若經第二手持優鉢羅華第三手持弓化佛如雲如是觀想得大勝利與前無異此名大智慧光妙金剛三摩地

爾時世尊説此三摩地法已復説諸菩薩摩訶薩觀想之法所謂香象菩薩智幢菩薩賢護菩薩海意菩薩無盡意菩薩辯積菩薩得大勢至菩薩除一切罪障菩薩破諸憂暗菩薩熾盛光菩薩月光菩薩甘露光菩薩虚空藏菩薩除蓋障菩薩如是等無數阿僧祇菩薩摩訶薩若諸衆生如前儀軌一一觀想諸微妙字變成大智大智化成菩薩各有三面面各三目或四臂六臂等各執幖幟神通變化若人至誠持誦依法相續彼人不久速得成就無上佛道利樂一切有情

復説諸大明王三摩地法時阿闍黎觀想𠾅吽字變成大智大智化成炎鬘得迦忿怒明王以日輪爲圓光熾盛如劫火身色如青雲身短腹大六臂六足六面面各三目正面開口作大忿怒相金剛利牙出外舌如閃電頂戴阿閦佛右面出舌左面齩脣作忿怒相頂戴妙吉祥菩薩右第一手持利劒第二手持金剛杵第三手持箭左第一手持羂索及作期剋印第二手持般若經第三手持弓虎皮爲衣以八龍嚴飾髑髏爲冠髮髻黄色乘於水牛飾以蓮華爲座而垂右足下面諸魔悉皆驚怖亦名能降琰魔王具大辯才光炎赤色化佛如雲如是阿闍黎於行住坐卧常作此觀設復受五欲樂心如虚空俱不染著所獲功德無量無邊此名成一切事大智金剛

降伏琰魔王調伏諸魔三摩地

復說三摩地法時阿闍黎觀想[illegible]鉢囉(合二)字變成大智大智化成鉢囉研得迦忿怒明王六臂三面面各三目身黃色放赤色光蓮華上坐垂於一足以八龍王莊嚴其身正面微笑頂戴阿閦佛右面青色現忿怒相左面白色以齒齩脣右第一手持金剛杵第二手持寶棒第三手持箭左第一手持羂索及作期剋印第二手持般若經第三手持弓如是觀想變化神通已及恒持誦是人不久證大菩提此名無能勝大智金剛三摩地

復說三摩地法時阿闍黎觀想[illegible]吽字變成大智大智化成鉢訥鬘得迦忿怒明王身現赤色八臂三面面各三目正面微笑右面青色出金剛舌現忿怒顧視左面黃色利牙齩脣現忿怒相右第一手持金剛杵第二手持寶杖第三手持哥拏耶第四手持箭左第一手作期剋印第二手持般若經第三手持蓮華第四手持弓虎皮爲衣以八龍莊嚴坐於蓮華上而垂一足有大威力復能變化無數諸佛如是觀想決定成就所作一切事此名馬頭最勝金剛三摩地

復說三摩地法時阿闍黎觀想[illegible]吽字變成大智大智化成尾覲難得迦忿怒明王身大青色六臂三面面各三目頂戴阿閦佛正面微笑右面白色現忿怒相左面如優鉢羅華色以齒齩脣現忿怒相右第一手持利劒第二手持鉞斧第三手持箭左第一手持羂索及作期剋印第二手持般若經第三手持弓左足踏諸魔右足踏蓮華具大神通能除諸

魔化佛如雲徧滿虛空如是依法觀想所作所求一切如意此名除一切魔最勝金剛三摩地

復説三摩地法時阿闍黎觀想欣字呼郎切變成大智大智化成不動尊忿怒明王作妙眼童子相身翡翠色頂戴冠內有阿閦佛六臂三面面各三目正面微笑右面黃色現忿怒相開口出舌舌如紅蓮左面白色以齒齩脣現大忿怒相右第一手持劒第二手持金剛杵第三手持箭左第一手持羂索及作期剋印第二手持般若經第三手持弓放赤色光徧滿照曜坐蓮華上垂於一足而彼座下有大寶山心念吽字能除諸魔具無邊神通化佛如雲徧滿虛空如是依法觀想彼人已踐聖道不久成佛此名一切如來證覺不動智變化金剛三摩地

復説三摩地法時阿闍黎觀想吽字變成大智大智化成吒枳忿怒明王身如青雲色六臂三面面各三目頂戴寶冠冠內有佛正面微笑右面現忿怒相左面白色以齒齩脣現顰眉忿怒相二手結吒枳印右第二手持金剛杵第三手持箭左第二手持般若經第三手持弓放赤色光徧滿照曜坐蓮華上垂於一足化佛如雲徧滿虛空下有諸魔悉皆驚怖合掌作禮如是依法觀想當得最上大智此名喜鉤一切眾生最勝金剛三摩地

復説三摩地法時阿闍黎觀想吽字變成大智大智化成你羅難拏忿怒明王身大青色六臂三面面各三目正面微笑右面黃色現忿怒相左面青雲色以齒齩脣頂戴寶冠

冠内有佛右第一手持金剛杵第二手持寶杖第三手持箭左第一手持羂索及作期剋印第二手持般若經第三手持弓赤色圓光徧滿照曜八大龍王而爲嚴飾坐蓮華上垂於一足化佛如雲徧滿虚空如是依法觀想所獲功德如前無異此名大智金剛三摩地復説三摩地法時阿闍黎觀想𤙖吽字變成大智大智化成大力忿怒明王身如雲色八臂三面面各三目目作赤色髮赤豎立頂戴阿閦佛正面微笑右面金色作忿怒相左面白色以齒齩脣右第一手持金剛杵第二手持寶杖第三手持劒第四手持箭左第一手持羂索及作期剋印第二手持般若經第三手持骨朶第四手持弓坐於蓮華而垂一足白輪圓光徧滿照曜作忿怒顧視諸天覩之

深生驚怖避走十方化佛如雲徧滿虚空如是依法至心觀想所獲功德與前無異此名大力大智最勝金剛三摩地

復説三摩地法時阿闍黎觀想𤙖勃龍(合二)字變成大智大智化成大輪佛頂身現金色有大圓光徧滿照曜三面面各三目手作禪定印金剛蓮華上坐於其座下有大寶山彼佛兩邊有四親近菩薩諸相圓滿面現笑容手持寶金剛杵優鉢羅華及蓮華等種種衣服而爲莊嚴於大輪佛頂外復想輪圍於彼圍内而有五色金剛光明普徧照曜化佛如雲徧滿虚空如是依法觀想大輪頂若人樂求生佛刹土彼人決定隨願得生非久之間速證菩提此名莊嚴一切佛刹大智大輪金剛三摩地

復説三摩地法時阿闍黎觀想惹字變成大智大智化成大夜叉主名寶藏神身黃色二臂三面頂戴寶冠內有五佛於冠左邊少有所損坐於蓮華上座下有寶瓶滿盛諸寶右手持海甘子左手持鼠囊兩邊有四夜叉女身貌端正衆寶莊嚴降一切寶雨化佛滿空如是依法觀想欲求財寶不久徧地現大財寶得大富貴復想已手掌中出甘露水施寶藏神此名施寶雨大智金剛三摩地

復説三摩地法時阿闍黎觀想鉿字變成大智大智化成日前菩薩形容如十六歲圓光熾盛身眞金色光明照曜踰於千日以種種寶莊嚴其身乘七馬車頂戴五如來冠以大神通力擁護十方六臂三面面各三目正面圓滿微笑右第一手持金剛杵第二手持針連線第三手持箭左第一手持羂索及作期剋印第二手持無憂樹枝第三手持弓以神通力能禁縛一切諸惡衆生乃至縫彼眼耳口鼻等如是常作觀想及持此菩薩根本眞言能降伏一切衆生能銷除一切煩惱乃至成無上菩提此名隱身諸惡最上大智金剛三摩地

復説三摩地法時阿闍黎觀想邦字變成大智大智化成鉢蘭拏賖嚩哩菩薩身現金色坐於蓮華上頂戴五如來冠想降甘露雨身有圓光熾盛照曜以華鬘嚴飾六臂三面面各三目現喜怒相一切莊嚴右第一手持金剛杵第二手持鉞斧第三手持箭左第一手持羂索及作期剋印第二手持貝葉樹枝第三手持弓能變化忿怒明王如雲徧空而

彼明王以熾盛光降諸惡曜復作忿怒熾盛勢其明王頂戴阿閦佛如是依法觀想能除諸魔驚怖及諸災障此名息除一切諸魔塵垢大智金剛三摩地

復說三摩地法時阿闍黎觀想□惹字變成大智大智化成穰虞利菩薩作童子相頭有七龍龍頭有如意珠光明徧照頂戴阿閦佛及種種華面現喜怒相以大龍繫腰坐於蓮華上身相金色放赤圓光六臂三面面各三目右第一手持金剛杵第二手持劒第三手作舞勢及持箭左第一手持羂索及作期剋印第二手持尾沙華第三手持弓如是菩薩復化五色虹光明徧滿如是持誦者若見有情遭惡毒所害觀想諸佛滿虛空中手持甘露缾灌於彼人頂復想彼人口門有一□吽字其毒即除永獲安樂如是依法觀想不久證大菩提此名能斷除一切煩惱及諸惡毒大智龍王金剛三摩地

復說三摩地法時阿闍黎觀想□吽字變成大智大智化成訶邏曷羅菩薩身大白色八臂三面面各三目頂戴寶冠如半月相冠内有佛相好圓滿面現笑容作貢高勢右第一手執金剛杵第二手持數珠第三手持箭第四手持三叉左第一手持蓮華第二手持般若經第三手持弓第四手持髑髏内安種種華一切莊嚴身而彼菩薩於寶山巖中處紅蓮華座而垂一足以虎皮爲衣如是依法觀想諸佛滿空作大神通及至心持誦設不持齋戒隨意飲食亦得速成大覺菩提此名能成就一切事訶邏曷羅大喜大智金剛三摩

地

復說三摩地法時阿闍黎觀想[梵字]索字變成大智大智化成降大千界菩薩彼菩薩能除一切有情諸惡及諸病苦身有千臂千面面各三目令現略相而有八臂四面面各三目身綠色作貢高忿怒勢右第一手作施願印第二手持劍第三手持鉤第四手持箭左第一手持蓮華華內有摩尼金剛杵第二手持羂索第三手持弓第四手持鉞斧發大精進力化本部佛徧滿虛空降千界魔如是依法觀想持誦眞言力以大熾盛光攝他象馬軍及能成一切事能作擁護及降伏等此名觀視大軍擁護一切及降大千界大智金剛三摩地

復說三摩地法時阿闍黎觀想[梵字]特網（二合）字變成大智大智化成最上寶幢菩薩身眞金色現忿怒相八臂四面面各三目右第一手持劍第二手持擣杵第三手持輪第四手持箭左第一手持三叉第二手持金剛杵第三手持弓第四手作期尅諸魔印如是依法觀想此菩薩不久證大菩提此名降三界最上金剛三摩地

復說三摩地法時阿闍黎觀想[梵字]鉢嚩（二合）字變成大智大智化成大隨求菩薩八臂四面面各三目身現金色具大威德作貢高無畏勢右第一手持劍第二手持輪第三手持三叉第四手持箭左第一手持金剛杵第二手持羂索第三手持鉞斧第四手持弓坐於蓮華上放大光明如千日輪能除諸惡此三摩地法所有女人胎中子死者時阿闍黎依法

觀想自身爲妙吉祥持彼祕密曼拏羅内諸賢聖閼伽缾灌女人頂復想彼女胎中所有非人薄福之子以印及真言爲發遣淨除罪障已復想彼胎攝入福子時彼女人得子安隱此名觀察一切胎藏隨求大智最勝金剛三摩地

復說三摩地法時阿闍黎觀想[梵字]網字變成大智大智化成持世菩薩其身金色諸相圓滿一切莊嚴光明照曜作貢髙勢身有六臂右第一手作施願印第二手持穀穗第三手持箭左第一手持如意寶第二手持弓第三手降寶雨乃至眷屬及僕從緊羯囉夜叉等亦悉降寶及五穀雨如是依法觀想此持世菩薩能降財穀雨廣七由旬量不久速成菩提此名降財穀雨廣智金剛三摩地

復說三摩地法時阿闍黎觀想[梵字]尾字變成大智大智化成白蓮羅刹女身黑色腹大具大威勢有熾盛光如閃電相坐蓮華上垂於一足有十八臂十二面面各三目利牙出外髮髻赤黃色頂戴阿閦佛髑髏爲瓔珞現大忿怒相師子皮爲衣龍爲絡腋手持滿血髑髏及持劒鉤輪金剛杵三叉鈴幡寶棒羂索鉞斧等復以衆寶莊嚴於身能破諸惡有情如是依法觀想及持誦真言爲利益一切衆生故不久證大菩提此名除滅一切惡觀察佛刹最勝金剛三摩地

佛說瑜伽大教王經卷第二

音釋

躃毗亦切倒也 齩五巧切齧也 鉞王月切大斧也 桗都果切 蹉倉何切 腋夷益切左右肘脇門也 髑髏髑音獨髏音婁髑髏首骨也 琰以冉切 虹胡公切螮蝀也 穗徐醉切禾穎也

佛説瑜伽大教王經卷第三

宋西天三藏朝散大夫試光禄卿明教大師法賢奉 詔譯

眞言大智變化品第五

爾時世尊大徧照金剛如來觀察一切如來已入寂靜無塵最勝金剛三摩地於此三摩地出已從金剛三昧説一切如來母佛眼大菩薩眞言曰

唵引 婆誐嚩底一 嚕嚕二 塞普二合嚕三 入嚩二合羅四 底瑟吒二合五 悉馱嚕左你六引 薩哩嚩引二合囉他二合 娑引達你娑嚩引二合 賀引七

爾時諸佛如來及十地滿心大菩薩衆聞此眞言已悉皆歡喜一切魔軍驚怖迷悶唯念大徧照金剛如來今此眞言具足大智若有持誦之者能作種種成就事乃至死者使令還命難成能成

爾時世尊復入三金剛最上熾盛三昧金剛三摩地從定出已説諸佛母摩摩枳菩薩眞言曰

唵引 商羯哩一引 扇引底羯哩二引 崛吒崛吒三 崛致你崛致你四 哩伽引二合 多野哩伽引二合 多野五 崛致你娑嚩引二合 賀引六

爾時諸佛如來聞此佛母眞言已皆大歡喜唯念心金剛如來此眞言能成就一切息災增益等法能作擁護乃至能滅一切罪障

爾時世尊復入大乘無邊蓮華三金剛心變化三昧金剛三摩地於定出已從三金剛説諸法母白衣菩薩眞言曰

唵引 羯致一引 尾羯致二引 你羯致三引 羯鴿羯致四引 羯嚕吒微哩曳引二合 娑嚩引二合 賀引五

爾時諸佛如來聞此眞言已悉皆出定唯念

心金剛如來若人持誦觀想能作一切事能善擁護乃至增長微妙法藏

爾時世尊復入覺悟諸天平等三金剛大樂金剛三摩地從定出已說諸佛母大智多羅菩薩眞言曰

唵引多引哩引一咄多引哩引二咄哩引娑嚩二合引賀引三

爾時諸佛及諸菩薩聞此眞言皆大歡喜唯念大徧照金剛如來若人持誦此菩薩眞言能令世間一切有情而爲僕從

爾時世尊復入一切如來最上智三摩地於定出已從三金剛說此炎髮得迦大忿怒明正眞言曰

那莫悉底哩三合嚩日囉二合引祓引一唵引揭揭二佉引呬佉引呬三薩哩嚩二合訥瑟乇二合四薩埵那摩迦五過西母娑羅六鉢囉輸播引舍賀悉多二合七拶覩哩部二合惹八拶覩哩目二合珂九敎乇左二合囉拏十阿引誐蹉阿引誐蹉十一薩哩嚩二合訥瑟乇二合鉢羅二合拏引鉢賀引哩拏十二摩賀引尾覩曩二合伽引怛迦十三尾訖哩二合跢引那那十四薩哩嚩二合部引多嚩商羯囉十五過乇乇賀引娑那引彌彌引十六咩引伽囉二合左哩摩二合你嚩引娑那十七酤嚕酤嚕十八薩哩嚩二合羯哩摩二合十九引覩那覩那二十薩哩嚩二合滿怛囉二合引二十一頻那頻那二十二鉢囉母捺囉二合引二十三阿引羯哩沙二合野二十四阿引羯哩沙二合野二十五薩哩嚩二合部引旦引你哩摩二合他二十六你哩摩二合他二十七薩哩嚩二合訥瑟乇二合引鉢囉二合吠引舍野二十八鉢囉二合吠引舍野二十九曼拏羅末䭾切身三十吠引嚩莎多

唅(引)尾旦(引)多羯囉(三十一)酤嚕酤嚕(三十二)摩摩阿迦(引)哩煬(二合)賀那賀那(三十三)捺賀捺賀(三十四)鉢左鉢左(三十五)摩(引)尾藍末野(三十六)摩(引)尾藍末野(三十七)摩摩三摩野摩褥三摩(二合)囉(三十八)吽(引)吽(引)發吒(半音)發吒(半音)(三十九)塞怖(二合引)吒野(四十)塞怖(二合引)吒野(四十一)薩哩縛(二合引)賒(引)波哩布囉哥(四十二)吙(引)吙(引)婆誐鑁(引)(四十三)緊唧囉(引)野西(四十四)摩摩薩哩縛(二合引)哩湯(二合)(四十五)娑(引)達野娑縛(二合引)賀(引)(四十六)

爾時一切諸佛及十地菩薩聞此大智種變化明王眞言已歎未曾有唯念大徧照金剛如來此出世大智神通變化炎鬘得迦忿怒明王能降伏大惡衆生若持誦人欲作降伏諸惡法當用一髑髏選擇不損壞無縫兩耳相通圓滿者或一縫至兩縫及耳不通者亦可作法得此髑髏已持誦人依法誦五如來及四親近菩薩眞言加持然後取惡人足下土盛髑髏內持誦人以足踏之即誦炎鬘得迦明王眞言速得降伏

爾時世尊大徧照金剛如來復入大不空最勝金剛甘露忿怒金剛三摩地出此定已從三金剛說尾覲難得迦大忿怒明王眞言曰

那莫三滿多沒馱(引)曩(引一)那謨縛日囉(二合)骨嚕(二合引)馱(引)野(二)摩訶(引)能瑟吒嚕(二合引)咄羯(二合)吒(三)陪囉縛(引)野(四)遏西母娑羅(五)鉢囉輸播(引)舍賀娑多(二合引)野(六)唵(引)阿蜜哩(二合)多軍拏里(二)揭揭佉(引)呬佉(引)呬(八)底瑟吒(二合)底瑟吒(二合引)(九)滿馱滿馱(十)賀那賀那(十一)誐哩惹(二合)誐哩惹(二合)(十二)尾娑怖(二合引)吒野(十三)尾娑怖(二合引)吒野(十四)薩哩縛(二合)尾覲那(二合)尾

那引野剛引十五摩賀引誐拏鉢底十六吩引尾
旦引多羯囉引野十七吽引發吒半音娑嚩引二合
賀引十八

爾時一切諸佛及大菩薩聞此大忿怒明王眞言已歎未曾有一切魔衆悉皆驚怖唯念大徧照金剛如來若持誦人欲作發遣諸惡魔法者當取旋風所吹樹葉於彼葉內畫明王輪如是畫已持誦者取惡魔足下土置於輪中以足蹅之即誦明王眞言彼惡魔等速自遠離

爾時大徧照金剛如來復入寶光變化大智金剛三摩地出此定已從三金剛說鉢囉研得迦忿怒明王眞言曰

那莫三滿多沒馱引曩一引唵引吩那哩徵以知
切二吒吽引吽引發吒半音娑嚩引二合賀引三

爾時諸佛及諸菩薩聞此明王眞言已歎未曾有唯念大徧照金剛如來若人於此眞言依法持誦能降伏夜叉羅刹緊那羅部多娑健馱及宿曜等

爾時世尊復入甘露寶功德藏金剛三摩地出此定已從三金剛說鉢訥鬘得迦忿怒明王眞言曰

那莫三滿多沒馱引曩一引唵引吽引吽引吽
引二路引嚕羅三尾嚕羅四薩哩嚩二合尾沙伽
引怛哥五入嚩二合里多尾塞普二合陵誐六過
吒吒賀引娑計引薩哩七薩吒引跓引波八
嚩日囉二合窟囉你哩伽引二合多九左里多嚩
酥馱引怛羅十你濕嚩引二合娑十一摩嚕覩引
得叱二合鉢多十二合馱囉尼引達羅毗引沙拏
十三過吒吒賀引娑十四阿波哩彌多十五末囉鉢

囉(引)訖囉(二合)摩(十六)阿(引)哩也(二合)毗多部多誐拏(十七)没馱(切身)没馱(十八)賀野仡哩(二合引)嚩(十九)佉(引)那佉(引)那(二十)鉢囉(二合)滿怛囉(二合引二十一)親那親那(二十二)悉提孕(二合)彌(引)禰舍(二十三)阿(引)吠(引)舍野(二十四)薩哩嚩(二合)入嚩(二合)囉(二十五)必舍(引)左曩(引二十六)薩哩嚩(二合)仡囉(二合)呬(引)數(二十七)阿鉢囉(二合)底賀覩(引)娑嚩(二十八)嚩日囉(二合)能瑟吒囉(二十九)(二合)緊唧囉(引)野洗(三十)壹難訥瑟吒(二合)仡囉(二合)賀(三十一)訥瑟吒(二合)薩哩那(二合)嚩(引三十二)突那突那(三十三)摩他摩他(三十四)摩吒摩吒(三十五)播(引)吒播(引)吒(三十六)播(引)吒野播(引)吒野(三十七)滿馱滿馱(三十八)没馱達哩摩(二合)僧伽(三十九)阿褥倪也(二合引)當羯哩莽(二合四十)酤嚕尸(引)竭朗(二合四十一)曷野仡哩(二合引)嚩(引)野癹吒(半音四十二)嚩日囉(二合引)野癹吒(半音四十三)嚩日囉

(二合)誐(引)怛囉(二合引)野癹吒(半音四十四)嚩日囉(二合)你(引)怛囉(二合引)野癹吒(半音四十五)嚩日囉(二合)能瑟吒囉(二合引)野癹吒(半音四十六)嚩日囉(二合)窟囉(引)野癹吒(半音四十七)嚩日囉(二合)窟囉你哩伽(二合引)多那(引)野癹吒(半音四十八)鉢囉滿怛囉(二合四十九)尾那(引)設那(引)野癹吒(半音五十)底喇(二合)路枳跛煬羯囉(引)野癹吒(半音五十一)薩哩嚩(二合)羯哩彌(二合)數(五十二)阿鉢囉(二合)底賀多(引)野癹吒(半音五十三)嚩日囉(二合)酤羅(五十四)怛囉(二合引)娑那羯囉(引)野癹吒(半音五十五)吽(引)吽(引)吽(引五十六)癹吒(半音)癹吒(半音)癹吒(半音五十七)

爾時一切大衆聞此明王眞言已皆大怖畏唯念大徧照金剛如來持誦人欲解除一切毒者當依法想自手掌内有蓮華復想蓮華中生於欱字光明照曜依忿怒明王三摩地

觀想能解除三界一切惡毒

爾時世尊復入不空成就最上寶幢金剛三摩地出此定已從三金剛說你羅難拏大忿怒明王眞言曰

那莫三滿多沒馱引曩引一唵引伊係曳二合引呬二婆誐鑁引嚩日囉二合你引羅難拏三覩嚕覩嚕四羅虎羅虎五賀引賀引六件魯件魯七件邏波野八件邏波野九訖囉二合摩訖囉二合十摩十婆誐鑁引十一嚩引喻吠引詣引那二十部引旦引尸竭朗二合十三那賀那賀十四那囉那囉十五嚩賀嚩賀十六鉢左鉢左十七必吒必吒十八播引吒野十九播引吒野二十末吒末吒二十一末吒引鉢野二十二末吒引鉢野二十三薩哩嚩二合羯哩摩二合引尼二十四親那親那二十五頻那頻那二十六薄叉薄叉二十七彌引那末寫二十八嚕提囉末寫二十九彌引那末惹三十嚕提囉必哩野三十一伊係曳二合引呬婆誐鑁引三十二薩哩嚩二合尾覲那二合引你三十三薩哩嚩二合尾馳切身你三十四薩哩嚩二合滿怛囉二合引尼三十五薩哩嚩二合謨羅羯哩摩二合引尼三十六薩哩嚩二合謨羅仡囉二合賀引三十七賀那賀那三十八伴惹伴惹三十九摩哩那摩哩那二合四十壹難彌引迦引哩煬二合四十一婆引逹野吽引四十二你引邏野四十三你引羅嚩日囉二合難拏引野四十四覩嚕覩嚕四十五尾覲那二合尾那引野剛引四十六那引設迦引野四十七虎嚕虎嚕四十八禰引鉢多二合贊拏引野四十九薩哩嚩二合設咄嚕二合赦引五十紇哩二合那夜引你賓拏野五十一親那親那五十二尾馳切身引那引砌引那哥吽引五十三尾馳切身引曩引室瑟吒二合羯哩摩二合五十四三摩二合囉三摩

煬五十五嚩日囉二合達囉嚩左曩五十六摩哩摩
引二合尾你訖哩二合怛野五十七吽引吽引五十八賀
那賀那五十九那賀那賀六十覩嚕覩嚕六十一酤
嚕酤嚕六十二虎嚕虎嚕六十三發吒半音吽引吽
引六十四訖哩二合旦引怛曳引六十五禰引嚩哩始六十
六尾捺囉二合鉢迦引野六十七賀那賀那六十八
嚩日囉二合難尼引那娑嚩二合引賀引六十九

爾時世尊説此大忿怒明王眞言已所有一切佛刹悉皆震動一切魔衆悉皆驚怖唯念大徧照金剛如來若持誦人欲除諸魔者當依法誦此眞言八百徧及結本印能除一切魔者

爾時世尊大徧照金剛如來復入普徧變化莊嚴金剛三摩地出此定已後三金剛説大力忿怒明王眞言曰

那莫三滿多没馱引曩一引唵引吽引吽引吽
引二發吒半音發吒半音發吒半音三唵引唵引沃佉
囉二合輸引羅播引尼四吽引吽引發吒半音發
吒半音五唵引弭踰引二合底你哩那引二合那六
吽引吽引吽引七發吒半音發吒半音發吒半音八摩
賀引末邏引野娑嚩二合引賀引九

爾時一切魔衆聞此大力忿怒明王眞言已皆大驚怖唯念大徧照金剛如來若復有人於此眞言印相依法持誦者是人能作一切成就法及能降雨亦能止雨

爾時世尊復入普徧熾盛金剛三摩地出此定已從三金剛説吒枳忿怒明王眞言曰

那莫三滿多没馱引曩一引唵吒枳二吽引弱
三

爾時一切諸佛及諸菩薩聞此明王眞言已

歎未曾有一切魔衆悉皆驚怖迷悶躃地若持誦人欲作降伏法者當依羯磨法作魔形像以足踏之現忿怒相當結本印誦此眞言即得降伏一切魔衆亦能解除他呪

爾時世尊復入利金剛熾盛光明金剛三摩地出此定已從三金剛說不動尊大忿怒明王眞言曰

那莫三滿多没馱引曩引一唵引阿左羅際引吒二哥引拏拏三拏吒拏吒四謨引吒謨引吒五末吒末吒六怛吒怛吒七底瑟吒二合底瑟吒二合八阿引尾設阿引尾設九摩賀引滿多波引羅十度那度那十一底尼底尼十二珂那珂那十三尾朅曩二合引摩引囉野十四摩引囉野十五訥瑟鴿二合引娑叉野十六娑叉野十七薩哩鑁二合酟嚕酟嚕十八枳哩枳哩十九摩賀引尾沙摩嚩日囉二合二十塞怖二合引吒野二十一塞怖二合引吒野二十二吽引吽引吽引二十三怛哩二合末里多嚩誐難多哥二十四盎引盎引盎引二十五欱呼郎切下同欱欱二十六阿左羅際吒二十七塞怖二合吒野二十八吽引阿三滿底哥怛囉二合吒二十九摩賀引末羅舍引多野三十三摩羊三十一莽引怛嚩二合引欱引曩引三十二輸迭覩嚕哥三十三窣覩二合設覩嚩日哩二合三十四那謨窣覩二合阿鉢囉二合底曷多嚩哩引毗藥二合三十五入嚩二合引邏野怛囉二合引吒三十六阿薩賀那莫娑嚩二合引賀引三十七

爾時一切天龍夜叉乾闥婆阿脩羅迦樓羅緊那羅摩睺羅伽及諸魔軍等悉皆驚怖迷悶躃地身如火然受大苦惱唯念大徧照金剛如來若人依法持誦此明王眞言能鉤召

諸童女及成就種種所欲之事而此明王即是徧照如來

爾時世尊復入大威力熾盛光明三身金剛智金剛三摩地出此定已説降伏三界忿怒明王眞言曰

唵引遜婆你遜婆吽一引仡哩合二賀拏合二仡哩合二賀拏合二吽二引仡哩合二賀拏合二播野仡哩合二賀拏合二播野吽三引阿引那野呼婆誐鍐四引尾馳切身引囉引惹吽引發吒半音五

爾時一切天人聞此明王眞言已心生驚怖迷悶躃地唯念大徧照金剛如來若人依法持誦此明王眞言及觀想羂索金剛鉤能鉤一切天女此法於鉤召法中最上最尊

爾時世尊復入大智變化大精進金剛三摩地出此定已思念最上菩提所生三身諸佛現大神通化佛如雲時諸化佛各各手執羂索及金剛杵金剛鉤等此法能請召一切佛況諸菩薩時阿闍黎想自本身即眞言相此眞言相即眞實智此智即是大徧照金剛如來於月輪上結跏趺坐身如月色相好圓滿如是依法觀想持誦悉能請召諸佛菩薩若欲鉤召一切童女及阿脩羅女等當稱本名決定速來

復説三金剛所生縛日囉合二播多羅明王鉤召法此明王能擁護下方世界手持三叉金剛杵羂索鉤等能降伏阿脩羅能鉤召一切衆生若持誦人欲作鉤召法者當用朱砂或白石或雌黃日初出時向日而坐先觀想大徧照金剛如來次想妙吉祥菩薩次想焰鬘得迦大明王手持金剛鉤徧身光明現大忿

忿相已即誦明王眞言加持朱砂等藥書所鈎者名乃至龍女夜叉女及那羅延天大自在天等皆生驚怖速來現前若不依法觀想持誦鈎召之法終不得成若依此敎法持誦者所欲之事必得成就而說頌曰

金剛薩埵大菩薩　善能圓滿金剛心
依法持誦若相續　所作之事皆成就

爾時世尊復入大智變化金剛三摩地出此定已從三金剛說大忿怒金剛菩薩眞言曰

唵引輸引里你娑嚩引二合賀引一

爾時一切龍女聞此眞言已悉皆驚怖身如火然唯念大徧照金剛如來此大菩薩眞言若依法觀想持誦能鈎一切龍及諸龍女端正莊嚴悉來現前

爾時世尊復入等虛空大海變化神通三昧三摩地出此定已從三金剛說大尊那菩薩眞言曰

那莫颯鉢多引二合曩引一三藐訖三二合没駄引酟引致引曩引二怛⿰齒也身切他引三唵引左隷引祖隷引尊禰引娑嚩引二合賀引四

爾時世尊說此尊那菩薩眞言已諸佛剎土悉皆震動諸大菩薩悉出三摩地一切魔衆及諸夜叉阿脩羅女等心生驚怖受大苦惱如火然身唯念大徧照金剛如來此菩薩眞言若復有人依法觀想至心持誦一切所求悉得成就

爾時世尊復入虛空藏最勝金剛三摩地出此定已從金剛說大法甘露顰眉菩薩眞言曰

唵引跛野那引設你一怛囉引二合娑你二怛

囉引二合娑野三怛囉引二合娑野四勅哩二合䛀致怛致五吠引囉致六秫引帝七引秫多惹致你娑縛引二合賀八引

爾時一切持明天及諸天等聞此大菩薩眞言已悉皆驚怖身心顫掉一切諸魔恐怖馳走唯念大徧照金剛如來此之眞言若依法持誦亦能鉤召大威力諸龍及龍女阿脩羅及阿脩羅女夜叉及夜叉女等悉來現前若持誦一俱胝能降諸魔及善作一切成就法若復有人毀謗阿闍黎及毀謗大乘經典乃至祕密眞言等於此最勝法而作持誦者是人當被惡魔作諸障難法不成就復自破壞若人信重師法如佛觀想一切衆生而行利樂者是人所作所求一切成就而復不久證大菩提

復説成就法若持誦人欲作降伏法者當用嚕地囉染衣著此衣已觀想本身即是明王作忿怒相以二足踏魔形像持誦明王眞言彼魔不久即自然除滅或用娑里羅染衣如前觀想明王作忿怒相以足踏魔持誦眞言彼魔亦自除滅或用泥母怛囉二合染衣如前依法觀想持誦眞言踏於魔像亦令除滅或用跋三摩染衣如前作大忿怒相持誦眞言一千徧彼諸魔等悉皆除滅若持誦者善了印相儀則如前依法觀想持誦乃至三界有情悉能降伏

復次説持誦處所謂七母居處或尸陀林中或空舍内或天尊獨居處或一大樹下或四衢道中選擇如是之地當作降伏法持誦者先用人骨長八指者爲橛取彼降伏人足下

土作彼形像誦根本眞言八百徧加持橛已釘於彼像然後持此形像往彼人舍門外寃埋地内經半月間速來降伏若不降伏速自破壞此不可解

復次成就法持誦者先用一髑髏無損壞圓滿者於髑髏内而書眞言依法加持已如前於降伏人舍門外寃埋或聚落中亦得速能發遣彼降伏人

復次成就法持誦者用貝多葉或樺皮或疋帛上書於眞言如前儀法於彼人舍門外寃埋速得降伏

爾時世尊大徧照金剛如來說此降伏法已復入一切如來三金剛橛大智金剛三摩地出此定已從身口意三金剛說一切三界大智橛眞言曰

唵引朅朅一朅引怛野朅引怛野二薩哩嚩二合訥瑟鵮引二合發吒三半音計引羅野四計引羅野五薩哩嚩二合播邦引發吒六半音吽引吽引七嚩日囉二合計引羅八嚩日囉二合達嚕引倪也引二合波野底九哥引野嚩引骨唧二合多十嚩日囉二合計引羅野十一吽引發吒十二半音

爾時一切諸佛及諸菩薩聞此眞言已歎未曾有唯念大徧照金剛如來此眞言能除一切魔時持誦人欲作法者當用人骨爲橛或佉禰囉木或鐵等可得爲橛橛旣成就當用印相所謂大徧照金剛如來根本印或寶生佛印或炎鬘得迦明王印或吒枳明王印及大力明王印等然後觀想金剛薩埵菩薩徧身光明即作除魔法持誦者依金剛薩埵菩薩儀想彼魔身從頂至足徧身釘金剛橛乃

至滿虛空界皆是金剛橛如是依法觀想持誦三業相應此金剛薩埵大菩薩能釘一切魔

爾時世尊大徧照金剛如來復入身智變化金剛三摩地出此定已從身口意說身金剛三昧無二眞言曰

唵引親那親那一賀那賀那二那賀那賀三你引鉢多二合嚩日囉二合作訖囉四二合吽引發吒半音五

時阿闍黎作金剛印觀想徧照佛復想此眞言如金剛橛作釘橛勢作法之間乃至諸佛皆出禪定歎未曾有一切魔衆悉皆降伏若不依此當即破壞

爾時世尊大徧照金剛如來復入大心大智金剛變化金剛三摩地出此定已從身口意三金剛說大忿怒橛眞言曰

唵引嚩日囉二合囉惹吽引

時阿闍黎誦此眞言已想五股金剛杵徧滿虛空以此眞言力降伏諸魔復想作釘橛勢釘橛之間一切魔衆悉皆降伏若不依此法當即身壞

爾時世尊大徧照金剛如來復入無量壽語三昧變化金剛三摩地出此定已從身口意三昧說此釘橛眞言曰

唵引訖哩二合引一唵引部哩普二合嚩入二

時阿闍黎誦此眞言已觀想蓮華印光明熾盛以眞言印相降伏魔冤想如釘橛勢如是依法持誦一切魔衆悉皆降伏若不依法必得除滅此眞實金剛橛假使滿虛空皆是諸魔冤悉能釘之

爾時大徧照金剛如來說此祕密觀想釘橛之法彼如來善利衆生心大歡喜而說頌曰

祕密妙法第一義　總攝甚深眞實理
最上難思寂靜句　是即金剛大智橛
善釘一切邪魔呪　乃至不受佛勑者
如是諸佛釘橛法　皆從眞實妙智生

爾時世尊大徧照金剛如來說此頌已復入一切微妙字金剛三摩地出此定已說日前菩薩眞言曰

唵(引)摩(引)哩(引)唧曳(二合引一)禰(引)嚩多(引)曳娑嚩(二合引)賀(二引)

爾時一切佛及諸菩薩聞此眞言悉皆歡喜此眞言法能作一切事能除寃賊難若人依法受持於道路行一切諸惡不能得便

爾時世尊大徧照金剛如來復入降諸惡魔善度一切衆生大智力最勝金剛三摩地出此定已說降伏大千界菩薩眞言曰

唵(引)摩賀(引)薩賀娑囉(二合)鉢囉(二合)末哩那(二合)伱(引)嚩囉悉地那(引)曳計(二)摩尼嚩日哩(二合引三)吽(引)發吒(半音)娑嚩(二合引)賀(引四)

爾時世尊說此眞言已一切佛刹悉皆震動一切菩薩悉出禪定一切諸魔悉皆驚怖受大苦惱如火然身而白佛言我等諸魔以眞言大威力故悉受苦惱從今已後所在之處若有持誦此眞言者誓不於彼爲其魔難長作擁護令增壽命

爾時世尊復入救帝釋降伏大力阿脩羅最勝三摩地出此定已說最上寶幢陀羅尼曰

唵(引)娑誐嚩底(一)特嚩(二合)惹(引)仡囉(二合)計(引)喻哩(二)鉢囉塞鈍(切身下同)尾特網(二合)薩那羯哩

三莎塞魮身切鉢哩播引羅你四烏勒哥二合日契五朅朅六佉引呬佉引呬七鉢囉塞引魮身切八阿難多部呤引那九阿難多目契那十鉢囉二合賀囉一十鉢囉二合賀囉二十吽引發吒半音娑嚩二合引賀引三十

爾時世尊說此大寶幢陀羅尼已所有佛剎悉皆震動諸大菩薩悉出禪定一切夜叉羅剎及諸魔眾受大苦惱唯念大徧照如來俱白佛言世尊我等魔眾以大明力故受大苦惱如火然身從今已後受佛三昧願作一切勝善之事

爾時世尊大徧照金剛如來復入安隱一切胎藏變化金剛三摩地出此定已說大隨求菩薩眞言曰

唵引摩尼達哩引一嚩日哩二合尼二摩賀引鉢囉二合底薩哩引娑嚩二合引賀引三

爾時世尊說此眞言已所有一切大惡魔冤及諸大力鬼神等常於人間侵害有情食彼胎子者聞此大明悉皆驚怖如火然身往詣佛所悉皆禮足白佛言世尊我等諸魔受佛三昧從今已後不害眾生不食胎子擁護有情爲作安隱

爾時世尊大徧照金剛如來復入持世大智金剛三摩地出此定已說持世菩薩眞言曰

唵引嚩酥馱引哩一引摩賀引嚩酥馱引囉二沒哩二合瑟致二合你播引底你二嚩酥娑嚩二合引賀引四

爾時世尊說此眞言已所有一切魔眾悉皆驚怖唯念大徧照金剛如來而白佛言世尊若人於此持世菩薩眞言受持讀誦書寫供

養及稱菩薩名號者我等魔衆爲彼衆生雨衆珍寶令獲富貴

爾時世尊大徧照金剛如來復入一切方便調伏金剛三摩地出此定已說閃電熾盛光大羅刹女心眞言曰

唵(引)勞(轉舌呼)捺哩(二合)尼(一)鉢囉(二合)酤必多贊尼(引)(二)摩賀(引)微(引)誐達哩(三)尾捺與(二合)吩吸微(二合引)摩呼(引)捺哩勞(同上)捺哩(二合)(五)割播(引)羅摩(引)邏(引)馱(引)哩尼(引)(六)惹吒(引)末酤吒曼尼帝(引)(七)那(引)那(引)鉢羅(二合)訶囉拏達哩(八)吽(引)吽(引)(九)發吒(半音)發吒(半音)(十)薩哩嚩(二合)怛他(引)誐多三摩野摩褥娑摩(二合)囉(十一)酤嚕酤嚕(十二)吽(引)鉢囉(二合)摩哩那(二合)野(十三)薩哩嚩(二合)設咄嚕(二合)赦(引)(十四)輸(引)尼當必嚩(十五)鉢羅(二合)贊拏微(引)誐達哩(十六)鉢左多鉢左多(十七)尾枳囉尾枳囉(十八)舍(引)怛野吽(引)(十九)那賀那賀(二十)薩哩嚩(二合)設咄嚕(二合)(二十一)薩哩嚩(二合)訥瑟鴿(二合引)你訖零(二合)爹(二十二)鉢囉(二合)娑(引)那野吽(引)(二十三)摩賀(引)微(引)誐嚩底(二十四)入嚩(二合)羅入嚩(二合)羅(二十五)吽(引)發吒(半音)(二十六)阿毋剛彌(引)(二十七)嚩舍摩(引)那野娑嚩(二合引)賀(引)(二十八)

爾時世尊說此大閃電熾盛羅刹女心眞言已所有一切諸大魔寃悉皆驚怖受大苦惱如火然身時持明人欲作此法者先用屍衣以血或赤土於屍衣上畫羅刹女形像已焚安息香用赤色華及赤飲食出生供養已持誦心眞言八百徧然後以此畫像密埋於尸陀林地及稱寃家名如是埋像之間所有魔寃等悉皆禁縛復成魑魅等法

爾時世尊大徧照金剛如來復入訶利帝夜

叉女善作歡喜衆成就金剛三摩地出此定已説訶利帝夜叉女眞言曰

唵引訶引哩引帶引摩賀引藥吒尼引拽一引訶囉訶囉二薩哩縛合二播引煬三引薩哩縛合二藥吒尼四引鉢囉合二吠引舍儞娑縛引二合賀五引

爾時世尊説此訶利帝大夜叉女眞言已告諸衆言此眞言能令諸夜叉女等爲持誦者作一切成就時持誦者作此法時觀想忿怒明王八輻輪輪中有訶利帝夜叉女及輪八輻上有八大夜叉女想已復想自身以鉤鉤召如是諸夜叉女等皆來現前作成就事

爾時世尊大徧照金剛如來復入銷除一切病最勝智金剛三摩地出此定已説鉢蘭拏舍縛哩菩薩眞言曰

唵引必舍引唧一鉢蘭拏合二舍引嚩哩二薩哩縛合二摩引哩鉢囉合二設摩儞三引吽引發吒半音四

爾時世尊説此眞言已所有佛刹皆悉震動一切夜叉羅刹能作魔者皆悉驚怖迷悶躃地時持誦者欲作息災法當用吉祥草脂麻乳汁及吉祥華果樹枝長十二指者爲柴依息災護摩法作於護摩復想此菩薩徧滿虛空降甘露雨所有魔嬈悉皆除滅

佛説瑜伽大教王經卷第三

音釋

崛渠勿切　赧乃版切　揭居謁切　咩迷爾切　煬餘亮切　仵疑古切　盎於浪切　顫掉顫之膳切四支寒動也掉徒弔切搖也　爹都耶切　魑抽知切魑魅老精物也　嬈爾沼切亂也

佛説瑜伽大教王經卷第四

宋西天三藏朝散大夫試光禄卿明教大師法賢奉　詔譯

印相大供養儀品第六

爾時世尊大徧照金剛如來告金剛手菩薩言汝今諦聽當爲汝説三金剛大智所生祕密印相法若持誦者依法結印能滅一切罪業復能觀想眞理即得證於無上菩提何況別求成就之事

復次作印相法先以二手作拳二拇指平竪立此是大徧照如來安身印不改前印以左手拇指入掌内右手拇指竪立此是無量壽佛安語印

不改前印以右手拇指入於掌内左手拇指竪立此是阿閦佛安心印

復以二手作拳左手頭指竪立入右拳内此是大徧照金剛如來根本印

復次半跏趺坐垂左足左手安臍輪垂右手觸地此是阿閦佛根本印

不改前印以右手作施願相此是寶生佛根本印

不改前印以二手安臍輪如禪定相此是無量壽佛根本印

不改前印以右手作無畏相此是不空成就佛根本印

復次以二手作金剛縛二中指竪立如針此是薩埵金剛菩薩印

不改前印二中指微屈頭節如寶形此是寶金剛菩薩印

不改前印二中指作環如蓮華形此是法金剛菩薩印

不改前印二中指如羯磨杵此是羯磨金剛菩薩印

復次以二手作合掌二頭指捻二拇指頭如目形此是佛眼菩薩印

復次以二手作金剛縛二中指展舒二頭指捻中指第三節如金剛形此是摩摩枳菩薩印

復次以二手合掌令十指頭各不相著微屈如蓮華形此是白衣菩薩印

復次以二手作合掌二頭指捻中指甲二拇指入掌内如優鉢羅華形此是多羅菩薩印

復次以二手作合掌二頭指捻於中指中節如環二拇指安二邊此是尊那菩薩印

復次以二手作金剛縛二頭指與拇指各頭節微屈此是寶光菩薩印

復次以二手展舒二拇指捏小指甲餘指不相著如金剛形此是顰眉菩薩印

復次以二手作金剛拳小指與頭指相交如鏁此是金剛鏁菩薩印

復次以二手作拳二拇指與小指如針二中指與無名指相背二頭指屈向拇指如環拇指亦微屈如輪此是炎鬘得迦明王印

復次以左手作金剛拳安心頭指竪立右手如敔勢此是鉢囉研得迦明王印

復次以二手作金剛拳二小指相交如鏁二頭指相背如針安於額上此是鉢訥鬘得迦明王印

復次以二手拇指捏小指甲餘指如金剛形二手相交安於髆上此是尾覲難得迦明王印

復次以左手拇指無名指與小指相捻指甲如劒鞘右手如取劒勢此是不動尊明王印

復次以二手作金剛拳右手在上二拳相背二小指相交如鏁二頭指豎立如降伏勢此是吒枳明王印

復次以左手作金剛拳安心頭指豎立右手展舒頭指亦豎立如杖勢此是儞羅難拏明王印

復次以左手安心右手作拳如揮拳勢此是大力明王印

復次以二手各作拳頭指拇指中指微展舒如開華勢此是慈氏菩薩印

復次以二手作合掌頭指捻無名指甲如優鉢羅華勢此是妙吉祥菩薩印

復次以左手安臍輪右手如象勢此是香象菩薩印

復次以左手作拳豎立如幢右手如播勢此是智幢菩薩印

復次處於賢座二手合掌安心此是賢護菩薩印

復次以二手展舒如龜行勢指鉤於掌内此是海意菩薩印

復次以左手作金剛拳安心右手作施願相此是無盡意菩薩印

復次以左手作拳安於臍輪右手作彈指此是辯積菩薩印

復次以二手如圓滿蓮華形此是得大勢至菩薩印

復次以二手作礫散勢此是除一切罪障菩薩印

復次以二手作合掌如打擲勢此是破一切憂暗菩薩印
復次以二手指展舒如熾炎勢此是熾盛光菩薩印
復次以右手作施願相左手如月輪勢此是月光菩薩印
復次以二手如持閼伽缾作灌頂勢此是甘露光菩薩印
復次以左手作金剛拳安臍輪右手亦作拳旋轉捫摸虛空勢此是虛空藏菩薩印
復次以左手展舒右手頭指拇指安左掌中此是除蓋障菩薩印
復次以左手作金剛拳安心竪立頭指右手亦作金剛拳如揮拳勢現忿怒相此是鉢蘭那舍縛哩菩薩印

復次以左手拇指與頭指如持物勢右手如持針勢此是日前菩薩印
復次以二手如蛇頭形安頂上如繖蓋勢微現忿怒相此是穰虞梨菩薩印能除一切毒
復次如前吒枳明王印以二頭指竪立此是降三界明王印
不改前印右頭指如鉤現忿怒相此是金剛明王鉤印用此印法可請召一切如來
復次以二手作金剛拳小指屈如牙二手相交安口門如牙及出舌現忿怒顰視此是金剛牙明王印
不改前印屈二小指二頭指如鉤勢現忿怒顰視此是金剛拏吉你印
復次以二手作金剛拳二頭指展舒二手相交於頭上磔散此是曼拏羅印

不改前印良久之間亦磔散手此是開門印

復次以二手作拳二拳相交以脇挾之現忿怒顧視右遶而行此是破一切惡曜印

復次以左手覆舒右手覆安左手背二拇指動搖此是破阿脩羅呪法及降伏阿脩羅女印

復次以二手拇指與小指相交如鑁餘指如旛勢現大忿怒相此是嚩日囉合二播多羅明王印

復次以左手作金剛拳頭指展舒此是金剛橛印

復次以二手作金剛縛二頭指展舒如釘橛勢此亦是金剛橛印

復次以右手作金剛拳如釘椎勢此是椎印亦成骨朵印

復次以二手作金剛拳二頭指展舒復如金剛縛勢此是一切如來金剛縛印

復次以二手作金剛拳復作揮拳勢此是金剛訖囉合二哥左印

復次以二手如持月勢捫摸於面復展舒現忿怒顧視此是閃電熾盛羅刹女印

復次以二手相交如鑁頭指與拇指豎立如持刀勢此是金剛刀印此印能止風雨

復次以二手作拳二頭指屈如環現大忿怒相復展舒二手此是破壞他呪法印

復次以二手覆拇指入掌內餘指動搖如翅翼翅一足而立出舌現忿怒顧視連誦吽字依法行步此是金翅鳥印結此印時能解三界毒

復次以二手作金剛拳復如四方射箭勢此

是金剛箭印此印能破壞他軍

復次以二手作拳二中指如針復屈如寶形二拇指展舒捻二頭指甲如環此是佛輪印此印能救軍陣之難

復次以左手作拳中指如針右手如開敷蓮華此是訶邏曷羅菩薩印

復次以二手作拳二小指相交二頭指如針相背安於額上此是吲嚕哥明王印此入尸陀林能破諸鬼神

復次以左手如持髑髏勢右手加持三叉勢此是自在天印

復次以左手展舒指不相著如無畏勢拇指入掌内右手作拳竪立如持寶棒勢此是那羅延天印

復次以二手作展舒如蓮華形此是大梵天印

復次以二手作華合掌此是一切族毋印

如是薩埵金剛等四親近菩薩所結印相當與灌頂印同如是阿闍黎隨曼拏羅諸賢聖印法一一了知已復於曼拏羅祕密供養圓滿了知所有戲鬘歌舞香華燈塗隨彼菩薩各各供養作獻物勢如是種種莊嚴及種種殊妙衣服幢播繖蓋閼伽水等悉皆各作獻物勢已手持鈴杵即振鈴而開曼拏羅門誦此真言曰

唵引嚩日囉合二健致引羅拏一鉢囉合二囉拏二三鉢囉合二囉拏三没馱吒怛囉合二左引里你引四鉢囉合二倪也引二合播引囉彌多引五那引捺莎婆引吠引六嚩日囉合二達囉紇哩合二那野七散都殺尼引八吽引吽引吽引九

時阿閦黎誦此眞言已以右手擲金剛杵左手振金剛鈴即以歌讃供養賢聖如是依金剛大乘作最上眞實供養已諸佛賢聖悉皆歡喜彼諸佛如來即說頌曰

若人斷除諸疑惑　常作菩提觀想行
恒以清淨身口意　供養聖賢爲最上
若人不斷諸疑惑　而復信重緣覺乘
修習小乘聲聞教　彼人供養非最上
依法供養諸如來　聖賢歡喜歎希有

爾時諸佛如來讃徧照佛言善哉善哉能爲衆生分別顯示瑜伽大教菩提之法而說頌曰

金剛徧照圓明智　隨機開演大乘門
能令除斷貪瞋癡　觀想菩提微妙理
善哉無上大乘法　甚深方廣濟群生
如是眞實法寶藏　彼佛大覺能宣演

爾時諸菩薩聞諸如來出微妙音頌讃佛已皆大歡喜亦以伽陀讃徧照佛曰

佛身無邊無生滅　無住無說無文字
寂滅離相如虛空　有相是佛方便說
所說教相福含生　引導令登菩薩位
菩薩獲居佛剎中　皆因祕密三摩地

時諸佛及大菩薩各以伽陀讃歎佛已

爾時大徧照金剛如來說妙歌讃

縛惹虎惹引拏壹一穌訶烏鉢啼引二婆引嚩尾婆引網三末虎烏鉢帝引四惹馨吠武每切嚕阿努五鉢茶謨剛隸引六戍馱尾戍提引七顰彌阿沒提引八末虎尾訶嚕微孕二合九滿馱呼摩引朗十鉢那摩訶當當十一摩引野惹引朗十二嚩引作鉢半際引十三恥烏路伊薩嚕十四薩哩

微二合引遏揭哩引槃引娓烏輸薩嚕十五禰拏
阿努捺彌遏烏十六薩呬烏摩引你引微引十七穰
末虎尾訶哩提十八伊拏呬阿酤引微引十九
呬遏拏囉引阿拏二十穌囉遏薩訶引吠引二十一
入舞二合引尾壹遏薩體引二十二薩冐提遏烏婆
引吠引二十三那引呬拏喝體二十四羯哩洗縛儒
仁祖切二十五縛引彌引健吒引囉尼阿穌薩儒同上
二十六薩阿邏你引微引二十七彌里阿引縛儒引
三摩夜引播引微引二十八割哩阿引割儒引二十九
伊哥引陵誐拏三十縛引縛拏喝他引三十一微引
阿努囉引阿拏三十二穌囉阿薩末他三十三帝
引阿引酤引吠引三十四潑囉虎摩引隸引三十五怛
馨左烏提引吻媚復切引達壹三十六蘇囉阿引縛
拏引三十七儒伊馨倪引三十八伊馨儒引婆引晚帝
引三十九穌囉阿縛惹引虎四十帝引窣虎播引晚

帝引四十一

爾時大徧照金剛如來說此妙歌讚已復說
供養眞言曰

唵引阿㘕怛囉一薩哩縛二合布引惹引彌伽
二烏訥誐二合帝引塞頗二合囉呬鉿引三誐誐那
剛吽引四發吒半音娑縛二合引賀引五

時持誦者誦此眞言三徧已想此供養徧滿
虛空即成一切供養獻於一切賢聖皆大歡
喜

觀想菩提心大智品第七

爾時一切如來及諸菩薩異口同音勸請世
尊大徧照金剛如來唯願慈悲演說甚深無
上大覺菩提心法

爾時世尊受彼請已而告衆言諦聽諦聽我
今說之

佛言此菩提心即是身相身相性空即眞菩提身旣無别語相亦然

爾時諸佛如來聞佛說已住一切如來身口意三密相中心離取捨而說頌曰

希有普賢身語心　本無生滅亦無著
體無文字及諸相　遠離戲論絕分别

爾時諸佛說此頌已時世尊阿閦如來入語相金剛三摩地從定出已說菩提心本離生滅湛然清淨如虛空故而說頌曰

菩提心本無生滅　性淨無法無所受
無著無染如虛空　是即堅固菩提心

如是阿閦如來說此頌已

爾時寶生如來入一切如來無相金剛三摩地從定出已說菩提心頌曰

此性本來無有性　無相無爲體凝寂
此法源從無我生　是即堅固菩提心

如是寶生如來說此頌已

爾時無量壽如來入最勝熾盛金剛三摩地從定出已說菩提心頌曰

法界本來無所生　寂然無性亦無相
洞達空理無邊際　此即菩提眞實心

如是無量壽如來說此頌已

爾時不空成就如來入無上智金剛三摩地從定出已說菩提心頌曰

諸法自性皆清淨　本來寂靜無所有
亦無菩提亦無佛　及彼衆生并壽者
有見如夢如幻化　無見之見亦復然
離有離無取捨亡　是即堅固菩提心

如是不空成就如來說此頌已

爾時慈氏菩薩等諸大菩薩聞諸如來以金

剛身語心説清淨菩提心法歎未曾有而説

頌曰

唯佛最上尊　善説微妙法　法從無我生

稽首菩提心　字從無字生　佛從無相顯

一切如幻夢　稽首金剛心

如是慈氏菩薩等説此頌已

爾時大徧照金剛如來復説觀想法持誦者

先跏趺坐觀想五趣處與非處以淨三業眞

言普皆清淨令住淨法然後想自本心爲其

吽字吽字變成佛身佛身即自身現貢高勢

以金剛鉤請召賢聖已而現三昧作結界法

然後依法獻座及獻閼伽等種種供養令一

切賢聖生大歡喜然後自作相應法此有三

種一祈求諸佛慈悲加護想微妙字化成佛

相二起自本身清淨菩提心成大智佛三所

成佛相及菩薩等依法了知印相圓滿如是

三種相應儀法具足刹那之間神通變化成

畢竟大智

復次持誦者先安住三昧已發大菩提心洗

除心垢誦淨三業眞言一刹那中心垢清淨

以眞言威力開發菩提心觀一切法如幻如

化本自性空無有堅實依此菩提心想爲月

輪於月輪上想有

唵字爲身金剛次想

阿字成語金剛

吽字成心金剛

如是三字成金剛身語心已想

鉢字化成蓮華乘此蓮華相好具足想於佛

身色相執捉儀法已想自身作貢高勢我身

即是金剛如來一切莊嚴圓光照曜如是本

身即是畢竟菩提大智然後依五如來法以眞言印相爲弟子甲冑器仗即與授於灌頂是時阿闍黎觀想諸佛徧滿虛空作大神變復想十方各有明王部領四兵一切諸佛及大明王各結本印手持器仗徧滿十方作種種神變此是五如來演暢瑜伽眞理四諦六度諸波羅密等如羯磨金剛作大利樂救濟衆生時阿闍黎觀想諸佛徧滿虛空各坐蓮華諸相圓滿一切莊嚴復想諸佛及彼華座相合爲一此則佛身一多無二理事無礙法界同體然後依法儀則獻戲鬘歌舞香華燈塗等種種供養或作於觀想心有疲倦當即持誦須正定身心離諸散亂不急不緩文句周正或持誦疲倦即持鈴杵依法擲杵振鈴而作供養已發送賢聖乃至作已身擁護隨意行住或復再欲請召賢聖當用百字眞言時阿闍黎如是依法觀想持誦如天滿月無有虧盈不久之間證大菩提此人圓滿金剛乘成就羯磨法亦如寶生佛等五部如來爲一切明主

佛說瑜伽大教王經卷第四

音釋

拇莫後切拇指大指也　豎上主切立也　捻諾協切指捻也　敆音摑手打也　髆伯各切髆髆也　鞘仙妙切刀室也　捫摸捫謨昆切摸末各切　繖蘇旱切蓋也

佛說瑜伽大教王經卷第五

宋西天三藏朝散大夫試鴻臚卿明教大師法賢奉　詔譯

相應方便成就品第八

爾時世尊大徧照金剛如來入一切如來智輪成就金剛三摩地從定出已說一切輪內外所作法

此瑜伽大教王經所作曼拏羅隨於本尊名號連金剛出生稱曼拏羅名然後作息災增益敬愛降伏等法當以本尊及諸菩薩觀想持誦已即作此法若作息災法當依佛眼菩薩尊那菩薩若作增益法當依寶光菩薩白衣菩薩若作敬愛法當依多羅菩薩金剛鏁菩薩若作降伏法當依顰眉菩薩摩摩枳菩薩復次日前菩薩及鉢蘭拏舍嚩哩菩薩此二菩薩亦能除災若人依此持誦必得成就如是諸菩薩具大威力與佛無異能作一切成就之法時持誦者欲作息災法各觀想本字化成佛眼菩薩及尊那菩薩相好圓滿一切莊嚴手持甘露軍持及數珠以甘露軍持灌於災障人頂如自清涼能除熱惱時時誦者想於自身即徧照如來善能息除一切災障

復次作增益法時阿闍黎觀想已身爲寶生如來身相金色廣大圓滿復想寶光菩薩及白衣菩薩亦作金色以手持寶兼執蓮華降甘露雨及雨珍寶能作最上增益之法

復次作敬愛法持誦者觀想無量壽佛身相赤色廣大圓滿復想多羅菩薩金剛鏁菩薩身亦赤色手持羂索及金剛鉤令人敬愛即以鉤索鉤牽如是依法速得敬愛

復次作息災法持誦者觀想日前菩薩及鉢蘭那賒嚩哩菩薩徧滿虛空降甘露雨即得災障消除

復次降伏法持誦者先想吽字化成不空成就佛身相綠色廣大圓滿復想顰眉菩薩及摩摩枳菩薩身相綠色徧身金剛光明現大忿怒相降大天火燒彼降人身而作驚怖相如是觀法相應經剎那間所降之人身得損壞乃至除滅

復次薩埵金剛等四菩薩能與有情作灌頂法

復有十六大菩薩於最上曼拏羅能作一切成就法

復有諸大明王依法觀想能作降伏法

復次作外降伏法持誦者取所降伏人足下土及河兩岸土屍灰屍衣以揭囉母怛囉同和爲泥作所降人像復用芥子毒藥鹽泯母怛囉等同和塗彼像身已觀想彼像其心慌亂風吹在於虛空以金剛鉤鉤之以羂索繫縛稱所降人名用骨朶打以棘針徧身刺之

復用人骨爲橛或佉禰囉木橛於所降人像頭額臂心頸如是五處釘之即用利劒從足截斷用額摩木柴然火已現大忿怒相以所截形像於彼火內當作護摩作此法時或夜半或日中所降伏人乃至諸佛聖力尚不能救何況諸天而救護之

復次作內降伏法持誦者依法先解除所降之人擁護已觀想諸天明王現忿怒相各持劒杖金剛杵擣杵羂索輪弓箭等以明王羂索縛降伏人牽往南方行次之間復有明王

以金剛杵打之而作驚怖即以利劒開彼人腹出於腸胃已即誦此明王眞言曰

唵引吽引縛日囉合二囉引叉娑一薄叉野薄叉野二

誦此眞言已復想金剛羅刹衆變爲鵄野狐鷲鳥等悉來聚集食彼降人復想彼人乘於驝駝在風輪上向南行之復有明王隨後打擲如是觀想彼降伏人速得除滅

復次辟除法持誦者依金剛舜拏明王相應法用旋風所吹樹葉上書眞言及所降人名

復取彼人足下土與所書葉同處用足踏之即誦本尊眞言速得辟除乃至帝釋天不能救護何況諸凡人

復次辟除法持誦者用獯狐翅上書眞言及所降人名以淨行婆羅門髮纒之即誦眞言加持密埋地中復想二大明王於彼打之次想吽字化成微小金剛杵入所降人身變成羯磨杵有大熾炎打彼降人身分肢節悉令乾枯又想諸金剛拏枳你悉來喫所降人身血如是作法速得辟除誦此眞言曰

唵引縛日囉合二拏引枳你一阿目割寫囉訖多合二阿引羯哩沙合二野吽引發吒二半音

誦此眞言已依法相應彼降伏人速得身分乾枯乃至除滅

復次降雨法持誦者往西北隅以香水塗四方曼拏羅已用塗香點七點圓如星相以淨器蓋覆持誦者觀想曼拏羅七點塗香成八角須彌山化金剛杵周帀徧滿復想野字成大風輪寂然不動如是依法能降大雨

復次降雨法持誦者觀想八葉蓮華上有八

大龍王所謂阿難多龍王酤哩哥龍王縛酥枳龍王怛叉哥龍王摩賀鉢訥摩龍王羯哩酤吒哥龍王商珂播羅龍王鉢訥摩龍王如是龍王各各依法色相莊嚴及執捉等一一觀想已於夜分中往四衢道用香水以左拇指塗四方曼拏羅於四隅中畫金剛鉤等時持誦者於曼拏羅前敷座而坐復想八大龍王真言與名同誦如是依法能降大雨

復次降雨法持誦者想前八葉蓮華上有八大龍王蓮華中心有大忿怒明王身光熾盛化金翅鳥逼逐諸龍時持誦者誦吽吽字及龍王真言如是觀想持誦必降大雨

復次止雨法持誦者觀想自身如三昧大於眉間化出不動尊明王徧身熾炎光明如日亦如大徧照如來身有六臂右手持劍金剛杵箭左手持輪羂索弓復想化諸明王及輪劍索弓箭金剛杵如雨滿空即誦本真言如是依法相應大雨即止及除魔怖

復次除魔驚怖法持誦者用那囉嚕地羅及淨土相和作魔冤形像已誦撅真言二十一徧依日前菩薩法觀想頻那夜迦入於降伏人口以搗杵打之即誦杵真言曰

唵(引) 宋婆縛日囉(二合) 母娑隸(引) 那祖蘭拏(二合)野(二) 那囉尾覲曩(引二合) 吽(引) 發吒(半音三)

如是依法持誦一剎那中魔自驚怖退散馳走

復次降雨法持誦者觀想帝釋天三面四臂身如月色乘八身千頭白象其象有千眼千牙右手執金剛杵左手持鈴安於腰側色相圓滿作大富貴相四天女圍遶在虛空中利

樂衆生欲降甘雨告諸龍言汝速降雨復想金翅鳥逼諸龍王以觜啄之令降甘雨即誦此眞言曰

唵引嚩日羅合二拏引羅引野那你哩嚩引二合鉢野一挽呬你合二曼没彌引枅引吽二引

誦此眞言已即降大雨如瓶瀉水

復次眞言曰

唵引摩賀引穌珂嚩日囉合二底弱吽一引

持誦者誦此眞言作金剛縛依法觀想能成就最上利樂之事

爾時世尊大徧照金剛如來說此眞言觀想微妙眞實法已心大歡喜顧視大衆而以大智調伏諸衆故持金剛杵入大樂三摩地從定出已以善方便引發大智故以二手如蓮華安於頂上從自眉間放大光明現身口意三密之相

爾時阿閦佛寶生佛無量壽佛不空成就佛及十六大菩薩乃至一切諸大明王等入深法門通達三昧時金剛手菩薩摩訶薩合掌向佛白言世尊有何因緣放大光明普照衆會唯願世尊爲我等說爾時大徧照金剛如來出大妙音告菩薩等言汝今諦聽當爲汝說此之光相顯於甚深秘密觀想微妙法門有大利樂成就金剛大智證菩提道而說頌曰

實相菩提非有無　亦無二邊無中道
離相寂靜如虛空　三世諸佛何所證
今說微妙大方便　令彼悟入菩提心
智離取捨觀諸蘊　唯顯眞空大道心
最勝如來三身佛　眞心不向身中得

一切諸法從心生　所生諸法即菩提
譬如幻師以幻心　作彼種種幻化法
如是皆從妄想生　菩提心相亦如是
金剛大智從心起　善作無上菩提因
煩惱疑惑染彼心　隨順衆生根性說
我見愚人分染淨　不了四大假合身
觀想無爲眞性空　究竟成就大菩提

爾時大徧照金剛如來說此頌已告金剛手菩薩言如是菩提本性清淨而有二義一非生煩惱諸蘊無實故二性如虛空思議不及故此眞菩提諸佛共說若人觀想即住大智能作羯磨成就之法

佛告金剛手菩薩若有持誦之者而常修習成就之法雖復勤求終難得成我今爲汝說彼調伏之法於大樂方便速獲成就持誦者當依金剛鉤大菩薩法金剛羂索具大力金剛拳大猛利金剛橛能破壞金剛骨朶能搥打金剛哥梨印大勇猛如是等諸天見之悉皆驚怖此是佛之三昧若持誦者依法觀想誦於吽字發金剛鉤善入諸佛心見此三昧悉皆速來此法能請召諸佛菩薩何況凡夫衆生等時持誦者欲求成就作此降伏法觀想以金剛縛縛之以金剛哥利印作期剋相以金剛堅固拳揮打復用金剛橛釘彼五處頂額頸心臂以金剛骨朶而釘彼橛如是依法乃至大惡魔寃速自降伏最上成就必得圓滿佛果菩提不久克證爾時金剛手菩薩等一切大衆聞是秘密相應成就法已心大歡喜異口同音讚言善哉善哉世尊此大相應秘密深固幽邃能爲衆生分別開示而說

頌曰

善哉無上大無畏　徧照金剛大如來
善說眞實微妙法　利益一切諸衆生
大力金剛清淨鉤　能入大智諸佛心
成就金剛最上乘　通達秘密無爲相
若人依法而勤修　不久圓證菩提果

時金剛手菩薩等說此頌已大徧照金剛如來即說金剛鉤等眞言

唵引嚩日囉二合引䩉舍阿哥哩沙二合野吽引一

唵引嚩日囉二合播舍滿馱吽引一

唵引嚩日囉二合哥引里怛哩惹二合野吽引一

唵引嚩日囉二合母瑟致二合佗哩二合恨拏二合引鉢野吽引一

如是金剛鉤等眞言清淨微妙具大威力利益無量若人依法持誦無不成就於金剛大智中最爲殊勝不得傳於邪見等非法之人

護摩品第九

爾時世尊大徧照金剛如來復入一切成就法儀行相應金剛三摩地從定出已說入竈成就法時持誦者先於頂上想唵字口中想有阿字心中想有吽字復想嚩字化成風輪輪上有入竈者能說世間一切之事持誦者作貢高勢復想尊那菩薩即誦尊那菩薩眞言曰

那莫颯鉢多二合引曩引一三藐訖三二合沒馱䩉致引曩引二怛[寧也]切身他引三唵引左隷引四祖隷五尊禰引娑嚩二合引賀引六摩賀引尾哩曳二合引七阿鉢囉二合底曷多舍引娑你引八摩賀引末羅鉢囉二合訖囉二合彌引九遏西播引舍鉢囉輸十佗哩二合係多曷悉帝二合引十一摩賀引骨嚕二合

(引)提(引)說哩(十二)沃佉囉(二合)嚕閉(引十三)阿難多母契(引十四)薩賀(引)薩囉(二合)部弥(引十五)阿弥帝(引十六)阿波囉(引)弥帝(引十七)阿具哩(引十八)訥哩那(二合)彌(引十九)薩賀娑囉(二合)惡翅(引二十)薩哩縛(二合)怛他(引)誐多阿地瑟吒(二合引)那阿地瑟恥(二合)帝(引二十一)薩哩縛(二合)禰(引)縛多(引)曩(引二十二)滿禰多布弥帝(引二十三)鉢囉(二合)娑(引)提帝(引二十四)縛日囉(二合)具尼(引二十五)縛日哩(二合引)縛日囉(二合引)縛係(引二十六)縛日囉(二合引)欲提(引二十七)噂日囉(二合)哥(引)彌你(引二十八)縛日嚕(二合引)你彌(二合引)里多(引)翅(引二十九)惡叉曳(引三十)過具哩(引三十一)具囉嚕必尼(三十二)尾訖哩(二合)多捺哩舍(二合)你(引三十三)縛日囉(二合)吠(引)女哩也(二合引)朗訖哩(二合)多設哩(引)隷(引三十四)唵(引)婆誐縛底尊禰(引三十五)訥龍(二合)訥龍(二合三十六)咄龍(二合)咄龍(二合三十七)没龍(二合)没

龍(二合三十八)窣龍(二合)窣龍(二合三十九)龍龍(四十)佉哩(二合)恨拏(二合)佉哩(二合)恨拏(二合四十一)阿(引)吠(引)舍野阿(引)吠(引)舍野(四十二)佉哩(二合)恨拏(二合引)鉢野(四十三)佉哩(二合)恨拏(二合引)鉢野(四十四)訶囉訶囉(四十五)娑囉娑囉(四十六)摩(引)囉野摩(引)囉野(四十七)訶那訶那(四十八)畔惹畔惹(四十九)摩囉摩囉(五十)摩(引)囉野摩(引)囉野(五十一)鉢左鉢左(五十二)那賀那賀(五十三)佉哩(二合)恨拏(二合)佉哩(二合)恨拏(二合五十四)噎那訥瑟吒(二合)誐囉(二合)旂(五十五)入縛(二合)嚂伊哥(引)係剛係剛(五十六)禰尾(二合)係剛(五十七)底囉也(三合引)係剛(五十八)左(引)覩哩他(二合)剛(五十九)禰爹入縛(二合)嚂(六十)母虎哩底(二合)剛(六十一)誐囉(二合)賀怖多尾多(引)拏(六十二)欒叉犖叉桑(六十三)酤瑟(二合引)赦(六十四)腧你呰(六十五)羯哩摩(二合)呰(六十六)娑他(二合引)縛嚂(六十七)呰誐忙(六十八)曳

鋡馨散底計喞訥瑟吒（二合六十九）當（引）薩哩縛（二合引七十）娑達野娑達野（七十一）末哩那（二合）野末哩那野（七十二）輸沙野輸沙野（七十三）多（引）鉢野多（引）鉢野（七十四）嗢蹉（引）那野嗢蹉（引）那野（七十五）曷那曷那縛日哩（二合）拏（七十六）娑囉娑囉難尼（引）那（七十七）摩（引）囉野摩（引）囉野羯尼儗（二合引）那（七十八）吽（引）吽（引）吽（引七十九）沒龍（二合）沒龍（二合）沒龍（二合八十）吒龍（二合八十一）唵（引）拶隸祖隸尊禰（引八十二）薩哩微（二合引）鈐（引）娑達野娑縛（二合引）賀（引八十三）

時阿闍黎誦此眞言時持金剛杵振金剛鈴結金剛縛印以印動搖次想唵字化成摩馨捺囉（二合）曼拏羅復想曼拏羅中有八葉蓮華每一葉中有一阿字蓮華中心有四吽字以二器物盛蓋於曼拏羅想如本尊降伏彼人即誦本眞言復想嚩字以爲界圍如是觀想持誦能禁縛一切衆生乃至天人等

復次説護摩成就法其火天總攝於諸天而皆恒住護摩眞實之理善作種種事此護摩能祭一切天能作諸成就

若持誦者文句闕少儀法不具者作此護摩即得圓滿是故三世諸佛十方菩薩皆悉稱讚護摩之法欲作息災增益敬愛三種護摩當用鑽木出火若作降伏等護摩當用旃陀羅舍中火及尸陀林內火此護摩爐有四種相一如圓月相二如半月相三四方相四三角相此四種爐各有護摩印法於其爐內安輪金剛杵寶蓮華等印相於護摩爐外依法安幖幟於爐右邊安播帝哩窣嚕嚩及諸所用之物周帀敷吉祥草於爐左邊安閼伽水

鉢誦一切成就眞言加持閼伽水以自淨手依法然柴請召火天誦此請召眞言曰

唵(引)伊係曵(引二合)呬摩賀(引)部多爛(引)嚩哩始(一)提惹散怛摩(二)仡哩(二合)係(引)拶(引)忽底摩(引)賀(引)覽(三)遏悉銘(二合)散你呬姤婆縛(四)唵(引)遏屹那(二合)曵(引五)爛馳(身切)爛馳(六)阿(引)尾阿(引)尾(七)摩賀(引)室哩(二合)曵(引八)曷咩割咩(九)嚩(引)曷那(引)野娑嚩(二合引)賀(十引)

持誦者誦此眞言以二手合掌右手拇指動搖已用閼伽水以左手微灑淨於火内即微作五供養想東南隅火天來降身短腹大偏身赤色四臂四面面各三目頂戴寶冠而垂髮髻坐火輪上徧身煹磨光右第一手作施願印第二手持數珠左第一手執軍持第二手持杖身嚴衆寶諸天眷屬圍遶如是觀想已即請召火天入護摩爐時阿闍黎以護摩物三度擲於爐中而作護摩即以閼伽水淨手獻供養已迴施功德勞謝火天即告所欲成就之法然後辯認護摩火炎善惡之相若火炎白色或如繖蓋幢形或似閼伽瓶右旋者此皆善相當成本法阿闍黎見此善相即誦微妙歌讚誦此讚時以唵字爲首莎賀字爲尾梵音相續嘹亮流美其法必成若作息災法當起慈悲心若作增益法當起堅固不退心若作敬愛法當起敬愛心若作降伏法當現忿怒相起心食三界如是阿闍黎各依法持誦本部眞言文句周正獻種種廣大供養於護摩儀一切了知若作護摩先用酥滿播帝哩作護摩然後依法次第若作息災增益敬愛三種法當用吉善物作於護摩若作

降伏法當用凶惡物作於護摩如是瑜伽祕
密之法開觀想門入真實際利樂有情要妙
之道而説頌曰

愚迷諸衆生　堅心造衆惡　如是罪業成
云何得善果　彼等愚迷者　而無方便智
於此祕密門　棄背不修習　深著於外境
起妄想愚癡　罪福無分別　此法本清淨
無生亦無滅　方便佛所説　爲淨衆生智
如人欲泛海　及彼江河等　須仗於船筏
方能到彼岸　如是度輪迴　四流漂溺難
須乘法行船　而至菩提岸　遠離疑惑網
成就甚深法　如來所説道　汝等勿生疑
輕毀不信受　沉淪生死海　無有解脱時
寂靜於身心　遠離於惑染　身口意相應
出生方便慧　除斷我人心　現證一切智

囑累品第十

爾時大徧照金剛如來入最上成就金剛三
摩地從定出已告金剛手菩薩言汝當諦聽
我今説一切三昧中金剛最上大三昧成就
法此祕密成就真言觀想相應儀則等善能
成就一切如來金剛身口意永不退轉
復次阿闍黎面前安輪持誦本真言已入徧
照如來三摩地以此持誦及三摩地威神之
力即成聖輪從地而起光明熾盛即誦佛眼
菩薩真言以手持輪於刹那間即自變身如
徧照如來而無有異轉大法輪利樂有情令
得趣向三乘聖道復次阿闍黎面前安金剛
杵持誦本真言已入阿閦如來三摩地以此
持誦及三摩地威神之力即成聖杵從地而
起光明熾盛以手持杵之間即自變身如阿

閦如來而無有異諸佛菩薩悉皆圍遶持金剛杵行於三界而住一切衆生心施一切衆生願復次阿闍黎面前安寶持誦本眞言已入寶生如來三摩地以持誦及三摩地威神之力即成聖寶從地而起光明熾盛復誦寶光菩薩眞言以手持寶光照十方即自變身如寶生如來而無有異持如意寶遊行佛剎降大寶雨降諸衆生貧窮之苦復次阿闍黎面前安蓮華持誦本眞言已入無量壽如來三摩地以持誦及三摩地威神之力即成聖華從地而起光明熾盛即誦白衣菩薩眞言以手持華即自變身如無量壽佛而無有異居極樂世界面如滿月持法甘露施一切衆生復次阿闍黎面前安寶劒持誦本眞言已入不空成就如來三摩地以持誦及三摩地威神之力即成聖劒從地而起光明熾盛即誦多羅菩薩眞言以手持劒即自變身如不空成就佛而無有異如月清涼遊行佛剎利樂衆生除彼煩惱如是輪等五種聖法依教持誦皆得成就

復次世尊大徧照金剛如來入平等住金剛三摩地從定出已顧視大衆默然而住爾時慈氏菩薩即從座起偏袒右肩合掌禮佛而白佛言世尊若有阿闍黎於此一切如來身口意祕密大瑜伽教中受灌頂者諸佛菩薩當云何觀佛言慈氏彼諸如來及諸菩薩觀此受灌頂阿闍黎如觀菩提眞心而無二相何以故灌頂之法與菩提一故佛言善男子汝今諦聽此阿闍黎所有十方諸佛及諸菩薩現在說法者一日三時來詣阿闍黎所獻

大供養如佛無異俱發聲言此阿闍黎即是我等諸佛父母及爲我等諸佛之師復次善男子所有十方世界諸佛世尊現在説法者彼諸如來所有三業積聚無量福德是等阿闍黎一毛孔福德何以故此阿闍黎受瑜伽灌頂已與一切佛智相應真心微妙無有等故爾時慈氏菩薩聞佛説已歎未曾有住立佛前

爾時阿閦如來寶生如來無量壽如來不空成就如來大徧照如來等入金剛阿闍黎三昧相金剛三摩地從定出已告諸如來及彼菩薩言諦聽諦聽所有三世諸佛皆來詣阿闍黎所恭敬供養何以故此金剛阿闍黎即是一切如來智主爾時彼諸如來及諸菩薩聞佛説已白佛言世尊一切如來金剛身語心三密成就法當依何住佛言一切如來金剛身語心三密成就法當依金剛阿闍黎身語心住復次諸菩薩白佛言世尊此金剛阿闍黎身語心當依何住佛言當依虚空住菩薩白言虚空當依何住

佛言依金剛阿闍黎心住菩薩白言心依何住佛言心本離相而無所住

爾時諸菩薩等聞佛説已心念希有默然而住

佛告諸菩薩言今此瑜伽大教有十種祕密真實之義一曼拏羅二三摩地三印相四行步五坐位六持誦七護摩八供養九本事十相應此之十法大智所生甚深祕密三世諸佛同共宣説若諸學法弟子及受灌頂者於阿闍黎恒行恭敬尊重供養所有三密瑜伽

之教隨自根性依法受持展轉流傳利益安樂一切衆生

佛言此瑜伽大教汝阿闍黎等勿得傳於無信根人及輕法愚癡之者若傳彼等法不成就及破三昧身壞命終墮大地獄

若復有人不依此妙法甘露精進焚修是人不能除斷一切煩惱何況修諸苦行捨於頭目手足等若人於此教中隨修一法一行持誦精熟住於寂靜入三摩地能斷煩惱現證佛果

佛說此經已諸菩薩等及天龍夜叉乾闥婆阿修羅迦樓羅緊那羅摩睺羅伽人非人等聞佛所說皆大歡喜信受奉行

佛說瑜伽大教王經卷第五

音釋

驝駝（驝音託駝音陀）㺐狐（㺐許云切㺐狐正作訓狐鵂鶹鳥也）唼（色甲切聚食也）擣（都皓切舂也）觜啄（觜即委切喙也啄側角切啐啄也）栟（牙八切）颯（悉合切）窣（蘇沒切）犖（力角切）昝（子感切）鑽（祖官切穿也）嘹（音聊嘹亮鳴聲也）

一字奇特佛頂經

唐特進試鴻臚卿三藏沙門大廣智不空奉　詔譯

清刻龍藏佛説法變相圖

一字奇特佛頂經卷上

唐特進試鴻臚卿三藏沙門大廣智不空奉　詔譯

現威德品第一

如是我聞一時婆伽梵住三十三天以如來加持無量福出生普徧光樓閣大福俱胝莊嚴大福佛資粮普徧無量稱讃無數功德衆無量金剛堅固不壞處清淨佛世界莊嚴一切摩尼寶王莊飾開敷莊嚴圓淨於智愛樂無垢光明熾盛摩尼寶善莊嚴乃至世界三摩地圓清淨一切法理趣説清淨無量色廣博摩尼寶海間錯示現於無盡如來二摩地清淨無盡摩尼寶王變化間錯華旋流摩樹枝莊嚴善巧方便示現佛智一切華香摩尼寶光明交絡普徧熾盛佛加持所現遊戲神通普徧光於大樓閣一切摩尼廣博旋轉十

方所觀察吠瑠璃等種種寶莊嚴無量寶王階道交絡繞種種摩尼真珠垂作端嚴疊蓋幢旛珠網寶網覆以寶帳龍堅栴檀塗飾自在玉鈿飾摩尼寶網彌覆龍勝建立地徹嚴智普徧光明摩尼寶柱寶網交絡師子藥摩尼寶王娑羅樹彌覆師子幢勝摩尼寶門利窻妙莊嚴相映不壞曼陀羅華摩訶曼陀羅華曼殊沙華摩訶曼殊沙華盧遮華摩訶盧遮華輪華大輪華蘇摩那華蘇師迦華多羅那華末羅華瞿達羅華蘇件地華陀弩色迦利華天蘇摩那華烏波羅華蓮華俱勿頭華白蓮華大華以散坐無染智嚴藏師子座妙清淨慧無二現行說無相法住佛住得一切佛平等無礙通達不退轉法無奪境界不思議清淨得三世平等徧一切世界身無能觀

頂相於一切法無疑智成就一切行慧無惑覺智無分別身無二慧住最勝到彼岸如來無壞智解脫智究竟證得平等無中邊盡虛空徧法界無功用智獲得一切佛事未來際一切無數劫轉不退輪加持往菩提場摧魔證等覺轉法輪現無著智嚴藏一切相圓備所知無壞無依善能頓現廣於十方一切世界住兜率天宮現沒生出家苦行加行往菩提場摧魔現證菩提轉法輪般涅槃住法隱法與四萬比丘八萬四千菩薩皆從十方世界來集皆住一生補處得灌頂位出生無量三摩地解脫住金剛最勝三摩地得蓮華最勝三摩地及得金剛喻三摩地遊戲幢勝嚴具一切佛法皆得現前住功德藏莊嚴三摩地善趣菩提場安住入佛境界得說無盡陀

羅尼莊嚴一切魔境界最勝色相得無盡句說不空劫受記能摧他教惡衆建立名稱十方稱讚出生無量檀戒忍進禪慧方便一切佛讚歎稱揚無數那庾多百千俱胝劫圓滿作業遠離甚深難測緣生法入顯邊常斷見能施一切有情煩惱病徧知隨應法藥善徧淨清淨端嚴無垢意樂以勇猛堅固金剛不壞慈善於一切有情能攝受苦教以平等慧無量功德智盡虛空際住十力陀羅尼辯才理趣所謂觀自在菩薩摩訶薩常觀自在菩薩得大勢菩薩勝慧菩薩金剛慧菩薩師子慧菩薩師子勇健步菩薩金剛勇健步菩薩金剛將菩薩金剛幢菩薩無動步勇健菩薩清淨明菩薩三世步勇健菩薩蓮華嚴菩薩蓮華眼菩薩寶嚴菩薩金剛手菩薩虛空無垢菩薩妙臂菩薩妙慧菩薩大慧菩薩寶藏菩薩寶幢菩薩寶印手菩薩嚴王影像菩薩功德王影像菩薩嚴王菩薩電光莊嚴菩薩虛空庫藏菩薩摧疑惑菩薩雲音菩薩清淨慧菩薩雷音菩薩曼殊室利童眞菩薩及慈氏菩薩爲上首與一切賢劫菩薩摩訶薩俱復有妙界分天子勝魔天子功德嚴天子勝天子寂調自在天子勝慧天子善思惟天子如是等大威德天子與二萬天子俱皆發菩提心種植善根復有四天王天衆天天帝釋商主天摩醯首羅天梵王娑訶世界主魔天子復有大聲聞衆所謂舍利子大目揵連迦旃延子富樓那賓頭盧驕梵波提尊宿塔象迦葉波大迦葉波伽耶迦葉波羅睺羅如是等爲上首復有五千大藥叉將所謂滿賢藥

又將珠賢藥叉將蟗上聲婆去聲羅水帝藥叉將那訶羅藥叉將般志迦藥叉將并訶哩底母五百子以爲眷屬一切山及大河王金翅爲上首有無量百千迦樓羅王及與樹緊那羅王有無量緊那羅以爲眷屬及與群生主那羅延天伊舍那鬼主無量百千眷屬及與婆蘇吉龍王蓮華龍王大蓮華龍王娑伽羅龍王爲上首無量百千龍王以爲眷屬餘天龍藥叉迦樓羅緊那羅摩睺羅伽人非人等俱

爾時世尊與無量百千衆前後圍遶說如來頂眞言行發起坐大嚴師子座吼如師子光耀如日照曜如月徧照如帝釋熾盛如炬光耀如梵王高踊如須彌大於海佛頂眞言行次第而說爾時世尊告菩薩等言善男子有一切如來一切三摩地最勝三摩地王由住此三摩地一字輪王佛頂汝當諦聽善聽善聽慇懃作意受持由受持故菩薩不退轉於無上正等菩提時一切大菩薩合掌白佛言惟願世尊說大明王一字爾時世尊入一切最勝三摩地王說此明王

娜謨三漫多勃馱南一引步林吽二合二

纔說此明王三千大千世界無量光明網普徧照曜如恒河沙世界照曜一切彼世界震動一切彼世界一切如來入一切三摩地最勝三摩地王亦說此大明王說時一切處皆得聞此三千大千世界六種震動東涌西沒南涌北沒上涌下沒震動大震動一切天從空而到如來前乃至阿迦尼吒天衆彼等悉皆思念如來所有三千大千世界中有情地獄傍生焰摩界由照觸頂王光故除一切苦

受彼時有情離瞋恚互觀如父母想所有彼中生有情互作如是見於三千大千世界中輪圍山大輪圍山及餘黑山由此明王佛頂光明照曜故下至無間大地獄上至阿迦尼吒天等所有日月大神通大威德大自在皆映蔽不能照曜無有一處而不光明徧照如是以世尊神通行作神通癲狂者得念盲者得視瘂者能言跛者能行聾者得聞裸者得衣所思求者皆得食飲衣食及資緣具受苦者得安隱乃至懷胎者産生之時皆得安隱爾時彼等菩薩往詣世尊皆生奇特作是言世尊不思議奇特大奇特此佛頂王世尊作如是見此三千大千世界寶網徧覆於上虚空雨天妙華天妙華雲末香雲栴檀雲衣服塗香雲華鬘雲天妙華鬘雲一切菩薩一切天龍藥叉乾闥婆阿脩羅迦樓羅緊那羅摩睺羅伽等以天妙華而散佛上又雨繒衣蓋幢旛天妙音樂於空中而奏從彼音樂出如是聲奇哉世尊佛頂設住十地菩薩不能瞻覩所有一切有情互得安樂得念佛三摩地彼時釋提桓因一切盡欲界天子俱往詣世尊白佛言世尊若有持此大明王我等所有一切天見彼皆起分半座與坐時世尊告天帝釋言天帝法爾成就頂輪者天帝釋等諸天見者必分座天帝無有有情界攝見成就頂輪者而不與半座除得地位菩薩住不思議解脫得三摩地者及緣覺離欲聲聞天帝法爾或有餘見成就頂輪從座不起者彼頭破百分時天帝釋作是言世尊我加護持明者若修此明王若讀誦若供養若書寫經卷

乃至受持彼不墮惡趣令彼得正念世尊讚歎天帝釋如是如是天帝若有成就此明王者讚誦者必不墮惡趣得宿命智不諂曲無離間語不矯不異心具善巧方便天帝釋持頂輪者墮惡趣無有是處常生婆羅門刹利大王族端正具色相好成就文筆論工巧不慳悋得聞持不忘父母不雜法爾佛頂威德不思議無比量佛頂族不思議時彼一切天衆菩薩皆生奇特其有情供養無量佛得至彼人手一切天世攝受若至彼人手無沮壞若得此者成就不思議功德

印契品第二

爾時金剛手菩薩無量俱胝持明衆圍遶往詣世尊頭面禮足白佛言世尊大有持明者於佛教眞言行修行彼不具方便不善知儀則爲彼有情利益由此方便速得成就惟願世尊演說佛頂眞言教佛告執金剛持明者先當受三歸發菩提心清淨澡浴大悲愍念一切有情於寂靜處應結契印親承稟而受若異此結者諸魅及毗那夜迦而作障難死墮地獄不灌頂者不發菩提心者彼人前不應結此等印先應結三部心印四頂互內結合其二輪並竪前附著指是名一切如來心印

即前印左輪屈入掌中右輪如前竪是名蓮華部心

即前蓮華部心印右輪屈入掌中左輪依前竪是名金剛部心印二手竪互交諸頂虛心合掌如華在掌中是普通一切佛頂印金剛藏先當結一切世間出世間眞言上上一切

佛頂主轉輪王印相二手内相叉作拳豎二光屈上節二輪並豎二蓋屈兩節相拄於二輪上此是輪王根本印一切印中最殊勝
即前根本印右蓋於右光後直豎令不著是名頂印
即前根本印二蓋各於光後直豎令不相著是名頭印
即前根本印二蓋各屈拄二光背是甲冑印
即前根本印屈二蓋二節背相逼二輪平豎附二蓋是牆印持明者由結此印設頂行等不能附近何況餘作障毗那夜迦等
即前根本印二蓋屈拄二光第三節是名輪王心印與眞言相應能作一切事業
即前根本印屈二蓋附於二光第三節上是名輪王心中心印

即前根本印屈右蓋於右光後向身三招是迎請印由此印請一切眞言聖天及召持金剛何況餘菩薩等左蓋向外三擲是奉送印
即前根本印二蓋屈相拄附二光二輪各各豎附蓋側是閼伽印先於掌中安華然後結此印初迎請及奉送各用此印奉獻閼伽
即前根本印二輪各屈入掌中即成方隅界
即前印二輪並豎微不著蓋目上瞻視而結是名上方印
即前印二輪並豎更互左右動招是名摧諸關鍵印
即前根本印左右蓋輪各相拄如環各依光而住是名縛一切有情及俱摩羅天梵天大自在天那羅延天等縛已鉤召令順伏印蓋輪解即成解脫

即前根本印欲得斷壞地眞言以二輪甲掐二蓋甲側一切眞言明成斷壞
即前根本印右蓋屈倚右光下節是塗香印
即前根本印屈左蓋屈倚左光下節即是華印
即前根本印二蓋各屈倚二光下節是燒香印
即前根本印屈二蓋一節各附於二輪側是名獻食印
即前根本印屈二蓋兩節令背不相著並竪二輪以捻蓋側是名燈印修行者以此等印念誦時結用
即前根本印二蓋甲拄二輪甲上是名能縛一切難調鬼魅起屍荼吉尼及水行者縛其口却結如根本即成解

結根本印以華果安於印中念誦與人即得敬愛
即前根本印屈二蓋一節相逼以三輪並壓以忿怒誦本眞言能禁止象馬車輪即此印乘象結遥擲能禁止佗敵
結根本印入軍陣能禁一切刀兵所不能害
結根本印忿怒擲於池井泉一切龍宫火焰熾然殺害一切那伽擲於空中一切持明仙乾闥婆緊那羅能殺害
爾時世尊復告金剛手菩薩言此大曼荼羅名持三昧耶能摧一切天龍藥叉乾闥婆阿脩羅迦樓羅緊那羅摩睺羅伽人非人等一切菩薩不能違越調伏一切難調伏有情能壞一切眞言明鉤召一切菩薩一切佛稱讚稱譽歡喜大師子吼繞結設住十地菩薩皆

欲消融驚駭何況餘梵天等是故善男子我爲汝及觀自在菩薩大師子吼善男子此一字轉輪王眞言從無量如來受得轉爲他説一切天衆生奇特善男子此不思議一字輪王一切如來説善男子我過去世阿僧祇劫當彼之時有佛名轉輪聖王如來應供正徧知以三摩地住轉輪王形善男子我於彼時曾爲長者於彼如來所承事供養諸佛設食金剛手時彼如來説此一字輪王眞言我於彼時捨家趣於非家以大精進求成就不捨此身得成持明轉輪聖王得神通遊於阿迦尼吒天善男子我成熟無量百千俱胝有情安立於無上正等菩提調伏無量百千難調有情次第皆得成等正覺善男子當知此不思議輪王佛頂大威德天精進勇健百劫不能具説我今少分説於後五濁世應廣顯揚宣布於堅固有情淨信大乘者其人則持一切如來祕密善男子此一字輪王一切如來祕密一切如來堅實一切如來最勝一切如來加持三摩地爲眞實一切三摩地上上等同如來最勝三摩地令一切菩薩生奇特三摩地顯示一切如來今諸菩薩不能思惟校量善男子我略説如來自住此眞言形善男子我於中説一切印加持大輪王廣大擲印相並兩脚立以左脚大指壓右脚大指二手從右膝左右旋轉如金剛舞漸上至乳又於兩頰旋轉至頂上結根本印即住尾捨佉立

繞擲梵天俱魔天　帝釋摩醯首羅天
那羅延天及大衆　龍藥叉衆及脩羅
羅刹毗那夜迦等　一切隨族及鬼衆

迷亂悶絕生恐怖　所有住者天羅刹
住於地下鬼神類　纔結此印皆馳散
行者應起悲愍心　息災念誦除苦惱
誦心眞言結心印　淨心彼等得安樂

如是金剛手㨻印有二種所謂共不共此是不共印我今次說共印平脚立舉右脚如舞勢旋轉結根本印安於頂上此名害印於大魔陣難處應用纔結此印一切諸魔十方馳散金剛手此名共印

夫結㨻印依事法五支成身想自身如一字輪王七珍圍遶光明赫弈難可瞻睹左手拄左跨右手持輪左右阿哩茶鉢囉(二合)哆哩茶按步怒目左右顧視如師子王奮迅然後住㨻印結印安於頂即想十二輻金輪隨魔所在方而㨻其印或畫彼魔形以印向之而㨻後應起慈心作息災法誦佛母眞言或誦心眞言息災護摩或作彼形用牛乳誦佛母眞言以灌沐之令安樂不然累劫作障道因緣

爾時金剛手菩薩白佛言願世尊說易方便世尊或有有情下劣精進無勤勇世尊彼不能修最勝成就是故爲彼有情住大乘者說作業易方便世尊由如來加持力故於五濁末時由此大明王以少方便治一切毒佛告執金剛即前根本印二風竪合如針以發動毒

即前印以二蓋相拄向下屈摇動召迷悶毒然開二蓋便成發遣毒令散

即前根本印開竪二勝是令語

即前根本印竝竪二輪不著蓋頂令阿尾捨互摇動令倒互相擊令語互相纏令舞各㨻散令無毒善男子此明王能作一切事業其於鬼魅等亦如是作

爾時金剛手祕密主白佛言云何持明者結印當於何處佛告持金剛彼應淨澡浴於閑

靜隱密有舍利處對像前應結若異此結即被傷損成就時結徧擲印於大魔大障難處用天脩羅鬬戰及調伏難調伏有情若餘處用傷損有情

曼荼羅儀軌品第三

爾時觀自在菩薩摩訶薩以佛威神之力從座而起偏袒右肩右膝著地於世尊合掌禮已而白佛言我請世尊說眞言不思議世尊諸佛世尊明王佛頂不思議設住十地菩薩不能瞻睹何況餘釋梵護世天等今請世尊應供正徧知惟願說三昧耶曼荼羅過去先佛世尊已說由入此曼荼羅即成入一切曼荼羅於此灌頂於一切曼荼羅得灌頂於此得印可於一切曼荼羅得印可於此得入超越一切魔道由見此得解脫一切魔道由入此得不退轉於此得灌頂於一切眞言印自在由入此持金剛攝受得離一切罪由入此能堪任一切事業由入此安樂易方便能成大明王離一切障難由入此或善男子或善女人成就無量功德世尊我曾爲人修此一字明轉輪王得無量菩薩三摩地得不思議如來加持世尊我曾憶念超恒河沙數劫當彼時有佛名寶髻如來應供正徧知世界名妙慧我當彼之時貧匱以賣柴方便活命我聞寶髻如來應供正徧知彼成就無量功德所於如來前發願如來皆令成就我於彼時在家作是思惟我今請寶髻如來設飯食早起賣柴營辦食飲往詣世尊請飯食如來受請我於佛世尊發廣大淨信奉獻食禮佛已作是願言一切衆生勿令貧匱彼如來知我

信心猛利清淨謂我言善男子持此一字佛頂輪王廣爲我說本教福利則彼世尊爲我說我歡喜奉行我以大精進勤勇以此身得大明王得無礙嚴三摩地世尊由此三摩地成熟無量百千持明於無上正等菩提世尊我當知此如來佛頂不思議如是佛三十二大人相中佛頂爲最勝如是一切眞言中此佛頂眞言爲最勝如是世尊天世中佛爲無上大師如是佛頂輪王一切眞言中明王如是廣大惟願世尊如來應供正徧知爲我說曼荼羅爾時世尊告觀自在菩薩摩訶薩言汝大悲者大菩提薩埵於有情大悲體生無量大悲有情利益故大薩埵汝應諦聽我略說曼荼羅一切曼荼羅中王一切天龍藥叉乾闥婆阿脩羅迦樓羅緊那羅摩睺羅伽於集會中一切佛菩薩所遊戲金剛手大菩薩輪王三昧耶所加持爲諸菩薩三昧耶利益故由持誦此轉輪王善男子如來於有情作利益捨末後身得安樂無沮壞得大曼荼羅佛頂輪王修行者一切意願豐足善男子知應阿闍梨於大菩提心堅固於大願決定常念誦平等戒梵行者具大悲知恩多聞報恩者護戒禁者應畫輪王曼荼羅異此而教畫者墮於惡趣被應先淨其地多有華果處於山頂金剛座轉法輪等處勝上成就應畫於東北微下處其地平正不鹹鹵無棘刺骨毛髮爪甲處離礓石髑髏沙穢黒泥處若土色好及無如上穢惡當掘出土却用填築如地已堅土有餘即是上處堪爲成就如土不足此處不堪當改覓勝處驗地已於如是相貌

地於廣大悅意端嚴樹莊嚴處具如是功德處應畫曼荼羅令童女合白綶縷作五色綖線或用藕絲不斷續無結纇者或用野麻或用牧牛繩應用綖地初起首綖線用心眞言一百八徧令護摩心眞言曰

娜謨三漫多勃馱南一引阿鉢囉二合底呵多捨娑娜南二引唵三引怛他蘖都瑟尼二合沙四阿那縛盧多沒馱尼五斫羯羅二合鞢㗚底二合六吽惹縛二合羅惹縛二合羅七馱迦馱迦八度那微度那九怛囉娑野麼囉逾瑳囉耶十訶那十一伴惹伴惹十二暗惡十三𠺕𠺕鉢曨二合企尼十四君吒哩尼十五阿鉢囉二合爾多薩怛囉三合馱哩尼十六吽發娑嚩二合訶引十七

此名輪王心於曼荼羅中以壇中先所置香華加持一百八徧於壇中獻閼伽已然後綖一切色皆用心眞言加持應畫先白次赤次黃次綠次黑如是等粉或用珊瑚金摩尼眞珠吠瑠璃等應錯爲末或用粳米粉種種染爲色和香如是名色次第若不得如上色取赤土黃土綠土等用護自身護曼荼羅處護弟子皆用心眞言一切應作誦持明王心眞言應綖曼荼羅用隨心加持香水散灑壇上隨心眞言曰

娜謨三漫多勃馱南一引阿鉢囉二合底呵多舍娑娜南二引唵三引阿鉢囉二合爾多特地翼切四

此名輪王隨心以此眞言一切方處塗香華燒香飲食閼伽等一一加持而獻則展線從伊舍那方起首於中央安羯剌賖盛水諸種子及藥盛滿以繒繫項於四隅展線各兩道綖若線斷若亂若結用酥以六字辦事眞言

護摩一百八徧眞言曰

娜謨三漫多勃馱南引一阿鉢囉二合底呵多舍娑娜南引二唵引三吒嚧唵二合四滿馱娑縛二合引訶引五

誦一百八徧則得息災若緋不直即多乖儀若線亂即迷惑執線之時不應趙若趙即身疾病是故漬線之時須良久令粉汁潤徹即緋道麤細得勻四角橛不太麤不太細令與壇相稱應釘之如是等線四方四門其中央安佛頂輪王或以佛印佛左右安煩惱雹法輪又畫光聚高二佛印佛印佛頂王亦右左安及白傘蓋佛頂勝三佛頂佛眼佛毫相爍吃底丁移切牙應安佛慈大福德明及威德明最勝及商羯棃三部毌明阿難須菩提鉢及錫杖等於佛右左次第而畫外四門左右各應畫佛使者西門中畫無能勝並於門界道中畫難陀烏波難陀二龍王四門畫持蓮華持金剛應佛右左畫摩醯首羅并妻俱尾羅天捧持於一切處門兩邊應置第三院應取第二院之半於第三院中畫梵王及諸天迦樓羅護世等及餘天隨意而畫彼三部本族眷屬亦應畫一切皆依無能勝壇儀軌金剛契中說畫壇已應取新缾底不黑者令應量取阿摩羅稍葉插其中又取俱緑果安於缾口上此土無隨時取華果枝葉相連端上者缾中置諸寶及諸種子并香水令滿以細繒帛繫其項安於壇四角及中央門皆立刹柱以時華爲鬘莊嚴并懸幢旛應置香爐燒沉水香檀香即阿闍棃於壇側應作護摩以根本眞言用酥護摩一百八徧然後迎請以明王頭頂甲冑自加持身

於一切有情起大悲心復發菩提心取金銀或瓦器盛諸種子及華香水令滿右膝著地結根本印應請明王用心真言依次第應請天龍藥叉等即以明王心加持中餅一百八徧然後取菩提樹木(此土用夜合木)然火和三甜用明王真言護摩一百八徧即一一真言各護摩一百八徧頂真言曰

娜謨三漫多勃馱南(一引)阿鉢囉(二合)底呵多舍娑娜南(二引)唵(三引)斫羯囉(二合)韈嘌底(四二合)唵(引)吽(五)

頭真言曰(歸命准前)

唵(一引)斫羯囉(二合)韈嘌底(二二合)吽發娑嚩(二合)訶(三引)

結下上方界真言曰(歸命准前)

唵(一引)微枳囉拏(二合)微特防(去聲二合)娑尼(二)迦比羅貳縛哩尼(三)怛囉娑耶嚩囉(二合)吠賒(四)薩帝呶(引)囉特縛(五二合)能(上聲)瑟吒囉(二合)囉乞沙(二合)輡發(六)

甲冑真言(歸命准前)

唵(一引)斫羯囉(二合)韈嘌底(二二合)囉(二合)賒弭多(三)囉捺囉(引二合)囉捺囉(引四二合)娑(去聲)薩摩(二合)車盧瑟尼(二合)沙(五)囉乞沙(二合)囉乞沙(二合)輡(六)吽發娑嚩(二合)訶(七)

牆真言(歸命准前)

嗯(一引)莫壑(二)

如是如前說印隨事業應用之一切真言天明用根本真言安立則於世尊聖衆作食飲隨力供養禮一切佛薩薩五輪著地以香泥塗手結大三昧耶印示之二手虛心合掌諸度各微屈如芙蓉名如來族三昧耶印然後

一一誦一百八徧心眞言亦誦旋遶曼荼羅啓白聖衆我所不應作而作所有過犯儀軌加減惟願聖衆捨過如是第二第三亦如是說弟子已受戒者於眞言法生淨信者已發菩提心者於三寶淨信者弟子有如是德者應令入入者限七八若欲入曼荼羅淨澡浴徧身塗香令設誓若越三昧耶或有愚癡者墮於無間地獄汝等善男子應常護持三昧耶如是爲弟子告三昧耶以繒帛覆面結三昧耶印令稱心眞言令擲華所於彼上華落即定其部族如是引弟子已一一爲弟子誦根本眞言以酥護摩一百八徧如是作已應告三昧耶汝等於眞言行當勤修於大乘不應生疑惑一切天不應輕賤佛教中不應疑惑弟子等於阿闍黎殊勝捨施供養捨已身應受轉輪王佛頂阿闍黎於彼無悋心悲愍心印契及眞言應教授即從此已後成就者一切天龍藥叉乾闥婆阿脩羅迦樓羅緊那羅摩睺羅伽等及一切有情不能惱害於一切眞言成就必能堪任得不退轉入一切菩薩位一切天不能沮壞則成入一切世間出世間曼荼羅三昧耶一切天皆知如是善男子成就菩提者則得悉地持金剛之所加持隨行安樂我略說此儀則次第應作一切曼荼羅王一字頂輪王所稱說爾時曼殊室利菩薩白佛言世尊云何爲阿闍黎云何灌頂時世尊讚歎善哉善哉妙聲善哉妙音若有欲受灌頂者於阿闍黎比前兩倍應施應施雙氎應施金銀熟銅器滿盛諸種子及藥香水則阿闍黎對曼荼羅前四方塗作曼荼羅

以白粉三肘量畫蓮華於上安師子座受灌頂者坐已持蓋及拂誦吉慶聲讃揚取中餅加持一百八徧令弟子結佛頂印安於頭上阿闍黎自令弟子灌頂吹螺擊鼓作諸音聲如國王受灌頂阿闍黎應以右手執弟子手引入曼荼羅於一切佛菩薩奉獻弟子令弟子於佛菩薩請印可阿闍黎爲弟子告諸佛作如是言世尊此弟子我灌頂已此善男子從今已往以無希望悲愍心哀愍一切有情應盡一切世間出世間曼荼羅如說應作如是一切曼荼羅儀軌應加行如是灌頂者即爲阿闍黎入一切菩提道如是於菩薩行行時得無量功德果報

先行品第四

爾時金剛手祕密主菩薩摩訶薩從座而起偏袒右肩合掌禮佛白佛言世尊印可我於一切眞言得灌頂於一切如來持祕密世尊於菩薩大集會爲修眞言行者及爲我及一切有情哀愍利益一切大衆惟願說佛頂轉輪王教方便或有當來後世人利益安樂故

時世尊告金剛手祕密主言善哉善哉祕密主汝能如是利益作如是問汝應諦聽我今說祕密主此無障礙如來頂一切明眞言王三昧耶隨入儀軌灌頂儀已說我今譬喻祕密主如如來於天世有情勝爲上上善男子此轉輪王佛頂一切眞言中爲最勝一切眞言王中爲上上如是先事儀軌即成成就儀先當說畫像儀由纔見此像修一切眞言於一切教成就堪任由纔見此解脫一切罪一切世間出世間眞言皆得流通由纔見此持

金剛攝受由纔見此遠離一切障毗那夜迦由纔見此十八大教王安樂易得成就由纔見此一切天龍藥叉乾闥婆迦樓羅緊那羅摩睺羅伽人非人等成禮敬乃至略說善男子由纔見此一切世間出世間一切明教中所說句義皆得成就見一切世間出世間眞言明上上此佛頂一切佛頂中爲主宰我今說畫像童女撚綫不割截如勇士交易織師受齋戒應織氎頓方三肘先以五淨洗後以檀香水洗於壁塗香張所畫像氎面向東對前安餠底不黑者盛滿香水及一切寶藥廣大供養於一切佛菩薩三時燒沉水香其畫師淨信三寶不信餘天者極嚴毅受八戒數茅寢息身著白衣三時澡浴三時換衣如是畫人不放逸者應畫聖者從大海涌起須彌盧山王四寶所成於上坐白蓮華身白金色正受一切三摩地最勝王三摩地結跏趺坐從一切身徧滿出輪熾盛光明於上應畫山峯其峯以種種寶成持誦者在佛右邊本色形持香爐觀如來面右膝著地下應畫蓮華池從佛頂出光明其光青黃赤白則此像安於寂靜處不急躁聖默節食依眞言契經毗尼等不應放逸於一切受苦有情生悲愍心以智眼善攝諸根心不散動意常等引遠離一切愆過及爲遮諸障難不應食魚肉等不異作意淨信三寶現前敬信矜愍一切有情於成就發大菩提願意三時澡浴著新淨衣閑靜無人於大河或山身口心不疲倦一切時於佛世尊作廣大供養於圓月晝夜不食從白月一日起首或食菜或食穬麥或乞食

或飲水或食麨誦八洛叉作先事法若欲成就安善那勇士交易買掃尾蘭安善那一兩令婆羅門童女以五淨洗面向北斫以右指撚爲丸用雨水和撚時以蠟塗指面怗以竹膜然撚之作丸若丸有指文即不成就作四丸以蓮華葉盛覆之陰乾然後安佛前依護摩儀軌撚柴作一千三波多作已即於有舍利塔或於像前廣大供養燒波羅奢木八日護摩塗一小曼荼羅四方安護於第二重曼荼羅以白芥子鷰覺於第三重曼荼羅有伴無伴廣大供養眞言作加護面向東敷茅坐於三菩提葉上安藥器以四菩提葉覆以右手按藥器念誦乃至暖煙焰若初位成就用點眼持誦者所見人及彼人見持誦者皆得敬愛第二位成就力敵千象行如風壽命五百年竊十分之一諸持明不敢凌突第三位成就身如初日暉寶莊嚴壽命中劫餘類持明仙不敢輕慢倨傲於輪王超七風而行如是素路旦善那雌黃雄黃等三種成就所獲悉地皆同又法若欲成就金剛杵取霹靂木十六指作金剛杵圓月內三日三夜不食於佛菩薩作廣大供養具杵獻佛種種食飲供養佛然後將金剛杵往於奢摩奢那取東流河兩邊土和以五淨一肘量作窣堵波對前依儀軌供養取奢摩奢那灰於塔前作金剛杵形安金剛杵於上以手按上念誦乃至乞食時澡浴擲彼杵入乞食得已分食供養佛然後自食護身或有伴或無伴二手按其杵上念誦乃至三種成就初作成就見彼及彼見持金剛杵者皆得敬愛第二位成就

如牛埃塵高飛騰而行力敵九千象奔走如風竊六分之一所求自在能鉤召身有光燿得大威徳第三位成就身如初日暉壽命一萬歲倨傲於輪王持金剛杵遊行如是蓮華輪三戟叉鉞斧等所求悉地成就皆同

又法欲成就指光作先事法事法取不滿睟孩子頭指如前法作窣堵波就於奢摩奢那廣大供養敷茅面向東坐其指獻佛已以手按之乃至放光燈焔增盛則加意結護盡一夜念誦乃至晨朝用其指招則敬愛

又法三日三夜不食念誦對佛前作曼荼羅然酥燈供養燒香敷茅而坐取子母同色牛乳盛以瓦器加持一千八徧以灰結壇界晨朝澡浴誦真言絣乳取生酥佛前廣供養燒酥燈誦真言用前所絣之酥作人形像安於七枚菩提葉上對像前加持念誦乃至微動取此酥所觸皆得敬愛

又法用前法取龍華蘂末作人形取香瓦器安之加持一百八徧所觸所思皆得敬愛

又法用前法燒牛膝苗莖護摩所求財利皆得

又法於牛欄中對佛像前作一窣堵波高一肘依法供養燒安息香護摩十萬徧得一千牛

又法用前法取白膠香和酥護摩十萬徧得十二最勝村

又法用前法取蓮華塗檀香一千枚獻佛即得城邑主

又法用前法燒安息香以千萬瞻蔔華獻佛得金一千兩

又法取有藥華十萬獻佛得白氎一千張如是一切華隨色得氎

又法取奢摩奢那灰於滿月晝夜不食取無名指嚕地囉和作彼人形左脚踏念誦一千徧并種族皆得敬愛

又法欲求婚取稻華和酥蜜酪護摩一千八徧稱其女名念誦即隨所願如不隨彼必不終

又法秔米粉作人形以苦油於當心盛滿以鐵籤刺以芥子油塗取賒摩賒那火炙之念誦一千八徧一日間即令女男敬愛二日𣈶舍王三日沙門婆羅門皆敬愛我今說未成就事業取牛黄加持七徧洗面若見者皆敬愛若用點額若見彼人及彼見者皆得敬愛於賊中作意念誦皆得解脫若彼人作法損壞自持眞言者用秔米稻穀白倶那衞華白芥子作本尊形以左手按上念誦一千徧一切眞言即不損壞若欲除寒熱病取山耳華加持一百八徧燒設鬼瘧亦得除差

又燒佉陀羅木護摩一百八徧除一切鬼魅

又加持灰七徧遮佗眞言誦一徧以水灑即解

又蛇齩人畫蛇形把刀誦一徧割一下其所齩人蛇即來以其刀左旋即成發遣并歸誦眞言加二吽字即禁止蛇并歸命加吽字誦眞言即成解加二發吒誦眞言以左大指畫地所齩人蛇即來去發吒字誦二十一徧以手觸額其所被嚙人即起加持二十一徧以水灑頭上如輪旋轉兼發吒誦二十一徧取水當鼻加持散四方即往於本居取水依前

加持覆擲於地復來
又以俱那衛枝并登吒字誦打地鬼魅作聲
并歸命誦右手觸即得除愈
又除歸命誦二十一徧用摩奴沙骨作橛稱
彼人名隨地釘之其摩奴沙即病鬼魅壞亂
以髮作繩繫其橛誦一徧拔之即得如故
又去登吒字取安息香作丸燒念誦一百八
徧稱彼名或囉惹類即成鉤召燒白膠香誦
二十一徧即得解
又一字佛頂輪王眞言兼登吒字書於絹素
又樺皮上安於幢上兩軍即以禁止於佗即
以此幢引前即其軍皆逼惱不安掬水誦七
徧散四方幢却引來即得安隱
又欲除箭取油加持二十一徧塗上箭即出
又除登吒字難產婦人加持水或油與飲及
塗即易産
又加持土塊一徧畫彼人形安於口上即禁
其讒說及論議得勝欲解并登吒字加持礓
石安於上即解
又加持白芥子一百八徧即成鉤召以掬水
加持七徧散之即成發遣此一字佛頂輪王
無障礙依一切教相應作法
又法作先事法於河岸或一樹或山間或池
側或有助伴或無助伴乞食寂默慈心相應
三時說罪意常勇健無怯弱心常樂捨施自
作灌頂作加護被甲結方隅壇界以眞言水
灑衣塗香華鬘燒香飲食燈明眞言迎請奉
送等一切時作誦十萬徧則終竟作先事之
後若忿怒視他彼皆癲癇所持則得狂亂身
不自在若復念誦瞻視則身上瘡疱被燒則

至死此是無礙或以右脚頭指捺地而誦則剎那頃從空雨火一切處大燒然起慈心念誦則解如是忿怒誦摧他軍能生一切病令驅擯殺害枯竭迷亂狂惑癲癇魅瘧所持肢分斷及逼惱若如此誦一切不空皆得成就若起淨意慈心誦即皆得止息

又法若欲成就者於神通月分於河交會處作緣生胎藏窣堵波於塔前安像或飲水食麨遏迦木搵酥燒護摩千萬徧即地動盡於其地王内或流星或隱自在雲雨得大伏藏見光明意樂轉依壽命一劫一切有情不能沮壞爲大明王一切方熾盛若見能普徧入一切此成就像法不應少勇志者作不應少慧無悲者作不應雜穢不積集資糧者作不應輕毀尊師麤惡語欺誑散動心及不見曼荼羅者多營作務者希望作事者作若有離如是惡者如是功德不久當成就若異如前作者則癲狂不成就

又法若欲麽囉謗毁菩薩藏及發菩提心加行謗佛教者於像前或人髑髏前以人髑髏末作彼人形面向北於賒摩賒那或於河或於池乞食寂默忿怒其形以左脚踏以小指剌誦七日日三時即被大瘡所持徧身瘡疱至死受疼痛即見吃哩爹如大指節熾盛火焰如金光明聚以指期剋作欲吞勢徧諸方以聲告某甲使我來爲令害汝作如是語時彼見已即吐血而死若於佛法生淨信則息忿怒若自忿怒生慈心即持明者急速以香水灌沐佛像念誦起慈心須臾頃以水灑其疼痛燒然皆得止息復得如故善男子菩薩

以方便於損三寶者應作又法作先事法思惟利益一切有情離著無怖畏不怯弱勇健不下劣心持八戒得灌頂者知三昧耶常修念如來并菩薩聲聞說罪隨喜者安像於賖摩賖那身著赤衣以賖摩賖那華莊嚴身及頭及食賖摩賖那食住念無限念誦不失念護方隅甲冑牆等儀軌如是念誦初七日見恐怖惡形牙齒熾然豎髮或一足兩足三足或兩臂三臂四臂或八臂或兩頭三頭四頭則持明者忿怒誦其時如大風吹大雲即四方馳散即起慈心第二七日即有女人現悅意端正瓔珞嚴身示現可愛色見已念誦起慈心作不淨觀即滅不現第三七日即見毗那夜迦惡形羅剎作寂靜來來已作是言我作何爲修行者作是言爲奉教則爲使者所使令皆依教成辦其魔若作忿怒心觀修行者則滅壞天作先事者於河或蓮華池或一樹或大華園而作

一字奇特佛頂經卷上

音釋

蝅昨含切裸郎果切赤體也鍵巨偃切掐苦洽切爪刺也捻奴協切指捻也鹵郎古切地不生物曰鹵礓居良切緤私列切絣補耕切以繩直物也纇盧對切絲節也孽魚列切屩居約切企去縊切發普末切趏莫百切冑直又切兜鍪也鞈牟含切氈達揔切毛布也撚乃殄切指撚也穬古猛切麥也麨尺沼切乾糧也窣堵波梵語也此云方墳窣蘇骨切戟訖逆切枝兵也鉞王月切大斧也秔古行切稻之不黏者曰秔籤七廉切齩女巧切嚙也樺胡化切木名癲癇癲多年切癇音閑癲癇狂病也疼徒冬切痛也爹端耶切鹺昨何切

一字奇特佛頂經卷中

唐特進試鴻臚卿三藏沙門大廣智不空奉　詔譯

成就毗那夜迦品第五

於屏處安佛像於一切有情起悲愍心取神通月三時澡浴三時換衣時别誦一千八徧乃至月圓滿其終日晝夜不食作一僧伽棃衣以新帛淨洗妙染善縫應量以一切香塗以香泥塗一壇安袈裟於壇中然酥燈一千八盞於一切佛菩薩全身作禮作是言我行菩薩行發如是心結跏趺坐以右手按袈裟念誦了至得飛騰虛空身如初日暉禮一切佛菩薩稱一字頂輪王名纔稱名得無超勝力往詣於金剛手菩薩一切天龍藥叉乾闥婆阿脩羅迦樓羅緊那羅摩睺羅伽等皆作禮作是言我等作何爲若披僧伽棃衣彼等倒於地復以心令起

又法作先事法於山及池側或餘處或食菜麥或飲乳或乞食禮佛說罪作隨喜功德誦二十洛叉所爲所作皆得成就

又法欲令禁止殺害令彼昏睡禁器仗畫四印曼荼羅或畫蓮華廣大曼荼羅隨力供養飲食於一髻羅刹尊處對門作青旛其旛作三橛金剛杵形於旛上以自噜地囉畫三股金剛杵於中書一字頂輪眞言并畫輪王形狀繫於竹竿於竿下取髑髏末作壇如金剛杵形於中作護摩爐爐四邊獨股金剛杵相連圍遶以遏迦木然火用摩奴沙骨及噜地囉并毒藥相和加持一徧一燒乃至一百八徧對軍陣前即彼軍衆如盲迷亂一切器仗彼手而落並皆禁止

又法欲令他軍墮落令醫人五肢取血於爐作於護摩瞬目頃彼軍皆得墮落則隨意縛若欲令息災取酥蜜和龍華護摩即得安樂

又法欲摧他敵念誦令他近來既近或作前曼荼羅及彼旛於彼軍前躶體散髮結被甲及牆印三時各誦一百八徧燒摩奴沙肉及嚕地囉和毒護摩行者夜眠牛皮或隨意眠如是作已護令彼事俱摩羅天梵天摩醯首羅及帝釋加護彼營者於七日中彼決定更互相成鬬諍馳走心生苦惱彼互不相見乃至十五日中間彼等被禁止無有餘殘能動者不依儀軌忿怒對軍陣前隨意作法或依餘教作護摩皆得成就

又法取生牛酥作摩尼形對像前以妙香華散壇上以三菩提葉安酥珠念誦乃至暖取珠不著齒吞之纔食已心所思惟皆一切發生力敵千丈夫隨欲現身壽命一劫纔稱吽字山峯城邑天廟皆得損壞隨所有物護摩百由旬內稱彼人名及囉惹悉底利皆得鉤

又法驗知伏藏取牛黃酥蛇脂牛脂雄黃遏迦皮作燭於近伏藏處一肘量地然其燭加持二十一徧旋其燭其燄隨大小其藏亦如是若有障難亦以比眞言遮制

又法於清閑處阿蘭若於窣堵波前安佛像三時澡浴三時換衣時時別誦一千八徧從日初分起首乃至月圓其日晝夜不食以酥末那華於像上作帳以種種塗香華鬘燒香供養然酥燈一百八盞及種種飲食獻佛結跏趺坐有助伴及無伴起大慈心具大精進念誦乃至相現雲聲道場中旛鬘等動燈燄

增盛從佛像出光像動若見如是相一切所欲成皆得成就次說最勝成就入大阿蘭若或於大河岸作無畏於彼安佛像常定意食根果等誦二十一洛叉徧念誦已周隨力作供養於荷葉上牛黃作三波多護摩已結跏趺坐安於二手掌中念誦乃至三相現若暖轉輪聖王尚作敬愛何恐餘有情壽千歲若烟安達馱那成就中爲王最勝日行千里復來於一切成就中安達馱那心念生一切飲食作一切神變於帝釋邊安達馱那何恐餘有情身有光耀壽命千俱胝歲若餤纔塗身自然紺青瑠璃環髮身如初日色二八六相難瞻睹調伏難調者隨意欲現身意迅疾一切天梵天等不能沮壞無疑周圍一由旬身光照耀得神通境智壽命一大劫無量百千持明以爲眷屬有大威德於天阿脩羅鬭戰得無能勝往於帝釋帝釋與半座菩薩與位齊等承事無量諸佛心不於欲傾倒無量佛世界乃至隨次第得菩薩地

又法復說餘最勝成就法作先事法已見曼荼羅從師得灌頂持八戒成就三歸菩提心作成就於虛空室或山曠野或牛欄其處有種種土水離臭穢爛泥於佗前成就處深掘齊膝去瓦礫炭石等以一字頂輪心眞言加持水於彼等處灑則取餘香土填滿其處作緣起藏窣堵波安像於彼前夜澡浴著新淨衣以塗香華燒香作啓請一切辟除等用一字頂輪心誦三十洛叉滿已用三鐵作金剛杵其匠令受八戒作千三波多護摩已於黑月八日十四日取白芥子盛滿於瓦椀安於

彼上坐茅草作供養儀軌一切意樂飲食皆奉獻以手按金剛杵念誦乃至光燄纔光巳并眷屬凌虛色相如金剛手能調伏難調有情一切成就中爲最勝一切天龍藥叉等作禮不避道得映徹身超過十佛刹土遊無量世界與千眷屬壽命大劫命終生於金剛手宮

又法爲病者加持水七徧送與彼飲即得除差若患魅白芥子護摩其魅等皆馳散

又法於海岸邊安本尊像依儀軌誦一洛叉娑伽羅龍王令入自宮於中求如意寶得隨欲變現身自恣而行

又法安本尊像於阿脩羅窟誦一洛叉阿脩羅女出現引行者命入入巳求阿脩羅長年藥皆得或住於彼

又法於一窣堵波乞食作先事法誦十萬徧終畢於黑月八日晝夜不食隨力供養飲食念誦乃至自影隱得無超勝力壽命一萬歲若初不成就復作先事法後當求成就至第八徧設作無間罪者亦得成就

又法以赤鬘著赤衣手持佉吒網迦於賒摩賒那取七蟻封如來肘量作窣堵波安緣起偈對前飲乳食麥或乞食於塔前寢息誦一洛叉於彼見種種惡狀恐怖不應怖畏於黑月十四日晝夜不食於窣堵波廣大供養一切鬼神皆施之食佉吒網迦以香華燒香供養被甲冑結牆等界結跏趺坐念誦乃至從佉吒網迦出光明即佉吒網迦成就即持之於賢衆得敬愛彼等皆遵奉其佉吒網迦於餘處夜無人處卓著地自然成一百柱宮殿一

切寶莊嚴天女承事丈夫承旨一千眷屬隨
一切愛樂壽命五千歲拔劫即不現
又法補沙鐵作輪量小圻刃令利十二輻作
先事法於河岸山頂有舍利塔處安本尊像
隨次第如前供養青香等供養輪施與諸鬼
神食結跏趺坐二手持輪從黄昏起首念誦
乃至相現有香風起空中聞呵呵吉哩吉哩
聲一切山皆震動一切海激動不應怖畏復
更念誦為一光聚圍遶持誦者彼持輪瞬目
即到阿迦尼吒天與菩薩齊等住一大劫於
中劫見佛出世即從此後次第起菩薩地身
壞生於持金剛宮殿若於無舍利塔處誦一
字頂輪真言者及不清淨處不降雨何以故
王難起非處念誦故身患有大災難
又法說劒成就補沙鐵作劒諸根不闕匠作
一肘量無伴堅固勇志或有伴已作先事法
上於山頂作緣起藏窣堵波作廣大供發一
切有情利益菩提心對塔前作發露等隨喜
一切功德坐團茅薦以右手持劒從黄昏起
首乃至明相出時則相現手戰動光如流星
乃至一千道彼光照耀持明者彼時大持明
王皆來灌頂彼行者并眷屬並淩虛刹那頃
遊於界無礙行於五由旬内照耀
又法說賢缾成就由菩薩成就此能息一切
有情飢渴苦惱於有舍利塔乞食極嚴毅安
本尊像寂默敷茅而寢依持明經說禁忌善
巧一年念誦於白黒月分三日三夜不食於
像作廣大供養取不黒底迦攞賒盛一切種
子諸寶藥等對像前結跏趺坐以右手按缾
口念誦乃至於中一切物隱復念誦乃至一

切物復現彼鉼羯拏羯拏作聲當知即成就即於此鉼所思惟象馬車乘真多摩尼寶及諸物悉底利等則於鉼中出生隨意施藥與一切有情

又法其處有藥叉女現驗處作先事法已於彼處念誦塗小曼荼羅以佉陀羅木然火三夜以白芥子護摩一千八徧藥叉女即來隨意告彼與我長年藥得藥服已壽命一劫若不來取白芥子和自嚧地囉燒一千徧作呵呵聲即來先不應作若作彼即損壞

又法飲乳食麥於有舍利塔安本尊像一千念誦於一黒月分八日則於佛世尊供養飲食依儀軌奉獻對像前然火燒尼瞿陀樹木三甜燒一千八徧俱尾羅藥叉皆來不應怖畏先所置香水獻遏迦彼藥叉等言尊者有何事喚我等即告彼與我作爲奉教作是已隱而不現即得藥叉衆成就所樂求皆與求天妙長年藥皆得給百千眷屬具六味飲食所思所求皆得

又法欲令梵王毗紐摩醯首羅敬愛者於黒月分對本尊像前用無煙炭以安息香丸三時和酥護摩一千徧中夜皆來隨欲請及求長年藥所求皆得

又法令囉惹敬愛於本尊像前乳木然火白芥子和三甜護摩一千八徧七日三時四洲主尚能來敬愛

又法欲囉惹類愛敬遏迦木然火七日三時用赤芥子護摩

又法令一切鬼神敬愛鹽和嚧地囉護摩即得

又法其處有梵羅刹及餘類鬼神住處至於彼住禁戒誦十萬徧即得大伏藏或能令他驅擯

又法不簡日宿亦不齋戒先作先事法取不壞沒嘌多摩奴沙淨洗浴莊嚴於賖摩賖那中安摩奴沙頭向東行人面向之而坐以佉陀羅橛繫縛之施一切鬼神食四方著護持劒行者坐摩奴沙心上取鐵末加持投其口中乃至出舌速持利刀截取成青蓮華色劒由持此劒并眷屬淩虛一切持明無能沮壞於一切持明中爲王壽命大劫身壞生天

計羅峯悅意　髮峯具端嚴　金峯於頂處

成就人所居　彌廬之大峯　青赤蓮妙處

頻陀山適悅　金剛帝寶巖　圓會山悅意

麽賴仙山處　及於大帝山　雪山與香觜

如是悅意處　閑靜豐安樂　持明女與俱

樂天女歌詠　同天女遊戲　最勝受娛樂

遊行持明者　如帝釋舍支　無人能敵對

彼得無礙趣　一切處流轉　如是具功德

持明常遊行

若修眞言明若不成就共此一字頂輪相和誦對佛像前供養於佛念誦則於像前寢息於夢中見眞言增減令眞言充盛對像前然乳木柴用酥護摩一千八徧其本尊即成就此法第七番應用不然即壞

又法欲作阿毗遮嚕往於賖摩賖那以賖摩賖那柴木然火以燒屍灰護摩一千八徧帝釋尚從自處移轉

又法欲令囉惹類麽囉著濕衣以脚踏陵上哦誦一字頂輪乃至衣乾如是彼寃家身即

乾枯

又法取礓石一一加持對城及村邑前住擲七夜過七夜爲大麼棃復令息災對像前乳護摩一千八徧以香水加持一百八徧於彼城及村邑聚落四方灑即得止息

又法若有損壞三寶者令彼調伏住善巧方便爲彼往於賒摩賒那以屍灰作彼人形行人躶體散髮依阿毗遮嚕迦儀誦一字頂輪一千八徧彼則被梵羅刹所持除自身餘持誦者不能解此是菩薩巧方便菩薩種性者應作

又法取旃陀羅家火往於賒摩賒那取其中木然火取苦瓠子稱彼人名或思憶護摩一千八徧則彼大瘧所持欲令解對像前浴佛像誦眞言取浴像水灑彼身上

又法欲令摧滅取摩奴沙骨八指作橛加持一千八徧釘寃家門閫下一切財物皆盡除橛即解

又法於賒摩賒那燒紫礦和嚕地囉護摩一千八徧彼即止息

又法若欲自佗灌頂取四不黒底缾取河流水滿盛一切寳及香并種子等安其中加持一千八徧令弟子或營事者令灌自頂一切災障鬬諍言訟一切障難皆得解脱

又法於有舍利窣堵波前安本尊像飲乳麥隨力供養誦眞言三洛叉即能令彼迷亂癡等事

又法三時説罪隨喜勸請發願樂作或飲水食麨於大河水至胷誦三洛叉欲令敬愛隱身成就雄黄雌黄等事皆能成就

又法三夜不食於賖摩賖那南邊而住獨已無侶誦一洛叉則於一切事皆得堪任
又法若有難調惡龍壞佛法損害有情欲令調伏三夜不食於龍處取白氎子和毒及嚕地囉護摩其龍從池中出七日中間所作皆成所求皆得若不出念誦至二洛叉或三洛
又彼龍即死龍池中聞臭爛氣
又法加持左脚七徧以忿怒踏地誦一字頂輪并加吽字誦則禁止象馬車步兵等
又法令怨家麽囉往於賖摩賖那取賖摩賖那灰忿怒作彼人形加持利刀從脚段段截於賖摩賖那火護摩於第七日其命不存
又法若於軍陣於王宮或言訟處誦時得勝
又法油麻護摩男女敬愛
又法加持右手頭指七徧或囉惹囉惹類或餘人擬皆得敬愛即以此指象水牛彼等皆能禁止
又法欲自已成就入賖摩賖那中賣莽娑用一字頂輪護身七徧加持召龍底利及持明底利亦用此眞言鉤召
又法取霹靂木十二指作金剛杵於賖摩賖那中念誦三洛叉阿脩羅門關鍵內外開擢
又法一字頂輪眞言加吽字能禁止他軍未成就忿怒誦亦能禁止他軍若成就樹令倒能損一切明眞言并吽字誦於賖摩賖那中得加護
又法補沙鐵匠受八戒者作金剛杵於賖摩賖那受八戒心不散動作先事法手持金剛杵誦十洛叉於黑月十四日中夜時一切香華燒香飲食燈明作儀軌供養於佛左手持

金剛杵結跏趺坐念誦於晨朝時其杵千光晃耀由持此杵即得成就纔發心并眷屬淩虛能持罰一切持明威光無能與等帝釋與半座爲大持明王住一大劫持金剛杵隨意遊行

又法瘧四日一發等并蠱毒等加持即得除遣

又法於賒摩賒那作奢覩嚕形以左脚踏心以右手頭指擬并吽字誦一字頂輪一千徧即彼刹那頃滅壞亦以此真言却能令止息

又法取賒摩賒那灰作奢覩嚕形以佉陀羅橛誦真言當頂釘之應時滅壞

又法取白芥子於賒摩賒那加持十萬徧能摧倒一切關鍵居鎖等

又法於賒摩賒那八百取不壞損沒嘌多補嚕沙依法洗浴莊嚴四方一切鬼神食生於心上於彼口中以白芥子一誦一擲乃至待舌出以利刀截即爲劒由持此劒一切持明中爲王無比超勝力隨意於此世界遊行

又法於有舍利窣堵波香等及飲食供養於滿月對於像前燒沉水香晝夜念誦即於晨朝請僧次應供養於彼大衆乞悉地則以此儀軌結跏趺坐念誦即得成就不思議王長壽聞持皆得成就

又法作先事法於舍利窣堵波於清淨處於滿月晝夜不食發慇重心取不墮地瞿摩夷塗壇取八餅滿盛水及諸種子諸藥等種種華鬘繫頸以種種燒香薰陸沉水檀香等和所盛水捨自身奉獻於一切佛菩薩結跏趺坐念誦乃至從頂出光明右旋遶持誦者即

隱入行者身即得身成就即其身光明刹那頃即得環髮二十年狀五神通威光如融金照耀并眷屬淩虚一切天龍藥叉乾闥婆迦樓羅緊那羅成就摩睺羅伽皆禮敬刹那臘縛須臾頃遊無量佛世界爲梵行欲心不傾動所去處於彼彼帝釋與半座威德無比於超思議佛世界見無量佛從彼所聽聞法皆得勝解如是次第修菩薩行時於菩薩行得入調伏善巧方便行不從彼三摩地力損減隨意住乃受生

又法入水念誦一洛叉作是功已被瘧所持欲令解脱酥蜜相和護摩即得除愈若作息災加　薩嚩二合訶字

又法於静處安本尊像以一千俱胝衞華擲像上稱彼名一誦一擲爲彼并種族皆得敬愛

又法若息障難者濕衣忿怒念誦油麻白芥子和酥燒一百八徧三日日三時一切魔障皆得除滅

又法上山頂飲乳以一切香作十二指或六指金剛杵左手持念誦乃至暖烟光烟安怛䭾那成就中爲王若暖持金剛杵所見彼皆敬愛若光即得持明仙

又法取素嚕多惹那先以千三波多護摩至太陽蝕時加持一百八徧安於口中念誦乃至太陽復令婆羅門女斫加持一千八徧用點眼即得安怛䭾那一切安怛䭾那成就者無能息隱

又法求語成就作先事法於清淨處安本尊像於一切天龍藥叉等次第施食於像前作

護摩爐青蓮華和三甜護摩十萬徧即成就右遶本尊像對像前念誦於餘日隨力設僧乞成就從此已後所欲求一切以語皆得順從

又法安息香作丸三時護摩各一百八徧意所樂皆得圓滿鬼魅所加持呪線繫

又法油麻白芥子和酥一日對像前護摩所求皆得

又法令女男敬愛蠟作彼人形作時誦一字頂輪以苦油滿其肚以七摩那剌七關節處剌佉陀羅火上炙加持一百八徧七夜即得所求

又法令他驅擯赤芥子擣作末作彼人形從右脚截於佉陀羅炭灰中誦眞言護摩七日即得如願

又法令自身息災於有舍利塔安本尊像香華等供養取新餅盛滿香水并一切藥及諸寶等加持一百八徧以不截緤繫餅項灌沐自身離一切罪一切障難

又法加持青木香一百八徧口中含共人語皆得敬愛於官府論理皆得語勝

又法取黃華於佉陀羅火護摩一千華得金千兩

又法以鹽作他形於佉陀羅火加持一千徧護摩所求人皆得敬愛祕密主如是等一切世間出世間輪王佛頂皆能作

天龍藥叉王　餓鬼惡羅剎　及餘諸部多
見持誦消融　皆息諸天法　蠱毒部多那
常在行人手　彼罪不可得　一切求成就
相應者當得　教至彼人手　造疾作諸利

爾時金剛手祕密主白佛言彼有情以大福攝受此教當得至彼人手世尊我亦攝受彼有情令此教入彼人手於一切有情界此明王作一切事業能滅一切怖畏常作加護財穀增長壽無病八萬鬼魅族皆得除息一切作厭蠱法者非時而死毒火徧止一切有情利益能除一切病得斷一切執曜勤勇師子爲矜愍一切有情故作如是說時世尊告金剛手祕密主言我今說功能令除一切罪除一切病汝當諦聽金剛手患一切鬼魅加持五色線繫手護身以灰加持結方隅界加持水一切瘧皆以線加持而繫自他令除一切罪白芥子和酥護摩令增命故以俱蘇摩華加持供養佛世尊

又法以蘇摩那華加持一百八徧擲於空中即得天晴無雲

又法加持水所爲彼人稱其名而飲令彼得敬愛

又法以俱那衞枝加持七徧若雹下向之而打其雹即移惡雲亦用此法

又法結方隅界用佉陀羅橛以水或白芥子縛毗那夜迦

又法一切病加持五色線令帶即差一切鬼魅一切病護摩即止加持華果與彼人得敬愛

又法食飲加持所與人皆得敬愛

又法作鐵橛加持一切怖畏一切障難皆得加護天及鬼神羅刹橛故不得附近違越於一切怖畏得加護一由旬結界

又法欲禁毒加持線七徧繫於乳木一切毒

皆消所有毒以土或白芥子或水加持用之皆得除差一切病五色線加持一百八徧繫病者即得除差燒沉水香或薰陸香能除一切瘧一切怖畏處誦此明王皆得無畏

又法加持茅拂除一切毒於囚繫處誦從縛得解脱患瘧者加持線繫腰即差

又法護自已身以心誦牛畜等疫加持黑線結繫頸即差

又法被以惡法印者加持白線七徧結繫身上即除

又法結方隅界以白芥子

又法患風魅加持油與飲即差

又法患眼加持水與洗即差

又法藥叉所持加持水散灑即得解脱

又法餓鬼所持及癲癇加持線與繫得愈

又法遮止龍用俱那衛枝破諸印以灰遮賊加持土塊七徧擲四方

又法所欲求清淨澡浴著新淨衣對像前一日一夜不食燒薰陸香誦眞言一百八徧便像前寢息夢中説善惡所求皆示

又法欲止霖雨入水念誦一切皆止求雨亦入水念誦隨意多少

又法欲求食於初日分於村邑對城門住加持蘇摩那華百八徧向城門擲然後入城得不求食皆豐足

又法嬰孩爲魅所持以樺皮上書一字頂輪眞言繫項下即愈

又法常念誦一切人皆得敬愛

又法入王宮加持水一百八徧用塗面囉惹并輔佐皆敬愛

又法衣華香瓔珞等加持或與彼或自著皆得敬愛

又法諸飲食加持一百八徧稱彼人名思念而食即得敬愛

又法癰痓等加持泥七徧塗之即愈我略說所作皆得成就

世尊於彼時告金剛手祕密主言善男子如是一字輪王能作一切事業一切佛所說無礙教令無量那由他百千俱胝佛所說我今亦說我今說福利祕密主汝諦聽諦聽一切佛所說一切菩薩隨喜祕密主若有此大明王輪王佛頂若能受持讀誦若聞演說乃至書寫經卷供養念誦彼必不墮惡趣不爲餓鬼藥叉不貧匱不爲一切罪一切有情皆得敬愛一切皆得隨順所生處皆得宿命一切鬼魅不著身所謂天魅或龍魅或嬰孩魅羅刹魅或緊那羅魅或摩睺羅伽魅或補怛那魅或羯吒補怛那魅或毗舍遮魅或迦樓羅魅或阿脩羅魅或諸毋天魅或鳩槃茶魅刀杖不著身不被毒火水所中一切他敵飢儉曠野如是處必不生一切毒瘡腫蠱魅起屍作法不祥皆得解脫一切天龍藥叉阿脩羅迦樓羅緊那羅摩睺羅伽皆禮敬善男子我略說所有一切災難彼一切皆不能爲害何以故佛境界無量佛所行境無量佛世尊無量三摩地遊戲祕密主此一切賢劫中如來說過去未來現在佛說我今亦說恒河沙數同名如來說皆隨喜若有善男子善女人於後世後時比丘比丘尼優婆塞優婆夷淨澡浴對佛前作供養誦持此明王眞言若成就

聞如是福利生淨信當生天趣得天大威德若生人中爲王得宿命智於此生中念誦離一切疾病若成就者此人身巳末後身入菩薩境界遊無量佛世界如一切如來遊戲

說法品第六

爾時寂靜慧菩薩摩訶薩金剛手菩薩之弟從彼大衆集會起合掌禮佛爲供養世尊故從自頸脫無價大眞珠鬘以右手持獻於世尊說報答妙故說此伽他而讚於佛

頂聲於三界　諸有情悅意　佛此聲最勝
現語得榮盛　所有佛住法　調御彼說法
所生等覺者　世尊得菩提　轉妙法輪者
過往圓修者　諸佛皆此坐　世間無比人
於彼彼地所　皆成如金剛　現對於世尊
得見爲吉祥　過去爲吉祥　誰復聞妙法
先是又吉祥　彼吉祥亦然　彼聞教不壞
智慧者正住　於彼常天想　亦觀父母想
親教姊妹想　皆見無畏者　先作順教令
於尸羅最勝　由彼於法王　依附得供養
如末利華鬘　風吹香悅意　雜油麻成油
其香亦芬馥　汝尊色無比　群品難筭量
甚深及威德　名色及神通　今所於此地
我觀高廣想　云何於女男　讚揚少功德
若令所聞者　聞法復生信　若能捨施者
於世尊教中　若趣於非家　於釋王教中
我於彼一切　憐愍親族想　如空中蚊蚋
如大海牛洼　如是佛功德　所讚如寱言
如我於天王　讚揚功德者　或佛聲功德
隨力我讚歎　恭敬持供養　珠鬘無價寶
以此勝善根　有情皆如佛

時寂靜慧菩薩摩訶薩以伽他讚揚世尊已白佛言菩薩幾法成就修此佛頂輪王一切如來三摩地熾盛爾時世尊以伽他答寂靜慧菩薩摩訶薩

若有慈心清淨心　不麤柔輭具念者
護禁正直修梵行　彼人成就此明王
所有離罪不爲惡　增長常寂離瞋恚
如是之人成明王　嫌恨於他及調戲
如是於他常不作　不窺於他之長短
如是之人成明王　若於佛法功德具
常作恭敬而供養　於他不打及不毀
彼皆成就此明王　無悋嫉妬及無慢
於他不作不饒益　於他不作實過患
如是成就眞言王

善男子我承事六十俱胝佛供養於彼俱胝佛不修梵行求法勤修行從彼受大明王廣流布由彼善根則得廣大功德威德如是善男子一切如來不思議三摩地殊勝是故菩薩護身口意修持此一字轉輪王如是善男子如來於一切有情眞言形爲善友寂靜慧作是言世尊善男子善女人恭敬如善友想應習大明王應承事供養何以故寂靜慧若於善知識親近修習得成善法聞善妙法以善意樂則得善加行以善業趣於善得善助伴不爲罪業作善加行趣於善已承事善助伴不爲惡業既不爲惡於他護他意圓滿菩提道住道堪任有大力於住惡道有情作義利是故寂靜慧親近善友一切功德皆得圓滿皆稱讚時寂靜慧菩薩摩訶薩白佛言世尊菩薩摩訶薩幾法成就疾證無上正等菩

提得甚深法忍佛告寂靜慧菩薩摩訶薩有四法成就疾證無上正等菩提得甚深法忍何者四法入緣生法智入無衆生無人無壽者於空法性決定勝解境界遠離斷常二見如是四法前際清淨後際不來三世平等以現在智如是四法又有四法佛性應觀佛色性說厭僧如來以慧眼則慧眼清淨如是四法又有四圓滿波羅蜜不捨四攝法以善巧方便無人決定故發生大悲清淨慧如是菩薩摩訶薩成就速證無上正等菩提於甚深法得忍世尊於此說四法時無量菩薩得無生法忍無量天龍藥叉乾闥婆阿脩羅迦樓羅緊那羅摩睺羅伽發無上正等菩提心爾時世尊說此伽他

如是法理趣　正等覺所說　由修此眞言
一切爲如來　若樂度生死　若欲斷諸結
爲一切依止　久修於此行　令起殊勝想
我趣於端嚴　思惟轉此言　常修平等行
不作不等行　則成菩薩位

一字奇特佛頂經卷中

音釋

躶郎果切赤體也　坼恥格切裂也　瓠胡故切匏也　礦古猛切紫礦甄叔迦樹名也　蠱果五切蠱毒也　居從點切广牡也　蜹儒稅切醯雞也　寱研計切寐中有言也

一字奇特佛頂經卷下 念誦儀軌附

唐特進試鴻臚卿三藏沙門大廣智不空奉　詔譯

調伏一切障毗那夜迦天王品第七

爾時曼殊室利童眞菩薩摩訶薩於世尊說法知究竟巳合掌親近世尊頭面禮足右遶三帀退坐一面曼殊室利童眞菩薩白佛言世尊如是有情生於四生長養無始生死於六道世尊此有情聚有情海有情增減盡不可得云何世尊如來三摩地應見色相好特如世尊說持此眞言王菩薩摩訶薩得不退轉乃至次第證無上正等菩提世尊云何入法門理趣云何安立法功德云何三摩地法界大威德爲廣博攝示現爾時世尊微笑作是言善哉善哉曼殊室利復言善哉曼殊室利汝問如來如是義多人利益安樂矜愍世間天人法爾若佛世尊作微笑從口出種種色光所謂青黃赤白紫玻瓈銀色照無量世界乃至梵世映蔽日月光復來入佛口中爾時曼殊室利童眞菩薩摩訶薩知相者知相巳以此義以伽他讚揚世尊

妙見能現色相者　八十隨形端嚴者
尋光妙光圓滿光　如是爲我說笑因
忍辱十力持進者　精進高踊無傾動
眼目愛樂見四諦　爲我說此微笑因
梵王天衆及一切　頭面頂禮於如來
瞻仰恭敬而觀察　爲我說此微笑因
如山善行行妙行　定慧踴起智光明
解脫堅力眞實見　爲我說此微笑因
金剛身性堅難壞　那羅延志人中勝
梵音妙音文殊音　爲我說此微笑因

獲得光明離幽暗　普見眼目平等住
功德殊勝得堅勇　爲我說此微笑因
世尊已轉勝法輪　以佛頂聲於人天
并龍藥叉及一切　爲我說此微笑因
爾時頂行持童子形垂髻爲上首百千障者圍遶以佛威神威怒加持從座而起偏袒右肩於世尊合掌作禮已白佛言世尊我一切障者毗那夜迦中主世尊一切障者遵奉我一切障者屬於我觀彼一切障毗那夜迦告言汝等障毗那夜迦諦聽於一切世界作障者於成就人不饒益者罪忿怒惡鬼魅等世尊從今已後成就頂輪者此大忿怒真言晨朝若誦七徧世尊我等於彼一切作障毗那夜迦令遠離若作成就不令起魔障不令身心散動世尊若以此大忿怒真言常作加護者彼持明成就明王者我等作加護遮刑罰爲作息災作吉祥作一切利益世尊從今已後於頂輪教王勤行者修真言者不應起障心若此如來變化大忿怒王必壞汝等若憶念者汝等以此加護汝等從今已後彼修真言行者於真言行儀軌所說食蜜油麻葱蒜薤蘿蔔鉢䟦吒等真言行中所遮修輪王佛頂真言成就者若食汝不應執過不應惱害不應奪悉地不應令心散動以我教令修佛頂真言者不應起惡心汝等見彼修行者應起慈心勿令汝等移動本處若違我語於彼起異心者不得住於阿吒迦縛底王宮金剛手祕密主宮違越我教令我當損罰及餘所有天龍藥叉乾闥婆阿脩羅迦樓羅緊那羅摩睺羅伽一切餓鬼毗舍遮起屍作障毗那

夜迦羯吒布單那拏吉尼等不應於修輪王佛頂眞言者起惡心令心散動及彼等營從若作障難我以金剛杵碎彼頂我語誠實時彼一切障將主所謂金剛莊嚴金剛索金剛鏖金剛鉞斧金剛極笑金剛成莊嚴金剛頂金剛毗那夜迦能斷如是及餘大障毗那夜迦將主從座而起至頂行所到已以一音聲作是言如所教令我等一切悉皆作從今已後不違越汝尊教令若違越者頭破百分時頂行告彼大障毗那夜迦等作障將主我今說成就佛頂眞言王成就者所有不饒益心者令百段速疾馳散所有天世毗那夜迦無能作障作如是語已於彼一切天作障將主上首等於一切世界作障者奪悉地者攪擾成就者我說自已眞言

娜謨囉怛那(合一)怛囉(合二)夜耶(一) 娜謨室戰(合二)拏嚩日囉(合一)波拏(上聲)曳(二)摩訶藥乞叉(合二)細那波多曳(三)唵(引四)吽發(五)吽吽發發娑嚩(合二)(引)訶(六引)

復次頂行說自眞言時一切彼金剛莊嚴等大障毗那夜迦皆戰掉驚怖悶絶祕密主加持子故時頂行於大障毗那夜迦以指端擬彼等纔說此眞言一切皆起作如是言我及大障主如來以此眞言形住輪王眞言殊勝三摩地從今已後起惡心修輪王眞言道升進者我之眞言曰憶念者汝等於彼成就者不應起障難心我等於彼作擁護由我加護不有障難親近大障將主我略說不應作障難若有作者我以自杵摧汝等頂爾時釋迦牟尼如來作如是加持由加持故金剛手祕

密主從座而起白佛言世尊我說佛頂真言者及修餘真言者大明王如來族蓮華族及我族作先事法者此大忿怒甘露軍荼利成三昧耶故成就佛頂輪王者灌頂故狂心有情爲令不狂故畫此曼荼羅於河岸邊或餘淨處其地如先所說輪王曼荼羅儀則應絣四肘曼荼羅四門以五色畫曼荼羅中央畫佛世尊坐蓮華從頂出光左右畫八毗那夜迦衆皆坐蓮華彼等名所謂金剛莊嚴金剛塵金剛索金剛鉞斧金剛極笑金剛成莊嚴金剛頂金剛毗那夜迦能斷皆如本形請佛以本真言餘皆以此真言

娜謨囉怛那二合怛囉二合夜耶一　娜謨室戰二合拏嚩日囉二合波拏上聲曳二摩訶藥乞叉二合細那波多曳三　娜謨室戰二合拏縛日囉二合句路馱耶四唵引五虎嚕虎嚕六底瑟姹二合底瑟姹二合七　滿馱滿馱八呵那呵那九阿蜜哩二合帝吽發娑嚩二合引訶引十

以此大忿怒王真言加持迦羅奢供養種種飲食懸蓋幢旛然酥燈以此真言應作一切加護師應與灌頂於聖捨施殊勝物如先所說壇儀軌令入作灌頂已一切天龍藥叉乾闥婆阿脩羅迦樓羅緊那羅毗舍遮等不爲障難地下阿脩羅女持明天及餘皆隨順一切毗那夜迦族見持明者皆馳散從此已後諸毒癲癇蠱毒皆不得便一切明真言聖衆皆隨順此中纔灌頂持明者所發起成就一切皆獲得彼有情果報所得聖甘露軍荼利法灌頂如不淨信者矯誑者於師長不恭敬者不應令入灌頂令淨信者求囉惹愛敬者

求上上成就由七畨灌頂其人所有殊勝寶物施於聖衆及師彼人福勝七輪王遇此曼茶羅由入此得灌頂一心住禁具精進不耽著具戒令師歡喜彼一切悉皆獲得無疑爾時觀自在菩薩摩訶薩以佛威神之力從座而起偏袒右肩右膝著地於蓮華臺於世尊前合掌禮已白佛言世尊修佛頂眞言王者我說護持令一切作福報故一切惡毗那夜迦等令作慈心我族中堅實從我蓮華生大眞言王我今說佛言汝今說之爲利益有情大悲一切增益作成就故汝自已蓮華所生大忿怒王應當說之修佛頂眞言者利益安樂天人故時觀自在菩薩摩訶薩并得大勢菩薩右遶釋迦牟尼佛七帀入蓮華大警覺名大菩薩三摩地說此大眞言

娜謨囉怛那(三合)怛囉(二合)夜耶(一)娜謨阿哩野(二合)嚩盧吉帝濕嚩(二合)囉耶(二)冒地薩怛嚩(二合)野摩訶薩怛嚩(二合)耶(三)摩訶冒地薩怛嚩(二合)(引)奴枳娘(二合)多(引)耶(四)庹那庹那(五)馱囉馱囉(六)冒地薩怛嚩(二合)鉢囉(二合)底半寧(七)娜呵娜呵(八)跛遮跛遮(九)阿羯哩灑(二合)耶阿羯哩灑(二合)耶(十)吽發(十一)

大菩薩纔說忿怒王眞言摩醯首羅帝釋焰摩水天俱尾羅那羅延等及迦樓羅緊那羅摩睺羅伽一切集會及餘天類毋天部多障毗那夜迦等皆從座起於佛世尊歸依惟願世尊救濟我惟願善逝救濟我世尊以大菩薩光明逼惱我等皆失自神通爾時釋迦牟尼佛以彈指令觀自在菩薩摩訶薩起則刹那頃觀自在菩薩摩訶薩從彼菩薩三摩地

不瞬目觀佛觀已告彼一切摩醯首羅帝釋梵王天等言若有善男子善女人修此輪王佛頂若持此經早起散華作曼荼羅以塗香華等以淨信讀於菩薩眞言行行汝等人者於成就者一切天王一切阿脩羅王一切龍王一切迦樓羅王一切乾闥婆王一切摩睺羅伽王一切毗舍遮鬼神王等皆於成就輪王佛頂者作擁護當修之時汝當供養等物於彼人起障難若修輪王佛頂眞言者我從蓮華所生忿怒王若常誦者我自當於彼作加護何以故如來則此輪王形住是故善男子如是修輪王佛頂眞言者住十地菩薩尚作加護如是汝等天王亦於彼勤修菩薩行并眷從眷屬觀如佛想彼天等咸作是言大菩薩從今巳後修此輪王佛頂眞言者若稱汝尊眞言此法教若讀若淨信於彼皆作擁護令彼有威力念力精進慧力三摩地力得果報由汝尊眞言作警覺我等皆作以佛加持乃至作一切利益皆奉敎

最勝成就品第八

爾時釋迦牟尼如來復告金剛手祕密主言復次祕密主我今說輪王佛頂成就業汝諦聽眷屬眞言心及隨心一切成就事業依根本眞言儀軌巳作先事法於牛欄成者以手按所成就物

牛黃或雌黃　或復一切寶　鬼神敬愛故
智者調百八　勝儀清淨者　矜愍諸有情
一心者決定　其物得光明　若暖得空行
煙成爲最勝　光垂空吉祥　彼時得輪王
由煙得隱身　暖相成敬愛　所成就等物

成就皆無礙　禮敬大制底　及作窣堵波
少福者成就　決定不應惑　曼荼羅灌頂
慇懃應當入　彼見曼荼羅　慇懃受灌頂
過現二罪滅　憂怖及諸魅　若作諸天等
鉤召諸凡類　廣供養佛像　後應以蓮華
乳糜及酥蜜　千數應護摩　誦終天赴召
帝釋及舍支　何恐王類等　應作鉤召事
所有天妙事　及諸人間事　能作一切事
由誦頂輪王　諸毒暴惡形　諸魅峻威力
諸疾難療者　善作諸事業　定意誦千八
若作諸小事　於諸降伏事　相應諸事業
赤白芥油麻　毒苦楝大指　一切應護摩
爲令摧彼生　大菩提妙樹　吉祥下天處
及轉法輪處　示現神通處　靈鷲吠舍離
并藍毗尼林　拘尸城等處　速疾現成就
乃至佛眞言　一切成無疑　於彼無障難
無有魔惱害　是故於彼處　說速疾成就
及餘寂靜處　於山峯大河　悅意池恒河
於彼殊勝處　如是所說處　安像不亂意
從師得灌頂　然後作成就　先行知儀軌
應作如是事　七月大勤勇　心及隨心明
以甲慇懃護　當於神通分　慇懃作念誦
滿月起成就　供養於佛像　應供三白食
獻於一切佛　菩薩及聲聞　隨力及緣覺
應獻金剛手　飲食等供養

則坐茅薦或結跏趺坐一心獻自身於佛菩薩燒沉水香供養於佛施與一切鬼神食及餓鬼毗舍遮等則結大忿怒無能勝印於諸障難者眞言相應擲一切障者皆壞散由此印相應以二羽互交二蓋面相合各屈上節

右壓左以二輪各壓餘三指甲夫結此印先
觀自爲無能勝忿怒王加持作恐怖形狗牙
上出種種頭眼光熾盛種種龍以爲瓔珞身
高八萬四千由旬無量臂持種種器仗光明
如劫盡時照曜兩脣顊戰掉觀巳應以本印
加持自身五處結印當心想印爲金剛羂索
右足或鉢喇多哩荼立隨魔所在方而打即
一切障皆退散
名忿怒王印　能壞一切障　如帝釋成就
大天那羅延　及餘大威德　速疾壞諸天
如是印大力　相應不久壞　無有諸有情
所得衆生界　以此印速疾　得調伏無疑
能降一切毒　纔念除諸魔　暴惡諸有情
及諸惡龍等　諸魔大障王　速疾皆滅除
作諸事無疑

如是此大印無能勝大忿怒王於佛頂教修
行者一切大障處應用成辦一切事業則持
明者對像前然酥燈一千八盞有助伴爲有
情利益起大悲結輪王根本印念誦乃至中
夜即相現則持眞言者應如我決定成就像
動或地動則取先所致香華等供養佛菩薩
及像及一切金剛部香華獻巳於金剛手燒
沉水香獻以頂輪王根本眞言復結印結跏
趺坐專注一意念誦乃至明相時於中間則
見佛世尊即得五神通得地大菩薩知一切
有情語言威儀得神境通乃至身上出水身
下出火等往詣於帝釋成就者所見彼見成
就者共彼凌虛無量持明圍遶所樂去處皆
隨則至無量復來獲得菩薩行威德無比一
身爲多身多身爲一身作百千無量變化石

壁及水來去無礙隨意所樂住世如是等由見如來得百千功德得聞持陀羅尼劫壞時移餘世界爾時釋迦牟尼如來觀金剛手祕密主說大成就先所說處作先事法於清淨處安本尊像於神通分滿月有助伴或無助伴堅固勤勇一日一夜對像前廣大供養獻三白食外施諸鬼神有轉輪王曼荼羅阿闍棃畫曼荼羅或從師得印可者自應畫無過於曼荼羅中張像作護結方隅界如先所說真言一切印契皆用結跏趺坐本尊以本真言迎請以一切白華及有香華應供養一切佛菩薩聲聞緣覺隨有飲食等供養則定意觀金剛手而作大供養金剛鉤金剛拳菩薩慇懃供養金剛部智者以華供養即結跏趺坐對佛前以無煙火燒沉水香末一千八徧誦而護摩則現障難種種惡形以忿怒王印打當即馳散四方

真言印相應　當擲於四方　設令是王天
及現是帝釋　世間欲自在　魔王大波旬
或自頂行尊　忿怒王當壞　印真言威力

爾時釋迦牟尼如來說此伽他

大自在天王　或梵那羅延　日天或火天
水月天焰魔　住於曠野者　叉王俱尾羅
印真言如教　刹那即滅壞

即成就者一切皆以大忿怒王無能勝令息隨方所來障難先加持白芥子等令助伴擲或自擲先別置華香一一加持擲散頂輪王心作念觀金剛手祕密主令警覺加持故即魔障皆息從佛頂王出光明照曜三千大千世界映蔽一切天宮爲警覺金剛手故光明

警覺滋澤照曜身從自宮無量百千持明明
王尊上首金剛將蘇摩呼頂行與持明無量
勝慧女使者上首明王妃俱無量大菩薩前
後圍遶無量使者女使者制吒制知奉教及
女奉教無數俱胝千印契俱胝輪王爲授與
成就者願故來由先本願故佛世尊不空言
故祕密主來時於其中間一切三千大千世
界六種震動一切天龍藥叉乾闥婆迦樓羅
緊那羅等種種色類於金剛手作供養一切
地獄有情刹那須臾頃得安樂當彼之時無
有一有情互相害者一切世間出世間修眞
言明者以菩薩加持皆得成就則行者先所
置香水閼伽金剛手摩行者頂讚言善哉善
哉大薩埵善哉大丈夫如是菩薩皆讚歎由
金剛手纔摩頂故一切天龍藥叉等及淨居
天雨華於上虛空皆奏音樂一切草樹及山
等皆向金剛手菩薩位靡無有一有情能損
壞者則金剛手祕密主能調無量難調有情
以大菩薩慈加持行者授與金剛杵大薩埵
此金剛杵爲令調伏難調伏有情獲得菩薩
地故以慈加持三摩地金剛善男子以此汝
作有情利益於佛世尊持金拂於佛世尊護
持教令於菩薩行懃懃作祕密主如是語已
須臾隱不現刹那其行者如金剛手難睹與
眷屬乃至見人及人見彼皆騰空徧滿光明
諸天讚揚雨華所樂有情共騰空得爲菩薩
得神通調伏難調無能對敵爲大持明轉輪
王隨意住世與百千眷屬騰空往無量世界
見彼佛聞法皆得勝解知一切遊戲神通與
大菩薩住乃至往極樂世界見無量壽如來

及見曼殊室利菩薩及餘菩薩共俱以大人相莊嚴頭爲頂髻以種種眞言教作衆生利益我略說乃至次第生菩提場證無上正等菩提如是一切最勝成就不受灌頂者不應與惡人及不發菩提心者彌戾車不積集資粮者於和尚阿闍黎毀謗者如說修行者一切皆得成就

菩薩藏品第九

爾時釋迦牟尼如來入攝一切佛頂能摧一切魔三摩地由佛纔入此三摩地於彼時此三千大千世界六種震動出無邊光明以彼光明照曜乃至十方無量世界皆一切周徧以大光明照曜於東方金剛幢如來爲上首恒河沙數等如來如是西方無量壽如來爲上首如是一切攝入佛頂王由入能摧一切魔三摩地故如是北方光明王如來爲上首如是南方帝釋幢如來爲上首如是上方勝鬪戰如來爲上首如是下方寶蓮華山王如來爲上首如是十方一切如來一切如來皆入頂輪王眞言彼等皆入能摧一切魔三摩地彼一切世界所有魔宮皆如一火聚所有魔界衆天子號叫驚怖徧身汗流皆失自神通一切菩薩爲供養釋迦牟尼佛故上從虛空雨華或雨劫樹覆雨蓮華牛頭栴檀衣繒雲等所有地獄傍生餓鬼等趣所生有情彼一切皆刹那頃得最勝安樂離一切苦逼爾時釋迦牟尼如來從彼三摩地起告金剛手祕密主言金剛手汝今受此大忿怒王一切如來所說爲成就頂輪王眞言者令作加護如是一切世界中一切如來皆從彼三摩地

起各各於世界中爲彼菩薩説爾時金剛手
祕密主遶釋迦牟尼如來應供正徧知百千
帀還坐於寶蓮華座不瞬目觀察而住觀已
白世尊言世尊惟願説大忿怒王爲我成就
故成就佛頂輪王眞言菩薩摩訶薩故時釋
迦牟尼如來以自意樂如鼓音顯暢如海聲
如大雲震甚深善妙種種廣美如迦羅頻伽
聲健妙警告無邊世界以如來吼滿一切意
願令一切菩薩歡悦世尊釋迦牟尼如來平
等住三千大千世界説無能勝大忿怒王
娜謨三漫多沒馱南一阿鉢囉二合底呵多舍
娑娜南二唵引三吽四爾拏哩致吒五吽吽發
娑嚩引三合訶引六
金剛手此名無能勝大忿怒能摧一切障毗
那夜迦能超一切魔道能調一切惡障毗那
夜迦天龍藥叉乾闥婆阿脩羅迦樓羅緊那
羅摩睺羅伽等無量百千俱胝佛所説能斷
一切世間出世間忿怒眞言能作利益修一
切佛頂眞言能摧無量百千俱胝魔能護修
頂輪王眞言者一切時調伏一切魔障攝入
頂輪王三摩地時世尊説是大忿怒王時刹
那頃字句言説聞以佛威神力於此集會曼
荼羅出大恐怖師子吼現暴怒形世尊釋迦
牟尼佛爲哀愍調伏難調有情故作如來事
故變化大忿怒利益勤修頂輪眞言行菩薩
摩訶薩故示現薩婆若故吼大師子吼如來
加持如是形像恐怖形狗牙上出種種頭眼
光熾盛種種龍以爲瓔珞身高八萬四千由
旬無量臂持種種器仗光明如劫盡時照曜
兩脣頻戰掉一切晃曜天龍藥叉乾闥婆阿

儞羅等皆摧伏於一切三千大千世界以威光映蔽除佛光明及住不思議解脫三摩地菩薩餘光悉不照耀何以故加持故時大忿怒王右遶釋迦牟尼佛白世尊言大精進示教令我作何爲依如來教住佛告大忿怒汝往於行一切佛菩薩加行者作利益安樂令獲得不退轉菩薩地故令入一切如來教安立如來教故爲修一切佛菩薩行入大乘調伏惡有情暴怒難調罪心者壞佛法難調境毗那夜迦以如是身形令受三歸依故令一切難調於無上正等菩提發心故於一切世界作佛事當成衆生利益安樂得無上解脫道故時大怒王爲衆生利益故變化大忿怒王此三千大千世界以吽聲徧滿一切如來所說成就眞言作一切佛菩薩行以一切如來加持復說此眞言

娜謨三漫多勃馱南一阿鉢囉二合底呵多舍娑娜南二唵引三吽爾拏哩致上聲吒四吽吽發娑嚩二合引訶引五

彼時如來以得勝三摩地忿怒於成就眞言句時見一切大地如劫燒時一切三千大千世界震極震徧震動極動徧動如是此世界六種震動一切天龍藥叉乾闥婆阿儞羅迦樓羅緊那羅等魔宮皆震動然徧光明一切天失自神通皆戰掉一切難調毗那夜迦等悲惱以光明逼皆歸依佛法僧皆作如是言世尊從今已後我等咸作一切有情利益一切障毗那夜迦及餘大威德難調鬼魅等往詣世尊頭面禮足以一音聲作是言世尊所有於後末時欲成就此頂輪王眞言者若誦

我等與成就爾時世尊爲彼障毗那夜迦讃歎善哉善哉大障毗那夜迦善説此語如來皆隨喜時彼一切障毗那夜迦以一音作是言世尊爲彼善男子勤修頂輪眞言者作加護加其念力爾時天帝釋頭面禮足白佛言世尊我從多如來聞眞言行所説世尊若復得入轉輪王三摩地變化於此頂輪王三摩地得無疑有情積集無量善根世尊若有修佛頂眞言行得入若受持讀誦廣爲他説世尊我等爲彼善男子作承事并諸營從時四大天王并眷屬白佛言所於村邑聚落王城成就此佛頂輪王若念誦所在處流行世尊我并眷屬軍營從五由旬作加護世尊若成就念誦明王我等四天王并眷屬往於彼供侍彼行者所修輪王眞言者一切障毗那夜迦求便者不得其便時世尊告金剛手言祕密主汝説自眞言爲修頂輪王眞言者壞障故守護息災吉祥故時金剛手得世尊教令以佛威神力説自心四字眞言明王

娜謨三漫多勃馱南一阿鉢囉二合底呵多舍娑娜南二嚩日囉二合吽嚩扶可切三

時金剛手説大明王眞言時此三千大千世界六種震動十方於空中毗那夜迦作吽呵聲時金剛手作如是言世尊若有成就輪王佛頂眞言善男子善女人比丘比丘尼發菩提心三時誦我眞言一徧一切障毗那夜迦不得附近我爲彼持明持金剛杵作加護一切時與成就彼行者眞言明爾時世尊告金剛手言祕密主若受持此輪王佛頂大明王一切如來三昧最勝若讀若爲他廣説顯示

爲多有情長夜作利益安樂爲證如來智故修行若有善男子善女人若成就若讀若供養若常念誦其人不久速證無上正等菩提於時世尊告上首普賢菩薩等善男子此阿僧祇俱胝劫積集正等菩提我隨喜於如是法要佛加持攝受如來涅槃後末時於贍部洲積集善根有情書寫經卷經於手者若復善男子善女人天龍藥叉王大羅刹王積集善根獲得無上正等菩提隱身於衆生作加護時普賢等上首菩薩白佛言世尊奇哉此法教世尊我等爲彼勤修頂輪善男子善女人此如來無數百千那由他劫所積集無上菩提我等護持於如是類若受持若讀誦乃至書寫經卷我等加彼念力由此念力聞如是類法教若聞圓證當受持讀誦書寫爾時世尊告天衆言天子於法教流轉方所汝等應作轉法輪想如是善男子正法若供養當知如供養於我何以故天子法身者是如來身若供養法即爲供養如來爾時世尊而說伽他

持戒住蘭若　城邑及聚落　若欲上成就
不謗不矯誑　常作於利益

爾時世尊告曼殊室利菩薩童子如是修佛頂眞言菩薩摩訶薩獲得如是法修眞言行滿一切菩薩法童子我略說得無量菩薩神通法於此復說佛頂眞言行善巧法時無量百千菩薩於世尊種種金銀眞珠瓔珞從自頸脫爲供養法故捨施供養爾時世尊告一切衆會作是言若有成就此明王於彼菩薩行從此捨終乃至坐菩提場不墮惡趣不生

下族不弊惡不短壽壽命長遠善成熟有情成就佛刹不迷惑菩提心所生之處憶宿命得聞持不忘無盡集會常樂寂靜成就大辯自在大福妙色不缺減語威肅令人樂聞善承事一切如來善滿諸波羅蜜善友之所攝受遠離惡友天龍藥叉部多魅毋天毗舍遮那羅摩睺羅伽等無能沮壞離一切疾病不非時夭死一切明皆得成就一切所發起皆善能作以善妙方便能成就一切事業善男子我略說成就頂輪眞言者獲得無量功德福利一切世間書論工巧皆能知乃至坐菩提場世尊說是經已彼大菩薩摩訶薩及聲聞一切天龍藥叉乾闥婆阿脩羅緊那羅摩睺羅伽人非人等彼一切集會聞佛所說皆大歡喜信受奉行

一字奇特佛頂經卷下

一字頂輪王念誦儀軌 依忉利天宮所說經譯

我今說無比力超勝世間出世間眞言上上一切佛頂王佛頂輪王念誦儀則行者先當清淨於淨處安本尊像面西稽首禮受三歸捨身說罪受戒發菩提心隨喜勸請發願迴向已應結佛部三昧耶印四頂互內交二輪並合豎前附於蓋是名一切如來心印眞言曰

唵引一迩那匿而翼切二

次結蓮華三昧耶印即前印左輪屈入掌中右輪如前豎是名蓮華部心印眞言曰

唵引一阿嚕力二

次結金剛部三昧耶印即前蓮華部心印右輪屈入掌中左輪依前豎是名金剛部心印眞言曰

唵引一嚩日囉二合地力二合二

次結甲冑印准根本印屈二蓋拄二光背印額右肩左肩心喉五處眞言曰

唵引一斫羯囉二合靺㗚底二合二鉢羅二合賖弭多三囉捺囉三合引囉捺囉二合引四娑去聲娑摩二合車盧瑟尼二合沙五囉乞沙二合囉乞沙二合鋡六吽癹娑嚩二合引訶引七

次結佛眼印二手合掌屈二蓋各拄光背二輪屈入掌印五處眞言曰

娜謨三漫多勃馱南一唵引二嚕嚕薩怖二合嚕三入嚩二合攞底瑟姹二合四悉馱盧者寧五薩嚩喇他二合娑達尼娑嚩二合引訶引六

次結大海印二手內相叉仰掌擘開二輪右旋三帀想大海眞言曰

唵引一微摩盧娜地娑嚩二合引訶引二

次於大海中想須彌盧山四寶所成二手內相叉急握豎拳真言曰

唵(一引)阿者攞吽(二)

次於須彌盧山上想寶樓閣加持寶樓閣印印二手金剛掌真言曰

娜謨三漫多勃馱南(一引)唵薩嚩他欠(二)鄔娜哦(二合)帝薩頗(二合)囉呬(引)鈐(三)哦哦那檢娑嚩(二合)訶(四引)

次結佛頂輪王印二掌內相叉作拳豎二光屈上節如劒並豎二輪屈二蓋兩節相拄於二輪上印五處加護真言曰

娜謨三漫多勃馱南(一)步嚕唵(三合二)

次結網橛印准前根本印屈二蓋上節背不相著以二輪各壓上下揮轉即成結上下界真言曰

娜謨三漫多勃馱南(一)阿鉢囉(二合)底呵多舍娑娜南(二)唵(引三)微枳囉拏微特防(去聲二合)娑尼(四)迦比羅貳縛里尼(五)怛囉(二合)娑耶(六)嚩日囉(二合)吠賒薩帝呶(引)囉持縛(二合七)能(上聲)瑟吒囉(二合)囉乞沙(二合)鈐發(八)

次結牆印准前根本印屈二蓋兩節相逼平豎二輪附二蓋右旋三帀即成金剛牆界真言曰(歸命同前)

噁(一引)莫壑(二)

次結車輅印二手內相叉仰掌申二蓋令甲側相拄屈二輪拄蓋根下想於他方世界奉迎本尊真言曰

唵(一引)覲嚕覲嚕吽(二)

次結迎輅印准車輅印以二輪撥光頭向身三招真言曰

發遣除羯哩灑二合耶加尾薩哩惹耶娜謨薩
底哩野三合地尾二迦南一怛他孽哆南二唵
引三嚩日囉二合儗愚以切你也二合羯哩灑耶娑嚩
引二合訶引四
次結印請印准前根本印屈右蓋於光後向
前三招真言曰
娜謨婆誐嚩帝一阿鉢囉二合底呵覩瑟尼二合
沙耶二翳呬翳二合娑誐例三達麼囉惹平聲鉢
囉二合底車鴉奚切南四遏鉗巘談補瑟貶逋諳切
度貶同上末隣你半者五滿遮避洛乞叉二合六
阿鉢囉二合底呵多七麼囉鉢囉引羯囉二合麼
耶娑嚩二合引訶八引
次結一切辦事佛頂印二手內相叉豎二光
如幢諸供養物及浴水洗淨土等並用此真
言加持辟除去垢結界皆用此真言左旋辟
除右旋結界真言曰
娜謨三漫多勃馱南一唵引二吒嚕嚕二合三滿
馱娑嚩引二合訶引四
次重結前網橛印結上方界
次結阿娑莽倪移枳切尼印側二手左掩右豎
二輪右轉一帀即成密縫真言曰
唵引一阿娑莽倪尼吽發二
次結獻閼伽印准前根本印屈二蓋相拄附
二光豎二輪各附蓋根側真言曰
娜謨三漫多勃馱南一唵引二閼伽囉訶三閼
伽必哩二合野四鉢囉二合底車鴉奚切娜末鉗娑
嚩引二合訶引五
次重結根本印
次結獻師子座印准前根本印屈二蓋於二
輪甲側真言曰

唵一引阿者囉尾囉耶娑嚩引二合訶二引
次結塗香印准前根本印屈右蓋倚於右光
下節眞言曰
娜謨三漫多勃馱南一唵二引怛嚟二合盧枳也
二合巘馱蘗帝三吽吽發發娑嚩引二合訶四引
次結獻華印准前塗香印改左蓋倚右光下
節眞言曰
娜謨三漫多勃馱南一唵二引薩嚩盧迦補瑟
波二合步哆耶三吽吽發發娑嚩引二合訶四引
次結燒香印准前根本印屈二蓋各倚於光
下節眞言曰
娜謨三漫多勃馱南一唵二引尾囉蘗哆微哦
多度麼耶三吽吽發發娑嚩引二合訶四引
次結獻食印准前根本印屈二蓋上節各附
於輪側眞言曰

娜謨三漫多勃馱南一唵二引薩嚩盧迦麼里
必哩二合夜耶三吽吽發發娑嚩引二合訶四引
次結獻燈明印准前根本印屈二蓋兩節令
不相著二輪各附於蓋上眞言曰
娜謨三漫多勃馱南一唵二引薩嚩盧迦珊捺
囉二合捨娜耶三吽吽發發娑嚩引二合訶四引
次結普供養加持印二手虛心合掌上頂各
兩節相交眞言曰
娜謨薩嚩勃馱冐地薩怛嚩二合南一唵二引薩
嚩怛囉二合僧俱蘇弭多三避吉惹囉始那慕
薩低娑嚩引二合訶四引
次結徧照佛頂印二手內相叉合爲拳令二
光節微起眞言曰
娜謨三漫多勃馱南一噁二引莫含呼頷切二
次結白傘蓋佛頂印二輪各捻二高甲上側

相合二蓋屈如蓋形二光微屈相合二勝各
豎相合眞言曰
娜謨三漫多勃馱南一阿鉢囉二合底呵多舍
娑娜南二唵三引麽麽麽吽匿你翼切四
次結光聚佛頂印准前白傘蓋印拆開二蓋
眞言曰
娜謨三漫多勃馱南一阿鉢囉二合底呵多舍
娑娜南二唵三引怛他蘖都瑟尼二合沙四阿娜
嚩盧枳多慕嘌馱五二合帝儒囉始吽六入嚩
二合攞入嚩二合攞七馱迦馱迦八娜囉微娜囉
九瞋那牝那吽吽發發娑嚩二合引訶十引
次結高佛頂印准前白傘蓋印屈二蓋拄二
光中節背眞言曰
娜謨三漫多勃馱南一阿鉢囉二合底呵多舍
娑娜南二唵三引你馳你早渝二合娜哦都瑟尼

二合沙四吽吽發發娑嚩二合引訶五引
次結勝佛頂印准高佛頂印移二蓋向上兩
積麥許眞言曰
娜謨三漫多勃馱南一阿鉢囉二合底呵多舍
娑娜南二唵三引入嚩二合羅惹蹹瑟尼二合沙四
吽發娑嚩二合引訶五引
次結摧毀佛頂尾枳囉挐印二手內相叉作拳豎
二光屈上節右光拄左光面令出半節許眞
言曰
娜謨三漫多勃馱南一阿鉢囉二合底呵多舍
娑娜南二唵三引尾枳囉那四度那度那擯五引
次結摧碎佛頂印並准前改左光拄右光面
亦出半節許眞言曰
娜謨三漫多勃馱南一阿鉢囉二合底呵多舍
娑娜南二唵三引阿鉢囉二合底呵都瑟尼二合沙

耶四薩嚩尾伽那二合尾持望二合娑那迦囉耶
五怛嚧二合吒耶娑嚩二合引訶引六
次結輪王佛頂心印准前根本印屈二蓋拄
二光上節節上眞言曰
娜謨三漫多勃馱南一阿鉢囉二合底呵多舍
娑娜南二唵引三怛他薩那瑟尼二合沙那嚩盧
枳多四没馱尼斫羯囉二合韈嚛底五二合吽入
嚩二合羅入嚩二合羅六馱迦馱迦七度那徽度
那八怛囉二合娑耶麼囉逾瑳囉耶九呵那呵
那十件惹件惹十一暗音儞鉢噥二合十二企尼君
吒哩尼十三阿鉢囉爾多薩怛囉馱哩尼十四吽
發娑嚩二合引訶引十五
次結心中印准前根本印屈二蓋加於二光
上節上眞言曰
娜謨三漫多勃馱南一阿鉢囉二合底呵多舍

娑娜南二唵引三阿鉢囉引爾多持地翼切四
普通諸佛頂印二手虛心金剛合掌如華在
掌中行者若忽遽不能徧結諸佛頂印但結
此印誦諸佛頂眞言次結頂印准前根本印
屈右蓋豎於右光後令不相著眞言曰
娜謨三漫多勃馱南一阿鉢囉二合底呵多舍
娑娜南二唵引三斫羯囉二合韈嚛底二合唵吽四
次結頭印准前根本印開二蓋各直豎於光
後令不相著微屈眞言曰歸命同前
唵引一斫羯囉二合韈嚛底二二合吽發娑嚩二合引
訶引三
次又結根本印
次結大三昧耶印加護本尊二手內相叉豎
二光屈二蓋於光後如鉤相去一穬麥許二
輪各付蓋根下右旋三帀眞言曰

唵引一商羯哩一摩訶三昧鹽娑嚩二合引訶引三

次誦一百八名讚歎

欲念誦先以五支成本尊或五相成本尊瑜伽或於處處頂舌心也想一字頂輪成本尊坐八葉蓮華於一一葉上想七寶准前蓮華葉上想佛眼尊次應持珠此依菩提場所說經

次持珠合掌捧珠誦淨珠真言七徧真言曰

唵引一阿娜步二合佉尾惹曳而矣切二悉地悉馱囉梯娑嚩二合引訶引三

次結持珠印二手各以輪捻高甲直竪二光二勝屈二蓋於光後令不相著如毗盧遮那經半金剛杵印真言曰

娜謨婆誐嚩底一蘇悉第娑馱耶二悉馱囉梯娑嚩二合引訶引三

次應淨其心　如法而念誦　持珠令當心
繫心於鼻端　字句分明呼　不緩亦不急
不頻伸噦噎　咳嗽與唾涕　涤等心相應
及心緣苦受　如是等過患　皆不得成就

當念誦時身心不得疲怠若勞倦即應結五供養印誦讚歎獻閼伽念誦畢持珠頂上次結前密縫印左轉一帀即成解界

次結奉送印准前根本印左蓋外擲誦迎請真言除翳呬翳呬加孽車孽車句即成奉送

次應復結牆及網橛等印加護處上下及所成就物次結計里枳里印左輪壓勝甲上餘三指頂拆開直竪如三股杵形右旋轉三帀成結界真言曰

唵引一枳里枳里嚩日囉二合吽發二

次結軍吒利印二勝於掌中交屈二高壓以二輪壓高上竪二光相合屈二蓋於光後令

一麥許不相著右旋三帀即成結界眞言曰
娜謨囉怛那二合怛囉二合夜耶一娜謨室戰二合拏嚩日囉二合波拏曳二摩訶藥乞叉二合細那波多曳三娜謨室戰二合拏嚩日囉二合句嚕馱耶四唵引五虎嚕虎嚕六底瑟姹二合底瑟姹二合七滿馱滿馱八呵那呵那九阿蜜哩二合帝吽癹娑嚩二合引訶引十

從一字眞言至於十五字每計於字數一字一洛叉乃至三十字應誦三十洛叉應作先事法三十字已上應誦一萬徧

一字頂輪王念誦儀軌

音釋

蒜薤蒜蘇貫切薤下戒切蒜薤並葷菜也羂扃縣切網也睹董五切見也鈴胡南切擘搏厄切分也輅魯故切車也鉗其廉切巘魚蹇切罕也甲切也怱遽怱倉紅切遽其據切怱遽急猝也噦嗌噦於月切嘔也嗌正作嗌與嗄同幺邁切氣逆也咳嗽咳口溉切嗽先奏切

菩提場所說一字頂輪王經

唐特進試鴻臚卿三藏沙門大廣智不空奉　詔譯

清刻龍藏佛說法變相圖

菩提場所説一字頂輪王經卷第一

唐特進試鴻臚卿三藏沙門大廣智不空奉　詔譯

序品第一

如是我聞一時薄伽梵住菩提樹下與大菩薩衆所謂金剛幢菩薩摩訶薩觀自在菩薩摩訶薩得大勢至菩薩摩訶薩金剛手祕密主菩薩摩訶薩寂靜慧菩薩摩訶薩金剛慧菩薩摩訶薩堅固慧菩薩摩訶薩虛空無垢菩薩摩訶薩無垢慧菩薩摩訶薩普賢菩薩摩訶薩無盡意菩薩摩訶薩虛空庫菩薩摩訶薩超三界菩薩摩訶薩持無能勝菩薩摩訶薩持世間菩薩摩訶薩天冠菩薩摩訶薩文殊師利童真菩薩摩訶薩月光童真菩薩摩訶薩不思議慧菩薩摩訶薩虛空藏菩薩摩訶薩除一切蓋障菩薩摩訶薩大精進菩

薩摩訶薩慈氏菩薩摩訶薩寶髻菩薩摩訶薩寶手菩薩摩訶薩妙臂菩薩摩訶薩如是等菩薩摩訶薩而爲上首復與大苾芻衆所謂具壽舍利子具壽迦葉波具壽那提迦葉波具壽大迦葉波具壽伽耶迦葉波具壽目揵連具壽大目揵連具壽滿慈子具壽難陀具壽烏波難陀具壽賢善具壽阿泥樓馱具壽迦旃延子具壽俱郗羅具壽驕梵波提具壽大驕梵波提具壽孫陀羅具壽大孫陀羅具壽須菩提具壽耆宿驕陳如具壽制底象具壽羅睺羅如是等大阿羅漢而爲上首復與無量諸天及諸天子所謂帝釋梵王大梵王夜摩天水天俱尾羅天善界天子他化自在天乃至光音淨居天衆如是等大威德天子而爲上首復有無量阿蘇羅無量蘖路荼無量緊那羅無量羅刹娑無量比舍遮無量毋天衆無量部多衆那羅延天伊舍那天與無量部多衆圍遶難提自在爲上首大自在天爲上首與無量瘧鬼衆圍遶拏枳你毗鈕天亦與無量瘧鬼衆圍遶於彼衆會天及天子阿蘇羅阿蘇羅子如是一切天龍藥叉乾闥婆阿蘇羅緊那羅摩睺羅伽羅刹衆等復有持明成就者所謂輪成就者劒成就者金剛杵成就者蓮華成就者鉞斧成就者如來部明成就者蓮華部明成就者金剛部明成就者盧陀羅天成就者毗鈕天成就者毋天衆成就者摩睺羅伽成就者蘖路荼成就者龍成就者拏枳你成就者藥叉成就者摩尼跋捺羅成就者俱尾羅成就者水天成就者梵王成就者如是無量持明成就者爲上首

各與百千眷屬俱復有日月天子爲上首與無量百千宿曜圍遶以爲眷屬俱復有無量如來族蓮華族金剛族無量明王使者女使者衆金剛毗那夜迦盡無餘世間出世間衆一切山河池園苑術道四衢林神樹神江神城郭神村神屍林神烏娑跢羅迦神惡夢神地底神宮殿神如是等上首乃至於此三千大千世界中天龍藥叉羅刹娑乾闥婆阿蘇羅蘖路茶緊那羅摩呼羅伽及諸毋天瘧大瘧毗那夜迦餓鬼大餓鬼必舍遮藥叉羅刹娑等大威德者各與大威德眷屬俱皆於菩提場而住於五百由旬內大集會衆以佛威神加持互不相逼惱於是世尊住於如來莊嚴吉祥摩尼寶藏大寶樓閣告慈氏等上首菩薩言善男子此菩提場莊嚴樹我所坐處我於此坐已摧四魔證成無上佛智汝等咸應坐於是處一切智佛智皆得生出世尊說是語已默然而住爾時金剛手祕密主菩薩以佛威神及本願力從座而起偏袒右肩右膝著地合掌向佛世尊作禮白佛言世尊我問世尊如來應正等覺修佛頂眞言異方便一切如來所說眞言明教加行修習曼荼羅印契安布易成就事業一字轉輪王佛頂入於大三摩地印曼荼羅成就處軌則念誦印安布最勝事業祕密畫像法止魔息災增益調伏法如是一切如來部眞實一切世間出世間明眞言最勝不被他陵突無盡衆生界菩薩眞言行成就由此一切有情獲得安樂由此佛頂輪王於贍部洲衆生修一切如來眞言者作大佛事故由此世界贍部洲衆生

獲一切安樂能堪任成就故一切天一切天族一切藥叉一切藥叉族一切緊那羅一切摩呼羅伽一切龍一切龍族一切天龍藥叉乾闥婆阿蘇羅蘖路茶緊那羅摩呼羅伽人一切世間出世間印眞言作利益故成就故不令欺陵令安尊位故一切有情修佛頂眞言者除一切苦惱令我眞言族成就故觀自在等大菩薩眞言行光顯故一切如來說印曼荼羅法要成就故無量如來所說眞言印曼荼羅難成就者令易成故理趣法句法要惟願如來應正等覺說啓白是已爾時世尊告金剛手祕密主言善哉善哉祕密主汝爲一切衆生利益安樂輪王佛頂成就眞言行精進勤住持者一切如來所說眞言汝能問如來如是事是故金剛手我爲汝說先佛已說未來當說爾時釋迦牟尼如來以佛眼觀一切世界觀已爲未來有情本願福力加持觀已告一切菩薩大衆言善男子汝等憶念一切如來所說輪王一字入一切法三摩地作不思議奇特神變於一切世界作大佛事一切三摩地中最勝句咸皆作意時一切菩薩咸皆憶念一切佛頂輪王大眞言王及三摩地句唯除祕密主觀自在大菩薩由如來加持故時世尊坐大菩提樹下於大福生地如來入佛遊戲三摩地時一切如來悉皆同入是三摩地世尊彼時憶念攝受一切衆生界無量恒河沙數俱胝劫積集施戒忍進等波羅蜜無量難行苦行從大丈夫相出光明所謂從頂從白毫相從眉從眼從鼻從耳從脣從頭從袈裟從膊從手從臍輪從二乳從

二乳間從項從二胜從二膝從二脛從二踝如是從坐處從二足如來法輪印處如是眞多摩尼寶處如來鑠訖底三昧處錫杖印處從如是一切如來心印處從無能勝忿怒轉輪王入三摩地無能勝印處如是一切如來大慈處大悲處一切如來三摩地處如是從無畏處從記莂處如是一切如來明眞言處放光於一一光明無量光明以爲眷屬從佛頂出無量百千光明種種色類青黃赤白紫色照無量佛刹照此三千大千世界一切地獄傍生悉除息塵翳息一切苦建立一切眞言行於諸菩薩作一切義利成就大福莊嚴一切安樂易成就於刹那頃作一切義利成就已於恒河沙數佛世界魔宮殿咸令萎頓映蔽一切魔光乃至有頂下至無間大地獄邊際一切處照曜光耀驚覺一切有情復來旋遶世尊三帀已各各没入本處

示現眞言大威德品第二

爾時釋迦牟尼如來從彼三摩地起以佛眼觀一切佛刹彼一切天集會如師子奮迅而顧視告金剛手祕密主言金剛手汝今諦聽一字佛頂大明王及四大佛頂及毫相等作大利益成就者明妃如來手如來鉢如來脣如來口法輪等大明王所有一切衆生界於一切有情勤修佛頂眞言行菩薩等及一切有情菩薩乘受持者苾芻苾芻尼塢波塞迦塢波斯迦不被一切天世間沮壞獲得不退轉一切皆獲安樂一切處一切苦惱悉皆除滅一切皆悉起大慈行同一味相不被火燒不被水溺不被刀傷不被毒中不被蛇蠚不

被一切難一切如來所説大眞言明王受持菩薩及餘淨信大乘菩薩乘有情從此一切如來三摩地出生大眞言受持者及餘大明王受持者應以牛黄於樺皮上寫此陀羅尼安髻頭中若是苾芻苾芻尼寫此陀羅尼繫在袈裟中若塢波塞迦塢波斯迦繫在手臂或在頸下若國王帶不被他敵之所侵擾晝夜卧安覺安大威德賢聖諸天而常擁護如是及餘有情若能持此者勤修眞言行者一切處獲得無礙一切人見悉皆歡喜遠離一切苦得一切安樂一切人天供養恭敬一切天龍乾闥婆阿蘇羅蘗路茶緊那羅摩呼羅伽餓鬼必舍遮一切難調障毗那夜迦不敢逼近離惡趣怖祕密王此大明王及明妃眞言句一切有情勤修菩薩行者及修佛頂眞言者以此作息災吉祥事惡星凌逼皆得息滅作一切衆生義利鈎召一切天龍藥叉祕密主我略説爲修佛頂眞言者速疾得悉地令作一切事業世尊説是已告金剛手此一切如來所説大眞言王大佛頂白傘蓋佛頂高佛頂勝佛頂光聚佛頂如是大佛頂眞言王入一切如來三摩地勤勇力等敵皆殊勝三摩地成就一字頂輪王佛眼毫相大慈大悲佛牙并無能勝如來手如來鉢如來袈裟如來法輪并明妃等説從大悲奮迅大人相師子吼流出一切菩薩不能摧壞一切佛加持共隨喜大慧照曜幽暗者令作光明以甚深智作無塵垢令作吉祥吉祥一切世間中最勝尊貴作最勝無塵無垢四無所畏令作端嚴慧令作廣大無量殊勝智令作堅固勇

猛金剛鉤鎖身令作十力令作大威德令拂
除愚暗令作一切佛智令作大護一切菩薩
功德藏能令一切智智能令寂靜句令作無
礙勇猛威德令作最勝慧難調衆生種性令
生慈心能作一切如來熾盛三摩地大眞言
明王一字佛頂輪王而説眞言曰
曩莫三滿多没馱喃（一引）唵（二引）步嚕（二合引三）
釋迦牟尼佛世尊纔説是眞言譬如贍部洲
大風吹一切樹林叢林藥草葉及華果悉皆
振動如是纔説是輪王一字眞言三千大千
世界六種震動須彌盧山亦皆大動大海騰
沸及恒河沙數世界悉皆震動山谷及海猶
如草葉一切山林河海皆悉震動一切魔宮
如一熾盛火聚以佛威神加持力故悉皆恐
怖魔衆諸天皆自不安歸依於佛世尊於一
切世界中那洛迦趣有情悉皆獲得安樂爾
時世尊作如是神力加持爲令顯現輪王佛
頂故自身作轉輪王形功德相莊嚴七寶成
就一切光明熾盛晃曜照曜以無量法莊嚴
間錯嚴飾大輪王師子座而坐熾盛照曜一
切圓光如輪周帀形成一聚光無有一有情
有情衆當彼之際而敢不瞬目瞻睹彼所有
慈氏等大菩薩彼皆刹那頃亦不能不瞬目
而瞻視爾時觀自在菩薩金剛手祕密主菩
薩以佛威力悶絶躃地刹那謨呼律間則彼
大威德摩醯首羅天帝釋天毗紐天夜摩天
水天俱尾羅天風天蘖路荼緊那羅摩呼羅
伽等一切器仗悉皆墮落摩醯首羅三戟叉
墮落帝釋金剛杵墮落毗紐天輪俱尾羅棒
水天羂索如是一切大威德天一切器仗墮

落於地精氣威力神通皆奪由轉輪大眞言明王加持故一切菩薩憶念菩提遊戲三摩地一切天龍藥叉乾闥婆阿蘇羅蘖路茶緊那羅摩呼羅伽等皆歸依佛世尊悉皆戰掉如芭蕉葉身毛悚竪不能堪忍觀大輪王眞言色形爾時世尊隱大輪王色形剎那頃說此一切如來所說大明妃能息一切難調有情能成就一切佛頂輪王能息一切鬪諍言訟一切如來部眞言毋一切菩薩毋觀自在菩薩金剛手祕密主爲令起故說此佛眼一切佛所說能成就一切義利速疾成就輪王佛頂故說眞言曰

曩莫薩嚩怛他蘖底驃一囉曷二合毗藥二合二三藐三沒第毗藥二合三唵引四嚕嚕塞普二合嚕五入嚩二合攞六底瑟姹二合七悉馱嚕左你八薩嚩囉他二合娑但你九娑嚩二合引訶引十

說是佛眼陀羅尼已觀自在菩薩金剛手祕密主等悉皆而起乃至所有一切天等衆會各各復得本神通各還執本器仗皆歸依佛世尊心大歡喜瞻視觀察如來各作是讚言嗚呼奇哉觀自在菩薩金剛手祕密主白釋迦牟尼應正等覺言世尊是何奇特世尊曾所未見如來持此頂輪王形光明聚是何希奇佛言善男子持頂輪王色形三摩地一切諸佛世尊佛遊戲神通善男子如於大曼荼羅集會汝等作眞言身變化住不思議顯示大威德如是如是如來轉輪王眞言色形身住而顯示善男子此佛頂轉輪王一切如來眞言身住最勝三摩地一切諸大菩薩及一切眞言明王明妃一切諸天無能違越善男

子有此真言轉輪王佛頂若有人誦持處五由旬内一切明世間出世間不流通不成就汝等所説清淨真言所加持真言不成就亦不往亦不現威德若纔憶念此真言一切世間出世間真言悉皆成就汝等所説加持真言身一切不可成就不現應驗者以此真言應成就之五由旬内地方天龍藥叉乾闥婆阿蘇羅蘗路荼迦婁羅緊那羅摩呼羅伽菩薩住真言身者於處不堪忍住不遊行不成就不與現驗不與悉地何以故由住此佛頂輪王三摩地無能欺陵除佛眼真言三昧耶用此真言七徧誦之則其身寂靜若不然者其威德無能堪忍其修真言者必須初後誦此佛眼真言十地菩薩尚不能堪忍此輪王威德何況餘天王小類有情爾時世尊顯佛

頂威德故欲現佛傘蓋威德故一切佛傘蓋加持故是時住白傘蓋佛頂王身如傘蓋形若此三千大千世界無一有情而作質礙白傘蓋形悉皆覆於佛頂其傘蓋頂當於如來頂中觀自在菩薩金剛手祕密主菩薩問佛世尊世尊此是何傘蓋色形蓋覆三千大千世界而住住於世尊頂上不見其邊際不可得以觀察瞻覩不可往其邊際佛言仁者此名白傘蓋佛頂王無量如來所共宣説一切如來無量色寶普徧音聲一切真多摩尼寶間錯寶珠網普徧現前不思議莊嚴而作影現是諸佛世尊傘蓋一切如來之傘蓋成佛頂王傘蓋作一切有情速疾成就是一切諸佛傘蓋名爲白傘蓋大威德菩薩不得邊際於千俱胝劫度量亦不得其邊際亦不能見

邊際時世尊釋迦牟尼觀佛頂王以自神通威力加持住眞言身形而説眞言曰

曩莫三滿多没馱南一引唵二引怛他蘖覩瑟抳二合引沙三阿娜嚩路吉多四母嘌馱二合五唵六引摩摩摩摩吽匿作弋切七

當彼之時此三千大千世界皆動搖震爾時世尊告諸菩薩言諸菩薩此白傘蓋佛頂眞言能成就一切眞言能鉤召是大明王不空無礙勇猛爾時世尊顯揚佛頂王威德故作一切有情利益故能息除一切災禍逼迫能斷壞世間出世間眞言以此眞言句作加持無量菩薩稱讚無量俱胝佛説此佛頂王光聚令現大威德故是輪王佛頂之威光金剛句而説眞言曰

曩莫三滿多没馱南一引唵二引怛他蘖覩瑟抳二合引沙三阿那嚩路枳帝四母嘌馱五二合帝儒囉始六吽七入嚩二合攞入嚩二合攞八馱迦馱迦九娜囉娜囉十尾娜囉尾娜囉十一瞋那瞋那十二頻娜頻那十三吽吽泮吒泮吒十四娑嚩二合引訶十五引

説此眞言已三千大千世界如寶焰燈形無量間錯照曜爲蓮華色帝青寶蘂爲焰晃曜而現一切虛空際一切寶聚爲寶帳間錯鈴鐸一切莊嚴光聚變化力爲門界道種種令普徧佛威德示現徧覆虛空界加持而住令一切菩薩作歡喜一切獲得安樂從佛頂出光明一切世間出世間眞言明咸皆斷壞令破奪其加持令不成就何以故大威光藏故爾時世尊告金剛手祕密主言祕密主此一切如來光明照曜光聚佛頂由此光明照曜

三千大千世界下至無間地獄邊際乃至有頂照曜一切魔宮悉皆萎悴於虛空際作照曜金剛手此佛頂王能斷一切真言纔誦此真言修行者隨意世間出世間真言令斷令破令壞唯除輪王佛頂白傘蓋主佛頂高佛頂勝佛頂佛眼五字如來心除此餘一切世間出世間真言明斷壞令打令伏令縛攝修行者若纔稱名纔誦隨意難調鬼魅令壞令打令馳走令挫辱金剛手此光聚佛頂不應非處誦持應於有舍利處誦持賢聖諸尊所攝受處何以故此威德光聚佛頂等同輪王威德故若不爾者即被傷損即聖衆不降臨諸魔得先便當知於清淨處及有舍利處聖人得道處以三昧耶加持復以輪王三昧耶佛眼加持若異此者即被傷損雖久修行亦不成就此光聚大真言王於修餘真言者不得輙誦何以故彼真言王威德損故當知於閑靜密處或於河側或於池邊或於海岸或於山間或於窟或於聖人作制底處其修行者獲大威德具力具大精進具念具慧等同餘部得悉地者威光威德猶如輪王真言成就祕密主此明王能生不思議威德祕密主此是如來威如來光如來加持一切諸佛之光明威德光明體光明性與一切有情威德能生威光性金剛手能斷一切真言能調難調者能壞他真言威此是大威德大神通能成辦一切事爾時世尊復觀無盡法界知已衆生利益故能令如來力三摩地等流一切菩薩無邊力勇猛故說一切佛所加持修一切真言與安樂故真言曰

曩莫三滿多沒馱南一引唵二引入嚩合二攞入嚩合二攞三你比也合三你庾合二那蘖合二都瑟尼合二沙四度那度那吽五引

爾時一切世界悉皆震動一切天龍藥叉乾闥婆阿蘇羅蘖路茶緊那羅摩呼羅伽迷悶癡亂皆失神通難調者被燒毗那夜迦出呵呵聲爾時世尊告祕密主言祕密主此名高佛頂王一切如來三摩地力勇猛大精進大力若有善男子善女人修習輪王佛頂者及餘淨信者所往處鬬戰論理諍訟一切處若誦所去處悉皆得勝或餘有大國王淨信佛法者用牛黃於樺皮上或素上書此眞言繫旗纛上或於頸下則往他敵若見則便破敗他軍消融互不相救何以故以如來神力加持故或餘塢波塞迦塢波斯迦於頭上帶持彼人吉祥吉祥清淨威德吉慶威光威力不被他陵突獲得吉祥辯才祕密主我略說菩薩持此者獲得無量力勇健獲如來加持一切魔無能沮壞一切諸天不敢逼近修此大眞言者無有與等威力皆得成就若成就等同轉輪王眞言何以故一切如來神力所加持三摩地力故是爲高頂王爾時世尊釋迦牟尼如來現神通威德故一切罪息滅故一切惡趣摧壞故一切那洛迦苦息除故現不思議行神通故現一切如來神通威德積集故此佛頂眞言王一切佛之所宣說眞言曰

曩莫三滿多沒馱南一引唵二引入嚩合二攞三惹庾引瑟尼合二沙四入嚩合二攞入嚩合二攞五滿馱娜麽滿馱娜麽六砮嚕合二麽砮嚕合二麽砮嚕合二麽七郝賀吽八引

纔說是眞言此世界及一切佛剎六種震動無有一有情受飢渴苦以一切佛威德力現大威德故一切地獄中一切飢渴悉皆止息一切有情悉令獲得飲食恒河沙數等如來同共宣說爲大怖畏有情作利益故示現大神通金剛手有此佛頂王所流布處一切魔不得其便何況修行者若有善男子善女人若能常憶念此眞言王復能持誦彼獲得不思議神通成就具大精進神通圓滿一切諸天禮敬彼人不久獲不思議功德若有成就眞言王者或有大乘淨信者或修習輪王佛頂者彼獲得不思議神通相應於一切有情中爲最勝不應疑惑獲佛神通所求欲願獲得無疑一切神通平等眞實無畏一切時等同諸佛金剛手若修勝佛頂眞言者不久神通自在成就於剎那頃諸難調有情見者悉皆馳走所有魔衆諸天見彼皆失神通而悉馳走若有修習此眞言成就者與轉輪王眞言成就等無有異於地獄中亦作神通爲處地獄有情作利益故如是一切有情息除飢苦我略說少分佛頂王三摩地神通熾盛無量無邊一劫不能說其福利功德我少分說世尊所說爾時世尊告一切菩薩衆善男子佛頂王等住一切如來三摩地眞言身者千俱胝劫不能盡說其功德矜愍一切有情故而說少分是佛頂王族稱揚不思議功德千俱胝劫若如來說無能盡其邊際如來親自佛頂眞言王輪王大威德若干佛於俱胝劫讃歎亦不能盡其邊際若有善男子善女人若以飲食衣服湯藥種種資具供養百佛若

有人誦此輪王受持福聚無能與等即說伽陀曰

若復智修行　最勝眞言王　則成爲菩提
獲地位不疑　爲不生不滅　持此佛頂者
無有等威德　不思議色力　王世無與等
衆生界異生　成就佛頂人　無有等同者
若帝釋自身　或餘威德天　一切世界中
欲界大力者　見修頂輪人　若不起承迎
頭破作七分　猶如蘭香梢　自在及帝釋
水天俱尾羅　藥叉大威德　奪彼光萎悴
千光而熾盛　照曜於諸天

若有大丈夫成就大眞言王若讀若誦若受持乃至書寫經卷或書於樺皮或帶持或供養或塗壇或香泥塗地散華燒香粖香以經卷置於壇中而作供養此法要受持讀誦爲他演說觀其衆生根性勝劣而爲宣說勤修菩薩行者殷勤而敷演畢獲得如來熾盛三摩地淨信究竟大乘堅固者應授與之如來言教可爲敷演而爲說之不應慳悋常得宿命智不墮於惡趣超千劫生死流轉證無上正等覺一切天龍常當擁護言音威肅令人樂聞一切有情愛樂憐愍安樂捨壽不爲諸魔之所侵擾若有善男子善女人大有情堅固入大乘由滿願故修如來族眞言是人具福大威德賢聖所攝受不歸依餘類唯歸趣佛菩薩超越一切魔道意趣諸根不缺者身色光潤黃白生於勝族清淨處生於吉宿大勤勇身相圓滿不太肥不太瘦亦不乾悴爪如赤銅踝骨平滿身形長大肌膚潔白不太團欒齒不踈黑眼目不睞亦不黃綠不疥癩

不貪染不被毗那夜迦所持身相應頭圓平滿筋脉平正我今略說其相生於大族大福大威德有情說此法要是善男子善女人若得此佛頂眞言必當成就爲彼有情而敷演之而當敬禮愼勿不與必當與之若得此佛頂眞言必當成就若人得此堅固有情輪王佛頂必當成就此甚深法要餘世界中甚難得聞此由如來加持於餘多世界中得聞若有人一經於耳根應知皆是轉輪王三摩地之所加持應如是知若有人得此如來族法要修行者得至於手中皆是如來加持何以故皆是如來不思議眞言三摩地頂輪眞言身之所建立此一切眞言中最大眞言句頂王三摩地不思議法要應當知是故彼有情必當求如來眞言成就若此法要書寫經卷成誦所在之處無量人天世間皆作供養獲得此三摩地熾盛法句彼人無增上瞋恚

菩提場所說一字頂輪王經卷第一

音釋

蘖魚列切　瘧魚約切痁病也　鈕女九切　髆伯各切肩甲也　髀部禮切股也　脛胡定切脚脛也　踝户瓦切踝兩旁曰內外踝　萎顇萎於危切顇秦醉切萎顇枯瘠也　塢安古切　齧倪結切齩也　鐸達各切鈴屬　纛徒沃切軍中大旗也　睞落代切目童子不正也　觔舉欣切骨絡也

菩提場所説一字頂輪王經卷第二

唐特進試鴻臚卿三藏沙門大廣智不空奉　詔譯

畫像儀軌品第三

爾時釋迦牟尼佛以佛眼觀一切衆生界告金剛手祕密主言祕密主爲有情利益故我今説大明王儀軌一切佛所説一切世間出世間眞言明像中上上佛頂輪王本身形狀能滅一切罪令一切有情得大涅槃以殊勝三摩地佛色身變化而現我今説世尊佛頂輪王畫像法修行者先應入曼荼羅從師受得印契儀軌曾入佛頂輪王壇或無能勝忿怒壇或勝佛頂壇見三三昧耶得受灌頂得阿闍梨印可無上涅槃道入修行當依儀軌應作先行先行已然後畫像令婆羅門童女大族姓生者授與齋戒縒縷令織依教織氎或依餘教或如來部所説長六肘横四肘若不辦五肘亦得或縁畫像要買物者勇士不應酬價其氎織已以香水洗之揮去毛髮其畫像應用佛神通三長齋月白分取具諸根畫匠淨信三寶者先令澡浴清淨著新淨衣授與八戒然後令畫應擇端嚴順吉祥宿曜時日或於此間或於巖窟或於牛欄或於佛堂精室或聖賢得道處離臭穢有蟲水地處置𢡖應畫先於中畫佛世尊坐師子座其座種種寶莊嚴作説法相普徧爛光如輪圍繞從頂流出種種光明佛具大丈夫相倚菩提樹其菩提樹有種種葉如眞多摩尼樹或於枝繫繒綵或繫吠瑠璃寶或繫果或繫鈴鐸或繫天妙果或乘雲降雨或種種葉華果或菩提樹芽或眞珠吠瑠璃硨磲珊瑚玉皆畫

於上或樹上有吉祥鳥衆坐於枝間或作種種葉雲雷降雨枝葉相交作如是大菩提劫樹世尊兩肩後倚著其樹佛右邊轉輪大王如輪王形坐白蓮華作觀佛勢其身金色周徧光明七寶成就唯輪寶以光圍繞在蓮華上釋迦牟尼佛復觀頂輪王於佛左邊不遠畫白傘蓋頂王如大王形其身金色坐在蓮華上手持蓮華目觀輪王去白傘蓋頂王不遠畫高頂王形如大王坐白蓮華上手持俱緣果瞻覩輪王去頂輪王不遠不近畫光聚頂王坐白蓮華上種種光明圍繞在熾盛光明中坐身作金色手持眞多摩尼寶於光聚佛頂王下畫持誦者胡跪而坐瞻仰頂輪王輪王舒手作施願印顧視持誦者近光聚頂王圓光不相掩應畫勝佛頂身形金色左手持寶右手施願目觀輪王如是等悉皆是佛頂王各各形如大王各有熾盛光焰悉皆金色坐白蓮華上佛右邊應畫普賢菩薩手持白犛拂佛左邊畫慈氏菩薩手執白拂此二菩薩比佛身量稍小佛前應畫聖觀自在菩薩金剛手祕密主菩薩各坐寶蓮華上皆悉合掌作禮佛勢近普賢菩薩應畫文殊師利童眞菩薩無垢慧菩薩寂靜慧菩薩無盡慧菩薩虚空藏菩薩虚空無垢菩薩大慧菩薩如是等大菩薩次第而畫各各合掌坐蓮華上作禮佛勢已次漸小身形寂靜皆作金色種種莊嚴以綃縠爲裙衣次慈氏菩薩不遠不近應畫佛眼明妃形如女天坐寶蓮華種種莊嚴身如金色目觀衆會著輕縠衣角絡而披右手持如意寶左手施願圓光周徧熾

燄光明身儀寂靜去佛眼聖尊不遠應畫佛毫相尊如女天形有何差別右持蓮華左手施願目覩輪王近佛眼尊下應畫孫那唎大明妃形如天女種種瓔珞莊嚴其身青色手執蓮華坐於寶山覩佛世尊近金剛手畢須畫甘露軍吒利近彼尊畫金剛軍蘇摩呼須行此三聖行各持童子形種種瓔珞莊嚴其身皆目瞻輪王作驚悚勢於觀自在菩薩右邊畫賀耶仡哩(二合)嚩大明王身如火色作忿怒形鼻如猿猴以蛇莊嚴瓔珞臂釧膊釧頭繫蓮華鬘作瞻覩輪王勢近彼應畫蓮華孫那利四臂右第一手持羂索左第一手持鉞斧右第二手施願左第二手持果坐於蓮華又近輪王佛頂畫無能勝忿怒王身白色四面四臂顰眉面瞋怒虎皮爲裙蟒蛇爲耳璫得叉迦龍王以爲腰條婆蘇枳龍王以爲神線角絡披躭肚身形短以毒蛇莊嚴髻冠咬下脣徧身火焰熾盛光明圓光右第一手持金剛杵第二手作期剋勢左第一手持三戟又第二手鉞斧正面作阿吒吒賀娑笑聲勢從口出火焰種種色相右邊面瞻覩輪王左邊面覩持誦者頭上面覩一切衆會住於寶蓮華上無能勝忿怒王應如是畫於彼尊下畫地天身白色以二手捧寶華籠子二膝跪地近地天畫尼連禪河神豔黑色如龍女形七頭合掌作禮佛勢近尼連禪河神互相近畫嚩里迦大龍王毋止鄰陀龍王此二龍王曾見無量諸佛皆七頭合掌跪地近地天畫阿難陀龍王無熱惱龍王娑竭羅龍王持蓮華鬘曲躬合掌大慧菩薩右邊畫白衣觀自

在以蓮華鬘莊嚴其身以寶繒角絡披右手把真多摩尼寶第二手施願此菩薩是蓮華族毋應於蓮華上坐近佛毫相應畫摩莫枳菩薩淡紫青色種種瓔珞莊嚴坐於蓮華身儀寂靜住般若波羅蜜自性右手持梵夾左手持真多摩尼作施願勢是一切佛菩薩之毋大聖般若波羅蜜多住摩莫枳形則此尊是金剛族毋稍似童女形不太高顏極令悦意應作如是相畫此尊眷屬金剛鉤金剛拳金剛雹此等皆是大明妃以爲眷屬各住本形近白衣觀自在下應畫多羅尊種種嚴具莊嚴著輕縠衣其形不太麤不太細中庸形右持青蓮左手施願坐蓮華上作淺緑色近於彼尊畫毗俱胝身白色三目四臂右第一手持杖左第一手持瓶右第二手持念珠左第二手持蓮華身儀寂靜於像二角作鼓音樂天子於佛上畫淨居天子在雲中湧出散華供養各依方而畫護世四王東方畫持國天王南方夜摩天西方水天北方俱尾羅天各隨方四邊畫如是四隅東北方伊舍那東南方火天西南方羅刹王西北方風天各依本形畫近忿怒無能勝王下畫持誦人如本形跪地手持香爐瞻仰輪王金剛手此輪王佛頂大畫像儀軌無量佛宣説纔見一切罪悉皆消滅金剛手若得圓具依法畫纔見衆生滅除五無間罪遠離一切罪若見此微妙像一切如來之所説其人現世有幸令世及他世俱胝劫作一切罪由見此像悉皆消滅由見此最勝像一切悉地皆得現前一切如來大明真言任運得成就隨意念誦成辦一

切事諸餘部中真言難成者對此像前決定得成爾時世尊告金剛手祕密主言祕密主汝今復聽說白傘蓋頂王畫像能成辦一切事業利益一切於生死流轉怖畏有情故恒河沙數俱胝佛同共宣說先當如輪王儀則所說織可方三肘不應截屈不得用皮膠和色畫人與授八戒於氎中央應畫佛形黃白色坐師子座具諸相好佛左畫金剛手菩薩右手持白拂左手持金剛杵金剛手左邊畫淨居天子衆著天衣裙於佛前應畫佛頂王身金色如鑄金像具諸相好手持蓮華佛下畫持誦者手持香爐於像四邊應畫種種華金剛手此白傘蓋佛頂王畫像法先佛所說爾時世尊復告金剛手言金剛手諦聽諦聽極善聽作意吾當爲汝說光聚佛頂王畫像

軌則於一切世間出世間真言明教法上上頂王光聚依輪王儀軌香水洗氎三肘或一肘彩中不應用皮膠受八戒畫匠令畫應畫佛坐於白蓮華上作說法相諸相具足於像上應畫山峯像下應畫蓮華池從佛頂出種種光明佛下右邊畫持誦者胡跪持香爐畫彼本形祕密主此光聚佛頂王儀軌一切如來之所宣說爲令調伏諸有情故此光聚佛頂王成辦一切事業最勝畫像法爾時釋迦牟尼佛復告祕密主言祕密主我今說高佛頂王畫像法依輪王儀軌於三肘或一肘新氎上擇去毛髮受齋戒畫匠令畫應畫佛世尊坐七寶蓮華上結跏趺坐諸相具足右手施願左手在齊下仰掌從佛頂出種種光明於像上兩角各畫淨居天子佛右邊畫持誦

者瞻仰如來祕密主此是高佛頂王畫像法一切佛之所說一切佛所稱讚矜愍一切有情故說爾時釋迦牟尼復告祕密主言祕密主我今說勝佛頂王畫像儀軌先佛所稱讚依輪王佛頂儀軌作氎或三肘或一肘離毛髮受齋戒畫匠令畫應畫佛形作金色相坐師子座持說法印具大丈夫相從佛頂流出種種光明像下畫持誦者如本形胡跪坐手執香爐瞻仰如來金剛手此勝佛頂王畫像儀軌一切如來宣說金剛手如來世尊及大威德菩薩無量種色身隨意而畫或氎或素或於板上或牆或壁亦無過失或使畫匠或復自畫或工匠畫隨自意形狀而畫之或畫菩薩形或畫眞言聖天乃至於經夾上畫或樺皮上畫或畫最勝像或一搩量或一小搩量或一大指量或隨意樂處應畫亦無過失

爾時世尊說伽他曰

隨意樂而畫　慧者起悲心　利益諸有情
我成就思惟　亦不爲愆過　攝受有情故
是故當慇懃　常懷悲愍心　恒行於捨施
及護持淨戒　忍辱及精進　禪定與般若
常應而修習　彼悉地不難　若無有畫像
當住菩提心　及持於大印　獲最上成就

行行品第四

爾時金剛手祕密主白佛言世尊惟願世尊爲勤修求成就者略說修習佛頂王眞言行威德功德熾盛方便於衆生世尊求悉地者由住如來佛頂王眞言明一切眞言悉皆速疾令得成就佛言善哉善哉祕密主汝能問如是義祕密主汝今諦聽我爲汝說一切佛

所説行方便法句伽佗極微妙此法眼無量佛已修習爲利益成就故爾時釋迦牟尼佛觀一切大衆以梵音聲説此法理趣伽佗一切法眼中最勝伽佗曰

無量菩提行自在　多種百苦逼惱者
見諸有情多逼惱　釋師子尊而演説
愛樂此法修行人　成佛當受人天供
由修一法成大覺　成眞言王衆所讚
彼人不久佛菩提　廣度無量諸群品
空閑大制底　流泉及河側　迴樹或巖窟
衆華及山間　獨居堅固心　菩提心相應
勝解於大乘　清淨勤修行　及與身口意
食飲四儀中　行者常謹誦　眞言者勝趣
解三摩地明　出生獲悉地　成眞言或明
隨意而修行　常著二種衣　善伴堅禁者
彼悉地不難　彼人定獲得　先應禮諸佛
智者應堅固　眞言者無伴　勤求利有情
彼成就不難　現不思議色　現世得成就
勤求悉地者　常應作制底　勤護摩念誦
即於此現生　速疾得成就　謹愼而巧妙
勇健勤堅固　大益眞實心　此人堪稱讚
諸根皆圓備　智慧常質直　能忍於飢渴
是人可稱讚　勤求成就者　若得是法要
彼當不久時　獲最勝悉地

金剛手我滅度後末法之時愚癡塢波塞迦塢波斯迦披袈裟者愚丈夫作種種無益言説貪著滋味懈怠懶惰如斯小人不深知如來三摩地力無所畏於廣大大乘理趣壞亂勇猛精進者於菩薩善巧律儀行不得灌頂者不淨信諸佛菩薩廣大三摩地不得成就

則生謗毀我及菩薩作如是言此非佛說是魔所說毀辱於菩薩若住大乘善男子善女人勤求成就眞言行者調弄損害作不饒益事由此因緣積集無量罪障是故金剛手善男子善女人欲行菩薩行者應生淨信堅固決定於菩薩心以廣大願常書寫大乘經典讀誦受持爲他演說伽他曰

依寶雲大經　修行我稱讚　由此加行故
本尊速現前　以何成眞言　慇懃成自身
以施戒忍辱　勤定智慧得　專注一心故
速疾成本尊

儀軌品第五

爾時金剛手復白佛言世尊云何修佛頂眞言行者住清淨軌則作本尊觀行惟願世尊說以一支速疾成就佛頂等悉地佛言是故持金剛諦聽衆生利益故小衆生緩慢精進者差別而說一切眞言教中三時住清淨軌則不放逸常住觀佛三摩地不應以散動心觀不以貪染擾亂其心應一心觀佛常以慈三摩地徧緣十方一切有情三時澡浴洗濯手足依法澡灑勇健智慧者不應放逸損害生命換内衣已以此眞言護身眞言曰

唵(引)麼麼吽匿(作翼切二)

若用土不應用和蟲土智者應用清淨香土不太黑不太黃不太赤如是土通一切成就法若調伏法用黑土赤土亦得若作增益應用黃土消滅災禍及諸罪障應用白土若求囉惹應用不白不黑土若求敬愛法應用赤黃土如是智者依教用土以此眞言先加持土然後應用土眞言曰

唵(一引)娜囉吽(二引)

以此土真言通諸成就用以此河真言加持

於河水

唵(一引)入嚩(二合)攞吽(二引)

此明加持河　一切處通用　分土爲三聚

置於清淨處　其地離洟唾　臭穢之地處

女人叢聚處　小兒戲劇處　諸畜踐踏處

衆生攢聚處　行者於是處　不應而澡浴

隘窄及險阻　及與臭穢水　智者應遠離

當別求勝河　澄潔清流水　遠離泥滓穢

於其河岸側　種種樹莊嚴　於彼當澡浴

其水深潤滑　常於如是處　水中諸鳥戲

諸華悉莊嚴　行者應彼浴　復以此真言

加持於淨土

真言曰

唵(一引)鉢囉(二合)入嚩(二合)攞吽(二引)

即應自擐甲　大指置於心　真言誦七徧

甲冑真言曰

唵(一引)入嚩(二合)攞帝惹吽(二引)

以心甲冑明　修行者應用　悉皆於徧身

即成大加護

披身甲真言曰

唵(一引)入嚩(二合)攞跛囉羯嚩(二合)麼吽(二引)

此名身甲冑　智者常應作　即應入於水

自腰或至胷　毗那夜迦障　水中諸惡蟲

由此加持故　不能爲損害

真言曰

唵(一引)吒曨(二合)(二)滿馱娑嚩(引)(二合)訶(三引)

此辦事真言　一切佛頂心　由憶念此故

水居諸障者　所有欲損害　悉令禁其口

以此護其土　分土作三分　以用爲洗淨
從脚至膝脞　以土指令淨　離惡氣滓穢
諸佛説爲淨　次用第二分　從膂至於頸
第三洗上分　以土應洗之　離蟲然可用
先置第三土　復更殷懃洗　以辦事眞言
行者加持水　三誦灑於頂　洮靜而寂默
澡洗潔淨已　輙不與人語　復以辦事明
行者自加持　以無能勝護　及以佛毫相
摧壞佛頂明　普加護稱讚　以佛眼眞言
惟通佛部用　純正諸佛頂　成就曼荼羅
當結方隅界　幷護於助伴　許用摧毀頂
及成辦一切　無蟲水澡灑　此明誦一徧
清淨眞言曰
曩莫薩嚩没馱冐地薩怛嚩(二合)南(一引)唵(引)戍
入殿努戍(引)馱曩耶娑嚩(二合)訶(二引)

此澡灑眞言　通用如來部　即往念誦室
住定不放逸　當於身前觀　三尺之量地
悲愍心相應　兼與慧而俱　當往念誦室
應著清淨衣　奴俱羅芻麽　及與野麻衣
智者應念誦　依於教儀軌　應誦淨眞言
次用辦事明　加持茅薦座　數置於像前
應念誦本尊　次應迎聖衆　眞言印相應
數觀本尊像　即結蓮華印　以座而奉獻
諸佛持吉祥　佛足慓幟生　諸菩薩蓮座
是座皆稱讚　眞言修行者　不應坐高牀
而觀本尊像　次應持念珠
穿珠眞言曰
唵(一引)阿納部(二合)諦微惹曳(二)悉地(三)悉馱囉
梯(二合)娑嚩(二合引)訶(四引)
菩提子念珠　決定得成就　上中下悉地

通諸眞言用　金銀等作珠　增益應用之
清淨頗胝迦　一切義成就　童子線應穿
皆依具儀軌　當用自密語　以此作加持
加持珠眞言曰
曩謨薄誐嚩底丁以切引一　悉地二　娑馱也娑馱
也三　悉馱囉梯二合　娑嚩引二合　訶四
當以此眞言　加持於念珠　應誦於七徧
持於二掌中　坐於茅薦上　求成一切義
吉祥密嚩樹　白檀及天水　如是等樹類
念珠增益勝　念誦護摩時　應用如是珠
佉陀羅木樹　末度俱那衞　用此木爲珠
而作調伏法　亦用此樹木　而作於牀座
若木不能得　取葉離諸蟲　坐臥而藉之
及灌頂處坐　燒瞿摩夷灰　濾水用洗淨
密絹爲濾羅　審觀濾漉水　依法持密言

若不得成就　應用頂輪王　加持必成就
復用心隨心　相共而和誦　若如是不成
用佛眼眞言　相和而誦之　世尊佛眼明
一切佛所說　先佛亦稱讚　我今而宣說
求成佛頂者　應當而誦持　與彼相和誦
不久疾成就　設作五無間　不久亦得成
若無有畫像　運心作觀行　諸佛所稱讚
即結禮佛掌　觀行誦此明
眞言曰
曩謨囉怛曩二合怛囉二合夜引也一　阿左羅二
尾隸娑嚩二合引　訶引三
則結大印想於彼印上以無量寶所成山於山上想七寶所成蓮華其華無量百千葉其胎廣博大堥於彼上有樓閣於樓閣中想世尊坐如眞言身形如所畫像說世尊安隱結

跏趺坐作說法印具大人相莊嚴其身徧周圓光應如是觀餘亦如上所畫像觀在於樓閣中閣上有相輪棖心中想無量眞珠寶網徧覆乃至隨意而觀一由旬大或百由旬乃至千由旬量應觀行隨自意觀之乃至有頂專注一心智者不應放逸心繫於本尊諸佛加持力作是思惟求成就者作如是觀行以無垢海眞言加持大海眞言曰

唵一引尾麽盧捺地吽二引

以山眞言加持於山眞言曰

唵一引阿左囉吽二引

以蓮華眞言加持蓮華眞言曰

唵一引吽迦麽囉娑引嚩二合訶二引

一切寶樓閣眞言加持樓閣眞言曰

曩莫薩嚩怛佗引蘖跢南一引薩嚩佗欠二平聲榅諾引蘖帝薩叵二合囉曀鈐三誐誐曩劍娑嚩二合引訶四引

次應請佛世尊以自眞言應想世尊如從忉利天下降閻浮至於道場即獻閼伽作是頌言

以自神通住　待我作供養

然後以六字佛頂結上方界即想如來澡浴及自本尊三部部主或依自教及諸尊獻塗香華衣服嚴具飲食香水若無如上所說供具應心中觀想而獻如是供養儀軌已即說罪隨喜勸請迴向發願悉皆應作即安心於鼻端一心念誦乃至不疲倦所念誦徧數而獻復獻塗香華燒香飲食燈明等供養獻閼伽而觀想東門奉送世尊則禮一切佛菩薩禮足而起如是三時應作爲無像故說是儀

軌

分別祕密相品第六

爾時釋迦牟尼佛復告金剛手祕密主言汝聽金剛手此佛頂王眞言成就修行一切如來之所說成就佛頂故以不壞伽佗句行教金剛手略說一切如來所說成就次第說伽佗曰

屏處集聖衆　令獲威靈處　於宅及天堂
空舍與窟中　迥樹或屍林　樹林於山谷
成就或念誦　心在於本尊　不清淨令淨
不淨淨徧淨　於淨淨成就　以一成二種
是名成就者　一切修悉地　於食應節量
不飽亦不飢　食飲應等量　甘甜及酸醋
應捨如是貪　貪俱之有情　於未生貪著
由貪念護摩　不生於一心　初夜讀正典
中夜然寢息　於淨茅薦上　作護依儀軌
皆與印相應　寢卧如師子　如師子驍勇
東方及南方　枕手而眠卧　息增於護摩
若有東南方　左安於右上　足手亦如是
累足然後寢　少分令端嚴　頭若向西方
面觀於南方　寢時應護身　與降伏相應
若上白檀樹　吉祥尼俱陀　優曇鉢等樹
夢上此等樹　是爲成就相　應及迦陵伽
鴛鴦與白鶴　孔雀等吉鳥　夢乘此等鳥
若見如是相　不久當悉地　若夢見於血
此亦成就相　若於夢中見　幢旛等交雜
或登於高樓　若履及遊行　是則成就相
或夢乘舟船　或執箏箜篌　或見塔苾芻
如是等善夢　悉皆成就相　若於夢中見
狗及旃陀羅　水壝油塗身　此皆不吉祥

駝驢及車等　若見及觸彼　必壞於成就
如是等夢相　善及不善相　應知此二夢
知已求成就　應作護摩法　燒粳米油麻
得脫諸魔障　即見於本尊　常得而警覺
聖者現是言　當往於其處　至彼燒酥蜜
則現於實事　去食盡是實　於道亦爲實
若疑於本尊　當寢於夢中　願尊示我身
而現丈夫身　若見於女人　能生貪染心
應爲不放逸　欲眠時加持　念誦不應思
過去之財寶　未來亦不應　慎勿起思惟
不成念誦儀　若心而散動　觀眞言義理
住定而念誦　心若緣貪染　應作不淨觀
若心起瞋恚　即與慈相應　於愚念緣生
數數若心起　在於顛倒中　即專注一心
住於本尊觀　若未入輪壇　獻諸香華等

爲諸魔食噉　由不依儀軌　及不廣善解
遠離阿闍梨　諸魔隨行者　如影而隨形
念誦功被奪　譏魔食香等　念誦及護摩
本尊不受得　此眞言主宰　成就頂眞言
當用作加持　諸魔頂行等　不能爲障礙
成就頂輪王　是故作加護　一切成就處
應誦無能勝　作自身加持　菩薩種眞言
輪王之眷屬　用彼作加護　成就眞言時
念誦護摩等　先應作護身　若離護身法
悉地必不成　遊空大藥叉　成就毘羅刹
遊行破壞故　令彼心疑惑　尾臘嚩之華
過迦度摩囉　悉皆不應用　一切佛頂部
稱讚闍提華　青蓮倶勿頭　蓮華度體華
及餘種種華　極香陸地華　當知佛頂明
一切時供養　修行者不成　二三度作法

乃至於七徧　次第作成就　當於入海河
而作印塔法　或一二三四　隨力而作之
念誦并作塔　恭敬而讚歎　讀誦於妙典
數數疲乏時　塔滿三洛叉　先罪悉消滅
用以極香華　燒香及塗香　供養窣堵波
於一一塔前　用眞言加持　一一窣堵波
應誦千八徧　眞言若不成　由罪覆心故
應作一肘量　一千窣堵波　設造五無間
決定得成就　由念誦滅罪　何況作制底
當於大海河　獻蓮華十萬　獻限爾所數
速疾得成就　於彼入海河　何況過此量
遲速得成就　皆由自己身　成就於眞言
由彼福無福　若福德強盛　當於不久時
速疾得悉地　無福德之人　應作窣堵波
悉地念誦本　是故以精進　成就得牢固

眞言在經書　不能除衆毒　見如是道理
勤功念誦勝　常爲父母師　受苦諸有情
一分而念誦　爲彼皆迴向　應滅諸障難
應作常禮佛　由禮佛念誦　速疾得成就
説禮佛果報　無量福德聚　當知是歸命
數數勤敬禮　常恒獲悉地　不然末法時
眞言不成就　是故我釋迦　説威德弟子
末世得解脱　是故離疑心　發勤大精進
修持諸悉地　不久得成就　增勝福德人
速疾得悉地　多分無福人　遲晚乃得成
若悲智相應　獲殊勝悉地　不以假瑠璃
與紅頗棃等　是佛頂眞言　力用不思議
乞得食令淨　應獻於本尊　分作爲三分
愍念有情故　先應取一分　當供養本尊
又取於一分　施諸外來客　餘一應自食

所獻本尊食　贖取而受用　若無有外客
轉施諸禽獸　自己分之食　盡不應施他
恐損壞身故　減少分應施　面南應食之
是則調伏法　不應面西食　當作調伏事
北東許息增　成就佛頂等　成寂東爲異
應作悲愍心　三時應思惟　誰在於苦惱
我今盡拔濟　大悲心相應　出家及在家
持杖并梵志　皆懷悲愍意　念誦者遊行
無侶常謹慎　是故常敬禮　諸佛之塔廟
難成之眞言　一切時等持　常修三摩地
是人得自在　種種調伏者　示現種種色
是故常應作　念誦及護摩　塗拭并灑淨
作淨如先說　後應作護身　灰芥結方隅
以辦事眞言　或用摧壞頂　加持縷纏橛
應釘於四角　護己應供養　智者即啓請

一切諸聖衆　念誦護摩處　安置於座上
應作成就因　瞿摩土相和　智者用作壇
於此壇輪中　說爲供養儀　先爲如來勝
依儀軌而獻　次則輪王頂　其次諸佛頂
次第而供養　次及觀自在　自族并眷屬
及與金剛手　所獻同佛頂　所獻香華等
亦同於部類　如是爲三部　而作供養儀
以此常警覺　及一切世天　愚癡作是言
一切眞言人　悉皆是妄作　若不說儀軌
則墮於毀謗　油麻白芥子　而作於護摩
能成敬愛事　燒油麻粳米　獲得於增益
毒藥羅蘖唎　相和而護摩　壞亂佛教者
悉皆令除滅　尾臘嚩樹木　無憂及白桼
波羅奢菩提　及以白膠木　增益諸護摩
用如是等木　尼瞿陀優曇　阿說陀亂木

活兒子等木　若作息災法　用爲護摩柴
佉陀羅木患　及迦羅迦木　迦羅尾羅木
如是等諸木　調伏相憎用　面應向南坐
稱吽字而燒　意思而口稱　應作調伏法
面對於北方　於眞言句中　加娑嚩訶誦
即成於息災　諸佛頂應修　面向東而坐
護摩作增益　結跏爲息災　吉祥坐增益
蹲踞作調伏　降怨故護摩　名爲調伏事
遮止諸障故　名爲於息災　成就隨意故
是名爲增益　如是一切處　善思而修行
憎嫉佛教者　令其遠離故　是名相憎法
清淨持誦者　不應長爪髮　在家淨行人
髮長不爲過　護摩念誦時　皆有所妨礙
貪事梳洗功　虛過於時分　供養聖衆時
甲中停垢穢　頭髮生蟣虱　能生諸罪愆

不觀日出時　不觀日蝕時　亦不觀月蝕
不輕毀師尊　供養聖衆時　不觀安樂事
亦不觀鬬諍　是故修行者　常與定相應
於飢儉國土　及於鬬戰處　國主不和順
不應求悉地　聖衆被罰處　藥叉鬼神處
龍神雜亂處　屍林穢汚處　彌綟車居處
多饒蚊虻處　或於亢旱處　如彼諸難處
不應求成就　不調倡女處　多饒惡風處
如是等之處　不獲於悉地　是處若吉祥
念誦作護摩　聖衆皆喜悅　如人食好食
心意得適悅　此中護摩勝　成辦諸事業
若王相不具　不堪紹王位　隨力分應作
念誦及護摩　下劣修行者　果報亦下劣
若乞毒刀杖　不應而施與　唯除敬愛法
爲護命難故　爲除憂惱故　除如是因緣

悉皆不應與　清淨修行者　或誤觸不淨
則應而澡浴　心誦結印契　如是貪涂類
應思淨真言　誦明結印契　悉皆得清淨
諸穢之鬼神　起屍及藥叉　及羅刹成就
上中作法處　智者不應疑　沉没殊勝河
澡浴正法水　以慧而思惟　念誦悉皆作
不應破結跏　於事皆相違　若破結趺坐
即應起澡浴　或以心澡洗　悉皆得成就

菩提場所說一字頂輪王經卷第二

音釋

縒蘇可切鮮潔也　幀諸孟切開張畫繒也　犛莫交切長髦牛也　縠胡谷切縐紗也　悚息勇切懼也　蟒母黨切大蛇也　絛他刀切編絲繩也　靚疾正切與淨同　⿰扌禁同禁手度物也　隘窄隘烏懈切陋也窄側格切狹也　滓壯士切澱也　擐胡慣切貫也　慓⿰忄戠慓卑遙切⿰忄戠昌志切　榅烏没切　叵普火切　⿰目壹壹計切　綟郎計切　亢口浪切愆也

菩提場所說一字頂輪王經卷第三

唐特進試鴻臚卿三藏沙門大廣智不空奉 詔譯

末法成就品第七

爾時世尊復次爲利益說此事業成就說伽佗曰

當於未來世　劣慧之有情　爲彼作利益
說此小悉地　若具於儀則　必定而成就
不擇時宿曜　不擇念誦處　應當請本尊
而求諸悉地　及鉤召於佗　或取於六分
應如是加持　及說念誦相　當於念誦時
若闕加護故　奪人精氣鬼　盜竊成就物
并拏枳寧等　盜不思議物　當於念誦時
一切悉皆作　失物得無疑　取不壞攝縛
殊勝自終者　剖割其弃娑　和調薑椒等
除棄筋及骨　眞言者依法　即應施八方
先定屍林處　彼住鬼羅刹　眞言者於彼
以稻華護摩　即速現神驗　四衢及樹下
山間大怖處　高聲而唱言　屍林貿弃娑
鬼衆大歡喜　所求皆與之　成就隱形法
嚴具及眼藥　雄黃等悉與　成就佛頂者

爾時釋迦牟尼佛觀未來有情說速疾成就法復說伽佗曰

即取彼攝縛　如前不壞者　成就迷怛羅
迴樹大河側　於屍林求成　清淨而洗塗
香華以嚴飾　及餘眞言明　或以輪王頂
而用作加護　求成如是事　若不如是者
魔損害不疑　即應依儀軌　善伴驍勇者
行者坐心上　結拳打彼額　應誦眞言王
無間而多誦　彼踊躍而起　名拳起屍法
當入於水中　日出乃至夜　結拳誦眞言

成安怛但那　應取人莽娑　割截而護摩
依儀作成就　慧者不放逸　莽娑爲怛羅
所求皆悉地　此諸佛所説　貪著於女人
貪染之有情　戒品無所堪　如是之有情
歸依於三寶　六念以成器　應作如是思
隨力而修行　修行者應當　勤修菩提心
設離彼修習　任運得成就　行者而不應
食於青黑物　於食生猒離　不坐卧高牀
不應鼓頬食　亦不博噗食　所食量多少
大如孔雀卵　住威儀而食　如是等威儀
修行者應食　寂默而念誦　當住於語默
若住於修行　應住於身默　而作於護摩
應住於一默　悉地即成佛　若不如是默
眞言不成就　於眞言修行　寂默而迎請
當誦眞言明　不共佗同食　乃至於親族
不應與同食　衣服及卧具　鍮銅熟銅器
以灰醋物洗　洗已而食用　水中作念誦
皆説諸儀則　不應與他人　而共同寢處
雜居生於過　貪染等攝受　調弄戲笑等
由此生於過　吉日齋戒處　須臾取時分
應作諸成就　自身及爲他　咸皆於日宿
年月期限等　善惡諸悉地　行者次第修
於三神通分　此中成就勝　於此勝悉地
成就佛頂法　於二分八日　十四十五日
應知如是節　尤加而供養　以童女縒縷
復用香水洗　住戒而造作　應作最勝像
用以白檀等　更洗令清淨　而不應截屈
然後而加持　午時應修持　具戒令其淨
使匠者令畫　然後修眞言　吉日宿齋戒
應成最勝像　如是板等上　畫得亦稱讚

普通所先說　佛頂等勝像　當離毛髮過
於氍或於板　坐於師子座　而畫其本形
應用殊勝色　而以香膠和　支分皆圓具
其香離甲爵　用水應淨濾　知已無過失
智者應畫像　當於像中央　畫佛師子座
皆以相莊嚴　熾盛之光明　從頂而流出
法輪之大印　應畫於佛前　應畫如是佛
金色而晃曜　右畫觀自在　虎皮以爲裙
應畫忿怒形　持拂并念珠　頂髻無量壽
肅然具三目　著蓮華色衣　慇念諸有情
左邊金剛手　身色如青蓮　應畫忿怒形
以忿怒眷屬　持明大女使　金剛賓蘗羅
金剛笑師子　金剛拳聖者　甘露軍吒利
近身而應畫　難調令調尊　執持金剛拂
馬頭尊明王　意樂成就尊　白衣尊多羅
毗俱胝徧照　如是之聖衆　持蓮左邊安
一切皆應畫　如彼本形狀　廣大畫像儀
如大曼荼羅　略示畫像法　如來之所說
於佛世尊所　兩邊應當畫　無能勝大慈
毫相并佛眼　此等本形畫　金色初日暉
皆坐於蓮華　彼住眞言身　此勝微妙像
諸頂成就中　以善軌則修　應畫如是像
善閑教法者　清淨畫匠人　犎牛毛作筆
應取吉祥樹　用此木爲橧　是像依法畫
應坐於茅薦　當畫此佛像　得此普通像
一切皆成就　乃於過去時　是妙音童眞
無比威德者　身中出光明　猶如火聚光
種種寂意樂　照曜於三有　如是種之光
妙音身中出　是時獲三地　五通大威德
則成爲菩薩　作有情利益　佛頂不思議

自身是如來　三摩地形相　示現於衆生
變化於三有　一切佛形相　以定現輪王
說天真言王　能作衆生利　猶如如意寶

爾時世尊告曼殊室利童眞菩薩言汝曼殊室利童眞利益有情被大甲冑以善巧方便調伏有情種種變化色身佛菩薩緣覺聲聞攝受有情而爲說法令其覺悟時曼殊室利童眞菩薩白佛言世尊以幾所名號佛頂眞言三摩地行差別世尊於世界轉佛言所謂名俱摩羅名印捺囉帝名鑠羯囉名壞宮名梵王名毗鈕名大自在名自然名劫比羅名部丹多名牟尼名底哩佗名羯羅沙名地名部彌名持寶名彌也(二合)沙女名一切去名一切處面名濕嚩名寂靜名涅槃名已化名變化名難摧名天名阿蘇羅名王名尊名主宰名最勝名引導名調伏者名福名吉祥名一切義成就名世尊名商羯囉名作寂名空名勝義名不實名感名名稱名與者名悲者名慧名三摩提名慈名水天名師子名犎牛名天名龍名藥叉名仙名大仙名作者名流出者名世主名毗摩質多羅名三目名千眼名清淨名威靈名三摩地名三摩地出生名三摩地生名才士名囉惹名丈夫師子名丈夫主名勝義名勝義寶名證名證寶名三界主名世尊名無主名主名眼名實名夢蓮華名光名火名鬼主名離欲名寂靜欲名遠離欲名遠離過名壞過名盡過名摧過名健軍主名大王名護世名持地名毉囉棘多名香象名白蓮華名說空名現空名現悲名現道名有名不有名分別名無分別名離分別名壞

分別名護世名善國名共許名夜摩名施財名縛嚕拏名俱尾羅名持國名善現名蘇彌盧名金剛名如金剛名天妙名天妙趣名勇猛名大勇猛名能生名大能生名常名無常名常無常名轉輪王眞言名大眞言名大藥名論師名大論師名勝名無上名白名説白名丈夫名説丈夫名娑竭羅名大娑竭羅名海名大海名烏娜地名月名日名囉摩名洛乞叉麽拏名想莊嚴名雲名大雲名聚名大聚名不相似名羅侯名軍名大軍名羣名大羣名人主名大人主名水藏名大水藏名龍象名師子驍勇名奇特名熈怡名大熈怡名財名大財名具財名大財寶名阿羅漢害煩惱名幻化者名持幻化名變化名作變化名具義名能鬭戰名非異名不異名命名非命名山名大山名難壞名安樂慈住名神通名具力名具慧名不相似光又曼殊師利童子於我作如是知名不滅不生名眞如名眞性名實際名實性名衆法名法界名涅槃名實名無二名有相名純名意成又曼殊室利童子於此娑訶世界知我名如來名佛名大師人天作如是知我名離欲童眞於此世界調伏有情行意趣中成熟五阿僧祇百千爲愚夫聲聞示現名作如是言説知我爾所名號調伏成熟衆生故於諸契經中説如是童眞於恒河沙數佛世界中以種種名號有情知我童子隨調伏成熟有情如來説法如來無所分別無功德用無量種眞言色身事相而轉爾時世尊復告曼殊室利菩薩言而説伽他曰

白分善時日　於端嚴宿曜　澡洗著淨衣
齋戒住儀軌　八日十三日　十四十五日
或用於五日　依儀軌而作　護摩及供養
應施於八方　於如是等日　慇懃而供養
諸佛及緣覺　大威德聲聞　觀自在菩薩
金剛手大力　常憶念此等　修行者慇懃
供養如是等　菩薩威德者　聖天悉歡喜
明天威德者　於此修行人　悉皆而歡喜
行者於世天　供養不應禮　一切諸真言
威力不思議　新産及死家　殘食及祭食
月經女作食　及以彼家食　旃陀羅家食
臭穢陳宿食　再經於烝煮　如上所説食
行者不應食　及獻聖衆食　亦不應食噉
如是等之家　悉不往飲食　及不往止宿
破壞悉地故　修行者當應　三時歸三寶
應發菩提心　而作三種淨　身淨及語淨
意淨第三種　常觀於六念　如是常修行
日日受八戒　當住於律儀　應作如是言
阿闍棃存念　稱名我某甲　始從於今日
至明日出時　而於其中間　不斷一切命
不盜佗財物　梵行不婬慾　不作於欺誑
不歌儛作樂　不香鬘塗彩　不飲酒放逸
不應非時食　不卧高大牀　如羅漢已持
我今亦如是

爾時釋迦牟尼世尊觀察金剛手菩薩説輪王佛頂世間出世間上上真言明教應三肘或兩肘隨意大小應作取細氎去毛髮者以香湯令淨洗安於東面於吉日宿直如先所説説畫像法畫人應授與八支戒其畫人諸根圓具成就十善業道者於彩色中不應用

皮膠畫佛形像身如金色作説法印於白蓮華上結跏趺坐如來徧身光明熾盛從光中出衆多輪從頂出光明背後上應畫山峯於下右邊應畫持誦者如本形持香爐瞻仰世尊勢祕密主此是輪王佛最勝畫像法一切如來之所略説爲令愍念有情故説爾時世尊説伽佗曰

若見此佛像　一切佛所説　略説微妙像
能滅諸罪業　一切諸功德　悉皆到彼岸
諸天龍供養　若見此勝像　是人天供養
現世得成就　由此眞言力　由見此像故
此則多佛説　悉皆而稱讚　爲彼成就故
決定獲悉地　功德皆增長　由見此像故
諸罪悉皆滅　此像爲最勝　獲四如意足
功德如大海　獲得勝智慧　由修輪王明
得清淨無垢　智慧皆殊勝　成佛兩足尊
人天咸供養　由持此眞言　轉輪殊勝主
是人清淨者　修眞言行者　此是諸佛體
威德無與等　不思議最勝　天龍及藥叉
羅刹與步多　必舍遮起屍　是等威德者
見修頂輪王　成就持明者　悉皆而消融
帝釋大威德　若見成就者　分座而同坐
及餘威德天　三界無有比　與悉地者等
若見彼不起　頭破作七分　設於俱胝劫
世尊若自説　功德無有盡　頂王不思議
若人修此者　彼成就最勝　得爲忉利王
彼人終不死　無量俱胝衆　圍遶往餘刹
變身如佛形　化諸有情類　變身金剛手
利樂諸有情　化作天帝釋　或現於梵王
調伏諸有情　變現爲帝釋　有大威神通

拔濟諸惡趣　地獄夜摩界　餓鬼及傍生
於城邑聚落　曠野及山林　變化諸資具
飲食妙卧具　愍念諸有情　悉皆而給施
我略説頂輪　修行持明者　獲得五神通
則成大菩薩　人中最勝尊

密印品第八

爾時釋迦牟尼佛告一切菩薩衆善男子汝等應受一切如來出生大三摩地無比力超勝一切如來住眞言身一切如來族眞實大印眞言無比威光神通流出無邊奇特現威神能生一切菩薩能摧一切俱胝魔攝伏一切菩薩令難調之人起於慈心善男子能成辦一切事業我今説大印爾時金剛手白佛言世尊世尊惟願説從一切如來支分出生大印眞言爲衆生利益故作易方便成就佛言汝當諦聽我爲汝説我今分別解説二手内相叉作拳竪二大指此是一切如來心印即此印屈左大指入掌是爲持蓮華者印即前印屈右大指入掌左大指直竪是持金剛者印眞言曰

曩莫薩嚩沒馱冐地薩怛嚩(二合引)南(一引)阿(引)尾囉吽欠(二)

此是一切如來心印眞言祕密主此名大勤勇心眞言一切如來眞實法能解脫地獄傍生夜摩惡趣能令一切有情作如來事攝召一切菩薩金剛手我略説能召梵王帝釋夜摩水天俱尾羅等住十地菩薩大自在者尚能請召何況餘類如前二手作拳舒二中指竪相合屈上第三節屈二頭指互安於二大指甲上此名輪王根本大印

恒河沙數量　如來之所說　未來佛當說
此大輪王印　此印名大印　說爲輪王頂
此明即是佛　利益有情故　智者成就人
若結此印處　諸惡魔障等　是處不敢住
祕密主此輪王根本印一切如來之所宣說於百俱胝劫不能盡說其福利設於千恒河沙數劫亦不能說其功能福利讃揚威德爾時如來說伽他曰
智者若受持　大威德菩薩　俱胝魔羅衆
常不被沮壞　乃至百劫中　不墮於惡趣
若持輪王印　并誦是眞言　由受持之福
如來大師說　於百俱胝劫　不能而讃歎
若有持此明　持戒精進者　應修此眞言
輪王大力者　彼人不失慧　及不失正念
於千俱胝劫　未嘗有忘失

金剛手此大印無比量力威德准前根本印二中指直豎合是則高頂王印以此於佛頂族中爲灌頂印以二手虛心合掌屈二無名指入於掌中以二大指面押二無名指甲上屈二頭指相拄令圓如傘蓋形此名白傘蓋頂王印准前印舒二頭指則是光聚頂王印准前印以二頭指各安中指第三節是勝頂王印是則吉祥法輪大印名十二行相法輪印一切佛之所說能壞一切煩惱若見此印如親見如來即此印以二頭指捻二中指背即名煩惱雹印亦名如來結跏印金剛手此等五大印如來族中名轉輪王大印祕密主此輪王大印等煩惱雹法輪光聚頂勝頂高頂并白傘蓋頂如是等印悉皆是輪王印以二手虛心合掌雙屈二大指掌中此印名如

來心印亦名如來大勇猛印

以此印眞言　七徧加持心　先世流轉中
所作一切罪　悉皆得除滅　即頂上解散
通一切成就

以此加持自身即成一切如來之所加持身

眞言曰

曩莫三滿多沒馱南(一引)唵麌那嚟(二)尾嚟娑嚩(二合)訶(三引)

此大眞言同五字眞言修行以此護身常應加持於心兼用五字獲大威德力以二手虛心合掌十指互相交令虛其掌此名一切辦事佛頂印眞言曰

曩莫三滿多沒馱南(一引)唵(二引)吒嚕(二合)(三)滿馱娑嚩(二合)訶(四引)

金剛手此一切辦事眞言於佛頂教中此是一切佛頂心於一切事業處當用修行者以此應護身以右手握大拇指作拳以左手執握袈裟角此名錫杖印眞言曰

曩莫三滿多沒馱南(一引)唵(二引)度那(三引)爾多囉拏吽(四引)

此是錫杖明　能制難調者　護身故應用
常於成就處　應用錫杖印　印眞言相應

先以左手仰掌安於齋下以右手覆左手上右手小指與左手大指互相加其掌令虛名如來鉢印

當於恐怖處　飢渴障難時　應誦是眞言
諸苦悉無有

眞言曰

唵(一引)盧迦播攞(引)地瑟恥(二合)多馱囉(二)馱(引)囉也(三)摩訶(引)努婆(引)(去聲)嚩沒馱跛怛囉(二合)

娑嚩(引二合)訶(四引)

鉢真言大力　諸佛所加持　一切諸衆生
由念除飢渴　險道曠野中　修行者憶念
當加於自身　真言印相應

以二手内相交仰掌二頭指側相拄二大指各捻頭指下節倒安眉間名如來毫相印真言曰

曩莫薩嚩怛佗(去聲引)蘖帝瓢(一)囉囉曷(二合)毗藥(二合二)三藐三没第毗藥(二合三)係係(四)滿馱滿馱(五)底瑟姹(二合六)底瑟姹(二合)馱(引)囉也馱(引)囉也(七)你論馱你論度(引)囉拏(二合八)麼尼娑嚩(二合引)訶(引九)

此是毫相印　能具大人相　能與諸悉地
是印大威徳　若人持此印　毫相威徳者
彼皆得成就　由結誦此明

用前印加持於頸則成頸印加持於鼻則成鼻印如來鼻真言曰

曩莫三滿多没馱南(一引)唵(二引)哩尼(三)吽(引)泮娑嚩(二合引)訶(四引)

行者加自鼻　彼終無鼻疾　於百俱胝劫
彼終不患鼻

二手密合掌屈二頭指各安中指背上大指屈入掌名爲佛眼印

一切佛頂中　應用此大印　最勝滅諸罪
決定得成就　修輪王佛頂　若常結此印
清淨而受持　不久彼成就　一切佛頂法
設積百劫福　若得此印契　誦佛眼真言
其福與彼等　此佛眼印明　能成一切業

即説真言曰

曩莫薩嚩怛佗蘖帝瓢(一)囉曷(二合)毗藥(二合二)

三藐三没第毗藥二合三唵引四嚕嚕塞普二合嚕五入嚩二合攞底瑟姹二合六悉馱魯左伱七薩嚩囉佗二合娑但伱娑嚩二合引訶引八

爾時世尊告金剛手菩薩言金剛手此佛眼大明妃我從十俱胝如來所受得此陀羅尼金剛手由憶念此明一切真言聖天現其修行者前於一切真言教法悉皆成就由誦持此真言一切金剛族悉皆成就是故金剛手修佛頂真言者先常誦此明妃三徧或七徧或二十一徧金剛手此佛眼大明妃我今釋迦牟尼說爲利益諸有情故金剛手此陀羅尼暴惡瞋怒有情前應誦皆得歡喜難調暴惡鬼魅降伏皆歡喜於一切鬬諍言訟鬬戰皆得寂靜祕密主若修行佛頂真言者不得成就彼應以此大明妃真言相和誦之決定有大應驗速疾成就若未經一二三期限不得和誦乃至第四徧求悉地不得成就然後加此大明妃真言和誦當速疾現驗得成就初一二三四所不應加若加之則損持明者則用前印以二頭指各捻中指背是如來眉印一切如來說我今演說

設有訖哩二合底迦　及嚩薩蘇天　祕密大威德
及欲天子等　并及持犂天　如是諸天類
若見是印契　怖畏而馳走　何況地居者

真言曰

曩莫三滿多没馱南一引唵二引紇哩二合引三吽四引

即以前眉印開竪二大指如口形相去中指兩穬麥常結此口印置於自口上真言曰

曩莫三滿多没馱南一引枳哩枳哩二

此明大威德　速疾作諸業　若常加持口

修行成就人　彼人語無礙　盡於三界中
彼人常言音　顯現美妙音　不恚口疾病
無量俱胝劫　自在毗鈕天　不伏人教令
當於是人所　出言皆順伏　天龍鍵達王
及餘大威德　悉皆得調伏　何況諸凡愚
以右膝著地豎左膝左手引向後作搭勢以
右手當心爲拳豎頭指作期剋勢凌身向前
名爲無能勝大印
能摧一切魔　能除諸魔障　大力欲自在
世間魔軍主　波旬第二名　亦名欲自在
世天大威德　若欲作障難　無量俱胝魔
於彼而共住　當於尼連河　無量俱胝魔
現種種形狀　魔軍恐怖形　我證無上智
世間中最勝　梵魔及沙門　世中無所得
當於最朝時　得證無上句　爲壞彼魔故

持種種形者　當時我宣說　此明大威力
變現天女形　於大師前住　摧壞暴惡魔
持無量種形　此中說真言
曩莫三滿多没馱南一引唵二引戶嚕戶嚕三戰
拏里摩鐙倪供以切娑嚩二合訶四引
復次祕密主　無能勝大明　等正覺佛說
行者護身故　一切時應護　於大障礙處
鬼魅惡形怖　成就佛頂者　大力能加護
常加持巳身　常得大加護
先端身結跏作勇健坐以左手仰掌安齎下
結跏上舒右手豎掌向外以大指捻無名指
甲上頭指屈在中指背令不相著名如來鑠
訖底二合印
若結此印者　不奪其威力　今世及佗世
智者結此印　獲得如來力　若誦此真言

諸佛皆加持
真言曰
曩莫三滿多没䭾南引一唵引二尾惹曳麼訶鑠
訖底二合三訥䭾哩吽泮吒四尾惹以你泮吒
五莽誐黎泮娑嚩二合引訶引六
三時若憶持　修持輪王頂　速疾得悉地
三界中無礙
准如前印右手覆在左手上相去一𪍿麥間
名如來齋印
此諸佛大力　若能常憶念　共明而相應
腹中食不消　懶惰於禪定　若患於寒熱
小腹及兩脇　頭痛及諸疾　除多種逼惱
常獲身無疾
即說成就真言曰
曩莫三滿多没䭾南引一唵引二質置質置娑嚩
二合引訶引三
是諸如來齋　是則真言印　今現種種色
熈怡奇特事　示現諸神通　種種無有盡

菩提場所說一字頂輪王經卷第三

音釋

㗈作答切　犎方容切牛名　㧊蒲結切捩也　𪍿古猛切麥也

菩提場所說一字頂輪王經卷第四

唐特進試鴻臚卿三藏沙門大廣智不空奉　詔譯

密印品第八之餘

以右手握大指作拳加持五處名如來甲印

一切佛頂中　是印大威徳　若離於甲印
得者不堅固　如人而裸體　亦如舍無人
如國無帝王　如林無青草　如食無酥鹽
如池無有水　梵志無韋陀　如火祭無酥
如車無御者　如是修行者　若闕甲冑印
爲諸魔得便　悉皆不成就　謹慎結甲冑
諸魔不陵逼　速疾得悉地

眞言曰

曩莫三滿多沒馱南(一引)唵(二引)部(引)入嚩(二合)攞吽(三引)

修行者以此　常加持自身　譬如王在陣
被甲而驍勇　如是修行者　被甲猶如王
三時應護身　能成一切事

如前甲印舒中指則名如來頂髻大印能作一切事眞言曰

曩莫三滿多沒馱南(一引)阿俱嚕(二合)吒(半音上下皆同)二

准前頂髻印中指却合直豎頭指置於左右耳是如來耳印

若常加於耳　印眞言相應　彼人無耳病
乃至一百劫

眞言曰

曩莫三滿多沒馱南(一引)斛(引)迦(半音二)

若有修行者　具儀修輪王　彼人獲天耳
言音得最勝

以左手如前甲印豎臂向身是如來牙大印

安於自口傍牙處
佛牙大威德　印眞言相應　修行者成就
眞言曰
唵引一怛他蘖多能瑟吒𠼝三合二吽引泮娑嚩二合引訶引三
准前甲冑印虛中指屈臂垂拳向下名爲授記印
成辦一切事　由結此印故　所有過去佛
未來諸如來　皆悉與授記　是故修行者
常結如是印　獲得大威力　於彼佛菩提
常獲於授記　彼常修得者　當應不放逸
結此授記印
眞言曰
曩莫三滿多没馱南引一唵引二吽引三持鑁二合四
大威德成就　惡人不沮壞　具一切吉祥
戒軌則精進　具念大勤勇　一切所生處
堅禁具尸羅
准前甲冑印微縮頭指在掌竪臂向上是如來膊印有大威力眞言曰
曩莫三滿多没馱南引畔惹阿呬四二泮吒娑嚩合引訶引三
即前印安於二乳間名如來妳印眞言曰
曩莫三滿多没馱南引一蓬補籠切誐枳禮二合樸二
右手以大指押中無名小指甲上直竪頭指引臂高竪是如來幢印眞言曰
曩莫三滿多没馱南引一羯吒半音二
即以前幢印垂臂向下是如來卧印眞言曰
曩莫三滿多没馱南引一阿俱嚕二合吒半音二
准前印以臂横於胷是如來行印眞言曰

曩莫三滿多没馱南一引吽二引誐蔓上聲唵三引
以此印安於頭中是如來頭鉤印眞言曰
唵一引母囉馱二合曩你娑嚩二合引訶二引
以右手大指捻無名小指甲上直竪中指頭
指是如來脅印眞言曰
曩莫三滿多没馱南一引唵二引吽引劫三
以右手大指押頭指小指甲上中指無名指
直竪是如來眼印眞言曰
曩莫三滿多没馱南一引唵二引鉢囉二合悉地羯
嚟娑嚩二合引訶三引
即前眼印微屈中指無名指是如來光網印
眞言曰
曩莫三滿多没馱南二引唵二引入嚩二合里尼娑
嚩二合引訶三引
以右手大指押頭指甲餘三指竪微屈是如
來光焰印眞言曰
曩莫三滿多没馱南一引唵二引吽引吽三引麽麽
泮吒娑嚩二合引訶四引
准前光焰印申中指令微屈小指無名准前
是如來脣印眞言曰
曩莫三滿多没馱南一引阿阿二嚩嚩三撼四
以右手大拇指屈入掌中餘四指並展仰掌
向前名爲如來舌相印眞言曰
曩莫三滿多没馱南一引唵二引曩囉尼畔惹三
吽引泮吒娑嚩二合引訶四引
以左右二手仰掌以右手押左手上安齋下
是如來三摩地印眞言曰
曩莫三滿多没馱南一引唵二引阿底舍也尾羯
囉二合彌娑嚩二合引訶三引
准前定印安於當心是一切如來過去未來

現在金剛焰心印真言曰

曩莫三滿多没馱南一引吽二引入嚩二合攞嚩日囉二合緊吒鄰三二合祖四

金剛手此名金剛焰一切如來三摩地明王無能違越一切天龍藥叉乾闥婆得地位菩薩亦無能違越何況餘有情大威德者

以左手展覆於齋下展一右手仰押左手背名如來馬陰藏密印真言曰

曩莫三滿多没馱南一引唵努吒努吒二婆普二合吒婆普二合吒三尾捺囉二合跛你四鉢囉二合末娜你五親娜你六頻娜你七吽引泮吒婆嚩二合引訶引八

以右手作拳令甲不現唯出中指甲令現名如來坐處印真言曰

曩莫三滿多没馱南一引繖迦嚟二曩迦嚟三𡅏馱枳怛嚧二合四娜囉麼尼覩尼婆嚩二合訶引五

准此前印露出頭指甲藏中指甲是名如來陛印真言曰

曩莫三滿多没馱南一引唵二引都佗左婆嚩二合引訶引三

准此前印藏頭指甲露出無名指甲是名佛慈三摩地印

能生大慈心　住慈定行者　護持彼人故

是故如來説　此大真言王　愍念諸有情

師子賊怖等　鬪諍逼迫中　鬪戰於大怖

應誦佛慈明

真言曰

曩莫三滿多没馱南摩訶每底哩耶三尾賀哩南一引没馱每底嚧引二合曩麼寫銘二三毋

怛波二合寧婆耶娑雞三迦攞奚尾孽囉二合奚制嚩四捨咄嚕二合難者波囉惹曳五也耶摩囉末藍二合婆孽喃六娑賽你也二合麽囉嚩賀喃七多娜含枳囉帶多二合以使也二合銘八尾淰薩嚩囉佗二合娑地劔九也娜麽二合末藍二合薩嚩没馱喃十囉曷二合單引者比也娜麽末藍二合十一薩達麽寫者諦逝曩十二薩鍛那勢銘播引波劔十三怛你也二合佗引十四俱蒸擬你十五俱蒸擬你十六盎俱哩十七莽俱哩十八摩唎制波囉曩十九捨嚩里二十囉乞灑二合囉乞灑二合給二十一俱摩哩二十二室哩二合摩哩寧二十三娑嚩二合引訶引二十四

此是佛慈印　是諸佛自體　若能常憶念
行者作善業　一切難調者　欲害作障難
疾起於慈心　由此明威力

即用前印隱頭中無名三指甲露出小指甲是如來無垢印眞言曰

曩莫三滿多没馱南引一吽引二毋引囉馱寧戸三魯四吽引泮吒娑嚩二合引訶引五

行者喫食時　以此明加持　先誦然後食
身淨火力盛　諸罪悉皆淨　獲得而無疑
於食時所有　所起諸障難　悉皆而遣除

以佛無垢印

准此前印隱其小指甲露出大指甲名爲如來甘露印由結此印故能獲明解脫

如來甘露眞言曰

曩莫三滿多没馱南引一唵引二印擬寧部多寧娑嚩二合引訶引三

以二手各以大拇指入掌緊握作拳以二拳相合名如來師子吼印

種種奇特事　意求而皆作　由持頂輪王
能成辦一切
眞言曰
曩莫三滿多沒馱南引一唵引二劫比羅惹置羅三吽引四泮吒娑嚩引二合訶引五
以二手虛心合掌十指右押左互相交名爲吉祥印名娑嚩二合娑底二合迦如來吉祥印能成大人相眞言曰
曩莫三滿多沒馱南引一慈稍上聲重呼二
即以此前印　悉開於十指　小指大指合
餘指皆微屈　是印如蓮華　名爲蓮華印
如來吉慶印　獲福德義利　獲王福及餘
地居有情福　成得大吉祥　行者不應疑
眞言曰
曩莫三滿多沒馱南引一唵引二蘇末嚕二合撼彌二合三攞乞瑟銘三合娑嚩引二合訶引四
成就福不虛　獲大王福德
准前印如未敷蓮華應結於當心名般若波羅蜜印
此明大威德　是一切佛母　常說諸佛道
過現及未來　一切諸佛母　是印大威力
眞言曰
曩莫三滿多沒馱南引一唵引二輸嚕底三娑蜜哩二合底四尾惹曳五娑嚩引二合訶引六
金剛手此般若波羅蜜明過去未來現在一切佛菩薩辟支聲聞一切悉皆修般若波羅蜜得成佛世尊皆從般若波羅蜜生皆修習般若波羅蜜悉皆證得大菩提
准此前印雙屈大指入掌是如來大悲印眞言曰

曩莫三滿多沒馱南一引唵二引怛𡀩合二儗寧娑𡃤引二合訶三引

即以前印各屈大指入掌各令拄著小指根下是名如來膝印真言曰

曩莫三滿多沒馱南一引唵二引娜部引二合儗寧鉢囉合二捻跛路合二娑嚩引二合訶三引

准前膝印以二大指各拄無名指根是名如來踝印真言曰

曩莫三滿多沒馱南一引阿二怛黎合二怛嚟合二三嗢怛嚟四二合嚩日囉合二母乞史合二尼娑嚩引二合訶五引

准前踝印以二大指拄中指根下名如來足印真言曰

曩莫三滿多沒馱南一引唵二引嚩日囉合二商俱攞部史帝三娜囉入嚩合二攞吽引娑嚩引二合訶四引

爾時世尊告金剛手祕密主言金剛手此等大印一切如來從身分流出大丈夫相莊嚴善男子是印等一切如來所說一一印百千俱胝印以爲眷屬皆從如來支分生於後末法劣慧小有情不能盡知其福利說伽佗曰

若成此明王　爲彼利益故　我今而略說
汝當應受持　令得廣流布　是印名大印
有大威神力　令末法有情　修持善品故
若善男女等　常能結此印　加持於自身
成就大真言　輪王佛頂等　彼獲無量福
而得百千種　一切罪皆滅　一切佛菩薩
憐愍皆愛念　常得宿命智　諸根皆圓具
心亦不誤失　一切諸佛等　悉皆而攝受
壽命得長遠　遠離諸疾病　令作衆生明

拔濟諸惡趣　聰慧具精進　威德常勤勇
當生於勝族　具諸巧伎藝　能療諸疾病
我今而略說　一切佛加持　即成大丈夫
若常持大印　常當於自身　稱名而受持
遠離諸障難　諸罪皆消滅　諸佛頂皆成
證得如來身
金剛手此一切如來族眞實大印結印相法
利益佛頂部有情我今釋迦牟尼宣說

諸成就法品第九

爾時釋迦牟尼佛觀察大衆爲未來世有情
告金剛手祕密主言祕密主當來後世懶惰
懈怠不精進於善法無餘暇有情貪愛染著
不能於廣大願而求成就愍念利益彼有情
故或婆羅門生於勝族或刹利族姓者有清
信及發菩提心者愛樂修眞言行者利益如
是等有情我爲略說眞言明王佛頂轉輪王
功德能摧一切天龍藥叉阿蘇羅調伏有情
亦能令死令枯令驅擯令憎惡令禁止令壞
令摧一切佛菩薩之所稱讚大威德神力令
作無比等三摩地修行令超越一切魔道示
現天中天佛色形像於無量劫不能說此大
教王無量百俱胝劫不能盡其功德邊際我
今少分而說金剛手聽善聽極善聽極善作
意爾時如來說伽佗曰
我說異方便　一切佛所說　利益諸有情
於百多無量　是諸如來所　亦作如是說
若有人纔誦此眞言王離一切怖畏若能常
持誦一切諸魔悉皆遠離一切罪一切惡作
皆得消滅如上所說畫像隨於一像前三時
澡浴三時換衣三時以儀軌相應誦二十五

洛叉徧徧數終後從白月一日起首日誦一千八徧乃至月圓滿取蘇摩那華結以爲帳以檀香塗三肘曼荼羅以種種塗香華燒香飲食用酥以爲燈然一千八盞當毗舍佉白分月圓滿日結金剛跏念誦乃至現四種相所謂雲雷聲道場中旛華動佛像出光明佛像動揺見如是相於中所成就物則得成就若誦俱胝徧則成先行誦二俱胝徧成大先行誦三俱胝徧能成辦一切事誦四俱胝徧一切龍藥叉乾闥婆阿蘇羅蘗路茶緊那羅摩呼羅伽等皆得攝伏成大悉地於恒河側或於海岸作如來一磔量窣堵波於一一窣堵波前以香華而供養誦七俱胝徧則末後塔放光放光已其光入行者身隱没即於剎那頃於一切世界無有一有情藥叉等與彼等者　帝釋尚速來　梵天與眷屬　及樂變化天及餘化自在　淨居究竟天　并大威德者剎那而集來　於彼成就人　所有諸天龍化彼令調伏　彼天剎那頃　悉雨種種華乃至無間獄　悉皆得清涼

爾時修行者剎那頃如來制底放光後自身成大威德成大神通於天中威德光明如融金色顔貌二八童子相一切如來之所攝受得大智慧隨意身通如意迅疾如風身光映奪諸餘天衆若有見彼成就者或成就者見彼人悉皆共彼騰空作大持明仙王以無量百千持明爲眷屬遊歷無量世界以身光照曜一切成就者纔思惟一切悉皆成辦所至帝釋處帝釋分與半座無有與彼等顔貌勇

健智慧威德無有等同者以此因緣獲得菩薩善巧方便調伏有情獲得善巧住於無量大劫見無量佛出現於世

於中佛是言　彼大不思議　人天皆供養
獲得身精進　智慧亦復然　神通救有情
等同佛輪王　修持勝眞言　諸貪悉除滅
獲得人中尊

祕密主此修行方便有如來名寶火曾爲人身時及寶幢如來光明自在王如來如是等無量如來皆得成就觀自在菩薩不動步超越菩薩曼殊室利菩薩如是等無量大菩薩爲人身時獲得成就求大菩提者祕密主如汝爲人身時曾修此佛眼大明以難行苦行以大精進獲得成就愍念世間故金剛幢如來出興於世正法末時大怖畏時如是此眞言王於無上菩提堅固決定者得成就我今又說餘成就事業隨取一像前誦十洛叉徧念誦終時於滿月一日一夜不食以白芥子置於水中誦一千八徧散灑十方則成結曼荼羅界於像前種種食飮廣大供養於荷葉上置牛黃或雄黃結跏趺坐護身加持藥念誦乃至三相成就若暖相現一切衆生皆得調伏歸敬煙相現安怛但那成就若光相現取身上塗身如初日暉年二八相髮拳旋如蠡紺青色無量持明仙圍遶即成大持明仙住壽一大劫神通月白分三時澡洗三時換衣依儀軌三時發露懺悔隨喜勸請發願迴向時別誦一千八徧乃至月圓滿夜一日一夜不食別取苾芻毗柰耶所說應量修造鉢袈裟錫杖隨取一事一千三波多護摩於像

前廣大種種供養取所成就物置於壇中護其物念誦乃至出光若是袈裟及僧伽梨衣即披鉢及錫杖即手持便即飛騰虛空成持明仙遊往餘佛刹土能作大變化住壽一大劫又以如來磔量造窣堵波十萬取一劒無瑕翳者隨取一像前於神通月白分於八日或十四日作三波多護摩加持劒於像前廣大供養坐於茆薦其劒以右手而持念誦乃至空中出聲作是言成就矣然後其像放光其光照曜行者然後鼓明即阿蘇羅女來圍遶修行者以爲眷屬即飛騰虛空成大持明王仙能現種種形狀往來自在能觀餘世界無礙住壽大劫又於高山頂上安佛像喫根莖果誦二十一萬徧然後以補沙鐵爲輪或鉢置娑應使諸根圓具匠造造已則往於阿蘇羅宮於宮門安置佛像并助伴對像前之時燒佉陀羅木以然火坐茆薦上以右手持輪芥子油和木槵葉護摩十萬徧一切阿蘇羅關鍵破壞又誦十萬徧護摩即阿蘇羅宮中火然熾盛第三誦十萬一切阿蘇羅女出窟外祈求修行者勤勇丈夫使我等何爲入此宮中受用微妙欲樂并諸助伴同入餘不入三昧耶壇者莫令入忽然輒入彼此損害而死是故彼人不知三昧耶入於宮中求成就劒成就輪或餘成就物彼得是物爲大阿蘇羅持明仙王所有阿蘇羅宮中成就物爲主其持明仙無量阿蘇羅女以爲眷屬遊歷此世界成大阿蘇羅身管屬一切阿蘇羅得大阿蘇羅王禮敬彼能化大阿蘇羅種種身住壽一大劫所隨入者皆壽一劫其成就人

纔憶念誦輪王眞言其那羅延輪破壞欲得其輪如故隨意得成於迦葉波佛等學教法時名持輪明王得輪成就持輪而出以此因緣名持輪明王今現在於世間深生淨信爲佛優婆塞迦爾時世尊説伽佗曰

又説餘成就　先佛之所説　我於往昔時
曾作於商估　懃苦大精進　作微妙成就
我今而宣説　我名爲護摩　成就中爲王
我昔本生時　爲諸苾芻説　愍念有情故

又如前軌儀於大河岸側或於大海邊作一千八窣堵波如來一磔量大對此塔前於一一塔前以香華供養誦眞言十萬三千徧

當作塔之時　吉相而得現　補沙鐵作輪
令端嚴匠造　緣利無瑕穢　六輻短搩量
置於五淨中　三波多護摩　神通月白分
善伴戒行者　應修如劒法　乃至出光焰
吉祥持明者　即成諸嚴具　大身遊自在
威德具神足　善伴大丈夫　遊歷諸世界
大力住一劫　作衆生導師

又説大成就法應作先行法於大河側或海岸置佛像對前誦俱胝徧然後作十萬六千窣堵波則入成就復説伽佗曰

不擇日及宿　亦不限齋戒　取不壞攝嚩
成就迷怛囉　淨洗而嚴飾　華冠及衣服
依儀求悉地　彼攝嚩即起　無怖依儀軌
善伴極作意　應問善不善　長年伏水銀
貴位隱形法　一切諸方便　所問皆指示
念誦極功夫　輪王大力明　則爲奉教使
能與諸悉地　奉教既成已　獲得諸悉地
常在於左右　大力而遊行　或於彼口中

當置細鐵末　則便吐其舌　漸長如青蓮
以利刀而割　修行者慇懃　則成劔持明
身色初日暉　則往須彌峯　并伴大力者
天衆悉皆怖　驚懼心忙然　圍遶作眷屬
帝釋與半座　如大威德耳　六十千俱胝
而爲作眷屬　於彼衆爲主　彼皆大驍勇
大威大熾盛　大眷屬奇特　如是等之類
威德諸天子　行處常圍遶　威力如大王
則往於千刹　以大神通力　則動千彌盧
及動俱胝山　并千贍部洲　及動百天宮
一切令動摇　以光悉照曜　於諸地獄中
以大神通力　施與諸飲食　獲得微妙智
威德如天王　嚴身具吉祥　天女皆圍遶
微妙身大威　身色如青蓮　刹那悉遊歷
無量諸世界　當住一千劫　常供養諸佛
劫火不能燒　并諸大眷屬　則往餘世界
如是等種種　以功德莊嚴　彼則成菩薩
救濟諸有情　又持誦之人　倍加而念誦
應作窣堵波　十萬有六千　住如來肘量
於攝縛口中　應置細寶粖　無間而念誦
當即於舌上　現眞多摩尼　熾盛大威德
慇懃作加護　則取奇特寶　由得此寶故
則成寶持明　自在爲大王　執劔持明仙
常衞護彼人　又於口中置　乳糜應和酥
欲起而吐出　行者不雜亂　受取置瓦器
或銀熟銅器　共伴而加護　與伴而食之
則成大威德　住壽一大劫　則成持明仙
或手安於口　行者而念誦　從口出香象
行者應作拳　如前求成就　若得暖相現
以拳擬諸人　有情及無情　悉皆得愛敬

以拳不應疑　或應是口中　若得見於火
是彼修行者　名爲拳持明　次說大成就
則往蓮華池　應作先行法　佛像幢於壁
行者不亂心　爲大福故修　心懷常捨施
蓮華搵酪蜜　及與搵酥等　護摩五洛叉
是像眼手動　當知得成就　即作爲邑主
遠離一切事　護摩十萬徧　則爲大福人
護二十一萬　爲諸地囉惹　說正法度人
常樂而捨施　倍加而持誦　輪王大威德
成辦一切業　決定勿生疑　我今而略說
輪王成就法　古往已成就　一切諸佛子
聖曼殊室利　得大勢菩薩　虛空庫菩薩
我亦持此明　得離生死怖　得遇於善友
獲得諸成就　此中作是說　佛頂勝眞言
當來成就者　所有三界中　無有與彼等
過色相威力　如佛於世間　成就頂眞言
無有得過者　先說成就法　如來勝經中
所有諸印契　授與於世尊　爲成眞言王
是印無與等　大力大威德　所說成就法
希有大奇特　所有十自在　十力子所說
若與此相應　能壞於帝釋　何況餘有情
爲彼難調伏　而作種種法　如是等種類
如來況成就　以此教王儀　修習求悉地
不成者令成　何況求成就　以此教王中
攝入一切法　諸佛法眼中　說爲最殊勝

爾時世尊釋迦牟尼如來復觀一切大衆以伽陀句告金剛手言

先佛諸仙寶髻說　於是契經盡警覺
娜囉彌拏攝嚩羅　湅誐摩蹬伽之明
少分盡彼境界教　此非正教三昧耶

我爲染衣而宣說　於彼愚昧及多聞
慳悋瞋恚種種類　於諸真言諸教法
邪見不平諸有情　世間出世之人故
多分於此世間者　聰哲匱財之人類
末法作障求覺道　是故相應三昧耶
加行修習求成就　尚於夢中無塵染
先知真言三昧耶　曼荼羅法等差別
然後真言律儀中　身口意因而相應
設說祕密真言教　仍假瑜伽觀行成
應是佛頂常修習　真言教法成就中
真言諸鑛地中財　所有諸地之方所
諸餘所有占筭論　王法理論及書畫
醫方工巧如是等　一切皆是世尊說
調伏有情而示現　諸佛此中作是說
悉地三種而分別　本來清淨真言法

獲得儀軌與印契　誰於一切起憎嫉
真言句義悉皆無　憎嫉咸招諸障難
著於文字心猶豫　彼作真言多分別
著於真言緣枝葉　不應與彼惡律儀
於旃陀羅不應說　彼等之人不成就
授與惡人惡律儀　法則不成壞已身
是故於彼慎莫說　纏染貪慾必不成
彼常忽遽不得成　於事忽速無審慮
云何成就救有情　住阿蘭若及山藪
五塵交雜必不成　當住淨念心流散
彼等行者必不成　是故心應而制伏
三種謗毀如來說　求法佗世之有情
住法之人理相應　心作三種謗毀者
世間悉無作是說　自性而去亦不去
自性若成真言王　一切悉皆何不成

是故世間有二論　精進共同由福因
是故不應而誹謗　世間有無作是思
聖天種種設軌則　住世愍念有情故
無知性劣過所染　我說獲得下悉地
一切諸天應供養　不應致禮我先說
是故不應而毀謗　亦不應起於譏嫌
無量劫中不能說　真言最勝無比行
我說三部儀次第　所說教中多種類
應作次第而修行　真言教心輪王法

世成就品第十

爾時釋迦牟尼如來入一切真言教照曜入不思議佛境界力遊戲三摩地由入是三摩地恒河沙數佛世界諸佛菩薩亦入是三摩地爾時金剛手見釋迦牟尼如來應等正覺入是三摩地遶佛七帀於佛前持金剛杵不瞬目觀佛世尊爾時世尊從三摩地而起及彼一切佛亦從定出爾時釋迦牟尼佛從定起已告金剛手祕密主言汝祕密主汝聽此大教一切如來之所宣說五佛頂王普通而說能作大奇特微妙略說不廣并真言若有成就修行者彼人次第如教而得成就世尊作是說金剛手先應一切佛頂王普通真言句殊勝三摩地說真言身我說奉請真言曰

曩謨薄誐嚩覩瑟尼(二合)沙也(一)翳醯呬(四)薄誐挽(二)達磨羅惹(三)鉢囉(二合)底掣麼麽囉伽(二合)(四)嚩馱(五)補澀波(二合)(六)度波(七)末鱗左[夂合]者毗(八)囉乞灑(二合引)(九)鉢囉(二合)底賀多(十)麼囉波羅(二合)訖囉(二合)麼也(十一)娑嚩(二合引)訶(引十二)

此是普通迎請真言於閼伽中應置白華而迎請次香等真言曰

曩謨薄誐嚩覩瑟尼二合沙也一伊鉿二巘淡三蒲溼甘補甘切二合四度甘准上五末臨六你半者七鉢囉二合底車八賀囉賀囉九薩嚩沒馱十地瑟恥二合諦十一達磨囉引惹十二鉢囉二合底賀多也十三娑嚩二合引訶引十四

迎請火天真言曰

曩謨婆誐嚩引覩瑟尼二合沙也一翳醯呬帝儒摩里寧引銀曩二合曳娑嚩二合引訶引二

若發遣火天加也呬四也呬四句

辦事真言曰

曩謨薄誐嚩覩瑟尼二合沙也一唵吒嚕二合滿馱二娑嚩二合引訶引三

此真言作一切事業時應用護身是大真言

作大義利亦名一切佛頂心真言

摧壞真言曰

曩謨薄誐嚩覩瑟尼二合沙也一唵引二微枳囉拏二合度曩度曩度引三入聲

此名摧壞大明王佛頂真言為除一切毗那也迦若被侵惱時以此真言加持水灌頂亦用護身結方隅界一切事業處應用

摧毀佛頂真言曰

曩謨薄誐嚩覩瑟尼二合沙也一薩嚩尾延曩二合尾特網二合娑曩迦囉也二吒嚕二合吒也三娑嚩二合引訶引四

以此真言難調惡人能作治罰兼護助伴守方隅者以如是等大真言於輪王曼荼羅修真言行大威德者作一切事業修行者先應作是思惟我今淨此念誦室白芥子和護摩灰以摧碎佛頂加持一百八徧或以辦事佛頂應加持念誦室散灰及芥子即成淨室即

以此眞言於淨缾中盛水加持一百八徧散灑四方或以自眞言心或以隨心加持即成攝受處所以摧壞佛頂眞言加持四枚佉陀羅木橛一百八徧於淨室中四方釘之即成結曼荼羅界

無能勝佛頂眞言

曩謨薄誐嚩覩瑟尼(二合)沙也(一引)薩嚩怛囉(二合)波囉(引)爾多也(二)唵(引三)奢麼也奢麼也(四)扇(引)諦(五)難(引)諦(六)達麼囉惹娑史諦(七)摩訶尾你也(二合八)薩嚩囉佗(二合)娑馱寧娑嚩(二合引)訶(引九)

以賢缾盛香水加持一百八徧持誦者用自灌頂離一切毗那也迦障

此是無能勝　佛頂大眞言　能息諸障礙
常作於息災　能除諸惡夢

我今說一切頂王普通功能修行法少分而說若纔憶念成自身護持誦三徧結頂髻以灰或白芥子加持七徧置於頭上成大加護加持縷二十一徧結二十一結繫於臂上一切災禍寒熱病等悉皆消滅若住奢麼奢那誦一百八徧於一切怖畏處得加護隨意應作貿易摩訶莽娑又以酥護摩一切處一切災悉得消滅取伏藏時以酥護摩一百八徧離一切障難能護時伴或取白芥子護摩一百八徧一切諸障悉皆息除定知有伏藏處以乳護摩一百八徧恣意取用無有障難又於阿蘇羅窟門誦三十萬徧一切關鍵悉皆破壞或芥子和嚕地囉鹽粖誦一千八徧護摩二十一日日三時窟中一切宮殿悉熾然火燒阿蘇羅女被燒出窟門請行者入窟授

與囉安藥長年藥諸成就等物或結輪王佛頂印擲於彼前即彼倒地又喫麨麥飲乳誦三十萬徧得長年藥又月蝕時勿觀月加持乳一百八徧成大長年藥又於山頂乞食誦三十萬徧徧數滿已三日三夜不食燒油麻酪酥蜜相和然阿濕嚩(二合)佗木以爲護摩從晨朝起首乃至盡夜作護摩則得囉惹又於山頂作縁生法身塔或作舍利塔於舍利塔前取百千蓮華每一華誦一徧一獻塔則得摩訶滿拏里主若不成就得大邑主或鄉黨主

又法取蓮華塗白檀香入大河水至齊每誦一徧加持蓮華獻獻已擲於水中乃至百千數獲得大伏藏若捨施無有盡竭又欲得敬愛成就者白芥子和油麻油三時護摩滿一七日則得囉惹及次小王皆得敬愛又欲令婆羅敬愛取白華護摩赤華刹利黄華毗舍黒華輸陀羅以鹽寡婦人以麼沙(小豆)婆羅門或油麻一切童女取羯囉尾羅未敷華七日日三時護摩一切人得敬愛又糠和尾沙和苦練葉作護摩成驅逐設咄嚕又以芥子護摩摧設咄嚕又以屍林灰護摩令殞又以芥子油護摩一切部多鬼敬愛又以鬱金護摩一切必舍支敬愛

又結印誦眞言加泮字能除鬼魅又以覩羅斯葉燒鬼魅現下語又眞言中加弱字令中毒者迷悶却得穌又眞言句中加匿(你翼切)字毒不行又眞言句中加莫字制毒蛇又屍麼舍那炭畫作圓壇召毒蛇及鬼魅來能禁止又眞言句中加摩摩能禁口又眞言句中加

息字禁惡星又真言句中加吒字摧利牙者加速字令損支分加底瑟姹二合底瑟姹二合縛鬼魅加羯吒羯吒即被縛加咯乞沙二合咯乞沙二合即令護持加滿馱滿馱或加論馱論禁喉又日蝕時或月蝕時孔雀尾對於像前供養誦真言加持孔雀尾念誦乃至日月復此孔雀尾以手把揮曜能現種種幻化被毒中者令蘇能成辦種種事業又鹽和油麻護摩令設咄嚕患鬼魅及瘧又以瞿摩夷捏彼人形以刀斷其支彼即隨所斷處便損又燒一切種柴一切華一切果一切種樹膠令所求種種財寶皆得又燒油麻護摩所求財寶皆得又燒屈屢草護摩令得增壽又護摩粳米則得兒又燒蜜一切人皆得敬愛又護摩酥得威德又護摩乳得息災又護摩酪得增益

又七日三時和酥護摩一切物獲大悉地我說大成就法如前先行法於山頂有舍利塔前誦三十萬遍然後對像前以稻穀華和酪酥蜜護摩一千遍則成先行法此先行法通一切求成就用又入於大林不食誦百千徧徧數滿已則結其頭髻即隱形解其髻即現又上於山頂面向日常食乳麨麥誦十萬徧滿已則得隱形

又法以左手作拳誦十萬徧末後則得安怛但那又當月蝕時取劫波羅以摩努沙髮作縈搵摩努沙脂燒以薰劫波羅中刮取黑粖加持一百八徧取點眼得安怛但那又取摩努沙心和牛黃作丸以三金裹或黑月分或白分加持念誦藥有聲置於口中安怛但那又取牛黃加持塗身得時門成就亦得最上

成就又日月蝕時取黃牛酥置於熟銅器中以熟銅筯攪念誦取三相現若沸服得聞持不忘煙得安怛但那焰飛騰虛空如是雄黃黃丹成就餘物等皆現三種相成就又蘇路丹惹那一千三波多護摩或於黑白分求成就若煙安怛但那又劒輪像仗黑鹿皮一切成就物皆三波多護摩依教畫像前或無像或有舍利塔前離無益談話處於河山寂靜處應修三種成就於一切成就中得為最勝成就又取不壞攝嚩先與澡浴嚴飾以佉羅檞釘繫於白黑二月隨取一分應用黑月吉日并有助伴善作護身坐彼胷上迷怛羅口中寫乳糜不間斷念誦即其迷怛羅欲起即吐以熟銅器承取便食自身得成就又取金粖置迷怛羅口中即吐出嚴具即得持明仙若以鐵粖置彼口中即吐出劒若置白芥子彼口中吐出嚴具若置油麻彼口中即吐出本真言教經夾皆得持明成就飛騰虛空又以手按彼迷怛羅口念誦加持乃至三相現動即語意所求事皆說授與長年藥若起即成使者其持明者欲所去處乘彼肩上隨意而往得持明仙爾時世尊復告金剛手菩薩祕密主言

祕密主汝聽　不廣而略說　普通修一切
佛頂等成就　資少獲大利　諸佛之所說
此中作是言　鵁你迦囉華　及取蓮華蘂
蘇嚕丹惹那　三金而裹之　應作此丸藥
當於日月蝕　得三種成就　煖煙焰次第
煖必獲敬愛　煙當而隱形　焰相成騰空
吉祥大持明　如雷震作聲　旛華而動搖

應知成就相　及佛像動摇　若見不吉祥
不應求成就　獻塗香華等　數數應當作
息災護摩法　乃至於七返　然後作勝法
應作窣堵波　福加求成就　蜥蜴及鳥鳴
應觀成不成　然後求成就　念誦以爲先
并歸命獲果　作福爲有情　真言必成就
爲少福愚夫　多分爲是人　爲此增加福
成佛悲爲本　利益諸世間　故說真言教
天王帝釋等　及餘大威德　纔誦於彼勝
及居在王宮　由信獲應驗　成就者當獲
端嚴而常作　清淨修行者　不應強多事
由此心雜亂　如世間之人　劣慧無方便
於諸合練道　闕緣不和合　諸藥及水銀
由倒壞不成　三種微細故　施功不獲益
若取於伏藏　必有王怖畏　占相必生疑
微細生猶豫　醫術果增長　攝受長年藥
由持真言故　悉皆而獲得　長年等果報
如是諸技術　過患有無量　以此無所獲
不獲最勝福　彼亦不獲福　由此心住著
真言以爲首　必獲大福德　菩提最勝果
聞思及修行　獲得最勝果　是處諸賢聖
恒常而徃來　是故與瑜伽　成就本所尊
仍於最勝集　我已曾廣說　見今所說者
亦廣亦復略

菩提場所說一字頂輪王經卷第四

音釋

鍐亡敢切　縊壹計切　盎於黨切　蠡盧戈切蚌屬　鑛古猛切
藪蘇后切　貿莫候切市易也　蜥蜴蜥先的切蜴夷益切蜥蜴守宫也

菩提場所説一字頂輪王經卷第五

唐特進試鴻臚卿三藏沙門大廣智不空奉 詔譯

無能勝加持品第十一

爾時世尊觀金剛手祕密主復以伽他而告之曰

當於未來世　有情劣精進　我慢瞋恚癡
無慚矯慳悋　不能依儀軌　修習真言行
是持誦之人　護摩所加持　諸魔悉惑亂
悉無是思惟　以明護成就　虛受諸勤勞
常作是思惟　愚夫常是説　爲息彼障故
亦除諸魔羅　今説此大明　先佛之所説
利益諸有情　是無能勝明　若人常憶念
隨時住等引　彼諸魔障者　悉皆得除滅
即説真言句　爾時金剛手　祕密藥叉王
心生大歡喜　頂禮於世尊　大覺智莊嚴
此大無能勝　是明我願聽

爾時世尊即説大無能勝陀羅尼曰

曩謨囉怛曩二合怛囉二合夜引也一曩莫薩嚩没馱冐地薩怛吠二合毗藥二合二怛你也二合他去聲引三爾寧爾寧四爾曩嚩嚟五怛他去聲蘖多娑賀惹低六薩嚩没馱頞囇尾諦七阿目岐岐曳切八阿鉢囉二合底丁以切賀低九阿波囉尔諦十尾囉而尾誐多娑去聲曳十一尾摩黎十二你捺囉二合娑囉二合吠娑嚩底曳二合十三迦彌嚟娜以諦十四奴囉地誐謎薩丁也二合頞囉俱黎十五摩囉嚩攞尾那設寧十六舍枳也二合毋寧悉諦二合惹娑嚩隸曩十七尾哩曳二合拏咯乞灑二合咯乞灑二合麼麼十八薩跛哩嚩覽去聲十九薩嚩多入聲薩嚩迦覽二十囉惹主嚕娜迦虞哩也二合設寧二十一尾窟僧賀弭也二合仡囉二合娑哩薩哩二合跛

二十二 祢嚩彦達縛曩誐藥乞灑二合 囉刹娑弭
底哩二合二十三 比舍左步多阿鉢娑麼二合 囉二合二十
四 布單囊二十五 羯吒布單曩二十六 迦區去聲 嘌
那二合二十七 塢娑多二合 囉迦二十八 謎怛羅訖哩
二合 丁也二合二十九 羯麼拏滿怛囉二合三十 叀誐袒
嘌拏二合三十一 叀誐拏枳你叀二合三十二 烏袒賀
囉三十三 薩嚩婆也訥瑟跓二合三十四 鉢捺囉二合
冐鉢薩俣波也細瓢三十五 曩謨窣覩二合 婆誐
嚩底三十六 烏捺囉鼻爾拏三十七 你哩你哩三十
八 囉怛那二合 俱攞娑摩失哩二合 諦三十九 弭里
弭里四十 阿迦捨馱覩虞左𠻝四十一 企里企里
四十二 薩嚩怛他蘖多哩也二合 室囉二合 迦楞迦
囉步諦四十三 泥尾捻奴協切 尾也二合 哩也二合 沒
囉二合 憾麼二合四十四 怛他蘖多努蘖諦四十五 尾
濕嚩二合 進底也二合四十六 嚩囉波羅訖囉二合 謎

四十七 曩謨婆誐嚩底波囉爾諦四十八 咯乞灑
二合 咯乞灑二合 麼麼四十九 薩嚩訥瑟跓二合 鉢捺
囉二合 吠無計切 波也細毗藥二合五十 娑嚩二合引 訶
引五十一

說是陀羅尼　世間悉皆聞　是大無能勝
能壞一切魔　能增勤勇力　則住三昧形
名爲無能勝　說彼大心明　大力極勇猛
不易於前明　是心世尊說

真言曰

曩莫颰跢喃三藐三沒馱俱致喃一引 薩失囉
二合 嚩迦僧伽喃二引 薩嚩謎囉婆也底哆喃三引
尾波尸曩薩諦二合 惹娑皤左始企曩四 薩怛
二合 他尾濕嚩二合 步入五 鉢囉二合 枳孃二合 也制鑁
訖攞二合 俱孫那六 嚩隸曩左羯諾迦牟尼七
始乞灑二合 也迦捨跛寫八 俣囉比舍枳也二合

僧賀寫九弭里曳二合弩塞嚩二合娑底二合婆嚩
覩十摩摩薩嚩薩怛嚩二合難者十一薩嚩婆虞
鉢捺囉二合吠同上毗藥二十二怛你也二合他引十三
惹曳十四尾惹曳十五惹演底底十六尾惹演底十七
阿尔單惹曳十八惹演底十九阿尔諦二十阿鉢囉
二合爾諦二十一摩囉枳孃二合鉢囉二合末娜寧曳
娑嚩引二合訶引二十二

說此心真言應等正覺說

七佛之世尊　顯揚諸功德　即說是大明
利益修行者　普徧諸世界　六種而震動
一切魔宮殿　悉皆大震動

金剛手此真言句一切諸佛所說利益眾生故祕密主或持誦輪王真言者或持餘真言者以此真言加持結縷或結袈裟角或結頂髮或樺皮上書帶頸臂彼人速疾易得成就本尊速現其前念誦時若能憶持金剛手我不見天世魔世沙門婆羅門眾中若此真言加護若穢者若淨者前若人若非人或魔子或必舍遮或毗那也迦或藥叉或鳩槃荼或羅刹娑或餘類有情欲來障難作是思惟於阿吒迦嚩底王宮不得入若有違越此明清淨修行者彼悉皆違逆金剛種族及自種族并親族朋友不容住於彼金剛手此明真言有大威力於一切事業應作加護應供正遍知印可一切諸菩薩印可

證學法品第十二

爾時世尊知無盡法界已除遣一切諸障復告金剛手菩薩言金剛手若善男子善女人苾芻苾芻尼若欲修習佛頂不思議印三摩地彼苾芻住苾芻律儀慇懃而護持苾芻尼

住苾芻尼律儀鄔波塞迦住鄔婆塞迦律儀鄔波斯迦住鄔波斯迦律儀若是彼善男子修眞言行者彼先應入曼荼羅受三歸依發菩提心應成就十善業道如說修眞言行極善作意親近承事善友常修六念應觀法界如虛空自性應善修習入般若波羅蜜境界此於觀行不欺誑不放逸善應隨三世佛菩薩行行住於阿蘭若不顧戀一切身命三時善應受三歸菩提心律儀戒所聞甚深佛法憶持修行善修四攝於如來窣覩波前常塗曼荼羅於眞言儀軌常精勤作窣覩波身口專精修行不恐不躁不掉舉口不多語不雜亂語不欺誑他於諸有情常行恭敬愛樂心善知如來密意之說我略說修行者常懷勇猛大精進意安立一切有情於佛菩薩道若修佛頂王眞言行者若修餘眞言行者應如所說功德善應修行成就如方廣經典所說眞言行應當修習各住自律儀善應護持復告金剛手如說修佛頂眞言行者已得成就身如初出日輪眞金瓔珞臂釧作閻浮檀金色一切嚴具莊嚴其身著天妙衣具諸相好縱廣周停身相奇特百千光明莊嚴圓光一尋超過日輪映奪一切色身復次金剛手成就持明仙纔見令一切衆生喜悅猶如如意樹令滿一切所求復次金剛手成就輪王佛頂菩薩至於地獄雨種種天妙飲食亦能滿一切衆生所須有所希望者皆得滿足我略說彼有大威德金剛手成就輪王眞言者皆滿一切有情意樂由心起念則令滿足彼得輪王成就之人住十地菩薩不敢違越其教

令金剛手此一字輪王眞言一切眞言中爲王大明王主若修行滅除一切業障亦滅除一切惡趣之業得成此眞言一切神通悉皆現前纔瞬目頃往於色究竟天一切佛菩薩緣覺聲聞稱讚歎喜得一切菩薩行於餘世界自在遊行於一切有情隨其意趣種種音聲而爲說法乃至我略說於無量無邊世界有情希奇行色最勝廣大獲得成就爾時如來說伽陀曰

種種鬬戰空自在　如栽寶性而照曜
若青蓮華在池開　彼勝驍勇威光色
彼人悉皆超世間　毗鈕眞言不可及

爾時世尊復告金剛手祕密主復說伽陀曰

略說普通法　祕密地居人　明者先行後
指示相最勝　地方說三種　卑濕及乾燥
并以於高原　於明天所居　名曰爲勝地
中方說三種　求成就之地　皆通於三種
智者應觀察　淨不淨兩并　天妙復三種
於此一一中　各分爲三種　河池海山王
稱最勝成就　淨不淨德俱　名中成就處
若是屍林地　是名不淨處　此教一切處
成就處三種　惡王賊飢儉　是處不應居
行者有障難　彼地不應住　極寒熱雨處
於此教悉制　三時應念誦　長養意樂故
應攝三種時

護摩品第十三

復告金剛手　遠離於祕密　成就不可得
於此經教中　成就故說密　護摩爐差別
應祕密而作　息災等三種　一處不應作
若一處護摩　護摩爐必謬　若於調伏爐

不應作息災　如器中有毒　盛乳必當壞
審觀三種事　故說三種爐　餘教亦說三
爐作是分別　於此應用之　是故不相違
用屈屢草芽　許用於牛酥　優曇鉢天木
及以於乳木　并用鬱金香　三時作護摩
爲求息災故　獲得種種利　若被竊藥物
應用黑油麻　和蜜常用之　及波羅奢木
及與天木等　應用白芥子　護摩而稱讚
於諸三種法　而用酥護摩

爾時世尊釋迦牟尼復告金剛手祕密主言於此中修行教王爲有情利益故復說伽他曰

說是眞言明　種種大威德　修習佛頂王
種種眞言明　無量大奇特　并佛眼等明
成就諸義利　及與印契等　我先已宣說
普通眞言王　爲求成就者　獲得果報故
我今說印契　爲求悉地故　一類說多種
次第我今說　普通佛頂印

以二手內相叉作拳豎二中指相合屈上節

普通一切佛頂印能成就一切義利

由見此印契　如親覲諸佛　難調諸藥叉
龍阿蘇羅衆　一切諸羅刹　由此印威德
悉融而驚怖　此是大眞言　一切佛頂心

曩莫三滿多没馱南(引一)唵(引二)吒嚕(二合三)滿馱(四)娑嚩(二合引)訶(引五)

復說伽他曰

若得此印契　能獲諸安樂
國王等世間　於彼常利益　欲求法利益
決定而獲得　若得此印契　諸苦悉消滅

由此一切佛頂根本印作一切事業修行者護諸根者以此根本印用中指端來往即名

迎請印一切普通先所說以各自真言用結此根本印通一切處用塗香華燒香飲食燈明等以此印用之即用前印二中指峯如環狀是迎火天印真言如先已說若發遣火天時以印向外掣即成發遣火天印又即此印准前辦事佛頂印以右中指頭屈上節拄蹙左中指面上節是摧壞頂印

能作奇特事　能作一切事　護身結界處
應當而受用　又移左中指　屈上節蹙拄
右中指上節　是摧毀頂印

頂印真言如先已說

此名摧毀頂　能調難調者　在於大障難
以此應護身

准前普通印屈右中指第三節拄左中指第一節文

能淨處所故　用此摧毀頂　若求成就時
結此護處所　移左指如前　以此印護處
是諸佛頂心　應用摧毀頂　用以自灌頂
以此印常用　若人得此印　能淨念誦室
常於澡洗時　修行者應用　彼人無諸障
誦是真言故　次第而用之　本部三昧耶
常用如此印　修習真言者

彼人無諸魔於此佛頂教佛作如是說即前印二中指手背上相押如環

此無能勝頂　能滅一切罪　真言已先說
能除諸惡夢　能成吉祥事　應用此大印
當欲寢卧時　自身若常誦　能滅種種障
我今而略說　廣說有無量　於此我略說
爲修佛頂者　共佛眼真言　而誦求悉地
一切諸會中　我皆已先說

修諸真言説解脱　一切如來及菩薩
得諸安樂獲義利　增加精進及大力
有情利益勤修習　悉除一切諸疑惑
是故金剛祕密主　諦聽我爲汝宣説
我已略説義相應　此是祕密修明者
三昧護摩以天木　油麻及酥乳相和
以此歡喜真言王　當説成就真言主
成就念誦及護摩　三種相資而演説
於此一一修行中　念誦修行説三種
身口及意次第説　以此希望增益事
復説三種應當知　天上遊空及地居
爲彼求成有三種　爲修三種之種類
成就求欲及求財　并與求法而念誦
隨其悉地發勤勇　爲求一切成就故
善應依法作制底　正見大悲求成就
彼人成就亦不難　現世獲得勝安樂
他世必獲於解脱　古昔多人得成就
由修頂王大奇特　我曾修此佛頂王
爾時世尊釋迦牟尼如來以佛眼觀無量無邊世界復告金剛手言説伽他曰
諸教中已説　律儀與軌則　能作及所作
於此教法中　應當而修行　以彼聖甘露
軍荼利明王　通修於三部　我説儀軌法
常當而修行　由彼真言威　一切障悉除
明王經所説　忿怒王印契　彼中諸儀軌
悉皆此中用　不應食葱蒜　羅蔔及菌子
不以油塗身　亦不應食油　所有不淨物
餘教中所制　一切不應食　求悉地行者
常求淨身故　以無能勝明　應用於五淨
半月半月用　所餘諸教説　悉皆而修行

於此我略説　諸餘經教中　於此不廣説
一切諸如來　説眞言法性　諸佛及菩薩
曾修亦曽説　住彼眞言形　遊行於世間
廣作諸義利　爲彼劣慧者　盡説其威德
我今少分説　稱讃其功德　而於百劫中
不能説輪王　奇特之法性　此功德無盡
無盡無所得　若得此教王　彼人同如來
亦同於菩薩　天蘇囉禮敬　心得不退轉
常恒獲如是　先世所積集　菩提之資糧
皆由祕密主　大威神之力　常知彼有情
常得清淨身　若得此教王　悉皆得一切
證成兩足尊
佛説是經已金剛手祕密主諸大菩薩等并
芻及一切世間天龍藥叉乾闥婆等聞佛所
説歡喜奉行

菩提場所説一字頂輪王經卷第五

音釋

顊乃頂切　*******所責切　謎莫計切　䗖亭夜切　菌巨隕切地蕈也

菩提場莊嚴陀羅尼經
唐特進試鴻臚卿三藏沙門大廣智不空奉　詔譯

清刻龍藏佛說法變相圖

菩提場莊嚴陀羅尼經

唐特進試鴻臚卿三藏沙門大廣智不空奉　詔譯

如是我聞一時薄伽梵住筏羅痆斯大城廣博大園與苾芻衆五千人俱皆是大阿羅漢諸漏已盡所作已辦逮得已利斷諸有結復有菩薩摩訶薩五百人俱爾時世尊滿月十五日而坐說法其衆會有無量俱胝那庾多百千有情婆羅門刹利梵志尼乾子等及餘外道戲論幻術居屍林納衣持牛戒者居山谷持禁戒者復與大天衆皆於佛前衆會而坐時大衆會邪見異道心懷疑難如來愍念皆安慰之恣其所問復有天龍藥叉乾闥婆阿脩羅迦樓羅緊那羅摩睺羅伽人非人等前後圍遶而坐復有天帝釋與忉利天子天衆百千眷屬前後圍遶來至佛所復有梵王

與娑訶世界主梵衆天子百千眷屬皆來集會復有日月天子寶賢滿賢賢力天等與大藥叉將衆及大自在天那羅延天焰魔天水天俱尾羅天四大天王吉祥天女辯才天女訶利帝母商棄尼天女華齒天女訶利帝五百子等皆與眷屬衆會而坐復有娑伽羅龍王難陀龍王烏波難陀龍王與無量百千龍衆圍繞復有緊那羅王摩呼羅伽王與無量眷屬前後圍遶作大供養而住聽法其大衆會有大婆羅門名毗鈕達多住波吒離子城是婆羅門多諸財寶豐饒巨富與毗沙門天王等敵是婆羅門多聞聰哲智慧審慮諦修善品意樂淨信極善歸依三寶優婆塞中最爲第一其婆羅門爲無子息晝夜作是思惟若無子息當生何趣又斷我族婆羅門又作思惟大師佛世尊即是我父我是佛子眞正妙法是我之母僧伽聖衆是我兄弟今生有幸遇大吉祥及於來世我今問佛世尊修何法行我由修行一法攝一切善根迴向於無上正等菩提常恒三寶種永不斷絶由此福因緣得有子息我今欲問世尊修何法行爾時毗鈕達多大婆羅門往詣世尊遶佛三帀合掌禮佛而白佛言世尊能以一法積集一切善根所謂證得無上正等菩提即成共諸三寶善根無盡令我獲得子息世尊告言善哉善哉大婆羅門能問如是善義汝今當聽善聽極善聽極善作意吾今爲汝廣稱讚敷演大婆羅門有菩提場莊嚴陀羅尼大教王由此陀羅尼種植一切善根能滿一切意願我念過去世於波吒離子城東門外有一

大園其園名阿蘇離園中有羅刹女住名華阿蘇離其園羅刹女禀性暴惡威怒千由旬内所有男女童男童女奪其精氣波吒離子城中人民常被驚怖懷大憂懼互相瞻視咸言作何方便時衆多耆舊告諸人衆汝等諦聽我等聞佛出世其佛號曰妙光幢如來應供正遍知汝等應當往詣彼佛世尊所問佛世尊救濟汝等憂懼之難時諸人衆白耆舊言世尊今者在於何處耆舊答言世尊今在半遮羅聚落是諸人衆復白耆舊我等作何方便耆舊告言汝等還歸可於淨處以瞿摩夷和土塗作方壇四方齊整散諸雜華置四香爐四餅香水并四楪食然四盞燈又取一頻伽餅滿盛香水取一齒木安於餅上應當啓請彼如來言惟願世尊明日食時降臨於此如來悉知過去未來現在之事如來拔濟一切有情墮險趣者地獄餓鬼畜生常令解脱如來必當食時降赴以大神通并諸眷屬來至波吒離子城時諸人衆聞此語已衆人咸集高顯淨處以瞿摩夷和土塗壇以種種華散其壇上嚴飾賢餅置種種飲食塗香燒香然燈置於四方種種音樂金頻伽寶莊嚴餅滿盛香水齒木安於餅上置壇中心以和雅音高聲作是唱言稽首歸命妙光幢如來世尊應正等覺稽首歸命憐愍一切有情大牟尼世尊稽首歸命奇特法性佛世尊惟願拔濟我等受苦衆生惟願明日食時來受我供安慰我等一切有情爲歸爲依爲作善趣解脱我等極甚怖畏險惡難處時大人衆繞發此言於其處地六種震動頻伽寶餅傾倒

於地即成大蓮華池天妙八功德水充滿其中其水香淨不冷不熱令人悅意其池水中有種種華所謂青蓮華紅蓮華赤蓮華白蓮華滿於池内金砂布地四道寶堦以種種寶間錯莊嚴即其齒木變爲寶樹高六由旬縱廣正等有八由旬其樹根莖枝葉華果皆七寶所成復於是處其地寬廣嚴淨面各十二由旬成一大曼荼羅其處令人愛樂殊麗端嚴處處皆有種種水陸諸華於華樹上有種種鳥鸚鵡孔雀迦陵頻伽共命之鳥及餘吉祥諸鳥金觜金髻毛羽皆是七寶所成出和雅音其地種種華樹以爲莊嚴所謂多摩羅樹瞻蔔華樹波吒羅樹無憂樹阿低木多迦樹蘇摩那樹迦南摩樹抳羅樹大抳羅樹竭乳羅樹薔薇華樹上藍努迦樹庚體迦樹信努迦縛離樹等皆是妙光幢如來本願菩提場莊嚴陀羅尼神力加持故作大神變時波吒離子人衆心生奇特互相視言今所現者大神通相先應而現誰之威力誰之神通於此贍部洲現大利益現大功德當於世間現此瑞相與諸有情成大利益時彼人衆互相視言汝等各去營辦種種殊勝飲食明日請佛廣大供養時彼人衆各還本家其夜營辦種種飲食色香美味香華塗香末香幢旛音樂與多眷屬將至中路祇候世尊時妙光幢如來在半遮羅大聚落中與大衆會說法教化於大衆前忽現七寶所成頻伽水鉼并及齒木爾時世尊見已微笑即舒百千福莊嚴金色臂取頻伽鉼并及齒木寂然而住爾時大衆見此事已咸生奇特歎未曾有現此瑞

相未知何方迎請世尊爾時衆中有一菩薩摩訶薩名妙清淨慧往詣佛所頭面禮足右遶三帀而白佛言世尊此之瑞相從何而來現頻伽水餅并及齒木奉請世尊佛言此頻伽餅齒木從波吒離子大城而來告妙清淨慧菩薩言汝可行籌隨從我者以大神力明日晨朝當入波吒離子大城時妙清淨慧菩薩摩訶薩聞是語已尋即行籌告諸聲聞衆菩薩衆有大神通能作神境通者可受此籌明日晨朝入波吒離子城時妙清淨慧菩薩徧行籌已即請世尊爾時世尊於晨朝時齊整衣服以大威嚴以大眷屬以大神力遊戲加持與諸大衆即乘虛空天龍藥叉乾闥婆阿修羅迦樓羅緊那羅摩睺羅伽作大音樂以種種香華塗香末香衣服嚴具於虛空中供養如來以佛神通於須臾頃至波吒離子大城從空而下至寬廣嚴淨大曼茶羅處坐師子座彼大衆各各自乘華宮殿而來會坐時城中人衆以佛威神力各持種種供養世尊及彼大衆菩薩聲聞衆天龍八部衆聲聞衆世尊知食時將至皆令坐食種種色香美味飲食恣意食足爾時大衆食已洗漱整理衣服以大神通復以供養旋遶三帀各於佛前次第而坐即以上事白佛言世尊於此城東門外有園名阿蘇離於彼園中有羅刹女名華阿蘇離其性暴惡常奪男女童男童女精氣晝夜常懷害心惟願世尊開示方便除此災害爾時妙光幢如來安慰大衆寂默而住示現微笑從佛面門出種種光明以此光明照曜三千大千世界及照阿蘇離園羅刹

女并百千眷屬佛威神力令彼羅刹女并諸眷屬四方馳走其園被燒如一火聚悲聲號哭十方奔走我等歸誰誰當救我是時城中有諸天衆空中出聲告言汝等可往妙光幢如來所稽首歸依當令汝獲得安樂時彼華阿蘇離羅刹女百千眷屬忙然往詣佛所頭面禮足白佛言惟願世尊救我惟願薄伽梵救我惟願修伽陀救我世尊我從今已後更不敢害諸有情更不敢侵惱有情時妙光幢如來默然而許即入菩提場遊戲神通加持三摩地由入此三摩地故照曜十方一切佛刹彼刹中一切如來悉皆顯現并聞爲大衆說法音聲時妙光幢如來說菩提場莊嚴陀羅尼彼十方世界中如來皆讚言善哉善哉妙光幢如來善說菩提場莊嚴陀羅尼教王令調伏華阿蘇離羅刹女并及眷屬安立十善業道并諸人衆令得不退轉地置於善道即其城地七寶所成及雨七寶其贍部洲人民豐饒安樂大婆羅門我當彼之時爲婆羅門童子年始七歲聞此陀羅尼於佛教中得生淨信便證無上正等菩提大婆羅門或有猶豫生疑者往昔時華阿蘇離羅刹女豈異人乎即汝身是何以故汝爲阿蘇離羅刹女時損害衆生無有善心經無量劫墮於惡趣大婆羅門莫生疑惑當彼之時波吒離子城中人衆今此天龍藥叉乾闥婆阿脩羅迦樓羅緊那羅今來雲集者是大婆羅門或生猶豫或生疑惑當彼之時羅刹女百千眷屬者不應作如是見何以故是我集會中婆羅門剎利梵志尼乾子及餘外道戲論幻術者居

屍林納衣持牛戒者居山谷持禁戒者等是

爾時釋迦牟尼如來說往昔因緣已默然而住時一切大衆聞此往昔因緣皆生奇特持種種香華塗香末香華鬘衣服幢旛往詣世尊所而作供養右遶三帀頭面禮足而作是言惟願世尊說菩提場莊嚴陀羅尼教王惟願世尊說惟願修伽陀說此大明王令一切有情作大光明於後末世一切有情能滿諸願爾時世尊大衆請已默然而住受請微笑現微笑後從其面門出種種光照曜十方世界照曜已彼世界中一切諸佛悉皆顯現又聞彼諸如來說法語言於此地中即生七寶樹其樹根莖枝葉華果殊勝天妙悅意受用安樂現於贍部洲其樹現大遊戲神通加持

爾時文殊師利童真菩薩見此神通及見如來微笑往詣世尊頭面禮足遶佛三帀合掌向佛白佛言世尊惟願說菩提場莊嚴陀羅尼教王惟願善逝說之與一切有情作大利益長養一切種植善根者爾時釋迦牟尼如來受文殊師利童真菩薩請即入觀佛三摩地由纔入此三摩地於刹那頃見十方世界刹土一切諸佛如一箭道彼十方世界九十俱胝百千恒河沙數諸佛皆來集會同聲讚釋迦牟尼如來言善哉善哉釋迦牟尼如來善說此大陀羅尼教王過去一切如來已說悉皆加持隨喜惟願世尊廣為宣說菩提場莊嚴陀羅尼法要大教王儀軌爾時文殊師利童真菩薩以如來所生法界盛於鉢中二手捧鉢奉獻如來爾時釋迦牟尼如來舒金色臂受文殊師利童真菩薩鉢受已擲於空

中於刹那頃其鉢徧滿虚空所盛法界舍利如來形像滿三千大千世界虚空彼如來咸皆讚歎釋迦牟尼如來言善哉善哉釋迦牟尼佛見彼一一如來前皆有釋迦牟尼佛并大衆會一一釋迦牟尼佛前復有文殊師利菩薩滿鉢盛法界奉獻現大神通現大神變爾時金剛手菩薩摩訶薩白文殊師利童眞菩薩言甚奇特文殊師利童眞菩薩現於如來大衆會神變令此光相爲誰所現以何因緣是誰威神現大如來形像集會文殊師利言金剛手汝豈不知現汝光相神變耶金剛手言文殊師利我昔未曾見聞如是大神通一切如來集會此之希有未曾見聞今乃得見爾時金剛手菩薩摩訶薩旋轉金剛杵右遶世尊佛前而住白佛言世尊欲說何法今

有未曾見聞相現於世間中大神通相分明而現佛言金剛手且待須臾當自證見於刹那頃佛前忽然有七寶幢從地踊出高七千踰繕那闊五千踰繕那天妙莊嚴光明熾盛垂妙繒綵眞珠羅網彌覆其上鈴鐸摇動出和雅音華鬘莊嚴無量俱胝百千天子從空而下持種種七寶供養具而供養寶幢爾時世尊告金剛手菩薩言汝可往開幢門爾時金剛手菩薩徧身光焰如火聚熾盛頭冠瓔珞莊嚴其身執金剛杵面貌忿怒令人怖畏近至寶幢而伸右臂開其幢門開幢門已於是幢中有師子座其座閻浮檀金所成七寶莊嚴以種種天妙衣服敷其座上廣博金口高勇光明幢頂如來應供正徧知如來於上而坐入三摩地而現爾時廣博金口高勇光

明幢頂如來讚歎釋迦牟尼佛言善哉善哉釋迦牟尼如來於世間中現大神變現大如來集會無有神變集會與此等者先佛等覺而亦未有此如來集會神通示現惟願世尊說此菩提場莊嚴陀羅尼教王成多人利益安樂哀愍此如來形像遊戲神通集會現此幢相皆是菩提場莊嚴陀羅尼威力現此神變亦是此陀羅尼加持先現此瑞惟願世尊說菩提場莊嚴陀羅尼大教王爾時釋迦牟尼如來受廣博面金口高勇光明幢頂如來請已即說菩提場莊嚴陀羅尼曰

曩謨婆誐嚩帝一 尾補攞嚩娜二 曩建賛努得訖使三合 鉢多二合三 鉢囉二合 婆引 娑計覩母囉馱寧三合四 薩怛二合 他引 蘖跢寫五 曩謨婆誐嚩帝六 捨引 枳也二合 母曩曳七 怛佗引 蘖多引 夜引 囉賀二合 帝三藐三沒馱引 野八 怛你也二合 佗引九 唵引十 冒地冒地冒地冒地十一 薩嚩怛佗引 蘖多盧引 者囉十二 馱囉馱囉十三 賀囉賀囉十四 鉢囉二合 賀囉鉢囉二合 賀羅十五 麼賀引 冒地唧多馱囉十六 主盧主盧十七 捨怛囉濕弭二合 散祖你帝十八 薩嚩怛佗引 蘖多引 毗色訖帝二合十九 虞窴二十 虞拏嚩帝二十一 沒馱虞拏嚩婆細二十二 弭里弭里二十三 誐誐曩怛麗二十四 薩嚩怛佗引 薩多地瑟恥二合 帝二十五 曩婆蘖多二合 麗二十六 捨麼捨麼二十七 鉢囉二合 捨麼鉢囉二合 捨麼二十八 薩嚩播引 跛鉢囉二合 捨麼寧二十九 薩嚩播引 跛尾輸引 馱寧三十 虎盧虎盧三十一 麼賀冒地末引 誐三鉢囉二合 悉體二合 帝三十二 薩嚩怛佗引 蘖多三十三 鉢囉二合 底以丁切 瑟恥二合 多秫第娑嚩二合引 訶引三十四

纔說此菩提場莊嚴陀羅尼大教王已十方一切諸佛皆讚言善哉善哉及所現一切如來稱善哉善哉釋迦牟尼如來善說此陀羅尼教王利益安樂一切有情爾時大地六種震動雨種種華雨塗香末香衣服嚴具眞珠臂釧頭冠瓔珞諸天於空中奏種種音樂出微妙聲雨種種華所謂青蓮華紅蓮華赤蓮華白蓮華曼陀羅華摩訶曼陀羅華盧遮華曼殊沙華摩訶曼殊沙華蘇摩那華婆利師迦華瞻蔔華播乾地華以種種華而供養佛今於如來大集會聞此大陀羅尼或有證得阿羅漢果或證緣覺菩提果或有證斯陀含果或有證阿那含果或有證須陀洹果或有住菩提心或有得不退轉地或有得授無上正等菩提記或有生天果報或在地獄受諸苦惱悉皆解脫或有生焰魔界或生傍生或有生於鬼趣彼等悉皆解脫安置佛道於此閻浮提大示現種種神通其世界衆生皆熾盛歡悅人民充滿豐饒安樂爾時金剛手祕密主頂禮佛足合掌白佛言世尊說此陀羅尼教王甚極難得若有苾芻苾芻尼優婆塞優婆夷善男子善女人聞此陀羅尼受持讀誦爲他宣說如理作意生幾所福成就佛言善哉善哉金剛手大祕密主妙問如是義此問極端嚴極善妙問金剛手汝可往詣文殊師利菩薩所問應當爲汝廣分别說爾時金剛手即詣文殊師利菩薩所右遶文殊師利菩薩白言若有人受持讀誦爲他宣說如理作意此菩提場莊嚴陀羅尼得幾所福文殊師利童眞菩薩告金剛手言諦聽我今以譬

喻說盡三千大千世界處所有土地山川塠阜析為百分千分乃至細如毛端分我不見一處微塵不周徧我又以天眼觀如來身分舍利亦徧一切處我無不見如來法身分舍利法界舍利骨舍利肉舍利如一芥子量空界而不周徧或有人具大威德神通悉能筭數觀察度量可知其數金剛手其人是為智慧是為聰哲耶金剛手言文殊師利是人甚奇特希有文殊師利復言金剛手諦聽如上微塵舍利筭數觀察度量可知其數復次金剛手所有一切微塵一切身分舍利准如上數微塵准如上數舍利數量爾所如來或住一劫或餘一劫或復千劫讚揚此菩提場莊嚴陀羅尼教王功德不能譬喻校量盡其功德福利金剛手此菩提場莊嚴陀羅尼教王有如是大威德若有受持讀誦為他宣說供養經卷當知是人獲無量無邊功德不可窮盡彼大衆集會天龍藥叉乾闥婆阿蘇囉迦樓羅緊那羅摩睺羅伽及彼衆中有情從文殊師利童真菩薩聞此所說功德皆得阿耨多羅三藐三菩提不退轉地所謂阿耨多羅三藐三菩提記咸皆三度唱陀南讚歎曩謨歸命釋迦牟尼應供正徧知佛世尊曩謨歸命奇特神通佛世尊曩謨歸命作奇特業佛世尊爾時金剛手大祕密主白文殊師利童真菩薩言云何於此菩提場莊嚴陀羅尼大教王種植善根文殊師利童真菩薩言金剛手此義當問如來如來悉知是義爾時金剛手祕密主往詣佛所遶佛三帀而白佛言云何於此菩提場莊嚴陀羅尼種植善根佛言

金剛手汝今諦聽當爲汝說此陀羅尼種植善根法金剛手若有善男子善女人欲求種植善根修無上菩提道資糧者苾芻苾芻尼優婆塞優婆夷或善男子善女人淨信善心者應受持此陀羅尼以此積集善根若有淨信善男子善女人比丘比丘尼優婆塞優婆夷澡浴清淨著新淨衣以瞿摩夷和土塗作方曼荼羅以五淨灑隨力分散華燒香供養以菩提場莊嚴陀羅尼加持香水七徧浴佛形像復加持白檀香用塗佛上又加持鬱金香塗上隨力分供養旋遶禮拜對於佛前誦一徧然一盞燈金剛手我今說彼即爲種植善根金剛手我今作譬喻說三千大千世界大龍王降微細雨或有一人有大神力能數是雨滴我復作譬喻說以彼筭計籌量可知其數彼善男子善女人苾芻苾芻尼優婆塞優婆夷准如上雨滴數如來應正等覺所承事供養禮拜或於一劫或過一劫乃至百劫生如是功德聚可知其福如上浴像種植善根所生功德一切如來不能知其數量復次金剛手第二校量福德以少善根因緣能成就廣善根果報此菩提場莊嚴陀羅尼於樺皮上書或置金剛杵中或置佛像中或畫像上或置印塔中或置窣堵波中隨於一事置此陀羅尼即成造百千數若置一窣堵波中彼善男子善女人即成造百千窣堵波其人獲得爾所造塔功德種植善根金剛手若有苾芻苾芻尼優婆塞優婆夷善男子善女人於四衢道或高山頂或於河岸或於城門或王道路造作一大窣堵波寫此陀羅尼并經

置於相輪橖中如我先譬喻説滿三千大千世界微塵數量法身舍利法界舍利骨舍利肉舍利彼善男子善女人即成造如上爾所微塵舍利等數量窣堵波即成一切如來舍利藏窣堵波即成佛曼荼羅窣堵波即成一切如來藏塔如來誠言作如是記別金剛手若有善男子善女人於如來記別塔所或華或香或復合掌稽首作禮或一旋遶彼善男子善女人苾芻苾芻尼優婆塞優婆夷即種植無量無邊善根一切罪障悉皆消滅一切地獄傍生皆得解脱證得不退相莊嚴三摩地身得清淨乃至菩提場一切善根無有窮盡更不復生於母胎金剛手此陀羅尼甚難得聞金剛手若有人造佛形像或泥或畫或木或鈿或以香泥或以鍮石或以熟銅或以三金（金銀銅也）或鐵或銀或金或造窣堵波或紙或素書寫此陀羅尼并經及功能安於舍利塔中及佛像中應當供養禮拜金剛手彼苾芻苾芻尼優婆塞優婆夷善男子善女人以如來光譬喻量以如來校量功德量以佛眼觀察舍利數量以大海滴數量如是如來形像等量若有苾芻苾芻尼優婆塞優婆夷善男子善女人於一佛像或一塔中置此陀羅尼恭敬供養禮拜是人即成供養爾所佛形像獲得爾所福德聚爾時金剛手祕密主白佛言世尊此大陀羅尼教王有大威德有大福利有大神通纔稱名者獲大善根成就大福爾時世尊告金剛手祕密主菩薩言金剛手若有苾芻苾芻尼優婆塞優婆夷善男子善女人欲滿大功德聚者若欲供養過去未

來現在一切諸佛如來者應盡書寫此陀羅尼經置於篋中日日供養及香水浴旋遶禮拜彼善男子善女人苾芻苾芻尼優婆塞優婆夷所有過去未來現在如來先所說譬喻數量者悉皆成四事供養當知此善男子善女人一切如來加持一切如來之所授記一切如來皆所安慰其人得不退轉爾時世尊告文殊師利童眞菩薩及金剛手祕密主菩薩四大天王言我今付囑汝等佛子此陀羅尼教王於末後世勿令隱沒應護受持此經有情擁護長養以各各自眞言儀軌印契加持彼人爾時文殊師利童眞菩薩金剛手大祕密主菩薩及四大天王從座而起頭面禮足作是言世尊我等已受如來付囑此陀羅尼大教王我當守護彼大丈夫受持此陀羅尼者一切資具不令乏少無歸無依者悉皆拔濟乃至菩提場轉法輪我等咸皆護持爾時世尊告文殊師利童眞菩薩金剛手大祕密主菩薩四大天王讚言善哉善哉汝等應當作如是事爾時世尊普告大衆此陀羅尼能成辦一切事業能與一切悉地能消滅一切罪障所作一切事業通達無礙應身器清淨澡浴著新淨衣每日誦一百八徧即見一切諸佛壽命百歲遠離一切疾病一切賢聖常當擁護金剛手祕密主四大天王亦常當擁護一切意願皆得滿足命終當生妙喜世界不復於母胎中生常得蓮華化生得宿命智若誦二十一徧當遠離決定地獄業一切罪悉皆除滅決定不墮於惡趣於諸寃敵皆得勝若誦七徧一切鬬諍言訟論理得勝當

於白月十五日一日一夜不食清淨澡浴著新淨衣對佛像結跏趺坐以華香燒香燈明供養世尊誦此菩提場莊嚴陀羅尼一千徧滿一千徧已即見釋迦牟尼如來舒金色臂按行者頂而安慰之讚言善哉善哉大持明者大丈夫汝所作菩提場莊嚴陀羅尼汝已成就汝持明者大勤勇精進汝已作是勤苦已圓滿多善根所欲往佛世界隨願而往其持明者身有熾盛光明照曜一切眞言教法悉皆成就日滿一切願由作此法先行成就設令作五無間罪者由一日一夜斷食念誦其罪悉皆消滅現世得成就若於有舍利塔中黑月十四日一日一夜不食澡浴清淨身著淨衣於熟銅器中滿盛白芥子誦陀羅尼加持一千徧即法成就當一切處用取白芥

子一把散於龍池中即一切龍歡喜隨順持誦者彼等龍容許入於宮中悉皆接足禮彼人所處分悉皆奉教取白芥子擲於虛空霜雹即止亦能制止暴風若白芥子擲散四方一切風雲蚊虻鵰鵄鸜鵒蝗蟲暴惡蟲獸等皆被禁縛口若取白芥子擲於火中火不能燒擲於江河水即不流擲於商估中不被賊劫不見彼衆擲於王宮門國王大臣後宮悉令歡喜擲於大衆大衆皆共供養彼人擲於佗敵彼軍衆即被禁止若擲關戍守捉處身隱即不現而過若散於苗稼上不被蟲傷若天旱時擲於龍池即降大雨若暴雨時擲於空中極暴雨止息若擲寃家舍中不復有寃相遇若擲於城門城內一切逼迫悉皆消滅一切夜叉羅刹馳走而去若鬪戰時擲散彼

軍即彼禁止自軍得勝若口中含一切鬪諍言訟論理得勝若置於水中與患者澡浴一切疾病皆得除愈若有人患諸鬼魅取白芥子和沙糖燒熏病人一切鬼魅皆得解脫若有牛疫諸畜疫人疫童男疫童女疫於四衢道取白芥子和土燒一切疫病悉皆止息若於自頭髮中散於一切處得人供養一切人見皆生憐愛若持誦者從十四日以二手按文殊師利菩薩足從初夜至圓滿十五日晨朝無間念誦文殊師利菩薩住行人前一切意願皆得滿足若按金剛手菩薩足誦陀羅尼加持一千八徧以安息香和酥燒金剛手菩薩即現其前一切意願盛事皆得成就眞言教法授與彼人養育如子又法若以二手按摩尼按陀羅藥叉足誦陀羅尼一千八徧獲得廣大財寶即現其身所言皆作若以手按毗沙門頂燒沉水香誦陀羅尼八十徧即得一千金錢

又法若觀吉祥天女面誦陀羅尼一千八徧得一千金錢

又法若畫藥叉以五色彩成誦陀羅尼一千二十徧燒薩勒枳香(薰陸香也)藥叉女現其人前誓作爲女使者所處分事皆能成辦乃至命存成辦百種千種事成就一切義利

我今說畫像法能成就一切取不截氎長四肘擇去毛髮不應用皮膠畫人清淨受八戒然後令畫當中畫釋迦牟尼佛於寶樹下師子座於釋迦牟尼佛上又畫一佛作說法相其菩提樹種種寶莊嚴釋迦牟尼左邊畫聖文殊師利菩薩種種寶瓔珞莊嚴於蓮華上

雙膝跪坐二手捧鉢作獻佛勢佛右邊畫聖金剛手菩薩面貌忿怒瞋相一切寶莊嚴身手把金剛杵作旋轉勢於蓮華上雙膝跪坐瞻仰如來聖文殊師利後畫寶幢其量廣大界道莊嚴於幢中畫如來坐師子座作安慰相金剛手後畫菩提場莊嚴陀羅尼經夾置於寶篋中篋四面周帀畫佛安置師子座上於寶篋下畫金剛使者作威怒形於寶幢下畫吉祥天女於佛下當中畫四大天王皆被甲冑作威怒形天王下畫持誦者左手執香爐右手把念珠瞻視世尊由畫此佛像應墮惡趣者謗方廣大乘毀謗聖人作五無間罪若畫此像者悉皆消滅其人得不退轉何況能修持其人等同如來爾時世尊說菩提場陀羅尼曼荼羅法欲建立此曼荼羅者或於寺內或於天廟或在山間或於清淨隨自意樂處依教平治其地以瞿摩夷和土加持已然後塗拭其壇周圍十六肘量其畫壇人清淨澡浴然後令畫四門四角鉤停四角畫四天王中央畫佛形像於門門中畫寶樹於東門畫吉祥天女南門畫辯才天女西門商棄尼天女北門華齒天女畫壇了以稻穀華和白芥子散於壇上兼散時華塗香末香四角安四香水缾以四器盛飲食供養四門安四香爐兼諸飲食種種華鬘及三白食四角安四盞燈念誦者面向東坐應後夜入曼荼羅護身結界纔入此曼荼羅一切罪障悉皆消滅一切悉地皆得成就一切福聚皆得生長獲得佛菩提遠離諸惡趣不被一切鬼神侵擾一切諸天悉皆擁護晝夜常得安隱兼諸

助伴獲得大護由入此曼荼羅得不退轉地

我今說心陀羅尼曰

唵一引薩嚩怛佗引蘖多二尾也二合嚩路枳帝三惹野惹野娑嚩二合引訶四引

心中心陀羅尼曰

唵一引虎嚕虎嚕二惹野穆契娑嚩二合引訶三引

澡浴灑淨陀羅尼

唵一引惹里你二惹曳娑嚩二合引訶三引

結界陀羅尼

唵一引三曼多布引囉拏二合二惹曳娑嚩二合引訶三引

結曼荼羅界陀羅尼

唵一引滿拏羅惹曳娑嚩二合引訶二引

供養食陀羅尼

唵一引枲哩二弭里二惹曳娑嚩二合訶四引

迎請陀羅尼

唵一引薩嚩散馱儞二弭里三惹曳娑嚩二合引訶四引

供養華陀羅尼

唵一引没馱矩素銘娑嚩二合引訶二引

供養燒香陀羅尼

唵一引惹野巘第娑嚩二合引訶二引

灌頂陀羅尼

唵一引尾惹野蘖陛娑嚩二合引訶二引

結頂髻陀羅尼

唵一引怛佗引蘖多惹曳娑嚩二合引訶二引

加持衣服陀羅尼

唵一引惹野勿哩二合第娑嚩二合引訶二引

護弟子身加持陀羅尼

唵一引矩攞馱哩娑嚩二合引訶二引

奉送聖衆陀羅尼

唵一引馱囉馱囉二弭里三惹曳娑嚩引二合訶四引

加持念珠陀羅尼

唵一引素三婆嚩惹曳娑嚩引二合訶二引

獻座陀羅尼

唵一引素那哩惹曳娑嚩引二合訶二引

縛毗那夜迦陀羅尼

唵一引素哩惹曳娑嚩引二合訶二引

迎請一切如來陀羅尼

唵一引鉢嚩二合嚩囉二惹野三悉第娑嚩引二合訶四引

護身陀羅尼

唵一引囉乞叉二合尼惹曳娑嚩引二合訶二引

供養燈陀羅尼

唵引惹野你比寧娑嚩二合訶二引

護摩陀羅尼

唵一引麼黎二尾麼羅三惹曳娑嚩引二合訶四引

請一切如來陀羅尼

唵一引娑囉娑囉二惹曳三悉第娑嚩引二合訶四引

我今說修行心陀羅尼心中心陀羅尼功能若誦心陀羅尼百千徧得爲持明仙中斫羯囉伐底取雄黃置熟銅器中加持千徧取點額即得飛騰虛空一切天龍八部宮門悉開得見得入隨意遊行壽命一劫若加持掃尾羅眼藥百千徧用點眼即得安怛那一切鬼神宮悉皆開得入

又法誦一萬徧得見一切如來

又法加持窣堵波撐八千徧安於塔上一切

如來舍利來入此塔則成大舍利窣堵波塔

又法取文殊師利鉢加持鉢八千徧滿盛乳糜粥置文殊師利手却從菩薩乞請一千人喫此粥不盡

又法取餘部真言法用此陀羅尼加持隨心所欲隨作隨成

我今說印法

以二手平展以右手押左手仰掌安心上名爲菩提場莊嚴陀羅尼根本印纔結此印滅一切罪一切如來安慰其人亦成請一切如來結此印一切如來甚恭敬其人

即前根本印舉右手通一切處用即成一切印一切如來所加持以右手安於齋下以大指捻頭指頭此印通一切印一切如來所加持由結此印遠離一切罪障

爾時文殊師利菩薩說陀羅尼爲護持此陀羅尼教法故陀羅尼曰

曩謨曼殊室哩(二合)野耶(一)俱摩囉部路耶(二)怛你也(二合)佗(三)惹曳(四)尾惹曳(五)惹曳室哩(二合)(六)儞瑟知(二合引)吽娑嚩(二合引)訶(七引)

若念誦時先行時求成就時先誦此陀羅尼七徧即無障礙速得成就

爾時金剛手祕密主菩薩說此大明陀羅尼曰

怛你也(二合)佗(一)嚩日囉(二合)毋瑟知(二合)(二)訶曩(三)娜訶(四)跛遮(五)嚩日囉(二合)吽吽發吒娑嚩(二合引)訶(六引)

以此陀羅尼加持白芥子七徧念誦處散擲四方即成大結界

爾時四大天王說真言曰

怛你也二合他一　地哩二合底二　呬哩三　弭里四
娑羅五　鉢囉二合娑囉六　鼻里鼻里娑嚩二合引
訶引七

以此真言加持白芥子水三七徧灌自頂一切鬼神夜叉悉皆降伏接足禮敬而退

爾時世尊說是經已文殊師利童真菩薩金剛手大祕密主菩薩四大天王及一切天龍八部人非人等聞佛所說皆大歡喜信受奉行

菩提場莊嚴陀羅尼經

音釋

疕女黠切　搥都回切聚上也　析先的切分也　嗢烏骨切　橕抽庚切斜柱也　鈿堂線切以寶貝飾也　鍮他侯切銅屬　鸜鵒鸜權俱切鵒俞玉切鸜鵒鳥名

佛說祕密相經

宋西天三藏朝奉大夫試光祿卿傳法大師施護等奉　詔譯

清刻龍藏佛說法變相圖

佛說祕密相經卷上 中下同卷

宋西天三藏朝奉大夫試光祿卿傳法大師臣施護等奉　詔譯

如是我聞一時世尊住一切如來三昧界中一切菩薩摩訶薩衆皆悉圓滿是時世尊大毗盧遮那如來從諸佛智三摩地起普徧觀察一切大衆當彼如是觀衆會時所有一切如來并諸菩薩摩訶薩衆悉於世尊大毗盧遮那如來左月曼拏羅中依止而住爾時金剛手菩薩摩訶薩住於世尊大毗盧遮那如來前合掌諦誠作是白言世尊祕密法儀甚深廣大云何此中要略而修於是要略法中我當受行爾時世尊大毗盧遮那如來讚金剛手菩薩摩訶薩言善哉善哉金剛手汝今善問祕密法儀甚深廣大我今爲汝要略而說謂若修習瑜伽行者凡入舍中先當觀想

祕密文字作已護淨謂於舌端想有阿字其字想成淨妙月輪於月輪上想有吽字其字復成五股白色大金剛杵如是觀想已行人當作金剛合掌安自頂上誦此大明而作護淨大明曰

唵引莎婆引嚩秫馱引薩哩嚩二合達哩摩二合引一莎婆引嚩秫度引欣呼郎切下同二

誦是大明已行人次當發誓願言唯願十方一切諸佛一切菩薩攝受於我而我其甲於此時中作成就事始從今日發起無上大菩提心乃至當坐菩提道場堅固不退又說頌曰

願我即同三世佛　決定當成正覺尊
攝善法及攝律儀　饒益衆生戒具足
而此三聚淨妙戒　願我受持悉堅固
諸佛妙法及僧伽　最勝三寶垂加護
最初三寶攝受我　願從諸佛相應生
金剛杵及彼印鈴　我所受持悉眞實
彼阿闍梨攝受我　廣大最上金剛部
四種施法我常行　日日六時如是作
彼大寶部相應法　三昧中起勝意樂
我攝受諸正法門　內外及彼三乘法
大蓮華部中清淨　出生無上大菩提
一切誓願悉相應　眞實法中攝受我
供養事業隨應作　大羯磨部中最上
發起無上菩提心　及彼出生諸勝行
普攝一切行周徧　廣爲利樂諸衆生
未得度者我當度　未解脫者令解脫
諸有未獲安隱者　我當爲開安隱門
所有一切諸衆生　普使安住涅槃地

爾時世尊大毗盧遮那如來復爲金剛手菩薩摩訶薩宣說普盡三摩地眞實出生諸三摩地根本法門行人應當結禪定印依法安住已當觀諸法無我平等若於諸法見有內外是即於心有其蓋幢當知離心無別有法又復意中作是思念一切法不生而自性明亮是即一切法本來不生性隨其所念即往是心然後乃以自性明亮可愛音聲誦彼開覺本心大明章句當誦念時應觀心月曼拏羅相大明曰

唵引唧多鉢囉二合底吠引鄧羯嚕引彌一句

復次頌曰

眞實圓滿大清淨　其猶虛空無垢翳
一切麤重悉蠲除　而復破遣邪分別
彼諸煩惱垢淨故　復如朗月見初生
諸佛功德聚無邊　悉入阿字等妙相

其相云何所謂

阿阿引壹翳嗢汚哩黎引哩黎引伊愛鄔奧暗惡

爾時金剛手菩薩摩訶薩復於世尊大毗盧遮那如來菩提心月曼拏羅中依止而住作是白言世尊菩提心月曼拏羅者而有何等最勝功德爾時世尊大毗盧遮那如來即爲金剛手菩薩摩訶薩要略宣說菩提心月曼拏羅相金剛手當知諸佛無邊功德入阿字等諸妙相時如水精月淨光明相入已復從自性清淨明亮智心出生變化作用事業即誦大明微妙章句發菩提心大明曰

唵引冒提唧當一母怛波引二合捺夜引彌二

復次頌曰

隨此出生大悲心　普攝衆生諸所作
一切善法悉周圓　一切煩惱皆不著
月曼拏羅左右中　菩提心月爲第二
所有諸佛功德門　復入迦字等妙相

如是入已乃與諸法影像相應其相云何所謂

迦佉誐伽昂(鼻音輕呼)左蹉惹(仁左切)酇(重呼)倪(倪也切輕呼)吒姹拏(尼轄切)嗏(重呼)拏(平聲輕呼)多他捺陀(重呼)那(輕呼)波頗末婆(重呼)摩(輕呼)耶囉羅嚩設沙薩訶乞叉(合呼)

此等文字即是菩提心月曼拏羅相此曼拏羅所有法用行相次第如餘教說爾時金剛手菩薩摩訶薩復於世尊大毗盧遮那如來右月曼拏羅中依止而住作是白言世尊而此右月曼拏羅中當云何入爾時世尊大毗盧遮那如來告金剛手菩薩摩訶薩言金剛手當知金剛杵即是金剛智能生諸佛勝功德聚金剛杵者其相五股依法所成周帀復有光燄熾盛是光從彼普賢心出爲堅固因起諸行相若入曼拏羅者當觀自身即是五智金剛杵相作是觀時誦此大明曰

唵(引)底瑟姹(二合)嚩日囉(二合)(一句)

復次頌曰

佛於三阿僧祇劫　修成菩提最上行
歷位至登妙覺尊　皆由清淨無漏智
菩提妙月曼拏羅　最上清淨離諸垢
於中觀想智金剛　是即五智金剛杵

世尊大毗盧遮那如來作此所說謂即表示執金剛者復次當想盡虛空界周徧普聚而爲分量都成一大金剛杵相然後行人觀想

已身即金剛杵廣略相應當觀想時誦此大明曰

唵引嚩日囉引二合怛摩二合酤引欣一句

復次頌曰

所有一切諸佛身　悉無對礙無依止
無生無作淨無瑕　是中無性等亦離
不斷不破亦不壞　法身無染本清淨
金剛堅固體出生　如來金剛身無上

爾時金剛手菩薩摩訶薩於世尊大毗盧遮那如來右月曼拏羅中依止住已作是白言世尊復云何觀彼金剛杵爾時世尊大毗盧遮那如來普徧觀察諸如來已作如是言諦聽諸如來我今宣說佛影像中觀影像相其相云何所謂薩埵金剛相彼諸相具足應當如是觀即佛影像相作是觀想時誦此大明曰

唵引野他引薩哩嚩二合怛他引誐多引一塞怛二合他引欣二

復次頌曰

所有諸佛身祕密　境界性智行亦然
以五相成正覺尊　諸佛成滿皆清淨

爾時金剛手菩薩摩訶薩復於世尊大毗盧遮那如來後月曼拏羅中依止而住作是白言世尊云何是祕密復云何是境界性智行等亦然爾時世尊大毗盧遮那如來稱讚金剛手菩薩摩訶薩即說頌曰

善哉金剛大薩埵　善哉金剛聖妙寶
善哉金剛正法門　善哉金剛衆事業
善說此經祕密義　是即無上金剛乘
所有諸佛祕密門　大乘現證法皆攝

修成就時妙清淨　成佛果已獲妙樂
汝問祕密等云何　謂蓮華及金剛杵
此即如來大祕密　一切諸佛從是生
若能依法諦心觀　於刹那間得成佛

佛說祕密相經卷上

佛説祕密相經卷中

宋西天三藏朝奉大夫試光禄卿傳法大師施護等奉　詔譯

爾時金剛手菩薩摩訶薩復白世尊大毗盧遮那如來言世尊云何是金剛杵復云何是蓮華爾時世尊大毗盧遮那如來告金剛手菩薩摩訶薩言金剛手一切如來安住之智即金剛杵本部賢聖和合相應是謂蓮華而彼金剛杵住於蓮華上由是出生一切如來彼諸如來身即毗盧遮那如是作已然後乃從金剛語言安布大明祕密文字所謂

勃囕二合引

其字先於自心淨月曼拏羅中想安住已然後想成大妙高山於其山上想現是字其字復成金剛寶峯廣大樓閣大摩尼寶所共莊嚴懸鈴珠寶繒旛瓔珞微風吹動出和雅音如是種種殊妙校飾吉祥勝上堪所稱讚而彼樓閣一切如來所共安住於樓閣中復想五股金剛杵輪廣略相應即想其杵復成金剛薩埵大士影像勝相具足身如月色現光明而復安處月輪之上頂戴五佛殊妙寶冠金剛相光燄鬘莊嚴左右皆現高舉之相安住諸法本來無性大三昧耶眞實理中若情若器諸性自性以是二種合爲一相是故觀想已身成就金剛薩埵如是觀已即此本尊等諸法用然後施作爾時金剛手菩薩摩訶薩復於世尊大毗盧遮那如來前月曼拏羅中依止而住作是白言世尊云何是本尊爾時世尊大毗盧遮那如來爲金剛手菩薩摩訶薩次第宣説本尊等法諸修瑜伽行者先當依法於自心月曼拏羅中觀想吽字從是

文字想出普門巧業衆相大金剛杵作是觀時當結密印其印先作金剛縛後散開諸指作攝入勢成印誦此本心大明曰

嚩日囉二合滿䭾怛囉二合吒一句

誦是大明結是印已然後乃可結一切印及作本尊等法乃至金剛阿吠舍并鉤召等餘諸成就法從自身語心金剛加持作用即得敬愛成就然後乃結金剛阿吠舍印誦彼心明其明所謂

惡入

由是心明普徧攝入本尊等法乃至諸餘成就之法悉得善友敬愛而住其金剛阿吠舍印者先作金剛掌次作金剛縛後結金剛阿吠舍印金剛掌者堅實掌心諸指不縛而復緊密成金剛掌即轉此掌善結其縛成金剛縛復開此縛作金剛拳二頭相並即成金剛阿吠舍三昧耶印然後從自心中安想金剛薩埵文字之相復想其字即成五股白色淨妙周帀光燄大金剛杵復次如前依法安想祕密文字然後乃結薩埵金剛印當結印時先當誦是心大明曰

唵引三摩耶薩怛鑁三合一句

其薩埵金剛印者謂以二手作圓月相二中指相離餘指面相著如金剛杵相成印結是印時誦此大明曰

唵引底瑟姹二合嚩日囉二合捺哩二合除引彌引娑嚩一蘇覩引沙踰引二合彌引娑嚩二阿努囉訖覩引二合彌引娑嚩三舍引說覩引彌引娑嚩四蘇布引沙踰引二合彌引娑嚩五訖哩二合捺煬彌引提底瑟吒二合六薩哩嚩二合悉提

孕二合彌引鉢囉二合野蹉十薩哩嚩二合羯哩彌
二合引數左八彌唧多室哩引二合野俱嚕吽引九
訶訶訶訶呼引十
如是大明即本尊法此中具有四禮敬印所
謂心印誓誡心印大乘現前三昧心印妙金
剛智天眼智等五通心印是諸印門總攝如
來堅固之性金剛加持離諸怖畏能成一切
最上成就所有一切適悅快樂諸正受等一
切總持門等乃至一切如來眞實性等總攝
自心悉得安住金剛加持身語心業然後取
以繒帛而爲其鬘安自頂上誦此心明曰
鉢囉二合帝引蹉嚩日囉二合呼引一句
誦是心明而加持已即於頂上作繫鬘相旋
覆其面當繫鬘時隨應法儀即阿闍梨爲作
是言汝今受是祕密心明此即勇猛大力世
尊本來無性之法得阿闍梨眞實加持而能
善作一切事業此即世尊大毗盧遮那如來
所說乃至諸佛及執金剛等所共攝受授是
言已除其繒帛誦此大明曰
唵引嚩日囉二合薩埵莎煬帝引禰野二合一作
芻訥伽引二合吒那怛咄鉢二合囉二嗢訥伽二合
引吒野底薩哩嚩引二合芻引三嚩日囉二合作芻
囉努多覽四係引嚩日囉二合鉢舍五
爾時金剛手菩薩摩訶薩復於世尊大毗盧
遮那如來右月曼拏羅中依止住已說是伽
陀伸讚歎曰
快哉一切正覺尊　三摩地智無有上
所有一切諸衆生　由斯二法得成佛
金剛手菩薩摩訶薩作是讚已復白佛言世
尊最初開目行相云何爾時世尊大毗盧遮

那如來告金剛手菩薩摩訶薩言金剛手最初開目者謂於自身大曼拏羅如次觀視當其觀是曼拏羅時即得一切如來威力加持於金剛薩埵心中如理而住亦復得見種種光明勝曼拏羅又復得覩廣大神通變化事等由得如來所加持故乃能見彼金剛手身或復得見諸如來身爾時會中無動菩薩摩訶薩前詣世尊大毗盧遮那根本無性如來右旋繞已作是白言世尊云何是大曼拏羅我於是中復云何行爾時世尊大毗盧遮那如來告無動菩薩摩訶薩言大曼拏羅者所謂即觀自身曼拏羅如是觀已即取金剛加持清淨香水而為灌頂誦是心明曰

嚩日囉引二合毗詵左一句

然後結繫鬘印戴諸佛冠灌自心頂繫鬘印者先以二大指盤結於掌心然後屈中指與大指面合成印此是如來部印餘四部印亦然同用其五部大明次第如是大明曰

唵引嚩日囉二合馱引怛尾引二合說哩吽引嚩日哩二合尼一句

唵引嚩日囉二合嚩日哩二合尼吽引一句

唵引囉怛那二合嚩日哩二合尼吽引一句

唵引鉢訥摩二合嚩日哩二合尼吽引一句

唵引迦哩摩二合嚩日哩二合尼吽引一句

如前所說作灌頂已不改前印以二頭指旋轉二度作縈遶相即成四種繫鬘之印於頂額喉及彼頂後四處繫鬘次至兩耳還從頂後旋轉於前徐徐而下即解其印如和合音聲教中法儀堅固而作又彼和合奇聲教中說云次當阿闍梨執金剛杵依法安住已乃

爲弟子發誓誠言

汝今得受此　一切佛如來　勝秘密法中
金剛灌頂已　授汝金剛杵　善作諸成就
而彼諸如來　由此得成佛

復授大明曰

唵引嚩日囉引二合提鉢底埵一引末毗詵左引彌二底瑟姹二合嚩日囉二合三摩耶薩怛鑁二合三

爾時金剛手菩薩摩訶薩復於世尊大毗盧遮那如來右月曼拏羅中依止住已作是白言世尊云何是自金剛杵爾時世尊大毗盧遮那如來告金剛手菩薩摩訶薩言金剛手自金剛杵者即是如來金剛杵十二指量五股而作善妙之相無其光燄金等所成其金剛薩埵金剛杵者不定分量五股而作有其威猛熾盛光燄鉢訥摩囉誐等諸寶所成其金剛王等大執金剛者及金剛忿怒金剛藥叉等如是諸杵皆十二指量三分亭等五股而作鋭利之相此等杵相如大乘現證三昧教中及降三世教中廣説此中略指瑜伽行者知杵相已然後乃名已受金剛大灌頂者

復次大明曰

唵引嚩日囉二合薩埵末毗詵左引彌一引嚩日囉二合那引莫毗施引迦多二四引嚩日囉二合那引莫三拽寫拽他引那引莫帝引那四怛吐引佐引囉曳怛咩五

受灌頂已然可得受諸佛成就大金剛杵復次頌曰

汝常持此金剛杵　即金剛手堅固戒
金剛薩埵勝修中　一切由斯得成佛

復次大明曰

唵引薩哩嚩二合怛他引誐多悉提一嚩日囉二合三摩曳引底瑟姹二合伊沙埵引馱引囉夜二引彌嚩日囉二合薩埵二唎唎唎唎唎吽引四

然後從普賢心安布大印三昧隨説如是心大明曰

摩賀引三摩耶薩埵三摩耶薩怛鑁一三合摩賀引三摩邪薩都引欣一摩賀引三摩耶薩埵引提底瑟姹二合莎鎝三引

如是印明執金剛等諸菩薩衆皆悉於彼諸印眞實大三昧中同一成就

復次身語心金剛所成心大明曰

唵引嚩日囉二合薩埵三摩耶末努播引羅耶一嚩日囉二合薩埵堆引奴引鉢底瑟姹二合捺哩二合除引彌引婆嚩三蘇覩引沙踰引二合彌引婆嚩四阿努囉訖覩引二合彌引婆嚩五蘇布引沙踰引二合彌引婆嚩六薩哩嚩二合悉提孕二合彌引鉢囉二合野蹉七薩哩嚩二合葛哩摩二合蘇左彌引唧多室利二合煬酤嚕吽引八訶訶訶訶呼引九婆誐鑁薩哩嚩二合怛他引誐多十嚩日囉二合摩引彌引捫左嚩日哩二合引婆嚩十一摩賀引三摩耶薩埵阿二引十二

如是身語心金剛所成心明章句若誦一徧即得自身語心金剛三業一切密印堅固成就所有本尊等諸法用於三部中或復二部當得成就於現生中即得成佛或成金剛手尊

佛説秘密相經卷中

佛說祕密相經卷下

宋西天三藏朝奉大夫試光祿卿傳法大師施護等奉　詔譯

爾時金剛手菩薩摩訶薩復於世尊大毗盧遮那如來本來無性法中以尋求慧而請問言世尊勝三摩地當云何修爾時世尊大毗盧遮那如來讚金剛手菩薩摩訶薩即說頌曰

善哉金剛大薩埵　善哉金剛衆妙寶
善哉金剛正法門　善哉金剛勝事業
善說此經祕密義　是即無上金剛乘
一切如來祕密中　大乘現證法皆攝

佛言金剛手欲修三摩地者先以金剛鉤印及大明鉤攝前住次以金剛索印及大明而爲引入然以金剛鎖印及大明堅牢而住後以金剛鈴印及大明而爲警覺作阿吠舍彼彼大明曰

嚩日囕(二合引)酤舍弱(一)嚩日囉(二合)播(引)舍吽(引二)嚩日囉(二合引)塞普(二合引)吒鑁(三)嚩日囉(二合引)吠(引)舍阿(四)

然後結本尊三昧耶印應當諦心觀想彼彼種子文字所謂

嗡弱(入聲)吽(引)鑁呼(引)

此即是修三摩地法

爾時金剛手菩薩摩訶薩復住世尊大毗盧遮那如來前說此頌曰

快哉一切正覺尊　我說即是金剛手
而彼一切佛如來　即金剛乘無有上

爾時金剛手菩薩摩訶薩普徧觀察一切如來皆悉同一眞實住已即於世尊大毗盧遮那如來右邊而住作是白言世尊云何是金

剛杵爾時世尊大毗盧遮那如來告金剛手菩薩摩訶薩言即汝金剛手是爲金剛杵爾時會中聖觀自在菩薩摩訶薩前白世尊大毗盧遮那如來言世尊云何是蓮華爾時世尊大毗盧遮那如來告聖觀自在菩薩摩訶薩言即汝蓮華手是名爲蓮華是時會中一切如來皆悉合掌俱白世尊大毗盧遮那如來言所説蓮華及金剛杵是義云何爾時世尊大毗盧遮那如來普謂一切如來言當知祕密四種供養是爲蓮華彼蓮華上依法住者即金剛杵爾時金剛手菩薩摩訶薩爲欲開示如是所説本來無性法故復白世尊大毗盧遮那如來言世尊云何是祕密四種供養爾時世尊大毗盧遮那如來告金剛手菩薩摩訶薩言祕密四種供養者謂金剛嬉戲

本部大菩薩彼於一切佛作大敬愛事即彼如是出生金剛寶鬘彼復出生金剛妙歌彼復出生金剛旋舞供養而住從是四祕密中出生一切佛菩薩等復次應當觀想金剛嬉戲等本部大菩薩種子文字所謂

囉引摩引詣引涅哩二合度引布引吽引阿引
阿覩囉引薩室哩二合引詣引吽引紇哩二合引
勿曨二合突曨二合欱彌引耶羅摩

作是觀想時即同一體性自身金剛杵住於蓮華上而作敬愛事作是敬愛時得成無上佛菩提果或成金剛手尊或蓮華部大菩薩或餘一剛踰始多衆當作和合相應法時此菩薩等悉離一切罪垢染著如是當知彼金剛部大菩薩入蓮華部中與如來部而作敬愛如是諸部大菩薩等作是法時得妙快樂

無滅無盡然於所作法中無所欲想何以故金剛手菩薩摩訶薩以金剛杵破諸欲故是故獲得一切踰始多無上祕密蓮華成就復次頌曰

或於空中或餘方　觀想蓮華妙等引
蓮華無上成就門　於現生中得成就

爾時世尊大毗盧遮那如來又復宣說金剛嬉戲等祕密供養頌曰

諸菩薩中勝菩薩　金剛嬉戲大名稱
寶鬘妙歌勝亦然　金剛旋舞妙等引
如是祕密四菩薩　是即金剛密供養
供養一切佛如來　依法常作敬愛事

復次依法安想祕密菩薩種子文字所謂

多阿引羅嚩摩引誐摩涅哩二合摩引度引阿引嚩日囕二合

復次頌曰

想時當結三叉印　金剛杵安蓮華上
金剛嬉戲等法門　成就故得無盡樂

復次當知祕密供養法者是即觀自在菩薩三摩地門於是門中即攝金剛嬉戲菩薩所有多羅菩薩及顰眉菩薩即同一體而無差別左現愛相多羅菩薩於左邊住右現愛相顰眉菩薩於右邊住是諸菩薩於一切處同一相應最上敬愛祕密成就爾時金剛手菩薩摩訶薩即入一切如來蓮華金剛部三摩地從是三摩地出已向諸如來說此頌曰

大哉最上祕密法　所謂蓮華中安住
一切成就剎那成　乃至無上菩提果

爾時聖觀自在菩薩摩訶薩說此頌曰

大哉一切佛如來　清淨蓮華愛無上

於無我中我手持　蓮華中住蓮華相

爾時世尊大毗盧遮那如來爲諸如來説此頌曰

諦聽一切諸如來　諸佛大智無有上
祕密供養法相應　利益衆生作成就
金剛嬉戲相應行　我心堅固無所動
金剛寶鬘及妙歌　旋舞供養亦如是
所有祕密敬愛事　如是法儀勝無上
此祕密中依法行　即得諸佛施歡喜

復説祕密種子文字所謂

唵引野引阿囉誐覩婆嚩日哩引二合摩尼鉢訥摩二合

爾時金剛手菩薩摩訶薩復白世尊大毗盧遮那如來言世尊戲鬘歌舞四種祕密行相云何爾時世尊大毗盧遮那如來讚金剛手菩薩摩訶薩言善哉善哉金剛手汝今善問祕密行相我今爲汝如理開示或有大士愛樂嬉戲祕密行相或有大士愛樂寶鬘祕密行相或有大士愛樂妙歌祕密行相或有大士愛樂旋舞祕密行相或有大士普徧愛樂戲鬘歌舞祕密行相如是一切祕密行相中起愛樂時隨所樂心即入如來三摩地金剛蓮華相應法中獲得無上祕密成就爾時金剛手菩薩摩訶薩前詣佛所右膝著地恭敬頂禮而白佛言世尊若有正士大法器者應當於是祕密供養相應法中如理修學彼能成就一切事業乃至得成佛無上智況復餘法有不成者爾時世尊大毗盧遮那如來即入諸佛大智三昧加持安住三摩地從是三摩地出已即結金剛嬉戲大菩薩祕密智印

復爲攝集令金剛手菩薩摩訶薩表示祕密神通行相謂本所有一眞法性從是出生諸菩薩等從吽字等而爲大智由此即生金剛嬉戲祕密菩薩及持明藏一切賢聖是諸賢聖皆悉同本一眞法性爾時金剛手菩薩摩訶薩受世尊大毗盧遮那如來教勑已即説祕密行相所謂依如來部金剛印成就廣大儀軌中法用若作持誦時當不動舌端唇齒二相合離諸音聲但以金剛語音而爲持誦即能成就一切儀軌此説即是金剛語菩薩法復次金剛部祕密印成就廣大儀軌中法用謂以自身金剛杵入一切相應賢聖眞法性中祕密行人作是法時即得一切事業成就此説即是金剛薩埵菩薩法復次金剛部祕密印成就廣大儀軌中法用謂諸所欲得佛世尊究竟眞常常施一切衆生妙樂復能成就一切事業此説即是金剛手菩薩法爾時金剛手菩薩摩訶薩復白一切如來言如來善聽此祕密智勝無有上若欲得成諸佛身者應當寂靜住等引心入一切如來智三摩地從是三摩地出已得成佛身即能成就諸三摩地法所謂劒成就三摩地藥叱尼成就三摩地一切執曜阿吠舍成就三摩地遣除一切執曜三摩地破一切惡三摩地持明人三摩地神通成就三摩地財寶成就三摩地入脩羅宫成就三摩地常得國王及王眷屬愛念成就三摩地此如是等有無數種三摩地法及祕密章句中今此四種祕密供養而爲最上金剛部大菩薩與金剛嬉戲等如理相應金剛嬉戲者此説即是和合出生之

義而此菩薩一切所欲得諸如來常施歡喜即此金剛嬉戲菩薩爲增勝主常於一切如來而生歡喜

復次祕密種子文字所謂

野部引骨嚕二合卒魯二合阿引莎引刹呼引𠻬吽引鍐𪘨引

此等文字即是金剛嬉戲本部大菩薩與金剛蓮華二法相應即此金剛而爲警覺所有蓮華即觀自在菩薩三摩地門而彼蓮華離諸所著以金剛鎖堅牢而住於諸所動相應平等而常不離三摩呬多然後同一眞實吽字智門出敬愛事而能成就一切事業此説即是金剛手菩薩法爾時聖觀自在菩薩摩訶薩白諸如來言所有金剛杵住於蓮華上彼金剛杵及與蓮華二法和合相應成就獲得妙樂無滅無盡爾時金剛手菩薩摩訶薩住於世尊大毗盧遮那如來前作是白言世尊彼金剛杵云何能住於蓮華上此金剛杵及與蓮華作用行相復云何説世尊此理甚深我於是義不能解了爾時世尊大毗盧遮那如來讚金剛手菩薩摩訶薩言善哉善哉金剛手汝今當知彼金剛杵住蓮華上者爲欲利樂廣大饒益施作諸佛最勝業是故於彼清淨蓮華之中而金剛杵住於其上乃入彼中發起金剛眞實持誦然後金剛及彼蓮華二事相擊成就二種清淨乳相一謂金剛乳相二謂蓮華乳相於二相中出生一大菩薩善妙之相次復出生一大菩薩猛惡之相菩薩所現二種相者但爲調伏利益一切衆生由此出生一切賢聖成就一切殊勝事業

爾時金剛手菩薩摩訶薩復白佛言世尊何者是乳相復從何生起唯願世尊顯明開示爾時世尊告金剛手菩薩摩訶薩言即汝金剛手所有最勝祕密供養是即乳相從是生起金剛手菩薩摩訶薩復白佛言世尊我不解佛所說義佛言金剛手當知乳相者即是本真相如祕密降三世教中所說爾時世尊大毗盧遮那如來普攝金剛手等一切菩薩同一真實同一出生都成爲一金剛薩埵之身告諸如來言今此所說祕密供養等祕密行相但爲警覺邪外之衆故佛菩薩隱密而說是時所現金剛薩埵身與本部菩薩同住正見出生敬愛唯以金剛縛而普攝已所有本部大菩薩等同處于左根本之位住蓮華中以金剛杵開覺蓮華而悉同一三昧相應

爾時本部大菩薩衆得開覺已即說頌曰

快哉一切正覺尊　我所敬愛施妙樂
唯此妙樂外無餘　而能成就祕密法

爾時世尊大毗盧遮那如來即說頌曰

快哉妙樂無有上　諸有正士應當修
今此祕密妙法門　有罪染者不應受
祕密蓮華此無上　金剛嬉戲即彼法
金剛蓮華教亦然　總攝毗盧遮那智

世尊大毗盧遮那如來說是頌時有無數百千殊妙瑞相一時出現

佛說祕密相經卷下

音釋

鄭（則旰切）　煬（餘亮切）　詵（疏臻切）　叱（尺栗切）

佛說一切如來金剛三業最上祕密大教王經
宋西天三藏朝奉大夫試鴻臚卿傳法大師施護奉　詔譯

清刻龍藏佛說法變相圖

佛說一切如來金剛三業最上祕密大教王經卷第一

宋西天三藏朝奉大夫試鴻臚卿傳法大師施護奉　詔譯

一切如來金剛三業最上甚深祕密中祕密諸佛大集會安住一切如來三摩地大曼拏羅分第一

如是我聞一時佛住一切如來神通加持一切如來金剛三業一切如來正智出生變化清淨境界與不可數不可計一切佛剎須彌山量等塵數諸大菩薩眾俱其名曰金剛三昧菩薩金剛身菩薩金剛語菩薩金剛心菩薩金剛定菩薩金剛最勝菩薩金剛地菩薩金剛水菩薩金剛火菩薩金剛風菩薩金剛虛空菩薩金剛色菩薩金剛聲菩薩金剛香菩薩金剛味菩薩金剛觸菩薩金剛法界自

性菩薩如是等菩薩摩訶薩而爲上首是時有等虚空界一切如來所謂大毗盧遮那金剛如來阿閦金剛如來寶生金剛如來無量壽金剛如來不空成就金剛如來如是等一切如來譬如胡麻徧滿虚空而無間隙是諸如來於虚空中一一出現爾時世尊大毗盧遮那金剛如來於大衆中即入一切如來最勝自在大教三摩地此三摩地從一切如來莊嚴身入於是三摩地中總攝一切如來身語心業爲大主宰隨順一切所求義故於一身中現諸影像作諸變化然復現本毗盧遮那佛身從是身中出三摩地由是變化故即時出現佛眼菩薩摩摩枳菩薩白衣菩薩多羅菩薩如是等菩薩出生而住又復出現色自性菩薩聲自性菩薩香自性菩薩味自性菩薩觸自性菩薩如是等菩薩出生而住爾時世尊阿閦金剛如來於諸如來清淨境界周徧十方廣大圓滿大三昧耶大曼拏羅中以加持願力故如理安住自性觀達種種色像出生變化無邊佛雲四方周密無所間隙於中出現本尊曼拏羅廣大莊嚴住諸佛前如是出現已即於一切如來身語心金剛三業一切如來大曼拏羅中如理安住是時世尊大毗盧遮那金剛如來阿閦金剛如來寶生金剛如來無量壽金剛如來不空成就金剛如來是諸如來皆悉安住金剛菩提心住菩提心已即入一切如來現前安住金剛三摩地又復安住一切如來吉祥清淨大金剛地乃至盡虚空界一切衆生一切皆得金剛薩埵而爲加持復得一切如來最勝妙樂爾

時世尊大毗盧遮那金剛如來從一切如來身語心金剛三業所生三摩地出已即現大持明人得一切如來大明加持安住乃至普徧無邊而悉加持此持明人從佛世尊菩提心出現其三面住諸佛前時諸如來一一皆見是時世尊阿閦金剛如來等一切如來從大毗盧遮那金剛如來心出三摩地已各作是言

大哉一切佛　悉轉菩提心　安住諸如來
祕密勝無礙

又復世尊大毗盧遮那金剛如來彈指召集一切如來時諸如來即時出現眞實三昧化諸寶雲雨寶供具供養世尊大毗盧遮那金剛如來作是供養已頂禮恭敬咸作是言世尊我等皆欲隨自宣說一切如來祕密集會金剛精妙眞實法門是時世尊大毗盧遮那金剛如來即讚是言善哉善哉諸佛世尊善作善說是大希有所有一切修祕密行諸菩薩衆得未曾有悉令了達祕密眞實廣大法門斷諸疑惑如是功德最勝無比所有一切如來衆會一切如來灌頂金剛身語心祕密三業一切如來加持所作一切如來金剛三昧出生正句一切如來最極妙樂無上勝義乃至一切如來智現前智因果等法隨自宣說令正是時爾時世尊阿閦金剛如來受勸請已即入一切如來大智光明阿閦金剛三摩地從定出已住金剛三業宣說金剛部最上精妙自根本心大明曰

唵引一嚩日囉二合特哩二合俱半音二

說此大明時彼佛世尊從一切如來身語心

中出現持明人現黒白赤三種色相與阿閦如來大印相應安住最上根本一切如來金剛三業此持明人於東方坐是名金剛部主又復世尊寶生金剛如來即入一切如來寶生金剛吉祥三摩地從定出已以自三業宣說寶部最上精妙自根本心大明曰

唵引一囉怛那二合特哩二合俱半音二

說此大明時彼佛世尊從一切如來身語心中出現持明人現黃白黒三種色相與寶生大印聚集相應入虛空界安住虛空界一切如來金剛三業此持明人於南方坐是名寶部主又復世尊無量壽金剛如來即入大蓮華教出生金剛三摩地從定出已以自三業宣說蓮華部最上精妙自根本心大明曰

唵引一阿盧力俱半音二

說此大明時彼佛世尊從一切如來身語心中出現持明人現赤白黒三種色相與觀自在大明主大印相應安住最上一切如來金剛三業此持明人於西方坐是名蓮華部主又復世尊不空成就金剛如來即入一切如來不空三昧金剛三摩地從定出已以自三業宣說三昧句召部最上精妙自根本心大明曰

唵引一鉢囉二合倪也二合引特哩二合俱半音二

說此大明時彼佛世尊從一切如來身語心中出現持明人現白黒綠三種色相與不空金剛大印相應安住一切如來金剛三業此持明人於北方坐是名三昧部主又復世尊大毗盧遮那金剛如來即入一切如來三昧出生金剛三摩地從定出已以自三業宣說

佛部最上精妙自根本心大明曰

唵一引嚩那嚩倶二半音

説此大明時彼佛世尊從一切如來身語心中出現持明人現黑白赤三種色相與大毗盧遮那大印相應安住最上根本一切如來金剛三業此持明人於中方坐是名佛部主如是金剛部寶部蓮華部三昧部佛部等五部甚深祕密法門是即五種祕密解脱成就

爾時世尊阿閦金剛如來復入一切如來身語心持金剛調伏三昧三摩地從定出已以自身語心宣説一切金剛部中一切上首明妃根本心大明曰

唵一引訥尾引二合沙囉帝二

説此大明時彼佛世尊從一切如來身語心出現持明菩薩住女人色相於東南隅坐又復世尊毗盧遮那金剛如來即入一切如來調伏金剛三摩地從定出已以自三業宣説一切如來部中一切上首明妃根本心大明曰

唵一引謨引賀羅帝二

説此大明時彼佛世尊從一切如來身語心出現持明菩薩住女人色相於西南隅坐又復世尊無量壽金剛如來即入一切如來持蓮華調伏金剛三摩地從定出已以自三業宣説一切如來蓮華部中一切上首明妃根本心大明曰

唵一引囉引誐囉帝二

説此大明時彼佛世尊從一切如來身語心出現持明菩薩住女人色相於西北隅坐又復世尊不空成就金剛如來即入一切如來

語言三昧金剛三摩地從定出已以自三業宣說一切如來三昧句召部中一切上首明妃根本心大明曰

唵(一引)嚩日囉(二合)囉帝(二)

說此大明時彼佛世尊從一切如來身語心出現持明菩薩住女人色相於東北隅坐是四持明菩薩一一皆從一切如來明妃三昧正智出生爾時世尊大毗盧遮那金剛如來復入徧照金剛三摩地從定出已以自三業宣說安住一切如來大曼拏羅中金剛大忿怒焰鬘得迦明王根本心大明曰

唵(一引)野鬘(引)得訖哩(三合)吽(半音二)

說此大明時彼佛世尊從一切如來身語心一切如來大明根本出現大忿怒明王於東門坐復入一切如來現前正覺金剛三摩地從定出已以自三業宣說安住一切如來大曼拏羅中金剛大忿怒鉢囉研得迦明王根本心大明曰

唵(一引)鉢囉(二合)研得訖哩(三合)吽(半音二)

說此大明時彼佛世尊從一切如來身語心金剛三昧大明根本出現大忿怒明王於南門坐復入一切如來法寶所住三摩地從定出已以自三業宣說安住一切如來大曼拏羅中金剛大忿怒鉢訥鬘得迦明王根本心大明曰

唵(一引)鉢訥鬘(引)得訖哩(三合)吽(半音二)

說此大明時彼佛世尊從一切如來身語心一切如來語業行出現大忿怒明王於西門坐復入一切如來身語心金剛三摩地從定出已以自三業宣說安住一切如來身語心

曼拏羅中金剛大忿怒尾覲難得迦明王根本心大明曰

唵(一引)尾覲難(引二合)得訖哩(三合)咄(半音二)

説此大明時彼佛世尊從一切如來身語心一切如來三業行和合出現大忿怒明王於北門坐如是等大忿怒明王咸各安住一切如來身語心大喜三昧耶大曼拏羅中

諸佛大集會菩提心分第二

爾時一切如來以金剛三業作大供養供養毗盧遮那如來作是供養已咸各説是伽陀曰

我各樂説精妙法　最上金剛身語心

及説無上大菩提　一切如來祕密義

是時毗盧遮那金剛如來金剛三業大祕密主聞諸如來説是伽陀已默然而住爾時會中有諸菩薩咸各内心思惟是相世尊知已於大會中作如是言諸善男子若身若心有所生相是爲住相身心離相當何所住語言分别亦復如是時諸菩薩聞是法已皆悉安住一切如來堅固三業離一切相猶如虚空生大歡喜咸作是言

大哉普賢大法界　堅固無動身語心

無生相應名所生　一切生法皆如是

是時一切如來各各安住堅固三業已即入一切如來現前正覺金剛三摩地從定出已咸作是言菩提心者當知無性性非無性性亦非性若了此性即了無性如是了者即能了達彼無上性彼了達故即無所得此即名爲一切如來安住堅固身語心業爾時世尊大毗盧遮那金剛如來即入一切如來現前

金剛三摩地從定出已作如是言當知菩提心者離一切性若蘊若處若界無取無捨諸法無我平等出生而彼心法本自不生是故當知我法自性即彼空性如是了者乃名堅固住菩提心又復世尊阿閦金剛如來即入一切如來無盡金剛三摩地從定出已作如是言菩提心者無法無法性無生亦無我此性如虛空離諸分別相如是了者乃名堅固住菩提心又復世尊寶生金剛如來即入一切如來法無我金剛三摩地從定出已作如是言菩提心者即諸法無性離諸法相從法無我實際所生如是了者乃名堅固住菩提心又復世尊無量壽金剛如來即入一切如來熾盛焰光金剛三摩地從定出已作如是言菩提心者即無生法非性非無性如虛空句相應而住於一切法亦如是行如是了者乃名堅固住菩提心又復世尊不空成就金剛如來即入一切如來現前住金剛三摩地從定出已作如是言菩提心者是即自性淨光明法非彼菩提有相可得亦非現前三昧可證如是了者乃名堅固住菩提心爾時有菩薩摩訶薩名曰慈氏在大會中聞諸如來各各以自三業宣說祕密法性明句及說菩提心法生大歡喜歎未曾有即於衆中作如是言

大哉一切佛　大哉祕密法　宣說妙法門
眞實清淨義　及說菩提心　我歸命稱讚
從無我出生　一切佛菩薩　已離諸疑惑
無相亦無礙　皆住菩提心　及彼一切行
普賢一切義　從菩提心轉　及彼一切行

菩提行所生　堅固菩提心　我歸命稱讚
如來心清淨　是即菩提心　身語業堅固
名金剛三業　佛菩提所歸　我歸命稱讚

諸佛大集會金剛莊嚴三摩地分第三

爾時世尊大毗盧遮那金剛如來復入一切如來變化大雲莊嚴金剛三摩地從定出已即說大明曰

唵(引一)輸[illegible](切身)多(引)倪也(二合)那嚩日囉(二合二)莎婆(引)嚩(引)怛摩(二合)酤(引)欣(呼郎切下同三)

說是大明已復說伽陀曰

於虛空界中　想佛曼拏羅　光明雲大嚴
佛平等焰光　五種平等光　成平等圓壇
五欲性解脫　名五自在行　住平等觀想
在佛影像中　徧照尊大印　三業相應住
金剛身語心　住大印觀想　阿閦尊大印
出生相應行　寶生尊大印　無量壽智光
不空成就印　想佛曼拏羅　現帝青大光
住堅固三業　持金剛大焰　大惡可怖相
現水精月光　莊嚴髮髻冠　持熾盛大輪
衆莊嚴清淨　現紫金色光　佛雲照諸部
九股金剛杵　執持而觀想　現珊瑚色光
金剛焰嚴飾　持大寶光明　熾盛雲普徧
現蓮華色光　莊嚴髮髻冠　持熾盛蓮華
想蓮華金剛　此五種光明　不空堅固相
善持智慧劒　想佛曼拏羅

說是伽陀已復入一切如來法界自性三摩地從定出已復說金剛三業加持大明曰

唵(引一)達哩摩(二合二)馱(引)覩嚩日囉(二合二)莎婆(引)嚩(引)怛摩(二合)酤欣(引三)

說是大明已復說伽陀曰

現五種大寶　皆如芥子量　無比復最上
常住觀相應　此寶廣大住　無住復廣大
彼廣大寶雲　即佛平等光　現金剛大輪
出現大寶雲　持大蓮華藏　執本部器仗
復現菩薩雲　廣大無邊際　作自在變化
一切皆無礙　於虛空界中　現月曼拏羅
自曼拏羅等　想大輪圓滿　蓮華曼拏羅
想金剛自性　寶曼拏羅生　自性清淨寶
相應曼拏羅　虛空相出生　即佛最上性
身語心成就　此堅固出生　具一切智相

諸佛大集會一切如來心曼拏羅分第四

爾時佛世尊　大毗盧遮那　復彈指句召
一切諸如來　是時諸如來　又復皆雲集
勸請毗盧尊　說曼拏羅法　諸如來寂靜
諸如來出生　最上法無我　願說曼拏羅
一切相圓滿　一切相莊嚴　普賢最上身
願說曼拏羅　寂靜法出生　正智行清淨
普賢最上語　願說曼拏羅　諸有情大心
自性淨無垢　普賢最上心　願說曼拏羅
爾時金剛手　三界最勝尊　救度三界者
菩薩摩訶薩　諸如來大心　諸如來出生
諸曼拏羅性　次第而宣說　我今說最上
大心曼拏羅　安住心金剛　三業曼拏羅
信解心爲線　稱分量所作　以智慧絣量
住三業觀想　十二肘量作　大心曼拏羅
四方與四隅　四門四樓閣　中心置大輪
圓滿無所缺　各住本尊印　所作如儀軌
輪中想金剛　現帝青大光　五股大智杵
光焰可怖相　東方想大輪　金剛光莊嚴
南方想大寶　現衆寶光明　西方大蓮華

現蓮華色光　北方大利劒　出現熾盛光
東南隅佛眼　現青雲色光　西南隅智杵
摩摩枳出生　西北隅蓮華　出現開敷相
東北隅青蓮　青雲色淨光　復次於東門
想没訥誐羅　南門想寶杖　金剛淨焰光
西門想蓮華　現熾盛劒光　北門金剛杵
及金剛瓶等　如是觀想已　成心曼拏羅
以金剛三業　作廣大供養　若住身供養
於身相無礙　若住心供養　了心性平等
智者善安住　具無量功德　諸佛吉祥句
虛空界莊嚴　若世間供養　香華燈塗等
得聖賢歡喜　諸菩薩敬愛

諸佛大集會一切明句行分第五

爾時世尊大毗盧遮那金剛如來金剛三業大自在主大執金剛王一切處最勝自在善說諸法一切行義及諸行相於大衆中作如是言諸大士當知彼一切法離諸疑惑眞實出生若貪若瞋及癡法等此三平等了此法性是即無上大菩提性如是了知已得一切成就假使世間旃陀羅輩及諸惡類常起殺害諸衆生心若能以淨信解修祕密者如是等人皆得成就而能安住大乘祕密復次若有造無間業諸衆生類廣造諸惡極重罪已能起淨信修祕密者亦得一切最上成就若有衆生造殺生業行不與取受諸邪染起大妄語造如是等諸惡業者若能起淨信解修祕密法如是等人亦得成就何以故諸大士當知祕密法中若染若淨若怨若親皆悉平等若了知者乃能安住最上大乘祕密法要是即成就諸佛自性以如是故於一切法得

離疑惑唯除毀謗阿闍黎者如是等人設使勤求於祕密法不能成就是時會中有菩薩摩訶薩名除蓋障聞佛世尊說是法已怪未曾有即白佛言世尊云何於諸如來及大衆中宣說此義我昔未聞爲法非法語耶願佛世尊爲我開曉爾時世尊大毗盧遮那金剛如來即告除蓋障菩薩言止止善男子莫作是說當知所說即諸法性一切如來眞實淨智諸法精妙勝義出生如是名爲菩提行向又復會中所有不可數不可計一切佛刹中須彌山量等塵數諸菩薩衆聞佛說是法已皆大驚怖迷悶躃地各作是念唯願世尊加哀救護令我等輩還復本座爾時世尊大毗盧遮那金剛如來知其念已即入一切如來金剛三業虛空平等無二金剛三摩地於其定中以金剛三業神通加持即時諸菩薩衆咸得醒悟離諸怖畏而能各各還復本座是時一切如來見是事已皆大歡喜生希有心咸以清淨深妙法音說是伽陀曰

大哉最上法　大哉法義生　法無我眞實
歸命金剛王　身語心清淨　住虛空平等
離疑惑無礙　歸命金剛身　如來心最上
三際道隨轉　眞如界離相　歸命如虛空
虛空身眞實　虛空語善轉　虛空法清淨
歸命無所喻

諸佛大集會身語心加持分第六

爾時世尊阿閦金剛如來復入一切如來身語心祕密三摩地從定出已宣說加持心大明曰

唵(引一)薩哩嚩(二合)怛他(引)誐多唧多嚩日囉(二合)

二莎婆引嚩引怛摩合二酤欣引三

又復世尊大毗盧遮那金剛如來出彼定已復入離塵金剛三摩地從是出已宣説加持身大明曰

唵一引薩哩嚩合二怛他引誐多迦引野嚩日囉二合二莎婆引嚩引怛摩合二酤欣引三

又復世尊無量壽金剛如來即入無二平等金剛三摩地從定出已宣説加持語大明曰

唵一引薩哩嚩合二怛他引誐多嚩引吾嚩合二日囉二合二莎婆引嚩引怛摩合二酤欣引三

此三金剛是諸如來大祕密句離諸觀想分別安住一切真言行相又復世尊寶生金剛如來即入智燈金剛三摩地從定出已説此大明曰

唵一引薩哩嚩合二怛他引誐多引㝹囉引誐拏嚩日囉二合二莎婆引嚩引怛摩合二酤欣引三

又復世尊不空成就金剛如來即入不空金剛三摩地從定出已説此供養諸佛大明曰

唵一引薩哩嚩合二怛他引誐多布惹引嚩日囉二合二莎婆引嚩引怛摩合二酤欣引三

如是大明當以五種無礙功德具五種行供養諸佛如是供養已速得成就諸佛自性即能安住一切如來金剛三業是持金剛者爾時金剛手菩薩摩訶薩大執金剛者隨喜一切如來各説大明已亦自安住真言行門於自身語心三業而悉靜住照達廣大成就法門心住無我生大歡喜身語二業離諸有相如是三業相應猶如虛空平等安住了達身語心業自性皆無所得由是得與真言行相自性相應非智所覺非心所觀遠離有爲諸

行造作而彼身語心相與彼菩提自性相應
如是宣説大明儀軌
時金剛手尊　住諸佛光明　諸佛一切智
説最上觀想　當住虚空中　想月曼拏羅
現諸佛影像　微妙行相應
應當觀想如是
唵字
當住於一心　想芥子滿空　觀想諸智句
祕密智儀軌　復住虚空中　想日曼拏羅
現諸佛影像　一切句圓滿
應當觀想如是
吽字
復住虚空中　想輪曼拏羅　出現佛眼相
想金剛蓮華　復住虚空中　想寶曼拏羅
出現衆寶相　圓滿而觀想　復住空觀想
蓮華曼拏羅　金剛相相應　想蓮華金剛
復住空觀想　光明曼拏羅　現諸佛善相
最勝光圍繞　復現青蓮相　五股金剛杵
衆寶如麥量　住心而觀想　復想八葉蓮
如左拏迦量　住心觀想已　回向大菩提
輪等皆最勝　如儀軌觀想　成就菩提句
圓滿諸功德　大明行最勝　安住佛菩提
出生諸法句　住金剛三業　爾時金剛手
爲利諸衆生　説諸清淨行　祕密中最上
於法分限中　處塵染無著　作祕密供養
是名心供養　若以甘露食　得成勝義果
最上眞實法　離相菩提心　當以四種食
常依法而食　住三業祕密　一切皆成就
此四雖常食　而勿生礙想　離此四非法
當了飲食性　得諸佛敬愛　及菩薩智慧

諸相應行等　速成就佛性　欲界中自在
及諸有所作　得威光色力　一切皆敬愛
世有大名稱　覩者如光照　一切佛祕密
諸菩薩最上

此名一切祕密大明行金剛三業眞實法門

佛說一切如來金剛三業最上祕密大教王經卷第一

音釋

阿閦梵語也此云無動閦初六切　絣補耕切以繩直物也　肘陟柳切二尺為肘　夌同閒承切與陵同大阜也

佛說一切如來金剛三業最上祕密大教王經卷第二

宋西天三藏朝奉大夫試鴻臚卿傳法大師 施護奉 詔譯

諸佛大集會祕密精妙行分第七

爾時世尊大毗盧遮那金剛如來又復宣說一切如來金剛三業大三昧耶最上真實大明勝行三摩地法伽陀曰

諸富樂所樂　隨意即當行　獲種種相應
速成就佛性　又復諸富樂　所樂隨意行
得本尊相應　成自他供養　作苦行求法
彼不能成就　諸樂隨意行　斯為善成就
假使求四方　飲食而活命　持誦不間斷
得成諸富樂　善住身語心　勤求大菩提
遠離夭横怖　當不墮地獄　佛菩薩所行
最上大明行　謂勝法文字　成就諸富樂
順行諸樂境　即五智自在　菩薩常稱讚
諸佛善所作　當知色三種　成自他供養
一切佛敬愛　毗盧尊出生　又復聲三種
供養諸聖賢　一切佛敬愛　寶幢尊出生
又復香三種　供養諸佛等　一切佛敬愛
無量壽出生　又復味三種　供養諸聖賢
一切佛敬愛　不空尊出生　又復觸三種
供養於本部　彼諸佛金剛　阿閦尊所得
彼色聲香等　心常離諸結　一切佛世尊
祕密真實說　色聲等明句　諦心而觀想
復各於本部　觀想諸聖賢　住佛念相應
作法念觀想　觀身語意業　成金剛念觀
諸部念相應　成忿怒念觀　賢聖念相應
成就菩提觀　若住於身觀　即身相無礙
若住心觀想　心離諸有著　諸佛所愛樂

住佛眼觀察　二處皆平等　速成就佛性
吽字及唵字　發字等儀軌　現五種光明
想蓮華金剛　如月淨光焰　隨意而觀想
佛念等相應　觀想求菩提　云何佛念觀
謂徧一切處　皆諸佛影像　出現佛智雲
云何法念觀　謂徧一切處　觀想金剛法
出現法智雲　云何金剛觀　謂徧一切處
想金剛薩埵　現金剛智雲　云何諸部觀
謂徧一切處　現本尊影像　及本尊智雲
云何忿怒觀　謂徧一切處　想出忿怒聲
現忿怒智雲　云何菩提觀　及彼菩提念
謂本金剛蓮　二處悉平等　現智曰金剛
作金剛供養　復云何得名　曼拏羅念觀
謂二處平等　妙蓮華自在　出生大相應
曼拏羅自性　云何身念觀　謂一切如來
所有勝妙身　五蘊性圓滿　彼佛身自性
平等如是見　云何語念觀　謂金剛法語
平等如是見　持最上法性　云何心念觀
謂普賢大心　普徧於一切　住祕密根本
平等如是見　持金剛大心　云何有情觀
謂諸有情心　及彼身語業　平等如是見
皆離相平等　一切如虛空　復云何得名
一切大明相　謂即身語心　念觀相應法
身住妙金剛　語心亦如是　作是平等見
名最上持妙　又復云何名　三昧耶念觀
謂三昧文字　清淨諸儀軌　如來所莊嚴
得妙樂成就　又復云何名　般若波羅蜜
三昧耶念觀　謂諸法自性　清淨大光明
無生無所依　無智亦無得　無因無所生
又復云何名　彼無生念觀　亦諸法自性

清淨光明法　如虛空離相　亦復離文字
無二非無二　無垢而寂靜　又復云何名
諸部供養觀　謂身心離相　作平等供養
與諸部相應　成就甘露法　得佛加持身
及彼金剛心　最上持法語　皆如理所得
身語心清淨　遠離諸邪念　成就持明行
得金剛不壞

諸佛大集會甘露三昧分第八

爾時世尊寶生金剛如來安住一切如來金剛三業於大會中向金剛手菩薩最上自在執金剛者稱讚勸請作如是言

大乘金剛士　住空清淨行　普賢大供養
願說最上行　貪瞋癡染性　同入金剛乘
與虛空平等　無住大供養　解脫道所歸
二乘共宣說　佛大樂清淨　願說供養法
菩提心廣大　善轉妙法輪　身語心清淨
歸命金剛乘　爾時金剛手　菩薩摩訶薩
受佛勸請已　即說供養法　徧一切虛空
現廣大字相　一切灌頂義　攝金剛寶部
安住三金剛　身語心善樂　諸佛出生法
供養諸如來　彼供養法者　住身心平等
離著而無礙　當了諸法性　徧大地方所
一切皆清淨　離相而寂然　無少法差別
皆是諸如來　神通慧所作　祕密最上法
從五部出生　當住於虛空　觀想大智海
自身處月輪　具種種嚴飾　住諸佛心智
寂靜金剛界　想四寶莊嚴　高廣殊妙塔
五種光明鬘　清淨而圍繞　復想大智海
三世無住相　廣大不思議　總攝一切法
想自毛孔中　現供養智雲　及五種蓮華

謂青蓮華等　生有三種華　從聖賢所現
迦哩尼迦華　及末利迦華　踰體迦妙華
迦囉尾囉等　一一皆殊勝　妙香悉周徧
想輪曼拏羅　具種種莊嚴　廣百由旬量
周帀悉圓滿　金剛及蓮華　輪并寶劒等
以智慧觀想　一一於空現　廣俱胝由旬
四方淨嚴飾　衆寶所成塔　自性淨無垢
以正智觀想　諸部供養因　五種勝功德
成供養雲海　寶衣淨無垢　供養求菩提
作五種供養　得賢聖歡喜　種種最上寶
想現而莊嚴　彼一切妙寶　得最上成就
七寶巖境界　一切皆圓滿　安住於正慧
種種義成就　最上大印相　佛曼拏羅中
與諸觸相應　及諸味成就　當住空觀想
寶嚴曼拏羅　自體即佛身　作廣大供養
彼最上祕密　隨順一切法　安住加持句
是眞實供養　所有甘露味　能資生智慧
住諸佛三業　成就金剛智

諸佛大集會最上清淨眞實三昧分第九

爾時金剛手　復現空字相　一切灌頂行
一切勝自在　身語心相應　三業曼拏羅
宣諸最上法　諸佛祕密智　當住空觀想
金剛曼拏羅　中現阿閦尊　想執金剛杵
大焰光熾盛　五種光圓滿　三世佛出生
金剛部變化　身語心相應　想最上金剛
上首禪定法　心平等成就　衆祕密金剛
能破壞一切　阿閦金剛王　住諸佛境界

如是名爲金剛部中阿閦如來眞實三昧觀想法

爾時金剛手　智解勝成就　自性淨無垢

入大菩提行　說眞實三昧　成佛菩提法
當住虛空中　想佛曼拏羅　中現毗盧尊
及想一切佛　與諸寶相應　成金剛影像
從彼三金剛　出一切妙寶　平等如意珠
現圓滿寶海　諸佛大牟尼　出生諸佛子
如是名爲佛部中毗盧遮那如來眞實三昧
一切部中大智觀想法
爾時金剛手　說染性解脫　祕密淨無著
蓮華曼拏羅　當住虛空中　想大曼拏羅
中現無量壽　及諸佛供養　祕密行相應
及想一切教　此最上金剛　相應四三昧
二根本相應　能出生二種　觀想諸如來
成就三金剛
如是名爲蓮華部中無量壽如來眞實三昧
觀想法

爾時金剛手　金剛明句義　無我智出生
宣說如是法　當住虛空中　想佛曼拏羅
現不空成就　及觀想諸佛　一切佛無住
離相諸語言　眞妄及影像　皆住金剛句
金剛手所說　佛菩薩所生　彼諸佛語言
如空淨無垢　說大明成就　祕密智所覺
三昧句召部　所作義眞實
如是名爲三昧句召部中不空成就如來眞
實三昧觀想法
爾時金剛手　三金剛無住　堅固不能壞
宣說如是義　當住空觀想　三昧曼拏羅
中想寶生尊　及現諸影像　修瑜伽行者
當了諸法空　縱說非法語　亦得住淨智
如是名爲衆寶部中寶生如來金剛智莊嚴
三昧觀想法

爾時會中有菩薩名諸佛三昧金剛幢與不可數不可計須彌山量等塵數諸菩薩摩訶薩聞諸如來說是法已怪未曾有即於會中出大音聲咸作是言諸佛如來大祕密主出過三界通達世間一切諸法云何是中言非法語得成淨智是時世尊大毗盧遮那金剛如來即告諸菩薩言止善男子莫作是說何以故汝等當知彼最上祕密行即菩薩行彼菩薩行即如來行彼如來行即眞言行諸善男子譬如虛空於一切處無所住相虛空無住諸法亦然諸法如是當何所住不住欲界不住色界不住無色界不住四大等諸善男子一切法無住此義寂靜當如是知諸佛如來知諸衆生心所樂欲隨順宣說一切法門彼所說法猶如虛空離諸有相如來三昧亦復無住諸善男子譬如有人持以箭莖鑽木出火勤加其力煙即漸生而後非久火方得出出已即滅彼所出火不住箭莖不住其木不住人手諸善男子諸佛如來所有三昧亦復如是一切無住非來非去諸法亦然是時諸菩薩摩訶薩聞佛世尊說是法已心生信解歎未曾有皆大歡喜作是讚言

廣大希有最上法　離相寂靜如虛空
破諸疑網清淨門　是故稱讚眞實說

諸佛大集會觀察一切如來心分第十

爾時世尊大毗盧遮那金剛如來而復召集諸佛如來普令安住大三昧耶金剛眞實現證菩提堅固三業諸佛如來祕密法門如是安住已毗盧遮那即作是言當說諸佛本部眞實大明身語心業祕密最上成就等法是

時金剛手菩薩摩訶薩於衆會中現大威勢目爍光明熾然可怖廣視大會及十方界出大音聲作如是言

金剛身語心　住三業觀想　離疑惑無礙
平等無所住

爾時世尊大毗盧遮那金剛如來即入如來自性清淨波羅蜜多教金剛三摩地從定出已向諸如來作如是言阿閦佛等一切如來各能宣說無數俱胝那庾多百千大明出生一切成就事現諸變化於十方界神通自在順行諸法於五境中遊戲無礙於真言行解脫相應何以故一切如來真言行法出生彼諸大持明士而能觀察此諸如來身語心祕密大明義照達一切最上祕密大明心常樂趣求一切如來身語心三昧常樂趣求一切執金剛身語心三昧常樂趣求一切持法身語心三昧說是法已即以自金剛三業說大明曰

吽唵(引)阿(引)莎(引)賀(引)(一)

說此大明時會中一切菩薩聞已皆悉驚怖咸各思念金剛手菩薩

爾時金剛手菩薩知是念已即說一切如來大三昧法

當住空觀想　莊嚴曼拏羅　於中想吽字
及自影像等　金剛大光明　廣大不思議
諸佛身語心　當如是觀想　一剎那成就
大金剛三業　金剛王大士　一切勝自在
自壇法自明　出生諸儀軌　此攝一切明
金剛精妙說　現自持明人　四處具色相
三面相相應　及想三種色

如是名爲虛空金剛三昧法

此復說最上　金剛祕密心　當住空觀想
微妙曼拏羅　於中復觀想　五股金剛杵
觀想常相應　勿令有間斷　思念三金剛
及彼金剛鉤　句召一切心　及諸賢聖等

即說此大明曰

吽(引)唵(引)阿(引一)發吒(半音)弱(仁作切下同二)

此一切金剛　佛菩提成就　所有金剛部
寶及蓮華等　觀想金剛鉤　句召於諸部
復觀照自心　作那吒迦法　於七晝夜中
作金剛事業　成就身語心　祕密智金剛
觀察諸施願　不令生怖畏　施廣大成就
心生大喜愛　成就佛菩薩　一切真言行
若越此法者　當壞彼壽命　爾時金剛手
調伏三界尊　最上大金剛　出如是音聲
乃至持明者　三金剛智圓　二處得相應
成諸供養事　此諸佛成就　大明三昧法
入明妃自在　想金剛相應　成此法即名
三昧曼拏羅　爾時金剛手　諸如來出生
諸佛大灌頂　復作如是言　彼一切世界
以此法句召　任大印相應　成就一切事
佛真實變化　無數億金剛　此名佛世尊
菩提三昧法　得成就菩提　成三金剛相
入金剛大士　勝菩提心海

諸佛大集會一切如來真實三昧最上持明大士分第十一

爾時世尊大毗盧遮那金剛如來即入一切如來最上金剛持明大士三摩地從定出已宣說一切如來大明金剛最上明句當想三金剛字最上大印安住大智金剛一切菩提

平等所謂唵字爲智本即身金剛平等阿字法無我即語金剛平等吽字不可壞即心金剛平等如是三金剛平等堅固而住即一切如來身語心所出持明大士當觀想此

勃籠(二合引下同)字即成虛空金剛心曼拏羅一切金剛周帀圍繞於中復想廣大金剛智雲即此勃籠字是金剛智心

又復觀想此

吽字唵字成金剛曼拏羅本部諸相一切圓滿

又復觀想此

盎字成本尊曼拏羅本尊賢聖諸相圓滿

又復觀想此

吽字阿字成法曼拏羅

如是諸字中當知勃籠字即無所住相從三金剛觀想出生此等名爲金剛祕密三昧心字亦是三世諸佛最勝身語心所謂唵字即諸佛最勝身唵阿字即諸佛眞實語阿吽字即諸佛大智心又復吽字亦即無上菩提此即一切如來無上菩提成就聖法無想智金剛諸佛正因果出生持明大士如是乃得最上名稱成就大明行現證三昧法三種金剛堅固不壞此名一切如來身語心三昧眞實智金剛加持正因三摩地法此法能成就一切所修行若有行人修此法者於寂靜處住相應觀想如前字是人於半月分速能成就金剛三業復次行人當住虛空觀想金剛本尊最上曼拏羅從根本大明出生持明大士說唵字心成曼拏羅出現五種大光明雲中

想最上大毗盧遮那如來而復出現無數佛身金剛光明徧照一切此名一切如來金剛祕密身語心業金剛光明莊嚴三摩地法若有行人修此法者於半月中速得成就最上勝身與佛身等堅固不壞住壽三劫隨順五境遊戲無礙復次行人當住虛空觀想金剛最上法曼拏羅從根本大明出生持明大士宣說阿字成曼拏羅現大金剛五種色光於中觀想無量壽如來從平等智正語三昧說正法語離諸戲論平等堅固金剛語業此名一切如來金剛正語三昧出生三摩地法若有行人修此法者即得成就金剛語業住壽三劫隨順五境遊戲無礙復次行人當住虛空觀想最上金剛曼拏羅從根本大明出生持明大士說吽字心成曼拏羅現廣大真實三昧五種光明於中觀想大智金剛寶生如來一切金剛最勝無住從金剛心出生三昧成就一切智功德海為大導師發生正智此名一切如來金剛祕密大心三昧最上三摩地法若有行人修此法者即得成就金剛心業住壽三劫隨順五境遊戲無礙

復次行人當住虛空觀想[illegible]亢字成大金剛平等智曼拏羅現一切身等虛空界皆從金剛智平等出生於須臾間變化諸佛菩薩廣大供養此名等虛空金剛三昧身語心安怛陀那出生莊嚴光明曼三摩地法若有行人修此法者即得住劫三昧諸佛菩薩亦不能見

復次行人當住虛空觀想金剛曼拏羅從根本大明出生持明大士說欸字心成曼拏羅

現金剛等作諸光明於中復想妙吉祥尊是即報身安住身語心業金剛三昧久已安住菩薩十地此名最上智月菩薩三昧金剛三摩地法若有行人修此法者即得一切成就

復次行人當住虛空觀想

颯疋零(三合引)字從是字中出現智光於是光中即現金剛薩埵身量等虛空此名等虛空界金剛三昧莊嚴三摩地法若有行人修此法者得五種通及佛最上三昧通力如是乃名一切成就

復次行人當住虛空觀想

唵字即成最上佛曼拏羅於中想現阿閦如來復現一切金剛大士想阿閦佛現於智相皆從阿閦如來三金剛禪定三昧出生此名阿閦如來三昧身現證菩提最上金剛三摩地法若有行人修此法者即得成就阿閦如來三昧身語心常住金剛堅固成就十方世界一切金剛供養事業

復次行人當住虛空觀想

唵字即成最上佛曼拏羅於中想現寶生如來及現虛空金剛想寶生佛現其寶相皆從寶生如來三金剛禪定三昧出生此名寶三昧自在最上金剛三摩地法若有行人修此法者即得成就寶生如來金剛三業出現寶幢平等光明成就菩提法無我智祕密平等無所住相

復次行人當住虛空觀想

唵字即成最上佛曼拏羅於中想現無量壽如來作施法相從無量壽如來三金剛禪定三昧三種金剛甘露平等出生此名無

量功德金剛光明吉祥三摩地法若有行人修此法者即得成就無量壽身語心業復得金剛壽命平等光明能爲衆生説大乘道

復次行人當住虛空觀想

唵字即成最上佛曼拏羅出現金剛大青蓮華中想不空成就如來現三昧相從不空成就如來三金剛禪定三昧平等出生此名不空成就三昧光明最上智出生三摩地法若有行人修此法者成就不空金剛身語心業得金剛不空平等光明出生吉祥智海利益一切衆生

復次行人當住虛空觀想

唵字即成光明佛曼拏羅於中想現毗盧遮那如來現三身相出大金剛光明皆從毗盧遮那如來三金剛禪定三昧平等出生此名趣求菩提身語心最上金剛三摩地法若有行人修此法者即得成就毗盧遮那金剛三業得平等光明大菩提智成就三身堅固不壞爾時世尊大毗盧遮那金剛如來復說伽陀曰

諸有修法者　當起精進心　往詣於山中
或曠野空舍　及兩河岸側　尸陁林等處
當住禪定心　隨所求作法　當住虛空界
想阿閦智等　五種通相應　想佛最上處
此名爲諸佛　最上大三昧　成就一切事
大金剛智通　五股金剛杵　五焰光莊嚴
五處皆相應　金剛通出生　想自明大輪
猛焰熾盛光　五種通相應　金剛通成就
想空金剛輪　現平等佛光　安住佛相應
得佛身平等　想曼拏羅中　自身成毗盧

安住唵字心　觀想根本識　寂滅金剛心
而常所出生　吉祥如意寶　諸佛勝成就
復想曼拏羅　中現阿閦尊　安住吽字心
現其心月相　復想曼拏羅　中現無量壽
安住阿字心　現金剛月相　此最勝三昧
三金剛不壞　寂滅三昧智　佛平等成就
住虚空界中　想自曼拏羅　唵字身語心
住堅固一劫　於虚空中想　金剛曼拏羅
吽字身語心　住堅固一劫　於虚空界中
想法曼拏羅　阿字身語心　住堅固一劫
如是名爲諸佛金剛三劫智三昧若於此法
得相應者即成金剛身語心業住堅固身如
理語言離諸妄想即得金剛薩埵成就
佛説一切如來金剛三業最上祕密大教王
經卷第二

佛説一切如來金剛三業最上祕密大教王
經卷第三

宋西天三藏朝奉大夫試鴻臚卿傳法大師施護奉 詔譯

諸佛大集會一切如來金剛相應三昧最上
成就分第十二

爾時金剛手 菩薩摩訶薩 最上世所師
最勝智成就 三金剛三昧 眞實智所生
從金剛語業 宣説成就法 等虛空三昧
自性離疑惑 自性清淨法 謂那乇迦想
諸欲作法者 當詣曠野中 山間及樹林
華果茂盛處 當觀想矇字 成妙吉祥身
住金剛三業 廣大無邊際 量廣百由旬
金剛光熾盛 光中現諸相 一切所莊嚴
梵王帝釋等 不能見其身 此名妙吉祥
勝金剛三昧 安怛陀那法 最上三摩地
若欲成此法 以五種甘露 和合三種鐵
而爲虞梨迦 三金剛不壞 三金剛所生
成就此法者 得安怛陀那 觀想於自心
諸佛所不壞 於一刹那間 妙吉祥出現
諸佛無住相 安住佛平等 想從自心明
本部法出生 現三十六百 須彌量大輪
乃至微塵數 熾盛金剛輪 彼一切皆住
此名金剛輪三昧三摩地法
復次從心明 想現大金剛 安住曼拏羅
金剛無住相 心金剛平等 現三十六百
一一須彌量 乃至微塵數 殊妙踰室多
諸相悉圓滿 於其三界中 爲最上金剛
彼嚕捺囉天 一切皆歸命
此名金剛平等三摩地法
復自心明想 八葉金剛蓮 諸法無住相

心法亦平等　現三十六百　一一須彌量
乃至微塵數　清淨寶蓮華　供養一切佛
最上曼拏羅
此名蓮華平等三摩地法
住三劫三昧　隨順五種智　十方一切佛
作三密承事　從自明觀想　歛現五種光
行人執持已　得持明自在　三界大供養
梵天等歸命　三千界勇猛　最上祕密尊
所欲行自在　得金剛三業　觀想心金剛
施如是成就
此名金剛歛成就三摩地法
當觀想唵字　即成虞梨迦　如左拏迦量
中現本尊像　住心而觀想　從本尊受已
行人刹那間　與諸菩薩等　如日照虛空
身紫金色相　復次想阿字　亦成虞梨迦

如左拏迦量　中現本尊像　住心而觀想
從本尊受已　行人刹那間　成就菩提智
如日照虛空　身紫金色相　復次想吽字
亦成虞梨迦　如左拏迦量　中現本尊像
住心而觀想　從本尊受已　行人刹那間
成就金剛身　如日照虛空　身紫金色相
當住空觀想　種智曼拏羅　中現毗盧尊
想手持大輪　輪持明成就　安住大輪部
此勝智成就　金剛智所生　如是大輪身
相應而成就　當住空觀想　舍剛曼拏羅
中現阿閦尊　手執金剛杵　大金剛持明
安住金剛部　金剛勝成就　金剛智所生
如是金剛身　相應而成就　當住空觀想
衆寶曼拏羅　中現寶生尊　想手執妙寶
大寶生持明　安住大寶部　最上寶成就

金剛智所生　如是大寶身　相應而成就
當住虛空中　想法曼拏羅　中現無量壽
手執大蓮華　大蓮華持明　安住蓮華部
蓮華勝成就　金剛智所生　如是妙法身
相應而成就　當住空觀想　三昧曼拏羅
現不空成就　手執大利劍　大利劍持明
安住三昧部　三昧勝成就　金剛智所生
如是大三昧　相應而成就　所有諸成就
謂三叉鉤等　依法而所作　得金剛相應
安住禪定心　三業皆成就　此即名諸佛
大金剛三昧
復説成就法　諸有作法者　當往四衢道
或於獨樹下　作金剛句召　召集本聖士
然當依儀法　隨意求成就　三相應大明
最上三金剛　句召身語心　諸佛大智慧
風輪曼拏羅　佛最上句召　十方三昧生
能句召一切　住空想三昧　金剛句召法
毗盧遮那尊　彼最上大輪　佛無住句召
金剛蓮華等　彼三昧部法　住三界三昧
具足一切相　觀想佛影像　成就身語心
句召等觀想　無數相應行　善作一切事
彼圓具諸相　身金剛觀想　金剛舌相應
語金剛平等　三祕密供養　諸供養中勝
此即一切佛　祕密精妙法

此名諸佛大祕密句召三昧若有行人求諸成就者當於五種飲食住三昧想是人即得成就持明具五種通安怛陀那金剛句召一切成就若五種食不能具者隨得一食亦住三昧是人即得最上相應諸佛如來所共加持具一切相自身語心金剛堅固心智平等

戴金剛冠最上總持彼一切佛同此三昧能為他作最上三昧一切成就此名一切平等智金剛三摩地法

復次宣説三金剛三昧最上成就法當於自舌想其吽字即是最上金剛三昧如是舌根即與五種甘露相應得三金剛不壞自性

又復當知阿字吒字是即最上金剛種種相應即得成就金剛薩埵此名金剛甘露三昧三摩地法

又復修習三金剛三昧最上成就者即得最上金剛三身成就十方諸佛如意寶海出淨光明普徧世界金剛自在又復修習輪三昧最上成就者即於諸法平等順行成就殑伽沙等一切三昧及一切最上持明法中為大主宰圓滿一切勝妙三昧住金剛身想得安

怛陀那如意自在於一切處放千光明悉能具足諸成就法所有世間阿脩羅乾闥等一切乾闥衆皆悉敬伏而為攝受善住殑伽沙等諸佛如來三金剛無住相是名金剛成就以金剛眼普見一切如運自手作諸事業一切隨意彼金剛目覩達亦然又於殑伽沙等刹中出大音聲轉諸勝義於一切處一切普聞成就金剛耳根勝義是即金剛語業又能成就金剛心業於殑伽沙等刹中了達一切衆生心行等法是名金剛心業又能從彼那吒迦出生殑伽沙等身住輪迴劫中現佛雲莊嚴作諸變化最上金剛出生是名金剛身業亦即金剛神通法又能於過去諸法以三昧力悉能思念此即名為金剛宿念

如是等名為三昧通金剛眼耳心宿念成就

神通等法諸佛神通於諸佛身平等成就常與殑伽沙等眷屬圍繞善行金剛身語心業於一切世界順行金剛三昧相應成就而能出生成就大義即得圓滿四種三昧了知金剛不壞事業順行三摩地相應觀想成就最上菩提修習出世間法最上成就入金剛乘順行諸法宣説大明自在觀想作大成就依時依法從自大明觀想金剛影像戴金剛冠作自在相即得成就大智金剛於一切處常所親近智甘露法如是名爲一切大明中眞實義成就若修習者先當依法擇其處所或大曠野或復山間或寂靜處依彼儀軌作諸成就而復常時勿令間斷即得一切成就此名諸佛大成就法

復次行人常所親近金剛四種堅固事業觀想三金剛身速得成就與彼四時依法相應復於五處依法了知已然立期限或七日或半月乃至一月依法儀軌觀想唵字成智金剛於中出生金剛三昧如諸儀軌廣大宣説諸有修習瑜伽法者當於日月時分如實了知不令越法如是即得最上祕密出生勝義相應成就

復次宣説出世間法最勝境界佛身成就伽陀曰

佛身最上持吉祥　三種金剛不破壞

安住加持祕密句　善作金剛不壞身

十方一切佛如來　三密金剛皆不壞

安住加持祕密句　善作金剛最勝身

復説出世間法最勝境界佛語成就伽陀曰

諸佛法語大吉祥　三種金剛不破壞

安住加持祕密句　善入金剛法語門
十方一切佛如來　三種金剛皆不壞
安住加持祕密句　從佛正語所出生
復説出世間法最勝境界佛心成就伽陀曰
佛心金剛持吉祥　三種金剛不破壞
安住加持祕密句　善住金剛廣大心
十方一切佛如來　三種金剛皆不壞
安住加持祕密句　從佛心法所出生
佛語金剛妙法語　金剛薩埵語亦然
若無智者越軌儀　彼即一切皆破壞
諸佛大集會金剛相應莊嚴三昧眞實觀想

正智三摩地分第十三

爾時執金剛最上智一切眞實義出生金剛手菩薩摩訶薩歸命頂禮一切牟尼大導師一切義堅固供養三昧眞實智主出金剛聲作如是言

大哉諸佛教　大哉大菩提　大哉寂靜法
大哉眞言行　畢竟無生法　自性無所生
離疑住眞實　正智所出生　此諸佛所説
一切明句法　金剛智供養　三金剛不壞
諸佛智所得　三金剛觀想　大相應持誦
諸佛所加持　諸部諸明句　住身語心相
大音持大明　聞已入智海　三世佛出生
大金剛三業　獲得無等智　金剛明觀想
復次金剛手　虛空智所生　最上最勝尊
説金剛持誦　持諸大明義　三金剛妙相
三堅固不壞　三金剛善説　變化有三種
謂身語心業　諸金剛持誦　三金剛心出
諸佛身語心　住金剛堅固　最上祕密法
勝供養儀軌　智金剛所説　三金剛心等

依法持誦間　此菩提平等　復次變化身
別別三不壞　身語心無我　住廣大智心
念廣大金剛　畢竟而不壞　此即一切佛
智眼所觀察　身金剛菩提　遠離性非性
此説諸佛身　身持誦如是　語三昧菩提
離聲非聲相　此説語金剛　語持誦如是
心三昧菩提　住金剛心行　此説心金剛
心持誦如是　隨諸義持誦　非自性所行
三世佛亦然　寶持誦如是　身現變化雲
普徧諸佛刹　堅固無來去　名不空持誦
祕密大明句　最勝文字義　出廣大音聲
徧聞曼拏羅　一切忿怒法　三昧智所生
彼忿怒持誦　祕密如是説　衆生住癡海
諸欲義隨轉　一切處了知　此佛部持誦
衆生住貪海　貪金剛語生　身心住亦然
蓮華部持誦　衆生瞋無住　瞋金剛心生
身語住亦然　金剛部持誦　三金剛三昧
金剛三昧中　如是衆金剛　那奔薩迦法
一切祕密主　了貪法實義　菩提貪所生
諸衆生亦爾　佛眼等大明　常隨轉貪法
成就貪自在　順行諸意道　癡法平等生
金剛持明王　彼那奔薩迦　施最上成就
忿怒瞋法生　常如害怨敵　雖生即無住
成就最上法

此名諸佛大士三昧

復次説五佛　諸部大明義　當住心輪中
觀想大智輪　大輪曼拏羅　想大輪明義
當住金剛心　觀想智金剛　金剛曼拏羅
想金剛明義　當住寶部心　觀想大智寶
衆寶曼拏羅　想衆寶明義　當住蓮華心

觀想蓮華智　勝法曼拏羅　想蓮華明義
當住三昧心　觀想三昧智　三昧曼拏羅
想三昧明義　諸曼拏羅中　安布五佛尊
出現五種光　菩提智所化　廣大一切明
隨轉種種義　三金剛不壞　漸廣復漸畧
身住身自性　心住心自相　語住正語言
得最上供養　大輪曼拏羅　想五種金剛
中現祕密主　本尊影像等　本部諸大明
四種曼拏羅　有其四種色　觀想心明義
四金剛事業　定金剛所作　此一切大明
勝祕密常住　所有息災法　當知佛眼相
彼增益法者　蓮華金剛相　所有敬愛法
現其廣愛相　諸調伏法中　金剛忿怒相
此一切教中　三祕密三身　一切大明中
想那吒迦相　若復於世間　欲作成就者
除彼不孝人　及謗阿闍梨　最上極惡等
此諸眾生類　雖勇猛勤求　而不能成就
此名諸佛大金剛智輪三昧
三界諸眾生　住佛身觀想　破壞一切怨
彼彼事成就　空中想大輪　五股而四面
具足一切相　想金剛薩埵　從三昧出生
想三世佛輪　以右手順轉　諸佛大力輪
十方諸眾生　佛廣大身生　彼和合相應
即自身徧入　復變化出生　諸佛智金剛
忿怒忿怒部　大惡可畏相　金剛手忿怒
執種種器仗　起破壞惡想　破諸大惡者
諸佛勝三身　三金剛境界　施一切成就
救度諸癡闇　七日中作法　決定皆成就
此名諸佛大執金剛金剛智輪三昧三摩地
行

住空想大輪　金剛光嚴飾　中想毗盧尊
圓具一切相　三世三昧生　金剛手大愛
金剛杵焰光　觀想持於手　十方諸衆生
金剛身出生　彼和合相應　即自身徧入
諦聽諸佛敕　身語心相應　最上金剛縛
智出生變化　吉祥金剛手　最勝大三昧
若有違此者　決定皆破壞
此名金剛大輪佛敕三昧三摩地行
住空想金剛　佛曼拏羅中　忿怒王大輪
本尊金剛等　一切衆生類　三世佛出生
彼衆生身入　三身曼拏羅　諸佛復從是
變化所出生　彼焰鬘得迦　忿怒明王相
三世諸衆生　起大忿惡心　想忿怒破壞
入金剛大智
此名一切三昧出生焰鬘得迦忿怒明王三

身智金剛三摩地法
身語心金剛　自明義功德　即最上三昧
如佛敕所轉　大明義作護　勝金剛智身
彼一切金剛　守護菩提義
此名諸佛三金剛三昧
當住虛空中　想大法金剛　毗盧遮那佛
最上身出生　彼三身三昧　阿薩那儀軌
當住虛空界　想諸佛徧滿　自明文字智
觀想現心相　復諸佛漸略　觀想心大明
心金剛所作　徧入於三身
此名諸佛堅固三業金剛寶大明作光明三
摩地法
觀想金剛手　具足一切相　諸佛所行步
如理而順行　平等步相應　觀想頂至足
此名諸佛自性清淨金剛海平等步順行三

摩地法
外曼拏羅中　想現忿怒尊　金剛羯磨步
及想於頂相
此名諸佛三金剛祕密主禁伏一切外道邪
明呪句金剛正語三摩地法
三金剛出生　忿怒金剛相　出現深黄色
想頂相高廣　如衆山中王　顯出於一切
諸佛勇健軍　能伏他軍衆　違佛三昧者
決定當破壞
此名一切如來三業出生降伏他軍三摩地
法
住禪定正念　警覺諸魔怨　此名佛世尊
吽字金剛橛　五股金剛量　觀想於心現
諸佛勇健軍　能破壞一切　違佛三昧者
決定當破壞

此名調伏一切癡迷怨惡最勝三摩地法
諸佛息災法　而常所利益　若國土境界
聚落城邑等　是中凡所作　有諸災患者
依儀軌作法　遠離一切苦　虚空中觀想
五股大金剛　變化作諸事　如意寶光明
想現大法雲　施作灌頂法　金剛禪定相
隨所作成就　吉祥如意寶　想金剛施法
佛雲大法雲　金剛手變化　安住三劫數
諸佛所加持
此名一切佛祕密身業無相息除一切衆生
苦惱金剛出生三摩地法
依最勝定法　思念而持誦　與諸定相應
住佛加持力　金剛甘露法　觀想金剛橛
十方曼拏羅　熾盛光明相
此名諸佛三金剛三昧調伏世間息災金剛

三摩地法
當住空觀想　息災曼拏羅　中想毗盧像
安住於自心　復想最上眼　徧滿於虛空
復於自心中　想圓光出現　於自身毛孔
出現諸佛雲　一一佛雲中　施諸灌頂法
勝金剛三昧　一刹那成就
此名諸佛三昧莊嚴雲三摩地法
住空想滿月　成外曼拏羅　中現持法像
安住於自心　復想半拏囉　徧滿虛空界
想圓光出現　如意寶光明　身語心無住
作廣大變化　身諸毛孔中　想寶雲出現
復想大法雲　作諸灌頂事　最上定金剛
作一切成就　吉祥如意寶　金剛成就法
此名法雲三昧莊嚴三摩地法
住空想金剛　半月曼拏羅　現金剛法像
住自心大義　諸佛菩薩等　滿空曼拏羅
五種光相應　入大法光明　於一刹那間
得諸佛成就　妙吉祥相應　成就諸事業
得歡喜施我　最上大灌頂　諸世間敬愛
出現而觀照
此名寶雲三昧莊嚴三摩地法
當住空觀想　火焰曼拏羅　於中復觀想
金剛囉刹娑　執種種器仗　現大忿怒相
豺狼等諸獸　迦迦等飛鳥　想此等諸類
亦現曼拏羅　常食三種物　謂嚕地囉等
此住佛三昧　破壞諸惡者　世間諸所有
不信深妙法　違諸佛三昧　決定當破壞
此名金剛三昧雲莊嚴三摩地法
當住虛空中　想吠嚕左那　處空而清淨
如秋月光明　三面三種色　謂白黑赤等

頂戴寶髻冠　一切所嚴飾　復想嚩日哩
三面三種色　謂黑赤白等　項戴寶髻冠
手持大光炬　普照諸世界　復想囉儗拏
三面三種色　所謂赤黑白　頂戴寶髻冠
若依法觀想　決定得成就　復想路左曩
救諸衆生相　三面三種色　所謂白黑赤
一切所莊嚴　依法而觀想　復想大明妃
嵑惹泥怛哩　現三面三色　所謂黑赤白
如本部儀軌　依法而觀想　復想大明妃
嚩吾泥怛哩　現三面三色　所謂赤黑白
如本部儀軌　依法而觀想　復想持金剛
烏咄鉢羅像　現三面三色　所謂黃黑白
依法而觀想　得成就大智　想焰髮得迦
大忿怒明王　有六臂三面　執本部器仗
現大惡可怖　利牙而忿怒　現大黑色相

依法而觀想　復想無能勝　大忿怒明王
大焰光三面　出現大笑相　有廣大光明
依法而觀想　復觀想馬頭　大忿怒明王
想現其三面　作極惡步勢　身赤如劫火
常所出光明　現大可畏相　依法而觀想
復次當觀想　甘露軍拏利　大忿怒明王
身大熾盛光　及金剛火焰　現忿怒威光
作大可畏相　依法而觀想　復觀想吒枳
大忿怒明王　現三面三目　具莊嚴四臂
如本部儀軌　依法而觀想　復觀想大力
大忿怒明王　想現其三面　作怖三界相
調伏諸惡者　威光大忿怒　如本部儀軌
依法而觀想　復次當觀想　彼你羅難拏
大忿怒明王　三金剛出生　想現其三面
利牙而外出　身出熾盛光　作怖三界相

如本部儀軌　依法而觀想　復觀想不動
大忿怒明王　金剛所出生　想有其三面
現可愛善相　手持劒及索　如本部儀軌
依法而觀想　復想大明輪　大忿怒明王
現金剛三面　出光明熾盛　一字大頂相
作普徧變化　安住曼拏羅　如儀軌觀想
復想降三界　大忿怒明王　三面熾盛光
現廣大怖相　最上智所持　禪定所出生
現最勝頂相　廣大光明聚　此三昧自在
別別而觀想　如是十忿怒　最上大明王
如儀軌所説　彼等諸相分　及本部大明
咸各現忿怒　大哉自在相　調伏於一切
此名勝金剛　出生觀想法　復説三摩地
最勝觀想法　當住空觀想　大輪曼拏羅
中想大毗盧　現本尊影像　自心月清淨

現種種光明　大圓鏡出生　三界曼拏羅
安住菩提觀　一切所莊嚴　諸佛大自在
諸世間敬愛　最上定金剛　依法而觀想
此名毗盧遮那金剛敬愛三昧出生三摩地
法
當住空觀想　金剛曼拏羅　中現金剛尊
金剛部影像　自身忿怒相　熾盛光可怖
圓具一切相　一切所莊嚴　大智寂靜句
得金剛自性　金剛大自在　諸衆生敬愛
定金剛所照　依法而觀想
此名金剛三昧出生金剛行三摩地法
當住空觀想　大法曼拏羅　中現大法尊
蓮華部影像　自身持善相　一切所莊嚴
光明雲大輪　想廣大變化　諸法大自在
三金剛出生　大智海莊嚴　依法而觀想

此名大法三昧出生大法行三摩地法
當住空觀想　滿月曼拏羅　現佛眼菩薩
本部中影像　住女人色相　現廣大妙眼
種種寶莊嚴　諸分皆圓滿　想手持大輪
敬愛於三界　一切成就智　輪如意寶光
如本部儀軌　依法而觀想
此名佛眼三昧最上大手三摩地法
當住空觀想　滿月曼拏羅　摩摩枳菩薩
本部中影像　住女人色相　現廣大妙眼
如青蓮色光　諸分皆圓滿　持衆色蓮華
三界所歸敬　成就佛菩薩　祕密大金剛
如本部儀軌　依法而觀想
此名虚空三昧光明雲金剛大笑三摩地法
當住空觀想　大法曼拏羅　現白衣菩薩
本部中影像　住女人色相　現廣大妙眼
蓮華妙寶相　諸分皆圓滿　手持赤蓮華
最上法出生　金剛蓮華愛　一切所莊嚴
如本部儀軌　依法而觀想
此名法智善作最上祕密金剛三昧法平等
眞實現證菩提金剛出現三摩地法
當住空觀想　金剛曼拏羅　中想多羅尊
本部中影像　住女人色相　其身作黄色
種種所莊嚴　現廣大妙眼　諸分皆圓滿
持黄色蓮華　金剛定所生　一切皆歸敬
此名多羅尊最上大三昧三摩地法復説十
忿怒明王觀想法
想虚空金剛　日輪曼拏羅　現焰鬘得迦
忿怒明王像　有焰光熾盛　大忿怒怖畏
赤目而利牙　手執大利劒　頂戴毗盧冠
心住金剛喜　如是忿怒王　三昧智金剛

此名焰髮得迦變化光明莊嚴三摩地法
想虛空金剛　日輪曼拏羅　想現無能勝
忿怒明王像　出焰光熾盛　以蛇爲絡腋
面現於白色　大惡忿怒相　戴阿閦佛冠
心住金剛喜　如是忿怒王　三昧智所覺
此名無能勝金剛莊嚴三摩地法
想虛空金剛　日輪曼拏羅　中觀想馬頭
忿怒明王像　出焰光熾盛　面現於赤色
作廣大變化　現大惡步勢　戴無量壽冠
心住金剛喜　如是忿怒王　持金剛三昧
此名馬頭明王出生三摩地法
想虛空金剛　日輪曼拏羅　甘露軍拏利
忿怒明王像　出焰光熾盛　徧現金剛雲
面極惡黑色　利牙而忿怒　戴阿閦佛冠
心喜相忿怒　如是忿怒王　三昧行所生

此名甘露軍拏利三昧金剛三摩地法
想虛空金剛　日輪曼拏羅　中觀想吒枳
忿怒明王像　身出金剛光　一切所莊嚴
現大惡忿怒　作大怖畏相　戴阿閦佛冠
歡喜心常轉　如是忿怒王　三昧行所生
此名禪定金剛正智主三摩地法
想虛空金剛　日輪曼拏羅　中觀想大力
忿怒明王像　出焰光熾盛　三金剛輪圍
忿怒持羂索　想大力金剛　戴阿閦佛冠
歡喜心常轉　如是忿怒王　三昧行所生
此名大力明王三金剛三摩地法
想虛空金剛　日輪曼拏羅　現你羅難拏
忿怒明王像　利牙而黑色　常住忿怒相
出焰光熾盛　觀想金剛杖　戴阿閦佛冠
歡喜心常轉　如是忿怒王　三昧行所生

此名最上大金剛杖三昧三摩地法

想虛空金剛　日輪曼拏羅　中現不動尊
忿怒明王像　純一忿怒相　持劒索器仗
出焰光熾盛　想不動金剛　戴阿閦佛冠
歡喜心常轉　如是忿怒王　三昧行所生

此名金剛界平等步順行三摩地法

想虛空金剛　日輪曼拏羅　中現大明輪
忿怒明王像　諸相悉圓滿　輪光焰圍繞
住頂輪三昧　作廣大變化　戴阿閦佛冠
歡喜心常轉　如是忿怒王　三昧行所生

此名大明輪明王三昧大力頂輪金剛三摩地法

想虛空金剛　日輪曼拏羅　中現降三界
忿怒明王像　利牙焰光聚　變化金剛雲
手出金剛光　觀想得成就　戴阿閦佛冠
歡喜心常轉　如是忿怒王　三昧行所生

此名降三界明王三昧觀想三摩地法

此諸忿怒王　歡喜心常轉　滅忿怒相已
安住諸佛輪　皆從三摩地　金剛智所生
悉住曼拏羅　作金剛成就

諸佛大集會身語心未曾有大明句召尾日林毗多王最勝三摩地分第十四

爾時世尊大毗盧遮那金剛如來諸佛大祕密主即入最上執金剛息災三昧大三摩地從定出已以金剛三業說此一切如來明妃佛眼菩薩大明曰

唵(一引)婆誐嚩底(二)嚕嚕𠺁頗(二合)嚕(三)入嚩(二合引)囉底瑟吒(二合四)悉馱路左你薩哩嚩(二合)阿哩他(二合)娑(引)達你莎(引)賀(引五)

說此大明時一切聞者心生歡喜皆悉思念

諸佛金剛而此大明能成就一切事能圓滿一切願能爲世間作息災法所作事業無不成就乃至欲捨壽命者以此明力故復得壽命此即金剛三昧正所宣說

爾時世尊復入三身平等忿怒金剛離性非性金剛三昧三摩地從定出已以金剛三業說此一切執金剛上首明妃摩摩枳菩薩大明曰

唵引一商葛哩引二扇引底葛哩引三屈吒屈吒四屈致你引五伽引怛野伽引怛野六屈致你引莎引賀引七

說此大明時所有三金剛不壞金剛大士作熙怡眼瞻仰諸佛歡喜思念心金剛如來金剛擁護法常所相應而能成就一切事業常以大力作金剛護普令一切遠離怖畏

爾時世尊復入大蓮華三昧觀照三摩地從定出已以金剛三業說此一切法三昧上首明妃白衣菩薩大明曰

唵引一葛致引尾葛致引二你葛致引三葛嚕葛致四葛嚕吒尾哩曳引二合莎引賀引五

說此大明時所有最上持法金剛大士住歡喜心思念法語金剛如來成就金剛增益法常所增益廣大法藏而此大明能成就一切事諸有持誦者速得成就法語金剛

爾時世尊復入普徧金剛三摩地從定出已以金剛三業說此羯磨大三昧上首明妃多羅菩薩大明曰

唵引一多引哩引二咄多引哩引三咄哩引莎引賀引四

說此大明時所有諸佛所生大士住歡喜智

思念身金剛如來諸佛金剛大勇健軍於衆生界普令成就勝上事業於剎那間悉令敬愛

佛說一切如來金剛三業最上祕密大教王經卷第三

音釋

殑伽梵語也此云天堂來河名也殑其陵切 橛其月切杙也 朅居謁切 颯悉合切 啗徒濫切

佛説一切如來金剛三業最上祕密大教王
經卷第四

宋西天三藏朝奉大夫試鴻臚卿傳法大師施護奉　詔譯

諸佛大集會身語心未曾有大明句召尾日
林毗多王最勝三摩地分第十四之餘

爾時世尊大毗盧遮那金剛如來復入一切
如來身語心業金剛淨光明雲堅固三摩地
從定出已以金剛三業説此金剛忿怒焰鬘
得迦大明王大明曰

那莫三滿多迦引野嚩引訖唧二合多嚩日囉
二合引赦一唵引二竭竭三佉引呬佉呬四薩哩
嚩二合耨瑟吒二合薩埵那摩迦五阿悉目娑羅
鉢囉弋播設賀薩多二合引六拶觀哩部二合惹仁左
切七拶觀哩目二合佉八殺吒拶二合囉拏九阿引
誐蹉阿引誐蹉十薩哩嚩二合耨瑟吒二合鉢囉
二合引拏引鉢賀引哩尼十一摩賀引尾伽那二合
伽引多迦尾訖哩二合多引那那十二薩哩嚩二合
部多婆焬迦囉十三阿吒吒訶引娑那引你祢
十四吽引伽囉二合拶哩摩二合你嚩薩那十五酤嚕
酤嚕薩哩嚩二合葛哩鉿二合十六親那親那薩哩
嚩二合滿怛嚩二合十七頻那頻那鉢囉母捺嚩二合
引十八阿引迦哩沙二合野阿引迦哩沙二合野十九
薩哩嚩二合部引旦引你哩摩二合他你哩摩二合
他二十薩哩嚩二合耨瑟啗二合引鉢囉二合尾舍野
鉢囉二合尾舍野二十一曼拏羅摩提吠嚩莎旦
吩尾旦引怛迦囉二十二酤嚕酤嚕二十三摩摩
迦引哩焬二合二十四捺賀捺賀二十五鉢左鉢左
二十六摩引尾藍末摩引尾藍末二十七三摩野
摩耨三摩二合囉二十八吽引吽引二十九發吒半音發
吒上同三十薩普二合吒野薩普二合吒野三十一薩哩

嚩(二合引)舍(引)鉢哩布囉迦(三十二)呬呬娑誐鍐(三十三)緊唧囉(引)野悉摩摩薩哩嚩(二合引)囉湯(二合)娑(引)馱野莎(引)賀(引三十四)

說此大明時所有諸佛如來皆悉稱讚一切衆會皆悉驚怖咸各思念心金剛如來而此大明有大威力諸有作是法者當取葛波羅圓具無損者若時若處依法安置以此大明加持三徧即能成就一切事業乃至佛眼菩薩摩摩枳菩薩等於刹那間亦能句召此名諸佛心金剛

爾時世尊大毗盧遮那金剛如來復入最上三昧光明三摩地從定出已以金剛三業說此甘露軍拏利大忿怒明王大明曰

那莫三滿多迦(引)野嚩(引)訖唧(二合)多嚩日囉(二合引)赧(一)那謨嚩日囉(二合)骨嚕(二合)馱(引)野(二)摩賀(引)能瑟吒嚕(三合)怛迦(二合)吒陪囉嚩(引)野(三)阿悉目娑羅鉢囉弋播舍舍賀薩多(二合引)野(四)唵(引五)阿蜜哩(二合)多軍拏梨(六)朅朅(七)佉(引)呬佉(引)呬(八)底瑟吒(二合)底瑟吒(二合九)滿馱滿馱(十)賀那賀那(十一)捺賀捺賀(十二)鉢左鉢左(十三)誐哩惹(二合)誐哩惹(二合十四)怛哩惹(二合)怛哩惹(二合十五)尾薩普(二合)吒野尾薩普(二合)吒野(十六)薩哩嚩(二合)誐囉(二合)賀尾伽那(二合)尾那(引)野尚(十七)摩賀(引)誐拏鉢底吟(引)尾旦多迦囉(引)野(十八)吽(引)發吒(半音)莎(引)賀(引十九)

說此大明時諸佛如來皆悉稱讚一切衆會生大驚怖咸各思念身金剛如來而此大明與彼一切大明相應悉能成就一切事業若依儀軌作是法者即得諸佛大勇健軍常所衞護

爾時世尊寶生金剛如來即入諸佛光明金剛三摩地從定出已以金剛三業說此無能勝大忿怒明王大明曰

那莫三滿多迦引野嚩引訖唧二合多嚩日囉二合引赦一唵引二吽引三尒那哩致吒四吽引吽引登吒半音登吒同上莎引賀引五

說此大明時諸佛如來皆悉稱讚一切衆會生大驚怖咸各發起大菩提心想彼所有大惡忿怒囉刹娑等迷悶驚怖此大明力悉能調伏又此大明從彼金剛心所出生悉能成就種種事業

爾時世尊無量壽金剛如來即入無量壽出生三摩地從定出已以金剛三業說此蓮華出生金剛忿怒馬頭大明王大明曰

那莫三滿多迦引野嚩引訖唧二合多嚩日囉二合引赦一唵引二吽引吽引吽引三多引嚕羅四尾引嚕羅五薩哩嚩二合尾沙伽引多迦六入嚩二合隷多七尾薩普二合凌誐八阿吒吒訶娑計舍哩引九薩吒引跓鉢啗迦引羅十嚩日囉二合若囉你哩伽引二合多十一左隷多十二嚩蘇馱引多羅十三你說引薩摩引嚕覩怛叱二合鉢多二合十四馱囉尼馱囉毗沙拏十五阿吒吒賀引娑十六阿鉢哩弭多嚩羅鉢囉引訖囉二合摩十七阿哩耶二合毗多十八部多誐拏引馱踰二合始多十九沒馳切身沒敕同上二十喝野屹哩二合嚩二十一佉引捺佉引捺二十二鉢囉滿怛囕引二合親那親那二十三悉提孕二合弭你舍二十四阿引尾舍野二十五薩哩嚩二合入嚩二合囉必舍引左引那引二十六薩哩嚩二合誐囉二合呬沙嚩二合鉢囉二合底賀覩娑嚩二十七嚩日囉二合能瑟吒囉三合緊唧囉引

野悉二十八伊鈐薩哩嚩二合穰瑟吒二合誐囉二合
欱穰瑟吒二合薩哩半二合嚩引二十九度那度那三十
摩他摩他三十摩吒摩吒三十二鉢吒鉢吒三十
三播吒野播吒野三十四滿馱滿馱三十五那吒
那吒三十六沒馱達哩摩二合僧伽引穰倪也二合
旦羯哩忙二合酤嚕尸引伽覽二合三十七喝野屹
哩引二合嚩引野登吒半音三十八嚩日囉引二合野
登吒半音下並同三十九嚩日囉二合誐引怛囉引二合野
登吒四十嚩日囉二合你怛囉引二合野登吒四十一
嚩日囉二合能瑟吒囉引三合野登吒四十二嚩日
囉二合苦囉引野登吒四十三嚩日囉二合苦囉你
哩伽二合多那引野登吒四十四鉢囉滿怛囉二合
尾那引舍那引野登吒四十五怛賴二合路枳也
二合婆暢迦囉引野登吒四十六薩哩嚩二合羯哩
弭引二合沙嚩二合鉢囉二合底賀多引野登吒四十
七嚩日囉二合酤羅怛囉引二合薩那引野登吒
四十八吽引吽引吽引四十九登吒登吒登吒莎引
賀引五十

說此大明時諸佛如來皆悉稱讚一切衆會生大驚怖咸各思念金剛智主即時於等虛空徧滿一切境界中出現金剛訶邏喝羅廣大光明於其一切非境界中出現一切大惡忿怒王

爾時世尊不空成就金剛如來即入三昧出生幢金剛三摩地從定出已以金剛三業說此你羅難拏大忿怒明王大明曰

那莫三滿多迦引野嚩引訖唧二合多嚩日囉
二合引一唵引二翳呬曳引二合呬婆誐嚩引三你
引羅嚩日囉二合難拏四覩嚕覩嚕五羅虎羅
虎六虎盧虎盧七訶引訶引八虞盧虞盧九虞

羅引鉢野虞羅引鉢野十訖囉二合摩訖囉二合
摩十一娑誐鍐嚩引喻尾儗那普旦尸伽覽二合
十二捺賀捺賀十三捺囉捺囉十四嚩賀嚩賀十五鉢
左鉢左十六鉢吒鉢吒十七摩吒摩吒十八播多野
播多野十九摩吒摩吒引鉢野摩吒摩吒引鉢
野二十薩哩嚩二合羯哩摩引二合尼二十一親那親
那二十二頻那頻那二十三娑乞叉二合娑乞叉二合
弭捺摩引寫二十四嚕地囉摩寫二十五弭捺摩
惹嚕地囉必哩二合野二十六翳呬曳引二合呬娑
誐鍐二十七薩哩嚩二合尾伽那引二合你二十八薩
哩嚩二合尾鞞你二十九薩哩嚩二合滿怛囉引二合
尼三十薩哩嚩二合毋羅羯哩摩引二合尾三十一薩
哩嚩二合毋羅屹羅二合欲三十二賀那賀那三十三
伴惹伴惹三十四摩哩捺二合摩哩捺二合三十五伊
能弭迦引哩煬二合娑馱野三十六吽引你羅引

野你羅嚩日囉二合難拏引野三十七覩嚕覩嚕
尾伽那二合尾那引野迦那引舍迦那引野三十
八虎嚕虎嚕三十九你引鉢多二合贊拏引野四十
薩哩嚩二合設咄嚕二合赧四十一訖哩二合那野引
你閉拏野四十二親那親那四十三尾鞞引曩砌
捺迦四十四尾鞞引曩尸瑟吒引二合摩薅三摩
二合囉四十五三摩野嚩日囉二合馱囉嚩左曩四十
六摩哩摩引二合尼你訖哩二合多野四十七吽引
賀那賀那四十八捺賀捺賀四十九覩嚕覩嚕五十
虎嚕虎嚕五十一發吒發吒五十二吽引吽引五十三
訖哩二合旦引多引曳五十四你嚩哩始二合五十五
尾捺囉引二合鉢拏迦囉引野五十六賀那賀那
五十七嚩日囉二合難尼那莎引賀引五十八
說此大明時所有一切惡曜皆悉驚怖咸各
思念金剛薩埵而此大明有大威力若人持

誦一百八徧得大忿怒明王敬愛悉能破壞一切魔惡又能成就一切事業

爾時世尊阿閦金剛如來即入普雲吉祥三摩地從定出已以金剛三業說此大力大忿怒明王大明曰

那莫三滿多迦引野嚩引訖唧二合多嚩日囉二合引赧一唵引二吽引吽引吽引吽引三發吒半音發吒四唵引五烏誐囉二合戍羅播尼六吽引吽引吽七引發吒發吒八唵引九惹俞二合底你哩那二合捺十引吽引吽引吽引十一發吒發吒十二唵引唵引唵引十三發吒發吒十四摩賀嚩羅野莎引賀十五

說此大明時所有一切大力龍衆皆悉驚怖咸各思念三身金剛而此大明若持誦相應者即得成就一切事業若亢旱時依法誦此大明即能降雨隨諸境界皆得滿足

爾時世尊大毗盧遮那金剛如來即入徧調伏金剛三摩地從定出已以金剛三業說此吒枳大忿怒明王大明曰

那莫三滿多迦引野嚩引訖唧二合多嚩日囉二合引赧一唵引二吒髻吽引弱三

說此大明時諸佛如來皆悉稱讚一切衆會生大驚怖咸各思念三身金剛若有持此大明者即與金剛薩埵相應成就金剛大明行復能句召一切明句

爾時世尊大毗盧遮那金剛如來即入清淨無垢智金剛三摩地從定出已以金剛三業說此金剛贊拏三昧不動大忿怒明王大明曰

那莫三滿多迦引野嚩引訖唧二合多嚩日囉二合引赧一唵引二阿左羅三濟吒四拏拏吒拏

吒五 謨吒謨吒六 吒吒七 咄吒咄吒八 賀賀九 謨賀謨賀十 薩賀薩賀十一 那賀那賀十二 底瑟吒二合 底瑟吒二合十三 阿引 尾舍阿引 尾舍十四 摩賀引 摩怛播羅哥十五 度那度那十六 底尼底尼十七 佉引 那佉引 那十八 尾伽曩二合引 摩引 羅野摩引 囉野十九 薅瑟啗二合引 娑乞叉二合 野娑乞叉二合 野二十 薩哩囡二合引 酤嚕二十一 吉哩吉哩二十二 摩賀引 尾沙摩嚩日囉二合 薩普二合 吒野薩普二合 吒野二十三 吽引 吽引 吽引二十四 怛哩二合 嚩隷多二十五 覽誐引 那多迦二十六 盎二十七 欣欣欣二十八 阿左羅二十九 濟吒三十 薩普二合 吒野薩普二合 吒野三十一 吽引三十二 阿三摩底迦三十三 怛囉二合引 吒半音三十四 摩賀引 嚩羅娑引 多野三十五 三摩野滿怛覽二合引三十六 欣三十七 黔三十八 戍駄身切 覩路迦三十九 窣覩二合 沙也二合 覩嚩日哩二合四十 那謨薩怛嚩二合 鉢囉二合 底賀多嚩隷引 毗也二合四十一 入嚩二合引 羅引 野四十二 怛囉二合 吒上同四十三 阿薩賀那莫莎引 賀引四十四

說此大明時所有一切天及緊迦囉等皆悉驚怖迷悶思念身金剛即時出現無數大忿怒王有大威力所有大惡阿脩羅衆皆悉破壞而此大明復能句召

爾時世尊大毗盧遮那金剛如來即入尾日林毗多三昧金剛三摩地從定出已以金剛三業說此一切執金剛三昧降三界大忿怒明王大明曰

唵引一 遜婆你遜婆吽引二 屹哩二合 賀拏二合 屹哩二合 賀拏二合 吽引三 屹哩二合 賀拏二合引 鉢野屹哩二合 賀拏二合引 鉢野吽引四 阿引 那野虎婆誐鍐引五 薩哩嚩二合 尾馳囉引 惹六 吽引 發吒半音七

說此大明時一切乾𩌦衆大威力者皆悉思念金剛薩埵皆依金剛薩埵大祕密主三昧步住此大明力能以金剛鉤句召最上諸乾𩌦衆

爾時世尊大毗盧遮那金剛如來即入大三昧眞實出生金剛三摩地從定出已以自三業宣說此大三昧三金剛祕密中正語三昧眞實句

所有諸佛三金剛　觀想金剛薩埵尊
手持金剛鉤及索　句召最上一切佛
諸佛身語業相應　是即大金剛相應
金剛薩埵大主宰　決定句召常所作
輪及蓮華與金剛　從三金剛而觀想
所有最上金剛鉤　普能句召一切明
安住根本持明士　一切金剛地寂靜
所有最上乾𩌦衆　金剛鉤入心相應
風曼拏羅彼相應　決定一切能句召
想月曼拏羅　現毗盧尊像　想如理安住
甘露法相應　依本部儀軌　誦本部大明
數滿五十徧　決定能句召　金剛鉤大像
平等熾盛光　金剛曼拏羅　滿空乾𩌦衆
現忿怒金剛　安住金剛地　執金剛器仗
謂三叉及鉤　阿脩羅乾𩌦　彼亦能句召
當用啀哩迦　或復揭致迦　當於月出時
誦大明加持　句召法相應　所有梵釋天
用啀哩迦等　當書彼名字　即時能句召
隨所求所作　語金剛所說　一切皆如意
想焰鬘得迦　大忿怒明王　圓具一切相
安住大輪中　身赤如劫火　觀想金剛鉤
作大惡忿怒　句召藥乞尼　此名三昧印

一切大明句　一切句召法　如所說成就
金剛手菩薩　須臾能善說　如是一切明
究竟最上王

爾時世尊即入普徧三摩地從定出已以金剛三業說此嚩日囉播多羅大忿怒明王大明曰

唵一引戍梨你引莎引賀二引

說此大明時所有一切大威力者那誐乾闥衆驚怖迷悶咸各思念諸佛菩薩而此大明速能圓滿諸成就法彼乾闥衆作句召已現殊妙相即時皆至作諸成就

是時世尊復入虛空出生三昧金剛三摩地從定出已以金剛三業說此大法三昧金剛顰眉菩薩大明曰

唵一引婆野那引舍你二怛囉引二合西引怛囉引二合薩野三勃哩二合酤致怛致四吠多致五吠囉致六碎帝莎多七惹致引你引莎引賀八引

說此大明時所有一切持明天及天后皆大驚怖咸各思念大智金剛而此大明有大威力從寂滅金剛最上出生住三金剛智於一切處普能句召所有持明天后以此大明亦能句召而彼天后大力色相妙好嚴飾於剎那間句召即至作諸事業皆得成就又此大明若以忿怒持誦一洛叉數一切事業速得成就復次宣說一切忿怒王調伏怨惡作諸吉祥事大明持誦行當所調伏者即彼一切極惡衆生所謂謗阿闍黎及謗大乘作諸魔事隨順邪明壞佛種性不能勤求佛菩提道又於十方一切衆生身語心業起破壞想生

怨惡心如是等輩即以此法而可調伏若作調伏法者當於一處想忿怒像依法儀軌時處相應於忿怒像前誦彼大明一百八徧一切惡者決定句、召悉令調伏又復若作調伏法者先當擇其處所或於彼舍或於空室乃至四衢道獨樹下等當取摩耨沙阿悉底長八指量而用作橛以大明加持一百八徧當用置於所調伏者阿哩掇哩彼於半月中即當調伏又法當用葛波羅圓滿具足者當書大明置於其內默持往彼阿哩掇哩或復以多羅樹葉及餘竹帛等書忿怒大明亦如前法置阿哩掇哩彼即調伏此名諸佛金剛因大三昧法是時世尊復入一切如來身語心金剛縛三摩地從定出已以金剛三業宣說三界身語心金剛橛大明曰

唵引一伽伽伽引多野伽引多野二薩哩嚩二合耨瑟咍二合發吒半音發吒三計羅野計羅野四薩哩嚩二合播謗發吒發吒五吽引吽引吽引六嚩日囉二合引計羅七嚩日囉二合引馱嚕引八儞也二合引鉢野底九迦引野嚩引訖啷二合多十嚩日囉二合引計羅野吽引發吒十一

說此大明時所有一切大威德金剛驚怖迷悶咸各思念虛空金剛而此大明即金剛橛若欲作是金剛橛者或用佉祢囉木或復鐵等依其分量如法而作作已依法加持而能調伏破壞一切此即金剛薩埵部中熾盛廣大平等光明三金剛身所出生法若與毗盧遮那金剛如來大印相應是即囉誐金剛若住焰鬘得迦忿怒明王大印相應即名三金剛橛若與甘露軍拏利忿怒明王相應是即

大惡忿怒出生金剛相應諸佛大主宰諸修法者當從心至足想此金剛橛却復從頂如前觀想即得尾日林毗多而能安住禪定金剛即得諸佛決定相應

爾時世尊大毗盧遮那金剛如來即入身金剛尾日林毗多三摩地從定出已說身三昧安金剛橛大明曰

唵引一 親捺親捺二 賀那賀那三 捺賀捺賀四 你引 鉢多二合 嚩日囉引二合 左訖囉二合 吽引 發吒半音五

安金剛橛當誦此明下彼橛時依法儀軌作毗盧遮那佛步勢以左手大指執金剛橛用右手釘入土分寸如彼儀軌此即金剛薩埵三金剛身出生正法安住三昧

爾時世尊無量壽金剛如來即入語金剛尾日林毗多三摩地從定出已以金剛三業宣說語三昧金剛橛大明曰

唵引一 紇哩引二合 唵引三 普哩普二合 嚩四

此即蓮華部法亦如前說釘金剛橛誦此大明亦用左手大指執金剛橛作無量壽佛步勢然想智金剛蓮華出生正法安住三昧

爾時世尊阿閦金剛如來即入心金剛尾日林毗多三摩地從定出已以金剛三業宣說心三昧大明曰

唵引一 嚩日囉引二合 囉引 惹吽引二

此即金剛部法如前儀軌釘金剛橛然觀想五股金剛熾盛光明作阿閦如來步勢當下橛時誦此大明從三金剛無垢出生正法安住三昧如是等身語心三昧金剛橛大明儀軌等虛空界金剛出生諸有作者依法而作

即能成就一切調伏

爾時世尊大毗盧遮那金剛如來盡有情界

而爲所依得大歡喜出大音聲作如是言

大哉祕密最勝句　大哉所説眞實義

大哉寂靜妙法門　大哉金剛廣大行

諸佛所説金剛橛　諸大菩薩所敬愛

身語心業大金剛　亦攝祕密金剛橛

所有一切大明句　眞實金剛橛出生

最上金剛身語心　是即大明眞實義

諸佛大集會一切心眞實金剛出生三昧分

第十五

爾時金剛手　菩薩摩訶薩　即於虚空中

出現大文字　一切智出生　一切灌頂義

復從語金剛　宣説如是法　修法者當想

四方曼拏羅　中現忿怒王　甘露軍拏利

然於中觀想　乾薩而作法　彼色相殊妙

諸分皆圓滿　若修此法者　住眞實三昧

於一切無礙　得最上成就　彼五曼拏羅

想五佛影像　獻最上供養　祕密大明行

毗盧尊影像　金剛身語心　禪定行相應

諸佛平等光　青優鉢羅華　囉惹迦大色

想乾薩亦然　金剛手相應　若依此儀軌

能作相應事　此諸大明中　難行相應行

於一刹那間　金剛手平等　一切法自在

欲解脱隨轉　修瑜伽行者　欲求成就法

於一切時中　作金剛法想　金剛法無我

即安住十地　善持語三昧　一切勝自在

所有諸種族　所謂婆羅門　刹帝利吠舍

及彼首陀等　乃至旃陀羅　所生諸乾薩

隨取而作法　當勿生分別　此祕密平等

成就金剛法　日入時作法　日出時成就
依本法儀軌　如理而所作　得金剛薩埵
施最上成就　三身大誓願　諸佛一切相
放百由旬光　徧照於一切　二處若相應
衆相應平等　此諸成就中　難行三昧行
彼五種甘露　金剛成就食　亦諸成就中
難行三昧行　若甘露平等　二處亦相應
出現佛菩提　成最上眞實

此名諸佛欲解脫三昧法

爾時世尊大毗盧遮那金剛如來即入大三昧忿怒金剛三摩地從定出已以金剛三業軍說一切如來作金剛怖忿怒大明曰

唵(引一)紇哩(二合引二)瑟致哩(三合引三)尾訖哩(二合)多(引)那那(四)薩哩嚩(二合一)設咄嚕(三合)那(引)舍野(五)薩擔(二合)婆野(六)吽(引)吽(引)發吒發吒莎(引)賀(引七)

當以此大明作忿怒調伏法行人當取嚕地囉等置三角護摩爐其爐分量大小如諸儀軌復入羅嚩拏囉吩迦等物然以建吒迦而作護摩作護摩時稱所調伏乾鞑名字以前大明作護摩八千徧日三時作或中夜作而彼乾鞑速令句召一切調伏既調伏已於三劫中常持佛法及金剛手法住佛三昧遠離愚癡增長壽命諸有作法者當於白月八日或十四日往詣空舍或尸陁林中用揭致迦書彼設咄嚕名字依本儀軌用本部大明加持或用母訥誐囉作調伏法行人口誦吽字即時出現熾盛大光猛焰可怖所有一切設咄嚕衆及餘惡者皆大驚怖而悉調伏思念金剛手菩薩諸佛金剛最上三寶一切衆生是所歸趣違佛法者決定破壞所有金剛羯

磨部熾盛光明曼拏羅中本尊影像大明印
相等依法所作能令一切設咄嚕衆及諸惡
者隨順調伏一切令住佛菩薩想若有違背
佛正法者決定破壞諸佛菩薩以善方便調
伏一切怨惡衆生令住三昧宣説一切祕密
大明心法破壞諸惡令諸衆生與智相應常
住最上佛菩提想若有行人以清淨心想於
四處置蹜室多一切莊嚴諸分圓滿如彼蓮
華現開敷相復想吽字大明現五種光成金
剛相應自身語心業得金剛堅固即得成就
無上菩提於刹那間與毗盧遮那光明同等
安住金剛薩埵大祕密主三金剛部此名金
剛薩埵出生金剛三摩地諸有修習蹜室多
法得成就者發猛利心當取束訖囉依法而
食彼於刹那間即與妙吉祥光明同等隱身

自在吉祥勝妙身有光明如紫金色若有行
人發猛利心取尾瑟吒及摩賀滿蹉依法而
食即得成就大明勝行諸佛不能見又復行
人發猛利心當取説那訶耶摩賀三種滿蹉
同處和合依法而食即得成就勝行諸佛不
能見若用尾瑟吒及三種鐵合成虞尼迦於
二處相應者於一切處諸佛不能見又復行
人發猛利心取瞿滿蹉及三種鐵合成虞尼
迦於二處相應者即諸佛不能見又復行人
發猛利心取鉢羅拏作虞尼迦於二處相應
者即諸佛不能見又復行人若取龍腦香及
栴檀香以三種鐵作虞尼迦於二處相應者
即諸佛不能見又復行人若取牛黄及沉水
香與三種鐵作虞尼迦於二處相應者即諸
佛不能見又復行人若取恭俱摩香與三種

鐵作虞尼迦於二處相應者即諸佛不能見如是了知一切平等即得成就相應自在得大印加持最勝吉祥有大威力隱顯自在與諸佛光明同等於三千大千界中最勝自在乃至俱胝由旬剎中皆得金剛自在欲色界中隨欲所往一切無礙是名諸佛大力三昧安怛陀那大金剛法是時世尊說是法已發歡喜心作熈怡眼觀察衆會出微妙聲作如是言

大哉眞實此正念　大哉祕密文字句
大哉自性本清淨　大哉諸法妙無垢

佛說一切如來金剛三業最上祕密大教王經卷第四

音釋

皚牛哀切　接奴手切

佛說一切如來金剛三業最上祕密大教王經卷第五

宋西天三藏朝奉大夫試鴻臚卿傳法大師施護奉　詔譯

諸佛大集會一切心眞實金剛出生三昧分第十五之餘

爾時金剛手　菩薩摩訶薩　最上執金剛
三界最勝師　復現大字相　金剛清淨法
復出妙音聲　宣說如是法　金剛士相應
正覺金剛喜　廣大佛菩提　歡喜持金剛
金剛路左曩　持烏瑟膩沙　最上大忿怒
想佛金剛像　明王最上法　觀想寶生尊
明妃廣大法　想無量壽尊　一切明事業
想不空大智　一切大明句　想金剛手尊
所有藥刹尼　大明及教法　從焰鬘得迦
明王儀軌出　一切相應行　祕密大明等
此名諸佛大金剛三昧
復說成就法　建立曼拏羅　修先行精熟
行人當作法　爾時金剛手　諸法自在尊
身語心成就　最上智金剛　或山林聚落
或復寂靜處　金剛定相應　依法而持誦
金剛手菩薩　大明行觀照　令種種事業
隨願皆成就　金剛法影像　蓮華部光明
身語心金剛　三部大儀軌　三身入寤法
決定皆成就　諸有作法者　擇四種勝地
堅固而作法　得究竟成就　金剛手菩薩
最上等虛空　所有入寤法　及一切儀軌
吽字金剛手　賀字身金剛　阿字持法尊
此祕密明句　鑁字禁伏法　出大可怖雲
此名諸禁伏　祕密中最上　若作此法時
一切皆驚怖　身起於虛空　一肘二肘量

或五八十二　如是肘量數　旋住於空中
迷悶大怖畏

爾時金剛手菩薩摩訶薩諸佛大秘密主清淨三身又復宣說如是秘密調伏一切設咄嚕法

若欲作調伏法者行人當徃尸陁林中取尸陁林炭其作法者即須作那屹那相而用作法或用尸陁林灰亦可作法以大明加持一千八百徧所有一切設咄嚕皆悉調伏乃至三界亦能調伏

又法若用瞿滿娑訶野滿娑說那滿娑等物作三角曼拏羅依法儀軌而作護摩或用摩賀滿娑如前作法

又法或作火壇燃葛吒迦而作護摩或於江河岸造諸形像如芥子量以葛吒迦而爲護摩或用芥子及羅嚩拏帶羅尾沙馱覩囉如是等物同作護摩或用阿悉帝祖囉拏及嚕地囉尾沙等同作護摩或用芥子與諸物和合同作護摩如上所說諸護摩法當依儀軌依法行步若坐若立所有勢分及處所等依法而作於刹那間決定成就一切設咄嚕乃至大惡囉刹娑等而自調伏或得隱身自在諸佛菩薩亦不能見

復次宣說作護摩大明曰

那莫三滿多迦引野嚩引訖唧二合多嚩日囉二合引赧一唵二引虎盧虎盧三底瑟吒二合引底瑟吒二合引四滿馱滿馱五賀那賀那六捺賀捺賀七鉢左鉢左八誐哩惹二合誐哩惹九二合怛哩惹二合怛哩惹十二合尾薩普引二合吒野尾薩普二合引吒野十一薩哩嚩二合尾伽那二合尾那引

野崗二十摩賀引誐拏鉢底三十吽尾多引怛迦羅引野吽引發吒半音十四

作護摩時誦此大明以金剛身語心業堅固持誦此即調伏一切魔衆最上法觀想金剛手菩薩現大忿怒相此名金剛手大忿怒三昧

復次行人觀想諸佛徧滿虛空於剎那間破壞諸惡及想一切執金剛者諸大菩薩徧滿虛空破壞一切背佛三昧住非族類諸惡衆生乃至一切囉剎娑等種種惡者皆悉怖畏而自調伏住金剛三昧所有一切諸惡鳥獸皆悉調伏安住三昧所有一切大惡忿怒薩哩波等現黑色相作大怖畏以薩哩波而爲食敢此等決定而自調伏此名調伏諸魔最上難行三昧如是諸佛執金剛尊金剛堅固禪定相應心金剛法亦名諸佛金剛大忿怒三昧

爾時執金剛王金剛手菩薩摩訶薩如虛空無相大寂默者一切灌頂義成就正覺智金剛大士作如是言

大哉自性本清淨　攝彼金剛最上乘
從彼無生妙法中　出生諸佛一切法

復次宣說祕密金剛羯磨息除諸惡苦惱法諸欲作法者當取揭致迦或盎誐囉畫薩哩波相其狀極惡現黑光明畫二舌相大惡忿怒如是畫已行人當想亢字於中出現訶邏喝羅光明

復想火焰色相行人當誦大明加持所有一切惡毒皆悉銷滅

又復觀想紇哩字即能召集三界所有種種

出生一切惡毒常所惱害世間衆生行人依法以大明加持於剎那間惡毒銷滅

又復觀想唵字作金剛視所有一切曼努迦没哩室唧迦薩哩波等常出一切惡毒害衆生者皆悉句召依法加持所有惡毒皆悉銷滅普令安住大智金剛入彼虛空金剛曼拏羅此名息諸惡毒金剛三昧

又復觀想吽字心成大金剛現白色相出光明雲大光普照猶如滿月清淨無垢如實觀想四處相應剎那安住第二第三如是觀想彼薩哩波滿虛空界於剎那間惡毒銷散無所施作此名息滅一切毒祕密心法

又復觀想阿字成八葉大蓮華於中想現五種光明周帀徧滿如月光明清淨無垢平等變化此即安住定心大祕密句最上祕密智行人如法觀想已即能銷除諸惡病苦所謂嚩拏必吒迦盧多等及餘諸病皆悉銷除令諸世間遠離苦惱

復次宣說息除內外諸病執金剛心祕密三部心最上大明句

唵（引一）吽那吽俱（半音二）

唵（引一）阿路力俱（半音二）

唵（引一）嚩日囉（二合）特哩（二合）俱（半音二）

此大明句能成一切義能除一切苦若有行人依法儀軌專注一心如實觀想衆類影像或嚩那囉相或說那相以自身語心業安住金剛輪作金剛步以自身語心平等觀想觀成就已即得諸佛菩薩廣大敬愛住加持句施歡喜心於自金剛身語心業想諸佛雲及金剛王廣大勝雲破諸病苦令得解脫十方

諸佛金剛大士想現忿怒破諸魔惡與諸定心相應羯磨出生平等正念如前大明若能相應持誦一百八徧於七日中一切成就所有自心大明儀軌亦復成就此名銷除一切病苦難行三昧

爾時金剛手　光明大智鉤　欲解脱金剛
説一切夢相　夢所見諸法　即無生自性
自性淨真實　即金剛自性　若夢中得見
求成就行人　或作持誦相　或入禪定法
當得佛菩薩　現身在其前
此名大夢三昧
若夢中得見　諸佛妙光明　得最上菩提
成就一切智　當見報身佛　出現在其前
若夢中得見　三界尊大士　作諸供養等
當決定成就　諸佛及菩薩　五種妙樂法

若夢中得見　供養諸尊像　及金剛薩埵
大祕密主像　當得平等智　金剛法大愛
若夢中得見　自身諸相分　得祕密金剛
最上大名稱　若夢中得見　禮敬諸如來
及諸大菩薩　得金剛堅固　若夢中得見
一切乾闥衆　諸分皆圓滿　種種妙莊嚴
及童子童女　具相好莊嚴　見此等相者
得所作成就　若夢中得見　十方一切佛
安住佛刹中　當得諸如來　施以歡喜心
圓滿妙法藏　若夢中得見　諸佛轉法輪
及見諸如來　入般涅槃相　得三昧相應
安住定金剛　若夢中得見　諸妙好園林
及見諸乾闥　莊嚴而遊戲　得禪定三昧
諸佛所加持　若夢中得見　諸佛及菩薩
施諸灌頂相　及作供養事　當成就祕密

最上持明王　若夢中得見　賛拏羅説那
當得金剛手　成就心無住　如是種種夢
金剛所出生　彼最上成就　金剛身語心
此諸夢想行　從自心所生　若心住於定
即諸法安住　諸法安住故　諸法等虚空
無法無法性　即入三昧心
爾時會中一切如來聞金剛手菩薩如是宣
説歎未曾有以諸佛三業咸各稱讃作是問
言云何夢想從自心生云何自性及諸法性
諸法實義如虚空性爾時世尊大毗盧遮那
如來即以金剛三業向諸如來作如是言諸
佛世尊當知虚空與一切法非和合非不和
合虚空無所行一切所向及一切處無所出
現諸如來當知諸夢想法亦復如是即彼一
切法皆從夢中平等出生如佛世尊一切如
來亦同諸法皆從夢中平等出生隨順安住
諸如來當知虚空無色相亦無所出現無對
復無礙彼一切法離相無礙亦復如是又復
當知諸佛如來所有一切法身語心金剛三
昧等於一切處純一自性隨順而轉所謂自
心自性無所動轉若身語心住金剛界即與
虚空界無二平等若諸佛如來安住虚空界
所有一切衆生於虚空界亦如是住不住欲
界不住色界不住無色界若法三界無所住
諸佛如來無所生是故當知彼一切法無有
自性諸佛如來又復當知所有菩提心從諸
如來智所出生即彼菩提心不於身住不於
語住不於心住是故菩提心一切無所住菩
提心無住故諸法何所住諸法無住故一切
無所生由如是故一切如來正智出生大金

剛句諸佛如來又復當知彼夢想法於三界中無所出現無所行無所得無有實非士夫等相非自他所見是故三界所作一切如夢如夢所見如夢出生普徧十方一切世界所有諸佛及諸菩薩乃至一切有情亦復如是一切如夢無我相可得當如是住諸佛如來又復當知譬如大摩尼寶具諸功德於衆寶中而爲最上隨諸衆生有所希求若金若銀及餘寶等應所求心即能出現當知彼諸寶等不從心住不從摩尼寶住一切如來一切法一切佛法亦復如是諸有智者當如是知爾時一切如來聞世尊大毗盧遮那金剛如來説是法已生大歡喜作熈怡眼瞻察世尊大毗盧遮那金剛如來作如是言希有世尊若虛空界平等安住彼一切法及諸佛法亦

復如是平等安住是時會中所有一切如來及諸菩薩咸作是言世尊大毗盧遮那金剛如來唯願宣説一切大明及金剛一切成就等法即此一切大明及金剛一切成就等法當於何住爾時執金剛者大毗盧遮那金剛如來讚言善哉善哉諸佛菩薩能問此義諸大士當知一切大明及一切金剛成就當於金剛身語心住何以故彼諸大明及諸金剛成就乃至一切佛法皆於自身語心住彼身語心金剛三業不住欲界不住色界不住無色界不住心身不住身心不住語心不住心語由是三業無所住故彼一切法亦無所住譬如虛空自性清淨諸法亦然是時諸佛及諸菩薩復作是言一切如來當於何住從何出生毗盧遮那佛言諸大士一切如來於自

身語心住從自身語心出生諸佛又問心於何住答曰如虛空住又問虛空何住答曰虛空無所住是時諸佛及諸菩薩生希有心作是讃言善哉善説自心法性諸行寂靜作是言已默然而住

諸佛大集會一切曼拏羅成就金剛現證菩提分第十六

爾時一切如來又復雲集時諸如來即以金剛三業勸請世尊大毗盧遮那如來宣説甚深祕密法門即時變化種種珍寶妙莊嚴具供養世尊是時世尊大毗盧遮那金剛如來即入金剛大曼拏羅無畏三昧王莊嚴金剛三摩地還從金剛身曼拏羅一切如來身語心金剛出已作如是言

復次今宣説　身大曼拏羅　金剛心所生
勝諸曼拏羅　其量十六肘　其相作四方
曼拏羅諸佛　安住金剛身　壇中畫大輪
尾提金剛相　作金剛印法　勝祕密大明
輪中畫毗盧　及阿閦佛等　於其壇四隅
畫本部賢聖　又復於壇門　畫忿怒明王
此依法畫已　即成曼拏羅　行人當依法
想祕密金剛　持誦本大明　作諸供養事
此即祕密中　難行三昧行

此名一切祕密大明三昧一切如來身金剛曼拏羅

是時世尊復入一切語三昧金剛雲莊嚴三摩地從定出已以金剛三業宣説金剛語曼拏羅

復次今當説　語業曼拏羅　金剛心出生
勝諸曼拏羅　其量二十肘　四方與四隅

四門而具足　金剛線絣量　語曼拏羅句
金剛功德聚　金剛大法王　出生諸大明
於其曼拏羅　中心畫大輪　及一切印相
依儀軌而畫　於大輪中心　畫無量壽印
此即金剛句　作勝曼拏羅　如儀軌所作
勿令有破壞　獻祕密供養　得金剛歡喜
彼甘露三昧　作供養成就　此即名諸佛
難行三昧行
此名一切如來金剛語曼拏羅
是時世尊復入普雲金剛三摩地從定出已
以金剛三業宣説最上祕密中祕密心曼拏
羅
當畫曼拏羅　中畫金剛手　依本部儀軌
祕密三業生
此名一切如來身語心祕密金剛智句最上
甚深祕密中祕密出生心曼拏羅
爾時世尊復入一切如來一切曼拏羅出生
輪莊嚴三摩地從定出已以金剛三業宣説
一切祕密曼拏羅法及彼一切金剛曼拏羅
印相一切大明心祕密等法今説曼拏羅絣
線大明曰
吽引唵引阿莎引賀一引
絣金剛線布五色粉時當誦此大明依法儀
軌如理所作速得成就諸佛菩提從彼三昧
儀軌出生賢聖大明住加持句大曼拏羅勝
法儀軌毗盧遮那大主宰出生佛眼菩薩住
身曼拏羅句身金剛功德金剛法主宰出生
自影像此即一切大明中最上祕密常住金
剛薩埵大主宰出生摩摩枳菩薩一切大明
皆從最上祕密出生如是曼拏羅所用諸物

皆悉具足安住最上祕密此即金剛大祕密最上希有忿怒王句召獻諸佛供養三時所作供養三金剛無住與彼三金剛相應即得大明成就所有一切大明獻出生食施諸部多五種甘露自心所生如是三昧最勝無比速能圓滿諸佛菩提若欲絣線作曼拏羅當如是作當絣線時觀想毗盧遮那及想金剛手菩薩金剛甘露等法金剛大光明觀想一切佛所有羯磨法想彼金剛線是即五佛乃名諸佛最上祕密未曾有當知所用粉有二十五種如儀軌說所有一切大明當想金剛手菩薩即得諸佛祕密最上菩提身語心三昧觀想於五處如是所作具足即得三金剛不壞金剛所生如金剛手菩薩所作一切驚怖所有罥索及金剛鉤乃至一切金剛大明教法皆從金剛手菩薩堅固正慧三摩地出生所有作護摩法及彼大明乃至護摩所用物等作囉虎頂並如儀軌所作於二處平等相應作護摩八百徧即得三種金剛不壞此名諸佛護摩難行三昧行如前所說是即大曼拏羅絣線法所有絣線分量如儀軌說既絣線已作金剛界成曼拏羅於曼拏羅中依法儀軌置本尊毗盧遮那佛像及諸賢聖等復於壇中依其方位置五賢瓶作曼拏羅已然後金剛阿闍黎依法儀軌攝受弟子既攝受已依法教授作如是言汝當安住金剛三業金剛薩埵加持身語心然後引弟子入曼拏羅當入曼拏羅時誦此大明曰

阿(一)亢尾(引)囉吽(引二)

此名一切三昧身語心金剛大明入曼拏羅

巳當授金剛大灌頂祕密智法當想諸佛滿虛空界以妙香等而爲供養復以妙音歌詠讃歎觀想大三昧雲徧滿金剛大曼拏羅安住三金剛三昧然後金剛阿闍黎以白芥子擲弟子身擲巳當取賢瓶授與灌頂是時弟子受灌頂時當想金剛薩埵得灌頂巳安住最上三昧常住毗盧遮那堅固心法諸有所作隨順正智修習金剛身語心業歸命三界一切賢聖所有阿闍黎一切語言如教奉行彼一切祕密灌頂法如理修習此即一切如來三密金剛出生正法授諸弟子大金剛義種種祕密菩提金剛諸佛所授廣大三昧時彼弟子受灌頂巳當發最上大歡喜心所有一切賢聖影像住相應心阿闍黎然可指示大曼拏羅法授與大明文字祕密句等復說三昧誓作如是言

彼殺盜婬妄　諸染法自性　住佛三昧者
如實當了知

此名諸佛最上三昧常住法令諸衆生安住金剛相應如理宣說一切大明句一切三摩地法祕密大明王儀軌及餘祕密甘露法諸有行人依法作者無上菩提而不難得當知四聖大祕密法是即一切祕密金剛現女人色相安住大輪三昧爲諸衆生起利益行宣布一切金剛曼拏羅大明祕密儀軌彼五種飲食依法而食如是即得一切大明成就是時阿闍黎作是說巳又復爲其弟子宣示大曼拏羅祕密行相宣說金剛祕密句即時口誦唵字是即一切大明根本於刹那間光明熾盛普照一切此名諸佛大持明士祕密大

明亦即一切成就大三昧亦即諸佛菩薩成
就勝行亦即安怛陀那大力精進金剛句召
最上成就曼拏羅中一切金剛事業
住空想金剛　紇哩字光明　復觀想諸佛
徧滿虚空界　所有身語心　與大明相應
此即身語心大明金剛加持祕密句
阿亢竭所謂
金剛手影像　蓮華手大光　無能勝影像
安住祕密句
此即大金剛祕密句
日輪曼拏羅　中現阿閦尊　於金剛大輪
現毗盧遮那　即於大輪中　復現無量壽
彼諸祕密心　一切祕密義　出現大光明
照一切極苦
此即一切金剛祕密心

阿字金剛杵　及衆金剛鉤　彼一切儀軌
佛菩提成就　諸有修法者　詣山林曠野
及餘勝方所　依法而修習　彼於半月中
得成就佛性　彼三十六百　如須彌山量
碎微塵等數　一切諸會衆　彼一切皆得
成菩提金剛
此即諸佛金剛大笑三昧
金剛手大智　持大語金剛　身金剛大相
説緊迦囉法
此即金剛智輪四種大明所謂三昧句三昧
語言三昧愛三昧拳等
虚空廣清淨　遠離一切法　現圓滿妙相
金剛未曾有　所有一切佛　普觀諸衆生
平等如一子　諸佛所攝持　金剛手愛樂
廣大祕密心　令住三金剛　大執金剛者

住空而觀想　大力妙金剛　項戴妙寶冠
五嚩拏相應　彼五處大明　大金剛忿怒
若愚若智者　依法而觀想　彼於半月中
得祕密成就　諸祕密金剛　金剛歌大義
住空而觀想　佛大曼拏羅　吽字金剛明
想三金剛等　唵字想於眼　能觀見一切
及見諸佛相　三身勝金剛　所有饑渴等
爲世間大苦　修習瑜伽者　彼不生思念
遠離一切苦　成就心金剛　毗盧尊影像
一切義正句　嚩字金剛口　唵字金剛眼
彼唵鑁二字　安住金剛舌　一切處無住
離諸苦寂靜　想智金剛光　即如意妙寶
隨衆生意願　一切所嚴飾
此名諸佛如意寶金剛

佛說一切如來金剛三業最上祕密大教王經卷第五

音釋

酇（子管切）　屹（魚乞切）　赧（乃版切）　盎（於浪切）　紇（胡骨切）

佛說一切如來金剛三業最上祕密大教王

經卷第六　宋西天三藏朝奉大夫試鴻臚卿傳法大師施護奉　詔譯

諸佛大集會一切曼拏羅成就金剛現證菩

提分第十六之餘

爾時世尊大執金剛者大金剛無畏大毗盧

遮那如來即入金剛大無畏無垢三摩地從

定出已以自三業說是明句

尾引

說此明句已復說伽陀曰

想虛空金剛　佛光曼拏羅　現黃色金剛

尾日林毗多　諸相皆圓滿　一切所莊嚴

頂戴諸佛冠　住一切平等　三金剛相應

出生諸成就

是時世尊復入普音金剛三摩地從定出已

以大金剛觀想句身語心業說是明句

綜引

說此明句已又復說是伽陀曰

想虛空金剛　日輪曼拏羅　徧滿諸佛雲

三金剛自在　於曼拏羅中　想尊那菩薩

身現白色相　一切所嚴飾　從金剛三業

堅固而出生　安住金剛手　大士持明句

此名金剛三昧智光明三摩地

是時世尊復入一切願金剛大樂三摩地從

定出已以等持金剛三昧身語心說是明句

欀引

說此明句已又復說是伽陀曰

想虛空金剛　金剛曼拏羅　想金剛出生

一切佛如來　中想寶藏神　現大藥叉相

頂戴寶髻冠　色相而善寂　住五佛相應

觀想於五處　得金剛甘露　而現禪坐相
復與金剛手　歡喜而相應　如是藥叉主
大力寶藏神
此名金剛三昧大富成就吉祥幢三摩地
是時世尊復入金剛欲自在吉祥三摩地從
定出已以一切藥叱尼三昧句身語心業説
是明句
儞引
説此明句已又復説是伽陀曰
想虚空金剛　四方曼拏羅　四寶所嚴飾
香華等具足　徧滿虚空界　現諸藥叱尼
三金剛出生　想同一影像　三金剛不壞
安住禪定想　妙金剛等持　觀想忿怒頂
安住心明句　金剛相應行
此名一切藥叱尼平等行觀想金剛三摩地

是時世尊復入一切金剛大明尾日林毗多
金剛三摩地從定出已以自三業説如是法
身語心清淨　持諸佛色相　如紫金色光
作一切成就　安怛陀那等　平等妙光明
藥叉主成就　持明天大尊　諸金剛成就
諸妙色成就　諸大明成就　普徧而出現
佛頂諸成就　如意寶妙光　最勝佛菩提
諸佛金剛光
此名諸佛圓滿一切願金剛三昧
爾時執金剛者一切如來大祕密主成就一
切如來身語心金剛大明行大毗盧遮那金
剛如來又復以自三業説如是法
身語心金剛　身語心自性　自相自所作
如是皆成就　佛眼句相應　想金剛慓幟
大明印相等　依教而善學　諸如來祕密

安住佛菩提　當於四時中　作祕密供養
華果等諸物　隨所得隨食　此速得諸佛
最上大智海　期滿六月數　作法當成就
一切部多衆　自他不能娆　貪金剛自性
依法而了知　貪金剛大鈎　摩摩枳功德
觀想語金剛　一切處成就　自印相禪定
三文字金剛　此諸佛大智　違越者破壞
金剛大主宰　金剛文字生　所有阿蘇哩
那龥藥叱尼　乃至摩髯尸　住三金剛智
各依本部法　作諸持明事　如是諸大明
祕密眞實教　三金剛出生　入諸佛菩提
此名一切如來眞實金剛持明三昧
諸佛大集會一切如來三昧法金剛加持王
分第十七
爾時一切如來又復雲集時諸如來又復各

各以自三業勸請世尊大毗盧遮那金剛如
來說祕密法作是讚言
阿閦如來廣大智　金剛法界大希有
三曼拏羅三堅固　歸命祕密妙法音
毗盧遮那佛清淨　最上大樂金剛寂
諸法自性淨光明　歸命宣說金剛法
寶生如來甚深妙　如虚空界離諸垢
自性清淨本非相　歸命善說諸祕密
無量壽佛大自在　離諸疑惑金剛住
了貪自性到彼岸　歸命蓮華部所說
不空成就佛正智　能滿一切衆生願
自性清淨住實際　歸命金剛最上士
如是稱讚寂靜句　一切如來共所宣
諸修法者若稱揚　即與諸佛而同等
爾時金剛手　諸佛悲愍者　復從語金剛

說是祕密句　大哉一切佛　法界離文字
自性本清淨　如虛空無垢
爾時諸佛大祕密主金剛手菩薩安住一切如來身金剛三昧從自身語心業說如是言
彼四種三昧　從佛智海生　了飲食無礙
此三昧最上
又復安住一切如是語金剛三昧從自身語心業說如是言
彼四種三昧　語金剛大字　了五種甘露
此祕密出生
又復安住一切執金剛三昧從自身語心業說如是言
彼四種三昧　亦即甘露法　從金剛薩埵
大威力所生　身語心金剛　大三昧出生
住諸佛究竟　金剛所攝持　金剛手三昧
金剛手大光　於一剎那間　得諸佛三業
又復安住一切緣覺三昧從自身語心業說如是言
善說於身法　彼身金剛住　說衆生戒相
住究竟平等
又復安住一切聲聞學三昧從自身語心業說如是言
彼十善業道　所作智金剛　此諸三昧生
而名劣解脫
又復安住一切梵王三昧從自身語心業說如是言
癡爲諸業道　作大怖畏相　隨順佛菩提
即得金剛身
又復安住嚕捺囉天三昧從自身語心業說如是言

三界一切住　三金剛所求　欲性有三種
最上三昧生
又復安住尾瑟努天三昧從自身語心業説
如是言
衆生住實際　三金剛不壞　入禪定金剛
虚空金剛界
又復安住三金剛三昧從自身語心業説如
是言
所有身金剛　是即大梵天　而彼語金剛
即大自在天　彼心金剛王　即尾瑟努天
如是等三天　三金剛所住
又復安住一切藥叉藥叱尼三昧從自身語
心業説如是言
常住貪欲法　恣一切食噉　不捨三金剛
作極難三昧

又復安住一切龍王三昧從自身語心業説
如是言
常樂葷戌鞞　嗤囉爲飲食　隨所欲香境
即所作三昧　彼一切煩惱　決定而隨轉
又復安住一切阿蘇囉乾鞞三昧從自身語
心業説如是言
現忿怒惡者　華果爲所樂　安住金剛地
難調大可怖
又復安住一切囉叉娑悉帝哩三昧從自身
語心業説如是言
葛波羅盛香　帶羅及縛舍　此即部多衆
名廣大三昧　又復爲吉祥　所作大義利
又復安住一切拏吉你三昧從自身語心業
説如是言
彼嚕地囉等　而常爲飲食　拏吉你三昧

相應出生相　自性無所生　三界無所行
住無行三昧　得一切成就
此名三界一切金剛三昧平等三摩地又復
安住身業成就金剛三昧從自身語心業説
如是言
身三種所作　一切金剛生　普徧衆生界
佛身常所作
又復安住語業成就金剛三昧從自身語心
業説如是言
語業句無染　三界淨圓滿　是即語成就
難行三昧行
又復安住心業成就金剛三昧從自身語心
業説如是言
諸金剛意地　金剛堅固想　如所説三昧
三金剛不壞

又復安住一切大明金剛真實三昧從自身
語心業説如是言
所有佛菩薩　緣覺聲聞衆　身語心相應
得最上成就
又復安住一切如來身語心金剛禪定三昧
從自身語心業説如是言
彼金剛薩埵　所有一切處　安住身語心
堅固曼拏羅　三金剛禪定　如理而相應
安住諸大明　真實持誦法
又復安住金剛大明成就三昧從自身語心
業説如是言
衆生界平等　住金剛禪定　三金剛最上
金剛三昧生
又復安住近成就最上成就大成就金剛三
昧從自身語心業説如是言

想金剛甘露　徧滿虚空界　三金剛所授
勝三昧常住
又復安住一切金剛安怛陀那三昧從自身
語心業説如是言
所有祕密法　四時作最上　隨順彼三昧
即金剛圓滿
又復安住虚空持明三昧從自身語心業説
如是言
身語心金剛　觀想禪定冠　三金剛三昧
不能生忿怒
又復安住一切持大明等羯磨三昧從自身
語心業説如是言
身金剛堅固　外金剛執持　法金剛事業
如儀軌所作
此名諸佛自性大金剛三昧

是時諸佛大祕密主金剛手菩薩説如是等
三昧法已即於一切大執金剛身語心業金
剛平等不思議界黙然而住爾時會中有不
可計不可數佛刹須彌山量等微塵數菩薩
摩訶薩咸各頂禮一切如來已作是白言云
何諸佛大祕密主金剛手菩薩於此一切佛
菩薩大衆會中黙然而住是時一切如來告
諸菩薩言諸善男子當知金剛身語心無所
得諸文字句自性亦無所得所有一切如來
身語心文字句亦無自性亦非行相以是義
故黙然而住諸善男子此如來心亦如是住
彼身語心離文字無所生無有相如虚空無
有實一切皆是虚妄所攝爾時妙吉祥菩薩
等諸大菩薩向諸如來作是白言如是如是
世尊一切如來法界自性無行無作非來非

去以是義故語金剛所生諸文字句皆虚妄攝是時會中有大菩薩其名梵初雖復已得大神通智而於一切法相自性未能了知聞是説已作是問言云何金剛大哉法等金剛眞實祕密文字有所宣説爾時諸如來告彼菩薩言如所得法當如實住梵初菩薩又復白言諸佛世尊我於身語心金剛祕密文字雖如實所得於彼金剛菩提尚未了知願諸如來爲我開示諸佛答言善男子文字無自性眞實無所生彼金剛菩提乃至衆生界盡所攝受普令一切安住諸佛金剛菩提何以故彼諸衆生所得身語心金剛智皆即三身金剛法性所作爾時諸佛大祕密主金剛手菩薩摩訶薩又復向諸如來及諸菩薩作如是言法界無住諸法無我自性清淨從無住中金剛出生諸法儀軌雖有所行而非所行時諸如來咸各稱讚金剛手菩薩作如是言大士所有一切如來身語心金剛一切成就乃至三界一切法依何語言而住金剛手菩薩言一切如來金剛成就一切智智乃至三界一切法皆依金剛身語心住諸如來言身語心當依何住金剛手菩薩言如虚空住諸如來言虚空何所住金剛手菩薩言虚空無所住空無住故諸法亦然時諸如來生希有心作如是言大哉大哉金剛薩埵能善宣説如是如是若身語心無所有而彼色相亦不可得

爾時金剛手　三界所尊敬　一切佛稱讚
廣大祕密主　住三密堅固　三金剛自在
想持明大士　説一切成就　住空金剛界

想佛曼拏羅　中現身金剛　觀想金剛頂
三面三身生　不思議變化　持金剛大輪
速得大菩提　諸部所有法　觀想此祕密
若別法觀想　彼不得成就
此名持明大士金剛祕密法
住空界觀想　部多囉倪衆　作如是歡喜
現金剛三相　若如是觀想　菩薩大敬愛
而於七日中　得三身成就
爾時諸佛大祕密主金剛手菩薩復以自身
語心業宣説一切行人金剛祕密法
自金剛三業　三昧大印義　想諸儀軌相
得成就佛性
又復以自身語心業宣説一切行人金剛祕
密法
設不結印相　持誦諸大明　此不越三昧
得菩提成就
又復以自身語心業宣説諸佛三昧祕密法
彼五種甘露　見勿生疑謗　此三密金剛
依法而所用
又復以自身語心業宣説語金剛三昧祕密
法
所有三界中　一切踰室多　彼諸祕密法
語金剛無謗
又復以自身語心業宣説心金剛三昧祕密
法
所有諸三昧　住三身金剛　必利拏三昧
心金剛無謗
此名諸佛三密金剛三昧
又復以自身語心業宣説一切如來金剛秘
密法

五如來所轉　五蘊義平等　彼金剛處法
菩薩曼拏羅
又復以自身語心業宣説三界三昧輪祕密
法
地大佛眼尊　水大摩摩枳　火大白衣尊
風大多羅等　虚空金剛界　即金剛薩埵
當知此諸大　即現諸菩薩
此名一切如來宫廣大自在金剛大士三昧
爾時世尊住一切如來身語心業大毗盧遮
那金剛如來即入一切如來平等行三摩地
從定出已普觀一切如來及衆會已默然而
住爾時慈氏菩薩摩訶薩即起恭敬頂禮世
尊大毗盧遮那及諸如來作如是言所有一
切如來身語心金剛祕密集會一切灌頂義
一切如來一切菩薩乃至金剛阿闍黎當云

何見佛言善男子所有諸佛菩薩乃至金剛
阿闍黎等皆住金剛菩提心當如是見何以
故彼菩提心與阿闍黎無二無二相善男子
我今略説所有十方世界諸佛如來及諸菩
薩現住説法教化衆生者而彼一切於三時
中來詣阿闍黎所諸佛菩薩變化供養雲而
爲供養作供養已還諸佛刹時阿闍黎從語
金剛亦出是言一切如來是我父一切如來
是我母一切如來是我師慈氏當知所有十
方一切諸佛如來及諸佛所行乃至諸佛如
來身語心金剛所生一切福蘊而彼福蘊皆
從阿闍黎毛孔所生何以故善男子從彼菩
提心出生諸佛智眞實所生眞實而住乃至
一切智智相亦復如是爾時慈氏菩薩摩訶
薩聞是説已生驚怖心默然而住爾時世尊

阿閦如來寶生如來無量壽如來不空成就如來等即時俱入一切執金剛成就勤求三昧金剛三摩地從是出已咸作是言汝諸菩薩今當諦聽所有十方一切如來三世智所出生祕密集會而來供養金剛灌頂阿闍黎又復恭敬稱讚何以故諸善男子金剛阿闍黎是大執金剛者是即諸佛大智主是時彼諸大菩薩向諸如來發是問言諸佛世尊所有一切如來身語心三密金剛成就當依何住諸佛答言如來三密當依阿闍黎金剛身語心住又問即此身語心復云何住答言此即無所有無所著時諸菩薩聞是說已默然而住爾時世尊大毗盧遮那金剛如來又復告諸如來及諸菩薩言諦聽諦聽諸佛菩薩我今宣說一切佛菩薩金剛三摩地出生大曼拏羅法是時諸佛及諸菩薩皆悉恭敬作如是言善哉大執金剛者善說世尊善說善逝大曼拏羅爾時世尊大毗盧遮那金剛如來說是伽陀曰

如空淨法界　想佛曼拏羅　四方淨妙相
觀想定金剛　金剛曼拏羅　阿娑那輪等
及種種供養　依法常所作　住阿闍黎心
平等灌頂法　想虛空界中　諸佛皆徧滿
諸儀軌出生　三種灌頂句　得成就菩提
為衆生利益　身語心成就　諸成就中勝
一切如來心　即無上菩提

此名一切佛菩薩大輪三昧三摩地出生大曼拏羅

爾時諸佛大祕密主金剛手菩薩復以自身語心業宣說一切如來金剛相應金剛三業

祕密大明曰

唵(一引)吽(二引)怛嚩(二合三)紇哩(二合引四)亢(五)

當想虛空界　祕密曼拏羅　三密心出生
想金剛薩埵　現大忿怒相　如青蓮華色
依法想四臂　執持葛波羅　現五種光明
復觀想自舌　金剛定相應　甘露法句召
三叉金剛杵　及金剛鉤等　與金剛相應
成就諸佛身

又復以自身語心業宣說金剛飲食三昧法

若於飲食等　依法而當食　與甘露相應
不越諸儀軌

又復以自身語心業宣說一切如來最上三業供養法

五種供養法　作最勝供養　此一切金剛
難行三昧行

又復以自身語心業宣說三業祕密供養法

於二處相應　當受彼甘露　如儀軌供養
得成就菩提

又復以自身語心業宣說一切如來三業行法

衆生界無邊　普徧平等持　三金剛三昧
今住大希有

又復以自身語心業宣說一切行人最上三業行法

身語心自在　三密無住生　諸所求成就
違越者不成

又復以自身語心業宣說一切行人金剛薩埵最上法

當可一肘量　作頂曼拏羅　中現於唵字
五甘露所出　勝金剛相應　刹那現光明

身語心善住　所作皆成就

又復以自身語心業宣説一切持明祕密三業法

諸有持明人　遠離諸有相　勿生取著心
造立塔廟等　勿讀誦經典　勿建曼拏羅
若自性相應　斯即爲最上

又復以自身語心業宣説銷除一切毒禁伏句召祕密法

安住大輪中　想白色焰光　熾盛而周徧
及黃色光等　此即三金剛　三昧大光明
從彼三祕密　種子所出生

又復以自身語心業宣説一切如來身語心輪金剛和合作擁護大明曰

唵引一虎嚕虎嚕二底瑟吒二合底瑟吒二合三滿馱滿馱四賀那賀那五捺賀捺賀六阿密哩二合帝吽引發吒半音七

此大明安住　金剛羯磨輪　輪中現吽字
中復書其名　大明字正句　依法常安住
此即一切明　三祕密無住

又復以自身語心業宣説金剛安膳那法

行人當往詣　四衢或樹下　乃至天廟等
作安膳那法　當用葛波羅　置嚕地羅等
黑月十四日　於其中夜時　誦本部大明
加持八百徧　得三種成就　及安膳那法
此即名諸佛　普賢祕密行

爾時一切如來問金剛手菩薩言諸菩薩摩訶薩云何於諸祕密文字句當得具足能於一切如來祕密三昧行堅固信解如實觀想

是時金剛手菩薩言諸佛世尊若諸菩薩摩訶薩於其三種祕密文字句得具足者即能

於彼一切如來祕密三昧行堅固信解如實觀想諸如來言何等爲三金剛手菩薩言所謂一切如來身金剛一切如來語金剛一切如來心金剛此等名爲三種祕密文字句若能如是得具足者彼諸菩薩摩訶薩乃能於彼一切如來三昧行堅固信解如實觀想是時諸佛咸各稱讚金剛手菩薩已默然而住爾時金剛手菩薩告彼一切如來及諸菩薩言諸大士當知此法甚深祕密希有過去過不可較不可計微塵數等劫從燃燈如來應供正等正覺出世已後乃至迦葉如來出現世間是等諸佛皆不宣說此祕密法何以故彼時衆生無信解故於此祕密功德句義不能了知以是義故於彼時中諸佛如來皆不宣説最上大乘祕密集會諸佛菩提法乃至剎那羅嚩謨呼栗多不得暫聞此祕密法設於無數殑伽沙等劫中勤勞苦切求佛菩提而不能得由是於此大祕密法不得聞故是故諸佛當知此祕密法甚爲難得爾時會中諸大菩薩聞是語已即時各各涕淚悲泣時諸如來告彼菩薩言止善男子汝等不應涕淚悲泣起三苦惱想時諸菩薩白諸佛言諸佛世尊我今云何能止悲泣何能不生三苦惱想我念衆生無智所障於三密句不生信解乃至名字尚不得聞諸如來言諸善男子如所得文字句皆悉平等非知可知非聞可聞所有一切如來一切菩薩於其祕密文字句悉無所得皆無所覺何以故三密文字句自性清淨故是時諸菩薩摩訶薩聞是語已默然而住

佛說一切如來金剛三業最上祕密大教王經卷第六

佛説一切如來金剛三業最上祕密大教王經卷第七

宋西天三藏朝奉大夫試鴻臚卿傳法大師施護奉　詔譯

諸佛大集會一切如來三昧法金剛加持王分第十七之餘

爾時佛眼菩薩摩訶薩從一切如來身語心祕密出生以自三業於大衆中歡喜稱讚一切如來大祕密主金剛手菩薩作如是言

汝金剛手大自在　善住最上金剛心
欲樂自性眞實法　最上金剛大親愛
隨諸所欲及所求　救度一切衆生界
是故歸命復稱讚　唯願依法攝受我

爾時摩摩枳菩薩摩訶薩從一切如來身語心祕密出生於大衆中歡喜稱讚一切如來大祕密主金剛手菩薩作如是言

汝金剛手利衆生　善住金剛心大輪
從佛菩提最上心　出生金剛第一義
諸貪法性貪平等　我隨所欲義亦然
是故歸命復稱讚　唯願依法攝受我

爾時觀自在菩薩摩訶薩於大衆中歡喜稱讚諸佛大祕密主金剛手菩薩作如是言

汝金剛手大悲愍　以金剛語廣利樂
隨順世間諸義利　常所宣説世間事
所有一切樂自性　皆攝普賢眞實行
是故歸命復稱讚　唯願依法攝受我

爾時一切如來從金剛身語心業平等出生一切如來極善樂意歡喜稱讚諸佛大祕密主金剛手菩薩作如是言

汝金剛手大利樂　安住祕密勝三昧
出生諸佛敬愛心　平等悲愍於一切

所有大欲功德藏　具足一切勝珍寶
故我歡喜復稱讚　隨順所欲而攝受
爾時諸佛大祕客主大毗盧遮那金剛如來即入一切大欲性自在金剛吉祥三摩地從定出已即於一切如來出生正行大欲自性三昧中默然而住是時滿虛空界一切如來各以金剛三業安住最上甚深祕客中祕客金剛甘露大三昧行是時空中出現其相由是滿虛空界所有一切衆生皆悉安住三身平等出生金剛吉祥觸法自性即得一切如來應供正等正覺三金剛智皆住普賢清淨法界得一切如來身語心金剛灌頂爾時諸佛大祕客主大毗盧遮那金剛如來謂諸如來言諸佛世尊今見是相住諸佛法平等性不諸佛荅言已見世尊已見善逝此如是相一切皆是諸佛如來金剛智行是時諸佛皆悉安住一切如來上首明妃祕客行已作是讚言希有世尊希有善逝此如是名無貪文字句善住佛菩提道爾時毗盧遮那金剛如來謂諸佛言諸佛當知虛空金剛三昧自性平等彼一切法非色蘊非受蘊非想蘊非行蘊非識蘊非處非界非取相等非貪瞋癡非法非非法當如是住時諸如來聞是語已默然而住爾時大毗盧遮那金剛如來復謂諸佛菩薩言所有一切世界中一切菩薩應當於此一切如來金剛三業最上甚深祕客正法諦信諦受如理修習何以故此法甚深極難得故是時世尊即於會中又告金剛法菩薩言善男子汝於諸法已得自在已受諸佛金剛灌頂汝當受持此祕客法時金剛法菩

薩摩訶薩受佛教敕已默然而住爾時諸佛如來復從自身語心金剛入彼三金剛大士文字正句三昧而住又復世尊大毗盧遮那身金剛如來即於三界一切身金剛祕密三業行一切如來身平等中默然而住又復世尊無量壽語金剛如來即於三界一切語金剛行一切如來語平等中默然而住又復世尊阿閦心金剛如來即於三界一切心金剛行一切如來心平等中默然而住

諸佛大集會宣說一切祕密行金剛加持分第十八

爾時慈氏菩薩摩訶薩在大會中見諸如來宣說一切如來灌頂身語心祕密法門如所語言如彼三昧如實見聞已作如是言大哉普賢清淨法界最上甚深身語心業三種金剛祕密勝行廣大普徧心金剛法一切衆生出生三世金剛自性得大菩提金剛正句諸佛金剛廣大威力大哉深妙此最上智大哉寂靜諸法根本大哉最上大涅槃界大哉止息諸輪迴道是時一切如來聞慈氏菩薩作是稱讚已告言慈氏如汝所言如是如是爾時諸大菩薩摩訶薩衆又復雲集各以最上祕密供養供養一切如來已咸各恭敬歸命頂禮異口同音作如是言大哉深妙極難得聞如是祕密大集會等祕密行相於諸法中最尊最上諸佛大導師語言皆如實住堅固大智爲利益衆生我等今者略有所問願佛慈悲爲我宣說是時一切如來讚言善哉善哉諸菩薩摩訶薩善作最上大功德利所有一切祕密句義恣汝所問爾時諸菩薩摩訶

薩皆大歡喜作熙怡眼諦觀諸佛又復各各
恭敬頂禮作是問言
云何名祕密　何名大集會　云何所用法
何名相應義　真實有幾種　復幾種祕密
云何密中密　最上復幾義　云何菩提心
云何大明士　佛部金剛部　寶部蓮華部
及彼羯磨部　此等諸部中　彼微妙歌音
當云何宣說　癡法云何義　瞋義復云何
云何說貪法　云何金剛呪　云何大樂法
云何諸正念　云何焰鬘尊　何名無能勝
云何名馬頭　何名軍拏利　云何普徧行
云何大明行　我見復云何　憎嫉法何義
云何真持誦　云何深祕密　云何諸儀式
貪瞋癡大法　衆生云何作　云何曼拏羅
云何說印相　云何說華果　云何諸塔廟
云何說智輪　云何大明句　云何祖捺那
云何必利拏　云何名句召　云何大明嚩
云何名灌頂　云何大明法　云何五甘露
何名五精進　云何成就義　云何最上法
方便有幾種　何名烏畢夜　當云何了知
一切相應輪　乃至祕密中　種種儀軌等
及諸所作事　如是等諸法　一一義云何

爾時一切如來聞諸菩薩發是問已於須臾間默然而住是時諸菩薩復白諸佛言正覺善逝唯願歡喜悲愍我等如我所問爲我宣說爾時一切如來復謂諸菩薩言汝等應當咸各安住金剛三業善持諸法自性大智根本巳然當諦聽汝所問善是時諸菩薩衆聞諸如來無上語言咸各頂受即時安住金剛薩埵堅固三業白諸佛言善哉諸佛善哉善

逝我等諦聽唯願善説作是語已黙然而住爾時一切如來皆住大悲加持願力異口同音答是問言

身語心三種　此名爲祕密　諸佛菩薩等
此名爲集會
當知所用法　祕密數如是　謂五法及九
十七與十三　諸佛菩薩等　宣説大成就
四法十六法　八法并十二　阿闍黎事業
彼等成就法　六種及二種　十五或十四
彼喝姹等法　近成就儀軌　一三及與七
十一及十五　諸成就境想　如儀軌所行
諸如來事業　攝受非攝受　善調及難調
諸衆生行相　所生一切處　如金剛儀軌
彼一切成就　如諸教所説　曼拏羅等相
阿闍黎出生　尊重大明句　攝受諸弟子
善説灌頂義　授諸弟子法　諸佛及菩薩
善説而度脱　慧方便等持　此説相應義
若自性智慧　性相及方便　彼所説離縛
彼離縛三種　阿阤囉自性　同彼聖種等
自性所作因　不同諸聖果　阿阤囉方便
三種義攝受　彼五部所作　自性同一部
彼金剛菩提　説最上眞實　眞實五部説
三部祕密等　諸祕密賢聖　皆最上部攝
無初而寂靜　離性及非性　住大悲空性
此名菩薩念　自三業金剛　得不壞自性
與大明相應　此説大明士　五因心法等
此説名金剛　説總持妙歌　識金剛部生
彼十中過去　實際所出生　攝受諸有情
諸佛諸佛法　諸佛自性等　此説佛部歌
説心最上寶　平等利一切　受決定受法

此說寶部歌　諸相諸所欲　諸一切皆具
洛叉洛叉等　此蓮華部歌　諸相諸所作
識所生正慧　心持諸行法　此羯磨部歌
說諸部無二　諸法無二等　瞋法識所生
因心有其二　諸色法境像　彼纏縛自性
復名馬頭尊　諸煩惱若盡　諸金剛亦盡
諸障盡智生　復名軍拏利　彼一切煩惱
一切業清淨　諸業清淨故　淨業果出生
貪染及執取　爲諸相所動　因縛果亦縛
六心因所生　吒枳忿怒王　所出有六種
彼三昧金剛　所出亦如是　彼地等五種
如實際所住　彼等大明王　色金剛六種
此金剛諸念　身語心金剛　出生大主宰
慧方便出生　於彼蘊處界　三法而取著
相應無所依　出生相應行　一切淨解脫
離一切有相　一切心行等　此說普徧行
諸有緣生法　及諸根境等　意法平等說
諸相及諸義　世間行信解　所有三昧法
一切金剛護　此說大明行　各各住自性
非心意所行　持誦若成壞　此說諸大明
衆巧業金剛　智種子所成　菩提種無我
持無我自性　變化諸影像　三世種子生
說一切大明　皆眞實所出　住自心加持
安住三摩地　彼諸灌頂法　一切處供養
大明明相應　此說持金剛　彼富樂四種
自所加持等　大無畏金剛　現一一頂相
心印及大明　廣大秘密法　因果二印相
果印因亦然　非所觀成就　諸儀軌不生
四分平等合　持明士金剛　一切身語心
當觀想三隅　十輻黃色輪　於中而觀想

彼十輻輪中　想十忿怒王　是即彼十智
自在所出生　想寂滅金剛　出生最上相
金剛熾盛光　變化不動雲　智自性所生
甚深祕密法　無垢而寂靜　佛眼所觀察
二足金剛步　即金剛賢聖　舉足下足等
如儀軌所住　諸所說成就　如三昧儀式
彼一切廣大　一切步所行　色聲生諸欲
苦樂二種法　常自心所集　貪瞋癡所生
貪金剛大貪　金剛寶出生　安住寶三昧
諸欲性平等　離有相非相　諸分皆三字
所作所斷等　及自所變化　如是瞋及癡
出生於三種　非祕密印淨　所作金剛義
從瞋輪出生　瞋相應行等　忿怒金剛破
智金剛所成　彼正覺所化　相應義如是
瞋金剛所作　彼三界最勝　於彼剎那間
作諸破壞事　癡輪所出生　癡相應行等
常棄捨一切　所莊嚴珍寶　想心如大海
常出寶無盡　一切愚癡行　覆没而不現
剎那間所作　心金剛所住　貪輪所出生
貪相應行等　心隨一切染　諸欲相應行
喜樂妙喜樂　諸所作嬉戲　常施諸樂境
隨順一切行　三界諸所生　天阿脩羅等
剎那隨所欲　此說名貪義　曼拏羅灌頂
最上勝事業　諸佛所加持　集諸成就事
婆誐曼拏羅　菩提心境界　祢欱曼拏羅
出生諸儀軌　一印及諸印　乃至蘊處界
彼印住平等　曼拏羅所說　鉤杖及弋羅
劒等安四隅　吒枳與難拏　大力及大輪
乃至遜婆等　此諸大忿怒　金剛大明王
六種轉輪印　地等諸賢聖　自印曼拏羅

劍及尾拏等　播怛囉鉢吒　甚深祕密印
六種大金剛　諸佛及菩薩　忿怒明王印
及五種印等　一大無畏尊　諸部中儀軌
妙華常所出　而彼虛空界　一切踰室多
彼身語心業　依諸部所作　所有諸佛塔
彼說無住處　大智薩埵法　此智金剛念
文字種子生　三金剛文字　身語心真實
必利拏光明　十方普句召　諸金剛大明
一切金剛光　彼諸金剛生　賓拏嚕里相
彼縛縛所說　金剛身語心　三業曼拏羅
三業非印相　曼拏羅儀軌　灌頂有三種
如此教中說　彼賢瓶灌頂　斯名爲第一
若祕密灌頂　此說爲第二　智慧爲第三
次第亦復然　最上大明生　彼彼妙眼相
妙華所莊嚴　從祕密法生　祕密中祕密
所有灌頂法　乃至授弟子　一切大明等
此一切金剛　最上灌頂句　諸大明成就
諸最上事業　深信深正慧　成就妙愛法
彼一行相應　即平等三昧　行人生尊重
歡喜施諸法　阿闍黎加持　施已得成就
癡法癡相應　即癡法所集　你尸迦癡法
癡金剛自性　瞋法瞋相應　即瞋法所集
你尸迦瞋法　瞋金剛自性　貪法貪相應
即貪法所集　你尸迦貪法　貪金剛自性
慧法慧相應　即金剛所集　彼大明賢聖
金剛祕密等　二手互相授　如來所證明
弟子頂受已　此阿闍黎法　諸佛方便說
此大明最上　一切法無二　清淨光明相
是故此相應　依法常所作　此諸佛所說
最上大明行　越此者愚癡　不得上成就

自性自身法　五垢常所染　後安住大智
當念五甘露　彼入嚩囉等　見如是色相
大明法相應　彼五種甘露　身起虛空中
金剛吽字生　還復從空下　妙蓮華出生
唵字甘露法　彼復入於中　二祕密相應
如水精色光　是名密中密　而爲大智日
普句召一切　十方世界中　同此甘露法
五精進亦然　觀想而成就　從三字出生
及虛空種子　彼別法不成　安怛哩陀那
此平等所轉　是最上所說　佛菩提成就
有四種方便　菩提金剛等　一切相應教
彼常所相應　成就爲第一　近成就第二
成就性第三　大成就第四　此諸平等行
是名四種法　四金剛枳拏　最上智甘露
一菩提空性　二種子所集　三影像出生

第四文字相　此等名四法　親近所成就
最上智甘露　六種相應事　六法若相應
得最上成就　所謂成就法　最上成就生
現食與禪定　及彼持命法　住三摩地念
此六種相應　有十種根本　一切處自住
現飲食所說　別別欲飲食　五欲法平等
即五佛相應　住禪定儀法　彼禪定五種
所謂尋與伺　喜受與樂受　及心一境性
此名五種定　祕密有三種　彼尋伺相應
有三種喜受　樂受四種集　自心五種住
智出生盡知　一切佛寂靜　諸欲性安住
五智我自在　五實際自觀　彼賓拏嚕畢
決定純一法　五色相大寶　安住於正念
安住自心明　日輪中影像　寂靜現月寶
安住持地念　寂滅金剛等　從取相所生

五界諸有相　菩提金剛觀　一陽焰明相
第二爲煙相　三虛空明相　第四燈焰明
五世間常明　皆虛空集現　安住金剛道
變化虛空界　如念而觀想　彼相所變化
此正念正知　彼光明所生　慧方便等持
一切性平等　心圓滿相應　影像中觀想
彼正智出生　三摩地心想　現飲食安住
彼一切加持　安住禪定智　得五種通性
彼決定影像　菩薩所觀察　常住總持觀
金剛手平等　正念善相應　光曼拏羅生
三摩地光中　離一切障等　心住心妙相
月金剛相應　作最上句召　如心所作等
大明相相應　說菩提妙句　自心曼拏羅
想儀軌相應　彼心智影像　想最上成就
現諸相相應　彼六月觀想　諸欲最上樂

一切處常轉　彼大智成就　敬愛法所生
諸部衆相應　彼金剛橛等　敬愛法作護
彼所作相應　此大蓮華教　廣大智所作
踰室多變化　一切所取等　四種印圍繞
曼拏羅儀軌　於中自所作　漸略一切相
作諸金剛地　彼菩提觀想　四種微妙歌
諸賢聖心現　想三金剛地　智身所觀想
彼種種色相　如自心所住　自因及自果
種種灌頂義　祕密大明法　諸大明法印
六種轉輪王　烏瑟膩沙相　此大明王等
四富樂大力　一切欲了知　金剛大主宰
一切禪定輪　及一切灌頂　諸儀軌相應
大智所攝受　身語心金剛　無二成就法
如先所說色　金剛持明士　自身曼拏羅
此說大成就　大烏瑟膩沙　無著相應相

彼近成就法　軍拏利影像　本尊相應法
作大明成就　彼大成就時　佛影像主尊
此一切金剛　祕密勝相應　此諸佛法分
成最上成就　別法不成就　此最上所生
千俱胝劫數　稱讚諸佛名　求成就相應
所生常親近　相應金剛蓮　此說近成就
成就法所說　謂吽發吒字　自性寂靜門
是大成就義　諸佛大勝尊　大執金剛句
諸佛烏早夜　諸法諸法性　所有羯磨相
即相應無著　曼拏羅出生　諸所聞三昧
先作三昧護　意等所生受　同所作自性
想貪我法生　隨染一切相　諸行常憎嫉
緣所生我法　菩提心自性　一切處所生
欲心此所說　貪瞋等自性　虛空三昧相
現前業生果　諸法無二智　外我見爲癡

彼互相所合　此說爲瞋義　貪力隨諸相
智金剛所說　極樂自在報　三處悉平等
貪瞋癡亦然　常住金剛樂　諸佛大方便
金剛手正念　我法無所壞　即無生自性
彼諸性平等　此焰鬘尊義　我法非了知
文字本清淨　一切三昧心　此無能勝義
我法非語言　名色無自性　一切三昧法
此馬頭尊義　我法離疑惑　色自性寂靜
衆金剛三昧　此軍拏利義　彼非壞非知
非語言離疑　佛菩薩識心　得成就大樂
癡及最上癡　身邊所作等　彼癡法盡已
復名焰鬘尊　瞋及最上瞋　心邊所作等
彼瞋法盡已　復名無能勝　貪法最上貪
平等持所住　彼貪法盡已　金剛身語心
烏瑟膩三昧　如儀軌出生　彼彼羯磨相

自輪智光明　如所説成就　曼拏羅觀想
依法如所聞　彼身所作住　彼勿作破壞
越諸觀想法　彼一切句召　自輪金剛橛
金剛橛大明　不越諸步相　勿生忿怒心
當受諸佛教　作種種三昧　勿破諸義利
勝金剛成就　禁縛等諸法　忿怒王所出
金剛橛大明　頂心等諸處　依法而觀想
遠離諸苦毒　及破壞諸惡　而彼金剛橛
一切皆相應　如儀軌出生　相應大明等
成就諸事業　持誦及出生　及諸護摩法
忿怒曼拏羅　息災寂靜心　增益增益意
敬愛敬愛心　忿怒忿怒字　如是四種法
攝一切成就

爾時一切如來答諸菩薩所問法已令諸菩薩斷諸疑惑即得離疑身語心業於自身語心皆得安住金剛堅固身語心法是諸如來即時咸各默然而住爾時彼諸菩薩摩訶薩咸各稱讚一切如來作如是言

歸命一切如來身　頂禮歸命一切語
歸命一切如來心　頂禮歸命諸所作
身語心業三金剛　從彼三業而所得
佛與衆生無等等　作何行法求成就
一切諸佛無所壞　成就行人大主宰
云何遠離諸罪業　若遠離已得何果

爾時一切如來亦各稱讚彼諸菩薩作如是言

善哉菩薩摩訶薩　善哉菩提大主宰
善哉菩提大妙音　善哉菩提大最上
諸佛自在吉祥尊　菩提金剛親教師
了一切想皆如幻　即成即壞諸所作

若了罪法非有罪　於其福果亦復然
若了罪福二俱非　彼得趣向菩提行
非彼語言爲所依　即得一切無所壞
所有惡趣非所生　彼大菩提不難得
彼先所作罪業因　此惡果報名地獄
若彼地獄生無生　此地獄果無所得
所有無數諸法印　安住菩提大金剛
最上離取正了知　無邊衆生相應住
離取非取一切業　彼諸所作非主宰
彼正所作大成就　一切事業皆平等
爾時一切菩薩摩訶薩得聞諸佛宣説一切金剛大悲所生甚深正法又復歡喜作是稱讃
善哉善哉世所尊　善哉善哉大牟尼
善哉善哉大妙法　善哉善哉大悲者
大哉普賢悲愍行　最上廣大淨無垢
作諸忿怒羯磨法　令諸衆生入佛性
爾時一切如來復告諸菩薩摩訶薩言諸善男子汝等聞此一切如來祕密灌頂大集會法勿生驚怖又復於中勿生輕謗應當安住三摩鉢底何以故菩提金剛實際生故瞋金剛性彼廣大故離縛大明所攝受故是時諸菩薩摩訶薩異口同音又復稱讃一切如來作如是言
三世金剛實際生　寂滅離障而清淨
諸佛最上大自在　歸命金剛勝三業
所有色受想行識　六根六塵皆如幻
地水火風及虚空　歸命菩提心所現
彼貪瞋癡諸染法　常行金剛法相應
種種皆住於實性　歸命菩提心廣現

若取一切樂法相　彼法自性無所動
因果自性心所生　離心有相諸法性
貪等過失及諸障　皆住金剛無所生
而彼菩提心廣大　歸命出現一切法
此住清淨無初等　智慧方便法所生
祕密灌頂常相應　菩提金剛常歸命
若觀此法爲最上　彼彼三種成就義
行人決定當圓滿　菩提金剛常歸命
若作金剛成就法　當離一切劣成就
尊重諸佛住淨信　菩提金剛常歸命
今此祕密集會教　若得聞者尚希有
況復讀誦若思惟　尊重供養及書寫
此獲功德無有窮　菩提金剛常歸命
息災等法諸儀軌　大明印契及行相
如理所作皆成就　菩提金剛常歸命
今此最上祕密法　若有見聞隨喜者
能生一念淨信心　所獲功德無邊際
況復行人依此法　修習祕密行相應
此功德聚廣巳宣　菩提金剛常歸命

爾時一切如來聞諸菩薩作是稱讚巳咸各隨喜讚言善哉善哉諸菩薩衆善說此語於諸法中而爲主宰最尊最上從諸如來祕密集會祕密出生作是言巳所有一切如來及諸菩薩摩訶薩衆咸各安住堅固三業悉入金剛身語心性平等法中默然而住爾時身金剛如來即復安住身平等法巳於一切如來身平等中默然而住又復語金剛如來亦即安住三界所有一切語行巳於彼一切如來語平等中默然而住又復心金剛如來亦即安住三界所有一切心法巳於彼一切如

來心平等中默然而住佛説此經巳一切大衆聞佛所説咸各歡喜信受奉行

佛説一切如來金剛三業最上祕密大教王經卷第七

大寶廣博樓閣善住祕密陀羅尼經

唐特進試鴻臚卿三藏沙門大廣智不空奉　詔譯

清刻龍藏佛說法變相圖

大寶廣博樓閣善住祕密陀羅尼經卷上

唐特進試鴻臚卿三藏沙門大廣智不空奉　詔譯

序品第一

如是我聞一時薄伽梵在王舍大城於初會時降伏俱胝魔軍及調伏一切外道捨離生死度諸瀑流是時那由他百千殑伽羅頻婆羅魔軍徧贍部洲于時世尊以佛神力變此大地盡成金剛令贍部洲有情之類不聞恐怖時彼魔軍兩諸器仗皆變爲華於王舍城四衢道中自然從地涌出大蓮華其華千葉七寶莊嚴黃金爲臺瑠璃爲莖高至梵天出種種光明普徧十方於其華中自然出聲說陀羅尼名爲警覺陀羅尼曰

曩莫薩嚩怛他(引)蘖帝毗瑜(二合)(一)　戍底瑟綻(二合)底娜捨你勢(二)　唵麼抳(上聲)嚩日囉(二合)紇哩

二合娜也三嚩日𠻝二合磨囉賽你也二合上聲尾捺囉二合寧上聲四賀曩賀曩五嚩日囉二合孽陛六怛囉二合細也怛囉二合細也七娑嚩二合磨引囉娑上聲嚩曩引你入吽引吽引九散馱囉散馱囉十沒馱引昧上聲底利二合十一引薩嚩怛他引孽多十二嚩日囉二合迦臘跛二合地瑟恥二合帝娑嚩二合引訶引十三

時彼蓮華中流出此陀羅尼已復出妙聲徧滿三千大千世界讚言善哉釋迦牟尼如來已度生死大海殄滅魔軍離煩惱塵破無明殼然大法炬由此陀羅尼威德力故令此大地變成金剛降伏魔軍爾時金剛手祕密主菩薩歡喜踊躍身毛竦竪頂禮佛足白佛言世尊今此陀羅尼於何佛會最初而得我從昔來於諸世間未曾聞見爾時佛告金剛手祕密主菩薩有陀羅尼名大麼尼廣博樓閣善住祕密由此陀羅尼威德力故能令三千大千世界變成金剛一切魔軍所有器仗咸變爲華由此陀羅尼威神力故降諸魔衆及化俱胝餘類有情悉令調伏由此陀羅尼威神力於四衢道涌出蓮華復告金剛手言我若不因此陀羅尼不能成等正覺不能降伏俱胝魔衆不能枯竭煩惱大海不能然大法炬金剛手我於無量俱胝百千劫來難難行若行猶故不能成菩提果由纔聞此大陀羅尼加行相應故得成正覺金剛手此陀羅尼有大威力有大殊勝是一切如來眞實法性令諸如來圓證法身金剛手由稱此陀羅尼名號則爲已稱十方諸佛如來名號若能纔念則爲禮拜供養一切如來爾時金剛手菩

薩摩訶薩以種種華種種香塗香末香供養於佛既供養已右遶三帀頂禮佛足而白佛言世尊此陀羅尼有大威德有大殊勝惟願世尊普爲一切有情說彼世界現何殊勝功德一切有情不以少善根得聞此陀羅尼此陀羅尼等同如來身同舍利法性爾時世尊告金剛手菩薩言金剛手衆生下劣不勤精進心多惑亂愚癡闇鈍躭著諸欲不信正法不敬父母不敬沙門婆羅門不敬尊者是故此陀羅尼不入彼人之手薄福少智少慧如此衆生不能得聞不能受持不生淨信此陀羅尼能滅一切罪是諸如來祕密之藏爾時世尊復告金剛手菩薩言善男子今爲汝說從此世界東方過無量恒河沙數俱胝那庾多佛世界彼有世界名寶燈其世界七寶所成其城四面廣一由旬多諸人民安隱豐樂彼諸男子及諸女人童男童女一切瓔珞莊嚴其身上妙寶冠嚴飾其首容貌端嚴有大威力勇健精進智慧具足通達衆藝城中有王名曰妙寶有八十俱胝大臣輔佐圍遶其王皇后名光明寶有二萬宫人皆如天女前後侍奉彼世界中所有華樹及諸香樹皆是七寶所成水生諸華亦是七寶所成陸生諸華皆是閻浮檀金所成其國人民壽八萬劫彼皆成就十善業道於佛法僧發大淨信其王以正法養育不以非法於諸有情常作利益彼世界中有佛名端嚴麼尼種種清淨建立如來應正等覺於彼世界成佛廣作佛事與無量大菩薩摩訶薩衆及俱胝大持明仙衆以爲眷屬彼如來身紫金色具三十二相

八十隨形好圓光一尋其光周徧猶如七寶熾盛照曜諸菩薩身悉皆金色晃曜相好端嚴坐七寶蓮華彼皆辯才無礙智境通達明處皆思惟大寶麽尼廣博樓閣善住祕密陀羅尼由此陀羅尼威神力故出生如是殊勝功德彼佛世尊爲一切有情演說此陀羅尼法彼諸有情由聞此陀羅尼故常獲安樂彼一切有情離諸地獄傍生及焰魔界阿脩羅身皆得解脫諸惡趣門悉皆關閉開諸天門及開諸善趣彼世界有情悉皆安住無上菩提彼一切有情悉住慈心如水乳合彼佛世尊往昔久遠行菩薩道時修此陀羅尼法作如是願一切有情生我刹土者彼皆決定不退轉無上正等菩提若有衆生聞此陀羅尼受持讀誦精勤修習憶念不捨求大成就乃至聞名或復手觸或佩身上或纔眼視或書經卷或書帛素或書牆壁一切衆生若有見者五逆四重誹謗正法誹謗聖人捕獵屠兒魁膾喃婆布羯娑盲者聾者瞎者傴者人所惡者瘂者癩者貧窮下劣不定業者魔網縛者墮邪見者毗那夜迦觸者惡星陵逼者七曜害者彼等諸人聞此陀羅尼決定當證無上正覺乃至傍生鹿鳥蚊蝱飛蛾螻蟻及餘類胎生化生濕生等諸衆生聞此陀羅尼名者當決定證得阿耨多羅三藐三菩提不應疑惑爾時世尊說是語已一切大衆皆大歡喜身毛聳竪是時天雨波頭摩華芬陀利華曼陀羅華摩訶曼陀羅華於虛空中有種種微妙天樂不鼓自鳴爾時會中大衆各各皆見身有光明於如來前自然涌出七寶樓閣

端嚴麗好人所樂見其寶樓閣四柱四門及四堦道光明照曜樓閣四角有四大寶如日熾盛復有無量摩尼寶珠綴於羅網無量寶鐸而懸其上無量繒旛以爲莊嚴種種妙華間錯垂下是時大地六種震動所謂動搖震吼涌沒之相諸天宮殿光明照觸光所到處皆悉覺悟四大天王持明仙等亦復如是一切魔宮熾然焰起一切障者毗那夜迦皆大驚怖馳走十方大聲號哭爾時世尊從眉間毫相放大光明其光普照警覺十方一切佛剎中諸佛既警覺已其光復收却入佛頂時十方佛咸皆同聲讚歎釋迦牟尼如來言善哉善哉釋迦牟尼如來今可應往寶燈世界端嚴摩尼種種清淨建立如來所今此大衆得相隨從瞻禮供養又得廣聞大寶廣博樓閣善住祕密陀羅尼法何以故此陀羅尼有大威德有大功能一切過去諸如來等共所加持若有人得聞此陀羅尼者乃至名字及手觸者彼人決定得不退轉證無上正覺爾時釋迦如來聞彼十方世界中諸如來請已復放無量俱胝百千萬億光明告諸大會諸人等言我今欲往寶燈世界時將已至汝等當共速嚴隨從爾時如來從座而起即昇七寶樓閣以手觸之其樓閣中忽然而出金剛師子妙座其座七寶所成莊嚴殊勝見者悅意又於座上生妙蓮華七寶所成黃金爲莖紅寶爲臺時佛世尊於蓮華上敷座而坐爾時世界皆大震動如來即入大會清淨三摩地以三昧力安慰一切大衆接諸虛空與一切衆會并諸眷屬及大菩薩眷屬大衆天龍

藥叉彥達縛阿蘇囉誐嚕拏緊那囉摩護囉誐人及非人無量俱胝持明仙衆金剛手祕密主與一切釋梵護世四大天王等上昇虛空往於東方過無量恒河沙數俱胝那庾多百千佛刹於刹那頃至寶燈世界從空而下詣彼端嚴摩尼種種清淨建立如來所恭敬問訊少病少惱起居輕利時釋迦牟尼如來以千葉七寶所成蓮華奉獻彼佛時彼如來在大衆會處天妙宮殿舒金色臂安慰釋迦牟尼應正等覺安慰已坐於寶樓閣中謂釋迦牟尼如來曰婆伽梵已轉大法輪降伏魔軍然大法炬建立法幢擊大法鼓吹大法螺於彼世界已作佛事證薩婆若智婆伽梵今復轉第二法輪當於閻浮提開正法藏纔作是語彼諸佛刹十八種動所謂動極動徧動

搖極搖徧搖震極震徧震吼極吼徧吼擊極擊徧擊涌極涌徧涌爾時大雨妙華現大神變於虛空中有種種音樂不皷自鳴其聲悅意又諸天子奏諸音樂所有天龍雨種種寶種種香種種栴檀香水種種衣服種種莊嚴具雨天妙赤珠碼碯毗盧遮那大寶日藏月愛日愛雨吉祥藏大摩尼寶雨天妙烏鉢羅蓮華拘勿頭蓮華芬陀利蓮華雨曼陀羅華大曼陀羅華雨天妙閻浮檀金華雨天妙銀華雨天妙真珠諸天子於虛空中出微妙音歡悅讚歎其音展轉相告善哉善哉釋迦牟尼如來今於此時再轉法輪於閻浮提建大妙寶如意法幢所謂大寶廣博樓閣善住祕密陀羅尼大教法今於閻浮提廣大流布爾時端嚴摩尼種種清淨建立如來應正等覺

從眉間毫相出光其光普照十方佛刹警覺一切如來其光復照三千大千世界及諸天宮一切龍宮一切地獄傍生閻魔羅界阿蘇囉衆普皆照曜警覺已其光復收右遶彼佛及釋迦牟尼如來三帀便於頂沒爾時十方世界無量恒河沙等一切諸佛各各於彼本土作大神變現神變已詣彼世界各各以大神通變化七寶樓閣於樓閣中出生閻浮檀金師子座彼一切佛并諸眷屬於樓閣中坐爾時端嚴摩尼種種清淨建立如來安慰彼等一切如來以大神通作大供養彼等諸佛供養已還坐師子座爾時摩尼藏菩薩摩訶薩詣端嚴摩尼種種清淨建立如來所頭面禮足白佛言世尊今現大集會諸佛菩薩并天龍藥叉彥達嚩阿蘇囉孽嚕拏摩護囉誐人非人等并大持明仙會所謂金剛手菩薩爲上首與大摩訶薩現大神變惟願宣說大寶廣博樓閣善住祕密陀羅尼今正是時乃至第二第三作如是請爾時端嚴摩尼種種清淨建立如來告摩尼藏菩薩摩訶薩言汝往釋迦牟尼如來所啓請彼佛當爲汝說時摩尼藏菩薩詣釋迦牟尼如來應正等覺所遶佛三帀合掌頂禮前住白佛言世尊我今請世尊說大寶廣博樓閣善住祕密陀羅尼爲哀愍利益一切有情故爾時釋迦牟尼如來受摩尼藏菩薩請已即告金剛手祕密主菩薩言祕密主汝往於大衆以金剛杵扣擊於地時金剛手祕密主承佛聖旨於大衆道場中以杵擊地繞擊地已其地四裂時三千大千世界六種震動於彼裂處涌出七寶樓

閣其樓閣四角四柱四門嚴麗殊特相好圓備光明赫奕有四階道高三由旬縱廣正等有五由旬於樓閣中現閻浮檀金窣堵波種種寶珠而爲嚴飾七寶羅網而覆其上無量寶鐸懸於四角妙華繒綵而爲間錯彼窣堵波中有三如來身爾時一切如來并諸菩薩大衆皆共供養寶樓閣窣堵波中三如來所謂華鬘燒香塗香末香幢旛寶蓋奏諸音樂合掌禮敬時諸天龍藥叉彥達嚩孽嚕拏緊那囉摩護囉誐人非人等一切衆會咸悉瞻仰皆生奇特希有之心咸作是言此寶樓閣窣堵波從何而來高聲讚言奇哉希有旋遶歌詠華香塗香末香幷諸音樂供養寶樓閣窣堵波合掌頂禮瞻仰而住爾時於樓閣中出聲告言汝諸大衆可觀空中衆聞此聲已

咸觀空中即見廣大吠瑠璃寶所成雲葉在於虛空其寶雲葉上以金書此大寶廣博樓閣善住祕密陀羅尼於虛空際復出聲曰汝等一切諸佛并菩薩大衆咸可讀此寶雲葉上陀羅尼出此聲已於十方所來諸佛一一佛前皆現吠瑠璃寶所成雲葉上以金書此陀羅尼復出是聲南謨釋迦牟尼如來今可開此寶樓閣窣堵波門於彼窣堵波中有三如來身由此三如來威神力故現大神變殊勝之相彼三如來於此會中當具說此大寶廣博樓閣善住祕密陀羅尼并曼荼羅成就明法爾時十方同來諸佛咸作是言惟願釋迦牟尼如來應正等覺爲諸大衆開此窣堵波門令諸大會見三如來所謂摩尼寶華幢王如來種種摩尼如來金剛超涌王如來應

正等覺爾時釋迦牟尼如來現大神通往詣寶樓閣窣堵波舒百福莊嚴金色臂開窣堵波門已示三如來身時三如來讚釋迦牟尼言善哉善哉釋迦牟尼如來今於贍部洲再轉法輪薄伽梵可於此坐爾時釋迦如來即昇寶塔與三如來同座而坐爾時金剛手菩薩摩訶薩頂禮釋迦牟尼如來白言世尊今此樓閣及窣堵波中三如來從何而來佛言乃往古昔不可思議無量無比過無數劫於此閻浮提多諸人衆安隱豐樂香稻不種自然成熟人無彼我亦無貯積當彼之時無佛出世有一寶山王彼山王中有三仙居住一名寶髻二名金髻三名金剛髻彼三仙人決定思惟佛法僧寶復作是念我等何時成佛證無上等正覺度諸有情時彼仙等作是思惟已須臾默然復起前念故即證於諸有情慈心歡喜種種樓閣三摩地即獲天眼觀於上方見淨居天復於空中有聲言善哉善哉正士能發勝心所謂阿耨多羅三藐三菩提心汝豈曾聞大寶廣博樓閣善住祕密陀羅尼耶過去一切如來爲諸有情利益故已曾演說纔聞此陀羅尼者當於無上菩提不退轉一切佛法當得現證得一切三摩地一切陀羅尼法悉皆現前善能降伏一切魔軍然大法炬一切善根當得現前滿足六波羅蜜能解一切地獄餓鬼傍生焰魔界阿蘇囉衆及生老病死憂悲苦惱永得解脫當於後世時於此贍部洲有情不孝父母不敬沙門婆羅門不敬耆舊誹謗正法毀謗聖人應墮地獄誹謗諸佛菩薩殺阿羅漢作五無間罪殺

婆羅門及殺牛者抄刼竊盜妄語者不與取者慾邪行者離間和合者雜染語者輕稱小斛者強奪財物者匿他財物者委言背信者先世惡業所持者彼一切有情類由此陀羅尼威力若讀若誦受持若佩身上若書衣中若置幢上若書經卷若書素氎及牆壁牌板乃至聞聲手觸及影其身及轉觸餘人決定當得不退轉無上菩提能於現世獲無量百千功德遠離諸罪成就一切善根摧伏諸魔於諸世間皆得敬愛於一切處皆得供養一切國王王子宰官後宮并諸眷屬皆得歡喜一切沙門婆羅門亦皆歡喜言音威肅人所樂聞手脚柔輭聲相和雅離於貧窮不受世苦毒藥刀杖水火等難諸惡獸怖不能為害無諸賊怖無刼盜怖無旃陀羅怖無甯摩怖行大小路悉皆無怖無鬼神怖無羅刹比舍遮怖無拏吉你怖無毒蛇怖乃至一日二日三日四日寒瘧常瘧一切瘧病悉不著身眼病耳病鼻病舌病齒病脣病喉病項病諸支分病手病背病腰病臍病痔病淋病痢病瘻瘡病髀病脛脚痛病丁病腫病瘰癧斑病肚痛疥病疱跛癩癬無如是等病無頭痛不盲不瞎不傴無橫災死不聾不瘂不被輕欺如是等類現世不受得無礙辯臨命終時心不散動一切諸佛現前安慰亦不為厭禱蠱毒呪詛著身卧安覺安於其夢中見百千佛刹及見諸佛并諸菩薩圍遶由此祕密陀羅尼威力故獲如是殊勝功德時彼仙人得法歡喜心生踊躍於其住處便捨身命所捨之身猶如生酥銷鎔入地即於沒處而生三竹金

爲莖葉七寶爲根於枝梢上皆有眞珠香氣芬馥常有光明所有見者無不欣悅其竹生長十月便自剖裂各於竹内生一童子顔貌端正令人樂見最勝端嚴光色殊麗相好成就時三童子即於是地竹下結跏趺坐即入正定至第七日於其中夜皆成正覺其身金色三十二相八十種好圓光嚴飾時彼三竹悉皆變成七寶樓閣又於虚空中有大寶廣博樓閣善住祕密陀羅尼以金爲字忽然而現時有四大天王所謂寶髻龍主天王寶藏鳩槃茶主天王妙珠光摩護囉誐主天王摩尼金剛藥叉主天王各持寶蓋而覆其上唱佛功德是四天王各有無量百千眷屬悉持妙華而以供養咸作是言今佛世尊出現於世爾時世尊告金剛手菩薩摩訶薩言昔三仙人者豈異人乎今此寶樓閣窣堵波中三如來是彼時三竹者今妙樓閣是彼時地者今此地是彼時世界者今此世界是彼三仙人由聞此陀羅尼勤修習故捨彼仙身成等正覺復次金剛手彼時空中讃歎此陀羅尼淨居天子者豈異人乎則我身是復有侍者名曰淨居常勤承事彼三仙人其三仙人成正覺已亦復供養爲彼淨居而授記曰汝於來世當得作佛其淨居者豈異人乎今此端嚴摩尼種種清淨建立如來是

爾時十方世界所來一切諸佛咸讃釋迦牟尼如來言善哉善哉能以如來神通加持説此往昔因緣示現如來祕密陀羅尼此陀羅尼是一切如來祕密是一切如來母是一切如來心祕密陀羅尼是一切如來轉法輪祕

密陀羅尼是一切如來往詣菩提道場祕密陀羅尼是一切如來詣金剛師子座祕密陀羅尼是一切如來神通遊戲祕密陀羅尼是一切如來波羅蜜圓滿祕密陀羅尼是一切如來般若波羅蜜攝受祕密陀羅尼是一切如來眞言祕密陀羅尼是一切如來曼荼羅祕密陀羅尼是一切如來堅持印祕密陀羅尼是一切如來放俱胝光祕密陀羅尼是一切如來實際祕密陀羅尼是一切如來三摩地神變加持祕密陀羅尼是一切菩薩菩提心莊嚴祕密陀羅尼是一切菩薩安立如來地祕密陀羅尼是一切三摩地通達祕密陀羅尼是摧一切障祕密陀羅尼汝今說耶爾時釋迦牟尼如來應正等覺住正念智觀察一切如來出大梵音復放百千萬俱胝那庾多種種光明所謂青黃赤白紫普徧十方諸佛世界照曜已警覺一切如來其光復收遶佛三帀沒於佛頂光既沒已爾時世尊以淨妙梵音於大衆中即說警覺陀羅尼曰

唵引薩嚩怛他孽多一摩捉捨多你跛底二合引二入嚩二合攞入嚩一合攞三遠麽馱覩孽鞞四麽抳麽抳五摩訶麽抳六怛他孽多紇哩二合怛野麽抳娑嚩二合引訶引七

說此警覺大明陀羅尼已山林大地六種震動一切如來同聲讚言善哉善哉釋迦牟尼如來善說此最勝祕密陀羅尼於虛空中現贍部金雲徧滿十方於其雲中下七寶雨復雨龍堅栴檀末復雨優曇鉢華而以供養及餘種種妙華復雨蓮華拘勿頭華芬陀利華蘇孅地迦華曼陀羅華摩訶曼陀羅華盧遮

華摩訶盧遮華曼殊沙華摩訶曼殊沙華蘇摩那華末利師華瞻蔔華而供養佛一切魔宮熾然火起一切魔衆愁憂萎悴皆大驚怖一切障者毗那夜迦驚懼身皆流汚惡氣臭穢十方馳走所有諸天於佛教中生淨信者及天龍藥叉彥達嚩阿蘇囉蘗嚕拏緊那囉摩護囉誐人非人等各持供具虔誠供養如來復有摩尼照曜思惟菩薩而爲上首與無量俱胝那庾多百千菩薩悉持種種妙寶而供養佛時金剛手菩薩而爲上首與無量百千持明仙各持種種百千天衣而供養佛復有四大天王與無量百千萬億四天王衆以種種香華塗香末香華鬘衣服旛蓋而供養佛復有梵天與梵衆諸天而來供養復有三十三天與百千萬億天子帝釋而爲上首供養於佛如是那羅延大自在天寶賢滿賢力天等同來供養復有日月天子在於空中而供養佛復有大吉祥天女大辯才天女餉企尼天女訶利底藥叉女與無量百千藥叉而爲眷屬復有毗摩大天女金剛迦離天女華齒天女使者大天女百千萬億各各以天宮殿供養於佛復有無量彥達嚩衆奏百千種天妙音樂而供養佛復有無量百千龍王集會所謂娑竭羅龍王難陀龍王鄔波難陀龍王嚩嚕拏龍王善住龍王寶髻龍王普徧形圓滿龍王以種種光味寶而供養佛復有轉輪王與無量百千萬億大臣宮人婇女及千子圍遶來供養佛爾時大地變成金剛於如來前從地涌出七寶蓮華其華百葉於其華中有贍部金剛千輻寶輪光明赫奕如日

其光徧照三千大千世界於輪齋中出微妙聲作如是言善哉善哉釋迦牟尼如來能説如是祕密陀羅尼能轉無上大法輪能詣大菩提場此陀羅尼是諸如來祕密明心是諸如來眞實理趣明心惟願世尊復更爲説此大寶廣博樓閣陀羅尼世尊已説警覺心陀羅尼由此陀羅尼警覺一切如來并其大衆皆來集會世尊説此祕密陀羅尼今正是時世尊此陀羅尼是成佛根本能除一切罪能竭一切苦海能遮止一切生死曠野能越一切煩惱瀑流若無此陀羅尼大明王終不能成無上正覺此陀羅尼是成佛種子是轉大法輪是然大法炬是建大法幢是吹大法螺是擊大法鼓是法師子座善哉世尊惟願廣爲大衆説此大陀羅尼王曼荼羅印法畫像法爾時大會雲集天龍藥叉彥達嚩孽嚕拏緊那羅摩護囉誐人非人等咸生希有奇特之心皆禮世尊瞻仰而住爾時世尊聞大衆虔誠請已即爲廣説此陀羅尼大教王法

根本陀羅尼品第二

爾時世尊告諸大衆我今説此陀羅尼教王此陀羅尼能成就無上菩提若有受持能除一切罪業身得清淨即説根本陀羅尼曰

曩莫薩嚩怛他(引)孽多(去聲)南(一引)唵(二)尾補攞孽陛(三)麽抳鉢囉(合二)陛(四)怛他多(五)你捺捨寧(六)摩抳摩抳(七)蘇(上聲)鉢囉(合二)陛(八)尾麽黎(九)娑(引)孽囉(十)儼鼻囉(十一)吽(十二)吽(十三)入嚩(合二)攞入嚩(合二)攞(十四)没馱尾盧枳帝(十五)麌呬夜(合二)地瑟恥(二合)多(上聲)孽陛(十六)娑嚩(二合引)訶(引十七)

爾時世尊説此大寶廣博樓閣善住祕密根

本陀羅尼巳於此大地六種震動雨大寶雨及大妙華一切所求大衆咸皆歡喜歎未曾有能令一切善法皆悉成就證得十地是時十方諸如來同聲讚歎釋迦牟尼如來言善哉釋迦牟尼如來乃能説此入菩提道場陀羅尼若纔聞此陀羅尼除滅一切惡趣纔憶念此陀羅尼者則爲以諸微妙香華塗香末香供養十方一切諸佛若能纔誦即得不退轉無上正覺乃至百劫千劫百千劫一切如來不能讚歎盡其功能此陀羅尼有大威力一切諸魔終不能作其障礙一切寃家惡友鬼神藥叉羅刹人非人等不得其便增長無量善根若纔念此陀羅尼者獲福無量何況久能誦持其福不可校量爾時執金剛手藥叉將及四大天王往詣佛所恭敬合掌頂禮佛足供養而住白佛言世尊我等擁護持此陀羅尼有情加持養育皆令歡喜爾時世尊舒金色手摩執金剛手菩薩頂及安慰四大天王作如是言我以此陀羅尼付囑於汝若有持此陀羅尼者汝當擁護爾時執金剛手菩薩及四大天王白佛言世尊我等受付囑已以此大教王常當擁護彼有情受持陀羅尼者

心及隨心陀羅尼品第三

爾時世尊復説心陀羅尼曰

唵一 麽抳 嚩日哩二合 吽

爾時世尊復説隨心陀羅尼曰

唵一 麽抳尼軫切 馱上聲哩二 吽泮吒半音

若誦持根本陀羅尼者不假簡擇時日宿曜不限齋戒但誦滿一萬徧巳然後佛前或舍

利塔前於白月十五日潔淨洗浴著鮮淨衣隨力供養然四盞燈散諸香華受持陀羅尼者食三白食旋遶制底一百八帀誦陀羅尼一百八徧便於當處寢息天欲曉時如來即現其身執金剛手菩薩亦現於前所有願者皆得如意若造五無間罪者作如是法次第三徧方得感現勿生疑惑常於清旦誦一百八徧所求之事皆得成就蠱毒諸毒不能爲害水不能漂火不能燒賊不能刧病不能侵無他寃怖常無重病亦無眼病耳病鼻病舌病口病齒病脣病頭痛支節痛一日瘧二日三日四日瘧悉不著身諸惡毒蛇虎狼禽獸不能爲害厭禱呪詛亦不著身此陀羅尼威力如是能息一切怖畏能滅一切惡障能生一切功德能成就六波羅蜜能成就如來境界纔誦此陀羅尼者皆能成辦一切事業若有人登大高山頂誦此陀羅尼盡眼所見處所有衆生滅一切罪業亦離一切地獄業得免傍生身若入天廟中誦此陀羅尼者使諸天神皆悉奉教若入龍池中誦此陀羅尼者一切龍衆皆來歸命若於日前誦此陀羅尼者日天子即來現其人前所求意願皆能與之若有人於執金剛手菩薩前誦此陀羅尼者金剛手菩薩現於其前所求願者亦得隨意若有人取菖蒲根誦此陀羅尼一千八徧口中含之入於王宫所有演說妃后彩女歡喜淨信若加持胡椒含於口中共他人語所出言辭皆悉信受當生歡喜若加持白芥子一千八徧擲於虛空一切惡風雷雹皆得消散若加持鹽一百八徧與淨行婆羅門皆來

敬愛食此鹽者皆得歡喜若欲令刹利敬愛者取白芥子護摩一千八徧即得敬愛若加持安息香一千八徧於一切鬼魅病人前燒隨其所類皆自下語彼病即差若亢旱時先以瞿摩夷塗地作四肘方壇中心畫一水池方二肘作青色於池中取瞿摩夷和土爲泥揑作一龍腰巳上爲菩薩身作菩薩面於其頭上出三蛇頭腰巳下爲蛇身於池中盤屈其龍徧身以黃丹塗令作赤色以金薄貼龍心上遶壇四邊以白粉畫作蓮華於壇四角揷四隻箭以五色線纏繞於箭周圍其壇又於線上懸五色小旛四角安四水餠四門安香爐又用四箇小餠一餠盛乳一餠盛酪一餠盛乳糜一餠盛酥及沙糖然四盞燈燒四種香所謂安息薰陸白檀蘇合於壇上散七種穀子（大麥小麥稻穀菉豆油麻芥子白芥子）供養五色食飲幷諸華果念誦人面向東坐白芥子先誦陀羅尼加持一千八徧巳然後取白芥子一顆誦陀羅尼一徧打龍頭上滿一千八徧其龍即降雨一切龍皆降伏若欲止雨加持白芥子一百八徧擲龍池中其雨即止若有惡風雹雨取佉陀羅木作橛釘龍池邊即得雹不下惡風即止若欲縛毗那夜迦取白芥子加持一百八徧安毗那夜迦頭上便不能作其障礙以乳洗毗那夜迦即得解脫所作事業皆得成就其持誦者常須清潔著鮮淨衣此是根本陀羅尼法

大寶廣博樓閣善住祕密陀羅尼經卷上

音釋

警居影切賽先代切孽魚列切陛部禮切瘧魚略切痁病也

瘻力鬬切後病也髀部禮切股也瘰癧瘰郎果切癧郎狄切瘰癧病筋結也

大寶廣博樓閣善住祕密陀羅尼經卷中

特進試鴻臚卿三藏沙門大廣智不空奉　詔譯

成就心陀羅尼法品第四

凡成就心陀羅尼事業者誦十萬徧即見一切如來誦二十萬徧得見一切佛土若誦三十萬徧得成入一切曼荼羅一切真言法悉得成就誦四十萬徧得持明仙中轉輪王誦五十萬徧一切阿蘇囉及諸仙窟龍宮窟門自開悉皆得入若誦六十萬徧得見一切伏藏若誦七十萬徧即憶知過去無量生宿命事若誦八十萬徧即得寶印三摩地若誦九十萬徧得一切菩薩遊戲神通加持若誦一百萬徧得一切如來灌頂與一切如來同會福慧如是倍增而獲無量殊勝功德若造五無間罪誹謗聖人誹謗正法應入阿鼻地獄者由誦此陀羅尼十萬徧一切業障悉皆消滅得不退轉獲宿命智一切如來護念攝受得眼清淨耳清淨鼻清淨舌清淨身清淨增勝無量殊勝功德轉更增勝身業清淨兼獲世間種種事業隨意成就復次說雄黃法取好雄黃置熟銅器中從白月十三日清淨洗浴著鮮淨衣喫三白食所謂乳酪粳米於佛前加持十萬徧至十五日夜所加持雄黃現三種成就相若煖若烟若光焰即得成就若煖將用點額即得安怛但那成就入阿蘇羅窟及一切神仙龍宮得持明轉輪王位意樂所作皆得成就若煙出用點眼中當見一切菩薩宮殿住處又見一切金剛族類菩薩一切諸惡魔不能障礙獲得一切法藏隨所去處皆得通達若現光焰即騰虛空證得然炬

陀羅尼三摩地得作三十三天中主宰所須皆得若於山頂上誦一萬徧得一切衆生尊重所求皆得一切贍部人咸來恭敬若入水池中誦一千八徧一切諸龍皆悉降伏取白芥子加持一千八徧散擲虛空應時注雨降伏諸龍若常日日誦持獲大吉祥若患一切病取水一餅以因陀羅呵悉多藥白及藥也及鉢羅奢藥赤及也白芥子并欝金白檀香等各一分内著餅中加持一萬徧取此香水淋灌於頂一切大重病人皆得除差及滅一切罪障所有符書厭禱皆悉消滅獲得一切殊勝吉祥若患癩病澡浴灌頂亦得除差若患白癜風以水灌頂亦得除差若有女人意欲求男以水灌頂即便生男若有人久持誦無靈驗悉地不現前者作此灌頂法速得悉地如是等世間出世間所求一切願皆得成就

成就隨心陀羅尼法品第五

誦隨心陀羅尼滿一萬徧所有諸鬼神作障難者悉來接足禮拜白言持明者救護我等勿斷我命所使我者決定得了我皆成就若誦二萬一千徧者即得一切天龍敬伏爲天中主所出言辭天皆奉行若誦三萬徧一切鬼神藥叉等咸悉順伏若誦四萬徧意欲鉤召隨意即成若誦五萬徧所欲鉤召追攝若天若龍若藥叉若孽嚕拏若緊那囉阿蘇囉摩護囉誐及仙人婇女沙門婆羅門刹利國王王后宰相羣臣及餘種種人等皆得隨意燒安息香和白芥子若誦六萬徧得無垢三摩地若誦七萬徧得作持明仙中轉輪王若誦八萬徧執金剛手菩薩及與眷屬來現其

前若誦九萬徧得諸菩薩施與無畏若誦十萬徧得見一切如來彼等如來作是言善男子汝欲所往諸佛刹土皆得隨意無有障礙通達一切真言通達經論一切如來加持於三藐三菩提不退轉及得種種世間出世間法心所樂求皆得成就諸佛如來皆悉印可

諸儀軌陀羅尼品第六

坐真言曰

唵(一引)摩抳軍吒利吽吽(二)娑嚩(引二合)訶(引三)

誦七徧然後坐作餘護持法

次結壇界真言曰

唵(一引)摩抳尾惹曳馱囉吽(二)娑嚩(一合)訶(引三)

誦此真言加持白芥子七徧散於四向便成結界

次結十方界真言曰

唵(一引)入嚩(二合)里多麽抳(二)嚧止囉室(二合)抳吽吽泮吒(半音三)

誦此真言加持香水和白芥子一百八徧散於十方即成結十方界

辟眦那夜迦真言曰

唵(一引)摩抳鉢囉(二合)娑嚩底(二)賀囉賀囉(三)吽吽泮吒(半音)娑嚩(二合)訶(引四)

誦此真言加持灰水二十一徧散於十方

頂髻真言曰

唵(一引)嚩日囉(二合)摩抳(二)底瑟吒(二合)底瑟吒(二合三)吽吽泮吒(半音四)

誦此真言七徧加持右手作拳舒大指以摩頂右旋三帀即成護身

加持衣真言曰

唵(一引)摩抳微布黎(二)地里地里(三)吽泮吒(四)

誦此真言七徧加持衣服

洗嗽真言曰

唵一引尾你庚合一嚩底二訶囉訶囉三摩訶引摩捉吽吽泮吒四半音

誦此真言加持水洗手嗽口及用灑於身能淨諸根

洗浴真言曰

唵一引蘇涅摩攞嚩底二訶囉訶囉三播奔弭哩弭哩四吽娑嚩引二合訶引五

誦此真言加持白芥子水一百八徧浴身法護真言曰

唵一引摩捉達哩二吽吽泮吒二半音

誦此真言用灑一切香華果實飲食及所用之物皆用此真言加持而護之神線真言曰

唵一引地哩地哩二微麽羅迦哩三吽吽泮吒四半音

獻華真言曰

唵一引薩嚩怛他孽多二布惹麽捉吽吽三

所有華皆誦此真言加持散時亦誦

塗香真言曰

唵一引薩嚩怛他孽多二巘馱摩捉娑頗合二囉拏吽三

燒香真言曰

唵一引入嚩合二里多摩捉二阿没囉矩吒娑頗合二囉拏上尾孽底吽三

燈真言曰

唵一引入嚩合二里多始佉黎二馱嚩哩三吽吽泮吒四半音

獻食真言曰

唵一引鉢囉合二嚩囉引孽囉合二嚩底二娑囉娑

囉三吽吽四

獻閼伽真言

唵一引摩訶末抳布囉耶二馱囉馱囉吽吽三

奉獻供養物及食等真言

唵一引摩訶微摩犁吽吽二娑囉娑囉吽三

護摩真言

唵一引入嚩合二羅薩普合二囉二誐誐那鉢囉合二
多囉抳吽吽三

加持念珠真言

唵一引嚧止囉摩抳二鉢囉合二韈多耶吽三

以此真言加持念珠七徧若念誦本真言一
徧移一珠即成誦一切如來所說真言一徧
一一真言成無量百千那庾多徧

念誦時真言曰欲念誦本真言時先誦此真言

唵一引嚩日囉摩你迦囉二緊迦吽吽泮三

結跏坐真言曰

唵一引蘇鉢囉合二韈底多吠藝二摩抳摩抳娑
嚩引二合訶三引

警覺一切如來真言

唵一引薩嚩怛他蘗多二嚩庾平聲惹吠三多囉
多囉四吽摩抳迦娜寧娑嚩引二合訶五引

請一切如來真言

唵一引微布羅鉢囉合二囉黎二杜嚕杜嚕吽吽
三

求願真言

唵一引薩嚩怛他蘗多二地瑟吒合二那質多僧
路訖叉合二拏三嚩日哩合二吽吽四

求菩薩願真言曰

唵一引蘇尾布羅嚩娜寧二訶囉訶囉吽三

請一切天龍真言

唵一引阿鼻娑摩耶縛日哩二二合駄囉駄囉吽三

請四天王等真言曰

唵引摩抳尾誐嚩底吽二

加持弟子真言曰

唵一引輸上聲婆摩抳二戶盧戶盧吽三

加持弟子令弟子入壇真言曰

唵一引薩嚩怛他蘖多二喝哩二合捺耶嚩日哩二合抳三達囉達囉吽吽四

獻一切佛一切菩薩諸天等食真言

唵一引尾囉尾羅逝二誐誐那嚩呬你三攞呼攞呼吽吽四

所有一切香華飲食皆誦此真言用持獻之

護身真言曰

唵一引摩抳蘇唵二合娑抳二吠誐嚩底三囉訖又二合囉訖又二合鉿吽四

奉送諸聖衆真言曰

唵一引薩嚩怛他蘖多二矩盧你底娑摩二合囉三尾誐底四入嚩二合羅入嚩二合羅五吽吽娑嚩二合訶六引

誦此真言通一切處用所謂本尊獻閼伽華飲食等用

已上一切心真言先各誦一百八徧然後作法時纔誦滅一切罪一切苦惱皆得解脱諸佛如來決定授菩提記當得作佛先世惡業受持此真言悉皆消散獲無量恒河沙數功德速證無上正等菩提能轉法輪

建立曼荼羅品第七

爾時世尊説曼荼羅儀軌依時法先擇勝地然後作壇其壇四肘四門以瞿摩夷和土徧

塗拭之壇上張一白蓋稱壇大小於壇中心取二肘拼作一小方壇先以白檀香塗拭次用鬱金香塗之或以五色粉撚成或畫亦得於新器中和彩色用之於小壇中畫七寶樓閣於樓閣中畫一佛形像作說法相佛前作一蓮華七寶莊嚴於蓮華胎中畫作一輪其輪百輻齊輞具足以金莊嚴輪外畫焰光其蓮華莖吠瑠璃色佛左邊畫金剛手菩薩而作忿怒形右手執金剛杵左手執白拂右邊畫摩尼金剛菩薩種種瓔珞莊嚴其身左手執持寶珠右手執白拂四角各畫四天大王身著甲冑手執器仗種種頭冠瓔珞莊嚴其身作瞋怒形其小壇中畫七寶界道於其壇上懸一傘蓋可一肘量於傘蓋四面周帀懸旛其大壇東門懸五色繒旛以四金鉼滿盛香水於鉼中著七寶及諸香藥五穀於鉼口插時華有果枝條以繒帛繫鉼項置壇四角又以四銀鉼滿盛乳安大壇四隅若無金銀鉼以金銀塗鉼替之於中壇南門中畫大吉祥天女種種瓔珞莊嚴其身北門中畫餉棄尼天女壇西門中畫金剛使者天女八臂持種種器仗以種種瓔珞莊嚴上懸青繒播於中壇四邊香華飲食隨力供養然三十二燈種種華果散其壇上於佛像前置金香爐燒蘇合香金剛手菩薩前以銀香爐燒安息香摩尼金剛菩薩前亦以銀香爐燒蘇合香於四天王前燒薰陸蘇合白膠香和燒於吉祥天女前燒白檀香於餉棄尼天女前燒安息香於金剛女使者前燒薩羅計香是青膠香於四天王等前各各別以飲食而供養之其中壇

四門外各立吉祥標門其大壇東門中畫訶利帝母七子圍遶於南門中畫大自在天王於西門中畫華齒羅刹女於北門中畫毗摩天女顏厚美麗有七婇女圍遶於壇上四邊揷三十二隻箭其一箭以五色加持線纏周帀圍遶於線上懸五色小旛以爲莊嚴於大壇外金界道上置種種華種種味飲食種種果七種油餅三十二椀三十二餅三十二香爐燒燈一百八盞種種末香種種燒香所謂薫陸香安息香心栗迦(目蓿香)白檀沉香多蘗羅香蘇合薩羅計(青膠是也)應燒五石蜜香又以龍腦香麝香鬱金紫檀白檀等各各以爲塗香次應獻食飲乳酪沙糖水石蜜水各盛八鉼乳粥八椀又以粳米菉豆油麻相和作粥八椀粳米飯歡喜團各八椀又粳米粥八椀復盛油四瓦椀酥四瓦椀沙糖四椀石蜜四椀油麻四椀果子四椀七種穀子四椀應以種種飲食供養所謂天竺餅煎餅菉豆餅油麻煎餅無憂餅妙味餅酥餅沙糖餅已上飲食隨所得營辦當於引弟子入壇門中兩邊置香水二鉼應爲弟子入壇儀軌其弟子入已即爲弟子灌頂誦此真言以用灌頂

真言曰

唵(一引)摩訶尾布羅(二)鉢囉(二合)底(丁以切)瑟恥(二合)多悉第(三)阿毗詵者鉿(四)薩嚩怛他蘗多鼻曬罽(五)婆囉娑嚩三婆囉(六)吽吽(七)

纔灌頂已先世一切罪障一切業障悉皆清淨得一切如來攝受一切如來加持一切如來灌頂一切如來安慰一切悉地現前所思所求皆得滿願即成入一切如來三昧耶曼

荼羅入一切如來法性證甚深法忍住詣菩
提場獲得如是等勝上功德乃至獲得不退
轉證無上正等菩提
畫像品第八
爾時世尊告諸大衆我今說畫像法而能成
就一切事業應取新白氎不割截者或一肘
或二肘令四方等畫人應受八戒其畫彩色
於新器中盛勿用皮膠七寶莊嚴樓閣於樓
閣中畫如來作說法相坐師子座佛右邊畫
金剛手菩薩十二臂黄白色其像四面正面
歡喜右邊面忿怒相左邊面開口狗牙上出
當頭上面顰眉怒目頭冠瓔珞種種莊嚴於
蓮華上半跏而坐
左邊畫寶金剛菩薩四面十六臂正面歡喜
右面青色作摩訶迦羅天面左面緑色作師
一面頭上面顰眉露齒忿怒作淺緑色右邊
第一手持真多摩尼寶作獻佛勢左邊第一
手持蓮華右第二手作安慰手左第二手持
三戟又二手合掌餘手皆執諸器仗右第四
手持輪左第四手持劒右第五手持金剛杵
左第五手持華鬘右第六手持念珠左第六
手持軍遲右第七手持刀左第七手持梵夾
右第八手持寶塔左第八手持須彌山於蓮
華臺上半跏而坐於其座下畫餉棄尼天女
有八臂跪坐合掌作供養佛相金剛手菩薩
下作吉祥天女跪坐持寶器滿盛種種寶供
養如來於吉祥天女後畫金剛使者天女作
笑面有四臂種種瓔珞而爲嚴飾手持種種
器仗餉棄尼天女後畫華齒天女身著素服
以手持華瞻仰如來於如來前畫作七寶華

其華百葉以金爲臺吠瑠璃爲莖其蓮華上畫作百輻輪齊輞具足輪外周帀皆有光焰於蓮華根下畫四天大王悉被甲冑種種嚴飾手執器仗蓮華下畫作水池以七寶莊嚴於池岸上應畫持誦人跪坐手持香爐并持華枝又持念珠跪坐瞻仰如來於寶樓閣上於虛空中畫梵天毗鈕天大自在天散華供養應依如是儀則畫像其持誦者著新淨衣食三白食從白月八日在如來前如法念誦至十五日令滿十萬徧其像動摇及見自身熾然光明獲得無障礙眼證清淨摩尼行三摩地於一切持明仙中爲轉輪王親見一切如來纔誦一徧遠離一切地獄傍生能斷貪瞋癡等離諸慳悋垢成就一切功德獲得一切安樂攝受一切善根一切如來之所加持一切菩薩之所安慰一切諸天悉皆擁護一切藥叉羅刹畢隷多比舍遮阿蘇羅彦達嚩孽嚕拏緊那囉摩護囉誐人非人等悉來侍衛於一切王宮皆得供養令諸世間皆得順伏一切功德波羅蜜皆悉圓滿如是等殊勝功德悉皆獲得若纔誦者獲如上福利況多增勝受持者若有讀誦受持相應供養求成就并與印契真言相應對於像前其人等同諸佛應受天人世間供養禮拜其人等同諸佛應見應知如來之所授記其人決定不退轉於無上菩提不復生於母胎所生世界蓮華化生不離諸佛菩薩所生之處共諸如來集會乃至坐菩提場

護摩品第九

爾時如來復爲諸大衆說護摩法先須清淨

身心然後作法一一法速令成就起廣大利益爲諸有情發如是心應作護摩如法供養護摩眞言曰

唵一引娑嚩合二訶鉢底二部囉合二部嚩二入聲吽吽泮吒半音娑嚩引二合訶引四

以此眞言加持油麻白芥子和酥一徧一燒滿一百八徧能令一切眞言法速得成就除遣一切障者毗那夜迦一切罪一切煩惱一切寃家惡友皆得摧伏禁止令其迷惑一切惡夢災怪不祥之事自然消散

又以安息香白芥子和酥誦眞言一徧一投火中燒之滿一千八徧一切鬼魅頭自破裂一切病患諸瘧速得除愈一切鬼神變怪皆得遠離

又以酥和白芥子一誦眞言一投火中滿一千八徧獲得一色主

又以白芥子和酥護摩一千八徧一切諸恐怖寃家他敵悉皆除滅

又以天木杉木是和酥護摩一千八徧得囉若并内宫眷屬歡喜敬愛所求皆遂

若以白膠香和酥及白芥子於山峯上護摩如前徧數一切諸宫窟門自然而開即得入中爲時明仙中王

又以香膠和芥子油於龍池邊護摩一千八徧一切諸龍皆得敬愛所勑皆作之依時降雨不損苗稼

又以飲食護摩一千八徧供養如來即得五穀豐饒

又以鹽護摩一千八徧一切藥叉女皆來禮足作是言大家勿斷我命任意驅使皆得成

辦
又以酥和粳米護摩一千八徧獲大吉祥
又以胡椒對日護摩一千八徧常得諸天擁
護獲大吉祥
又於大吉祥天女前以油麻和白芥子護摩
得大財豐饒
又以遏迦木護摩一千八徧即成警覺諸佛
菩薩悉知是人離一切罪於一切世間出世
間眞言王悉皆現前除一切病於諸寃敵而
得最勝一切生死苦不能凌逼由此眞言力
故諸有善業皆果成就一切惡夢不祥之事
皆得消散一切厭禱一切繫縛一切煩惱不
能侵擾如是等護摩事業能作息災能獲安
樂獲得財利設有墮諸惡見衆生令得正見
爾時婆伽梵告金剛手菩薩此教王有大威

德是一切如來心是諸如來母是諸如來轉
大法輪是諸如來往詣菩提是諸如來建大
法幢是諸如來吹大法蠡是諸如來坐金剛
座是諸如來降伏魔軍是諸如來最勝祕密
是諸如來極大祕密金剛手此陀羅尼於贍
部洲息一切有情煩惱能除一切有情罪能
竭贍部洲有情地獄餓鬼傍生之業能除有
情生老病死愁歎苦憂及諸熱惱爾時世尊
復告金剛手菩薩我以天眼觀諸如來不能
說此陀羅尼所生功德聚此陀羅尼有如上
最勝殊妙如是廣大如是甚深如是等勝最
勝上最上大神通如是大寶廣博樓閣教王
薄福少德衆生必不聞此陀羅尼名字況復
得見受持讀誦若有聞見此陀羅尼名者是
人已曾親近恒沙諸佛菩薩金剛手此陀羅

尼是如來心難解難入若有善男子善女人於百千萬劫供養八十俱胝那庾多百千恒河沙諸佛菩薩飲食衣服房舍卧具百種湯藥旛蓋香華塗香末香復以七寶滿三千大千世界日日中奉施諸佛金剛手於汝意云何是善男子善女人功德多不金剛手菩薩白佛言世尊此人功德無量無邊不可稱數若有誦此陀羅尼一徧者此人功德勝前功德諸佛如來說不能盡若有善男子善女人於一時頃作意思惟此陀羅尼稱量比前供養如一切如來飲食衣服香華七寶功德倍勝於前即成供養一切如來爾時如來說是語已衆中天龍藥叉彥達嚩阿蘇囉蘖嚕拏緊那囉摩護囉誐人非人等一切大衆踊躍歡喜發聲稱讚五體投地虔誠禮敬合掌向佛白言世尊此陀羅尼等同如來出於世間今佛世尊於贍部洲能善建立此祕密陀羅尼心法爾時十方同會諸佛菩薩咸讚釋迦如來言善哉善哉旣讚歎已各還本土爾時釋迦牟尼世尊以佛神力還娑訶世界

大寶廣博樓閣善住祕密陀羅尼經卷中

音釋

鬱紆勿切　閼伽梵語也此云水閼烏葛切　韎音米　餉式亮切　顰毗賓切眉蹙也

大寶廣博樓閣善住祕密陀羅尼經卷下

唐特進試鴻臚卿三藏沙門大廣智不空奉　詔譯

爾時金剛手祕密主菩薩面貌熙怡微笑身毛聳竪持金剛杵輪擲揮空以種種香華衣服嚴具諸持明仙衆歌讚歎詠往詣佛所以諸香華衣服嚴具而散佛上遶佛三帀頂禮佛足漸進佛前偏袒右肩右膝著地合掌白佛言世尊如來今於世間然大法炬於贍部洲建立陀羅尼教王若有見聞此陀羅尼者等同見佛出興於世應如是知世尊說是大寶廣博樓閣善住祕密大印曼荼羅教明王法世尊若有纔聞此陀羅尼者於無上菩提決定得不退疾證無上等覺菩提解脫一切罪障惟願世尊爲諸衆生說此陀羅尼印法即以伽陀而問於佛

此之祕密印　云何而輪結　云何安於指
云何復安臂　云何手按手　云何以印觸
而作於加持　云何印在心　云何而舒臂
云何三昧耶　云何安慰印　云何以神力
加持速成就　云何金剛座　云何灌頂印
云何法輪印　云何持無上　無能勝密印
云何轉輪印　及如意寶印　云何四王印
云何吉祥天　祕密之契印　云何餉棄尼
及女使者印　云何持壇中　一切聖衆印
云何迎請印　云何根本印　心及隨心印
如上之印法　惟願大牟尼　而爲我解說
由結此印故　一切業成就　纔見此印故
諸罪皆清淨　若修眞言法　成無上悉地
願佛說眞實　由結此印故　世尊爲我說

爾時釋迦牟尼如來於大衆中舒金色如象

王鼻百千福莊嚴臂按金剛手祕密主菩薩頂而安慰之作是言金剛手此大寶廣博樓閣善住祕密陀羅尼印品如是印法汝今諦聽善聽極善聽作意思惟今委寄汝汝應極生恭敬印品及曼茶羅成就法當於後世敬重印品知一切印等同如來薄伽梵詣菩提場如轉法輪如佛舍利於後世時不應授與下族類人惡性有情破戒有情懈怠有情不淨信者躭嗜有情我慢有情如斯之類不須為說此陀羅尼等同如來舍利勿令隱沒若有薄福有情聞我此法便生毀謗當知此等如毀謗佛無有異也是故金剛手善應執持此陀羅尼所在之處如佛無異爾時金剛手菩薩頂禮佛足白言世尊如是如是世尊所說我當專心受持恭敬供養以報佛恩惟願世尊為我演說我當守護如來三昧耶不敢違越不敢棄捨不敢疑惑令持明者速得成就爾時薄伽梵作念正知於大衆中以吉祥儀軌說修行此大寶廣博樓閣善住祕密陀羅尼大印品持明者善須依法澡浴及飲五淨依法加持及自護身著新淨衣先以白檀香徧塗手臂然後復用鬱金香塗繫於神線臂釧茅鐶安於右臂離喧閙密靜處建立精室或舍利塔前對佛像面向東方作吉祥坐及結跏坐先於一切有情起大慈心深生悲愍即應誦根本陀羅尼次誦心陀羅尼隨心陀羅尼以華鬘燒香供養一切如來并供養持金剛觀自在曼殊室利慈氏等憐愍有情者徧禮十方一切如來所奉獻者二手合掌應作如是言

住在於十方　諸佛攝受我　徧在於十方
過去及現在　未來諸世尊　菩薩威德者
我今悉皆禮
唵一引 牟尼摩尼二 鉢囉合一 嚩囉三 鉢囉合二 嚩
綠四 麼吧耶合二 鉢納銘五二合 摩訶鉢囉合二 陛
娑嚩引二合 訶六引
次結普徧光明寶清淨如來心印
先以右手拇指捻頭指甲上如鏍餘三指展
之次以左手展其頭指屈大拇指押三指甲
上二手相對置於心前
應住寂靜心　觀想佛形像　身儀應寂靜
復以寂靜根　身不應動搖　不動於靜慮
結印誦密言　數限二十一
唵一引 薩嚩怛他孽多紇哩合二 捺耶二 摩抳入
嚩合二 攞寧三 阿去聲 尾瑟吒合二 地吽四引

纔結此印即持一切如來心印積集廣大福
聚如恒河沙那庾多百千如微塵諸佛若有
善男子善女人苾芻苾芻尼優婆塞優婆夷
以滿三千大千世界七寶及天妙衣服塗香
末香燒香華鬘瓔珞諸莊嚴具幢旛寶蓋供
養一一佛滿百劫如是供養一切佛已若有
人結此印誦真言一徧所生善根百分不及
其一如上恒河沙諸佛不能盡說其福聚如
是大威德有大神驗纔結此印誦真言觀念
地獄一切衆生彼地獄衆生皆得解脫由此
觀行皆得生極樂世界如是等阿修羅及焰
魔界傍生皆得解脫一切身垢過現生身得
清淨一切如來攝受護念即成見一切如來
皆由結此普徧光明寶清淨如來印威力故
次結一切如來心印亦名安慰一切如來印

先以左肘當胯平展仰掌即屈無名指小指以大拇指押之右手准前印不改顰眉羯吒訖又眼自視其身微屈身齒咬下脣應誦眞言曰

唵一引薩嚩怛他孽多二鉢囉合二嚩囉引孽囉摩抳吽三

纔結此印誦眞言即成入一切如來所有三昧耶曼荼羅則成知三昧耶者若人百千劫來宿障由見此印即得消滅閉一切惡趣門即成結一萬四千俱胝那庾多百千佛大三昧印及誦眞言又同結一切如來部族印一切夜叉羅刹部多諸毗那夜迦等皆悉被燒如一火聚是諸障者面皆踣地皆順三昧耶不敢違越一切諸天頂戴誦持者二足皆住三昧耶由纔見聞此印故即成知一切三昧耶者一切惡龍亦順住三昧耶不敢違越無有三昧耶祕容曼荼羅教軌儀無不知者悉皆成入由結印誦眞言故諸有惡人不敬信者及外道怨敵不饒益有情者皆起慈心深生恭敬一切懷惡意諸煩惱者悉皆消滅即成具三昧耶即離一切罪障即成歸依三寶即成就大福德聚遠離諸疾病離一切慳悋煩惱垢

次結一切如來普徧大寶三昧耶祕容大印先以右手置右膝上以大拇指捻中指甲上次以左手仰横安心上拇指押中指無名指甲上舒頭指及小指發慈心開目而住即誦眞言曰

唵一引薩嚩怛他孽多二引毗三月馱娜嚩日黎二合吽三

纔結此印誦眞言即得一切如來之所安慰皆稱善哉舒手按頂憐如愛子則爲一切如來之子千俱胝那庾多恒河沙諸佛所共安慰其人一切罪障皆得清淨一切煩惱悉皆消滅一切菩薩悉皆禮敬一切諸天悉皆待衞一切鬼神并一切夜叉羅刹悉皆不敢侵陵一切障礙毗那夜迦不敢惱害馳散十方一切皆起慈心由見此印故無有疑也見持明者持此最勝印當知佛菩薩現前安慰由誦此眞言當知是佛音聲等同諸佛佛語甚深難聞若有善男子善女人苾芻苾芻尼鄔波索迦鄔波斯迦若持明者結跏趺坐結印誦眞言若得見持此眞言人則成見六十二恒河沙百千俱胝那庾多諸佛如來應正等覺不應起疑惑應當供養彼人奉其衣服應起恭敬如大師想觀持明者等同諸佛當知是人則同諸佛一切希求勝願皆得滿足若一時間結印誦眞言慈心徧緣六趣輪迴諸有情二足四足多足思惟起悲愍心輪迴有情及傍生者皆獲安慰獲佛菩提不久諸天擁護於一切曼荼羅成知三昧耶者印成誦一切眞言即成結一切即次結一切如來莊嚴大寶光加持祕密大印以二手右押左背相叉屈二頭指各如鉤二小指各直竪二大指各屈在掌中結跏趺坐以印當齊上傾身向右顰眉眼寂靜而視觀想諸佛住大慈心應誦眞言矜愍一切有情觀佛色相置印於頂上結印時誦唵字吽字泮字結印巳由誦唵字成加持菩提場由誦吽字加持轉法輪由誦泮字加持菩提樹如須彌山不傾動一

切如來所加持一切佛皆與授記一切處加持人天是人身得清淨如日光摩尼照曜離一切罪增長福德聚是處猶如窣堵波由結此印故猶如菩提場諸佛所加持加持於十地亦加持不退轉處能淨宿障解脫諸惡趣關閉諸地獄門開諸天門是人於七十二恒河沙數俱胝那庚多百千諸佛所種植善根獲得授記一切鬼神夜叉羅刹及龍皆生恐怖及諸障毗那夜迦踣面於地如火聚焚燒及諸餘類難調伏者摧壞無疑此印難見難聞離一切罪及離八大地獄成就一切真言教法即成入一切曼荼羅一切三昧耶印如來所說皆得加持亦能加持一切印成佛菩提最勝纔結此印一切處常得加持真言曰

唵一引 薩嚩怛他孽多引 地瑟姹二合 那二 摩尼摩尼吽泮吒半音三

次結如來寶大金剛安立金剛師子座印先應結金剛跏坐即結金剛合掌印想身為金剛杵形微屈身觀想徧毛端徧觸然後二手合掌屈二頭指捻二大指甲豎二中指如金剛杵形直豎二無名指以二小指𢫫在無名指背以印觸地及觸二膝即安於齋此名二金剛師子座印其地猶若金剛周帀十方如金剛牆亦成一切如來座由一切如來加持故成金剛座樓閣一切難調伏者不能沮壞一切處得無畏及障者毗那夜迦一切諸魔類由結此印皆得超勝彼皆一切馳散及夜叉羅刹大力作障者悉皆遠離難伏不見形者及諸不友怨敵惡心衆生悉皆殄滅由結此印故一切有情若男若女皆得敬愛王及

後宮皆得歡喜及餘有情在於地上皆得敬伏一切隨順晝夜無間斷由諸佛加持成金剛寶殿建立師子座由佛神通加持故如俱胝恒河沙數百千應供正徧知處成金剛師子座由纔結此印於如是等如來所成奉獻金剛座則獲一切如來神力加持由纔結如來寶大金剛建立金剛師子座印一切地獄傍生焰魔界餓鬼阿蘇囉身一切地獄等由先世業障以此金剛牆令摧壞令繫縛皆令消滅其身得清淨成金剛不壞身由誦真言結印故於諸惡趣皆得解脫及解脫一切罪

真言曰

唵(一引)薩嚩怛他孽多鉢囉(二合)嚩囉(二)摩尼嚧黎(三)吽吽泮吒(半音四)

次結一切如來大寶出生灌頂大印

二手合掌如金剛杵二頭指傍舒二中指屈節指面相合直竪二無名指如金剛杵二大指押二小指甲上結吉祥趺坐置印於頂上應誦此真言曰

唵(一引)薩嚩怛他孽多尾麼羅(三)婆吠(二)吽吽(三)

纔結此印誦真言其持明者於六十八百千恒河沙數微塵等如來應供正徧知以一切如來神變加持獲得灌頂即彼乃至得如上如來繫無垢繒於其首以一切曼荼羅印品明真言灌頂成就無量阿僧祇福德聚獲得無量善根一切菩薩金剛手於持明仙人以百千徧灌其頂一切天龍夜叉乾闥婆阿蘇囉孽嚕拏緊那囉摩護囉誐四天王與成彼持明人灌頂一切持明仙中輪王與成彼灌

頂爲一切如來長子殊勝灌頂成一切如來三昧耶祕密曼荼羅灌頂以大寶廣博樓閣祕密成灌頂一切不友寃敵作障者毗那夜迦惡藥叉羅刹部多鬼神不能見彼持明者其持誦者身如虛空隱形不現普徧十方一切佛刹一切如來應供正徧知廣大衣服繒綵七寶瓔珞莊嚴頭冠於一切如來所作大供養雲海成供養灌頂由纔結此印得如是神通自在善根成就如是大威德大福利

次結一切如來光明大寶摧魔熾然法輪神通加持大印

二手合掌安於心以右手大指頭指甲相捻餘三指直舒掩於心屈左手大指入掌中捻中指甲上餘三指微屈二手背相著其左手掌面向前結跏趺坐應誦眞言住慈三摩地

內心定寂靜由結此印即轉清淨大法輪三千大千世界六種震動無疑諸佛菩薩皆觀察持明者金剛手歡喜并諸天眷屬持明轉輪王常來侍衛持明者四大天王晝夜常護持四方一切如來常加持由轉法輪於諸衆皆得超勝一切障作障毗那夜迦持明者若持此印心得寂靜離諸障難是人等同如來出興於世轉大法輪如坐菩提場轉大法輪我見彼人等同諸佛應當供養所獲善福如供養佛持誦者應清淨心於諸有情常起悲愍應結印誦眞言少顰眉脣齒俱合觀想佛形如轉法輪心作是思惟降伏諸魔制諸障難由結此印誦眞言故能然大法炬建大法幢擊大法鼓吹大法蠡作大師子吼增長福德聚由纔結此印如結八十俱胝恒河沙諸

佛真言密印是諸如來亦加其威神咸稱善哉善哉授菩提記真言曰

唵一引薩嚩怛他孽多三摩耶二摩抳嚩日黎二合吽吽三

次結無能勝印

以右手大指跓頭指頭屈如環餘三指直竪左手亦然竪二手所舒指皆相著以印小指當於齊犫眉向下觀身以右脚押左脚以羯吒訖叉眼顧視意誦真言即舉右脚以大拇指觸地由纔結印誦真言故即能降伏諸魔并諸營從得勝及降伏一切作障毗那夜迦及不現形者一切夜叉羅刹於諸冤敵通達無礙及諸不友冤敵得勝離煩惱苦及諸鬼趣得勝於其身中貪瞋癡及餘種種煩惱彼皆寂靜由纔結印故則解脱諸罪一切所往處得勝於真言法得無障礙得成無障礙事得離一切諸病乃至證菩提一切處諸天擁護於十方無能勝真言曰

唵一引薩嚩怛他孽多惹耶尾若耶二阿爾多嚩日黎二合吽吽三

次結一切如來轉法輪印

先以右手握大拇指作拳左手亦然以右拳安於左拳上由結此印一切如來之所印可如恒河沙倶胝百千如來咸皆歡喜受與無上悉地是諸如來決定現其身於一切持明仙衆中爲轉輪王一切真言印契教法悉皆通達如在心於諸曼荼羅成就最勝一切諸天十方擁護轉法輪真言曰

唵一引薩嚩怛他孽多達磨馱覩二摩訶麼抳試佉黎三喝囉喝囉四吽吽泮吒半音五

次結金剛手菩薩印

先以二手合掌二中指右押左内相叉二頭指并二大指如金剛形竪二無名指指面相著二大指直竪二小指磔開舉其左肘下其右肘顧視左肘右脚押左脚半跏微展左脚作顰眉怒目瞋相以齒咬下脣喉中稱吽聲意誦眞言觀巳身如金剛手纔結印誦眞言故三十三天皆大驚怖一切天宮悉皆震動一切夜叉羅刹王及難調諸龍鬼神毗那夜迦及諸作障者悉踣面在地號哭四方馳走金剛手皆大歡喜授與悉地眞言教法悉皆成就福聚增長持明中爲主宰若能三摩地相應洗浴清淨塗香塗身著新淨衣服諸佛如來觀察其人一切曼荼羅聖衆皆大歡喜眞言曰

唵一引薩嚩怛他孽多摩訶嚩日囉二合賀嚩耶二馱囉馱囉三吽吽泮吒半音四

次結寶金剛菩薩印

准前印唯磔開二頭指安印當心結跏趺坐起慈心眼寂靜而視端嚴柔輭誦眞言隨其意思所求滿足金剛手常歡喜觀彼人如所愛子眞言曰

唵一引杜嚧二合杜嚧二合二摩尼摩尼三摩訶銮你與二合怛末尼二合娑嚩二合訶四引

次結四大天王印

先以右手安於臍上屈大指入掌以頭指捻大指頭餘三指直舒左手安左胯上直舒頭指餘三指握大指爲拳作擬勢身向前微屈眼視右手作忿怒形怒目不轉睛應誦眞言曰

唵一引嚧迦播里低二惹耶惹耶吽三
次結吉祥天女印
先以二手虛心合掌二頭指二中指二無名
指散開微屈如開敷蓮華形由結印誦真言
能滿一切所希求願是大威德者真言曰
唵一引尾摩羅孽羅二合縛底二三婆囉吽三
次結餉棄尼天女印
以右手近右乳邊頭指直竪大指屈入掌中
以中指無名小指慢為拳左手覆右膝觸膝
上曲身向前怒目而視應誦真言曰
唵一引能上聲瑟置哩三合抳二平聲尾娑羅吽三
次結使者天女印
先以右手仰掌當心平展下其肘次以右手
平展覆掌於右手下二手背相背舉其臂肘
引頭向前微曲身真言曰

唵一引阿誐麼野二地囉門上聲者吒訶悉你吽
三
次結曼荼羅中一切聖衆印
以二手指相叉鉤結安於齋展左脚按地即
成誦真言曰
唵一引三曼多迦囉跛哩布囉抳二馱迦馱迦
三吽泮四
次結華齒天女印
先以右手屈五指如蓮華形安左耳上左手
准前安於心真言曰
唵一引娑囉娑囉二尾娑囉吽吽三
爾時金剛手　復白世尊言　云何根本印
云何是心印　云何隨心印　牟尼為我說
世尊作是言　二手作合掌　應置於心上
屈於二頭指　及以二大指　相捻猶如環

二中指蹙屈　猶如於寶形　竪合二無名
磔開二小指　是名根本印　智者結此印
誦根本密言　即成先行法　次説心印相
先以於右手　仰掌安於心　大指與無名
而以頭指捻　餘三指平舒　次以於左手
大指捻小甲　餘三亦直舒　覆於左膝上
是則名心印　亦名安慰印　功德如根本
次法隨心印　準前心印相　大拇與頭指
相捻猶如環　依前左脚上

結此印能成辦一切事業滅一切罪除一切煩惱不久決定當得佛菩提若人結一一印其福不可量由結此印於無量阿僧祇恒河沙數俱胝那庾多百千如來應正等覺兩大供養雲海塗香末香華鬘衣服幢旛瓔珞嚴具七寶於一切如來成供養種種百味飲食隨如來所宜成出生供養隨其意樂醫藥資縁於一一如來前成廣大供養由結印誦真言於一切如來平等於十方即警覺彼等如來稱善哉悉皆授與記一切如來安慰其人樂見彼人金剛手持明王并諸眷屬衆晝夜常擁護其人四大天王決定擁護其處等同窣堵波由結此印故其地如來説如有舍利塔皆得決定不退轉是故金剛手若善男子善女人苾芻苾芻尼優婆塞優婆夷淨信持明者應當極生恭敬受持讀誦供養若自書寫勸他書寫應當結印以大信心以大恭敬以種種物應當供養其善男子善女人苾芻苾芻尼鄔波索迦鄔波斯迦獲大福成就一切戒成就大精進大忍辱成就大禪定成就檀那成就大智慧成就廣大功德成就六波

羅蜜圓滿若有得此陀羅尼印壇場法者成就如是廣大功德佛說是經已金剛手菩薩摩訶薩及一切大衆天龍藥叉彥達嚩阿蘇囉孽嚕拏緊那囉摩護囉誐人非人等皆大歡喜信受奉行

大寶廣博樓閣善住祕密陀羅尼經卷下

音釋

捻奴協切捏也　蠡盧戈切蚌蠡　跓直主切　磔陟格切張伸也　踣蒲北切仆也

佛說祕密三昧大教王經

宋西天三藏朝奉大夫試光祿卿傳法大師施護等奉　詔譯

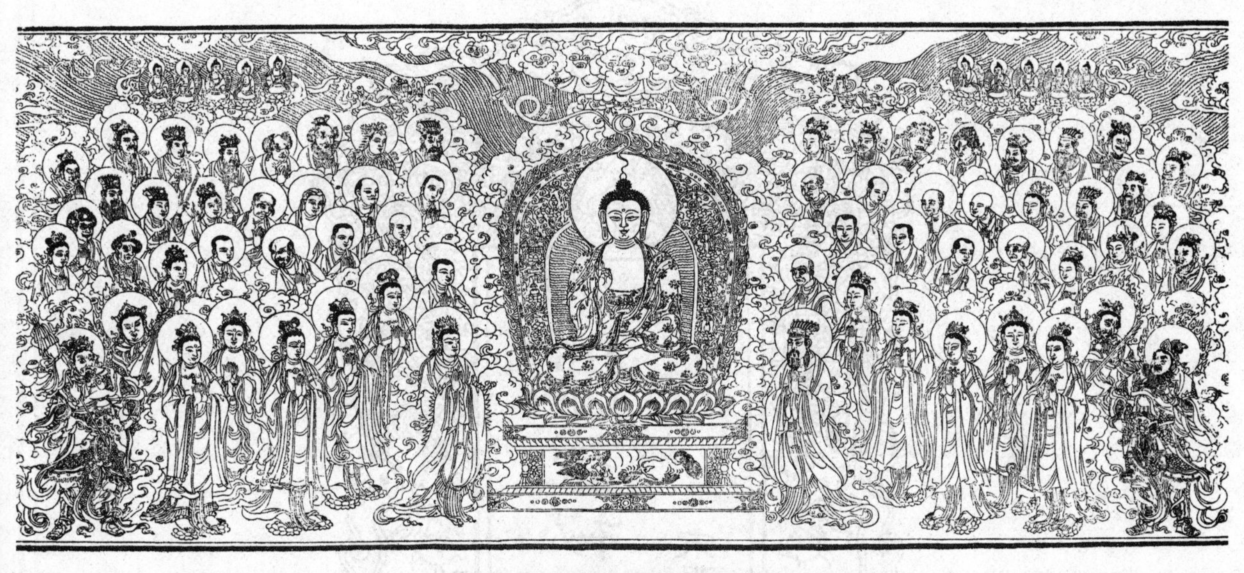

清刻龍藏佛説法變相圖

佛説秘密三昧大教王經卷第一

宋西天三藏朝奉大夫試光禄卿傳法大師施護等奉　詔譯

一切如來大乘現證三昧金剛儀軌會

如是我聞一時世尊在三十三天雜飾柔輭地帝釋宫殿大樓閣中與大菩薩一百六十萬俱胝那庚多衆其名曰金剛手菩薩摩訶薩金剛鉤菩薩摩訶薩金剛弓菩薩摩訶薩金剛善哉菩薩摩訶薩金剛藏菩薩摩訶薩金剛光菩薩摩訶薩金剛幢菩薩摩訶薩金剛喜菩薩摩訶薩金剛眼菩薩摩訶薩金剛慧菩薩摩訶薩金剛轉法輪菩薩摩訶薩金剛語菩薩摩訶薩金剛業菩薩摩訶薩金剛精進菩薩摩訶薩金剛降魔菩薩摩訶薩金剛拳菩薩摩訶薩等復有金剛嬉戲金剛鬘金剛歌金剛舞等四千金剛明妃衆復有金

剛鉤金剛索金剛鎖金剛鈴等四千金剛執侍等衆復有金剛香金剛華金剛燈金剛塗香等四千金剛女執侍等衆復有大梵大王大自在天那羅延天等衆并帝釋天主及其眷屬又復彼天有無數俱胝天女起歡喜心奏妙音樂咸作最上廣大供養爾時彼天大曼拏羅會廣千由旬世尊釋迦牟尼如來處于其中有無量百千大衆恭敬圍繞聽受説法爾時大祕密主金剛手菩薩摩訶薩大執金剛者於其會中普徧觀察諸衆會已左手結金剛髙舉印右手戲擲最初妙樂大金剛杵安自心間作勇進勢説此一切如來大乘現證三昧耶祕密心明曰

吽引

説此心明時一切世界普徧震動一切如來即以諸佛大菩提智重復現證正等菩提一切菩薩不壞利益諸衆生事畢竟成就彼帝釋天主并諸眷屬皆悉安住金剛薩埵成就三摩地中爾時世尊大毗盧遮那如來亦復現證正等菩提已時諸如來咸共勸請金剛手菩薩摩訶薩言願爲一切衆生作大利樂令得成就諸祕密法當説諸法清淨勝義自部最上祕密法儀爾時金剛手菩薩摩訶薩聞諸如來勸請言已先作金剛彈指次説一切如來請召心明曰

唵引摩賀蘇珂嚩日囉合二薩埵一薩哩嚩合二怛他引誐多引那引訖哩合二舍二鉢囉合二吠引設三摩曳引哩嚩合二特嚩引二合三嚩尸酤嚕尸竭囉四合二蜜昧哩摩合二賀引滿怛囉合二鉢乃五嗚吽引鑁引呼引六

說此大明時所有十方一切世界一切如來皆悉雲集徧滿虛空猶如胡麻中無間隙是時東方阿閦如來住世尊前金剛手等四菩薩圍繞南方寶生如來住世尊右金剛藏等四菩薩圍繞西方觀自在王如來住世尊後金剛眼等四菩薩圍繞北方不空成就如來住世尊左金剛羯磨等四菩薩圍繞是諸如來各各以其自印安住爾時金剛手菩薩摩訶薩普攝如來大會一切大衆乃至一切世界悉令安住世尊大毗盧遮那如來大曼拏羅中已說此祕密金剛歌詠大明作祕密供養事彼彼大明曰

嚩日囉合二薩埵僧屹囉合二賀句

嚩日囉合二囉怛那合二摩耨多囉句一

嚩日囉合二達哩摩合二誐引野乃句一

嚩日囉合二羯哩摩合二迦嚕婆嚩句一

復次宣說曼拏羅頌曰

我今依法而宣說　金剛界大曼拏羅
彼金剛界平等相　此說名爲金剛界
曼拏羅位清淨已　本尊大印而攝受
如是普徧觀察已　無數持誦作成就
其曼拏羅四方相　四門四刹善安布
依法築立彼壇場　縱廣三十三肘量
四門四隅攔蹫賀　中間繒帛以莊嚴
又復安置半月相　以金剛寶爲嚴飾
依法當畫四樓閣　於彼中間喜安置
依金剛法開壇門　金剛門等開其四

開門大明曰

唵引嚩日囉合二薩埵目句一

壇中應畫八輻輪　以金剛線作抨量

先北方起後依次　四線抨量八輪位
於其輪中依本法　布列五方佛尊像
五佛左右輪輻隅　畫彼戲鬘歌舞相
於曼拏羅四隅位　應畫香華燈塗尊
鉤索鎖鈴四明王　東南西北門如次
如是諸佛賢聖等　依法安布及粉畫
金剛曼拏羅成已　然當鉤召諸賢聖

鉤召大明曰

唵引摩賀引蘇珂嚩日囉二合薩埵一阿引野引係引尸引竭囕二合二薩哩嚩二合怛他引誐多摩賀引野引那引毗三摩野三嚩日囉二合薩埵三摩野摩努薩摩二合囉四悉皺切身下同悉皺五三摩野薩怛嚩二合六捺哩二合厨彌引婆嚩七蘇都引輸引彌引婆嚩八阿努囉訖覩二合引彌引婆嚩九蘇布引輸引彌引婆嚩十阿提底瑟吒二合薩哩嚩二合怛他引誐多悉提孕二合彌引鉢囉二合野蹉十一訶訶訶訶十二婆誐鑁那那引檷檷馱那薩埵十三薩哩嚩二合怛他引誐檐引十四薩嚩日囉二合馱囉引那引訖哩二合舍十五鉢囉二合吠引舍三摩曳引哩嚩二合特嚩二合十六引嚩尸引訖哩二合爹十七摩賀引蘇珂嚩日囉二合薩埵娑引馱野十八弱吽引鑁引呼引阿引十九

當說如是大明時　一切最上諸佛等
并諸在會天子衆　悉入金剛薩埵法
次現祥瑞歡喜等　或天光明或妙香
若自得見他亦然　見瑞相者得最勝
獲自最上三昧耶　金剛手等所攝受
先於一門求成就　鉤索鎖鈴如次轉
諸供養及密供養　以妙華等依法獻

賢瓶滿盛衆香水　揷金剛枝作持誦

大明曰

唵引摩賀引蘇珂嚩日囉合二阿目伽三摩野鉢囉合二吠引舍一悉馱嚩日囉合二薩埵二弱吽引鑁引呼引三

當説如是大明時　最上金剛薩埵等
所有印及三昧耶　供養等法悉得入
彼甘露水若飲用　或復依法而灑淨
色力命安復堅强　能作一切成就事
然後隨力令弟子　淨帛覆面著赤衣
依法引入曼拏羅　先拋華後密供養
入已先受金剛印　次與三昧誓誠言
若破金剛手三昧　此金剛杵碎其頂

大明曰

唵引嚩日囉合二賀那塞怖引二合吒野謨引哩馱那引二合曩發吒半音一句

然後仰觀其壇上　捧持妙華隨意擲
華所墮處即本尊　後求最上成就法
次應除其覆面帛　全身委地伸敬禮
禮曼拏羅本尊已　獻嬉戲等密供養
普見曼拏羅相已　覺了一切衆生聚
觀已然依灌頂儀　以金剛水灌其頂
顯示五智金剛杵　大金剛杵等如儀
如是與自慓幟已　然當立以金剛名
金剛手等諸大士　悉從金剛心所生
與授金剛密印已　及説不空三昧法
金剛薩埵不應離　一切如來從是生
依法當於清旦時　一稱金剛本尊號
然後授與金剛戒　金剛手爲汝勝尊
此金剛杵大金剛　隨其所欲常成就

然後復獻密供養　普供養勝曼拏羅
隨所愛樂妙華等　諸供養物而供獻

此名金剛界大曼拏羅

復次於諸成就法中先説身成就法行人若欲造金剛手菩薩摩訶薩像者或鑄或雕或塑或畫應隨所樂依法作已於彼像前嚴設供養行人著赤色衣結金剛高舉印於一年中專注持誦不勤限數乃至諸所樂欲飲食快樂隨意受用悉無所礙後滿一年已其功成就即於現生得成金剛手菩薩摩訶薩

復次宣説語成就法行人依法隨處隨時以金剛語持誦百千數限數滿已得一切如來施諸成就事第二生中即得成佛後復決定成金剛手尊

復次宣説心成就法行人依法隨處隨時意中密作相應持誦滿四月已即得隨意最上成就現生一切所作皆成

復次宣説金剛手菩薩摩訶薩成就法行人依法於本尊像前左手作金剛拳右手執金剛杵依法持誦百千數已即得金剛杵成就執是杵已隨欲往來及諸所樂自在無礙亦得金剛手菩薩摩訶薩及諸如來或隱或顯現成就事隨其所欲令彼行人變化受用及餘所作悉使圓滿亦於現生得成金剛手菩薩摩訶薩

復次通説三業成就法行人應當依本法儀隨處隨時安置尊像於其像前當結大印諦想本尊持誦一年期限滿已得成金剛手菩薩摩訶薩

復次廣説諸成就法行人應當依金剛手菩

薩摩訶薩法相應持誦復得一切勝解法一切事成就得見金剛手菩薩摩訶薩身又聞其言日日當與一切成就當知此金剛薩埵祕密法門設有未能成就如上法者若但入此曼拏羅時亦能善作一切擁護息災安樂增長壽命色相少盛有力精進勇悍吉祥增益善法所有一切諸瘧毒等病苦憂惱惡夢惡相拏枳你等之所執持法障業障煩惱障等一切障礙夭死諸怖一切惡法及餘苦等皆能息滅又復能作阿吠舍等事或令動揺或作歌舞或説未來事或現身相或出其聲或作調伏破壞或作隱覆禁制或印法攝持或令癡亂或縛或解或一切所欲皆能召集乃至一切世間普徧鉤召悉令阿吠舍而作敬愛如上等事皆得自在能作一切事業得一切金剛三業成就出現一切幻化等法及能轉易時分破壞舍宇所有緊迦囉藥叉必舍左等彼諸眷屬悉作成就復能禁止一切風雨電雹復能請降依時甘雨亦能拔除損折樹林華果亦能非時生諸華果以要言之一切隱顯升沉及饒益等事皆得如意乃至一切最上成就之法亦悉圓滿是故當知此金剛薩埵祕密心明及曼拏羅能成如上百種事業如上所説皆是金剛薩埵祕密法門

爾時世尊大毗盧遮那如來等一切如來歡喜大笑同共宣説一切如來現證覺智金剛大明曰

唵引薩哩嚩合二怛他引誐多摩引帝引摩賀引一蘇珂嚩日囉合二馱引哩尼二薩哩嚩合二三摩多引鉢囉合二冒引達你三薩哩嚩合二耨珂

刹煬葛哩四薩哩嚩二合蘇珂鉢囉二合那引曳
計引五薩哩嚩二合引哩他二合娑引達你莎引賀
引六
說是大明已時諸如來告金剛手菩薩摩訶
薩言金剛手汝當受持我此大明爲諸衆生
作大利益我今宣說曼拏羅法行人應當依
本法儀粉畫外曼拏羅作四方相於其中間
作八輻輪而於輪臍安毗盧遮那如來於輪
輻八位畫八如來依法安布曼拏羅已時金
剛阿闍梨結一切如來拳印被所應著衣入
曼拏羅全身委地頂禮賢聖先誦請召大明
曰
唵引薩哩嚩二合怛他引合誐多嚩日嚕覽二合酤尸
一摩賀引冒引迦哩沙二合尼二薩哩嚩二合達
哩摩二合鉢囉二合吠引舍你三薩哩嚩二合三摩

引提滿駄你引四薩哩嚩二合布引惹引尾提尾
娑多二合囉迦引哩計引五嚩駄嚩駄莎引賀引六
誦是大明已一切如來及諸賢聖皆悉雲集
現歡喜等諸祥瑞相然後阿闍梨令弟子如
前著衣淨帛覆面作金剛合掌持以妙華引
入曼拏羅入已當授此三昧頌曰

當知佛法僧三寶　最上最勝所歸依
乃至盡壽常供養　不應供養餘天等

復授此大明
曰
唵引訶那嚩日囉二合一句那囉迦舍引薩葛呼
引二
授是大明已乃爲除去面帛即令弟子全身
委地頂禮賢聖次當授與大金剛杵後以如
來五瓶灌頂及授本部大明并教示印法然
後隨力供養出曼拏羅此名大總持曼拏羅

復次宣說彼成就法行人應當依本法儀於如來像前跏趺而坐結一切如來拳印不勤限數持誦一年日唯一食餘不應作如本法說勿生退倦後一年滿已即得成佛爲一切三界主自在常住壽命無量而善調伏諸衆生界如上所說成就之法行人設有未成就者但當於此大明諦心持誦亦能成辦一切事業所謂先得五分功德乃至轉法輪度衆生等諸方便事後當不久亦得成佛此名一切如來大總持儀軌

金剛破惡大儀軌會

爾時金剛手菩薩摩訶薩又復白諸如來言願當受持我此大明儀軌大三昧耶金剛破惡祕密心明所有一切惡者及餘天等一切衆生於諸如來教中生恚惡狠戾心者皆能調伏悉使墮落從菩提道場最初降伏已後不復令諸惡得起爾時一切如來默然而住

時金剛手菩薩摩訶薩爲欲圓滿諸勝願故左手結金剛高舉印右手戲擲金剛杵熈怡微笑結跏趺坐說此祕密心明曰

唵引你遜婆呼引婆誐鑁一嚩日囉二吽引
癹吒半音二

說此心明時一切世界皆悉震動一切如來又復以諸佛大菩提智現證正等菩提所有一切山巖崩倒破壞一切惡者皆悉調伏普徧鉤召悉入曼拏羅中安住三昧而作敬愛所有一切毋鬼衆部多衆惡曜衆夜叉羅刹頻那夜迦等衆乃至地獄趣類皆悉破壞摧毀叫呼迷亂爾時金剛手菩薩摩訶薩隨應降伏悉降伏已以金剛眼普徧觀視出現金

剛降三世大忿怒尊及諸忿怒眷屬極猛惡相利牙咬脣又復顰眉有大燄光周徧熾盛執金剛鉤及羯椿誐劔索叉杖鈴及旛等復以種種莊嚴之具而爲嚴飾如是出現已於金剛手菩薩摩訶薩周帀而住爾時金剛手菩薩摩訶薩說此降三世大曼拏羅儀軌先當與彼大曼拏羅法用相應次當畫此外曼拏羅作圓滿相內金剛曼拏羅作四方相中安金剛手大執金剛尊面現喜怒相利牙外出左手結金剛高舉印或執青蓮華右手戲擲金剛杵前安金剛降三世大忿怒尊右安金剛鉤召忿怒尊後安金剛劔尊左安金剛索尊於其四隅畫金剛忿怒王尊金剛迦羅尊金剛杖尊金剛摩嚕多尊如是畫已然後金剛阿閦梨著青色衣結降三世印作忿怒相入曼拏羅頂禮賢聖已說此頌曰

爲諸衆生利益故　爲欲成就諸教故
廣爲調伏惡衆生　金剛薩埵加被我

然後結金剛鉤印其印以二手頭指頭節微屈如鉤成印誦此請召大明曰

唵引你遜婆嚩日囉引二合葛哩沙二合野句一鉢囉二合吠引舍野二滿馱野三嚩尸引黠嚕四摩賀引嚩日囉二合馱囉摩引那野吽五引薩哩嚩二合嚩日囉二合黠羅引那引葛哩沙二合野吽引六薩哩嚩二合毋捺囉二合誐拏引鉢囉二合吠引舍野吽引七薩哩嚩二合三摩煬引末特嚩二合引那野吽引八薩哩嚩二合葛哩摩二合悉提孕二合阿謨引伽引鉢囉二合底賀當婆引馱野吽引吽引九弱弱弱弱

如是大明若誦二十一徧所有一切執金剛

明妃悉入金剛薩埵一切如來金剛部中時
金剛阿闍棃作忿怒相普令一切悉得阿吠
舍所有一切障及一切罪悉得銷滅阿闍棃
然後復作忿怒相結金剛打擲印獻諸供養
已後令弟子亦著青衣青帛覆面亦作忿怒
相先結金剛打擲印次當執華引入曼拏羅
已授此三昧頌曰
普爲衆生作利益　調伏一切極惡者
日日當於清旦時　一徧輪擲金剛杵
後授此大明曰
唵引你遜婆嚩日囉二合吽癹吒詳
授是大明已然後弟子拋華華所墮處即是
本尊後與除去面帛弟子應當頂禮賢聖已
擲金剛杵次當授與金剛灌頂及與心明教
示印法如其所樂作供養已出曼拏羅此名
金剛降三世曼拏羅
復次宣說成就之法行人應當依本法儀造
於幢像中畫金剛降三世忿怒明王右邊當
畫四忿怒王左邊亦畫四忿怒王如是畫已
依法安置行人於彼像前擲金剛杵結跏趺
坐作忿怒相及作忿怒視持誦百千徧限數
滿已能令已身得如大金剛忿怒王所有色
相壽命威力精進皆悉同等亦復具足神通
事業大成就法利益衆生無有窮盡如上所
說設未成就者但能入此曼拏羅中持誦如
上大明一徧能作百種事業所謂情與非情
一切惡中悉能禁制破壞驚怖摧毀隱覆癡
迷禁縛離散斷截笑亂又復能令諸惡有情
或發語言或禁語言或逼逐發遣或爲僕使
或障其觀視或瘧疾所持或陷没於地或墮

那洛迦中或轉傍生趣中乃至世間布嚕沙悉帝哩亦能禁止諸和合事令不和合後復發起違損等事復以餘緣令現戲笑等相亦能使病亦能止病乃至一切惡者悉令殞滅復能鉤召一切悉令阿吠舍而作敬愛所應降伏者或令動揺旋舞歌詠戲笑及令廣説未來等事如是一切惡者悉使敬愛降伏一切事業悉令成辦一切天龍夜叉羅刹頻那夜迦部多母鬼等衆亦悉降伏皆爲僕使世間一切病等悉令銷滅所有一切地水火風空界皆以三昧教勑所攝悉能成辦世間一切所造等事能令大梵天王那羅延天大自在天毗沙門天王等悉得離諸貪染設使一切如來有貪染心亦得清淨一切菩薩亦復如是乃至我大忿怒王而亦降伏

佛説祕密三昧大教王經卷第一

音釋

俱胝梵語也此云百億胝陟離切
那庾多梵語也此云那由他此云萬億庾勇主切
薩埵梵語也此云心埵都果切
⿰口弱寧屹切
鑁广犯切
隙綺戟切空隙也
曼拏羅梵語也亦云曼荼羅此云壇曼讀官切
抨悲萠切彈也
⿰亭夜亭夜切
幖幟幖卑遙切幟昌志切
塑桑故切埏上像也
很戾很明懇切戾郎計切很戾不聽從也
殞于憖切没也
椿株江切
憕陟孟切書

佛說祕密三昧大教王經卷第二

宋西天三藏朝奉大夫試光祿卿傳法大師施護等奉　詔譯

轉字輪曼拏羅會

爾時妙吉祥菩薩摩訶薩白金剛手菩薩摩訶薩言我今於汝大儀軌中而亦宣說入字門輪祕密法儀名字章句陀羅尼等若諸行人修此法者則能斷除諸煩惱苦得妙樂成就彼字門輪大明章句者所謂

阿迦引嚕目亢薩哩嚩二合達哩摩二合引祓引

阿引馳努怛半二合那埵引咄半音一句

說是字門輪大明時一切衆生悉得斷除諸煩惱苦妙吉祥菩薩復作是言金剛手若人於此字門平等章句日日誦念者是人悉得斷除諸障及煩惱苦不爲一切惡魔因緣而來侵嬈若誦此字輪法門即同誦持般若波羅蜜多等普集阿僧祇大乘祕印一切法門速得成就阿耨多羅三藐三菩提果隨心所欲一切最上成就法門皆得成就

復次說此曼拏羅儀軌依法先畫外曼拏羅中心復作彼文字輪文字輪者謂阿字等徧入諸字於其輪中安妙吉祥菩薩執金剛劒作期克一切如來相於四方四隅畫八解脫菩薩各執般若波羅蜜多經各入三摩地相如是粉畫巳然後金剛阿闍梨偏袒右肩結金剛劒印入曼拏羅膝輪著地頂禮賢聖以二手作金剛縛二中指如鉤成請召印誦此請召諸賢聖大明曰

唵引薩哩嚩二合怛他引誐多你滥鉢囉三合半

左引野引呬四一薩哩嚩二合耨珂訶囉引野引

呬二薩哩嚩二合訖黎二合引舍砌引那引野引

吽三薩哩嚩合二惡刹囉鉢囉合二毗引那引野引四四薩哩嚩合二鉢囉合二倪也引二合播引囉彌多引那野引野引吽四五壹昧引哩母合二捺囉二合引滿怛囉合二鉢乃引六悉馱悉馱七阿囉跛左那八

誦是大明已本尊來降爲作成就於虛空中現阿字等文字行列然後令弟子作滿心合掌以淨帛覆面入曼拏羅入已授此三昧頌曰

所有金剛字輪句　日日應當一稱誦
隨其力能常如是　所作一切皆成就

復授此大明曰

唵引薩哩嚩合二嚩引俱詳半鉢囉合二半左達哩摩合二多一引嚩日囉合二訶那薩哩嚩引二合拏二引

授是大明已除去面帛弟子入曼拏羅頂禮賢聖已阿闍梨次當爲讀空中所現行列文字令弟子得聞然後依法與授灌頂復當授劍及般若波羅蜜多經隨弟子所樂若取經執持即得任持諸法若取劍執持亦得任持諸法然後授與印法及作供養復令誦此大明曰

阿迦引嚕引目亢薩哩嚩合二達哩摩引二合赧引薩哩嚩合二布引惹引三滿那嚩合二夜引咄半音一句

此名金剛八輪曼拏羅

復次宣說成就之法行人心想虛空客作持誦期滿一年過一年已得與妙吉祥菩薩等無有異如上所說設有未成就者但當持誦本部心明一徧而亦能於諸布施持戒忍辱精進禪定智慧方便及三摩地一切法性一

切妙樂適悅等事及法供養諸成就等決定現生皆悉獲得此名大三昧耶大教王轉字輪儀軌

爾時諸欲自在菩薩摩訶薩白金剛手菩薩摩訶薩言金剛手我今於汝大儀軌中亦說大明若有行人持誦此大明一徧者是人不爲一切魔衆而來侵嬈亦無諸苦即說大明曰

怛𩕳他引一唵引嚩日囉二合嚩引拏馱引哩尼二薩哩囉引二合努囉引誐尼三薩哩嚩二合迦引舲引彌引娑引馱野尾𣟰曳二合引呼引莎引賀引四引

如是大明若能日日常持誦者是人得離欲貪等苦而亦不復造諸罪業諸餘障累悉能銷滅

復次說此曼拏羅儀軌當依本法畫外曼拏羅已依法秤量內作四方曼拏羅開其四門中間當安金剛弓菩薩摩訶薩手執金剛箭作射一切如來相四方四隅畫八賢聖一名妙樂二名吉祥三名最勝四名高舉五名適悅六名破魔七名善愛八名作供養是諸賢聖各結本印如是安布曼拏羅已然後金剛阿闍梨以妙香塗身隨力莊嚴現高舉相左手結金剛高舉印右手執箭入曼拏羅入已應當右繞三帀然作金剛嬉戲相頂禮賢聖以二手結金剛拳二頭指微屈如鉤成金剛請召印誦此請召大明曰

唵引薩哩嚩二合努囉引誐引葛哩沙二合野引彌埵引摩引野引係一尸竭囕二合摩賀引嚩日囉二合馱囉薩帝引那二嚩日囉二合薩埵三

摩曳引那三鉢囉合二吠引舍鉢囉合二吠引舍
吽引曼拏羅呼引四娑嚩引提鉢底引五薩哩嚩
合二末努羅引俔引拏娑引馱野六阿呼引蘇
珂蘇珂部引哩部合二嚩莎入聲七薩哩嚩合二蘇
珂騷引摩那薩曳引二合哩末野合二鉢野弱八

誦是大明已本尊來降現赤色燄光普徧熾盛能施一切所欲成就然後令弟子如阿闍梨相依法莊嚴入曼拏羅入已授此三昧頌曰

今此金剛大悲箭　破汝所有猒離心
又此金剛智慧弓　令汝得離貪愛慢

復授此大明曰

唵引嚩日囉合二嚩引努引訥伽引二合乇野莎
引賀引一

授是大明已然後令弟子除去面帛右繞三帀頂禮賢聖悉如阿闍梨所作已授與如前本部印法及本尊灌頂次當授與大金剛箭復爲立名金剛大愛然後弟子作金剛舞及金剛歌而爲供養或復盡色或復半夜不應睡眠作歌舞等及諸飲食隨意受用如是一月或復一年不應睡眠依法作諸成就事業其後一切富樂一切所欲一切供養悉獲得已然後隨應出曼拏羅

復次宣說成就之法行人當用赤木作金剛弓菩薩像結金剛箭印如是作已行人依法持誦一年其後得成金剛弓菩薩壽命無窮不老不死如上所說設有未成就者若能於此本部大明持誦一徧亦得敬愛鉤召作阿吠舍或令旋舞歌詠戲笑自在或復遣魔或解或縛或取財物所有貪瞋癡等一切染法

或令增長或令止息又或增長吉祥善法適悦快樂及作敬愛乃至一切色香味觸諸適悦境皆得成就此名大三昧耶大教王一切敬愛金剛大儀軌

爾時歡喜王菩薩摩訶薩白金剛手菩薩摩訶薩言我今於汝大儀軌中我亦宣説善哉法門若有行人修是法者彼人常得一切如來所共稱讚況復有餘不稱讚者又若行人日日於金剛手菩薩或如來前稱念娑度娑度滿一千徧或不限徧數是人得心清淨又得一切如來廣爲稱讚善哉善哉常無間斷所有諸成就法皆得成就

復次説此曼拏羅儀軌依法當畫外曼拏羅其内曼拏羅四方四門中心當安金剛善哉菩薩四方四隅安八金剛善哉賢聖如是安布曼拏羅已時金剛阿闍梨結金剛善哉三昧拳入曼拏羅作善哉相頂禮賢聖先稱娑度娑度次以二手頭指頭節微屈如鉤成請召印誦此請召大明曰

唵引嚩日囉二合覩瑟吒野引三合野引四一娑引度鉢囉二合尾舍曼拏藍二娑引度嚩尸引娑嚩薩哩網二合娑引馱野娑引度嚩日囉二合弭三

誦是大明已然後本尊來降爲作成就即開曼拏羅中出善哉聲次當依法引弟子入曼拏羅入已授此三昧頌曰

若善不善若自他　是等語言不應出
常當稱讚善哉言　即得語業善成就

復授此大明曰

唵引韈那引嚩日囉二合賀那舍引説旦句一

授是大明已然後令弟子除去面帛頂禮賢聖弟子當結金剛善哉印作供養事此名金剛善哉曼拏羅

復次宣說成就之法行人當於如來像前以金剛三業諦心稱念娑度娑度滿百千徧是人即得成佛及得廣大成就事業如上所說設有未成就者若能於此本部大明持誦一徧亦得稱讚敬愛戲笑歡喜乃至獲得一切成就等法此名一切歡喜金剛儀軌

爾時虛空藏菩薩摩訶薩白金剛手菩薩摩訶薩言我今於汝大儀軌中我亦宣說本部大明若有行人修此法者當得一切灌頂及得一切富樂即說大明曰

唵引嚩日囉二合囉怛那引二合吠施引迦一薩哩嚩引二合囉他二合三鉢咄迦引二合囉迦引吡詵左鈴二引嚩嚩吒吒怛囉二合引三

復次說此曼拏羅儀軌先當依法畫外曼拏羅內畫八輻輪中安金剛寶掌菩薩於八輻位安八護世天一名日天二名月天三名帝釋天四名多聞天五名地天六名水天七名火天八名風天如是安布曼拏羅已然後金剛阿闍梨結金剛寶印稱念鑁字入曼拏羅頂禮賢聖已次以二手頭指頭節微屈如鉤成請召印誦此請召大明曰

唵引薩哩嚩引二合舍引波哩布引囉迦一摩賀引嚩日囉二合囉怛那二合蘇哩野引二合野引呬二婆誐鑁沒馱悉馱三嚩日囉二合馱囉薩帝那引野引呬四薩哩嚩引二合吡鉢囉引二合煬引波哩布囉野五嚩嚩吒吒怛覽引二合六

誦是大明已若見光明相當知本尊來降爲

作成就然後依法令其弟子作金剛寶拳持以妙華入曼拏羅入已授以三昧頌曰

財法無畏諸施中　唯一法施爲最上
日日無虛善所作　金剛藏智汝當得

復授此大明曰

唵引尾野訥嚩二合日囉二合賀那怛囉二合一句

授是大明已然後令弟子除去面帛頂禮賢聖已阿闍梨依法授與灌頂及授金剛寶弟子乃結寶三昧拳印而爲供養此名金剛寶曼拏羅

復次宣說成就之法行人應當仰觀虛空持誦一年中無間斷滿一年已所有一切成就一切富樂一切供養悉得自然從空中出行人得與虛空藏菩薩等無有異如上所說設有未成就者若能於此本部大明持誦一徧亦復能作鉤召及能作縛或作敬愛能使一切或來或去或攝聚財寶或作散施隨意所用或令出現地中伏藏及能出現諸餘金銀眞珠摩尼財寶等物及一切灌頂成就之法此名一切義成就儀軌

爾時大光菩薩摩訶薩白金剛手菩薩摩訶薩言我今於汝大儀軌中我亦宣說金剛光法若有行人修此法者是人當得無量光明普能照耀及得一切光明即說大明曰

唵引嚩日囉二合蘇哩踰引二合捺踰引二合怛野薩哩嚩二合摩鉢薩踰引三合一句

復次說此曼拏羅儀軌先當依法畫外曼拏羅中心應畫日輪曼拏羅中安大光菩薩手持日月如是安布曼拏羅已然後金剛阿闍梨結金剛光明印入曼拏羅作光明視頂禮

賢聖已依法結印誦此請召大明曰

唵引嚩日囉合二蘇哩野合二摩鉢薩踰引三合鉢寢引二合鉢囉合二塞契合二嗢句一

誦是大明已本尊來降現日月輪相爲施一切成就一切富樂然後令弟子著黃色衣黃帛覆面手持燈炬作金剛照耀入曼拏羅入已授此三昧頌曰

日日當於諸佛所　或復金剛手像前
應當常施於燈明　彼人得離於睡眠

復授此大明曰

唵引阿尾馳多摩引葛囉合二摩句一

授是大明已然後令弟子除去面帛頂禮賢聖以所持燈炬作供養已出曼拏羅此名金剛日曼拏羅

復次宣說成就之法行人應當仰觀於日持誦本部大明滿百千徧是人即得無量威光與金剛光菩薩等無有異如上所說設有未成就者若能於此本部大明持誦一徧亦能增長一切威光所作無染復得自心清淨而能出生三摩地光明照諸癡暗又復於虛空中現日月輪出大光明復現圓光顯衆色相除諸暗冥一切世間光明普照於自身分復有熾盛光明照耀月中出水日中出火乃至得入一切如來大金剛光明曼拏羅此名大三昧耶金剛光明儀軌

爾時寶幢菩薩摩訶薩白金剛手菩薩摩訶薩言我今於汝大儀軌中我亦授與無能勝幢法若有行人修是法者是人當於一切魔軍怨敵衆中得無能勝一切珍寶財穀及富樂等具得而無盡即說大明曰

唵引阿波囉引吤多引屹囉二合始嚕引溙哩二合帝一引薩哩嚩二合設咄嚕二合鉢囉二合摩哩那二合你二薩哩嚩二合囉怛那二合特嚩引二合惹引誐囉二合計引踰引哩三引惹野惹野四薩哩嚩二合彌引娑引馱野吽引怛囉二合吒半音五

復次說此曼拏羅儀軌依法當畫外曼拏羅於其中間依法抨量作四方曼拏羅周帀徧安金剛寶幢中心安置金剛寶幢菩薩亦執寶幢於四方四隅各安諸妙珍寶種種殊異衣服莊嚴等具如是安布曼拏羅已然後金剛阿闍梨二手作金剛拳如豎立寶幢相入曼拏羅已阿闍梨心生戰慄低伏其首作敬禮相後復舉首誦此請召大明曰

唵引嚩日囉二合特嚩二合惹引誐囉二合計引踰引囉引誐蹉一薩哩嚩引二合哩他二合鉢囉二合努引彌引娑嚩二尾惹野尾惹野三悉鞔四薩哩嚩二合僧誐囉引二合彌引毗踰引二合多引囉演帝哩引二合五

誦是大明已然後本尊來降於虛空中出現種種金寶財物衣服莊嚴等具從是已後常得此施然後依法令弟子入曼拏羅入已授此三昧頌曰

此是一切諸佛幢　表諸波羅蜜高勝
若置此幢於舍中　諸惡友中得最勝

復授此大明曰

唵引阿波囉引惹野嚩日囉二合塞普二合吒吽一句

授是大明已然後令弟子除去面帛頂禮賢聖阿闍梨授與寶幢弟子即以此幢而爲供養此名最上幢莊嚴曼拏羅

復次宣説成就之法行人應當依法安立金剛寶幢諦觀持誦一洛叉數後得寶幢成就已即獲一切富樂受用等具若有執此寶幢者得與金剛寶幢菩薩等無有異如上所説設有未成就者若能於此本部大明持誦一徧亦得一切事最勝所有真珠摩尼衣服莊嚴飲食受用諸財物等皆悉獲得此名大三昧耶無能勝旛幢儀軌

爾時極喜根菩薩摩訶薩白金剛手菩薩摩訶薩言我今於汝大儀軌中我亦授與大歡喜法若有行人修是法者於一切時常得歡喜即説大明曰

唵引賀賀賀賀一摩賀引悉彌二合帝二引摩賀引必哩引二合底迦引哩計三引呬呬呬呬四

復次説此曼拏羅儀軌依法當畫外曼拏羅於其中間作四方曼拏羅其狀齊平猶如鹵相中安金剛喜菩薩二手結歡喜印於其四方安四菩薩謂金剛手菩薩灌頂菩薩等如是安布曼拏羅已然後金剛阿闍梨結歡喜印入曼拏羅頂禮賢聖次結請召印誦此請召大明曰

唵引摩賀引賀引娑阿引野引呬四嗢一薩哩嚩二合目欠引鉢囉二合吠引舍野吽二引薩哩嚩二合必哩引二合多踰你滿馱滿馱三薩哩嚩二合訶哩釤引二合娑引馱野呼四引賀賀賀郝五

誦是大明已然後本尊來降不現事相行人内自了知心大歡喜由是出生喜法成就然後弟子亦依法結印次復持華入曼拏羅入已授此三昧頌曰

當於喜恚二法中　無怨無親無苦樂

常開喜眼喜言宣　即得一切皆平等
復授此大明曰
唵引薩哩嚩二合阿哩鉢囉二合捺賀引一句
授是大明已然後令弟子除去面帛頂禮賢
聖授與歡喜金剛弟子當結金剛喜印而爲
供養此名金剛歡喜曼拏羅
復次宣說成就之法行人應當依本法儀作
喜悅面持誦百千數然後得成喜根菩薩如
上所說設有未成就者若能持誦本部大明
一徧亦能發生一切歡喜此名大三昧耶金
剛歡喜儀軌

佛說祕密三昧大教王經卷第二

音釋

赧奴板切　嬭寧也切　嬈而沼切亂也　灌古玩切澆也　[寧頁]乃頂切
詵所臻切　輻方六切輪輻也　寢七稔切　惹人者切　釤所鑑切

佛說秘密三昧大教王經卷第三

宋西天三藏朝奉大夫試光祿卿傳法大師施護等奉　詔譯

爾時聖觀自在菩薩摩訶薩白金剛手菩薩摩訶薩言我今於汝大儀軌中我亦授與三摩地法何以故由能觀想此三摩地故即能獲得一切如來大自在法而爲一切三界法王所有我得觀自在名亦從如是法中所建立故時觀自在菩薩摩訶薩即現高舉勢左手執蓮華右手結開敷印說此入三摩地法門大明曰

唵引野他引囉訖多二合彌曩訥鞈一二合囉引誐弩引嗀哩那二合里波野二合帝引嚩二引薩弩引嗀室左二合尾尾擡三薩怛二合他引戍度引婆嚩薩捺引四

今此大明三摩地法門若能依法諦觀想者是人速得一切成就

復次說此曼拏羅儀軌依法當畫外曼拏羅中心應畫八葉蓮華中安金剛眼菩薩於八葉位安八持蓮華菩薩如金剛手菩薩色相莊嚴於外四隅當安梵王那羅延天大自在天十一面賢聖如是安布曼拏羅已然後金剛阿闍梨結大蓮華印入曼拏羅入已復結請召印誦此請召大明曰

唵引嚩日囉二合泥引怛囉引二合嚩路枳帝說囉一尾說嚕引播引野引係二嚩日囉二合達哩摩二合三摩引地三薩哩嚩二合惹誐提那煬酤嚕四摩賀引鉢訥摩二合賀娑多引二合嚩路引迦野鞈引五莎婆嚩戍韈引六尾戍韈尾戍韈七娑引馱野八薩哩鑁二合娑引馱野鉢訥鞈二合呼引九

誦是大明已然後本尊來降隨其福德爲現一切成就事等然後弟子先作蓮華三昧拳復持蓮華入曼拏羅入已授此三昧頌曰

一切自性皆清淨　世間若情若非情
於一切處心常離　染淨二種分別相

復授此大明曰

唵引阿成提賀那登吒半音一句

授是大明已然後令弟子除去面帛內心敬禮賢聖以所持華安置壇中後結蓮華三昧拳印而爲供養此名普徧曼拏羅

復次宣說成就之法行人當造幪像依本法儀畫觀自在菩薩於其左右畫八如來等如是畫已行人於幪像前結大蓮華印心想三摩地王持誦一年後功行成已即於一切世界中而得自在與觀自在菩薩等無有異如上所說設有未成就者但能入此曼拏羅中及持誦本部大明一徧亦得一切成就一切富樂了知一切法能作一切事此名一切世間自在儀軌

爾時金剛輪菩薩摩訶薩白金剛手菩薩摩訶薩言我今於汝大儀軌中我亦授與入一切法門若有能誦本部大明一徧者是人即能入一切曼拏羅得一切法不空成就即說大明曰

唵引嚩日囉二合作訖囉二合吽引弱一句

復次說此曼拏羅儀軌應當依前曼拏羅法復畫金剛界金剛輪金剛寶於其輪中畫纔發心轉法輪菩薩四大菩薩一名大勇猛二名一切印主三名大三昧四名大成就主四隅復安戲鬘歌舞四供養菩薩如是安布曼

拏羅已然後金剛阿闍梨結金剛轉輪印猶如電轉入曼拏羅入已右旋即以前印於頂上轉頂禮賢聖已次以二手頭指如鉤作金剛轉輪請召印誦此請召大明曰

唵引嚩日囉二合作訖囉二合引迦哩沙二合野一薩哩嚩二合摩賀引薩怛鑁引三合嗡吽二引鉢囉二合吠舍野薩哩嚩二合毋捺囉引二合誐掖引吽引三末特嚩二合那野薩哩嚩二合三摩煬引吽引四娑引馱野薩哩嚩二合悉提孕二合呼鑁引五吽引吽引吽引吽引六

誦是大明已然後本尊來降彼阿闍梨即得大金剛阿闍梨加持而住由先得入此儀軌中後乃得成大金剛阿闍梨然後令弟子亦結金剛轉輪印復以二手捧持妙華入曼拏羅入已授此三昧頌曰

若能日日或一月　或復滿足於一年

以勝供養隨力能　供養曼拏羅最勝

復授此大明曰

阿鉢囉二合吠引舍那吽引一句

授是大明已然後令弟子除去面帛頂禮賢聖授與金剛輪印即用此印而作供養此名金剛輪曼拏羅

復次宣説成就之法行人應當作金剛輪曼拏羅隨其所樂分量大小依法安布已當入曼拏羅中於尊像前旋繞而住持誦本部大明一洛叉數功行滿已獲得一切最上曼拏羅圓滿集會然後得成執金剛尊或復得成纔發心轉法輪菩薩又若行人能於此本部大明持誦一徧者是人即於一切大士諸祕密印一切三昧一切成就一切事業悉得圓

滿此名大成就入供養儀軌

爾時金剛法菩薩摩訶薩白金剛手菩薩摩訶薩言我今於汝大儀軌中我亦宣説正法容句若有行人修是法者彼人能成一切事業復能息除一切罪累所作成就速得圓滿離諸魔障乃至得成阿耨多羅三藐三菩提果即説大明曰

唵引莎婆引嚩戍馱引薩哩嚩二合達哩摩二合引一句

復次説此曼拏羅儀軌依法當畫外曼拏羅中心應畫大蓮華輪輪中獨安正法輪菩薩如是安布曼拏羅已然後金剛阿闍梨結轉正法輪印安於頂上入曼拏羅全身委地頂禮賢聖以二手頭指頭節微屈如鉤成請召印誦此請召大明曰

唵引莎婆引嚩戍馱多引誐囉二合薩達哩摩二合作訖囉二合弭吽二引伊沙鉢囉二合嚩哩多二合野引爾三帝引薩哩嚩二合達哩鈐二合引輸引馱野四薩哩嚩二合播引播引嚩囉拏引那引舍野惡五

誦是大明已然後本尊來降能令阿闍梨覺了諸法自性本來清淨然後依法令弟子如阿闍梨相入曼拏羅入已授此三昧頌曰

彼一切種常現前　斯大法句爲最上
如佛世尊常所説　此法即是不空聲

復授此大明曰

唵引摩羅引訖囉二合摩句一

授是大明已然後令弟子除去面帛頂禮賢聖次當授與正法容句然後乃結正法容印而爲供養此名正法輪曼拏羅

復次宣說成就之法行人依法隨應粉畫正法輪曼拏羅於其中間獨安本尊正法輪菩薩如是安布曼拏羅已行人依法入壇持誦不限徧數乃至功行成已現生得與轉正法輪菩薩等無有異如上所說設有未成就者若能於此本部大明持誦一徧是人若有一切業障惡夢惡相諸惡怖畏病苦憂惱貪愛慳嫉忿恚輕慢癨疾纏繞鬼魅執持印法禁制驚怖迷亂鬬戰諍訟諸惡嬈惱乃至貪瞋癡等一切惡法皆得銷滅此名金剛正法輪儀軌

爾時金剛無言菩薩摩訶薩白金剛手菩薩摩訶薩言我今於汝大儀軌中我亦授與持誦法門若有行人於此法中持誦一徧者是人即得一切成就圓滿一切殊勝事業即說大明曰

嚩嚩嚩嚩句一

復次說此曼拏羅儀軌依法當畫外曼拏羅內畫四方曼拏羅相中心獨安金剛語菩薩手持數珠如是安布曼拏羅已然後金剛阿闍棃結數珠印入曼拏羅膝輪著地敬禮賢聖以左手頭指微屈如鉤右手作拳安於腰側成請召印誦此請召大明曰

唵引嚩日囉合二嚩引左引野引傒一悉𩕳二嚩嚩嚩嚩弱三

誦是大明已然後本尊來降爲施金剛語成就法然後依法令弟子亦如前結印入曼拏羅入已授此三昧頌曰

日日清旦常持誦　大明數滿一百八
誦已無取亦無捨　心住最勝眞實理

復授此大明曰

唵引母引迦没囉合二多嚩句一

授是大明已然後令弟子除去面帛頂禮賢聖授與數珠亦復如前而作供養此名眞實持誦曼拏羅

復次宣説成就之法行人依法於本尊像前結金剛語印持誦一年功行成已即得金剛手菩薩爲施一切最上成就如上所説設有未成就者若能於此本部大明持誦一徧一切所作亦得如意此名大三昧耶無言儀軌

爾時金剛巧業菩薩摩訶薩白金剛手菩薩摩訶薩言我今於汝大儀軌中我亦授與自羯磨法若有行人修此法者是人所作一切事業速得成就即説大明曰

唵引摩賀引囉多引毗尸引迦一窣覩帝你哩合二爹布引惹玉呬也二二合尾濕嚩合二嚩日囉合二娑引馱野三薩哩鍐合二鉢囉合二娑引捺野四嚩日囕合二你哩合二爹你哩合二爹尾酤哩嚩合二呼引五婆誐鍐嚩日囉合二葛哩摩合二阿引六

復次説此曼拏羅儀軌依法當畫外曼拏羅内畫金剛八曼拏羅中安金剛巧業菩薩於其八位安八供養賢聖一名妙樂二名金剛灌頂三名稱讚四名旋舞五名嬉戲六名戲笑七名妙味八名時分供養如是安布曼拏羅已然後金剛阿闍梨結嬉戲金剛印復持妙華入曼拏羅以身上分作金剛旋舞相而爲供養次當依法結請召印誦此請召大明曰

唵引嚩日囉合二尾濕嚩引二合謨引伽引鉢囉合二帝賀多引戍一葛哩摩合二野引係弭二鉢

囉合二吠引舍吽引三滿馱嚩尸引酤嚕四摩賀
引嚩日囉合二馱囉引禰引五尸引伽嚂合二呼引
摩迦哩摩合二尼彌六引勞枳迦路引姑多囉引
尼阿引戍七酤嚕酤嚕八娑引馱野娑引馱
野阿引九

誦是大明已然後本尊來降如前大曼拏羅中所現祥瑞後依法令弟子亦如前相入曼拏羅入已授此三昧頌曰

金剛手等諸聖尊　隨其力能伸孝敬
自利利他事悉成　日日常獻諸供養

復授此大明曰

唵引賀那嚩日囉合二布引惹迦引哩野引二合
禰泥引禰泥一引唵引賀那嚩日囉合二布引惹
引迦引鉿二

授是大明已然後令弟子除去面帛教授供養等法此名金剛巧業曼拏羅

復次宣說成就之法行人應當依法於本尊像前隨力獻諸供養供養本尊及諸如來行人復作金剛旋舞祕密供養法隨應持誦一年功行成已得與金剛巧業菩薩等無有異復得一切如來施諸巧業成就如上所說設有未成就者若能於此本部大明持誦一徧一切所作亦速成就此名無上一切羯磨三昧儀軌

爾時金剛護菩薩摩訶薩白金剛手菩薩摩訶薩言我今於汝大儀軌中我亦爲說作擁護法若有行人修是擁護法者即於一切金剛部中而得隱身何況能有諸惡魔等敢來侵嬈即說大明曰

唵引摩賀引嚩日囉合二迦嚩左一嚩日哩合二

引酤嚕二薩哩鑁合二嚩日囉合二欣三

復次說此曼拏羅儀軌依法當畫外曼拏羅內畫四方曼拏羅相周帀復畫金剛甲胄甲有光相映寥而現中心安置金剛護菩薩四面復安四大菩薩一名金剛頂二名金剛毫相三名金剛法四名金剛拳如是安布曼拏羅已然後金剛阿闍梨結金剛甲胄印入曼拏羅入已頂輪著地敬禮賢聖次以二手頭指微屈如鉤成金剛甲胄請召印誦此請召大明曰

唵引薩哩嚩合二怛哩合二馱引覩迦多哩誐合二多一薩哩嚩合二薩埵引犖叉拏引毗踰合二韃多二摩賀引末羅嚩日囉合二迦嚩左野引係三薩哩嚩合二怛他誐多引犖叉迦尸竭囉合二摩引野引係四摩賀引嚩日囉合二馱囉三摩曳引那五犖叉犖叉韐六你爹嚩日囉合二犖叉吽引弱七

誦是大明已然後本尊來降隨其福德即得一切身命堅固猶如金剛後依法令弟子結金剛甲胄印復持妙華入曼拏羅入已授此三昧頌曰

當於怨親二分中　常行平等堅固慈
一切擁護此善護　汝應常作擁護事

復授此大明曰

唵引薩哩嚩合二怛囉引二合薩野句一

授是大明已然後令弟子除去面帛復授此金剛被甲護身大明曰

唵引陟林二合一句

今此大明能盡三界悉作擁護及得一切敬愛所有一切曼拏羅皆用此甲胄大明而爲

供養

復次宣說成就之法行人依法持誦甲胄大明滿百千徧即於現生中身得堅固不老不死如上所說設有未成就者若能於此本部大明持誦一徧是人能作一切金剛擁護金剛三業而爲結界及結曼拏羅界獲得一切最勝甲胄法此名一切最上擁護儀軌

爾時降諸魔菩薩以一切如來方便攝化金剛藥叉法謂金剛手菩薩摩訶薩言我今於汝大儀軌中我亦授與勝調伏法若有行人修是法者善能調伏諸惡魔等所作降伏速得成就即說大明曰

唵引嚩日囉二合藥叉一嚩日囉二合能瑟吒囉三合引羯囉引羅二入嚩二合里多毗引沙拏引底嘮捺嚑二合三羯羅引二合波屹你二合塞建二合馱散你傍四入嚩引二合羅引摩引羅引酤羅嚩怛囉二合係引毗踰引二合吽五引嚩日囉二合郝郝郝郝六

復次說此曼拏羅儀軌依法當畫外曼拏羅於其周帀畫金剛杵燄光熾盛內畫日輪曼拏羅中安金剛牙菩薩右手輪擲熾燄金剛杵左手豎立頭指作期克印所有色相及莊嚴等如本法說如是安布曼拏羅已然後金剛阿闍梨以虎皮爲衣頂髮豎立二手結金剛牙印作大惡忿怒視如打擲相後結大笑印入曼拏羅入已作警悟相頂禮賢聖復以二手頭指如鉤成請召印誦此請召大明曰

唵引薩哩嚩二合怛他引誐多摩賀引迦嚕努引播引野一骨嚕引二合馱嚩日囉二合藥叉郝郝郝郝二曳引那薩帝引那引顛多扇引帝

引毗藥二合三薩哩嚩二合怛他引誐多嚕畢引毗藥二合四薩哩嚩二合薩埵尾那野那引哩他二合怛網二合五阿底嘮捺囉二合室贊二合努引跛野引諾迦六三步引多悉底二合那薩帝那引野引呬七伊呬嚩日囉二合藥叉八伊呬嚩日囉二合贊拏九伊呬嚩日囉二合犖引叉娑十伊呬摩賀引嚩日囉二合馱囉訥瑟吒二合引怛迦母引栗帝二合十一引伊呬曳二合引呬怛囉二合引薩野十二賀那十三捺賀十四鉢左十五尾那曳引鉢囉二合底瑟姹二合引波野十六薩哩嚩二合訥瑟啗二合引吽引十七係係係係毗蹁二合十八引

誦是大明已然後本尊來降爲施成就時阿闍棃先生怖畏後即離怖身毛喜豎得與執金剛尊等無有異然後依法令弟子結金剛藥叉印復持妙華入曼拏羅入已授此三昧頌曰

應善護持諸佛教　救護衆生義亦然

復常警覺諸有情　清淨一切魔怨境

復授此大明曰

唵引嚩日囉二合藥叉毗引沙野毗蹁二合引一句

授是大明已然後令弟子除去面帛置所持華結大笑印頂禮賢聖復結金剛利牙印而爲供養此名攝伏諸惡曼拏羅

復次宣說成就之法行人依法於金剛手菩薩像前如前結印持誦大明一洛叉數功行成已得成金剛手菩薩善調諸惡者如上所說設有未成就者於此本部大明持誦一徧亦能警覺調伏一切邪教學者能使一切作阿吠舍及令旋轉動摇發語言等又令一切鬼魅執持者悉得解脫復爲作護亦能發起

瘧毒等病持諸惡者或令止息及能息諸邪惡所怖又於一切魔怨及諸惡有情中或令生驚怖或印法攝持或作鉤召或解或縛或遣調伏或使愛敬或令適悅乃至盡有情界悉使調伏普盡一切事業皆得成就此名金剛喜恚大儀軌

爾時一切如來金剛拳菩薩摩訶薩白金剛手菩薩摩訶薩言我今於汝大儀軌中我亦授與一切印法若有行人修是法者不久當得一切最上成就法門復得身命堅固猶如金剛即說大明曰

唵引摩賀引蘇珂嚩日囉二合三摩曳引一弱吽

引鍐引呼引二

復次說此曼拏羅儀軌如大曼拏羅相當畫此曼拏羅中心安置金剛拳菩薩周帀復畫諸曼拏羅中一切大士各各幖幟有熾燄聚普徧照耀如是安布曼拏羅巳所有阿闍梨及弟子皆用金剛三昧拳而爲印契餘諸所作一切法用悉如大曼拏羅廣儀軌說此中所作隨其力能此名一切印曼拏羅

復次宣說成就之法行人依法於本尊像前結金剛大三昧拳印持誦本部大明百千徧巳然後結前印亦爲請召即時一切如來等諸大士皆悉來降是時行人自得見諸如來他亦得見如是功行成巳行人自身於現生中得成金剛手菩薩成就金剛三業復得身命堅固如上所說設有未成就者如金剛手菩薩所說若能於此本部大明持誦一徧及入此曼拏羅中間亦能善作一切事業及得不空無能勝一切成就復次頌曰

金剛薩埵大無畏　具足如是大樂法
於彼一切如來中　一切處爲大主宰
若求成就若供養　一稱金剛薩埵名
即同稱彼諸佛名　及同供養彼諸佛
若人得此大儀軌　及得祕密眞實門
彼人得成執金剛　即與諸佛同成就

此名一切如來不空三昧大儀軌

爾時金剛手菩薩摩訶薩聞諸菩薩如前廣說一切如來不空無能勝三昧降伏大樂法門已復說此頌曰

菩薩最勝悲願力　乃能久處輪迴中
不入涅槃善所行　救度衆生無等比
如是菩薩眞大士　處輪迴中常不怖
廣利衆生無懈心　一切精進善所作
虛空無住復無邊　而彼輪迴亦如是
勇發利益衆生心　菩薩願力能清淨
今此天中天子衆　常生貪愛放逸心
及餘所起貪愛者　一切皆令得清淨
眞實儀軌我所授　祕密大樂善成就
根本無性最初門　諸儀軌中首先說
當知往昔前前世　最初儀軌名大樂
而彼往昔賢聖尊　即我金剛薩埵是
以彼一切衆生生　及諸世界最初立
乃發金剛妙歌音　後爲一切世界主
我得具足妙樂性　一切衆生從是生
衆生由彼所生故　一切欲貪皆遠離
彼衆生法了知已　若生若滅皆遠離
普觀世間悉清淨　猶如虛空無我相
無衆生相無所度　無佛果求無所證
主宰造作寂靜已　然起利樂衆生事

雖復利樂諸世間　常觀空性而寂然
若不利樂諸衆生　有所著因墮地獄
所有十方世界中　現住一切諸如來
我說大明祕密句　警覺諸佛皆雲集
大明曰
唵引摩賀引蘇珂嚩日囉二合薩埵一弱吽引
鑁引呼二引蘇囉多薩怛鑁三三合
隨說如是大明時　普得一切妙樂法
清淨諸欲善成就　一切世間得大樂
我以諸佛加持力　從佛最上化中生
而彼諸佛加持力　從我最上法身出
所有諸佛大愛法　及彼諸佛大樂法
即是諸佛賢善性　故說此劫爲賢劫
於彼賢劫中出世　其佛名號拘留孫
我從彼佛所傳授　祕密法儀于今說
所說名大三昧耶　即顯諸佛大高勝
彼大三昧眞實理　能施金剛大樂法

爾時金剛手菩薩欲令一切諸佛菩薩大會等衆悉表示故左手作金剛拳右手戲擲勝初妙樂大金剛杵作勇進勢安自心間熙怡微笑重復說此大三昧耶眞實大明曰

唵引摩賀引蘇珂嚩日囉二合薩埵一弱吽引
鑁引呼二引蘇囉多薩怛鑁三三合

說是大明時一切諸佛心皆警動以離貪金剛輪摧破一切外道邪教是時彼天帝釋天主等諸天衆咸皆歡喜心生適悅合掌頂禮金剛手菩薩作是讚言快哉希有吉祥勝尊快哉清淨諸佛法中最上大士

佛說祕密三昧大教王經卷第三

音釋

三摩地梵語也此云等持謂離沉掉曰等令心住一境性曰持　⿰牟含莫感切　⿰目殺所戒切　擡徒哀切　煬余章切　忿恚忿數粉切恚於避切忿恚恨怒也　魅明祕切精怪也　胄直祐切兜鍪也　犖呂角切　嘮丑加切　諾奴各切　姹陟駕切

佛說祕密三昧大教王經卷第四

宋西天三藏朝奉大夫試光祿卿傳法大師施護等奉 詔譯

爾時金剛手菩薩摩訶薩又復宣說妙樂金剛祕密大曼拏羅頌曰

內外曼拏羅相分　悉依大曼拏羅法
中心依法安本尊　所謂金剛薩埵像
或用雕鏤或鑄造　或塑或畫當隨應
結跏趺坐具威容　執金剛杵高舉勢
面現喜相身月色　赫奕燄光徧圍繞
諸佛寶鬘等莊嚴　及諸瓔珞爲嚴飾
菩薩前後及左右　依法應畫四大士
黃赤白黑當隨方　各執本部標幟等
前安意生金剛尊　勇執金剛器仗相
右安枳里枳羅尊　現踰始多善愛相
後安念金剛大尊　豎立仙幢表刹相
左安欲自在聖尊　現彼金剛高舉相
輪隅復安四菩薩　香華燈塗供養尊
外隅色聲香味尊　四門鉤索鎖鈴等
禰踰賀半當安置　箭等隨應諸標幟
隅外復安四賢瓶　插金剛枝滿盛水
布壇場已作法者　飾妙華鬘香塗身
著赤色衣淨莊嚴　入壇應結高舉印
入已先當徧頂禮　次作金剛嬉戲相
左手爲拳右如鉤　成請召印大明曰

唵引摩賀引蘇珂嚩日囉合二薩埵引野引四
一尸引竭囕合二摩賀引三摩野怛埵摩耨三
摩合二囉二鉢囉合二沒馱鉢囉合二沒馱三蘇囉
多薩怛鑁合三三摩引吠引舍四薩哩嚩合二迦
引野嚩引枳唧合二多嚩日哩引二合毗踰引二五合
娑誐鑁那那引禰你馱那薩埵六薩哩嚩合二

悉提孕二合彌鉢囉二合野蹉七過怛囉二合曼拏
槃引三摩野摩耨播引羅野八伊沙怛網二合
引阿引訖哩二合沙也九二合鉢囉二合吠引舍三
摩曳引哩嚩二合特嚩二合引十嚩尸引羯嚕彌昧
毋捺囉二合鉢乃引一十嚩吽引鍐引呼引二十
說是大明已復說金剛根本無性法門頌曰
然後本尊大金剛　以眞實理而警說
隨樂妙樂即眞實　一切自在法成就
然後阿闍棃令弟子依法右手作金剛拳安
於腰側左手持華入曼拏羅入已授此祕密
眞實三昧頌曰
諸佛常住妙樂法　即金剛手大樂門
一切從是大樂生　應當尊敬如父想
復授此大明曰
唵引蘇囉多嚩日囉二合發吒半音一句

授是大明已復與誓誡言若有違越此金剛
手三昧者我以不空明呪當作摧伏令彼一
切生中皆悉破壞如是言已令其弟子頂禮
賢聖次當授與五智金剛杵然後乃爲授其
灌頂作灌頂已復爲立名金剛灌頂即誦此
金剛灌頂大明曰
唵引嚩日囉引二合提鉢底埵一阿毗詵左引
彌二摩賀引蘇珂嚩日囉二合達囉係引嚩日
囉二合那引摩呼引三
若作灌頂法時誦此大明隨稱彼名而用作
法所言金剛灌頂者謂於一切曼拏羅中獲
得大樂甘露金剛水灌注心頂故說名爲金
剛灌頂作是灌頂時所有本部供養法本部
入壇印及拋華等事皆如本法說復次頌曰
隨入一切壇場中　所得果報悉最上

大士所說常諦聽　即得金剛大樂法

最上果報者所謂獲得諸隱身法不爲惡魔而來侵嬈設使造作諸非橫事亦得成就況復一切勝成就邪復得一切具足增長一切智慧成辦一切事業如上所說皆是金剛手眞實之言又復修此法者隨其力能隨所樂欲一切上味飲食華鬘諸妙樂具所應受用者常悉安置奉獻本尊或自受用皆無障礙何以故此名金剛薩埵大樂法故此名金剛妙樂曼拏羅

復次我今當宣說　畢竟常住成就法
現生若得此法者　彼能成就畢竟常
如是菩薩諸大士　雖處輪迴而不著
廣利無邊諸衆生　不入涅槃善施作
欲求本尊成就者　當住妙樂勝境中
祕密供養普獻陳　作大鉤召而廣集
後結祕密大印契　次詠妙樂金剛歌
作持誦事表了已　得金剛手勝成就
如是一切所欲心　一切成就自在樂
後成大執金剛王　得已不老而不死
若入曼拏羅中間　一稱大明獲大樂
諸勝成就若欲成　一切最上皆成就

此名最上祕密大三昧耶眞實儀軌

爾時最初集會彼諸如來通達一切教者衆牟尼尊以祕密義俱問金剛手菩薩摩訶薩言

汝說最初妙歌音　而彼歌音何所表
大三昧耶眞實理　汝具大慧今當說
云何當說曼拏羅　入者當得何果利
云何金剛阿闍梨　所作一切成就事

云何最初金剛杵　而爲一切幖幟相
云何解說彼印義　云何結印及成就
云何祕密供養事　及彼金剛供養法
香華燈塗供養儀　是中隨應分別說
云何本尊成就法　云何持誦及法用
何人不得成就法　尠福者得又云何
此等眞實祕密門　隨諸所問汝應說
令修行者現生中　常得一切大成就
爾時金剛手菩薩摩訶薩爲欲圓滿一切如來殊勝願故隨應答此祕密法門
所言最初歌音者　此表初義或表愛
法中隨力用莊嚴　乃說吽字爲歌詠
我金剛手祕密心　最初以此爲妙歌
一切成就悉令成　是故以此表大愛
眞實曼拏羅法用　金剛賢聖衆圍繞
安立執金剛大尊　一切妙樂成就者
此答第一問廣如大儀軌中說
所言大三昧耶眞實理者
彼大金剛大薩埵　共立金剛薩埵名
而此最上大三昧　一切諸佛不違越
即彼根本無性法　是爲三昧眞實門
金剛大樂普賢身　三界同悟本眞覺
如是最初器世間　及彼衆生諸心行
金剛眞實性所持　一切所作亦如是
若不解此眞實理　又不能具淨信財
彼求成就久難成　若具信者速成就
此答第二問
所言曼拏羅者
隨處隨說如儀軌　隨同行人同所依
大三昧耶眞實等　彼諸大士依法畫

諸佛菩薩普集會　此即名大曼拏羅
入者所得諸福報　後當隨應分別說

此答第三問

所言金剛阿闍梨者

大曼拏羅分別已　心曼拏羅爲最上
最先自入勝壇場　先自灌頂後廣作
金剛阿闍梨無等　諸成就中悉無疑
是故善具淨信財　此名阿闍梨正行
金剛薩埵心明等　誦洛叉數得成就
此即聖大阿闍梨　諸教最上成就者

此答第四問

所言最初金剛杵者

當知五欲大箭者　即是五智金剛杵
大金剛智所安立　出生大樂成就法
五智金剛大成就　開發光明熾燄門
一切佛大金剛杵　如彼五智金剛說
金剛杵有大光燄　出現忿怒藥叉衆
并餘菩薩及聖賢　此名最初金剛杵

此答第五問

所言解說印義者

所有身語心金剛　是即最初堅固體
影像和合表了門　此說名爲祕密印
譬如世間國王印　一切無敢違越者
金剛大法印亦然　諸佛尚不敢違越
若人結此密印時　金剛薩埵等聖衆
爲施成就勝法門　怖彼或破三昧法
若人結此密印時　即得一切所攝受
以此供養諸聖賢　獲得三界中最勝
世間所宜化導法　隨應爲說成就事
以方便印普攝持　能成一切成就事

成佛爲利衆生故　發起一切方便事
不以菩提爲所求　當知印義亦如是

此答第六問

所言結印者

十指堅固安於心　二手後結金剛縛
一稱大明隨掣開　彼金剛縛大明曰

唵引嚩日囉二合滿馱怛囉二合吒半音一句

於諸印中用此縛　能作自他成就事
堅固眞實成就中　以怛嚂字爲等引

復次宣說諸祕密印相

欲作本法成就者　應當先結於大印
此印若結一徧已　後諸所用隨應結

此中大三昧耶印幷儀軌者次第今說

金剛薩埵跏趺坐　一切成就法相應
先以左足而屈盤　次以右足壓於左
金剛薩埵灌頂已　頂戴諸佛最勝冠
結跏趺坐如本儀　後有日輪圓光相
右手戲擲金剛杵　左現高舉自在勢
成就身語心金剛　此是金剛薩埵相
成此金剛薩埵已　即成諸佛或菩薩
得諸成就自在門　所作成就皆圓滿
又復身語心金剛　隨其形像隨分量
隨應幖幟及印儀　悉是金剛薩埵相
若依本法結大印　獲得最上勝成就
若人供養即現身　隨得供養及瞻仰

其三昧耶印者先當十指平掌緊實相合名金剛掌後以十指作縛名金剛縛即於此縛中以十指頭相交右手大指屈入掌中與左手大指相合成印

復次不改前印以二中指屈入縛中二大指

豎立如金剛杵相此名妙樂金剛印又不改前印二中指如鉤作勇進勢安自心間名大樂金剛印從此印中出生四印即前金剛縛以二頭指如鉤二中指與二大指屈入掌中指面相向成金剛眼菩薩印又不改前印以二大指相觸成金剛枳里枳羅菩薩印又不改前印以諸指向内展舒豎立頭指成金剛幢菩薩印又不改前印作有力勢安二脞間成金剛欲自在菩薩印

復説諸法語印先以吽字爲妙歌音後當宣説法智印明所謂

呼引吽引賀引阿引

復説諸羯磨印此中先以二手作金剛縛二頭指如鉤二無名指入掌中置二大指處成大三昧拳印此印結已復從羯磨拳金剛拳二拳出生金剛薩埵菩薩高舉印其印以二手先作金剛拳如勇進射箭勢次如立幢及高舉勢後以金剛拳猶如電轉升舉盤旋復作嬉戲然以二手作有力緊密合掌捧持華等先置頂上徐徐而下作嬉戲相次第獻諸供養後作金剛旋舞祕密供養又以嬉戲及金剛高舉相作旋轉勢而復觀視頂禮一切賢聖此印亦名大三昧耶大印能作一切不空成就事業

復次宣説一切如來最上身金剛界大自在印其印先作無畏坐身分平正後以二手作一切如來金剛縛二頭指如鉤後復礫開彼二頭指如圓光相成印

復説金剛印從一切金剛出生其印先作跏趺坐次作金剛縛其縛向外如安立最初三

昧金剛杵相後從金剛薩埵等金剛縛中出生諸指以二頭指如金剛相成印

復次右手作有力持劒勢名金剛善哉印復次諸指頭背相鉤名爲寶印又不改前印諸指入中名金剛火燄印又不改前印如轉衣勢作金剛蓮華合掌後諸指入掌中次復磔開名爲輪印又不改前印即此頭指等亦名指輪印又不改前印作金剛掌名出生印又以二頭指如鉤名中金剛印又以二頭指向内捻二大指名三昧金剛拳印復以二手作金剛拳依本法結此名羯磨縛印

復次宣說諸菩薩心印此中先以右手作如來拳左手作忿怒指名金剛手菩薩印又以二手作金剛忿怒指二小指如刀相名金剛寶印又以二頭指二大指作四門相名灌頂印又以二手作緊密合掌二小指二頭指磔開如四葉蓮華相名大蓮華印復次此中屈入大指名如來拳竪立頭指名金剛拳若用頭指如劒相如鏁相亦名善哉印或如寶形亦名火燄出現印復以二手作金剛拳左手大指竪立右手如三旛相名三旛印復以右手大指捻中指甲名四方轉輪印復以右手握左手五指名數珠印復以二手作戲鬘歌舞從頂後下散然後二手頭指各安掌心餘指展舒而復相觸名手相觸印復以二手作拳二頭指如鉤二小指相捻向外而轉名利牙印

復次宣說諸心印中羯磨法用行人隨結諸心印時應持誦本部大明一徧當與本尊隨念智相應後隨其力能而求成就如是等印

於一切儀軌中求成就時日日應當依法結用即得一切最上成就

復次宣說一切教中通用印相

此中身印有其四種一者奮迅二者鉤召三者作阿吠舍四者作播多那若結此等四印能作一切敬愛鉤召破惡等法於剎那間即得成就

語印有四種是即法智印明所謂

惡吽(引)吽嗡(句一)

此等印明能作一切阿吠舍等諸成就法

心印有四種一者一心徧入諸身廣作敬愛二者能攝他心三者作諸義利四者息除諸苦此等四印能作如上四種成就

復次金剛印亦有四種所謂以金剛拳一舉二下三打四持此等四印能作一切升舉沉墜破壞斷滅等事

觀視印亦有四種一者戲笑開舉金剛視二者瞬動剎那光明視三者顰眉大惡忿怒視四者兩目不瞬堅固視此等四印能除一切瘧毒執持等苦

復次一切印中若結大印即得最上成就彼大印者所謂金剛手菩薩大印諸如來金剛降伏大印觀自在菩薩大印虛空藏菩薩大印即此大印亦是三昧耶印此中金剛手三昧耶印者如本法說

復次二手作金剛拳先以左拳向外豎立頭指右拳向內安於本心名一切如來三昧耶印又復先以右臂曲如環相左手豎立頭指作期剋相此名金剛降伏三昧耶印

又復二手作緊密合掌二小指二大指磔開

如四葉蓮華相此名蓮華部中觀自在菩薩三昧耶印

又復二手作金剛縛二頭指大指垂下如開四門相從三昧心起於灌頂門住此名虛空藏菩薩三昧耶印彼彼復有法智印明所謂

吽引阿引吽引紇哩引二合怛覽二合引一句

其羯磨三昧耶印依本法結

復次宣説諸菩薩心印中羯磨拳此中金剛手菩薩羯磨拳者即是金剛拳如來部中一切如來羯磨拳者即前金剛拳屈入大指名如來拳金剛部中金剛拳者豎立頭指作期剋相名金剛拳蓮華部中蓮華拳者以大指相並捻中指甲名蓮華拳寶部中寶拳者如大寶三昧拳及金剛寶拳依法結已即名寶拳所有餘合用印如諸儀軌中標幟而結

此答第七問

所言印成就者

行人日日清旦時　應結大印求成就
本尊根本心大明　依法持誦滿百徧
然後持誦小心明　先一切事業依法作
復誦吽字妙歌音　刹那即得印成就

此答第八問

所言祕密供養者

祕密歌舞大供養　金剛薩埵成就者
若增若減當隨應　所作皆成獲妙樂
又言金剛供養者　如彼諸教中所説
上下旋轉復觀瞻　一切衆生得成就

此答第九問

所言本尊成就者

世間所有諸衆生　若一切持求成就

當與本尊法相應　爲利益故常持誦
此答第十問
所言持誦及法用者
行人不動於舌端　復令脣齒二相合
當依諸教中法儀　離金剛語而持誦
出深妙聲如鼓音　此即佛部持誦法
金剛部法雲雷音　金剛種生微妙語
三摩地語蓮華部　如其教勑如儀軌
一切祕密妙歌音　即是妙樂金剛語
諸部持誦一百數　鉤召法中二十一
最上法中如教説　不應懈倦常持誦
此答第十一問
所言何人不得成就法者
如我金剛手菩薩　一切敬愛大樂門
從彼出生一切法　不清淨者不成就
此答第十二問
所言云何尠福人得成就者
諸曼拏羅勝無等　入者但當依法儀
設使造罪尠福人　亦於現生得成就
此答第十三問
此名大三昧耶大教王一切儀軌中最上儀軌
爾時金剛手菩薩摩訶薩又復承諸如來教勑普徧告語梵王帝釋等諸天衆作如是言諸天子汝等於此大儀軌中應當各各亦説心明隨其所説於長夜中作諸成就廣爲利益一切衆生作是言已時諸天衆咸皆歡喜踊躍慶快心生適悦即時俱共右繞世尊釋迦牟尼如來及諸如來已各各合掌恭敬頂禮復向金剛手菩薩摩訶薩前咸禮足已次

第各各說自心明

爾時帝釋天主先說心明曰

唵引嚩日囉合二毋瑟致合二薩哩網合二酤嚕句一

我此心明若有行人依法持誦滿一洛叉是人即得最上帝網成就及能請雨亦能止雨又能止除一切雷雹閃電等事一切鬬戰皆悉得勝乃至一切種子苗稼滋生增廣此名帝釋天儀軌

爾時娑婆界主大梵天王說心明曰

唵引部引哩部合一嚩莎一薩多合二吽薩合二尾覩哩嚩合二哩引赧二引婆哩件引二合禰引嚩寫提引摩呬提引踰三引踰引那鉢囉合二祖引那夜引吽四半音

我此心明若有行人依法持誦滿一洛叉是人能作息災增益敬愛降伏鉤召等法一切事業皆悉圓滿及能成就諸護摩事此名大梵天王儀軌

爾時那羅延天主說心明曰

唵引摩引野引作訖囉合二娑引達野薩哩網一二合薩哩嚩合二捺摩那吽二引

我此心明若有行人依法持誦滿一洛叉是人即能入阿脩羅宮能現一切幻化等事能作一切調伏之法乃至誦此心明滿一洛叉已即於世間得大自在此名那羅延天儀軌

爾時大自在天一切三界主說心明曰

唵引帝哩一二合薩哩嚩合二薩哩嚩合二商葛囉二摩賀引嘮捺囉合二薩哩網合二娑引達野吽三引

我此心明若有行人依法持誦滿百千徧是人於世間一切法中而得成就若於一切種

類中誦是心明時悉能鉤召或作禁縛或令阿吠舍或令作敬愛或使其來或遣其去或使動摇或令歌舞或令迷亂或令破壞財物乃至一切受用等物或令悉得隨意受用於一切毋鬼衆中得無能勝於諸曼拏羅中得爲阿闍梨一切事業隨意能作乃至功行成已一切最上成就法皆得成就

爾時三十三天諸天子衆説心明曰

唵引薩哩嚩合二囉底囉引誐悉[學皮]身切呼引一句

我此心明若有行人依法持誦滿洛叉數即得一切天女及阿脩羅女生信重心於一切悉帝哩中得自在愛樂復得一切人常所愛重及於天中而得自在

爾時一切天女衆説心明曰

唵引囉底尾邏引婆一薩哩嚩合二迦引毋二羯囉摩羯囉摩三囉引摩野虎虎虎四

我此心明若有行人依法持誦一徧者是人即得一切阿鉢蹉囉作大愛敬如其行人隨心所欲即得彼來施諸成就若滿四年已彼爲現身作愛樂事及餘一切所作事業皆悉成就復説三十三天諸佛菩薩現集大曼拏羅當知此即世間儀軌餘所有法是不空成就勝成就法其曼拏羅相四方四門當依法粉畫種種寶樹周帀莊嚴竪立旛幢諸妙寶蓋復以彼天妙園生樹及俱尾那囉樹廣爲嚴飾其内復畫帝釋宫殿中安世尊釋迦牟尼如來十六大菩薩而共圍繞如其方位依法安布於外曼拏羅次第復安諸天等衆如是安布曼拏羅已金剛阿闍梨依法結印其印以二手先作金剛拳次二小指二大指相

結徐徐高起成金剛水印復持妙華入曼拏羅依法抛華後誦本部大明一徧即能請召金剛薩埵等諸賢聖然後令弟子亦如前法結印持華入曼拏羅入已抛華華所墮處即是本尊然後阿闍梨授與三昧頌曰

一切佛法僧三寶　執金剛尊亦復然
隨力常行孝敬心　汝得所欲皆成就

説是頌已又復告言從今已後一切所作皆得成就此名三十三天現集會大曼拏羅

爾時金剛手菩薩摩訶薩於諸如來前宣説如上祕密大教王甚深法門已復爲利益諸衆生故説此頌曰

我爲利益諸衆生　復令一切教成就
説此祕密大教王　總集大三昧耶法
若有欲求成就者　應當常發淨信心
而彼大執金剛王　常居其頂作衛護
行人諸欲受用等　常得如意復作護
彼一切苦悉銷除　得衛護故無諸難
所説一切成就事　爲利一切諸有情
或耳或舌或夢中　得金剛手常加被
諸有所求速圓滿　普集祕密大三昧
得一切佛及聖賢　常施一切成就法

爾時金剛手菩薩摩訶薩説是種種祕密法已一切如來咸共讃言善哉善哉是時一切大會等衆皆大歡喜信受奉行

佛説祕密三昧大教王經卷第四

音釋

雕鏤（雕都聊切鏤落候切刻也）赫奕（赫呼格切奕羊益切赫奕明盛也）
枳（諸市切）蹉（七何切）尠（息淺切少也）磔（陟革切張申也）捻（諾協切捏也）
瞬（舒閏切目動也）雹（蒲角切雨冰也）禰（乃禮切）